P9-AGG-961

Conversación en La Catedral

Mario Vargas Llosa nació en Arequipa, Perú, en 1936. Aunque había estrenado un drama en Piura y publicado un libro de relatos, *Los jefes*, que obtuvo el Premio Leopoldo Alas, su carrera literaria cobró notoriedad con la publicación de *La ciudad y los perros*, Premio Biblioteca Breve (1962) y Premio de la Crítica (1963). En 1965 apareció su segunda novela, *La casa verde*, que obtuvo el Premio de la Crítica y el Premio Internacional Rómulo Gallegos. Posteriormente ha publicado piezas teatrales (*La señorita de Tacna*, *Kathie y el hipopótamo*, *La Chunga*, *El loco de los balcones* y *Ojos bonitos, cuadros feos*), estudios y ensayos (como *La orgía perpetua*, *La verdad de las mentiras* y *La tentación de lo imposible*), memorias (*El pez en el agua*), relatos (*Los cachorros*) y, sobre todo, novelas: *Conversación en La Catedral*, *Pantaleón y las visitadoras*, *La tía Julia y el escribidor*, *La guerra del fin del mundo*, *Historia de Mayta*, *¿Quién mató a Palomino Molero?*, *El hablador*, *Elogio de la madrastra*, *Lituma en los Andes*, *Los cuadernos de don Rigoberto*, *La Fiesta del Chivo*, *El Paraíso en la otra esquina* y *Travesuras de la niña mala*. Ha obtenido los más importantes galardones literarios, desde los ya mencionados hasta el Premio Cervantes, el Príncipe de Asturias, el PEN/Nabokov y el Grinzane Cavour.

Conversación en La Catedral

Mario Vargas Llosa

punto de lectura

CONVERSACIÓN EN LA CATEDRAL

punto de lectura

De esta edición:

D.R. © Santillana Ediciones Generales, SA de CV
Universidad 767, colonia del Valle
CP 03100, México, D.F.
Teléfono: 54-20-75-30
www.puntodelectura.com.mx

Primera edición en Punto de Lectura (formato MAXI): octubre de 2010

ISBN: 978-607-11-0764-0

Diseño de cubierta: Pep Carrió y Sonia Sánchez
Realización fotográfica: Marko Monti
Fotografía del autor: © Morgana Vargas Llosa

Impreso en México

Prólogo

Entre 1948 y 1956 gobernó el Perú una dictadura militar encabezada por el general Manuel Apolinario Odría. En esos ocho años, en una sociedad embotellada, en la que estaban prohibidos los partidos y las actividades cívicas, la prensa censurada, había numerosos presos políticos y centenares de exiliados, los peruanos de mi generación pasamos de niños a jóvenes, y de jóvenes a hombres. Todavía peor que los crímenes y atropellos que el régimen cometía con impunidad era la profunda corrupción que, desde el centro del poder, irradiaba hacia todos los sectores e instituciones, envileciendo la vida entera.

Ese clima de cinismo, apatía, resignación y podredumbre moral del Perú del ochenio, fue la materia prima de esta novela, que recrea, con las libertades que son privilegio de la ficción, la historia política y social de aquellos años sombríos. La empecé a escribir, diez años después de padecerlos, en París, mientras leía a Tolstoi, Balzac, Flaubert y me ganaba la vida como periodista, y la continué en Lima, en las nieves de Pullman (Washington), en una callecita en forma de medialuna del Valle del Canguro, en Londres —entre clases de literatura en el Queen Mary's College y el King's College—, y la terminé en Puerto Rico, en 1969, luego de rehacerla varias veces. Ninguna otra novela me ha dado tanto trabajo; por eso, si tuviera que salvar del fuego una sola de las que he escrito, salvaría ésta.

MARIO VARGAS LLOSA
Londres, junio de 1998

A Luis Loayza, el borgiano de Petit Thouars, y a Abelardo Oquendo, el Delfín, con todo el cariño del sartrecillo valiente, su hermano de entonces y de todavía.

Il faut avoir fouillé toute la vie
sociale pour être un vrai romancier,
vu que le roman est l'histoire privée
des nations.

BALZAC, *Petites misères de la vie conjugale*

Uno

I

Desde la puerta de *La Crónica* Santiago mira la avenida Tacna, sin amor: automóviles, edificios desiguales y descoloridos, esqueletos de avisos luminosos flotando en la neblina, el mediodía gris. ¿En qué momento se había jodido el Perú? Los canillitas merodean entre los vehículos detenidos por el semáforo de Wilson voceando los diarios de la tarde y él echa a andar, despacio, hacia la Colmena. Las manos en los bolsillos, cabizbajo, va escoltado por transeúntes que avanzan, también, hacia la plaza San Martín. Él era como el Perú, Zavalita, se había jodido en algún momento. Piensa: ¿en cuál? Frente al Hotel Crillón un perro viene a lamerle los pies: no vayas a estar rabioso, fuera de aquí. El Perú jodido, piensa, Carlitos jodido, todos jodidos. Piensa: no hay solución. Ve una larga cola en el paradero de los colectivos a Miraflores, cruza la plaza y ahí está Norwin, hola hermano, en una mesa del Bar Zela, siéntate Zavalita, manoseando un chilcano y haciéndose lustrar los zapatos, le invitaba un trago. No parece borracho todavía y Santiago se sienta, indica al lustrabotas que también le lustre los zapatos a él. Listo jefe, ahoritita jefe, se los dejaría como espejos, jefe.

—Siglos que no se te ve, señor editorialista —dice Norwin—. ¿Estás más contento en la página editorial que en locales?

—Se trabaja menos —alza los hombros, a lo mejor había sido ese día que el director lo llamó, pide una Cristal helada, ¿quería reemplazar a Orgambide, Zavalita?, él había estado en la universidad y podría escribir editoriales ¿no, Zavalita? Piensa: ahí me jodí—. Vengo temprano, me dan mi tema, me tapo la nariz y en dos o tres horas, listo, jalo la cadena y ya está.

—Yo no haría editoriales ni por todo el oro del mundo —dice Norwin—. Estás lejos de la noticia y el periodismo es noticia, Zavalita, convéncete. Me moriré en policiales, nomás. A propósito ¿se murió Carlitos?

—Sigue en la clínica, pero le darán de alta pronto —dice Santiago—. Jura que va a dejar el trago esta vez.

—¿Cierto que una noche al acostarse vio cucarachas y arañas? —dice Norwin.

—Levantó la sábana y se le vinieron encima miles de tarántulas, de ratones —dice Santiago—. Salió calato a la calle dando gritos.

Norwin se ríe y Santiago cierra los ojos: las casas de Chorrillos son cubos con rejas, cuevas agrietadas por temblores, en el interior hormiguean cachivaches y polvorientas viejecillas pútridas, en zapatillas, con várices. Una figurilla corre entre los cubos, sus alaridos estremecen la aceitosa madrugada y enfurecen a las hormigas, alacranes y escorpiones que la persiguen. La consolación por el alcohol, piensa, contra la muerte lenta los diablos azules. Estaba bien, Carlitos, uno se defendía del Perú como podía.

—El día menos pensado yo también me voy a encontrar a los bichitos —Norwin contempla su chilcano con curiosidad, sonríe a medias—. Pero no hay periodista abstemio, Zavalita. El trago inspira, convéncete.

El lustrabotas ha terminado con Norwin y ahora embetuna los zapatos de Santiago, silbando. ¿Cómo iban las cosas por *Última Hora*, qué se contaban esos bandoleros? Se quejaban de tu ingratitud, Zavalita, que viniera alguna vez a visitarlos, como antes. O sea que ahora tenías un montón de tiempo libre, Zavalita, ¿trabajabas en otro sitio?

—Leo, duermo siestas —dice Santiago—. Quizá me matricule otra vez en Derecho.

—Te alejas de la noticia y ya quieres un título —Norwin lo mira apenado—. La página editorial es el fin, Zavalita. Te recibirás de abogado, dejarás el periodismo. Ya te estoy viendo hecho un burgués.

—Acabo de cumplir treinta años —dice Santiago—. Tarde para volverme un burgués.

—¿Treinta, nada más? —Norwin queda pensativo—. Yo treinta y seis y parezco tu padre. La página policial lo muele a uno, convéncete.

Caras masculinas, ojos opacos y derrotados sobre las mesas del Bar Zela, manos que se alargan hacia ceniceros y vasos de cerveza. Qué fea era la gente aquí, Carlitos tenía razón. Piensa: ¿qué me pasa hoy? El lustrabotas espanta a manazos a dos perros que jadean entre las mesas.

—¿Hasta cuándo va a seguir la campaña de *La Crónica* contra la rabia? —dice Norwin—. Ya se ponen pesados, esta mañana le dedicaron otra página.

—Yo he hecho todos los editoriales contra la rabia —dice Santiago—. Bah, eso me fastidia menos que escribir sobre Cuba o Vietnam. Bueno, ya no hay cola, voy a tomar el colectivo.

—Vente a almorzar conmigo, te invito —dice Norwin—. Olvídate de tu mujer, Zavalita. Vamos a resucitar los buenos tiempos.

Cuyes ardientes y cerveza helada, el Rinconcito Cajamarquino de Bajo el Puente y el espectáculo de las vagas aguas del Rímac escurriéndose entre rocas color moco, el café terroso del Haití, la timba en casa de Milton, los chilcanos y la ducha en casa de Norwin, la apoteosis de medianoche en el bulín con Becerrita que conseguía rebajas, el sueño ácido y los mareos y las deudas del amanecer. Los buenos tiempos, puede que ahí.

—Ana ha hecho chupe de camarones y eso no me lo pierdo —dice Santiago—. Otro día, hermano.

—Le tienes miedo a tu mujer —dice Norwin—. Uy, qué jodido estás, Zavalita.

No por lo que tú creías, hermano. Norwin se empeña en pagar la cerveza, la lustrada, y se dan la mano. Santiago regresa al paradero, el colectivo que toma es un Chevrolet y tiene la radio encendida, Inca Kola refrescaba mejor, después un vals, ríos, quebradas, la veterana voz de Jesús Vásquez, era mi Perú. Todavía hay embotellamientos en el centro, pero República y Arequipa están despejadas y el auto puede ir de prisa, un nuevo vals, las limeñas tenían alma de tradición. ¿Por qué cada vals criollo sería tan, tan huevón? Piensa: ¿qué me pasa hoy? Tiene el mentón en el pecho y los ojos entrecerrados, va como espiándose el vientre: caramba, Zavalita, te sientas y esa hinchazón en el saco. ¿Sería la primera vez que tomó cerveza? ¿Quince, veinte años atrás? Cuatro semanas sin ver a la mamá, a la Teté. Quién iba a decir que Popeye se recibirá de arquitecto, Zavalita, quién que acabarías escribiendo editoriales contra los perros de Lima. Piensa: dentro de poco seré barrigón. Iría al baño turco, jugaría tenis en el Terrazas, en seis meses quemaría la grasa y otra vez un vientre liso como a los quince. Apurarse, romper la inercia, sacudirse. Piensa: deporte, ésa es la solución. El parque de Miraflores ya, la Quebrada, el Malecón, en la esquina de Benavides maestro. Baja, camina hacia Porta, las manos en los bolsillos, cabizbajo, ¿qué me pasa hoy? El cielo sigue nublado, la atmósfera es aún más gris y ha comenzado la garúa: patitas de zancudos en la piel, caricias de telarañas. Ni siquiera eso, una sensación más furtiva y desganada todavía. Hasta la lluvia andaba jodida en este país. Piensa: si por lo menos lloviera a cántaros. ¿Qué darían en el Colina, en el Montecarlo, en el Marsano? Almorzaría, un capítulo de *Contrapunto* que iría languideciendo y lo llevaría en brazos hasta el sueño viscoso de la siesta, si dieran una policial como *Rififí*, una *cowboy* como *Río Grande*. Pero Ana tendría su dramón marcado en el periódico, qué me pasa hoy día. Piensa: si la censura prohibiera las mexicanadas pelearía menos con Ana. ¿Y después de la vermouth? Darían una vuelta por el Malecón, fumarían bajo las sombrillas de cemento del parque Necochea sintiendo rugir el mar en la oscuridad, volverían a la quinta de los duendes de la mano, peleamos mucho amor, discutimos mucho amor, y entre bostezos Huxley. Los dos cuartos se llenarían de humo y olor a aceite, ¿estaba con mucha hambre, amor? El despertador de la madrugada, el agua fría de la ducha, el colectivo, la caminata entre oficinistas por la Colmena, la voz del director, ¿preferías la huelga bancaria, Zavalita, la crisis pesquera o Israel? Tal vez valdría la pena esforzarse un poco y sacar el título. Piensa: dar marcha atrás. Ve los muros ásperos color naranja, las tejas rojas, la ventanitas con rejas negras de las casas de duende de la quinta. La puerta del departamento está abierta, pero no aparece el Batuque, chusco, brincando, ruidoso y efusivo. ¿Por qué dejas abierta la casa cuando vas al chino, amor? Pero no, ahí está Ana, qué te pasa, viene con los ojos hinchados y llorosos, despeinada: se lo habían llevado al Batuque, amor.

—Me lo arrancharon de las manos —solloza Ana—. Unos negros asquerosos, amor. Lo metieron al camión. Se lo robaron, se lo robaron.

La besa en la sien, cálmate amor, le acaricia el rostro, cómo había sido, la lleva del hombro hacia la casa, no llores sonsita.

—Te llamé a *La Crónica* y no estabas —Ana hace pucheros—. Unos bandidos, unos negros con caras de forajidos. Yo lo llevaba con su cadena y todo. Me lo arrancharon, lo metieron al camión, se lo robaron.

—Almuerzo y voy a la perrera a sacarlo —la besa de nuevo Santiago—. No le va a pasar nada, no seas sonsa.

—Se puso a patalear, a mover su colita —se limpia los ojos con el mandil, suspira—. Parecía que entendía, amor. Pobrecito, pobrecito.

—¿Te lo arrancharon de las manos? —dice Santiago—. Qué tal raza, voy a armar un lío.

Coge el saco que ha arrojado sobre una silla y da un paso hacia la puerta, pero Ana lo ataja: que almorzara primero rapidito, amor. Tiene la voz dulce, hoyuelos en las mejillas, los ojos tristes, está pálida.

—Ya se enfriaría el chupe —sonríe, le tiemblan los labios—. Me olvidé de todo con lo que pasó, corazón. Pobrecito el Batuquito.

Almuerzan sin hablar, en la mesita pegada a la ventana que da al patio de la quinta: tierra color ladrillo, como las canchas de tenis del Terrazas, un caminito sinuoso de grava y, a la orilla, matas de geranios. El chupe se ha enfriado, una película de grasa tiñe los bordes del plato, los camarones parecen de lata. Estaba yendo al chino de San Martín a comprar una botella de vinagre, corazón, y, de repente, frenó a su lado un camión y se bajaron dos negros con caras de bandidos, de forajidos de lo peor, uno le dio un empujón y el otro le arranchó la cadena y, antes de que ella se diera cuenta, ya lo habían metido a la perrera, ya se habían ido. Pobrecito, pobre animalito. Santiago se pone de pie: esos abusivos lo iban a oír. ¿Veía, veía? Ana solloza de nuevo; también él tenía miedo de que lo mataran, amor.

—No le harán nada, corazón —besa a Ana en la mejilla, un sabor instantáneo a carne viva y a sal—. Lo traigo ahorita, vas a ver.

Trota hasta la farmacia de Porta y San Martín, pide prestado el teléfono y llama a *La Crónica*. Contesta Solórzano, el de judiciales: qué carajo iba a saber dónde quedaba la perrera, Zavalita.

—¿Se llevaron a su perro? —el boticario adelanta una cabeza solícita—. La perrera queda en el Puente del Ejército. Vaya rápido, a mi cuñado le mataron su chihuahua, un animalito carísimo.

Trota hasta Larco, toma un colectivo, ¿cuánto costaría la carrera desde el paseo Colón hasta el Puente del Ejército?, cuenta en su cartera ciento ochenta soles. El domingo estarían ya sin un centavo, una lástima que Ana dejara la clínica, mejor no iban al cine a la noche, pobre Batuque, nunca más un editorial sobre la rabia. Baja en el paseo Colón, en la plaza Bolognesi encuentra un taxi, el chofer no conocía la perrera señor. Un heladero de la plaza Dos de Mayo los orienta: más adelante, un letrerito cerca del río, Depósito Municipal de Perros, era allí. Un gran canchón rodeado de un muro ruin de adobes color caca —el color de Lima, piensa, el color del Perú—, flanqueado por chozas que, a lo lejos, se van mezclando y espesando hasta convertirse en un laberinto de esteras, cañas, tejas, calaminas. Apagados, remotos gruñidos. Hay una escuálida construcción junto a la entrada, una plaquita dice Administración. En mangas de camisa, con anteojos, calvo, un hombre dormita en un escritorio lleno de papeles y Santiago golpea la mesa: se habían robado a su perro, se lo habían arranchado a su señora de las manos, el hombre respinga asustado, carajo esto no se iba a quedar así.

—Qué es eso de entrar en la oficina echando carajos —el calvo se frota los ojos estupefactos y hace muecas—. Más respeto.

—Si le ha pasado algo a mi perro la cosa no se va a quedar así —saca su carnet de periodista, golpea la mesa otra vez—. Y los tipos que agredieron a mi señora lo van a lamentar, le aseguro.

—Cálmese un poco —revisa el carnet, bosteza, el disgusto de su cara se disuelve en aburrimiento beatífico—. ¿Recogieron a su perrito hace un par de horas? Entonces estará entre los que trajo ahorita el camión.

Que no se pusiera así, amigo periodista, no era culpa de nadie. Su voz es desganada, soñolienta como sus ojos, amarga como los pliegues de su boca: jodido, también. A los recogedores se les pagaba por animal, a veces abusaban, qué se le iba a hacer, era la lucha por los frejoles. Unos golpes sordos en el canchón, aullidos como filtrados por muros de corcho. El calvo sonríe a medias y sin gracia, abúlicamente se pone de pie, sale de la oficina murmurando. Cruzan un descampado, entran a un galpón que huele a orines. Jaulas paralelas, atestadas de animales que se frotan unos contra otros y saltan en el sitio, olfatean los alambres, gruñen. Santiago se inclina ante cada jaula, no era ése, explora la promiscua superficie de hocicos, lomos, rabos tiesos y oscilantes, aquí tampoco. El calvo va a su lado, la mirada perdida, arrastrando los pies.

—Compruebe, ya no hay donde meterlos —protesta, de repente—. Después nos ataca su periódico, qué injusticia. La municipalidad afloja miserias, tenemos que hacer milagros.

—Carajo —dice Santiago—. Tampoco aquí.

—Paciencia —suspira el calvo—. Quedan cuatro galpones más.

Salen de nuevo al descampado. Tierra removida, hierbajos, excrementos, charcas pestilentes. En el segundo galpón una jaula se agita más que las otras, los alambres vibran y algo blanco y lanudo rebota, sobresale, se hunde en el oleaje: menos mal, menos mal. Medio hocico, un pedacito de rabo, dos ojos encarnados y llorosos: Batuquito. Todavía estaba con su cadena, no tenían derecho, qué tal concha, pero el calvo calma, calma, iba a hacer que se lo saquen. Se aleja a pasos morosos y, un momento después, vuelve seguido de un zambo bajito de overol azul: a ver, que se sacara al blanquiñoso ese, Pancras. El zambo abre la jaula, aparta a los animales, atrapa al Batuque del pescuezo, se lo alcanza a Santiago. Pobre, estaba temblando, pero lo suelta y da un paso atrás, sacudiéndose.

—Siempre se cagan —ríe el zambo—. Su manera de decir estamos contentos de salir de la prisión.

Santiago se arrodilla junto al Batuque, le rasca la cabeza, le da a lamer sus manos. Tiembla, gotea pis, se tambalea borracho y sólo en el descampado comienza a brincar y a hurgar la tierra, a correr.

—Acompáñeme, vea en qué condiciones se trabaja —toma a Santiago del brazo, ácidamente le sonríe—. Escríbase algo en su periódico, pida que la municipalidad nos aumente la partida.

Galpones malolientes y en escombros, un cielo gris acero, bocanadas de aire mojado. A cinco metros de ellos una oscura silueta, de pie junto a un costal, forcejea con un salchicha que protesta con voz demasiado fiera para su mínimo cuerpo y se retuerce histérico: ayúdalo, Pancras. El zambo bajito corre, abre el costal, el otro zambulle adentro al salchicha. Cierran el costal con una cincha, lo colocan en el suelo y el Batuque comienza a gruñir, tira de la cadena gimiendo, qué te pasa, mira espantado, ladra ronco. Los hombres tienen ya los garrotes en las manos, ya comienzan uno-dos a golpear y a rugir, y el costal danza, bota, aúlla enloquecido, uno-dos rugen los hombres y golpean. Santiago cierra los ojos, aturdido.

—En el Perú estamos en la Edad de Piedra, mi amigo —una sonrisa agridulce despierta la cara del calvo—. Mire en qué condiciones se trabaja, dígame si hay derecho.

El costal está quieto, los hombres lo apalean un rato más, tiran al suelo los garrotes, se secan las caras, se frotan las manos.

—Antes se los mataba como Dios manda, ahora no alcanza la plata —se queja el calvo—. Escríbase un articulito, amigo periodista.

—¿Y sabe usted lo que se gana aquí? —dice Pancras, accionando; se vuelve hacia el otro—. Cuéntaselo tú, el señor es periodista, que proteste en su periódico.

Es más alto, más joven que Pancras. Da unos pasos hacia ellos y Santiago puede verle al fin la cara: ¿qué? Suelta la cadena, el Batuque echa a correr ladrando y él abre la boca y la cierra: ¿qué?

—Un sol por animal, don —dice el zambo—. Encima hay que llevarlos al basural donde los queman. Apenas un sol, don.

No era él, todos los negros se parecían, no podía ser él. Piensa: ¿por qué no va a ser él? El zambo se agacha, levanta el costal, sí era él, lo lleva hasta un rincón del descampado, lo arroja entre otros costales sanguinolentos, vuelve balanceándose sobre sus largas piernas y sobándose la frente. Era él, era él. Cumpa, le da un codazo Pancras, ándate a almorzar de una vez.

—Aquí se quejan, pero cuando salen en el camión a recoger se pasan la gran vida —gruñe el calvo—. Esta mañana se cargaron al perrito del señor que tenía correa y estaba con su ama, conchudos.

El zambo alza los brazos, era él: ellos no habían salido esta mañana en el camión, don, se las habían pasado tirando palo. Piensa: él. Su voz, su cuerpo son los de él, pero parece tener treinta años más. La misma jeta fina, la misma nariz chata, el mismo pelo crespo. Pero ahora, además, hay bolsones violáceos en los párpados, arrugas en su cuello, un sarro amarillo verdoso en los dientes de caballo. Piensa: eran blanquísimos. Qué cambiado, qué arruinado. Está más flaco, más sucio, muchísimo más viejo, pero ése es su andar rumboso y demorado, ésas sus piernas de araña. Sus manazas tienen ahora una corteza nudosa y hay un bozal de saliva alrededor de su boca. Han desandado el canchón, están en la oficina, el Batuque se refriega contra los pies de Santiago. Piensa: no sabe quién soy. No se lo iba a decir, no le iba a hablar. Qué te iba a reconocer, Zavalita, tenías ¿dieciséis, dieciocho? y ahora eras un viejo de treinta. El calvo pone papel carbón entre dos hojas, garabatea unas líneas de letra arrodillada y avara. Recostado contra el vano, el zambo se lame los labios.

—Una firmita aquí, mi amigo; y en serio, dénos un empujoncito, pida en *La Crónica* que nos aumenten la partida —el calvo mira al zambo—: ¿No te ibas a almorzar?

—¿Se podría un adelanto? —da un paso y explica, con naturalidad—: Los fondos andan bajos, don.

—Media libra —bosteza el calvo—. No tengo más.

Guarda el billete sin mirarlo y sale junto a Santiago. Un río de camiones, ómnibus y automóviles atraviesa el Puente del Ejército, ¿qué cara pondría si?, en la neblina los montones terrosos de casuchas de Fray Martín de Porres, ¿se echaría a correr?, se divisan como en sueños. Mira al zambo a los ojos y él lo mira:

—Si me mataban a mi perro, creo que yo los mataba a ustedes —y trata de sonreír.

No, Zavalita, no te reconoce. Escucha con atención y su mirada es turbia, distante y respetuosa. Además de envejecer se habría embrutecido también. Piensa: jodido, también.

—¿Se lo recogieron esta mañana al lanudito? —un brillo inesperado estalla un instante en sus ojos—. Sería el negro Céspedes, a ése no le importa nada. Se mete a los jardines, rompe las cadenas, cualquier cosa con tal de ganarse su sol.

Están al pie de la escalera que sube a Alfonso Ugarte; el Batuque se revuelca en la tierra y ladra al cielo ceniza.

—¿Ambrosio? —sonríe, vacila, sonríe—. ¿No eres Ambrosio?

No se echa a correr, no dice nada. Mira con expresión anonadada y estúpida y, de pronto, hay en sus ojos una especie de vértigo.

—¿Te has olvidado de mí? —vacila, sonríe, vacila—. Soy Santiago, el hijo de don Fermín.

Las manazas se alzan, ¿el niño Santiago, don?, se inmovilizan como dudando entre estrangularlo y abrazarlo, ¿el hijo de don Fermín? Tiene la voz rota de sorpresa o emoción y parpadea, cegado. Claro, hombre ¿no lo reconocía? Santiago en cambio lo reconoció apenas lo vio en el canchón: qué decía, hombre. Las manazas se animan, pa su diablo, viajan de nuevo por el aire, cuánto había crecido Dios mío, palmean los hombros y la espalda de Santiago, y sus ojos ríen, por fin: qué alegría, niño.

—Parece mentira verlo hecho un hombre —lo palpa, lo mira, le sonríe—. Lo veo y no me lo creo, niño. Claro que lo reconozco, ahora sí. Se parece usted a su papá; también su poquito a la señora Zoila.

¿Y la niña Teté?, y las manazas van y vienen, ¿emocionadas, asustadas?, ¿y el señor Chispas?, de los brazos a los hombros a la espalda de Santiago, y sus ojos parecen tiernos y reminiscentes y su voz porfía por ser natural. ¿No eran grandes las casualidades? ¡Dónde venían a encontrarse, niño! Y después de tanto tiempo, pa su diablo.

—Este trajín me ha dado sed —dice Santiago—. Ven, vamos a tomar algo. ¿Conoces algún sitio por aquí?

—Conozco el sitio donde como —dice Ambrosio—. La Catedral, uno de pobres, no sé si le gustará.

—Si tienen cerveza helada me gustará —dice Santiago—. Vamos, Ambrosio.

Parecía mentira que el niño Santiago tomara ya cerveza, y Ambrosio ríe, los recios dientes amarillo verdosos al aire: el tiempo volaba, caracho. Suben la escalera, entre los corralones de la primera cuadra de Alfonso Ugarte hay un garaje blanco de la Ford, y en la bocacalle de la izquierda asoman, despintados por la grisura inexorable, los depósitos del Ferrocarril Central. Un camión cargado de cajones oculta la puerta de La Catedral. Adentro, bajo el techo de calamina, se apiña en bancas y mesas toscas una rumorosa muchedumbre voraz. Dos chinos en mangas de camisa vigilan desde el mostrador las caras cobrizas, las angulosas facciones que mastican y beben, y un serranito extraviado en un rotoso mandil distribuye sopas humeantes, botellas, fuentes de arroz. Mucho cariño, muchos besos, mucho amor truena una radiola multicolor, y al fondo, detrás del humo, el ruido, el sólido olor a viandas y licor y los danzantes enjambres de moscas, hay una pared agujereada —piedras, chozas, un hilo de río, el cielo plomizo—, y una mujer ancha, bañada en sudor, manipula ollas y sartenes cercada por el chisporroteo de un fogón. Hay una mesa vacía junto a la radiola, entre la constelación de cicatrices del tablero se distingue un corazón flechado, un nombre de mujer: Saturnina.

—Yo ya almorcé, pero tú pide algo de comer —dice Santiago.

—Dos Cristales bien fresquitas —grita Ambrosio, haciendo bocina con sus manos—. Una sopa de pescado, pan y menestras con arroz.

No debiste venir, no debiste hablarle, Zavalita, no estás jodido sino loco. Piensa: la pesadilla va a volver. Será tu culpa, Zavalita, pobre papá, pobre viejo.

—Choferes, obreros de las fabriquitas de por aquí —Ambrosio señala el rededor, como excusándose—. Se vienen desde la avenida Argentina porque la comida es pasable y, sobre todo, barata.

El serranito trae las cervezas, Santiago sirve los vasos y beben a su salud niño, a la tuya Ambrosio y hay un olor compacto e indescifrable que debilita, marea y anega la cabeza de recuerdos.

—Qué trabajo tan fregado te has conseguido, Ambrosio. ¿Hace mucho que estás en la perrera?

—Un mes, niño, y entré gracias a la rabia, porque estaban completos. Claro que es fregado, a uno le sacan el jugo. Sólo es botado cuando se sale a recoger en el camión.

Huele a sudor, ají y cebolla, a orines y basura acumulada, y la música de la radiola se mezcla a la voz plural, a rugidos de motores y bocinazos, y llega a los oídos deformada y espesa. Rostros chamuscados, pómulos salientes, ojos adormecidos por la rutina o la indolencia vagabundean entre las mesas, forman racimos junto al mostrador, obstruyen la entrada. Ambrosio acepta el cigarrillo que Santiago le ofrece, fuma, arroja el pucho al suelo y lo entierra con el pie. Sorbe la sopa ruidosamente, mordisquea los trozos de pescado, coge los huesos y los chupa y deja brillantes, escuchando o respondiendo o preguntando, y engulle pedacitos de pan, apura largos tragos de cerveza y se limpia con la mano el sudor: el tiempo se lo tragaba a uno sin darse cuenta, niño. Piensa: ¿por qué no me voy? Piensa: tengo que irme y pide más cerveza. Llena los vasos, atrapa el suyo y mientras habla, recuerda, sueña o piensa, observa el círculo de espuma salpicado de cráteres, bocas que silenciosamente se abren vomitando burbujas rubias y desaparecen en el líquido amarillo que su mano calienta. Bebe sin cerrar los ojos, eructa, saca y enciende cigarrillos, se inclina para acariciar al Batuque: cosas pasadas, qué carajo. Habla y Ambrosio habla, las bolsas de sus párpados son azuladas, las ventanillas de su nariz laten como si hubiera corrido, como si se ahogara, y después de cada trago escupe, mira nostálgico las moscas, escucha, sonríe o se entristece o confunde y sus ojos, a ratos, parecen enfurecerse o asustarse o irse; a ratos tiene accesos de tos. Hay canas entre sus pelos crespos, lleva sobre el overol un saco que debió ser también azul y tener botones, y una camisa de cuello alto que se enrosca en su garganta como una cuerda. Santiago ve sus zapatones enormes: enfangados, retorcidos, jodidos por el tiempo. Su voz le llega titubeante, temerosa, se pierde, cautelosa, implorante, vuelve, respetuosa o ansiosa o compungida, siempre vencida: no treinta, cuarenta, cien más. No sólo se había desmoronado, envejecido, embrutecido; a lo mejor andaba tísico también. Mil veces más jodido que Carlitos o que tú, Zavalita. Se iba, tenía que irse y pide más cerveza. Estás borracho, Zavalita, ahorita ibas a llorar. La vida no trataba bien a la gente en este país, niño, desde que salió de su casa había vivido unas aventuras de película. A él tampoco lo había tratado bien la vida, Ambrosio, y pide más cerveza. ¿Iba a vomitar? El olor a fritura, pies y axilas revolotea, picante y envolvente, sobre las cabezas lacias o hirsutas, sobre las crestas engomadas y las chatas nucas con caspa y brillantina, la música de la radiola calla y regresa, calla y regresa, y ahora, más intensas e irrevocables que los rostros saciados y las bocas cuadradas y las pardas mejillas lampiñas, las abyectas imágenes de la memoria están también allí: más cerveza. ¿No era una olla de grillos este país, niño, no era un rompecabezas macanudo el Perú? ¿No era increíble que los odriístas y los apristas que tanto se odiaban ahora fueran uña y carne, niño? ¿Qué diría su papá de esto, niño? Hablan y a ratos oye tímidamente, respetuosamente a Ambrosio que se atreve a protestar: tenía que irse, niño. Está chiquito e inofensivo, allá lejos, detrás de la mesa larguísima que rebalsa de botellas y tiene los ojos ebrios y aterrados. El Batuque ladra una vez, ladra cien veces. Un remolino interior, una efervescencia en el corazón del corazón, una sensación de tiempo suspendido y tufo. ¿Hablan? La radiola deja de tronar, truena de nuevo. El corpulento río de olores parece fragmentarse en ramales de tabaco, cerveza, piel humana y restos de comida que circulan tibiamente por el aire macizo de La Catedral, y de pronto son absorbidos por una invencible pestilencia superior: ni tú ni yo teníamos razón papá, es el olor de la derrota papá. Gentes que entran, comen, ríen, rugen, gentes que se van, y el eterno perfil pálido de los chinos del mostrador. Hablan, callan, beben, fuman, y cuando el serranito aparece allí, inclinado sobre el tablero erizado de botellas, las otras mesas están vacías y ya no se escucha la radiola ni el crujido del fogón, sólo al Batuque ladrando, Saturnina. El serranito cuenta con sus dedos tiznados y ve la cara urgente de Ambrosio adelantándose hacia él: ¿se sentía mal, niño? Un poquito de dolor de cabeza, ya estaba pasando. Estás haciendo un papelón, piensa, he tomado mucho, Huxley, aquí lo tienes al Batuque sano y salvo, me demoré porque encontré a un amigo. Piensa: amor. Piensa: párate, Zavalita, ya basta. Ambrosio mete la mano al bolsillo y Santiago estira los brazos: ¿estaba cojudo, hombre?, él pagaba. Trastabilla y Ambrosio y el serranito lo sujetan: suéltenme, podía solo, se sentía bien. Pa su diablo, niño, no era para menos, si había tomado tanto. Avanza paso a paso entre las mesas vacías y las sillas cojas de La Catedral, mirando fijamente el suelo chancroso: ya está, ya pasó. El cerebro se va despejando, va huyendo la modorra de las piernas, van aclarándose los ojos. Pero las imágenes están siempre ahí. Entreverándose en sus pies, el Batuque ladra, impaciente.

—Menos mal que le alcanzó la plata, niño. ¿De veras se siente mejor?

—Estoy un poco mareado, pero no borracho, el trago no me hace nada. La cabeza me da vueltas de tanto pensar.

—Cuatro horas, niño, no sé qué voy a inventar ahora. Puedo perder mi trabajo, usted no se da cuenta. En fin, se lo agradezco. Las cervecitas, el almuerzo, la conversación. Ojalá pueda corresponderle alguna vez, niño.

Están en la vereda, el serranito acaba de cerrar el portón de madera, el camión que ocultaba la entrada ha partido, la neblina borronea las fachadas y en la luz color acero de la tarde fluye, opresivo e idéntico, el chorro de autos, camiones y ómnibus por el Puente del Ejército. No hay nadie cerca, los lejanos transeúntes son siluetas sin cara que se deslizan entre velos humosos. Nos despedimos y ya está, piensa, no lo verás más. Piensa: no lo he visto nunca, nunca he hablado con él, un duchazo, una siesta y ya está.

—¿De veras se siente bien, niño? ¿No quiere que lo acompañe?

—El que se siente mal eres tú —dice, sin mover los labios—. Toda la tarde, las cuatro horas te has sentido mal.

—Ni crea, tengo muy buena cabeza para el trago —dice Ambrosio, y, un instante, ríe. Queda con la boca entreabierta, la mano petrificada en el mentón. Está inmóvil, a un metro de Santiago, con las solapas levantadas, y el Batuque, las orejas tiesas, los colmillos fuera, mira a Santiago, mira a Ambrosio, y escarba el suelo, sorprendido o inquieto o asustado. En el interior de La Catedral arrastran sillas y parece que baldearan el piso.

—Sabes de sobra de qué estoy hablando —dice Santiago—. Por favor, deja de hacerte el cojudo.

No quiere o no puede entender, Zavalita: no se ha movido y en sus pupilas hay siempre la misma porfiada ceguera, esa atroz oscuridad tenaz.

—Por si quería que lo acompañe, niño —tartamudea y baja los ojos, la voz—. ¿Quiere que le busque un taxi, es decir?

—En *La Crónica* necesitan un portero —y él también baja la voz—. Es un trabajo menos fregado que la perrera. Yo haré que te tomen sin papeles. Estarías mucho mejor. Pero, por favor, deja un ratito de hacerte el cojudo.

—Está bien, está bien —hay un malestar creciente en sus ojos, parece que su voz fuera a rasgarse en chillidos—. Qué le pasa, niño, por qué se pone así.

—Te daré todo mi sueldo de este mes —y su voz se entorpece bruscamente, pero no solloza; está rígido, los ojos muy abiertos—. Tres mil quinientos soles. ¿No es cierto que con esa plata puedes?

Calla, baja la cabeza y, automáticamente, como si el silencio hubiera desatado un inflexible mecanismo, el cuerpo de Ambrosio da un paso atrás y se encoge y sus manos se adelantan a la altura del estómago, como para defenderse o atacar. El Batuque gruñe.

—¿Se le ha subido el trago? —ronca, la voz descompuesta—. Qué le pasa, qué es lo que quiere.

—Que dejes de hacerte el cojudo —cierra los ojos y toma aire—. Que hablemos con franqueza de la Musa, de mi papá. ¿Él te mandó? Ya no importa, quiero saber. ¿Fue mi papá?

Se le corta la voz y Ambrosio da otro paso atrás y Santiago lo divisa, agazapado y tenso, los ojos desorbitados por el espanto o la cólera: no te vayas, ven. No se ha embrutecido, no eres un cojudo, piensa, ven, ven. Ambrosio ladea el cuerpo, agita un puño, como amenazando o despidiéndose.

—Me voy para que no se arrepienta de lo que está diciendo —ronca, la voz lastimada—. No necesito trabajo, sépase que no le acepto ningún favor, ni menos su plata. Sépase que no se merecía el padre que tuvo, sépaselo. Váyase a la mierda, niño.

—Ya está, ya está, no me importa —dice Santiago—. Ven, no te vayas, ven.

Hay un rugido breve a sus pies, el Batuque mira también: la figurilla oscura se aleja pegada a las paredes de los corralones, destaca contra los ventanales lucientes del garaje de la Ford, se hunde en la escalerilla del puente.

—Ya está —solloza Santiago, inclinándose, acariñando la colita tiesa, el hocico ansioso—. Ya nos vamos, Batuquito.

Se incorpora, solloza de nuevo, saca un pañuelo y se limpia los ojos. Unos segundos permanece inmóvil, su espalda apoyada contra el portón de La Catedral, recibiendo la garúa en la cara llena de lágrimas de nuevo. El Batuque se frota contra sus tobillos, le lame los zapatos, gruñe bajito mirándolo. Echa a andar, despacio, las manos en los bolsillos, hacia la plaza Dos de Mayo, y el Batuque trota a su lado. Hay hombres tumbados al pie del monumento y a su alrededor un muladar de colillas, cáscaras y papeles; en las esquinas la gente toma por asalto los ómnibus maltrechos que se pierden envueltos en terrales en dirección a la barriada; un policía discute con un vendedor ambulante y las caras de ambos son odiosas y desalentadas y sus voces están como crispadas por una exasperación vacía. Da la vuelta a la plaza, al entrar a la Colmena detiene un taxi: ¿su perrito no iría a ensuciar el asiento? No, maestro, no lo iba a ensuciar: a Miraflores, a la calle Porta. Entra, pone al Batuque en sus rodillas, esa hinchazón en el saco. Jugar tenis, nadar, hacer pesas, aturdirse, alcoholizarse como Carlitos. Cierra los ojos, tiene la cabeza contra el espaldar, su mano acaricia el lomo, las orejas, el hocico frío, el vientre tembloroso. Te salvaste de la perrera, Batuquito, pero a ti nadie vendrá a sacarte nunca de la perrera, Zavalita, mañana iría a visitar a Carlitos a la clínica y le llevaría un libro, no Huxley. El taxi avanza por ciegas calles ruidosas, en la oscuridad oye motores, silbatos, voces fugitivas. Lástima no haberle aceptado a Norwin el almuerzo, Zavalita. Piensa: él los mata a palos y tú a editoriales. Él era mejor que tú, Zavalita. Había pagado más, se había jodido más. Piensa: pobre papá. El taxi disminuye la velocidad y él abre los ojos:

la Diagonal está ahí, atrapada en los cristales delanteros del taxi, oblicua, plateada, hirviendo de autos, sus avisos luminosos titilando ya. La neblina blanquea los árboles del parque, las torres de la iglesia se desvanecen en la grisura, las copas de los ficus oscilan: pare aquí. Paga la carrera y el Batuque comienza a ladrar. Lo suelta, lo ve cruzar la entrada de la quinta como un bólido. Oye adentro los ladridos, se acomoda el saco, la corbata, oye el grito de Ana, imagina su cara. Entra al patio, las casitas de duende tienen iluminadas las ventanas, la silueta de Ana que abraza al Batuque y viene hacia él, por qué te demoraste tanto amor, qué nerviosa había estado, qué asustada amor.

—Entremos, este animal va a enloquecer a toda la quinta —y la besa apenas—. Calla, Batuque.

Va al baño y, mientras orina y se lava la cara, oye a Ana, qué había pasado corazón, por qué se había tardado así, jugando con el Batuque, menos mal que lo encontraste amor, y oye los dichosos ladridos. Sale y Ana está sentada en la salita, el Batuque en sus brazos. Se sienta a su lado, la besa en la sien.

—Has estado tomando —lo tiene cogido del saco, lo mira medio risueña, medio enojada—. Hueles a cerveza, amor. No me digas que no, has estado tomando ¿no?

—Me encontré con un tipo que no veía hacía siglos. Fuimos a tomarnos un trago. No pude librarme, amor.

—Y yo aquí, medio loca de angustia —oye su voz quejumbrosa, mimosa, cariñosa—. Y tú tomando cerveza con tus amigotes. ¿Por qué al menos no me llamaste donde la alemana, amor?

Bien hecho, por haberla tenido con los nervios rotos toda la tarde, y le pasa la mano por la frente y lo mira y le sonríe y le habla bajito y le pellizca una oreja: bien hecho que duela cabecita, amor, y él la besa. ¿Quería dormir un ratito, le cerraba la cortina, corazón? Sí, se pone de pie, un ratito, se tumba en la cama y las sombras de Ana y del Batuque trajinan a su alrededor, buscándose.

—Lo peor es que me gasté toda la plata, amor. No sé cómo vamos a llegar hasta el lunes.

—Bah, qué importa. Menos mal que el chino de San Martín me fía siempre, menos mal que es el chino más bueno que hay.

—Lo peor es que nos quedamos sin cine. ¿Daban algo bueno, hoy?

—Una con Marlon Brando, en el Colina —y la voz de Ana, lejanísima, llega como a través del agua—. Una policial de esas que te gustan, amor. Si quieres me presto plata de la alemana.

Está contenta, Zavalita, te perdona todo porque le trajiste al Batuque. Piensa: en este momento es feliz.

—Me presto y vamos al cine, pero me prometes que nunca más te vas a tomar cerveza con tus amigotes sin avisarme —se ríe Ana, cada vez más lejos.

Piensa: te prometo. La cortina tiene una esquina plegada y Santiago puede ver un retazo de cielo casi oscuro, y adivinar, afuera, encima, cayendo sobre la quinta de los duendes, Miraflores, Lima, la miserable garúa de siempre.

II

Popeye Arévalo había pasado la mañana en la playa de Miraflores. Miras por gusto la escalera, le decían las chicas del barrio, la Teté no va a venir. Y, efectivamente, la Teté no fue a bañarse esa mañana. Defraudado, volvió a su casa antes del mediodía, pero mientras subía la cuesta de la Quebrada iba viendo la naricita, el cerquillo, los ojitos de Teté, y se emocionó: ¿cuándo vas a hacerme caso, cuándo Teté? Llegó a su casa con los pelos rojizos todavía húmedos, ardiendo de insolación la cara llena de pecas. Encontró al senador esperándolo: ven pecoso, conversarían un rato. Se encerraron en el escritorio y el senador ¿siempre quería estudiar arquitectura? Sí papá, claro que quería. Sólo que el examen de ingreso era tan difícil, se presentaban montones y entraban poquísimos. Pero él chancaría fuerte, papá, y a lo mejor ingresaba. El senador estaba contento de que hubiera terminado el colegio sin ningún curso jalado y desde fin de año era una madre con él, en enero le había aumentado la propina de una a dos libras. Pero aun así, Popeye no se esperaba tanto: bueno, pecoso, como era difícil ingresar a Arquitectura mejor no se arriesgaba este año, que se matriculara en los cursos de Pre y estudiara fuerte, y así el próximo año entrarás seguro: ¿qué le parecía, pecoso? Bestial, papá, la cara de Popeye se encendió más, sus ojos brillaron. Chancaría, se mataría estudiando y el año próximo seguro que ingresaba. Popeye había temido un verano fatal, sin baños de mar, sin matinés, sin fiestas, días y noches aguados por las matemáticas, la física y la química, y a pesar de tanto sacrificio no ingresaré y habré perdido las vacaciones por las puras. Ahí estaban ahora, recobradas, la playa de Miraflores, las olas de La Herradura, la bahía de Ancón, y las imágenes eran tan reales, las plateas del Leuro, el Montecarlo y el Colina, tan bestiales, salones donde él y la Teté bailaban boleros, como las de una película en tecnicolor. ¿Estás contento?, dijo el senador, y él contentísimo. Qué buena gente es, pensaba, mientras iban al comedor, y el senador eso sí, pecoso, acabadito el verano a romperse el alma ¿se lo prometía?, y Popeye se lo juraba, papá. Durante el almuerzo el senador le hizo bromas, ¿la hija de Zavala todavía no te daba bola, pecoso?, y él se ruborizó: ya le estaba dando su poquito, papá. Eres una criatura para tener enamorado, dijo su vieja, que se dejara de adefesios todavía. Qué ocurrencia, ya está grande, dijo el senador, y además la Teté era una linda chiquilla. No des tu brazo a torcer, pecoso, a las mujeres les gustaba hacerse de rogar, a él le había costado un triunfo enamorar a la vieja, y la vieja muerta de risa. Sonó el teléfono y el mayordomo vino corriendo: su amigo Santiago, niño. Tenía que verlo urgente, pecoso. ¿A las tres en el Cream Rica de Larco, flaco? A las tres en punto, pecoso. ¿Tu cuñado iba a sacarte la mugre si no dejabas en paz a la Teté, pecoso?, sonrió el senador, y Popeye pensó qué buen humor se gasta hoy. Nada de eso, él y Santiago eran adúes, pero la vieja frunció el ceño: a ese muchachito le falla una tuerca ¿no? Popeye se llevó a la boca una cucharadita de helado, ¿quién decía eso?, otra de merengue, a lo mejor lo convencía a Santiago de que fueran a su casa a oír discos y de que llamara a la Teté, sólo para conversar un rato, flaco. Se lo había dicho la misma Zoila en la canasta del viernes, insistió la vieja. Santiago les daba muchos dolores de cabeza últimamente a ella y a Fermín, se pasaba el día peleando con la Teté y con el Chispas, se había vuelto desobediente y respondón. El flaco se había sacado el primer puesto en los exámenes finales, protestó Popeye, qué más querían sus viejos.

—No quiere entrar a la Católica sino a San Marcos —dijo la señora Zoila—. Eso lo tiene hecho una noche a Fermín.

—Yo lo haré entrar en razón, Zoila, tú no te metas —dijo don Fermín—. Está en la edad del pato, hay que saber llevarlo. Riñéndolo, se entercará más.

—Si en vez de consejos le dieras unos cocachos te haría caso —dijo la señora Zoila—. El que no sabe educarlo eres tú.

—Se casó con ese muchacho que iba a la casa —dice Santiago—. Popeye Arévalo. El pecoso Arévalo.

—El flaco no se lleva bien con su viejo porque no tiene las mismas ideas —dijo Popeye.

—¿Y qué ideas tiene ese mocoso recién salido del cascarón? —se rió el senador.

—Estudia, recíbete de abogado y podrás meter tu cuchara en política —dijo don Fermín—. ¿De acuerdo, flaco?

—Al flaco le da cólera que su viejo ayudara a Odría a hacerle la revolución a Bustamante —dijo Popeye—. Él está contra los militares.

—¿Es bustamantista? —dijo el senador—. Y Fermín cree que es el talento de la familia. No debe ser tanto, cuando admira al calzonazos de Bustamente.

—Sería un calzonazos, pero era una persona decente y había sido diplomático —dijo la vieja de Popeye—. Odría, en cambio, es un soldadote y un cholo.

—No te olvides que soy senador odriísta —se rió el senador—. Así que déjate de cholear a Odría, tontita.

—Se le ha metido entrar a San Marcos porque no le gustan los curas, y porque quiere ir donde va el pueblo —dijo Popeye—. En realidad, se le ha metido porque es un contreras. Si sus viejos le dijeran entra a San Marcos, diría no, a la Católica.

—Zoila tiene razón, en San Marcos perderá las relaciones —dijo la vieja de Popeye—. Los muchachos bien van a la Católica.

—También en la Católica hay cada indio que da miedo, mamá —dijo Popeye.

—Con la plata que está ganando Fermín ahora que anda de cama y mesa con Cayo Bermúdez, el mocoso no va a necesitar relaciones —dijo el senador—. Sí, pecoso, anda nomás.

Popeye se levantó de la mesa, se lavó los dientes, se peinó y salió. Eran sólo las dos y cuarto, mejor iba haciendo tiempo. ¿No somos patas, Santiago?, anda, dame un empujoncito con la Teté. Subió por Larco pestañeando por la resolana y se detuvo a curiosear las vitrinas de la Casa Nelson: esos mocasines de gamuza con un pantaloncito marrón y esa camisa amarilla, bestial. Llegó al Cream Rica antes que Santiago, se instaló en una mesa desde la que podía ver la avenida, pidió un *milk shake* de vainilla. Si no lo convencía a Santiago de que fueran a oír discos a su casa irían a la matiné o a timbear donde Coco Becerra, de qué querría hablarle el flaco. Y en eso entró Santiago, la cara larga, los ojos como afiebrados: sus viejos la habían botado a la Amalia, pecoso. Acababan de abrir la sucursal del Banco de Crédito y, por las ventanas del Cream Rica, Popeye veía cómo las puertas tumultuosas se tragaban a la gente que había estado esperando en la vereda. Hacía sol, los Expresos pasaban repletos, hombres y mujeres se disputaban los colectivos en la esquina de Schell. ¿Por qué habían esperado hasta ahora para botarla, flaco? Santiago encogió los hombros, sus viejos no querían que él se diera cuenta que la botaban por lo de la otra noche, como si él fuera tonto. Parecía más flaco con esa cara de duelo, los pelos retintos le llovían sobre la frente. El mozo se acercó y Santiago le señaló el vaso de Popeye, ¿también de vainilla?, sí. Por último qué tanto, lo animó Popeye, ya encontraría otro trabajo, en todas partes necesitaban sirvientas. Santiago se miró las uñas: la Amalia era buena gente, cuando el Chispas, la Teté o yo estaban de mal humor se desfogaban requintándola y ella nunca nos acusó a los viejos, pecoso. Popeye removió el *milk shake* con la cañita, ¿cómo te convenzo de que vayamos a oír discos a tu casa, cuñado?, sorbió la espuma.

—Tu vieja le fue a dar sus quejas a la senadora por lo de San Marcos —dijo.

—Puede ir a darle sus quejas al rey de Roma —dijo Santiago.

—Si tanto les friega San Marcos, preséntate a la Católica, qué más te da —dijo Popeye—. ¿O en la Católica exigen más?

—A mis viejos eso les importa un pito —dijo Santiago—. San Marcos no les gusta porque hay cholos y porque se hace política, sólo por eso.

—Te has puesto en un plan muy fregado —dijo Popeye—. Te las pasas dando la contra, rajas de todo, y te tomas demasiado a pecho las cosas. No te amargues la vida por gusto, flaco.

—Métete tus consejos al bolsillo —dijo Santiago.

—No te las des tanto de sabio, flaco —dijo Popeye—. Está bien que seas chancón, pero no es razón para creer que todos los demás son unos tarados. Anoche lo trataste a Coco de una manera que no sé cómo aguantó.

—Si a mí no me da la gana de ir a misa, no tengo por qué darle explicaciones al sacristán ese —dijo Santiago.

—O sea que ahora también te las das de ateo —dijo Popeye.

—No me las doy de ateo —dijo Santiago—. Que no me gusten los curas no quiere decir que no crea en Dios.

—¿Y qué dicen en tu casa de que no vayas a misa? —dijo Popeye—. ¿Qué dice la Teté, por ejemplo?

—Este asunto de la chola me tiene amargo, pecoso —dijo Santiago.

—Olvídate, no seas bobo —dijo Popeye—. A propósito de la Teté, por qué no fue a la playa esta mañana.

—Se fue al Regatas con unas amigas —dijo Santiago—. No sé por qué no escarmientas.

—El coloradito, el de las pecas —dice Ambrosio—. El hijito del senador don Emilio Arévalo, claro. ¿Se casó con él?

—No me gustan los pecosos ni los pelirrojos —hizo una morisqueta la Teté—. Y él es las dos cosas. Uy, qué asco.

—Lo que más me amarga es que la botaran por mi culpa —dijo Santiago.

—Más bien di culpa del Chispas —lo consoló Popeye—. Tú ni sabías lo que era yobimbina.

Al hermano de Santiago le decían ahora sólo Chispas, pero antes, en la época en que le dio por lucirse en el Terrazas levantando pesas, le decían Tarzán Chispas. Había sido cadete de la Escuela Naval unos meses y cuando lo expulsaron (él decía que por haberle pegado a un alférez) estuvo un buen tiempo de vago, dedicado a la timba y al trago y dándoselas de matón. Se aparecía en el óvalo de San Fernando y se dirigía amenazador a Santiago, señalándole a Popeye, a Toño, a Coco o a Lalo: a ver, supersabio, con cuál de ésos quería medir sus fuerzas. Pero desde que entró a trabajar a la oficina de don Fermín se había vuelto formal.

—Yo sí sé lo que es, sólo que nunca había visto —dijo Santiago—. ¿Tú crees que las vuelve locas a las mujeres?

—Cuentos del Chispas —susurró Popeye—. ¿Te dijo que las vuelve locas?

—Las vuelve, pero si se le pasa la mano las puede volver cadáveres, niño Chispas —dijo Ambrosio—. No me vaya a meter en un lío. Fíjese que si lo chapa su papá, me funde.

—¿Y te dijo que con una cucharada cualquier hembrita se te echaba? —susurró Popeye—. Cuentos, flaco.

—Habría que hacer la prueba —dijo Santiago—. Aunque sea para ver si es cierto, pecoso.

Se calló, atacado por una risita nerviosa, y Popeye se rió también. Se codeaban, lo difícil era encontrar con quién, excitados, disforzados, ahí estaba la cosa, y la mesa y los *milk shakes* temblaban con los sacudones: qué locos eran, flaco. ¿Qué le había dicho el Chispas al dársela? El Chispas y Santiago se llevaban como perro y gato y vez que podía el Chispas le hacía perradas al flaco y el flaco al Chispas perradas vez que podía: a lo mejor era una mala pasada de tu hermano, flaco. No pecoso, el Chispas había llegado hecho una pascua a la casa, gané un montón de plata en el hipódromo, y lo que nunca, antes de acostarse se metió al cuarto de Santiago a aconsejarlo: ya es hora de que te sacudas, ¿no te da vergüenza seguir virgo tamaño hombrón?, y le convidó un cigarro. No te muñequees, dijo el Chispas, ¿tienes hembrita?, Santiago le mintió que sí y el Chispas, preocupado: es hora de que te desvirgues, flaco, de veras.

—¿No te he pedido tanto que me lleves al bulín? —dijo Santiago.

—Te pueden quemar y el viejo me mata —dijo el Chispas—. Además, los hombres se ganan su polvo a pulso, no pagando. Te las das de sabido en todo y estás en la luna en cuestión hembras, supersabio.

—No me las doy de sabido —dijo Santiago—. Ataco cuando me atacan. Anda, Chispas, llévame al bulín.

—Y entonces por qué le discutes tanto al viejo —dijo el Chispas—. Lo amargas dándole la contra en todo.

—Sólo le doy la contra cuando se pone a defender a Odría y a los militares —dijo Santiago—. Anda, Chispas.

—Y por qué estás tú contra los militares —dijo el Chispas—. Y qué mierda te ha hecho Odría a ti.

—Subieron al gobierno a la fuerza —dijo Santiago—. Odría ha metido presa a un montón de gente.

—Sólo a los apristas y a los comunistas —dijo el Chispas—. Ha sido buenísimo con ellos, yo los hubiera fusilado a todos. El país era un caos cuando Bustamante, la gente decente no podía trabajar en paz.

—Entonces tú no eres gente decente —dijo Santiago—. Porque cuando Bustamante tú andabas de vago.

—Te estás rifando un sopapo, supersabio —dijo el Chispas.

—Yo tengo mis ideas y tú las tuyas —dijo Santiago—. Anda, llévame al bulín.

—Al bulín, nones —dijo el Chispas—. Pero te voy a ayudar a que te trabajes una hembrita.

—¿Y la yobimbina se compra en las boticas? —dijo Popeye.

—Se consigue por lo bajo —dijo Santiago—. Es algo prohibido.

—Un poquito en la Coca-Cola, en un *hot dog* —dijo el Chispas—, y esperas que vaya haciendo su efecto. Y cuando se ponga nerviosita, ahí depende de ti.

—¿Y eso se le puede dar a una de cuántos años, por ejemplo, Chispas? —dijo Santiago.

—No vas a ser tan bruto de dársela a una de diez —se rió el Chispas—. A una de catorce ya puedes, pero poquito. Aunque a esa edad no te lo va a aflojar, le sacarás un plan bestial.

—¿Será de verdad? —dijo Popeye—. ¿No te habrá dado un poco de sal, de azúcar?

—La probé con la punta de la lengua —dijo Santiago—. No huele a nada, es un polvito medio picante.

En la calle había aumentado la gente que trataba de subir a los atestados colectivos, a los Expresos. No hacían cola, eran una pequeña turba que agitaba las manos ante los ómnibus de corazas azules y blancas que pasaban sin detenerse. De pronto, entre los cuerpos, dos menudas siluetas idénticas, dos melenitas morenas: las mellizas Valle Riestra. Popeye apartó la cortina y les hizo adiós, pero ellas no lo vieron o no lo reconocieron. Taconeaban con impaciencia, sus caritas frescas y bruñidas miraban a cada momento el reloj del Banco de Crédito, estarían yéndose a alguna matiné del centro, flaco. Cada vez que se acercaba un colectivo se adelantaban hasta la pista con aire resuelto, pero siempre las desplazaban.

—A lo mejor están yendo solas —dijo Popeye—. Vámonos a la matiné con ellas, flaco.

—¿Te mueres por la Teté, sí o no, veleta? —dijo Santiago.

—Sólo me muero por la Teté —dijo Popeye—. Claro que si en vez de la matiné quieres que vayamos a oír discos a tu casa, yo de acuerdo.

Santiago movió la cabeza con desgano: se había conseguido un poco de plata, iba a llevársela a la chola, vivía por ahí, en Surquillo. Popeye abrió los ojos, ¿a la Amalia?, y se echó a reír, ¿le vas a regalar tu propina porque tus viejos la botaron? No su propina, Santiago partió en dos la cañita, había sacado cinco libras del chancho. Y Popeye se llevó un dedo a la sien: derechito al manicomio, flaco. La botaron por mi culpa, dijo Santiago, ¿qué tenía de malo que le regalara un poco de plata? Ni que te hubieras enamorado de la chola, flaco, cinco libras era una barbaridad de plata, para eso invitamos a las mellizas al cine. Pero en ese momento las mellizas subieron a un Morris verde y Popeye tarde, hermano. Santiago se había puesto a fumar.

—Yo no creo que el Chispas le haya dado yobimbina a su enamorada, inventó eso para dárselas de maldito —dijo Popeye—. ¿Tú le darías yobimbina a una chica decente?

—A mi enamorada no —dijo Santiago—. Pero por qué no a una huachafita, por ejemplo.

—¿Y qué vas a hacer? —susurró Popeye—. ¿Se la vas a dar a alguien o la vas a botar?

Había pensado botarla, pecoso, y Santiago bajó la voz y enrojeció, después estuvo pensando y tartamudeó, ahí se le había ocurrido una idea. Sólo para ver cómo era, pecoso, qué le parecía.

—Una estupidez sin nombre, con cinco libras se pueden hacer mil cosas —dijo Popeye—. Pero allá tú, es tu plata.

—Acompáñame, pecoso —dijo Santiago—. Es aquí nomás, en Surquillo.

—Pero después vamos a tu casa a oír discos —dijo Popeye—. Y la llamas a la Teté.

—Conste que eres un interesado de mierda, pecoso —dijo Santiago.

—¿Y si se enteran tus viejos? —dijo Popeye—. ¿Y si el Chispas?

—Mis viejos se van a Ancón y no vuelven hasta el lunes —dijo Santiago—. Y el Chispas se ha ido a la hacienda de un amigo.

—Ponte que le caiga mal, que se nos desmaye —dijo Popeye.

—Le daremos apenitas —dijo Santiago—. No seas rosquete, pecoso.

En los ojos de Popeye había brotado una lucecita, ¿te acuerdas cuando fuimos a espiarla a la Amalia en Ancón, flaco? Desde la azotea se veía el baño de la servidumbre, en la claraboya dos caras juntas e inmóviles y abajo una silueta esfumada, una ropa de baño negra, qué riquita la cholita, flaco.

La pareja de la mesa vecina se levantó y Ambrosio señala a la mujer: ésa era una polilla, niño, se pasaba el día en La Catedral buscando clientes. Vieron a la pareja salir a Larco, la vieron cruzar la calle Schell. El paradero estaba ahora desierto, Expreso y colectivos pasaban semivacíos. Llamaron al mozo, dividieron la cuenta, ¿y por qué sabía que era polilla? Porque, además de bar-restaurante, La Catedral también era jabe, niño, detrás de la cocina había un cuartito y lo alquilaban dos soles la hora. Avanzaron por Larco, mirando a las muchachas que salían de las tiendas, a las señoras que arrastraban cochecitos con bebes chillando. En el parque, Popeye compró *Última Hora* y leyó en voz alta los chismes, hojeó los deportes, y, al pasar frente a La Tiendecita Blanca, hola Lalo. En la alameda Ricardo Palma arrugaron el periódico e hicieron algunos pases hasta que se deshizo y quedó abandonado en una esquina de Surquillo.

—Sólo falta que la Amalia esté furiosa y me mande al diablo —dijo Santiago.

—Cinco libras es una fortuna —dijo Popeye—. Te recibirá como a un rey.

Estaban cerca del Cine Miraflores, frente al mercado de quioscos de madera, esteras y toldos, donde vendían flores, cerámica y fruta, y hasta la calle llegaban disparos, galopes, alaridos indios, voces de chiquillos: *Muerte en Arizona*. Se detuvieron a mirar los afiches: una *cowboy* tela, flaco.

—Estoy un poco saltón —dijo Santiago—. Anoche me las pasé desvelado, debe ser por eso.

—Estás saltón porque te has desanimado —dijo Popeye—. Me invencionas, no va a pasar nada, no seas rosquete, y a la hora de la hora el que se chupa eres tú. Vámonos al cine, entonces.

—No me he desanimado, ya se me pasó —dijo Santiago—. Espera, voy a ver si los viejos se fueron.

No estaba el carro, ya se habían ido. Entraron por el jardín, pasaron junto a la fuente de azulejos, ¿y si se había acostado, flaco? La despertarían, pecoso. Santiago abrió la puerta, el clic del interruptor y las tinieblas se convirtieron en alfombras, cuadros, espejos, mesitas con ceniceros, lámparas. Popeye iba a sentarse pero Santiago subamos de frente a mi cuarto. Un patio, un escritorio, una escalera con pasamanos de fierro. Santiago dejó a Popeye en el rellano, entra y pon música, iba a llamarla. Banderines del colegio, un retrato del Chispas, otro de la Teté en traje de primera comunión, linda pensó Popeye, un chancho orejón y trompudo sobre la cómoda, la alcancía, cuánta plata habría. Se sentó en la cama, encendió la radio del velador, un vals de Felipe Pinglo, pasos, el flaco: ya estaba, pecoso. La había encontrado despierta, súbeme unas Coca-Colas, y se rieron: chist, ahí venía, ¿sería ella? Sí, ahí estaba en el umbral, sorprendida, examinándolos con desconfianza. Se había replegado contra la puerta, una chompa rosada y una blusa sin botones, no decía nada. Era Amalia y no era, pensó Popeye, qué iba a ser la de mandil azul que circulaba en la casa del flaco con bandejas o plumeros en las manos. Tenía los cabellos greñudos ahora, buenas tardes niño, unos zapatones de hombre y se la notaba asustada: hola, Amalia.

—Mi mamá me contó que te habías ido de la casa —dijo Santiago—. Qué pena que te vayas.

Amalia se apartó de la puerta, miró a Popeye, cómo estaba niño, que le sonrió amistosamente desde la calzada, y se volvió a Santiago: no se había ido por su gusto, la señora Zoila la había botado. Pero por qué, señora, y la señora Zoila porque le daba la gana, haz tus cosas ahora mismo. Hablaba y se iba aplacando los pelos con las manos, acomodándose la blusa. Santiago la escuchaba con cara incómoda. Ella no quería irse de la casa, niño, ella le había rogado a la señora.

—Pon la charola en la mesita —dijo Santiago—. Espera, estamos oyendo música.

Amalia puso la charola con los vasos y las Coca-Colas frente al retrato del Chispas y quedó de pie junto a la cómoda, la cara intrigada. Llevaba el vestido blanco y los zapatos sin taco de su uniforme, pero no el mandil ni la toca. ¿Por qué se quedaba ahí parada?, ven siéntate, había sitio. Cómo se iba a sentar, y lanzó una risita, a la señora no le gustaba que entrara al cuarto de los niños, ¿no sabía acaso? Sonsa, mi mamá no está, la voz de Santiago se puso tensa de repente, ni él ni Popeye la iban a acusar, siéntate sonsa. Amalia se volvió a reír, decía eso ahora pero a la primera que se enojara la acusaría y la señora la resondraría. Palabra que el flaco no te acusará, dijo Popeye, no te hagas de rogar y siéntate. Amalia miró a Santiago, miró a Popeye, se sentó en una esquina de la cama y ahora tenía la cara seria. Santiago se levantó, fue hacia la charola, no se te vaya a pasar la mano pensó Popeye y miró a Amalia: ¿le gustaba cómo cantan ésos? Señaló la radio, ¿regio, no? Le gustaban, bonito cantaban. Tenía las manos sobre las rodillas, se mantenía muy tiesa, había entrecerrado los ojos como para escuchar mejor: eran Los Trovadores del Norte, Amalia. Santiago seguía sirviendo las Coca-Colas y Popeye lo espiaba, inquieto. ¿Amalia sabía bailar? ¿Valses, boleros, huarachas? Amalia sonrió, se puso seria, volvió a sonreír: no, no sabía. Se arrimó un poquito a la orilla de la cama, cruzó los brazos. Sus movimientos eran forzados, como si la ropa le quedara estrecha o le picara la espalda; su sombra no se movía en el parquet.

—Te traje esto para que te compres algo —dijo Santiago.

—¿A mí? —Amalia miró los billetes, sin agarrarlos—. Pero si la señora Zoila me pagó el mes completo, niño.

—No te la manda mi mamá —dijo Santiago—. Te la regalo yo.

—Pero usted qué me va a estar regalando de su plata, niño —tenía los cachetes colorados, miraba al flaco confusa—. ¿Cómo voy a aceptarle, pues?

—No seas sonsa —insistió Santiago—. Anda, Amalia.

Le dio el ejemplo: alzó su vaso y bebió. Ahora tocaban *Siboney*, y Popeye había abierto la ventana: el jardín, los arbolitos de la calle iluminados por el farol de la esquina, la superficie azogada de la fuente, el zócalo de azulejos destellando, ojalá que no le pase nada, flaco. Bueno pues, niño, a su salud, y Amalia bebió un largo trago, suspiró y apartó el vaso de sus labios semivacío: rica, heladita. Popeye se acercó a la cama.

—Si quieres, te enseñamos a bailar —dijo Santiago—. Así, cuando tengas enamorado, podrás ir a fiestas con él sin planchar.

—A lo mejor ya tiene enamorado —dijo Popeye—. Confiesa Amalia, ¿ya tienes?

—Mírala cómo se ríe, pecoso —Santiago la cogió del brazo—. Claro que tienes, ya te descubrimos tu secreto, Amalia.

—Tienes, tienes —Popeye se dejó caer junto a ella, la cogió del otro brazo—. Cómo te ríes, bandida.

Amalia se retorcía de risa y sacudía los brazos pero ellos no la soltaban, qué iba a tener, niño, no tenía, les daba codazos para apartarlos, Santiago la abrazaba por la cintura, Popeye le puso una mano en la rodilla y Amalia un manazo: eso sí que no, niño, nada de tocarla. Pero Popeye volvió a la carga: bandida, bandida. A lo mejor hasta sabía bailar y les había mentido que no, a ver confiesa: bueno, niño, se los aceptaba. Cogió los billetes que se arrugaron entre sus dedos, para que viera que no se hacía de rogar nomás, y los guardó en el bolsillo de la chompa. Pero le daba pena quitarle su plata, ahora no tendría ni para la matiné del domingo.

—No te preocupes —dijo Popeye—. Si no tiene, los del barrio hacemos colecta y lo convidamos.

—Como amigos que son, pues —y Amalia abrió los ojos, como recordando—. Pero pasen, aunque sea un momentito. Disculparán la pobreza.

No les dio tiempo a negarse, entró a la casa corriendo y ellos la siguieron. Lamparones y tiznes, unas sillas, estampas, dos camas deshechas. No podían quedarse mucho, Amalia, tenían un compromiso. Ella asintió, frotaba con su falda la mesa del centro de la habitación, un momento nada más. Una chispa maliciosa brotó en sus ojos, ¿la esperarían un ratito conversando?, iba a comprar algo para ofrecerles, ya volvía. Santiago y Popeye se miraron asustados, encantados, era otra persona, flaco, se había puesto loquita. Sus carcajadas resonaban en todo el cuarto, tenía la cara sudada y lágrimas en los ojos, sus disfuerzos contagiaban a la cama un escalofrío chirriante. Ahora ella también acompañaba la música dando palmadas: sí, sí sabía. Una vez la habían llevado a Agua Dulce y había bailado en un sitio donde tocaba una orquesta, está loquísima pensó Popeye. Se paró, apagó la radio, puso el tocadiscos, volvió a la cama. Ahora quería verla bailar, qué contenta estás bandida, ven vamos, pero Santiago se levantó: iba a bailar con él, pecoso. Conchudo, pensó Popeye, abusas porque es tu sirvienta, ¿y si la Teté se aparecía?, y sintió que se le aflojaban las rodillas y ganas de irse, conchudo. Amalia se había puesto de pie y evolucionaba por el cuarto, sola, dándose encontrones con los muebles, torpe y pesada, canturreando a media voz, girando a ciegas, hasta que Santiago la abrazó. Popeye apoyó la cabeza en la almohada, estiró la mano y apagó la lamparilla, oscuridad, luego el resplandor del farol de la calle iluminó ralamente las dos siluetas. Popeye las veía flotar en círculo, oía la voz chillona de Amalia y se metió la mano al bolsillo, ¿veía que sí sabía bailar, niño? Cuando terminó el disco y Santiago vino a sentarse a la cama Amalia quedó recostada en la ventana, de espaldas a ellos, riéndose: tenía razón el Chispas, mírala cómo se ha puesto, calla conchudo. Hablaba, cantaba y se reía como si estuviera borracha, ni los veía, se le torcían los ojos, pecoso, Santiago estaba un poco saltón, ¿y si se desmaya? Déjate de bobadas, le habló al oído Popeye, tráela a la cama. Su voz era resuelta, urgente, la tenía al palo, flaco, ¿y tú no?, angustiada, espesa: él también, pecoso. La calatearían, la manosearían: se la tirarían, flaco. Medio cuerpo inclinado sobre el jardín, Amalia se balanceaba despacito, murmurando algo, y Popeye divisaba su silueta recortada contra el cielo oscuro: otro disco, otro disco. Santiago se incorporó, un fondo de violines y la voz de Leo Marini, terciopelo puro pensó Popeye, y vio a Santiago ir hacia el balcón. Las dos sombras se juntaron, lo invencionó y ahora lo tenía tocando violín en gran forma, esta perrada me la pagarás, conchudo. Ni se movían ahora, la cholita era retaca y parecía colgada del flaco, se la estaría paleteando de lo lindo, qué tal concha, y adivinó la voz de Santiago, ¿no estás cansadita?, estreñida y floja y como estrangulada, ¿no quería echarse?, tráela pensó. Estaban junto a él, Amalia bailaba como una sonámbula, tenía los ojos cerrados, las manos del flaco subían, bajaban, desaparecían en la espalda de ella y Popeye no distinguía sus caras, la estaba besando y él en palco, qué tal concha, sírvanse niños.

—Les traje estas cañitas, también —dijo Amalia—. Así toman ustedes ¿no?

—Para qué te has molestado —dijo Santiago—. Si ya nos íbamos.

Les alcanzó las Coca-Colas y las cañitas, arrastró una silla y se sentó frente a ellos; se había peinado, se había puesto una cinta y abotonado la blusa y la chompa y los miraba beber. Ella no tomaba nada.

—No has debido gastar así tu plata, sonsa —dijo Popeye.

—No es mía, es la que me regaló el niño Santiago —se rió Amalia—. Para hacerles una atención siquiera, pues.

La puerta de la calle estaba abierta, afuera comenzaba a oscurecer y se oía a veces y a lo lejos el paso del tranvía. Trajinaba mucha gente por la vereda, voces, risas, algunas caras se detenían un segundo a mirar.

—Ya están saliendo de las fábricas —dijo Amalia—. Lástima que el laboratorio de su papá no esté por aquí, niño. Hasta la avenida Argentina voy a tener que tomar el tranvía y después ómnibus.

—¿Vas a trabajar en el laboratorio? —dijo Santiago.

—¿Su papá no le contó? —dijo Amalia—. Sí, pues, desde el lunes.

Ella estaba saliendo de la casa con su maleta y encontró a don Fermín, ¿quieres que te coloque en el laboratorio?, y ella claro que sí, don Fermín, donde sea, y entonces él llamó al niño Chispas y le dijo telefonea a Carrillo y que le dé trabajo: qué papelón, pensó Popeye.

—Ah, qué bien —dijo Santiago—. En el laboratorio seguro estarás mejor.

Popeye sacó su cajetilla de Chesterfield, ofreció un cigarrillo a Santiago, dudó un segundo, y otro a Amalia pero ella no fumaba, niño.

—A lo mejor sí fumas y nos estás engañando como el otro día —dijo Popeye—. Nos dijiste no sé bailar y sabías.

La vio palidecer, no pues niño, la oyó tartamudear, sintió que Santiago se revolvía en la silla y pensó metí la pata. Amalia había bajado la cabeza.

—Es una broma —dijo, y las mejillas le ardían—. De qué te vas a avergonzar, ¿acaso pasó algo, sonsa?

Ella fue recobrando sus colores, su voz: no quería ni acordarse, niño. Qué mal se había sentido, al día siguiente todavía se le mezclaba todo en la cabeza y las cosas le bailaban en las manos. Alzó la cara, los miró con timidez, con envidia, con admiración: ¿a ellos las Coca-Colas nunca les hacían nada? Popeye miró a Santiago, Santiago miró a Popeye y los dos miraron a Amalia: había vomitado toda la noche, no volvería a tomar Coca-Cola nunca en su vida. Y, sin embargo, había tomado cerveza y nada, y Pasteurina y tampoco, y Pepsi-Cola y tampoco, ¿esa Coca-Cola no estaría pasadita, niño? Popeye se mordió la lengua, sacó su pañuelo y furiosamente se sonó. Se apretaba la nariz y sentía que el estómago le iba a reventar: se había terminado el disco, ahora sí, y sacó rápido la mano del bolsillo de su pantalón. Ellos seguían fundidos en la media oscuridad, vengan vengan, siéntense un ratito, y oyó a Amalia: ya se había acabado pues la música, niño. Una voz difícil, por qué había apagado la luz el otro niño, aleteando apenas, que la prendieran o se iba, quejándose sin fuerzas, como si un invencible sueño o aburrimiento la apagara, no quería a oscuras, así no le gustaba. Eran una silueta sin forma, una sombra más entre las otras sombras del cuarto y parecía que estuvieran forcejeando de a mentiras entre el velador y la cómoda. Se levantó, se les acercó tropezando, ándate al jardín pecoso, y él qué tal raza, chocó con algo, le dolió el tobillo, no se iba, tráela a la cama, suélteme niño. La voz de Amalia ascendía, qué le pasa niño, se enfurecía, y ahora Popeye había encontrado sus hombros, suélteme, que la soltara, y la arrastraba, qué atrevido, qué abusivo, los ojos cerrados, la respiración briosa y rodó con ellos sobre la cama: ya estaba, flaco. Ella se rió, no me haga cosquillas, pero sus brazos y sus piernas seguían luchando y Popeye angustiosamente se rió: sal de aquí pecoso, déjame a mí. No se iba, por qué se iba a ir, y ahora Santiago empujaba a Popeye y Popeye lo empujaba, no me voy a ir, y había una confusión de ropas y pieles mojadas en la sombra, un revoloteo de piernas, manos, brazos y frazadas.

La estaban ahogando, niño, no podía respirar: cómo te ríes, bandida. Quítese, que la soltaran, una voz ahogada, un jadeo entrecortado y animal, y de pronto chist, empujones y grititos, y Santiago chist, y Popeye chist: la puerta de calle, chist, la Teté, pensó y sintió que su cuerpo se disolvía. Santiago había corrido a la ventana y él no podía moverse: la Teté, la Teté.

—Ahora sí nos vamos, Amalia —Santiago se paró, dejó la botella en la mesa—. Gracias por la invitación.

—Gracias a usted, niño —dijo Amalia—. Por haber venido y por eso que me trajo.

—Anda a la casa a visitarnos —dijo Santiago.

—Claro que sí, niño —dijo Amalia—. Y salúdela mucho a la niña Teté.

—Sal de aquí, párate, qué esperas —dijo Santiago—. Y tú arréglate la camisa y péinate un poco, idiota.

Acababa de encender la lámpara, se alisaba los cabellos, Popeye se acuñaba la camisa en el pantalón y lo miraba, aterrado, salte, salte del cuarto. Pero Amalia seguía sentada en la cama y tuvieron que alzarla en peso, se tambaleó con expresión idiota, se sujetó del velador. Rápido, rápido, Santiago estiraba el cubrecama y Popeye corrió a desenchufar el tocadiscos, sal del cuarto idiota. No atinaba a moverse, los escuchaba con los ojos llenos de asombro y se les escurría de las manos y en eso se abrió la puerta y ellos la soltaron: hola, mamá. Popeye vio a la señora Zoila y trató de sonreír, en pantalones y con un turbante granate, buenas noches señora, y los ojos de la señora sonrieron y miraron a Santiago, a Amalia, y su sonrisa fue disminuyendo y murió: hola, papá. Vio, detrás de la señora Zoila, el rostro lleno, los bigotes y patillas grises, los ojos risueños de don Fermín, hola flaco, tu madre se desanimó de, hola Popeye, ¿estabas aquí? Don Fermín entró al cuarto, una camisa sin cuello, una casaca de verano, mocasines, y tendió la mano a Popeye: cómo está, señor.

—¿No estás acostada, tú? —dijo la señora Zoila—. Son más de las doce ya.

—Estábamos muertos de hambre y la desperté para que nos hiciera unos sándwiches —dijo Santiago—. ¿No se iban a quedar a dormir en Ancón?

—Tu madre se había olvidado que tenía invitados a almorzar mañana —dijo don Fermín—. Las voladuras de tu madre, cuándo no.

Con el rabillo del ojo, Popeye vio salir a Amalia con la charola en las manos, miraba el suelo y caminaba derechita, menos mal.

—Tu hermana se quedó donde los Vallarino —dijo don Fermín—. Total, se me malogró el proyecto de descansar este fin de semana.

—¿Ya son las doce, señora? —dijo Popeye—. Me voy volando. No nos dimos cuenta de la hora, creí que serían las diez.

—Qué es de la vida del senador —dijo don Fermín—. Siglos que no se lo ve por el club.

Salió con ellos hasta la calle y allí Santiago le dio una palmadita en el hombro y Popeye le hizo adiós: chau, Amalia. Se alejaron en dirección a la línea del tranvía. Entraron a El Triunfo a comprar cigarrillos; hervía ya de borrachines y jugadores de billar.

—Cinco libras por las puras, un papelón bestial —dijo Popeye—. Resulta que le hicimos un favor a la chola, ahora tu viejo le dio un trabajo mejor.

—Aunque sea, le hicimos una chanchada —dijo Santiago—. No me arrepiento de esas cinco libras.

—No es por nada, pero estás tronado —dijo Popeye—. ¿Qué le hicimos? Ya le diste cinco libras, déjate de remordimientos.

Siguiendo la línea del tranvía, bajaron hasta Ricardo Palma, y caminaron fumando bajo los árboles de la alameda, entre filas de automóviles.

—¿No te dio risa cuando dijo eso de las Coca-Colas? —se rió Popeye—. ¿Tú crees que es tan tonta o se hacía? No sé cómo pude aguantarme, me orinaba de risa por adentro.

—Te voy a hacer una pregunta —dice Santiago—. ¿Tengo cara de desgraciado?

—Y yo te voy a decir una cosa —dijo Popeye—. ¿Tú no crees que nos fue a comprar las Coca-Colas de puro sapa? Como descolgándose, a ver si repetíamos lo de la otra noche.

—Tienes la mente podrida, pecoso —dijo Santiago.

—Pero qué pregunta —dice Ambrosio—. Claro que no, niño.

—Está bien, la chola es una santa y yo tengo la mente podrida —dijo Popeye—. Vamos a tu casa a oír discos, entonces.

—¿Lo hiciste por mí? —dijo don Fermín—. ¿Por mí, negro? Pobre infeliz, pobre loco.

—Le juro que no, niño —se ríe Ambrosio—. ¿Se está haciendo la burla de mí?

—La Teté no está en la casa —dijo Santiago—. Se fue a la vermouth con amigas.

—Oye, no seas desgraciado, flaco —dijo Popeye—. ¿Me estás mintiendo, no? Tú me prometiste, flaco.

—Quiere decir que los desgraciados no tienen cara de desgraciados, Ambrosio —dice Santiago.

III

El teniente ni siquiera bostezó durante el viaje; estuvo todo el tiempo hablando de la revolución, explicándole al sargento que manejaba el jeep cómo ahora que Odría había subido al poder entrarían en vereda los apristas, y fumando unos cigarrillos que olían a guano. Habían salido de Lima a la madrugada y sólo se detuvieron una vez, en Surco, para mostrar el salvoconducto a una patrulla que controlaba los vehículos en la carretera. Entraron a Chincha a las siete de la mañana. La revolución ni se notaba aquí: las calles estaban alborotadas de escolares, no se veía tropa en las esquinas. El teniente saltó a la vereda, entró al café-restaurante Mi Patria, escuchó en la radio, con un fondo de marcha militar, el mismo comunicado que oía hacía dos días. Acodado en el mostrador, pidió un café con leche y un sándwich de queso mantecoso. Al hombre en camiseta y de cara avinagrada que lo atendió, le preguntó si conocía a Cayo Bermúdez, un comerciante de aquí. ¿Lo iba a, revolvió el hombre los ojos, meter preso? ¿Era aprista el tal Bermúdez? Qué iba a ser, no se metía en política. Mejor, la política era para los vagos, no para la gente de trabajo, el teniente lo buscaba por un asunto personal. Aquí no lo iba a encontrar, no venía nunca. Vivía en una casita amarilla, detrás de la iglesia. Era la única de ese color, sus vecinas eran blancas o grises y había también una marrón. El teniente tocó la puerta y esperó y oyó pasos y una voz quién es.

—¿Está el señor Bermúdez? —dijo el teniente.

La puerta se abrió gruñendo y se adelantó una mujer: una idiota con la cara negruzca y llena de lunares, don. La gente en Chincha decía quién te viera y quién te ve. Porque de muchacha era presentable. El día y la noche le digo, qué cambiazo, don. Tenía los pelos revueltos, el chal de lana que le cubría los hombros parecía un crudo.

—No está —miraba de través, con unos avarientos ojitos recelosos—. Qué se le ofrece. Soy su señora.

—¿Volverá pronto? —el teniente examinó a la mujer con sorpresa, con desconfianza—. ¿Puedo esperarlo?

Ella se apartó de la puerta. Adentro, el teniente se sintió mareado entre los muebles macizos, los jarrones sin flores, la máquina de coser y las paredes consteladas de sombritas o agujeros o moscas. La mujer abrió una ventana, entró una lengua de sol. Todo estaba gastado, sobraban cosas en el cuarto. Cajones arrumados contra los rincones, pilas de periódicos. La mujer murmuró permiso y se esfumó en la boca oscura de un pasillo. El teniente oyó silbar en alguna parte a un canario. ¿Si era su mujer de veras, don? Su mujer ante Dios, claro que sí, una historia que sacudió Chincha. ¿Que cómo comenzó, don? Una punta de años atrás, cuando la familia Bermúdez salió de la hacienda de los de la Flor. La familia, es decir el Buitre, la beata doña Catalina y el hijo, don Cayo, que por entonces estaría gateando. El Buitre había sido capataz de la hacienda y cuando se vino a Chincha la gente decía los de la Flor lo han botado por ladrón. En Chincha se dedicó a prestamista. A alguien le faltaba plata, iba donde el Buitre, necesito tanto, qué me das en prenda, este anillito, este reloj, y si uno no pagaba él se quedaba con la prenda y las comisiones del Buitre eran tan bárbaras que sus deudores iban muertos. El Buitre por eso, don: vivía de los cadáveres. Se llenó de platita en pocos años y la cerró con broche de oro cuando el gobierno del general Benavides comenzó a encarcelar y deportar apristas; el subprefecto Núñez daba la orden, el capitán Rascachucha metía en chirona al aprista y corría a la familia, el Buitre le remataba sus cosas y después entre los tres se repartían la torta. Y con la plata el Buitre se volvió importante, don, hasta fue alcalde de Chincha y se lo vio con tongo en la plaza de Armas, en los desfiles de Fiestas Patrias. Y se llenó de humos. Le dio porque su hijo se pusiera siempre zapatos y no se juntara con morenos. De chicos ellos jugaban fútbol, robaban fruta en las huertas, Ambrosio se metía a su casa y al Buitre no le importaba. Cuando se volvieron platudos, en cambio, lo botaban y a don Cayo lo reñían si lo pescaban con él. ¿Su sirviente? Qué va, don, su amigo, pero sólo cuando eran de este tamaño. La negra tenía entonces su puesto cerca de la esquina donde vivía don Cayo y él y Ambrosio se la pasaban mataperreando. Después los separó el Buitre, don, la vida. A don Cayo lo metieron al Colegio José Pardo, y a Ambrosio y a Perpetuo, la negra, avergonzada por lo del Trifulcio, se los llevó a Mala, y cuando volvieron a Chincha don Cayo era inseparable de uno del José Pardo, el Serrano. Ambrosio lo encontraba en la calle y ya no le decía tú sino usted. En las actuaciones del José Pardo don Cayo recitaba, leía su discursito, en los desfiles llevaba el gallardete. El niño prodigio de Chincha, decían, un futuro cráneo, y que al Buitre se le hacía agua la boca hablando de su hijo y que decía llegará muy alto, decían. Lo cierto es que llegó ¿no, don?

—¿Cree que tardará mucho? —el teniente aplastó su cigarrillo en el cenicero—. ¿No sabe dónde está?

—Y yo también me casé —dice Santiago—. ¿Y tú no te has casado?

—A veces vuelve a almorzar tardísimo —murmuró la mujer—. Si quiere, deme el recado.

—¿Usted también, niño, siendo tan joven? —dice Ambrosio.

—Lo esperaré —dijo el teniente—. Ojalá no se demore mucho.

Ya estaba en el último año del colegio, el Buitre lo iba a mandar a Lima a estudiar para leguleyo y don Cayo era pintado para eso, decían. Ambrosio vivía entonces en la ranchería que estaba a la salida de Chincha, don, yendo hacia lo que fue después Grocio Prado. Y ahí lo había pescado una vez, y ahí mismo captado que se había hecho la vaca, y ahí mismo pensado quién es la hembrita. ¿Montándosela? No, don, mirándola con ojos de loco. Se hacía el disimulado, el que aguaitaba los chanchos, el que esperaba. Había dejado sus libros en el suelo, estaba arrodillado, los ojos se le torcían hacia la ranchería y Ambrosio decía cuál es, cuál sería. Era la Rosa, don, la hija de la lechera Túmula. Una flaquita sin nada de particular, entonces parecía blanquita y no india. Hay criaturas que nacen feas y después mejoran, la Rosa comenzó pasable y terminó cuco. Pasable, ni bien ni mal, una de ésas a las que un blanco les hace un favor una vez y si te vi me olvidé. Las tetitas a medio salir, un cuerpo jovencito y nada más, pero tan sucia que ni para misa se arreglaba. Se la veía por Chincha arreando el burro con las tinajas, don, vendiendo poronguitos de casa en casa. La hija de la Túmula, el hijo del Buitre, imagínese el escandalazo, don. El Buitre tenía ya una ferretería y un almacén y dicen que decía cuando el muchacho vuelva de Lima de doctor levantará los negocios como espuma. Doña Catalina paraba en la iglesia, íntima del cura, tómbolas para los pobres, Acción Católica. Y el hijo dándole vueltas a la hija de la lechera, a quién le iba a caber en la cabeza. Pero fue así, don. Le llamaría la atención su manerita de caminar o algo, hay quien prefiere los animalitos chuscos a los finos dicen. Pensaría la trabajo, mojo y la dejo, y ella se daría cuenta que el blanquito babeaba por ella y pensaría dejo que me trabaje, dejo que moje y lo cojo. El caso es que don Cayo cayó, don: ¿qué se le ofrecía? El teniente abrió los ojos, se puso de pie de un salto.

—Disculpe, me quedé dormido —se pasó la mano por la cara, tosió—. ¿El señor Bermúdez?

Junto a la horrible mujer había un hombre de cara reseca y ácida, cuarentón, en mangas de camisa, con un maletín bajo el brazo. La boca tan ancha del pantalón le cubría los zapatos. Un pantalón de marinero, alcanzó a pensar el teniente, de payaso.

—Para servirlo —dijo el hombre, como aburrido o disgustado—. ¿Hace mucho que me espera?

—Vaya haciendo sus maletas —dijo el teniente, jovialmente—. Me lo llevo a Lima.

Pero el hombre no se inmutó. Su cara no sonrió, sus ojos no se sorprendieron ni alarmaron ni alegraron. Lo observaban con la misma monotonía indiferente de antes.

—¿A Lima? —dijo despacio, las pupilas sin luz—. ¿Quién me necesita a mí en Lima?

—Nada menos que el coronel Espina —dijo el teniente, con una vocecita triunfal—. El ministro de Gobierno, nada menos.

La mujer abrió la boca, Bermúdez no pestañeó. Permaneció inexpresivo, luego un amago de sonrisa alteró el soñoliento fastidio de su rostro, un segundo después sus ojos volvieron a desinteresarse y aburrirse. Le patea el hígado, pensó el teniente, un amargado de la vida, con la mujer que se ha echado encima se comprende. Bermúdez tiró el maletín al sofá:

—De veras, ayer oí que Espina es uno de los ministros de la Junta —sacó una cajetilla de Inca, ofreció un desganado cigarrillo al teniente—. ¿No le dijo el Serrano para qué quiere verme?

—Sólo que lo necesita con urgencia —¿el Serrano?, pensó el teniente—. Y que me lo lleve a Lima aunque tenga que ponerle una pistola en el pecho.

Bermúdez se dejó caer en un sillón, cruzó las piernas, arrojó una bocanada de humo que nubló su cara y, cuando el humo se desvaneció, el teniente vio que le sonreía como haciéndome un favor, pensó, como burlándose de mí.

—Está difícil que salga hoy de Chincha —dijo, con una disolvente flojera—. Hay un negocito que está por cerrarse en una hacienda de acá.

—Si a uno lo llama el ministro de Gobierno, no se ponen peros —dijo el teniente—. Hágame el favor, señor Bermúdez.

—Dos tractores nuevos, una buena comisión —explicaba Bermúdez a las moscas o agujeros o sombras—. No estoy para paseos a Lima, ahora.

—¿Tractores? —el teniente hizo un ademán irritado—. Piense un poco con la cabeza, por favor, y no perdamos más tiempo.

Bermúdez dio una pitada, entrecerrando los ojitos fríos, y expulsó el humo sin apuro.

—Cuando uno anda agobiado por las letras, no hay más remedio que pensar en los tractores —dijo, como si no lo oyera ni viera—. Dígale al Serrano que iré un día de éstos.

El teniente lo miraba consternado, divertido, confundido: a este paso iba a tener que sacar la pistola y ponérsela en el pecho, señor Bermúdez, a este paso se iban a reír de él. Pero don Cayo como si nada, don, se tiraba la vaca y caía por la ranchería y las mujeres lo señalaban, Rosa, se secreteaban y se le reían, Rosita, mira quién viene. La hija de la Túmula andaba sobradísima, don. Imagínese, que el hijo del Buitre se viniera hasta ahí para verla, creidísima. No salía a conversar con él, se respingaba, corría donde sus amigas, pura risa, puro coqueteo. A él no le importaba que la muchacha le hiciera desplantes, eso parecía calentarlo más. Una sabida de película la hija de la Túmula, don, y su madre ni se diga, cualquiera se daba cuenta pero él no. Aguantaba, esperaba, volvía a la ranchería, la cholita caería un día, negro, él fue el que cayó, don. ¿No ve que se le sobra en vez de agradecerle que se fije en ella, don Cayo? Mándela al diablo, don Cayo. Pero él como si le hubieran dado chamico, ahí detrás correteándola, y la gente comenzó a chismear. Hay la mar de habladurías, don Cayo. A él qué mierda, él hacía lo que le mandaba el estómago, y el estómago le mandaba tirarse a la muchacha, claro. Muy bien, quién se lo iba a reprochar, cualquier blanquito se encamota de una cholita, le hace su trabajito y a quién le importa ¿no, don? Pero don Cayo la perseguía como si la cosa fuera en serio, ¿no era locura? Y más locura era que la Rosa se daba el lujo de basurearlo. Aparentaba que se daba el lujo, don.

—Ya pusimos gasolina, ya avisé a Lima que llegaríamos a eso de las tres y media —dijo el teniente—. Cuando usted quiera, señor Bermúdez.

Bermúdez se había cambiado de camisa y llevaba un terno gris. Tenía en la mano un maletín, un sombrerito ajado, anteojos de sol.

—¿Ése es todo su equipaje? —dijo el teniente.

—Faltan cuarenta maletas —gruñó Bermúdez, sin abrir la boca—. Partamos, quiero regresar a Chincha hoy mismo.

La mujer miraba al sargento, que medía el aceite del jeep. Se había sacado el mandil, el apretado vestido dibujaba su vientre combado, las caderas que se derramaban. Perdóneme por, le dio la mano el teniente, robármelo a su esposo, pero ella no se rió. Bermúdez había subido al asiento trasero del jeep y ella lo miraba como si lo odiara, pensó el teniente, o no fuera a verlo más. Subió al jeep, vio a Bermúdez hacer a la mujer un vago adiós, y partieron. El sol ardía, las calles estaban desiertas, un vaho nauseabundo ascendía desde el pavimento, los vidrios de las casas destellaban.

—¿Hace mucho que no va a Lima? —trató de ser amable el teniente.

—Voy dos o tres veces al año, por negocios —dijo sin afecto, sin gracia, la vocecita remolona, mecánica, descontenta del mundo—. Represento algunas firmas agrícolas aquí.

—No llegamos a casarnos pero yo también tuve mi mujer —dice Ambrosio.

—¿Y cómo es que no van bien sus negocios? —dijo el teniente—. ¿No son ricachos los hacendados de aquí? ¿Mucho algodón, no?

—¿Tuviste? —dice Santiago—. ¿Te peleaste con ella?

—En otras épocas iban bien —dijo Bermúdez; no es el hombre más antipático del Perú porque todavía está vivo el coronel Espina, pensó el teniente, pero después del coronel quién sino éste—. Con el control de cambios, los algodoneros dejaron de ganar lo que antes, y ahora hay que sudar sangre para venderles una lampa.

—Se me murió allá en Pucallpa, niño —dice Ambrosio—. Me dejó una hijita.

—Bueno, por esò hemos hecho la revolución —dijo el teniente, de buen humor—. Se acabó el caos. Ahora, con el Ejército arriba, todo el mundo en vereda. Ya verá que con Odría las cosas van a ir mejor.

—¿De veras? —bostezó Bermúdez—. Aquí cambian las personas, teniente, nunca las cosas.

—¿No lee los periódicos, no oye la radio? —insistió el teniente, risueño—. Ya comenzó la limpieza. Apristas, pillos, comunistas, todos en chirona. No va a quedar un pericote suelto en plaza.

—¿Y qué fuiste a hacer a Pucallpa? —dice Santiago.

—Saldrán otros —dijo ásperamente Bermúdez—. Para limpiar el Perú de pericotes tendrían que lanzarnos unas bombitas y desaparecernos del mapa.

—A trabajar, pues, niño —dice Ambrosio—. Mejor dicho, a buscar trabajo.

—¿Eso va en serio o en broma? —dijo el teniente.

—¿Mi viejo sabía que tú estabas allá? —dice Santiago.

—No me gusta bromear —dijo Bermúdez—. Siempre hablo en serio.

El jeep atravesaba un valle, el aire olía a mariscos y a lo lejos se divisaban colinas terrosas, arenales. El sargento manejaba mordisqueando un cigarrillo y el teniente tenía hundido el quepí hasta las orejas: ven, se tomarían unas cervecitas, negro. Habían tenido una conversación de amigos, don, me necesita había pensado Ambrosio, y por supuesto se trataba de la Rosa. Se había conseguido una camioneta, un fundito, y convencido a su amigo el Serrano. Y quería que también lo ayudara Ambrosio, por si había lío. ¿Qué lío podía haber, a ver? ¿Acaso tenía padre o hermanos la muchacha? No, sólo a la Túmula, basura. Él encantado de ayudarlo, sólo que. No lo asustaba la Túmula, don Cayo, ni la gente de la ranchería, ¿pero y su papá, don Cayo? Porque si el Buitre se enteraba a don Cayo sólo le caería su paliza, pero ¿y a él? No se iba a enterar, negro, se iba a Lima por tres días y cuando volviera la Rosa estaría en la ranchería de nuevo. Ambrosio se había tragado el cuento, don, lo ayudó engañado. Porque una cosa era que se robara a la muchacha por una noche, se sacara el clavo y la soltara, y otra ¿no, don? que se casara con ella. El bandido de don Cayo los había hecho tontos a él y al Serrano, don. A todos, menos a la Rosa, menos a la Túmula. En Chincha decían la que salió ganando fue la hija de la lechera, que de repartir leche en burro pasó a señora y nuera del Buitre. Todos los demás perdieron: don Cayo, sus padres, hasta la Túmula porque perdió a su hija. O sea que la Rosa fue una resabida de coliseo. Quién hubiera dicho, don, tan poquita cosa, la muy sapa se sacó la lotería y más. ¿Que qué tenía que hacer Ambrosio, don? Ir a la plaza a las nueve, y había ido y esperado y lo recogieron, dieron vueltas y cuando la gente se metió a dormir, cuadraron la camioneta junto a la casa de don Mauro Cruz, el sordo. Don Cayo estaba citado ahí con la muchacha a las diez. Claro que vino, qué no iba a venir. Se apareció, don Cayo se le adelantó y ellos se quedaron en la camioneta. Él le diría algo, o ella adivinaría algo, el hecho es que de repente la hija de la Túmula se echó a correr y don Cayo a gritar alcánzala. Así que Ambrosio corrió, la alcanzó y se la echó al hombro y la trajo y la sentó en la camioneta. Ahí había pescado las mañas de la Rosa, don, ahí visto que se las traía. Ni un grito, ni un ay, sólo carreritas, rasguñitos, puñetitos. Lo más fácil era ponerse a chillar, hubiera salido gente, se les hubiera venido encima media ranchería ¿no? Quería que se la robaran, estaba esperando que se la robaran, una loba ¿no es cierto, don? Qué iba a estar muerta de miedo, qué iba a haber perdido la voz. Pataleó y arañó cuando la tenía cargada y en la camioneta se hacía la que lloraba porque se tapaba la cara, pero Ambrosio no la sentía llorar. El Serrano metió el fierro a fondo, la camioneta se desbocó por la trocha. Llegaron al fundito y don Cayo se bajó y la Rosa, sin que hubiera necesidad de cargarla, derechita se metió a la casa ¿veía, don? Ambrosio se fue a dormir pensando qué cara pondría al día siguiente la Rosa, y si le contaría a la Túmula y si la Túmula a la negra y si la negra lo molería. Ni se sospechaba lo que iba a pasar, don. Porque la Rosa no volvió al día siguiente, ni don Cayo tampoco, ni al siguiente ni al siguiente. En la ranchería la Túmula era puro llanto, y en Chincha doña Catalina puro llanto, y Ambrosio no sabía dónde meterse.

Al tercer día llegó el Buitre y dio parte a la policía y la Túmula había dado parte también. Imagínese las murmuraciones, don. Si el Serrano y Ambrosio se veían en la calle ni se hablaban, él también andaría saltoncísimo. Sólo se aparecieron a la semana, don. No lo habían obligado, nadie le había puesto un revólver en el pecho diciéndole a la iglesia o a la tumba. Se había buscado su cura por su propia voluntad. Dicen que los vieron bajar de un ómnibus en la plaza de Armas, que él llevaba a la Rosa del brazo, que los vieron entrar a la casa del Buitre como si volvieran de un paseo. Se le presentarían ahí de repente, juntos, figúrese, don Cayo sacaría su certificado y le diría nos hemos casado, ¿se da cuenta qué cara pondría el Buitre, don, qué era ese lío?

—¿Están cazando ahí pericotes, teniente? —con una sonrisa desabrida, Bermúdez señalaba el parque Universitario—. ¿Qué pasa en San Marcos?

Barreras militares cerraban las cuatro esquinas del parque Universitario y había patrullas de soldados con cascos, guardia de asalto y policías a caballo. Abajo la Dictadura, decían unos cartelones colgados de los muros de San Marcos, Sólo el Aprismo Salvará al Perú. La puerta principal de la universidad estaba cerrada, y crespones de luto oscilaban en los balcones, y en los techos unas cabezas diminutas espiaban los movimientos de soldados y guardias. Las paredes del recinto universitario transpiraban un rumor que crecía y decrecía entre salvas de aplausos.

—Unos cuantos apristas andan metidos ahí desde el 27 de octubre —el teniente hacía señas al oficial que comandaba la barrera de la avenida Abancay—. Los búfalos no escarmientan.

—¿Y por qué no les meten bala? —dijo Bermúdez—. ¿Así es como el Ejército ha comenzado la limpieza?

Un alférez de policía se acercó al jeep, saludó, examinó el salvoconducto que le alcanzó el teniente.

—¿Cómo van esos subversivos? —dijo el teniente, señalando San Marcos.

—Ahí, metiendo bulla —dijo el alférez—. A ratos tiran sus piedritas. Pueden pasar, mi teniente.

Los guardias apartaron los caballetes y el jeep atravesó el parque Universitario. Sobre los ondulantes crespones había unas cartulinas blancas, Estamos de Duelo por la Libertad, y unas tibias y calaveras dibujadas con pintura negra.

—Yo les metería bala, pero el coronel Espina quiere rendirlos por hambre —dijo el teniente.

—¿Cómo andan las cosas en provincias? —dijo Bermúdez—. En el norte habrá líos, me imagino. Ahí los apristas son fuertes.

—Todo tranquilo, eso de que el Apra controlaba el Perú era un gran cuento —dijo el teniente—. Ya vio, los líderes corrieron a asilarse en las embajadas. Nunca se ha visto una revolución más pacífica, señor Bermúdez. Y esto de San Marcos se despachaba en un minuto si la superioridad quisiera.

No había despliegue militar en las calles del centro. Sólo en la plaza Italia aparecieron de nuevo soldados encasquetados. Bermúdez bajó del jeep, se desperezó, dio unos pasos, esperó al teniente mirándolo todo con abulia.

—¿No ha entrado nunca al Ministerio? —lo animó el teniente—. El edificio es viejo pero hay oficinas elegantísimas. La del coronel tiene cuadros y todo.

Entraron y no habían pasado dos minutos cuando la puerta se abrió como si hubiera habido un terremoto adentro, y don Cayo y la Rosa salieron dando tumbos, y el Buitre detrás, sapos y culebras y embistiendo como un toro, algo macanudo dicen, don. Su furia no era contra la hija de la Túmula, a ella parece que no le pegaba, sólo a su hijo. Lo tumbaba de un puñetazo, lo levantaba de un patadón, y así hasta la plaza de Armas. Ahí lo agarraron porque si no lo mataba.

No se conformaba de que se le hubiera casado así, y siendo mocoso, y sobre todo con quién. Ni se conformó nunca, por supuesto, ni volvió a ver a don Cayo, ni a darle medio. Don Cayo tuvo que empezar a ganarse los frejoles para él y para la Rosa. Ni siquiera el colegio terminó el que el Buitre decía será el futuro cráneo. Si en vez del cura los hubiera casado un alcalde, el Buitre en un dos por tres arreglaba el asunto, pero ¿qué arreglo había con Dios, don? Siendo doña Catalina la beata que era, además. Consultarían, el cura les diría no hay nada que hacer, la religión es la religión y hasta que la muerte los separe. Así que al Buitre no le quedó más remedio que desesperarse. Dicen que le dio una paliza al curita que los casó, que después no querían darle la absolución y que de penitencia le hicieron pagar una de las torres de la nueva iglesia de Chincha. O sea que hasta la religión sacó su lonja de este asunto, don. A la parejita el Buitre no la vio más. Parece que cuando se sintió morir preguntó ¿tengo nietos? Tal vez si hubiera tenido lo hubiera perdonado a don Cayo, pero la Rosa no sólo se le había vuelto un cuco, don, para colmo no se llenó nunca. Dicen que para que su hijo no heredara, el Buitre comenzó a botar lo que tenía en borracheras y limosnas, que si la muerte no lo agarra desprevenido también hubiera regalado la casita que tenía detrás de la iglesia. No le dio tiempo, don. ¿Que por qué siguió tantos años con la indiota? Eso le decía todo el mundo al Buitre: se le pasará el camote y la mandará de nuevo donde la Túmula y usted recuperará a su hijo. Pero no lo hizo, por qué sería. Por la religión no creo, don Cayo no iba a la iglesia. ¿Por hacer rabiar al padre, don? ¿Porque lo odiaba al Buitre, dice usted? ¿Para defraudarlo, para que viera cómo se hacían humo las esperanzas que tenía puestas en él? ¿Joderse para matar de decepción al padre? ¿Usted cree que por eso, don? ¿Hacerlo sufrir costara lo que costara, aunque sea convirtiéndose él mismo en basura? Bueno, yo no sé, don, si usted cree será por eso. No se ponga así, don, si estábamos conversando de lo más bien, don. ¿Se siente mal? Usted no está hablando del Buitre y don Cayo sino de usted y del niño Santiago ¿no, don? Está bien, me callo, don, ya sé que no está hablando conmigo. No he dicho nada, don, no se ponga así, don.

—¿Cómo es Pucallpa? —dice Santiago.

—Un pueblito que no vale nada —dice Ambrosio—. ¿No conoce, niño?

—Me he pasado la vida soñando con viajar y sólo he ido hasta el kilómetro ochenta, una vez —dice Santiago—. Tú has viajado un poco, siquiera.

—En mala hora, niño —dice Ambrosio—. Pucallpa sólo me trajo desgracias.

—Quiere decir que te ha ido mal —dijo el coronel Espina—. Peor que al resto de la promoción. No tienes un cobre y te has quedado de provinciano.

—No he tenido tiempo para seguirle la pista al resto de la promoción —dijo Bermúdez, calmadamente, mirando a Espina sin arrogancia, sin modestia—. Pero, claro, a ti te ha ido mejor que a todos los demás juntos.

—El mejor alumno, el más inteligente, el más chancón —dijo Espina—. Bermúdez será Presidente y Espina su ministro decía el Tordo. ¿Te acuerdas?

—Ya entonces querías ser ministro, de veras —dijo Bermúdez, con una risita agria—. Ya está, ya eres. ¿Estarás contento, no?

—No lo he pedido, no lo he buscado —el coronel Espina abrió los brazos con resignación—. Me lo han impuesto y lo he aceptado como un deber.

—En Chincha decían que eras un militar apristón, que habías ido a un coctel que dio Haya de la Torre —siguió sonriendo Bermúdez, sin convicción—. Y ahora, fíjate, cazando apristas como pericotes. Así decía el tenientito que me mandaste. Y, a propósito, ya va siendo hora de que me digas por qué tanto honor conmigo.

La puerta del despacho se abrió, entró un hombre de rostro circunspecto haciendo venias, con unos papeles en las manos, ¿podía, señor ministro?, pero el coronel después doctor Alcibíades, lo inmovilizó con un gesto, que no los interrumpiera nadie. El hombre hizo otra venia, muy bien señor ministro, y salió.

—Señor ministro —carraspeó Bermúdez, sin nostalgia, mirando letárgicamente en torno—. Me parece mentira. Como estar sentado aquí. Como que seamos cincuentones ya los dos.

El coronel Espina le sonreía con afecto, había perdido mucho pelo pero los mechones que conservaba no tenían una cana, y su cobriza cara se mantenía lozana; paseaba despacio sus ojos por el rostro curtido e indolente de Bermúdez, por el cuerpo avejentado y ascético encogido en el vasto sillón de terciopelo rojo.

—Te fregaste por ese matrimonio absurdo —dijo, con voz dulzona y paternal—. Fue el gran error de tu vida, Cayo. Yo te lo previne, acuérdate.

—¿Me has mandado buscar para hablarme de mi matrimonio? —dijo sin ira, sin ímpetu, la mediocre vocecita de siempre—. Una palabra más y me voy.

—Sigues igual, no aguantas pulgas —se rió Espina—. ¿Cómo está Rosa? Ya sé que no has tenido hijos.

—Si no te importa, vamos al grano de una vez —dijo Bermúdez; una sombra de fatiga veló sus ojos, su boca estaba fruncida con impaciencia. Techos, cornisas, azoteas, basurales aéreos se recortaban sobre nubes obesas, por las ventanas, detrás de Espina.

—Aunque nos hayamos visto poco, tú has seguido siendo mi mejor amigo —casi se entristeció el coronel—. De chicos, yo te estimaba, Cayo. Más que tú a mí. Te admiraba, hasta te tenía envidia.

Bermúdez escrutaba al coronel, imperturbable. El cigarrillo que tenía en la mano se había consumido, la ceniza caía sobre la alfombra, las volutas de humo rompían contra su cara como olas contra rocas pardas.

—Cuando estuve de ministro de Bustamante toda la promoción me buscó, menos tú —dijo Espina—. ¿Por qué? Estabas en mala situación, habíamos sido como hermanos. Yo hubiera podido ayudarte.

—¿Vinieron como perros a lamerte las manos, a pedirte recomendaciones y a proponerte negociados? —dijo Bermúdez—. Como yo no vine, dirías éste anda rico o ya se murió.

—Sabía que estabas vivo, pero medio muerto de hambre —dijo Espina—. No me interrumpas, déjame hablar.

—Es que todavía eres muy lento —dijo Bermúdez—. Hay que sacarte las palabras con tirabuzón, como en el José Pardo.

—Quiero servirte —murmuró Espina—. Dime qué puedo hacer por ti.

—Dame movilidad para regresar a Chincha —susurró Bermúdez—. El jeep, un pasaje en colectivo, lo que sea. Por este paseíto a Lima puedo perder un negocito interesante.

—Estás contento con tu suerte, no te importa llegar a viejo de provinciano y sin un medio —dijo Espina—. Ya no eres ambicioso, Cayo.

—Pero todavía soy orgulloso —dijo Bermúdez, secamente—. No me gusta recibir favores. ¿Eso es todo lo que querías decirme?

El coronel lo observaba, como midiéndolo o adivinándolo, y la sonrisita cordial que había estado flotando en sus labios se esfumó. Juntó las manos de uñas enceradas, adelantó la cabeza:

—¿Al pan pan y al vino vino, Cayo? —dijo, con súbita energía.

—Ya era hora —Bermúdez aplastó la colilla en el cenicero—. Me estabas cansando con tantas declaraciones de amor.

—Odría necesita gente de confianza —el coronel contaba las sílabas, como si su seguridad y desenvoltura se vieran de pronto amenazadas—. Aquí todos están con nosotros y nadie está con nosotros. *La Prensa* y la Sociedad Agraria sólo quieren que suprimamos el control de cambios y protejamos la libertad de comercio.

—Como ustedes les van a dar gusto, no hay problema —dijo Bermúdez—. ¿No?

—*El Comercio* llama a Odría el salvador de la Patria sólo por odio al Apra —dijo el coronel Espina—. Ésos sólo quieren que tengamos a los apristas a la sombra.

—Ya es cosa hecha —dijo Bermúdez—. Tampoco hay problema por ahí ¿no?

—Y la International, la Cerro y demás compañías sólo quieren un gobierno fuerte que les tenga tranquilos a los sindicatos —continuó Espina, sin escucharlo—. Cada uno tira para su lado ¿ves?

—Los exportadores, los antiapristas, los gringos y además el Ejército —dijo Bermúdez—. La platita y la fuerza. No sé de qué se puede quejar Odría. No se puede pedir más.

—El Presidente conoce la mentalidad de estos hijos de puta —dijo el coronel Espina—. Hoy te apoyan, mañana te clavan un puñal en la espalda.

—Como se lo clavaron ustedes a Bustamante —sonrió Bermúdez, pero el coronel no se rió—. Bueno, mientras los tengan contentos, apoyarán al régimen. Después, se conseguirán otro general y los sacarán a ustedes. ¿Siempre no ha sido así en el Perú?

—Esta vez no va a ser así —dijo el coronel Espina—. Nosotros vamos a guardarnos las espaldas.

—Me parece muy bien —dijo Bermúdez, ahogando un bostezo—. Pero yo qué pito toco en todo esto.

—Le he hablado al Presidente de ti —el coronel Espina consideró un momento el efecto de sus palabras, pero Bermúdez no había cambiado de expresión; el codo en el brazo del sillón, la cara sobre la palma abierta, escuchaba inmóvil—. Estábamos barajando nombres para la Dirección de Gobierno y el tuyo se me vino a la boca y lo solté. ¿Hice una estupidez?

Calló, un gesto de contrariedad o fatiga o duda o pesar torció su boca y achicó sus ojos. Permaneció unos segundos con una expresión ausente y luego buscó la cara de Bermúdez: estaba allí, idéntica, absolutamente quieta, esperando.

—Un cargo oscuro, pero importante para la seguridad del régimen —añadió el coronel—. ¿Hice una estupidez? Ahí necesitas alguien que sea como tu otro yo, me advirtieron, tu brazo derecho. Y tu nombre se me vino a la boca y lo solté. Sin pensar. Ya ves, te hablo francamente. ¿Hice una estupidez?

Bermúdez había sacado otro cigarrillo, lo había encendido. Chupó encogiendo un poco la boca, se mordió apenas el labio inferior. Miró la brasa, el humo, la ventana, los muladares de los techos limeños.

—Yo sé que si quieres tú eres mi hombre —dijo el coronel Espina.

—Ya veo que tienes confianza en tu viejo condiscípulo —dijo, al fin, Bermúdez, tan bajo que el coronel avanzó la cabeza—. Haber elegido a este provinciano frustrado y sin experiencia para ser tu brazo derecho, es todo un honor, Serrano.

—Déjate de ironías —Espina dio un golpecito en la mesa—. Dime si aceptas o no.

—Una cosa así no se decide tan rápido —dijo Bermúdez—. Dame unos días para darle vueltas.

—No te doy ni media hora, vas a contestarme ahora mismo —dijo Espina—. El Presidente me espera a las seis en Palacio. Si aceptas, vienes conmigo para que te lo presente. Si no, puedes regresarte a Chincha.

—Las funciones de director de Gobierno me las imagino —dijo Bermúdez—. En cambio, no me imagino el sueldo.

—Un sueldo básico y unos gastos de representación —dijo el coronel Espina—. Unos cinco o seis mil soles, calculo. Ya sé que no es mucho.

—Es bastante para vivir modestamente —sonrió apenas Bermúdez—. Como yo soy un hombre modesto, me alcanzaría.

—Ni una palabra más, entonces —dijo el coronel Espina—. Pero todavía no me has contestado. ¿He hecho una estupidez?

—Eso sólo puede decirlo el tiempo, Serrano —sonrió otra vez Bermúdez, a medias.

¿Si el Serrano nunca reconoció a Ambrosio? Cuando Ambrosio era chofer de don Cayo subió al auto mil veces, don, mil veces lo había llevado a su casa. Tal vez lo reconocería, pero el caso es que nunca se lo demostró, don. Como él era ministro entonces, se avergonzaría de haber sido conocido de Ambrosio cuando no era nadie, no le haría gracia que Ambrosio supiera que él estuvo enredado en el rapto de la hija de la Túmula. Lo borraría de su cabeza para que esta cara negra no le trajera malos recuerdos, don. Las veces que se vieron trató a Ambrosio como a un chofer que se ve por primera vez. Buenos días, buenas tardes, y el Serrano lo mismo. Ahora que le iba a decir una cosa, don. Es verdad que la Rosa se puso indiota y se llenó de lunares, pero en el fondo su historia daba compasión ¿no, don? Después de todo era su mujer ¿no es cierto? Y la dejó en Chincha y ella no pudo gozar de nada cuando don Cayo se volvió importante. ¿Que qué fue de ella todos estos años? Cuando don Cayo se vino a Lima ella se quedó en la casita amarilla, a lo mejor todavía sigue ahí ahuesándose. Pero a ella no la abandonó como a la señora Hortensia, sin un medio. Le pasaba su pensión, a Ambrosio le dijo muchas veces hazme recuerdo que tengo que mandarle plata a Rosa, negro. ¿Qué hizo ella todos estos años? Quién sabe, don. Su vida de siempre sería, una vida sin amigas ni parientes. Porque desde el matrimonio no volvió a ver a nadie de la ranchería, ni siquiera a la Túmula. Se lo prohibiría don Cayo, seguro. Y la Túmula se las pasaba maldiciendo a su hija porque no la recibía en su casa. Pero ni por ésas, don; no entró a la sociedad de Chincha, qué esperanza, quién se iba a estar juntando con la hija de la lechera aunque fuera mujer de don Cayo y se pusiera zapatos y se lavara la cara a diario. Si todos la habían visto arreando el burro y repartiendo porongos. Y, además, sabiendo que el Buitre no la reconocía como nuera. No tuvo más remedio que encerrarse en un cuartito que tomó don Cayo detrás del Hospital San José, y llevar vida de monja. No salía casi nunca, de vergüenza, porque en la calle la señalaban, o de miedo al Buitre quizá. Después, ya sería por costumbre. Ambrosio la había visto algunas veces, en el Mercado, o sacando una batea a la calle y fregando ropa, arrodillada en la vereda. Así que de qué le sirvió tanta viveza, don, tanta mañosería para pescar al blanquito. Ganaría un apellido y mejoraría de clase, pero se quedó sin una amiga y hasta sin madre. ¿Don Cayo, don? Sí, él tenía amigos, los sábados se lo veía tomándose sus cerveciolas en el Cielito Lindo, o jugando sapo en el Jardín El Paraíso, y en el bulín, y decían que se metía siempre al cuarto con dos. Rara vez salía con la Rosa, don, hasta al cine se iba solo. ¿En qué trabajó don Cayo, don? En el almacén de los Cruz, en un banco, en una notaría, después vendía tractores a los hacendados. Pasó como un año en el cuartito ese, cuando mejoró se mudó al barrio Sur, Ambrosio en ese tiempo ya era chofer interprovincial y paraba poco en Chincha, y en una de ésas que llegó al pueblo le dijeron se murió el Buitre y don Cayo y la Rosa se han ido a vivir con la beata. Doña Catalina se murió cuando el gobierno de Bustamante, don. Cuando a don Cayo le cambió la suerte, con Odría, en Chincha decían ahora la Rosa se hará casa nueva y tendrá sirvientas. Nada de eso, don. Comenzaron a lloverle visitas a la Rosa, entonces. En *La Voz de Chincha* salían fotos de don Cayo que decían Chinchano Ilustre y quién no le caía a la Rosa para pedirle un puestecito para mi marido, una bequita para mi hijo y que a mi hermano lo nombren profesor aquí, subprefecto allá. Y las familias de apristas y apristones a llorarle que don Cayo suelte a mi sobrinito o deje volver al país a mi tío. Ahí vino la venganza de la hija de la Túmula, don, ahí pagaron los que le hicieron desaires. Dicen que los recibía en la puerta y que a todos les ponía la misma cara de idiota. ¿Estaba preso su hijito? Ay, qué pena. ¿Un puesto para su entenadito? Que fuera a Lima y le hablara a su marido y hasta lueguito. Pero todo esto Ambrosio sólo lo sabía de oídas, don, ¿no ve que entonces ya estaba en Lima, también? ¿Quién lo había convencido a él que se viniera a buscar a don Cayo, don? La negra, Ambrosio no quería, decía dicen que a todos los chinchanos que van a pedirle algo los larga. Pero a él no lo largó, don, lo ayudó y Ambrosio se lo agradecía. Sí, odiaba a los chinchanos, quién sabe por qué, ya ve que no hizo nada por Chincha, ni una escuelita hizo construir en su tierra. Cuando pasó el tiempo y las gentes comenzaron a hablar mal de Odría, y volvieron a Chincha los apristas desterrados, dicen que el subprefecto puso un policía en la casita amarilla para proteger a la Rosa, ¿no ve que don Cayo era tan odiado, don? Pura tontería, desde que él estaba en el gobierno ni vivían juntos ni se veían, todos sabían que si la mataban a la Rosa con eso no le hacían daño a don Cayo, más bien un favor. Porque no sólo no la quería, don, sino que hasta la odiaría, por habérsele puesto tan fea, ¿no cree usted?

—Ya ves qué bien te recibió —dijo el coronel Espina—. Ya has visto qué clase de hombre es el General.

—Necesito poner en orden mi cabeza —murmuró Bermúdez—. La tengo hecha una olla de grillos.

—Anda a descansar —dijo Espina—. Mañana te presentaré a la gente del Ministerio y te pondré al tanto de las cosas. Pero dime al menos si estás contento.

—No sé si contento —dijo Bermúdez—. Como borracho, más bien.

—Bueno, ya sé que ésa es tu manera de darme las gracias —se rió Espina.

—He venido a Lima sólo con este maletín —dijo Bermúdez—. Pensaba que era cuestión de unas horas.

—¿Necesitas dinero? —dijo Espina—. Sí, hombre, te presto algo ahora, y mañana hacemos que te den un adelanto en la caja.

—¿Qué desgracia te pasó en Pucallpa? —dice Santiago.

—Voy a buscarme un hotelito cerca de aquí —dijo Bermúdez—. Vendré mañana temprano.

—¿Por mí, por mí? —dijo don Fermín—. ¿O lo hiciste por ti, para tenerme en tus manos, pobre infeliz?

—Uno que creía que era mi amigo me mandó allá —dice Ambrosio—. Anda allá, negro, el oro y el moro. Puro cuento, niño, la ensartada más grande del siglo. Ah, si yo le contara.

Espina lo acompañó hasta la puerta del despacho y se dieron la mano. Bermúdez salió, en una mano el maletín, en la otra el sombrerito. Tenía un aspecto distraído y grave, miraba como para adentro. No contestó la venia del oficial de la puerta del Ministerio. ¿Era la hora de salida de las oficinas? Las calles estaban llenas de gente y de ruido. Se mezcló con la muchedumbre, siguió la corriente, fue, vino, volvió por aceras estrechas y atestadas, arrastrado por una especie de remolino o hechizo, deteniéndose a veces en una esquina o umbral o farol para encender un cigarrillo. En un café del jirón Azángaro pidió un té con limón, que saboreó muy despacio, y al salir dejó de propina el doble de la cuenta. En una librería refugiada en un pasillo del jirón de la Unión, hojeó novelitas de carátulas llameantes y letra manoseada y minúscula, mirando sin ver, hasta que *Los misterios de Lesbos* encendieron sus ojos, un segundo. La compró y salió. Todavía ambuló un rato por el centro, el maletín bajo el brazo, el sombrerito arrugado en la mano, fumando sin tregua. Oscurecía ya y las calles estaban desiertas cuando entró al Hotel Maury y pidió una habitación. Le alcanzaron una ficha y tuvo la pluma levantada unos segundos donde decía profesión, escribió al fin funcionario. El cuarto estaba en el tercer piso, la ventana daba a un patio interior. Se metió a la bañera y se acostó en ropa interior. Manoseó *Los misterios de Lesbos*, dejando que sus ojos corrieran ciegos sobre las figuritas negras apretadas. Luego, apagó la luz. Pero no pudo atrapar el sueño hasta muchas horas después. Desvelado, permanecía de espaldas, el cuerpo inmóvil, el cigarrillo ardiendo entre los dedos, respirando con ansiedad, los ojos fijos en la sombra oscura de arriba.

IV

—Así que en Pucallpa y por culpa de ese Hilario Morales, así que sabes cuándo y por qué te jodiste —dice Santiago—. Yo haría cualquier cosa por saber en qué momento me jodí.

¿Se acordaría, traería el libro? El verano estaba acabando, parecían las cinco y todavía no eran las dos, y Santiago piensa: trajo el libro, se acordó. Se sentía eufórico al entrar al polvoriento zaguán de losetas y pilares desportillados, impaciente, que él ingresara, que ella ingresara, optimista, y tú ingresaste, piensa, y ella ingresó: ah, Zavalita, te sentías feliz.

—Está sano, es joven, tiene trabajo, tiene mujer —dice Ambrosio—. ¿En qué forma puede haberse jodido, niño?

Solos o en grupos, las caras hundidas en sus apuntes, ¿cuántos de éstos entrarían, dónde estaba Aída?, los postulantes daban vueltas al patio a paso de procesión, repasaban sentados en las bancas astilladas, recostados contra las mugrientas paredes se interrogaban a media voz. Cholos, cholas, aquí no venía la gente bien. Piensa: mamá, tenías razón.

—Antes de irme de la casa, cuando entré a San Marcos, yo era un tipo puro —dice Santiago.

Reconoció algunas caras del examen escrito, cambió sonrisas y holas, pero Aída no aparecía, y fue a instalarse junto a la entrada. Oyó a un grupo releyendo geografía, oyó a un muchacho, inmóvil, los ojos bajos, recitando como si rezara los virreyes del Perú.

—¿De esos que se fuman los ricachos en los toros? —se ríe Ambrosio.

La vio entrar: el mismo vestido recto color ladrillo, los mismos zapatos sin taco del examen escrito. Avanzaba con su aire de alumna uniformada y estudiosa por el atestado zaguán, volvía a un lado y otro su cara de niña agrandada, sin brillo, sin gracia, sin pintar, buscando algo, alguien, con sus ojos duros y adultos. Sus labios se plegaron, su boca masculina se abrió y la vio sonreír: el tosco rostro se suavizó, iluminó. La vio venir hacia él: hola Aída.

—Me cagaba en la plata y me creía capaz de grandes cosas —dice Santiago—. Un puro en ese sentido.

—En Grocio Prado vivía la beata Melchorita, daba todo lo que tenía y se las pasaba rezando —dice Ambrosio—. ¿Usted quería ser un santo como ella, de muchacho?

—Te traje *La noche quedó atrás* —dijo Santiago—. Ojalá te guste.

—Me hablaste tanto que me muero de ganas de leerla —dijo Aída—. Aquí tienes la novela del francés sobre la revolución china.

—¿Jirón Puno, calle de Padre Jerónimo? —dice Ambrosio—. ¿Regalan plata en esa casa a los negros fregados como el que habla?

—Ahí dimos el examen de ingreso el año que entré a San Marcos —dice Santiago—. Yo había estado enamorado de chicas de Miraflores, pero en Padre Jerónimo me enamoré por primera vez de verdad.

—No parece una novela, sino un libro de historia —dijo Aída.

—Ah, qué tal —dice Ambrosio—. ¿Y ella también se enamoró de usted?

—Aunque es una autobiografía, se lee como una novela —dijo Santiago—. Ya verás el capítulo «La noche de los cuchillos largos», sobre una revolución en Alemania. Formidable, ya verás.

—¿Sobre una revolución? —Aída hojeó el libro, la voz y los ojos ahora llenos de desconfianza—. ¿Pero este Valtin es comunista o anticomunista?

—No sé si se enamoró de mí, no sé si supo que yo estaba enamorado de ella —dice Santiago—. A veces pienso que sí, a veces que no.

—Usted no supo, ella no sabía, qué enredado, ¿acaso esas cosas no se saben siempre, niño? —dice Ambrosio—. ¿Quién era la muchacha?

—Te advierto que si es anti te lo devuelvo —y la suave voz tímida de Aída se volvió desafiante—. Porque yo soy comunista.

—¿Tú eres comunista? —la miró atónito Santiago—. ¿De veras eres comunista?

Todavía no eras, piensa, querías ser comunista. Sentía su corazón golpeando fuerte y estaba maravillado: en San Marcos no se estudia nada, flaco, sólo se hacía política, era una cueva de apristas y de comunistas, todos los resentidos del Perú se juntaban ahí. Piensa: pobre papá. Ni siquiera habías entrado a San Marcos, Zavalita, y mira lo que descubrías.

—En realidad, soy y no soy —confesó Aída—. Porque dónde andarán los comunistas aquí.

¿Cómo se podía ser comunista sin saber siquiera si existía un partido comunista en el Perú? A lo mejor Odría los había encarcelado a todos, a lo mejor deportado o asesinado. Pero si aprobaba el oral y entraba a San Marcos, Aída averiguaría en la universidad, se pondría en contacto con los que quedaban y estudiaría marxismo y se inscribiría en el Partido. Me miraba desafiándome, piensa, a ver discúteme, su voz era suavecita y sus ojos insolentes, dime son unos ateos, ardientes, a ver niégame, inteligentes, y tú, piensa, la escuchabas asustado y admirado: eso existía, Zavalita. Piensa: ¿me enamoré ahí?

—Una compañera de San Marcos —dice Santiago—. Hablaba de política, creía en la revolución.

—Caramba, no se enamoraría de una aprista, niño —dice Ambrosio.

—Los apristas ya no creían en la revolución —dice Santiago—. Ella era comunista.

—Pa su diablo —dice Ambrosio—. Pa su macho, niño.

Nuevos postulantes llegaban a Padre Jerónimo, invadían el zaguán, el patio, corrían hacia las listas clavadas con tachuelas en un tablero, afanosamente revisaban sus apuntes. Un rumor atareado flotaba sobre el local.

—Te has quedado mirándome como si fuera un ogro —dijo Aída.

—Qué ocurrencia, yo respeto todas las ideas, y además, no creas, también soy de —calló, buscó, tartamudeó Santiago— ideas avanzadas.

—Vaya, me alegro por ti —dijo Aída—. ¿Daremos hoy el oral? Tanto esperar tengo una confusión terrible, no me acuerdo nada de lo que estudié.

—Repasemos un poco, si quieres —dijo Santiago—. ¿Qué te asusta más?

—Historia universal —dijo Aída—. Sí, vamos a hacernos preguntas. Pero caminando, así estudio mejor que sentada ¿tú no?

Cruzaron el zaguán de losetas color vino con aulas a los costados, ¿dónde viviría?, había un pequeño patio con menos gente al fondo del local. Cerró los ojos, vio la casita estrecha, limpia, de muebles austeros, y vio las calles del rededor y las caras ¿recias, dignas, graves, sobrias? de los hombres que avanzaban por las veredas embutidos en overoles y sacones grises, y oyó sus diálogos ¿solidarios, parcos, clandestinos? y pensó obreros, y pensó comunistas y decidió no soy bustamantista, no soy aprista, soy comunista. Pero ¿cuál era la diferencia? No podía preguntárselo, creerá que soy idiota, tenía que sonsacárselo. Ella se habría pasado todo el verano así, los fieros ojitos clavados en los cuestionarios, yendo y viniendo por una habitación minúscula. Habría poca luz, para tomar notas se sentaría en una mesita iluminada por una lamparilla sin pantalla o por velas, movería los labios despacito, cerrando los ojos, se levantaría y paseando repetiría nombres, fechas, nocturna y voluntariosa, ¿sería su papá un obrero, una sirvienta su mamá? Piensa: ah, Zavalita. Caminaban muy despacio, las dinastías faraónicas, interrogándose en voz baja, Babilonia y Nínive, ¿habría oído hablar del comunismo en su casa?, causas de la Primera Guerra Mundial, ¿qué pensaría cuando supiera que el viejo era odriísta?, la batalla del Marne, a lo mejor no querría juntarse más contigo, Zavalita: te odio, papá. Nos hacíamos preguntas pero no nos las hacíamos, piensa. Piensa: nos estábamos haciendo amigos. ¿Habría estudiado en un colegio nacional? Sí, en una Unidad Escolar, ¿y él?, en el Santa María, ah en un colegio de niñitos bien. Había de todo, era un colegio malísimo, él no tenía la culpa que sus viejos lo hubieran metido ahí, hubiera preferido el Guadalupe y Aída se echó a reír: no te pongas colorado, no tenía prejuicios, qué había pasado en Verdún. Piensa: esperábamos cosas formidables de la universidad. Estaban en el Partido, iban a la imprenta juntos, se escondían en un sindicato juntos, los metían a la cárcel juntos y los exilaban juntos: era una batalla y no un tratado, sonso, y él claro, qué sonso, y ahora ella quién había sido Cromwell. Esperábamos cosas formidables de nosotros, piensa.

—Cuando entró a San Marcos y le cortaron el pelo a coco, la niña Teté y el niño Chispas le gritaban cabeza de zapallo —dice Ambrosio—. Lo contento que se puso su papá por lo que usted aprobó el examen, niño.

Hablaba de libros y tenía faldas, sabía de política y no era hombre, la Mascota, la Pollo, la Ardilla se despintaban, Zavalita, las lindas idiotas de Miraflores se derretían, desaparecían. Descubrir que por lo menos una podía servir para algo más, piensa. No sólo para tirársela, no sólo para corrérsela pensando en ella, no sólo para enamorarse. Piensa: para algo más. Iba a estudiar Derecho y también Pedagogía, tú ibas a seguir Derecho y también Letras.

—¿Te las das de vampiresa, de payasa o de qué? —dijo Santiago—. ¿Dónde tan arregladita, tan pintadita?

—¿Y en Letras qué especialidad? —dijo Aída—. ¿Filosofía?

—Donde me da la gana y a ti qué —dijo la Teté—. Y quién te habla a ti, y con qué derecho me hablas a mí.

—Creo que literatura —dijo Santiago—. Pero todavía no sé.

—Todos los que siguen literatura quieren ser poetas —dijo Aída—. ¿Tú también?

—Déjense de estar peleando —dijo la señora Zoila—. Parecen perro y gato, ya basta.

—Tenía un cuaderno de versos escritos a escondidas —dice Santiago—. Que nadie lo viera, que nadie supiera. ¿Ves? Era un puro.

—No te pongas colorado porque te pregunto si quieres ser poeta —se rió Aída—. No seas burgués.

—También lo volvían loco diciéndole supersabio —dice Ambrosio—. Qué peleas se agarraban entre ustedes, niño.

—Ya te puedes ir a cambiar ese vestido y a lavarte la cara —dijo Santiago—. No vas a salir, Teté.

—¿Y qué tiene de malo que la Teté vaya al cine? —dijo la señora Zoila—. De cuándo acá tan estricto con tu hermana, tú, el liberal, el comecuras.

—No está yendo al cine, sino a bailar al Sunset con el forajido del Pepe Yáñez —dijo Santiago—. Esta mañana la pesqué haciendo su plan por teléfono.

—¿Al Sunset con el Pepe Yáñez? —dijo el Chispas—. ¿Con el huachafo ese?

—No es que quiera ser poeta pero me gusta mucho la literatura —dijo Santiago.

—¿Te has vuelto loca, Teté? —dijo don Fermín—. ¿Es cierto eso, Teté?

—Mentira, mentira —temblaba, fulminaba a Santiago con los ojos la Teté—. Maldito, imbécil, te odio, muérete.

—Y a mí también —dijo Aída—. En Pedagogía voy a escoger literatura y castellano.

—¿Crees que vas a engañar así a tus padres, pedazo de? —dijo la señora Zoila—. Y cómo se te ocurre decirle maldito a tu hermano, loca.

—No estás en edad de ir a boites, criatura —dijo don Fermín—. No sales hoy, ni mañana, ni el domingo.

—Al Pepe Yáñez le voy a romper el alma —dijo el Chispas—. Lo voy a matar, papá.

Ahora la Teté lloraba a gritos, maldito, había derramado la taza de té, por qué no se moría de una vez, y la señora Zoila loquita, loquita, tan grandazo y tan maricón, y la señora Zoila estás manchando el mantel, en vez de andar chismeando como las mujeres anda a escribir tus versitos de maricón. Se levantó de la mesa y salió del comedor y todavía gritó tus versitos de chismoso y de maricón y que se muriera de una vez, maldito. La oyeron subir las escaleras, dar un portazo. Santiago movía la cucharita en la taza vacía como si acabara de echarle azúcar.

—¿Es verdad eso que dijo la Teté? —sonrió don Fermín—. ¿Escribes versos tú, flaco?

—Los esconde en un cuadernito detrás de la enciclopedia, la Teté y yo los hemos leído todos —dijo el Chispas—.

Versitos de amor y también sobre los incas. No te avergüences, supersabio. Míralo cómo se ha puesto, papá.

—Tú apenas sabes leer, así que está difícil que hayas leído nada —dijo Santiago.

—No eres la única persona que lee en el mundo —dijo la señora Zoila—. No seas tan creído.

—Anda a escribir tus versitos afeminados, supersabio —dijo el Chispas.

—Qué han aprendido, para qué han ido al mejor colegio de Lima —suspiró la señora Zoila—. Se insultan como carreteros delante de nosotros.

—¿Y por qué no me has contado que escribías versos? —dijo don Fermín—. Tienes que enseñármelos, flaco.

—Mentiras del Chispas y de la Teté —balbuceó Santiago—. No les hagas caso, papá.

Ahí estaba el jurado, eran tres, en el local se había instalado un temeroso silencio. Muchachos y muchachas vieron a los tres hombres cruzar el zaguán precedidos por un conserje, los vieron desaparecer en un aula. Que yo entre, que ella entre. Brotó de nuevo el zumbido, más espeso y rumoroso que antes, Aída y Santiago volvieron al patio del fondo.

—Vas a aprobar y con notas altas —dijo Santiago—. Te sabes las balotas con puntos y comas.

—No creas, hay muchas que sé apenas —dijo Aída—. Tú sí que vas a ingresar.

—Me pasé todo el verano chancando —dijo Santiago—. Si me jalan me pego un tiro.

—Yo estoy contra el suicidio —dijo Aída—. Matarse es una cobardía.

—Cuentos de los curas —dijo Santiago—. Hay que ser muy valiente para matarse.

—A mí no me importan los curas —dijo Aída, y los ojitos piensa: a ver, a ver, atrévete—. Yo no creo en Dios, yo soy atea.

—Yo también soy ateo —dijo Santiago, en el acto—. Por supuesto.

Reanudaron la caminata, las preguntas, a ratos se distraían, olvidaban los cuestionarios y se ponían a conversar, a discutir: coincidían, disentían, bromeaban, el tiempo se iba volando y, de pronto, ¡Zavala, Santiago! Apúrate, le sonrió Aída, y que le tocara una balota fácil. Atravesó una doble valla de postulantes, entró al aula del examen, y ay no te acuerdas, Zavalita, qué balota te tocó, ni las caras de los jurados, ni qué respondiste: sólo que salió contento.

—Se acuerda de la muchacha que le gustaba y lo demás ya se le borró —dice Ambrosio—. Natural, niño.

Todo te gustaba ese día, piensa. El local que se caía de viejo, las caras color betún o tierra o paludismo de los postulantes, la atmósfera que hervía de aprensión, las cosas que decía Aída. ¿Cómo te sentías, Zavalita? Piensa: como el día de mi primera comunión.

—Viniste porque era Santiago el que la hacía —hizo pucheros la Teté—. A la mía no viniste, ya no te quiero.

—Ven, dame un beso, no seas tontita —dijo don Fermín—. Vine porque el flaco se sacó el primer puesto, si hubieras sacado buenas notas también habría ido a tu primera comunión. Yo los quiero a los tres igual.

—Lo dices, pero no es cierto —se quejó el Chispas—. Tampoco fuiste a mi primera comunión.

—Con esta escena de celos le van a amargar el día al flaco, déjense de adefesios —dijo don Fermín—. Vengan, suban al carro.

—A La Herradura a tomar *milk shakes* con *hot dogs*, papá —dijo el Chispas.

—Vamos a La Herradura —dijo don Fermín—. El flaco es el que ha hecho la primera comunión, hay que darle gusto a él.

Salió del aula corriendo, pero antes de llegar hasta Aída, ¿daban ahí mismo las notas, preguntas largas o cortas?, tuvo que soportar el asalto de los postulantes, y Aída lo recibió sonriendo: por su cara se veía que había salido bien, qué bien, ya no tienes que pegarte un tiro.

—Antes de sacar la balota, pensé mi alma por una fácil —dijo Santiago—. Así que si el diablo existe me iré al infierno. Pero el fin justifica los medios.

—Ni el alma ni el diablo existen —a ver, a ver—. Si crees que el fin justifica los medios eres un nazi.

—Daba la contra en todo, opinaba sobre todo, discutía como si quisiera trompearse —dice Santiago.

—Una hembrita entradora, de esas que uno dice blanco y ellas negro, uno negro y ellas no, blanco —dice Ambrosio—. Mañas para calentar al hombre, pero que hacen su efecto.

—Claro que te espero —dijo Santiago—. ¿Te hago repasar un poco?

La historia persa, Carlomagno, los aztecas, Carlota Corday, factores externos de la desaparición del imperio austro-húngaro, el nacimiento y la muerte de Danton: que le tocara una balota fácil, que aprobara. Volvieron al primer patio, se sentaron en una banca. Un canillita entró voceando los diarios de la tarde, el muchacho que estaba junto a ellos compró *El Comercio* y un momento después dijo desgraciados, era el colmo. Se volvieron a mirarlo y él les mostró un titular y la fotografía de un hombre con bigotes. ¿Lo habían metido preso, exilado o matado, y quién era el hombre? Ahí estaba Jacobo, Zavalita: rubio, escuálido, los claros ojos furiosos, el dedo curvado sobre la fotografía del diario, la voz arrastrada protestando, el Perú iba de mal en peor, un dejo extrañamente serrano en esa cara lechosa, donde se ponía el dedo brotaba pus como decía González Prada, advertida alguna vez, a lo lejos y de paso, en las calles de Miraflores.

—¿Otro de ésos? —dice Ambrosio—. Caramba, San Marcos era un nido de subversivos, niño.

Otro puro de ésos, piensa, en rebelión contra su piel, contra su clase, contra sí mismo, contra el Perú. Piensa: ¿seguirá puro, será feliz?

—No había tantos, Ambrosio. Fue una casualidad que nos juntáramos los tres ese primer día.

—A esos amigos de San Marcos usted nunca los llevaba a su casa —dice Ambrosio—. En cambio, el niño Popeye y sus compañeros de colegio se las pasaban tomando té donde usted.

¿Te daba vergüenza, Zavalita?, piensa: ¿que Jacobo, Héctor, Solórzano no vieran dónde y con quién vivías, que no conocieran a la vieja y no oyeran al viejo, que Aída no escuchara las lindas idioteces de la Teté? Piensa: ¿o que la vieja y el viejo no supieran con quién te juntabas, que el Chispas y la Teté no vieran la cara de huaco del cholo Martínez? Ese primer día comenzaste a matar a los viejos, a Popeye, a Miraflores, piensa. Estabas rompiendo, Zavalita, entrando a otro mundo: ¿fue ahí, se cerraron ahí? Piensa: ¿rompiendo con qué, entrando a cuál mundo?

—Me oyeron hablar de Odría y se fueron —Jacobo señaló al grupo de postulantes que se alejaba y los miró a ellos con una curiosidad sin ironía—. ¿También ustedes tienen miedo?

—¿Miedo? —Aída se enderezó violentamente en la banca—. Yo digo que Odría es un dictador y un asesino, y lo digo aquí, en la calle, en cualquier parte.

Pura como las muchachas de *Quo Vadis*, piensa, impaciente por bajar a las catacumbas y salir al circo y arrojarse a las zarpas y colmillos de los leones. Jacobo la escuchaba desconcertado, ella se había olvidado del examen, un dictador que subió al poder en la punta de las bayonetas, alzaba la voz y accionaba y Jacobo asentía y la miraba con simpatía y había suprimido los partidos y la libertad de prensa y ahora entusiasmado y había ordenado al Ejército masacrar a los arequipeños y ahora hechizado y había encarcelado, deportado y torturado a tantos, ni siquiera se sabía a cuántos, y Santiago observaba a Aída y a Jacobo y, de pronto, piensa, te sentiste torturado, exilado, traicionado, Zavalita, y la interrumpió: Odría era el peor tirano de la historia del Perú.

—Bueno, no sé si el peor —dijo Aída, tomando aire—. Pero uno de los peores, claro que es.

—Dale tiempo y verás —insistió Santiago, con ímpetu—. Será el peor.

—Salvo la del proletariado, todas las dictaduras son la misma cosa —dijo Jacobo—. Históricamente.

—¿Tú sabes cuál es la diferencia entre aprismo y comunismo? —dice Santiago.

—No hay que darle tiempo a que sea el peor —dijo Aída—. Hay que echarlo abajo antes.

—Bueno, los apristas son muchísimos y los comunistas poquísimos —dice Ambrosio—. Qué más diferencia que ésa.

—No creo que ésos se fueran porque rajabas de Odría, sino porque están estudiando —dijo Santiago—. Todos deben ser progresistas en San Marcos.

Te miró como si te hubiera visto un par de alitas en la espalda, piensa, San Marcos ya no era lo que había sido, como a un niño bueno y tarado, Zavalita. No sabías, no entendías ni el vocabulario, tenías que aprender qué era aprismo, qué fascismo, qué comunismo, y por qué San Marcos ya no era lo que había sido: porque desde el golpe de Odría los dirigentes eran perseguidos y los centros federados desmantelados y porque las clases estaban llenas de soplones matriculados como alumnos y Santiago frívolamente lo interrumpió: ¿vivía Jacobo en Miraflores? Le parecía haberlo visto por allá alguna vez, y Jacobo se ruborizó y asintió de mala gana y Aída se echó a reír: así que los dos eran miraflorinos, así que los dos eran unos niños bien. Pero a Jacobo, piensa, no le gustaba bromear. Los ojos azules pedagógicamente posados en ella, la voz paciente, andina, desenvuelta, explicaba no importa dónde se vive sino lo que se piensa y se hace, y Aída era cierto, pero ella no había dicho en serio sino jugando lo de niños bien, y Santiago leería, estudiaría, aprendería marxismo como él: ah, Zavalita. El conserje gritó un apellido y Jacobo se puso de pie: lo llamaban. Fue hacia el aula sin prisa, confiado y calmado como hablaba, ¿inteligente, no?, y Santiago miró a Aída, inteligentísimo, y además cuánto sabía de política y Santiago decidió él sabría más.

—¿Será cierto que hay soplones entre los alumnos? —dijo Aída.

—Si descubrimos alguno en nuestro año, lo apanaremos —dijo Santiago.

—Ya hablas como alumno, quién como tú —dijo Aída—. Vamos a repasar otro poquito.

Pero apenas habían reanudado las preguntas y el paseo circular salió Jacobo del aula, lento y angosto en su desvaído terno azul, y se les acercó, risueño y decepcionado, los exámenes eran una broma, Aída no tenía de qué preocuparse, el presidente del jurado, un químico, sabía de letras menos que tú o yo. Había que contestar con seguridad, sólo al que dudaba lo jalaba. Me había caído mal, piensa, pero cuando llamaron a Aída y la acompañaron hasta el aula y regresaron a la banca y conversaron solos, te cayó bien, Zavalita. Se te quitaron los celos, piensa, comencé a admirarlo. Había terminado el colegio hacía dos años, no ingresó a San Marcos el año anterior por una tifoidea, opinaba como quien da hachazos. Te sentías mareado, imperialismo, idealismo, como un caníbal que ve rascacielos, materialismo, conciencia social, confuso, inmoral. Cuando sanó, venía en las tardes a dar vueltas por la Facultad de Letras, iba a leer a la Biblioteca Nacional, y sabía todo y tenía respuestas para todo y hablaba de todo, piensa, menos de él. ¿En qué colegio había estudiado, era judía su familia, tenía hermanos, en qué calle vivía? No se impacientaba con las preguntas, era prolijo e impersonal en sus explicaciones, el aprismo significaba reformismo y el comunismo revolución. ¿Llegó alguna vez a estimarte y odiarte, piensa, a envidiarte como tú a él? Iba a estudiar Derecho e Historia y tú lo escuchabas deslumbrado, Zavalita: estudiaban juntos, iban a la imprenta clandestina juntos, conspiraban, militaban, preparaban juntos la revolución. ¿Qué pensaba de ti, piensa, qué pensaría ahora de ti? Aída llegó a la banca con los ojos chispeando: la balota uno, se había cansado de hablarles. La felicitaron, fumaron, salieron a la calle. Los automóviles pasaban por Padre Jerónimo con los faros encendidos, y una brisa lustral les refrescaba la cara mientras bajaban por Azángaro, locuaces, excitados, hacia el parque Universitario. Aída tenía sed, Jacobo hambre, ¿por qué no iban a tomar algo? propuso Santiago, ellos buena idea, él los invitaba y Aída uy qué burgués. No fuimos a esa chingana de la Colmena a comer panes con chicharrón sino a contarnos nuestros proyectos, piensa, a hacernos amigos discutiendo hasta perder la voz. Nunca más esa exaltación, esa generosidad. Piensa: esa amistad.

—A mediodía y en las noches esto se repleta —dijo Jacobo—. Los estudiantes vienen aquí después de las clases.

—Quiero contarles algo de una vez —Santiago apretó los puños debajo de la mesa y tragó saliva—. Mi padre está con el gobierno.

Hubo un silencio, el cambio de miradas entre Jacobo y Aída parecía eterno, Santiago oía pasar los segundos y se mordía la lengua: te odio, papá.

—Se me ocurrió que eras pariente de ese Zavala —dijo Aída, por fin, con una afligida sonrisa de pésame—. Pero qué importa, tu padre es una cosa y tú otra.

—Los mejores revolucionarios salieron de la burguesía —le levantó la moral Jacobo, sobriamente—. Rompieron con su clase y se convirtieron a la ideología de la clase obrera.

Dio algunos ejemplos y, conmovido, piensa, agradecido, Santiago les contaba sus peleas sobre religión con los curas del colegio, las discusiones políticas con su padre y sus amigos del barrio, y Jacobo se había puesto a revisar los libros que estaban sobre la mesa: *La condición humana* era interesante aunque un poquito romántica, y no valía la pena leer *La noche quedó atrás*, su autor era anticomunista.

—Sólo al final del libro —protestó Santiago—, sólo porque el Partido no quiso ayudarlo a rescatar a su mujer de los nazis.

—Peor todavía —explicó Jacobo—. Era un renegado y un sentimental.

—¿Si se es sentimental no se puede ser revolucionaria? —preguntó Aída, apenada.

Jacobo reflexionó unos segundos y alzó los hombros: quizá en algunos casos se podía.

—Pero los renegados son lo peor que hay, fíjense en el Apra —añadió—. Se es revolucionario hasta el final o no se es.

—¿Tú eres comunista? —dijo Aída, como si preguntara qué hora tienes, y Jacobo perdió un instante su calma: sus mejillas se sonrosaron, miró alrededor, ganó tiempo tosiendo.

—Un simpatizante —dijo, cautelosamente—. El Partido está fuera de la ley y no es fácil ponerse en contacto. Además, para ser comunista, hay que estudiar mucho.

—Yo también soy simpatizante —dijo Aída, encantada—. Qué suerte que nos conociéramos.

—Y yo también —dijo Santiago—. Conozco poco de marxismo, pero quisiera saber más. Sólo que dónde, cómo.

Jacobo los miró uno por uno a los ojos, lenta y profundamente, como calculando su sinceridad o discreción, y echó una nueva ojeada en torno y se inclinó hacia ellos: había una librería de viejo, aquí en el centro. La había descubierto el otro día, entró a curiosear y estaba hojeando unos libros cuando aparecieron unos números, antiquísimos, interesantísimos, de una revista que se llamaba piensa *Cultura Soviética.* Libros prohibidos, revistas prohibidas y Santiago vio estantes rebalsando de folletos que no se vendían en las librerías, de volúmenes que la policía había retirado de las bibliotecas. A la sombra de paredes roídas por la humedad, entre telarañas y hollín, ellos consultaban los libros explosivos, discutían y tomaban notas, en noches como boca de lobo, a la luz de improvisados candeleros, hacían resúmenes, cambiaban ideas, leían, se instruían, rompían con la burguesía, se armaban con la ideología de la clase obrera.

—¿No habrá más revistas en esa librería? —preguntó Santiago.

—A lo mejor sí —dijo Jacobo—. Si quieren, podemos ir juntos a ver. Mañana, por ejemplo.

—También podríamos ir a alguna exposición, a algún museo —dijo Aída.

—Claro, no conozco ningún museo de Lima hasta ahora —dijo Jacobo.

—Ni yo —dijo Santiago—. Aprovechemos estos días, antes que comiencen las clases, y visitémoslos todos.

—Podemos ir en las mañanas a los museos y en las tardes a recorrer librerías de viejo —dijo Jacobo—. Conozco muchas, a veces se encuentran buenas cosas.

—La revolución, los libros, los museos —dice Santiago—. ¿Ves lo que es ser puro?

—Yo creía que ser puro era vivir sin cachar, niño —dice Ambrosio.

—Y también al cine una de estas tardes a ver una buena película —dijo Aída—. Y si el burgués de Santiago quiere invitarnos, que nos invite.

—Nunca más te invitaré ni un vaso de agua —dijo Santiago—. ¿Adónde nos vemos mañana, y a qué hora?

—¿Y, flaco? —dijo don Fermín—. ¿Muy difícil el oral, crees que aprobaste, flaco?

—A las diez en la plaza San Martín —dijo Jacobo—. En el paradero del Expreso.

—Creo que sí, papá —dijo Santiago—. Ya puedes perder las esperanzas de que entre algún día a la Católica.

—Debería jalarte las orejas por rencoroso —dijo don Fermín—. Así que aprobaste, así que ya eres todo un señor universitario. Ven, flaco, dame un abrazo.

No dormiste, piensa, estoy seguro que Aída tampoco durmió, que Jacobo tampoco durmió. Todas las puertas abiertas, piensa, en qué momento y por qué comenzaron a cerrarse.

—Ya saliste con tu gusto, ya entraste a San Marcos —dijo la señora Zoila—. Estarás contento, supongo.

—Contentísimo, mamá —dijo Santiago—. Sobre todo porque ya no tendré que juntarme con gente decente nunca más. No te imaginas qué contento estoy.

—Si lo que quieres es volverte cholo, por qué no te haces sirviente, más bien —dijo el Chispas—. Anda sin zapatos, no te bañes, cría pulgas, supersabio.

—Lo importante es que el flaco haya entrado a la universidad —dijo don Fermín—. La Católica hubiera sido mejor, pero el que quiere estudiar, estudia en cualquier parte.

—La Católica no es mejor que San Marcos, papá —dijo Santiago—. Es un colegio de curas. Y yo no quiero saber nada con los curas, yo odio a los curas.

—Te vas a ir al infierno, imbécil —dijo la Teté—. Y tú lo dejas que te levante así la voz, papá.

—Me da cólera que tengas esos prejuicios, papá —dijo Santiago.

—No son prejuicios, a mí no me importa que tus compañeros sean blancos, negros o amarillos —dijo don Fermín—. Yo quiero que estudies, que no vayas a perder tu tiempo y te quedes sin carrera como el Chispas.

—El supersabio te levanta la voz y te desfogas conmigo —dijo el Chispas—. Lindo, papá.

—Hacer política no es perder tiempo —dijo Santiago—. ¿O sólo los militares tienen derecho a hacer política aquí?

—Primero los curas, ahora los militares, las dos musiquitas de siempre —dijo el Chispas—. Cambia de tema, supersabio, pareces disco rayado.

—Qué puntualito llegaste —dijo Aída—. Venías hablando solo, qué chistoso.

—No se puede estar de a buenas contigo —dijo don Fermín—. Aunque se te trate con cariño, siempre das la patada.

—Es que soy un poco loco —dijo Santiago—. ¿No te da miedo juntarte conmigo?

—Está bien, no llores, no te arrodilles, te creo, lo hiciste por mí —dijo don Fermín—. ¿No pensaste que en vez de ayudarme podías hundirme para siempre? ¿Para qué te dio cabeza Dios, infeliz?

—Ni creas, me encantan los locos —dijo Aída—. Estuve dudando entre Derecho y Psiquiatría.

—Lo que pasa es que te consiento demasiado y abusas, flaco —dijo don Fermín—. Anda a tu cuarto de una vez.

—Cuando me castigas, a mí me dejas sin propina, cuando a Santiago sólo lo mandas a acostarse —dijo la Teté—. Qué tal raza, papá.

—Lo que pasa es que nadie está contento con su suerte —dice Ambrosio—. Ni usted, que lo tiene todo. Qué diré yo, imagínese.

—Quítale a él la propina también, papá —dijo el Chispas—. Por qué esas preferencias.

—Me alegro que escogieras Derecho —dijo Santiago—. Fíjate, ahí está Jacobo.

—No metan la cuchara cuando hablo con el flaco —dijo don Fermín—. Si no, se van a quedar sin propina ustedes.

V

Le dieron guantes de jebe, un guardapolvo, le dijeron eres envasadora. Comenzaban a caer las pastillas y ellas tenían que acomodarlas en los frascos y poner encima pedacitos de algodón. A las que colocaban las tapas les decían taperas, etiqueteras a las que pegaban las etiquetas, y al final de la mesa cuatro mujeres recogían los frascos y los ordenaban en cajas de cartón: les decían embaladoras. Su vecina se llamaba Gertrudis Lama y tenía gran rapidez en los dedos. Amalia comenzaba a las ocho, paraba a las doce, volvía a las dos y salía a las seis. A los quince días de entrar al laboratorio, su tía se mudó de Surquillo a Limoncillo, y al principio Amalia iba a almorzar a la casa, pero resultaba caro tanto ómnibus y el tiempo muy justo. Un día llegó a las dos y cuarto y la inspectora ¿abusas porque eres recomendada del dueño? Tráete la comida como nosotras, le aconsejó Gertrudis Lama, ahorrarás plata y tiempo. Desde entonces se llevaba un sándwich y fruta y se iba a almorzar con Gertrudis a una acequia de la avenida Argentina donde venían vendedores ambulantes a ofrecerles limonadas y raspadillas, y tipos que trabajaban en la vecindad a fastidiarlas. Gano más que antes, pensaba, trabajo menos y tengo una amiga. Extrañaba un poco su cuartito y a la niña Teté, pero del desgraciado ese ni me acuerdo ya, le decía a Gertrudis Lama, y Santiago ¿la Amalia?, y Ambrosio sí ¿se acuerda de ella, niño?

No había cumplido un mes en el laboratorio cuando conoció a Trinidad. Decía vulgaridades con más gracia que los otros, Amalia se acordaba a solas de sus disparates y soltaba la carcajada. Simpático aunque un poquito chiflado ¿no?, le dijo un día Gertrudis, y otro cómo te ríes con él, y otro se nota que el loquito te está gustando. A ti será, dijo Amalia, y pensó ¿me está gustando?, y Santiago ¿Amalia tu mujer, Amalia la que se murió en Pucallpa? Una tarde lo vio en el paradero, esperándola. Lo más fresco se subió al tranvía, se sentó a su lado, negra consentida, y comenzó con sus chistes, cholita engreída, ella estaba seria por afuera y muerta de risa por adentro. Le pagó el pasaje y cuando Amalia se bajó él chaucito amor. Era flaquito, moreno, loquísimo, pelos lacios retintos, buen mozo. Sus ojos se corrían y cuando entraron en confianza Amalia le decía tienes de chino, y él y tú eres una cholita blanca, haremos bonita mezcla, y Ambrosio sí niño, la misma. Otra vez la acompañó hasta el centro en el tranvía y se subió con ella al ómnibus de Limoncillo y también le pagó el pasaje y ella qué ahorros. Trinidad quería invitarla a tomar lonche pero Amalia no, no podía aceptarle. Bajémonos amorcito, bájese usted, qué confianzas eran ésas. Me voy si nos presentamos, dijo él, y le estiró la mano, Trinidad López tanto gusto, y ella se la estiró, tanto gusto Amalia Cerda. Al día siguiente Trinidad se sentó a su lado en la acequia y comenzó a decirle a Gertrudis qué amiguita más consentida tiene, Amalia me quita el sueño. Gertrudis le seguía la cuerda y se hicieron amigos y después Gertrudis a Amalia hazle caso al loquito, te olvidarás del tal Ambrosio, y Amalia de ése ni me acuerdo ya, y Gertrudis ¿de veras?, y Santiago ¿tenías tus cosas con Amalia desde que trabajaba ella en la casa? A Amalia le chocaban los disparates que decía Trinidad, pero le gustaba su boca y que no tratara de aprovecharse. La primera vez que trató fue en el ómnibus de Limoncillo. Estaba repleto, iban aplastados uno contra el otro, y ahí notó que comenzaba a frotarse. No podía retroceder, tienes que hacerte la tonta.

Trinidad la miraba serio, le acercaba la cara, y, de repente, yo te quiero y la besó. Sintió calor, que alguien se reía. Abusivo, cuando bajaron se puso furiosa, la había avergonzado delante de todos, aprovechador. Era la mujer que andaba buscando, le decía Trinidad, te tengo metida en el corazón. Ni loca para creer lo que dicen los hombres, decía Amalia, sólo piensas en aprovecharte. Fueron hacia la casa, antes de llegar ven un ratito a esa esquinita, y ahí de nuevo la besó, qué rica eres, la abrazaba y se le aflojaba la voz, yo te quiero, siente, siente cómo me pones. Ella le atajaba las manos, no se dejó abrir la blusa, levantar la falda: ya en esa época se habían enamorado, niño, pero las cosas en serio vinieron después.

Trinidad trabajaba cerca del laboratorio, en una fábrica textil, y le contó a Amalia nací en Pacasmayo y trabajé en Trujillo en un garaje. Pero que había estado preso por aprista sólo se lo dijo después, un día que pasaban por la avenida Arequipa. Había una casa con jardines y árboles, alrededor zanjas, patrulleros, policías, y Trinidad levantó la mano izquierda y le dijo a Amalia al oído Víctor Raúl el pueblo aprista te saluda, y ella ¿te has vuelto loco? Ésa es la embajada de Colombia, le dijo Trinidad, y que adentro estaba asilado Haya de la Torre, y que Odría no quería dejarlo salir del país y que por eso había tantos cachacos. Se echó a reír y le contó: una noche con un compañero pasamos por aquí haciendo la maquinita aprista con el claxon, y los patrulleros los persiguieron y encanaron. ¿Trinidad era aprista?, y él hasta la muerte, ¿y había estado preso?, y él sí, para que veas la confianza que te tengo. Se había hecho aprista hacía diez años, le contó, porque en ese garaje de Trujillo todos estaban en el partido, y le explicó Víctor Raúl Haya de la Torre es un sabio y el Apra el partido de los pobres y cholos del Perú. Había estado preso por primera vez en Trujillo, porque la policía lo pescó pintando en las calles Viva el Apra. Cuando salió de la comisaría no lo recibieron en el garaje y por eso se vino a Lima, y aquí el partido me consiguió trabajo en una fábrica de Vitarte, le contó, y que durante el gobierno de Bustamante había sido defensista; iba con los compañeros a romper las manifestaciones de los oligarcas o de los rabanitos y siempre salía golpeado. No por cobarde, el físico no lo ayudaba, y ella claro, eres tan flaquito, y él pero macho, la segunda vez que estuvo preso los soplones le habían volado dos dientes y ni por ésas denuncié. Cuando vino el levantamiento del 3 de octubre en el Callao y Bustamante puso fuera de la ley al Apra, los compañeros de Vitarte le dijeron escóndete, pero él no tengo miedo, no había hecho nada. Siguió yendo al trabajo y después, el 27 de octubre, vino la revolución de Odría y le dijeron ¿tampoco ahora te vas a esconder?, y él tampoco. La primera semana de noviembre, una tarde, al salir de la fábrica, un tipo se le acercó, ¿usted es Trinidad López?, en ese carro lo espera su primo. Él se echó a correr porque no tenía primos, pero lo alcanzaron. En la Prefectura querían que denunciara los planes terroristas de la secta, y él ¿qué planes, cuál secta?, y dijera dónde y quiénes editaban *La Tribuna* clandestina. Ahí le volaron ese par de dientes, y Amalia ¿cuáles?, y él ¿cómo cuales?, y ella si tienes todos los dientes completitos, y él se había puesto postizos y no se notaban. Estuvo preso ocho meses, la Prefectura, la Penitenciaría, el Frontón, y cuando lo soltaron había perdido diez kilos. Estuvo tres meses de vago antes de entrar a la textil de la avenida Argentina. Ahora le iba bien, ya era especializado. La noche que lo llevaron a la comisaría por lo de la embajada de Colombia pensó me fregué de nuevo, pero le creyeron que había sido cosa de borrachera y lo dejaron libre al día siguiente. Ahora tenía que cuidarse de dos cosas, Amalia: de la política, porque lo tenían fichado, y de las mujeres, unas cascabeles de picadura mortal, a ésas las tenía fichadas él. ¿En serio?, le dijo Amalia, y él pero apareciste y caí de nuevo, en la casa nadie sabía que tú tenías tus cosas con Amalia, dice Santiago, ni mis hermanos ni los viejos, y Trinidad a besarla, y ella suéltame, mano larga, y Ambrosio no sabían porque las teníamos a escondidas, niño, y Trinidad te quiero, pégate, que te sienta, y Santiago ¿por qué a escondidas?

Amalia se quedó tan asustada al saber que Trinidad había estado en la cárcel y que podían meterlo preso de nuevo, que ni se lo contó a Gertrudis. Pero pronto descubrió que a Trinidad le interesaba el deporte más que la política, y del deporte el fútbol, y del fútbol el equipo de Municipal. La arrastraba al Estadio tempranito para pescar buen sitio, en el partido se ponía ronco de tanto gritar, decía lisuras si le metían un gol al flaco Suárez. Trinidad había jugado por el juvenil de Municipal cuando trabajaba en Vitarte, y ahora había formado un cuadrito en la textil de la avenida Argentina, y todos los sábados en la tarde tenía partido. Tú y los deportes son mi vicio, le decía a Amalia, y ella ha de ser cierto, toma poco y no parecía mujeriego. Además del fútbol, le gustaba el box, el catchascán. La llevaba al Luna Park y le explicaba ese pintón que sube al ring con capa de torero es el español Vicente García, y que le hacía barra al Yanqui no porque fuera bueno sino porque al menos era peruano. A Amalia le gustaba el Peta, tan elegante, estaba luchando y de repente le decía al réferi alto y se peinaba la montaña, y odiaba al Toro, que ganaba metiendo los dedos a los ojos y tirando tacles al estómago. Pero en el Luna Park casi no se veían mujeres, había borrachos atrevidos y en las tribunas se armaban peleas peores que en el ring. Te doy gusto con el fútbol pero basta de deporte, le decía a Trinidad, llévame más bien al cine. Él lo que tú digas, amorcito, pero siempre andaba con mañas para ir al Luna Park. Le enseñaba el aviso del catchascán de *La Crónica*, se ponía a hablar de llaves y contrasuelazos, esta noche se quita el antifaz el Médico si le gana al Mongol ¿no crees que eso estaría de candela? No creo, le decía Amalia, será como siempre nomás. Pero ya estaba encariñada con él y a veces bueno, esta noche al Luna Park, y él feliz.

Un domingo estaban comiendo un apanado después del catchascán y Amalia vio que Trinidad la miraba raro: ¿qué te pasa? Déjala a tu tía, que se viniera con él. Se hizo la enojada, discutieron, me porfió tanto que al final me convenció, le contó después Amalia a Gertrudis Lama. Se fueron donde Trinidad, a Mirones, y esa noche tuvieron la gran pelea. Estuvo muy cariñoso al principio, besándola y abrazándola, diciéndole amorcito con una voz de moribundo, pero al amanecer lo vio pálido, ojeroso, despeinado, la boca temblándole: ahora cuéntame cuántos pasaron ya por aquí. Amalia sólo uno (tonta, requetetonta le dijo Gertrudis Lama), sólo el chofer de la casa en que trabajé, nadie más la había tocado, y Ambrosio: para que no los chaparan sus papás, pues, niño ¿acaso les hubiera gustado? Trinidad comenzó a insultarla y a insultarse por haberla respetado, y de un manotazo la aventó al suelo. Alguien tocó y abrió la puerta, Amalia vio a un viejo que decía Trinidad qué pasa, y Trinidad también lo insultó y ella se vistió y salió corriendo. Esa mañana en el laboratorio las pastillas se le escapaban de los dedos y apenas podía hablar de la pena que sentía. Los hombres tienen su orgullo, le dijo Gertrudis, quién te mandó contarle, debiste negarle, tonta, negarle. Pero te perdonará, la consoló, volverá a buscarte, y ella lo odio, ni muerta se amistaría, y Ambrosio pero después se habían peleado, niño, Amalia se fue por su lado y hasta tuvo sus amores por ahí, y Santiago claro, con un aprista, y Ambrosio sólo mucho después y de casualidad se habían visto de nuevo. Esa tarde, al regresar a Limoncillo, su tía la llamó mala y desconsiderada, no le creyó que había dormido donde una amiga, serás una perdida y la próxima vez que faltara a dormir te botaré. Pasó unos días sin apetito y abatida, unas noches desveladas que no amanecían nunca, y una tarde al salir del laboratorio vio a Trinidad en el paradero. Subió con ella, y Amalia no lo miraba pero sentía calor oyéndolo hablar. Bruta, pensaba, lo quieres. Él le pedía perdón y ella nunca te voy a perdonar, todavía que le había dado gusto yendo a su casa, y él olvidemos el pasado, amorcito, no seas soberbia. En Limoncillo quiso abrazarla y ella lo empujó y amenazó con la policía. Hablaron, forcejearon, Amalia se ablandó y en la esquinita de siempre él, suspirando, me emborraché todas las noches desde esa noche, Amalia, el amor había sido más fuerte que el orgullo, Amalia. Sacó sus cosas a escondidas de su tía, llegaron a Mirones al anochecer, de la mano. En el callejón, Amalia vio al viejo que se había metido al cuarto y Trinidad le presentó a Amalia: mi compañera, don Atanasio. Esa misma noche quiso que Amalia dejara el trabajo: ¿acaso estaba manco, acaso no podía ganar para los dos? Ella le cocinaría, le lavaría la ropa y después cuidaría a los hijos. Te felicito, le dijo a Amalia el ingeniero Carrillo, le diré a don Fermín que te vas a casar. Gertrudis la abrazó con los ojos aguados, me da pena que te vayas pero me alegro por ti. ¿Y cómo sabía que ése con el que vivió Amalia era aprista, niño? Te tendrá bien, le pronosticó Gertrudis, no te engañará. Porque Amalia había ido a la casa dos veces a pedirle al viejo que sacara al aprista de la cárcel, Ambrosio.

Trinidad era chistoso, cariñoso, Amalia pensaba lo que me dijo Gertrudis se está cumpliendo. Con sólo lo que él ganaba ya no podían ir los dos al Estadio así que Trinidad iba solo, pero el domingo en la noche salían juntos al cine. Amalia se hizo amiga de la señora Rosario, una lavandera con muchos hijos que vivía en el callejón y era buenísima. La ayudaba a hacer los atados, y, a veces, venía a conversar con ellas don Atanasio, vendedor de loterías, borrachito y conocedor de la vida y milagros de la vecindad. Trinidad volvía a Mirones a eso de las siete, ella le tenía la comida lista, un día creo que ando encinta, amor. Me echaste la soga al cuello y ahora me clavas la puntilla, decía Trinidad, ojalá sea hombre, van a creer que es tu hermano, qué mamacita tan joven tendrá. Esos meses, pensaría Amalia después, fueron los mejores de la vida. Siempre recordaría las películas que vieron y los paseos que dieron por el centro y por los balnearios, las veces que comieron chicharrones en el Rímac, y la Fiesta de Amancaes a la que fueron con la señora Rosario. Pronto habrá aumento, decía Trinidad, nos caerá bien, y Ambrosio el textil ese también se murió: ¿se había muerto, ah sí? Sí, medio loco, Amalia creía que de unas palizas que le habían dado en tiempo de Odría. Pero no hubo aumento, decían que había crisis, Trinidad venía a la casa malhumorado porque esos carajos hablaban ahora de huelga. Esos carajos del sindicato, requintaba, esos amarillos que reciben sueldo del gobierno. Se habían hecho elegir con ayuda de los soplones y ahora hablaban de huelga. A ésos no les pasaría nada, pero él estaba fichado y dirían el aprista es el agitador. Y, efectivamente, hubo huelga y al día siguiente don Atanasio entró corriendo a la casa: un patrullero paró en la puerta y se llevó a Trinidad. Amalia fue con la señora Rosario a la Prefectura. Pregunte allá, pregunte acá, no conocían a Trinidad López. Pidió prestado para el ómnibus a la señora Rosario y fue a Miraflores. Cuando llegó a la casa no se atrevía a tocar, va a salir él. Estuvo caminando frente a la puerta y de repente lo vio. Cara de asombro, de felicidad, y al verla encinta, de furia. Ajá, ajá, le señalaba la barriga, ajá, ajá. No he venido a verte a ti, se puso a llorar Amalia, déjame entrar. ¿Cierto que te juntaste con uno de la textil, dijo Ambrosio, el hijo que esperas es de él? Ella se entró a la casa y lo dejó hablando solo. Se quedó esperando en el jardín, mirando el cerco de geranios, la pileta de azulejos, su cuartito del fondo, sintió tristeza, le temblaban las rodillas. Con los ojos nublados vio salir a alguien, cómo está niño Santiago, hola Amalia. Estaba más alto, más hombre, siempre tan flaquito. Aquí venía a visitarlos, pues, niño, qué le había pasado en la cabeza. Él se sacó la boina, tenía una pelusa chiquita y se veía feísimo. Le habían cortado el pelo a coco, así bautizaban a los que acababan de entrar a la universidad, sólo que a él le estaba demorando en crecer. Y entonces Amalia se echó a llorar, que don Fermín tan bueno me ayude de nuevo, su marido no había hecho nada, lo habían metido preso por gusto, se lo pagaría Dios niño. Salió don Fermín en bata, cálmate hija, qué te pasa. El niño Santiago le contó y ella nada hizo, don Fermín, no era aprista, le gusta el fútbol, hasta que don Fermín se rió: espera, espera, veremos. Fue a telefonear, se demoró, Amalia se sentía emocionada de estar de nuevo en la casa, de haber visto a Ambrosio, de lo que le pasaba a Trinidad. Ya está, dijo don Fermín, dile que no se meta más en líos. Ella quería besarle la mano y don Fermín quieta hija, todo tenía arreglo menos la muerte. Amalia pasó la tarde con la señora Zoila y la niña Teté. Qué linda estaba, qué ojazos, y la señora la hizo quedarse a almorzar y al despedirse, para que le compres algo a tu hijo, le dio dos libras.

Al día siguiente se presentó Trinidad en Mirones. Furioso, le habían echado la pelota esos amarillos, requintando como Amalia no lo había oído nunca, lo habían acusado de mil cosas, por esos conchas de su madre los soplones lo habían pateado de nuevo. Puñetazos, combazos para que denunciara no sabía qué ni a quién. Estaba más enojado con los amarillos del sindicato que con los soplones: cuando el Apra suba esos cabrones verán, esos vendidos a Odría verán. Ya no estás en planilla, le dijeron en la textil, te despidieron por abandono de trabajo. Si me quejo al sindicato ya sé dónde me mandarán, decía Trinidad, y si al Ministerio ya sé dónde me mandarán. Pierdes tu tiempo mentándoles la madre a los amarillos, decía Amalia, más bien busca trabajo. Cuando empezó a recorrer fábricas seguía la crisis decían, y estuvieron viviendo de préstamos, y de repente Amalia se dio cuenta que Trinidad decía más mentiras que nunca: ¿y de qué se había muerto Amalia, Ambrosio? Se iba a las ocho de la mañana y volvía media hora después y se tumbaba en la cama, caminé por todo Lima buscando trabajo, estaba muerto. Y Amalia: pero si te fuiste y volviste ahí mismo. Y Ambrosio: de una operación, niño. Y él: lo tenían fichado, los amarillos han pasado el dato, lo miraban como apestado, nunca encontraré trabajo. Y Amalia: déjate de amarillos y busca trabajo, se iban a morir de hambre. No puedo, decía él, estoy enfermo, y ella ¿de qué estás enfermo? Trinidad se metía el dedo a la garganta hasta que le venían arcadas y vomitaba: cómo iba a buscar trabajo si estaba enfermo. Amalia regresó a Miraflores, le lloró a la señora Zoila, la señora habló con don Fermín y el señor al niño Chispas dile a Carrillo que la repongan. Cuando le contó que la habían tomado de nuevo en el laboratorio, Trinidad se puso a mirar el techo. Orgulloso, qué tiene de malo que yo trabaje hasta que te cures, ¿no estás enfermo? ¿Cuánto le habían pagado para que me humilles ahora que me ves caído?, decía Trinidad.

Gertrudis Lama se puso contenta cuando la vio de nuevo en el laboratorio, y la inspectora qué buena vara, te pones y te sacas el trabajo como una falda. Los primeros días se le escapaban las pastillas y se le rodaban los frascos, pero a la semana estaba diestra otra vez. Tienes que llevarlo al médico, le decía la señora Rosario, ¿no ves que todo el día dice adefesios? Mentira, sólo a la hora de comer o cuando se tocaba el tema del trabajo se chiflaba, después era como antes nomás. Acabando de comer se metía el dedo a la boca hasta vomitar, y entonces estoy enfermo, amorcito. Pero si Amalia no le hacía caso y limpiaba sus vómitos como si nada, al ratito se olvidaba de su enfermedad y qué tal el laboratorio y hasta le hacía chistes y cariños. Le va a pasar, pensaba, rezaba, lloraba Amalia a ocultas de él, va a ser como antes. Pero no le pasaba y más bien le dio por salir a la puerta del callejón a gritar amarillos a los transeúntes. Quería tirarles tacles y hacerles las llaves del catchascán, y es tan flaquito que cada vez me lo traen sangrando, le contaba Amalia a Gertrudis. Una noche vomitó sin meterse el dedo a la boca. Se puso pálido y Amalia lo llevó al día siguiente al Hospital Obrero. Neuralgias, dijo el médico, y que se tomara unas cucharaditas cada vez que le doliera la cabeza y desde entonces Trinidad se pasaba el día diciendo la cabeza me va a reventar. Tomaba las cucharaditas y náuseas. Tanto jugar a enfermarte te enfermaste, lo reñía Amalia. Se volvió engreído, renegón, se burlaba de todo y ya casi ni podían conversar. Al verla llegar del trabajo ¿cómo, todavía no me has dejado?, ¿y la hijita?, dice Santiago. Paraba echado en la cama, si no me muevo me siento bien, o conversando con don Atanasio, y no había vuelto a preguntar por el hijo. Si Amalia le decía estoy engordando o ya se mueve, él la miraba como si no supiera de qué hablaba. Comía apenas, por los vómitos. Amalia se robaba unas bolsitas de papel del laboratorio y le rogaba vomita ahí, no en el suelo, y él a propósito abría la boca sobre la mesa o la cama, y con una vocecita empalagosa, si te da tanto asco anda vete: se había quedado en Pucallpa, niño. Pero después se arrepentía, perdón amorcito, me he vuelto malo, aguántame un poquito más que me voy a morir. Iban de vez en cuando al cine. Amalia quiso animarlo a que fuera al Estadio, pero él se agarraba la cabeza: no, estaba enfermo. Se puso flaco como perro, el pantalón que no le cerraba en la bragueta ahora se le chorreaba, ya no le pedía a Amalia córtame el pelo como antes,

¿y por qué la había dejado en Pucallpa?, ¿no te has decepcionado de uno tan poquita cosa que a la primera caída abandona sin luchar y se hace el loco y se deja mantener por la mujer?, le preguntó Gertrudis. Al revés, desde que lo veía hecho un trapo lo quería más. Pensaba todo el tiempo en él, sentía que se acababa el mundo cuando lo oía decir disparates, vez que la desnudaba a jalones en la oscuridad sentía vértigo. Una señora que se había hecho amiga de Amalia se había comedido a criarla, niño. Los dolores de cabeza de Trinidad desaparecían y volvían, de nuevo se iban y venían, y ella nunca sabía si eran de verdad o inventos o exageraciones. Y, además, Ambrosio se había metido en un lío y salido pitando de Pucallpa. Sólo los vómitos no se le iban nunca. Es tu culpa, le decía Amalia, y él de los amarillos, amorcito, a ella no le iba a mentir.

Un día Amalia encontró a la señora Rosario a la entrada del callejón, las manos en las caderas, los ojos como ascuas: se encerró con la Celeste, había querido abusarla, sólo abrió la puerta cuando lo amenacé con el patrullero. Amalia encontró a Trinidad lamentándose, la señora Rosario era mal pensada, llamar a la policía sabiendo que estaba fichado, perversa, a él qué le importaba la retaca de la Celeste, había querido hacerle una broma. Sinvergüenza, ingrato, lo insultaba Amalia, mantenido, loco, y por fin le aventó un zapato. Él se dejaba gritar y dar manotazos sin protestar. Esa noche se tiró al suelo apretándose la cabeza con las manos y entre Amalia y don Atanasio lo arrastraron a la calle y lo subieron a un taxi. En la Asistencia Pública le pusieron una inyección. Regresaron a Mirones pasito a paso, Trinidad en medio, parándose a descansar cada cuadra. Lo acostaron y, antes de dormirse, Trinidad la hizo llorar: déjame, que no arruinara su vida con él, estaba acabado, búscate alguien que te responda mejor. La chiquita se llamaba Amalita Hortensia y tendría cinco o seis añitos ya, niño.

Un día, al volver del laboratorio, encontró a Trinidad dando brincos: se acabaron nuestros males, tenía trabajo. La abrazaba, la pellizcaba, se lo veía feliz. Pero y tu enfermedad, decía Amalia atontada, y él se fue, me curé. Se había encontrado en la calle con el compañero Pedro Flores, le contó, un aprista con el que estuve preso en el Frontón, y cuando Trinidad le dijo lo que le pasaba Pedro ven conmigo, y lo llevó al Callao, le presentó a otros compañeros, y esa misma tarde tenía trabajo en una mueblería. Ya ves, Amalia, así eran los compañeros, se sentía aprista hasta los huesos, viva Víctor Raúl. Ganaría poco pero qué más daba si eso le había levantado la moral. Trinidad salía muy temprano pero volvía antes que Amalia. Mejoró el humor, me duele menos la cabeza, los compañeros lo habían llevado donde un médico que no le cobró y le puso unas inyecciones y ya ves, Amalia, le decía, el partido me cuida, es mi familia. Pedro Flores no venía nunca a Mirones, pero Trinidad salía muchas noches a reunirse con él y Amalia estaba celosa, ¿crees que yo podría engañarte habiéndome ayudado tanto?, se reía Trinidad, te juro que voy a reuniones clandestinas con los compañeros. No te metas en política, le decía Amalia, la próxima vez te matarán. Dejó de hablar de los amarillos, pero le seguían los vómitos. Muchas tardes lo encontraba tumbado en la cama, los ojos hundidos y sin ganas de comer. Una noche que había salido a una reunión, vino don Atanasio y le dijo a Amalia ven y la llevó hasta la esquina. Ahí estaba Trinidad, solito, sentado en la vereda, fumando. Amalia lo estuvo espiando y cuando Trinidad regresó al callejón ¿cómo te fue? y él bien, discutimos mucho. Ella pensó: otra mujer. ¿Pero entonces por qué estaba tan cariñoso? La primera semana de trabajo esperó a Amalia con su sobre sin abrir, vamos a comprarle algo a la señora Rosario para que se le pase el enojo, le escogieron un perfumito, y después ¿qué quieres que te compre a ti, amorcito? Mejor paga el alquiler, le dijo Amalia, pero él quería gastarse esa plata en ella, amorcito. Amalita por su mamá, y Hortensia por una señora donde había trabajado Amalia, niño, una a la que quería mucho y que también se murió: claro que después de lo que hiciste tienes que salir de aquí, infeliz, dijo don Fermín. Fuiste mi salvación, le decía Trinidad, dime qué quieres. Y entonces Amalia vamos al cine. Vieron una de Libertad Lamarque, triste, la historia se parecía a la de ellos, Amalia salió suspirando y Trinidad tienes muchos sentimientos, amorcito, vales mucho. Se estuvieron bromeando y otra vez se acordó del hijo y le tocaba la barriga, qué gordito. La señora Rosario se echó a llorar por el perfumito y le dijo a Trinidad no sabías lo que hacías, abrázame. Al otro domingo Trinidad vamos a ver a tu tía, se amistaría con Amalia cuando supiera lo del hijo. Fueron a Limoncillo y Trinidad entró primero y después salió la tía con los brazos abiertos a llamar a Amalia. Se quedaron a comer con ella y Amalia pensaba se fue la mala, todo se arregló. Se sentía muy pesada ya, Gertrudis Lama y otras compañeras del laboratorio le habían hecho ropitas para el hijo.

El día que desapareció Trinidad, Amalia había ido con Gertrudis donde el médico. Volvió a Mirones tarde y Trinidad no estaba, amaneció y no llegaba, y a eso de las diez de la mañana paró un taxi en el callejón y bajó un tipo que preguntó por Amalia: quiero hablarle a solas, era Pedro Flores. La hizo subir al taxi y ella qué le ha pasado a mi marido, y él está preso. Usted tiene la culpa, gritó Amalia, y él la miró como si estuviera loca, usted lo invencionó que se metiera en política, y Pedro Flores ¿yo, en política? Él no se había metido ni se metería nunca en política porque odiaba la política, señora, y más bien el loco de Trinidad lo había podido meter anoche en un gran lío. Y le contó: volvían de una fiestecita en Barranco y al pasar por la embajada de Colombia Trinidad para un ratito, tengo que bajar, Pedro Flores creyó que iba a orinar, pero bajó del taxi y comenzó a gritar amarillos, viva el Apra, Víctor Raúl, y cuando él arrancó asustado vio que a Trinidad le llovían los cachacos. Usted tiene la culpa, lloraba Amalia, el Apra tiene la culpa, le van a pegar. Qué le pasaba, de qué habla: ni Pedro Flores era aprista ni Trinidad había sido nunca aprista, lo sé de sobra porque somos primos, se habían criado juntos en la Victoria, nacimos en la misma casa, señora. Mentira, él nació en Pacasmayo, lloriqueaba Amalia, y Pedro Flores quién le hizo creer ese cuento. Y le juró: nació en Lima y nunca salió de aquí y nunca se metió en política, sólo que una vez lo llevaron preso por equivocación o quién sabe por qué cuando la revolución de Odría, y cuando salió de la cárcel le dio la chifladura de hacerse pasar por norteño y por aprista. Que fuera a la Prefectura, dígales que estaba borracho y que anda medio zafado, se lo soltarán. La dejó en el callejón y la señora Rosario la acompañó a Miraflores a llorarle a don Fermín. En la Prefectura no está, dijo don Fermín después de telefonear, que volviera mañana, iba a averiguar. Pero a la mañana siguiente entró un muchachito al callejón: Trinidad López estaba en el San Juan de Dios, señora. En el hospital, a Amalia y a la señora Rosario las mandaban de una sala a otra, hasta que una madre viejita, con barbita de hombre, ah sí, y comenzó a darle consejos a Amalia. Tenía que resignarse, Dios se llevó a tu marido, y mientras Amalia lloraba a la señora Rosario le contaron que lo habían encontrado esa madrugada en la puerta del hospital, que se había muerto de derrame cerebral.

Casi no lloró a Trinidad porque al día siguiente del entierro su tía y la señora Rosario tuvieron que llevarla a la Maternidad, los dolores seguiditos ya, y esa madrugada nació muerto el hijo de Trinidad. Estuvo en la Maternidad cinco días, compartiendo una cama con una negra que había dado luz a mellizos y que le buscaba conversación todo el tiempo. Ella le contestaba sí, bueno, no. La señora Rosario y su tía venían a verla a diario y le traían de comer. No sentía dolor ni pena, sólo cansancio, comía sin ganas, le costaba esfuerzo hablar. Al cuarto día vino Gertrudis, por qué no diste aviso, el ingeniero Carrillo podía creer que había abandonado el trabajo, menos mal que tienes vara con don Fermín. Que el ingeniero creyera lo que quisiera, pensaba Amalia. Al salir de la Maternidad fue al cementerio a llevarle unos cartuchos a Trinidad. En la tumba estaba todavía la estampita que le había puesto la señora Rosario y las letras que su primo Pedro Flores había dibujado en el yeso con un palito. Se sentía débil, vacía, aburrida, si alguna vez tenía plata compraría una lápida y haré grabar Trinidad López con letras doradas. Se puso a hablarle despacito, por qué te fuiste ahora que todo se estaba arreglando, a reñirlo, por qué me hiciste creer tanta mentira, a contarle, me llevaron a la Maternidad, su hijo se había muerto, ojalá lo hayas conocido allá. Volvió a Mirones acordándose de ese saco azul que Trinidad decía es mi elegancia y de cómo ella le cosía tan mal los botones que se volvían a caer. El cuartito estaba con candado, el dueño había venido con un mercachifle y vendió todo lo que encontró, déjenle algo de su marido de recuerdo, le había rogado la señora Rosario, pero no quisieron y Amalia qué más me da. Su tía había tomado pensionistas en la casita de Limoncillo y no tenía lugar, pero la señora Rosario le hizo sitio en uno de sus dos cuartos, y Santiago ¿en qué lío te metiste, por qué tuviste que salir pitando de Pucallpa? A la semana se presentó en Mirones Gertrudis Lama, por qué no había vuelto al laboratorio, hasta cuándo crees que te esperarán. Pero Amalia no volvería al laboratorio nunca más. ¿Y qué iba a hacer, entonces? Nada, quedarse aquí hasta que me boten, y la señora Rosario tonta, nunca te voy a botar. ¿Y por qué no quería volver al laboratorio? No sabía, pero no volvería, y lo decía con tanta cólera que Gertrudis Lama no preguntó más. Un lío terrible, había tenido que esconderse por un asunto de un camión, niño, no quería ni acordarse. La señora Rosario la obligaba a comer, la aconsejaba, trataba de hacerla olvidar. Amalia dormía entre la Celeste y la Jesús, y la menor de las hijas de la señora Rosario se quejaba de que hablara con Trinidad y con su hijo a oscuras. Ayudaba a la señora Rosario a lavar la ropa en una batea, a tenderla en los cordeles, a calentar las planchas de carbón. Lo hacía sin darse cuenta, la mente en blanco, las manos flojas. Anochecía, amanecía, atardecía, venía a visitarla Gertrudis, venía su tía, ella las escuchaba y les decía sí a todo y les agradecía los regalitos que le traían. ¿Siempre andas pensando en Trinidad?, le preguntaba a diario la señora Rosario, y ella sí, también en su hijito. Te pareces a Trinidad, le decía la señora Rosario, bajas la cabeza, no luchas, que se olvidara de su desgracia, eres joven, podía rehacer su vida. Amalia no salía de Mirones, andaba puro remiendo, se lavaba y peinaba rara vez, un día al mirarse en un espejito pensó si Trinidad te viera ya no te querría. En la noche, cuando don Atanasio regresaba, ella se metía a su cuarto a conversar con él. Vivía en un cuartito de techo tan bajo que Amalia no podía estar de pie, y había en el suelo un colchón despanzurrado y mil cachivaches. Mientras conversaban, don Atanasio sacaba su botellita y tomaba. ¿Creía que los soplones le habían pegado a Trinidad, don Atanasio, que cuando vieron que se les moría lo habían dejado en la puerta de San Juan de Dios? A veces, don Atanasio sí, eso pasaría, y otras no, lo soltarían y él se sentiría mal y se iría solito al hospital, y otras qué te importa ya, ya se había muerto, piensa en ti, olvídate de él.

VI

¿Había sido ese primer año, Zavalita, al ver que San Marcos era un burdel y no el paraíso que creías? ¿Qué no le había gustado, niño? No que las clases comenzaran en junio en vez de abril, no que los catedráticos fueran decrépitos como los pupitres, piensa, sino el desgano de sus compañeros cuando se hablaba de libros, la indolencia de sus ojos cuando de política. Los cholos se parecían terriblemente a los niñitos bien, Ambrosio. A los profesores les pagarían miserias, decía Aída, trabajarían en ministerios, darían clases en colegios, quién les iba a pedir más. Había que comprender la apatía de los estudiantes, decía Jacobo, el sistema los formó así: necesitaban ser agitados, adoctrinados, organizados. ¿Pero, dónde estaban los comunistas, dónde aunque fuera los apristas? ¿Todos encarcelados, todos deportados? Eran críticas retrospectivas, Ambrosio, entonces no se daba cuenta y le gustaba San Marcos. ¿Qué sería del catedrático que en un año glosó dos capítulos de la *Síntesis de investigaciones lógicas* publicada por la Revista de Occidente? Suspender fenomenológicamente el problema de la rabia, poner entre paréntesis, diría Husserl, la grave situación creada por los perros de Lima: ¿qué cara pondría el director? ¿Qué del que sólo hacía pruebas de ortografía, qué del que preguntó en el examen errores de Freud?

—Te equivocas, uno tiene que leer incluso a los oscurantistas —dijo Santiago.

—Lo lindo sería leerlos en su propio idioma —dijo Aída—. Quisiera saber francés, inglés, hasta alemán.

—Lee todo, pero con sentido crítico —dijo Jacobo—. Los progresistas siempre te parecen malos y los decadentes siempre buenos. Eso es lo que te critico.

—Sólo digo que *Así se templó el acero* me aburrió y que me gustó *El castillo* —protestó Santiago—. No estoy generalizando.

—La traducción de Ostrovski debe ser mala y la de Kafka buena, ya no discutan —dijo Aída.

¿Qué del anciano pequeñito, barrigón, de ojos azules y melena blanca que explicaba las fuentes históricas? Era tan bueno que daban ganas de seguir Historia y no Psicología, decía Aída, y Jacobo sí, lástima que fuera hispanista y no indigenista. Las aulas abarrotadas de los primeros días se fueron vaciando, en septiembre sólo asistía la mitad de los alumnos y ya no era difícil pescar asiento en las clases. No se sentían defraudados, no era que los profesores no supieran o quisieran enseñar, piensa, a ellos tampoco les interesaba aprender. Porque eran pobres y tenían que trabajar, decía Aída, porque estaban contaminados de formalismo burgués y sólo querían el título, decía Jacobo; porque para recibirse no hacía falta asistir ni interesarse ni estudiar: sólo esperar. ¿Estaba contento en San Marcos flaco, de veras enseñaban ahí las cabezas del Perú flaco, por qué se había vuelto tan reservado flaco? Sí estaba papá, de veras papá, no se había vuelto papá. Entrabas y salías de la casa como un fantasma, Zavalita, te encerrabas en tu cuarto y no le dabas cara a la familia, pareces un oso decía la señora Zoila, y el Chispas te ibas a volver virolo de tanto leer, y la Teté por qué ya no salías nunca con Popeye, supersabio. Porque Jacobo y Aída bastaban, piensa, porque ellos eran la amistad que excluía, enriquecía y compensaba todo. ¿Ahí, piensa, me jodí ahí?

Se habían matriculado en los mismos cursos, se sentaban en la misma banca, iban juntos a la biblioteca de San Marcos o a la Nacional, a duras penas se separaban para dormir. Leían los mismos libros, veían las mismas películas, se enfurecían con los mismos periódicos. Al salir de la universidad, a mediodía y en las tardes, conversaban horas en el Palermo de la Colmena, discutían horas en la Pastelería Los Huérfanos de Azángaro, comentaban horas las noticias políticas en un café-billar a espaldas del Palacio de Justicia. A veces se zambullían en un cine, a veces recorrían librerías, a veces emprendían como una aventura largas caminatas por la ciudad. Asexuada, fraternal, la amistad parecía también eterna.

—Nos importaban las mismas cosas, odiábamos las mismas cosas, y nunca estábamos de acuerdo en nada —dice Santiago—. Eso era formidable, también.

—¿Por qué estaba amargado, entonces? —dice Ambrosio—. ¿Por la muchacha?

—Nunca la veía a solas —dice Santiago—. No estaba amargado; a ratos un gusanito en el estómago, nada más.

—Usted quería enamorarla y no podía, teniendo ahí al otro —dice Ambrosio—. Sé lo que se siente estando cerca de la mujer que uno quiere y no pudiendo hacer nada.

—¿Te pasó eso con Amalia? —dice Santiago.

—Vi una película con ese tema —dice Ambrosio.

La universidad era un reflejo del país, decía Jacobo, hacía veinte años esos profesores a lo mejor eran progresistas y leían, después por tener que trabajar en otras cosas y por el ambiente se habían mediocrizado y aburguesado, y ahí, de pronto, viscoso y mínimo en la boca del estómago: el gusanito. También era culpa de los alumnos, decía Aída, les gustaba este sistema, ¿y si todos tenían la culpa no había más remedio que conformarnos? decía Santiago, y Jacobo: la solución era la reforma universitaria. Un cuerpo diminuto y ácido en la maleza de las conversaciones, súbito en el calor de las discusiones, interfiriendo, desviando, malogrando la atención con ráfagas de melancolía y nostalgia. Cátedras paralelas, co-gobierno, universidades populares, decía Jacobo: que entrara a enseñar todo el que fuera capaz, que los alumnos pudieran tachar a los malos profesores, y como el pueblo no podía venir a la universidad que la universidad fuera al pueblo. ¿Melancolía de esos imposibles diálogos a solas con ella que deseaba, nostalgia de esos paseos a solas con ella que inventaba? Pero si la universidad era un reflejo del país San Marcos nunca iría bien mientras el Perú fuera tan mal, decía Santiago, y Aída si se quería curar el mal de raíz no había que hablar de reforma universitaria sino de revolución. Pero ellos eran estudiantes y su campo de acción era la universidad, decía Jacobo, trabajando por la reforma trabajarían por la revolución: había que ir por etapas y no ser pesimista.

—Estaba usted celoso de su amigo —dice Ambrosio—. Y los celos son lo más venenoso que hay.

—A Jacobo le pasaría lo mismo que a mí —dice Santiago—. Pero los dos disimulábamos.

—Él también sentiría ganas de desaparecerlo de una mirada mágica para quedarse solo con la muchacha —se ríe Ambrosio.

—Era mi mejor amigo —dice Santiago—. Yo lo odiaba, pero a la vez lo quería y lo admiraba.

—No debes ser tan escéptico —dijo Jacobo—. Eso de todo o nada es típicamente burgués.

—No soy escéptico —dijo Santiago—. Pero hablamos y hablamos y ahí nos quedamos.

—Es cierto, hasta ahora no pasamos de la teoría —dijo Aída—. Deberíamos hacer algo más que conversar.

—Solos no podemos —dijo Jacobo—. Primero tenemos que ponernos en contacto con los universitarios progresistas.

—Hace dos meses que entramos y no hemos encontrado a ninguno —dijo Santiago—. Estoy por creer que no existen.

—Tienen que cuidarse y es lógico —dijo Jacobo—. Tarde o temprano aparecerán.

Y, en efecto, sigilosos, recelosos, misteriosos, poco a poco habían ido apareciendo, como sombras furtivas: ¿estaban en primero de Letras, no? Entre clases ellos acostumbraban sentarse en alguna banca del patio de la facultad, parecía que estaban haciendo una colecta, o dar vueltas alrededor de la pila de Derecho, para comprarles colchones a los estudiantes presos, y allí cambiaban a veces unas palabras con alumnos de otras facultades u otros años, que los tenían en los calabozos de la Penitenciaría durmiendo en el suelo, y en esos rápidos diálogos huidizos, detrás de la desconfianza, abriéndose camino a través de la sospecha, ¿nadie les había hablado de la colecta todavía?, advertían o creían advertir una sutil exploración de su manera de pensar, no se trataba de nada político, un discreto sondeo, sólo de una acción humanitaria, vagas indicaciones de que se prepararan para algo que llegaría, y hasta de simple caridad cristiana, o un secreto llamado para que manifestaran de la misma cifrada manera que se podía confiar en ellos: ¿podían dar siquiera un sol? Aparecían solitarios y esfumados en los patios de San Marcos, se les acercaban a charlar unos instantes sobre temas ambiguos, desaparecían por muchos días y de pronto reaparecían, cordiales y evasivos, la misma cautelosa expresión risueña en los mismos rostros indios, cholos, chinos, negros, y las mismas palabras ambivalentes en sus acentos provincianos, con los mismos trajes gastados y descoloridos y los mismos zapatos viejos y a veces alguna revista o periódico o libro bajo el brazo. ¿Qué estudiaban, de dónde eran, cómo se llamaban, dónde vivían? Como un escueto relámpago el cielo nublado, ese muchacho de Derecho había sido uno de los que se encerró en San Marcos cuando la revolución de Odría, una brusca confidencia rasgaba de pronto las conversaciones grises, y había estado preso y hecho huelga de hambre en la cárcel, y las encendía y afiebraba, y sólo lo habían soltado hacía un mes, y esas revelaciones y descubrimientos, y ése había sido delegado de Económicas cuando funcionaban los Centros Federados y la Federación Universitaria, despertaban en ellos una ansiosa excitación, antes que la política destrozara los organismos estudiantiles encarcelando a los dirigentes, una feroz curiosidad.

—Llegas tarde para no comer con nosotros, y cuando nos haces el honor no abres la boca —dijo la señora Zoila—. ¿Te han cortado la lengua en San Marcos?

—Habló contra Odría y contra los comunistas —dijo Jacobo—. ¿Aprista, no creen?

—Se hace el mudo para dárselas de interesante —dijo Chispas—. Los genios no pierden su tiempo hablando con ignorantes, ¿no es cierto, supersabio?

—¿Cuántos hijos tiene la niña Teté? —dice Ambrosio—. ¿Y usted cuántos, niño?

—Más bien trotskista, porque habló bien de Lechín —dijo Aída—. ¿No dicen que Lechín es trotskista?

—La Teté dos, yo ninguno —dice Santiago—. No quería ser papá, pero tal vez me decida un día de éstos. Al paso que vamos, qué más da.

—Y además andas medio sonámbulo y con ojos de carnero degollado —dijo la Teté—. ¿Te has enamorado de alguna en San Marcos?

—A la hora que llego veo la lamparita de tu velador encendida —dijo don Fermín—. Muy bien que leas, pero también deberías ser un poco sociable, flaco.

—Sí, de una con trenzas que anda sin zapatos y sólo habla quechua —dijo Santiago—. ¿Te interesa?

—La negra decía cada hijo viene con su pan bajo el brazo —dice Ambrosio—. Por mí, hubiera tenido un montón, le digo. La negra, es decir mi mamacita que en paz descanse.

—Llego un poco cansado y por eso me meto a mi cuarto, papá —dijo Santiago—. Ni que me hubiera vuelto loco para no querer hablar con ustedes.

—Eso me pasa por hablar contigo, que eres una mula chúcara —dijo la Teté.

—No loco, pero sí raro —dijo don Fermín—. Ahora estamos solos, flaco, háblame con confianza. ¿Tienes algún problema?

—Ése sí pudiera ser del Partido —dijo Jacobo—. Su interpretación de lo que pasa en Bolivia era marxista.

—Ninguno, papá —dijo Santiago—. No me pasa nada, palabra.

—El Pancras tuvo un hijo en Huacho hace un montón de años y la mujer se le escapó un día y no la vio más —dice Ambrosio—. Desde entonces está tratando de encontrar a ese hijo. No quiere morirse sin saber si salió tan feo como él.

—Ése no se acerca para sondearnos sino para estar contigo —dijo Santiago—. Sólo te habla a ti y con qué sonrisitas. Has hecho una conquista, Aída.

—Qué malpensado eres, qué burgués eres —dijo Aída.

—Lo entiendo, porque yo también me paso los días acordándome de Amalita Hortensia —dice Ambrosio—. Pensando cómo será, a quién se parecerá.

—¿Tú crees que eso les pasa sólo a los burgueses? —dijo Santiago—. ¿Que los revolucionarios no piensan nunca en mujeres?

—Ya está, ya te enojaste por lo de burgués —dijo Aída—. No seas susceptible, hombre, no seas burgués. Uy, se me escapó de nuevo.

—Vamos a tomarnos un café con leche —dijo Jacobo—. Vengan, paga el oro de Moscú.

¿Eran rebeldes solitarios, militaban en alguna organización clandestina, sería alguno de ellos soplón? No andaban juntos, rara vez se aparecían al mismo tiempo, no se conocían o hacían creer que no se conocían entre ellos. A veces era como si fueran a revelar algo importante, pero se detenían en el umbral de la revelación, y sus insinuaciones y alusiones, sus ternos desteñidos y sus maneras calculadas, provocaban en ellos desasosiego, dudas, una admiración contenida por el recelo o el temor. Sus rostros casuales empezaron a aparecer en los cafés donde iban después de las clases, ¿era un enviado, exploraba el terreno?, sus humildes siluetas a sentarse en las mesas que ellos ocupaban, entonces demostrémosle que con ellos no tenía por qué disimular, y allí, fuera de San Marcos, en nuestro año hay dos soplones decía Aída, lejos de los confidentes emboscados, los descubrimos y no pudieron negarlo decía Jacobo, los diálogos empezaron a ser menos etéreos, se disculparon alegando que de abogados ascenderían en el escalafón decía Santiago, a adoptar por instantes un carácter audazmente político, los bobos ni siquiera sabían mentir decía Aída. Las charlas solían comenzar con alguna anécdota, los peligrosos no eran los que se daban a conocer decía Washington, o broma o chisme o averiguación, sino los soplones cachueleros que no figuraban en las listas de la policía, y luego venían tímidas, accidentales, las preguntas, ¿qué tal era el ambiente en el primer año?, ¿había inquietud, se preocupaban por los problemas los muchachos?, ¿habría una mayoría interesada en reconstituir los Centros Federados?, y cada vez más sibilina, serpentina, ¿qué pensaban de la revolución boliviana?, la conversación resbalaba, ¿y de Guatemala qué pensaban?, hacia la situación internacional. Animados, excitados, ellos opinaban sin bajar la voz, que los oyeran los soplones, que los metieran presos, y Aída se estimulaba a sí misma, era la más entusiasta piensa, se dejaba ganar por su propia emoción, la más arriesgada piensa, la primera en trasladar atrevidamente la conversación de Bolivia y Guatemala al Perú: vivíamos en una dictadura militar, y los ojos nocturnos brillaban, aun cuando la revolución boliviana fuera sólo liberal, y su nariz se afilaba, aun cuando Guatemala no llegara a ser una revolución democrático-burguesa, y sus sienes latían más rápido, estaban mejor que el Perú, y un mechón de cabellos danzaba, gobernado por un generalote, y golpeaba su frente mientras hablaba, y por una pandilla de ladrones, y sus pequeños puños rebotaban en la mesa. Incómodas, inquietas, alarmadas las sombras furtivas interrumpían a Aída, cambiaban de tema o se levantaban y partían.

—Su papá decía que a usted San Marcos le hizo daño —dice Ambrosio—. Que usted dejó de quererlo por culpa de la universidad.

—Lo pusiste en un apuro a Washington —dijo Jacobo—. Si es del Partido está obligado a cuidarse. No hables tan fuerte de Odría delante de él, lo puedes comprometer.

—¿Te dijo mi papá que yo había dejado de quererlo? —dice Santiago.

—¿Tú crees que Washington se fue por eso? —dijo Aída.

—Era lo que más le preocupaba en la vida —dice Ambrosio—. Saber por qué había dejado usted de quererlo, niño.

Estaba en tercero de Derecho, era un serranito blanco y jovial que hablaba sin adoptar el aire solemne, esotérico, arzobispal de los otros, fue el primero cuyo nombre supieron: Washington. Siempre vestido de gris claro, siempre con los alegres dientes caninos al aire, con sus bromas imponía a las charlas del Palermo, el café-billar o el patio de Económicas un clima personal que no surgía en los diálogos herméticos o estereotipados que tenían con los otros. Pero a pesar de su apariencia comunicativa, también sabía ser impenetrable. Había sido el primero en transformarse de sombra furtiva en un ser de carne y hueso. En un conocido, piensa, casi en un amigo.

—¿Por qué creía eso? —dice Santiago—. ¿Qué más te decía de mí mi papá?

—¿Por qué no formamos un círculo de estudios? —dijo Washington, distraídamente.

Dejaron de pensar, de respirar, los ojos fijos en él:

—¿Un círculo de estudios? —dijo Aída, lentísimamente—. ¿Para estudiar qué?

—No a mí, niño —dice Ambrosio—. Hablaba con su mamá, con sus hermanos, con amigos, y yo los oía cuando los llevaba en el auto.

—Marxismo —dijo Washington, con naturalidad—. No se enseña en la universidad y puede sernos útil como cultura general ¿no creen?

—Tú conocías a mi papá mejor que yo —dice Santiago—. Cuéntame qué otras cosas te decía de mí.

—Sería interesantísimo —dijo Jacobo—. Formemos el círculo.

—Cómo lo iba a conocer yo mejor que usted —dice Ambrosio—. Qué ocurrencia, niño.

—El problema es conseguir los libros —dijo Aída—. En las librerías de viejo sólo se encuentra uno que otro número pasado de *Cultura Soviética*.

—Ya sé que te hablaba de mí —dice Santiago—. Pero no importa, no me cuentes si no quieres.

—Se pueden conseguir, pero hay que tener cuidado —dijo Washington—. Estudiar marxismo ya es exponerse a ser fichado por comunista. Bueno, ustedes lo saben de sobra.

Así habían nacido los círculos marxistas, así habían comenzado insensiblemente a militar, a sumergirse en la prestigiosa, codiciada clandestinidad. Así habían descubierto la ruinosa librería del jirón Chota y al anciano español de anteojos negros y barbita nevada que tenía en la trastienda ediciones de Siglo XX y de Lautaro, así habían comprado, forrado, hojeado ávidamente ese libro que afiebraría las discusiones del círculo muchas semanas, ese manual con respuestas para todo. *Principios elementales y fundamentales de filosofía*, piensa. Piensa: Georges Politzer. Así habían conocido a Héctor, hasta entonces otra sombra furtiva, y sabido que esa escuálida jirafa lacónica estudiaba economía y se ganaba la vida como locutor. Habían decidido reunirse dos veces por semana, habían discutido largamente el local, habían elegido por fin la pensión de Héctor en Jesús María donde irían desde entonces y por meses, cada jueves y sábado en la tarde, sintiéndose seguidos y espiados, ojeando recelosamente el vecindario antes de entrar. Llegaban a eso de las tres, el cuarto de Héctor era viejo y grande y con dos anchas ventanas a la calle, en el segundo piso de la pensión de una sorda que subía a veces a rugirles ¿quieren té? Aída se instalaba en la cama, la negación de la negación piensa, Héctor en el suelo, los saltos cualitativos piensa, Santiago en la única silla, la unidad de los contrarios piensa, Jacobo en una ventana, Marx puso de pie la dialéctica que Hegel tenía de cabeza piensa, y Washington permanecía siempre parado. Piensa: para crecer y se reía. Uno distinto cada vez exponía un capítulo del libro de Politzer, a las exposiciones seguían discusiones, estaban reunidos dos o tres y hasta cuatro horas, salían por parejas dejando el cuarto lleno de humo y de ardor. Más tarde ellos tres solos volvían a encontrarse y en algún parque, alguna calle, algún café, ¿estaría Washington en el Partido? decía Aída, seguían charlando, ¿estaría Héctor en el Partido? decía Jacobo, suponiendo, ¿existiría el Partido? decía Santiago, ¿cómo se haría la autocrítica?, y fervorosamente discutiendo. Así habían aprobado el primer año, así había pasado el verano, sin ir a la playa ni una vez piensa, así había comenzado el segundo.

¿Había sido ese segundo año, Zavalita, al ver que no bastaba aprender marxismo, que también hacía falta creer? A lo mejor te había jodido la falta de fe, Zavalita. ¿Falta de fe para creer en Dios, niño? Para creer en cualquier cosa, Ambrosio. La idea de Dios, la idea de un «puro espíritu» creador del universo no tenía sentido, decía Politzer, un Dios fuera del espacio y del tiempo era algo que no podía *existir.* Andabas con una cara que no es tu cara de siempre, Santiago. Era preciso participar de la mística idealista y por consiguiente no admitir ningún control científico, decía Politzer, para creer en un Dios que existiría fuera del tiempo, es decir que no existiría en ningún momento, y que existiría fuera del espacio, es decir que no existiría en ninguna parte. Lo peor era tener dudas, Ambrosio, y lo maravilloso poder cerrar los ojos y decir Dios existe, o Dios no existe, y creerlo. Se había dado cuenta que a veces hacía trampas en el círculo, Aída: decía creo o estoy de acuerdo y en el fondo tenía dudas. Los materialistas, apoyados en las conclusiones de las ciencias, decía Politzer, afirmaban que la materia existía en el espacio y en un momento dado (en el tiempo). Cerrar los puños, apretar los dientes, Ambrosio, el Apra es la solución, la religión es la solución, el comunismo es la solución, y creerlo. Entonces la vida se organizaría sola y uno ya no se sentiría vacío, Ambrosio. Él no creía en los curas, niño, y no iba a misa desde que era criatura, pero sí creía en la religión y en Dios, ¿acaso todos no tenían que creer en algo, niño? Por consiguiente, el universo no había podido ser creado, concluía Politzer, ya que hubiera sido preciso a Dios para poder crear el mundo un momento que no había sido ningún momento (puesto que para Dios el tiempo no existía) y hubiera sido preciso, también, que el mundo saliera *de nada:* ¿y eso te preocupaba tanto, Zavalita? decía Aída. Y Jacobo: si de todas maneras había que empezar creyendo en algo, preferible creer que Dios no existe a creer que existe. Santiago también lo prefería, Aída, él quería convencerse que era cierto lo que decía Politzer, Jacobo. Lo que lo angustiaba era tener dudas, Aída, no poder estar seguro, Jacobo. Agnosticismo pequeño burgués, Zavalita, idealismo disimulado, Zavalita. ¿Aída no tenía ninguna duda, Jacobo creía con puntos y comas lo que decía Politzer? Las dudas eran fatales, decía Aída, te paralizan y no puedes hacer nada, y Jacobo ¿pasarse la vida escarbando ¿será cierto?, torturándose ¿será mentira? en vez de actuar? El mundo no cambiaría nunca, Zavalita. Para actuar había que creer en algo, decía Aída, y creer en Dios no había ayudado a cambiar nada, y Jacobo: preferible creer en el marxismo que podía cambiar las cosas, Zavalita. ¿Inculcarles a los obreros la duda metódica?, decía Washington, ¿a los campesinos la cuádruple raíz del principio de razón suficiente?, decía Héctor. Piensa: pensabas no, Zavalita. Cerrar los ojos, el marxismo se apoya en la ciencia, apretar los puños, la religión en la ignorancia, hundir los pies en la tierra, Dios no existía, hacer crujir los dientes, el motor de la historia era la lucha de clases, endurecer los músculos, al liberarse de la explotación burguesa, respirar hondo, el proletariado liberaría a la humanidad, y embestir: e instauraría un mundo sin clases. No pudiste, Zavalita, piensa. Piensa: eras, eres, serás, morirás un pequeño burgués. ¿Las mamaderas, el colegio, la familia, el barrio fueron más fuertes?, piensa. Ibas a misa, te confesabas y comulgabas los primeros viernes, rezabas y ya entonces mentira, no creo. Iba a la pensión de la sorda, los cambios cuantitativos al acumularse producían un cambio cualitativo, y tu sí sí, el más grande pensador materialista antes de Marx había sido Diderot, sí sí, y, de repente, el gusanito: mentira, no creo.

—Nadie debía darse cuenta, eso era lo principal —dice Santiago—. No escribo versos, creo en Dios, no creo en Dios. Siempre mintiendo, siempre haciendo trampas.

—Mejor ya no tome más, niño —dice Ambrosio.

—En el colegio, en la casa, en el barrio, en el círculo, en la Fracción, en *La Crónica* —dice Santiago—. Toda la vida haciendo cosas sin creer, toda la vida disimulando.

—Bien hecho que mi papá te botó tu libro comunista a la basura, jajá —dijo la Teté.

—Y toda la vida queriendo creer en algo —dice Santiago—. Y toda la vida mentira, no creo.

¿Había sido la falta de fe, Zavalita, no habría sido la timidez? En el cajón de periódicos viejos del garaje, tras el nuevo ejemplar de Politzer se fueron acumulando, *Qué hacer* piensa, los libros leídos y discutidos en el círculo, *El origen de la familia, de la sociedad y del Estado* piensa, libros mal encuadernados y de letra minúscula, *La lucha de clases en Francia* piensa, que se quedaba estampada en la yema de los dedos. Previamente observados, rondados, sondeados, votados, se incorporaron al círculo el indio Martínez que estudiaba etnología, y después Solórzano de Medicina, y después una muchacha casi albina que apodaron el Ave. El cuarto de Héctor resultó pequeño, los ojos de la sorda se alarmaban ante la crónica invasión, decidieron rotar. Aída ofreció su casa, el Ave la suya, y, entonces, alternativamente, se reunían en Jesús María, en una casita de ladrillos rojos del Rímac, en un departamento de Petit Thouars empapelado de flores de lis. Un gigante efusivo y canoso los recibió la primera vez que entraron a casa de Aída, les presento a mi papá, y mientras les estrechaba la mano los miraba con melancolía. Había sido obrero gráfico y dirigente sindical, había estado preso en tiempos de Sánchez Cerro, había estado a punto de morir de un ataque al corazón. Ahora trabajaba de día en una imprenta, era corrector de pruebas de *El Comercio* en la noche, y ya no hacía política. ¿Y sabía que ellos venían aquí a estudiar marxismo?, sí sabía, ¿y no le importaba?, claro que no, le parecía muy bien.

—Debe ser formidable llevarse con su viejo como si fuera un amigo —dijo Santiago.

—El pobre ha sido mi papá, mi amigo y también mi mamá —dijo Aída—. Desde que se murió la de verdad.

—Para llevarme bien con mi viejo tengo que ocultarle lo que pienso —dijo Santiago—. Nunca me da la razón.

—Cómo podría dártela siendo un señor burgués —dijo Aída.

A medida que el círculo crecía, de la acumulación cuantitativa al salto cualitativo piensa, se convertía de centro de estudios en cenáculo de discusión política. De exponer los ensayos de Mariátegui a refutar los editoriales de *La Prensa*, del materialismo histórico a los atropellos de Cayo Bermúdez, del aburguesamiento del aprismo al chisme venenoso contra el enemigo sutil: los trotskistas. Habían identificado a tres, habían dedicado horas, semanas, meses, a adivinarlos, averiguarlos, espiarlos y abominarlos: intelectuales, inquietantes, se paseaban por los patios de San Marcos, la boca llena de citas y provocaciones, cataclísmicos, heterodoxos. ¿Serían muchos? Poquísimos pero peligrosísimos decía Washington, ¿trabajarían con la policía? decía Solórzano, a lo mejor y en todo caso era lo mismo decía Héctor, porque dividir, confundir, desviar e intoxicar era peor que delatar decía Jacobo. Para burlar a los trotskistas, para evitar a los soplones, habían acordado no estar juntos en la universidad, no detenerse a charlar cuando se cruzaran en los pasillos. En el círculo había unión, complicidad, incluso solidaridad, piensa.

Piensa: sólo entre nosotros tres amistad. ¿Les molestaba a los demás ese islote que constituían, ese triunvirato tenaz? Seguían yendo juntos a clases, bibliotecas y cafés, paseando por los patios, viéndose a solas después de las reuniones del círculo. Charlaban, discutían, caminaban, iban al cine y *Milagro en Milán* los había exaltado, la paloma blanca del final era la paloma de la paz, esa música la Internacional, Vittorio de Sica debía ser comunista, y cuando en algún cine de barrio anunciaban una rusa, presurosos, esperanzados, fervorosos se precipitaban, aun a sabiendas de que verían una viejísima película de interminable ballet.

—¿Un friecito? —dice Ambrosio—. ¿Un calambre en la barriga?

—Como de chico, en las noches —dice Santiago—. Me despertaba en la oscuridad, me voy a morir. No podía moverme, ni encender la luz, ni gritar. Me quedaba encogido, sudando, temblando.

—Hay uno de Económicas que tal vez pueda entrar —dijo Washington—. El problema es que ya somos muchos en el círculo.

—Pero de qué le venía eso, niño —dice Ambrosio.

Aparecía, ahí estaba, diminuto y glacial, gelatinoso. Se retorcía delicadamente en la boca del estómago, segregaba ese líquido que mojaba las palmas de las manos, aceleraba el corazón y se despedía con un escalofrío.

—Sí, es imprudente seguir reuniéndonos tantos —dijo Héctor—. Lo mejor sería dividirnos en dos grupos.

—Sí, dividámonos, yo fui el más convencido, ni se me pasó por la cabeza —dice Santiago—. Semanas después me despertaba repitiendo como un idiota no puede ser, no puede ser.

—¿Qué criterio vamos a seguir para dividirnos? —dijo el indio Martínez—. Rápido, no perdamos tiempo.

—Está apurado porque ha preparado como una navaja la plusvalía —se rió Washington.

—Podemos sortear —dijo Héctor.

—La suerte es algo irracional —dijo Jacobo—. Propongo que nos dividamos por orden alfabético.

—Claro, es más racional y más fácil —dijo el Ave—. Los cuatro primeros a un grupo, los demás al otro.

No había sido un golpe en el corazón, no había brotado el gusanito. Sólo sorpresa o confusión, piensa, sólo ese repentino malestar. Y esa idea fija: una equivocación. Y esa idea fija, piensa: ¿una equivocación?

—Los que están de acuerdo con la propuesta de Jacobo levanten la mano —dijo Washington.

Un malestar creciente, el cerebro embotado, una vertiginosa timidez enmudeciendo su lengua, alzando su mano unos segundos después que los demás.

—Listo entonces, acordado —dijo Washington—. Jacobo, Aída, Héctor y Martínez un grupo, y nosotros cuatro el otro.

No había vuelto la cabeza para mirar a Aída ni a Jacobo, había encendido prolijamente un cigarrillo, hojeado a Engels, cambiado una sonrisa con Solórzano.

—Ya Martínez, ya puedes lucirte —dijo Washington—. Qué pasa con la plusvalía.

No sólo la revolución, piensa. Tibio, escondido, también un corazón y un pequeño cerebro alerta, rápido, calculador. ¿Lo había planeado, piensa, lo había decidido intempestivamente? La revolución, la amistad, los celos, la envidia, todo amasado, todo mezclado él también, Zavalita, hecho del mismo sucio barro Jacobo también, Zavalita.

—No había puros en el mundo —dice Santiago—. Sí, fue ahí.

—¿Acaso no iba a ver más a la muchacha? —dice Ambrosio.

—La iba a ver menos, él la iba a ver a solas dos veces por semana —dice Santiago—. Y, además, me dolía el golpe bajo. No por razones morales, por envidia. Yo era tímido y nunca me hubiera atrevido.

—Él fue más vivo —se ríe Ambrosio—. Y usted no le ha perdonado esa perrada todavía.

El indio Martínez tenía ademanes y voz de maestro de escuela, en resumen la plusvalía era el trabajo no pagado, y era reiterativo y machacón, la proporción del producto burlada al trabajador que iba a aumentar el capital, y Santiago miraba eternamente su rotunda cara cobriza y oía inacabablemente su docente, didáctica voz, y alrededor la brasa de los cigarrillos se encendía cada vez que las manos los llevaban a los labios y a pesar de tantos cuerpos apretados en espacio tan avaro había esa sensación de soledad, ese vacío. El gusanito estaba ahora ahí, dando mansas vueltas monótonas en las entrañas.

—Porque soy como esos animalitos que ante el peligro se encogen y quedan quietos esperando que los pisen o les corten la cabeza —dice Santiago—. Sin fe y además tímido es como sifilítico y leproso a la vez.

—No hace más que hablar mal de usted mismo, niño —dice Ambrosio—. Si alguien dijera las cosas que usted se dice, no aguantaría.

¿Era que se había roto algo que parecía eterno, piensa, me dolió tanto por ella, por mí, por él? Pero habías disimulado como siempre, Zavalita, más que siempre, y salido de la reunión con Jacobo y Aída, y hablado excesivamente mientras caminaban hacia el centro, Engels y la plusvalía, sin darles tiempo a responder, Politzer y el Ave y Marx, incesante y locuaz, interrumpiéndolos si abrían la boca, matando temas y resucitándolos, atropellado, profuso, confuso, que no terminara nunca ese monólogo, fabricando, exagerando, mintiendo, sufriendo, que la propuesta de Jacobo no se mencionara, que no se dijera que a partir del sábado estarían ellos en Petit Thouars y él en el Rímac, sintiendo también ahora y por primera vez que estaban juntos y no estaban, que faltaba la comunicación respiratoria de otras veces, la inteligencia corporal de otras veces, mientras cruzaban la plaza de Armas, que horriblemente aquí y ahora también algo artificioso y mentiroso los aislaba, como las conversaciones con el viejo piensa, y los equivocaba y comenzaba a enemistarlos. Habían bajado al jirón de la Unión sin mirarse, él hablando y ellos escuchando, ¿Aída lo lamentaría, Aída lo habría premeditado con él?, y al llegar a la plaza San Martín era tardísimo, Santiago había mirado su reloj, se iba volando a tomar el Expreso, les había estirado la mano y partido corriendo, sin quedar de acuerdo dónde y a qué hora nos encontraríamos mañana, piensa. Piensa: por primera vez.

¿Había sido en esas últimas semanas del segundo año, Zavalita, en esos días huecos antes del examen final? Se había dedicado furiosamente a leer, a trabajar en el círculo, a creer en el marxismo, a enflaquecer. Huevos pasados por gusto decía la señora Zoila, y naranjadas por gusto y *corn flakes* por gusto, estabas hecho un esqueleto y cualquier día ibas a volar. ¿También iba contra tus ideas comer, supersabio? decía el Chispas, y tú no comías porque tu cara me quita el apetito y el Chispas te iba a dar tu sopapo, supersabio, te lo iba a dar. Seguían viéndose y la cabecita infaliblemente asomaba cuando Santiago entraba en las clases y se sentaba con ellos, se abría paso entre marañas de tejidos y tendones y asomaba, o cuando iban a tomar un café juntos al Palermo, entre sangrientas venas y huesos albos asomaba, o una chicha morada a la Pastelería Los Huérfanos o una butifarra al café-billar, y tras la cabecita el ácido cuerpecito asomaba. Conversaban de los cursos y los próximos exámenes, de los preparativos para las elecciones de Centros Federados, y de las discusiones en sus respectivos círculos y los presos y la dictadura de Odría y de Bolivia y Guatemala. Pero ya sólo se veían porque San Marcos y la política a ratos nos juntaban, piensa, ya sólo por casualidad, ya sólo por obligación. ¿Se veían ellos solos después de las reuniones de su círculo?, ¿paseaban, iban a museos o librerías o cinemas como antes con él?, ¿lo extrañaban a él, pensaban en él, hablaban de él?

—Te llama por teléfono una chica —dijo la Teté—. Qué guardadito te lo tenías. ¿Quién es?

—Si te pones a oír por el otro teléfono te doy un cocacho, Teté —dijo Santiago.

—¿Puedes venir un ratito a mi casa? —dijo Aída—. ¿No tienes nada que hacer, no te interrumpo?

—Qué ocurrencia, voy ahorita —dijo Santiago—. Tardaré media hora, a lo más.

—Uy voy ahorita, uy qué ocurrencia —dijo la Teté—. ¿Puedes venir un ratito a mi casa? Uy qué vocecita.

Había aparecido mientras esperaba el colectivo en la esquina de Larco y José Gonzales, crecido mientras el colectivo subía por la avenida Arequipa, y ahí estaba, enorme y pegajoso, mientras viajaba encogido en el rincón del automóvil, empapando su espalda con una sustancia helada, mientras sentía cada vez más frío, miedo y esperanza, en esa tarde que comenzaba a ser noche. ¿Había pasado algo, iba a pasar algo? Pensaba hacía un mes que sólo nos veíamos en San Marcos, piensa, nunca me había llamado por teléfono, pensaba a lo mejor, piensa, pensaba de repente. La había visto desde la esquina de Petit Thouars, una figurita que se desvanecía en la luz moribunda, esperándolo en la puerta de su casa, le había hecho hola con la mano y había visto su cara pálida, ese traje azul, sus ojos graves, esa chompa azul, su boca seria, esos horribles zapatos negros de escolar, y había sentido su mano temblando.

—Perdona que te llamara, quería hablar contigo de algo —parecía imposible esa vocecita cortada, piensa, increíble esa vocecita intimidada—. Caminemos un poquito ¿quieres?

—¿No está contigo Jacobo? —dijo Santiago—. ¿Ha pasado algo?

—¿Va a tener con qué pagar tanta cerveza? —dice Ambrosio.

—Había pasado lo que tenía que pasar —dice Santiago—. Yo creía que ya había pasado y sólo acababa de pasar esa mañana.

Habían estado juntos toda la mañana, un gusanito como una cobra, no habían ido a clases porque Jacobo le había dicho quiero hablarte a solas, una cobra filuda como un cuchillo, habían caminado por el paseo de la República, un cuchillo como diez cuchillos, se habían sentado en una banca de la lagunita del parque de la Exposición. Por las pistas paralelas de Arequipa pasaban autos y un cuchillo entraba suavecito y otro salía y volvía a entrar despacito, y ellos avanzaban por la alameda que estaba oscura y vacía, y otro como en un pan de corteza finita y mucha miga en su corazón, y de pronto la vocecita calló.

—¿Y de qué quería hablarte a solas? —sin mirarla, piensa, sin separar los dientes—. ¿Algo de mí, algo contra mí?

—No, nada de ti, más bien de mí —una voz como el maullido de un gatito, piensa—. Me tomó de sorpresa, me dejó sin saber qué decir.

—Pero qué es lo que te dijo —murmuró Santiago.

—Que está enamorado de mí —como los quejidos del Batuque cuando estaba cachorrito, piensa.

—Cuadra diez de la Arequipa, diciembre, siete de la noche —dice Santiago—. Ya sé, Ambrosio, ahí.

Había sacado las manos de los bolsillos, se las había llevado a la boca y soplado y tratado de sonreír. Había visto a

Aída descruzar los brazos, detenerse, vacilar, buscar la banca más próxima, la había visto sentarse.

—¿No te habías dado cuenta hasta ahora? —dijo Santiago—. ¿Por qué crees que propuso que el círculo se dividiera así?

—Porque dábamos mal ejemplo, porque formábamos casi una fracción y los demás se podían resentir y yo le creí —una vocecita insegura, piensa—. Y que eso no iba a cambiar nada y que aunque tuviéramos círculos separados seguiría todo como antes entre los tres. Y yo le creí.

—Quería estar a solas contigo —dijo Santiago—. Cualquiera hubiera hecho lo mismo en su lugar.

—Pero tú te enojaste y ya no nos buscaste —alarmada y sobre todo apenada, piensa—. Y no hemos vuelto a estar juntos, y nada ha sido ya como antes.

—No me enojé, todo sigue como antes —dijo Santiago—. Sólo que me di cuenta que Jacobo quería estar a solas contigo y que yo sobraba. Pero seguimos igual de amigos que antes.

Era otro el que hablaba, piensa, no tú. La voz un poco más firme ahora, más natural, Zavalita: no era él, no podía ser él. Comprendía, explicaba, aconsejaba desde una altura neutral y pensaba no soy yo. Él era algo chiquito y maltratado, algo que se encogía bajo esa voz, algo que se escabullía y corría y huía. No era orgullo, ni despecho, ni humillación, piensa, no eran ni siquiera celos. Piensa: era timidez. Ella lo escuchaba inmóvil, lo observaba con una expresión que él no sabía ni quería descifrar, y de pronto se había levantado y habían caminado callados media cuadra, mientras tenaces, silenciosos, los cuchillos proseguían la carnicería.

—No sé qué voy a hacer, me siento confusa, tengo dudas —dijo, al fin, Aída—. Por eso te llamé, pensé que de repente me podías ayudar.

—Y yo me puse a hablar de política —dice Santiago—. ¿Te das cuenta, ves?

—Claro que sí —dijo don Fermín—. Salir de la casa, y de Lima, desaparecer. No estoy pensando en mí, infeliz, sino en ti.

—Pero en qué sentido lo dices —como asombrada, piensa, como asustada.

—En el sentido que el amor lo vuelve a uno muy individualista —dijo Santiago—. Y después uno le da a eso más importancia que a todo, incluso que a la revolución.

—Pero si tú decías que no se oponían las dos cosas —silabeando, piensa, susurrando—. ¿Ahora crees que sí? ¿Cómo puedes saber que no te vas a enamorar nunca?

—No creía nada, no sabía nada —dice Santiago—. Salir, escapar, desaparecer.

—Pero adónde, don —dijo Ambrosio—. Usted no me cree, usted me está botando, don.

—Entonces no es cierto que tengas dudas, entonces también estás enamorada de él —dijo Santiago—. Puede ser que en tu caso y en el de Jacobo no se opongan. Y además él es muy buen muchacho.

—Ya sé que es buen muchacho —dijo Aída—. Pero no sé si estoy enamorada de él.

—Sí estás, también me he dado cuenta —dijo Santiago—. Y no sólo yo, todos los del círculo. Deberías aceptarlo, Aída.

Insistías Zavalita, era un gran muchacho, porfiabas Zavalita, Aída estaba enamorada de él, exigías, se llevarían muy bien y repetías y volvías y ella escuchaba muda en la puerta de su casa, los brazos cruzados, ¿calculando la estupidez de Santiago?, la cabeza inclinada, ¿midiendo la cobardía de Santiago?, los pies juntos. ¿Quería de veras un consejo, piensa, sabía que estabas enamorado de ella y quería saber si te atreverías a decírselo? Qué habría dicho si yo, piensa, qué habría yo si ella. Piensa: ay, Zavalita.

¿O había sido cuando, un día o semana o mes después de ver a Aída y Jacobo por la Colmena de la mano, supieron que Washington era, efectivamente, el ansiado contacto? No había habido casi comentarios en el círculo, sólo una broma perdida de Washington, en el otro círculo dos habían formado su nidito de amor, qué romance tan calladito, sólo una fugaz observación del Ave: y qué parejita tan perfecta. No había tiempo para más: las elecciones universitarias estaban encima y se reunían todos los días, discutían las candidaturas que presentarían a los Centros Federados, y las alianzas que aceptarían y las listas que apoyarían y los volantes y la propaganda mural que harían, y un día Washington convocó a los dos círculos en casa del Ave y entró a la salita del Rímac sonriendo: traía algo que era dinamita pura. Cahuide, piensa. Piensa: Organización del Partido Comunista Peruano. Estaban apretados, el humo de los cigarrillos nublaba las hojitas mimeografiadas que pasaban de mano en mano, irritaba los ojos, Cahuide, que ávidamente leían, Organización, una y otra vez, del Partido Comunista Peruano, y miraban la cara recia del indio con chullo, poncho, ojotas y su beligerante puño levantado, y de nuevo la hoz y el martillo cruzados debajo del título. La habían leído en voz alta, glosado, discutido, habían acribillado a preguntas a Washington, se la habían llevado a su casa. Había olvidado su resentimiento, su falta de fe, su frustración, su timidez, sus celos. No era una leyenda, no había desaparecido con la dictadura: existía. A pesar de Odría, aquí también hombres y mujeres, a pesar de Cayo Bermúdez, secretamente se reunían y formaban células, de los soplones y los destierros, imprimían Cahuide, de las cárceles y torturas, y preparaban la revolución. Washington sabía quiénes eran, cómo actuaban, dónde estaban, y él me inscribiré pensaba, piensa, me inscribiré, esa noche, mientras apagaba la lamparilla del velador y algo riesgoso, todavía generoso, ansioso, ardía en la oscuridad y seguía ardiendo en el sueño: ¿ahí?

VII

—Estaba preso por haber robado o matado o porque le chantaron algo que hizo otro —dijo Ambrosio—. Ojalá se muera preso, decía la negra. Pero lo soltaron y ahí lo conocí. Lo vi sólo una vez en mi vida, don.

—¿Les tomaron declaraciones? —dijo Cayo Bermúdez—. ¿Todos apristas? ¿Cuántos tenían antecedentes?

—Ojo que ahí viene —dijo Trifulcio—. Ojo que ahí baja.

Era mediodía, el sol caía verticalmente sobre la arena, un gallinazo de ojos sangrientos y negro plumaje sobrevolaba las dunas inmóviles, descendía en círculos cerrados, las alas plegadas, el pico dispuesto, un leve temblor centellante en el desierto.

—Quince estaban fichados —dijo el prefecto—. Nueve apristas, tres comunistas, tres dudosos. Los otros once sin antecedentes. No, don Cayo, no se les tomó declaraciones todavía.

¿Una iguana? Dos patitas enloquecidas, una minúscula polvareda rectilínea, un hilo de pólvora encendiéndose, una rampante flecha invisible. Dulcemente el ave rapaz aleteó a ras de tierra, escalaba el aire, metódicamente la devoró sin dejar de ascender por el limpio, caluroso cielo del verano, los ojos cerrados por dardos amarillos que el sol mandaba a su encuentro.

—Que los interroguen de una vez —dijo Cayo Bermúdez—. ¿Los lesionados están mejor?

—Conversamos como dos desconocidos que no se tienen confianza —dice Ambrosio—. Una noche en Chincha, hace años. Desde entonces, nunca supe de él, niño.

—A dos estudiantes hubo que internarlos en el Hospital de Policía, don Cayo —dijo el prefecto—. Los guardias no tienen nada, apenas pequeñas contusiones.

Seguía subiendo, digiriendo, obstinado y en tinieblas, y cuando iba a disolverse en la luz extendió las alas, trazó una gran curva majestuosa, una sombra sin forma, una pequeña mancha desplazándose sobre quietas arenas blancas y ondulantes, quietas arenas amarillas: una circunferencia de piedra, muros, tejas, seres semidesnudos que apenas se movían o yacían a la sombra de un saledizo reverberante de calamina, un jeep, estacas, palmeras, una banda de agua, una ancha avenida de agua, ranchos, casas, automóviles, plazas con árboles.

—Dejamos una compañía en San Marcos y estamos haciendo reparar la puerta que el tanque echó abajo —dijo el prefecto—. También pusimos una sección en Medicina. Pero no ha habido ningún intento de manifestación ni nada, don Cayo.

—Déjeme las fichas esas para mostrárselas al ministro —dijo Cayo Bermúdez.

Desplegó las armoniosas alas retintas, se inclinó, solemnemente giró y sobrevoló otra vez los árboles, la avenida de agua, las quietas arenas, describió círculos pausados sobre la deslumbrante calamina, sin dejar de observarla descendió un poco más, indiferente al murmullo, al vocerío codicioso, al estratégico silencio que se sucedían en el rectángulo cerrado por muros y rejas, atenta sólo al rizado saledizo cuyos reflejos la alcanzaban, y siguió bajando ¿fascinada por esa orgía de luces, borracha de brillos?

—¿Tú diste la orden de tomar San Marcos? —dijo el coronel Espina—. ¿Tú? ¿Sin consultarme?

—Un moreno canoso y enorme que caminaba como un mono —dijo Ambrosio—. Quería saber si había mujeres en Chincha, me sacó plata. No tengo buen recuerdo de él, don.

—Antes de hablar de San Marcos cuéntame qué tal ese viaje —dijo Bermúdez—. ¿Cómo van las cosas por el norte?

Alargó cautelosamente las patitas grises, ¿comprobaba la resistencia, la temperatura, la existencia de la calamina?, cerró las alas, se posó, miró y adivinó y ya era tarde: las piedras hundían sus plumas, rompían sus huesos, quebraban su pico, y unos sonidos metálicos brotaban mientras las piedras volvían al patio rodando por la calamina.

—Van bien pero yo quiero saber si tú estás loco —dijo el coronel Espina—. Coronel han tomado la universidad, coronel la guardia de asalto en San Marcos. Y yo, el ministro de Gobierno, en la luna. ¿Estás loco, Cayo?

El ave rapaz se deslizaba, agonizaba rápidamente sobre la plomiza calamina que iba manchando de granate, llegaba a la orilla, caía y manos hambrientas la recibían, se la disputaban y la desplumaban y había risas, injurias, y un fogón chisporroteaba ya contra el muro de adobes.

—¿Qué tal el ojo del señor? —dijo Trifulcio—. El que sabe sabe, y a ver quién y cómo me lo pone en duda.

—Ese forúnculo de San Marcos reventado en un par de horas y sin muertos —dijo Bermúdez—. Y en vez de darme las gracias me preguntas si estoy loco. No es justo, Serrano.

—La negra tampoco lo volvió a ver después de esa noche —dice Ambrosio—. Ella creía que era malo de nacimiento, niño.

—Va a haber protestas en el extranjero, justo lo que no conviene al régimen —dijo el coronel Espina—. ¿No sabías que el Presidente quiere evitar líos?

—Lo que no convenía al régimen era un foco subversivo en pleno centro de Lima —dijo Bermúdez—. Dentro de unos días se podrá retirar la policía, se abrirá San Marcos y todo en paz.

Masticaba empeñosamente el trozo de carne que había conquistado a puño limpio y los brazos y las manos le ardían y tenía rasguños violáceos en la piel oscura y la fogata donde había tostado su botín humeaba todavía. Estaba en cuclillas, en el rincón sombreado por la calamina, los ojos entrecerrados por la resolana o para disfrutar mejor el placer que nacía en sus mandíbulas y abarcaba la cuenca del paladar y la lengua y la garganta que los residuos de plumas adheridas a la carne chamuscada arañaban deliciosamente al pasar.

—Y por último no tenías autorización y la decisión correspondía al ministro y no a ti —dijo el coronel Espina—. Muchos gobiernos no han reconocido al régimen. El Presidente debe estar furioso.

—Ojo que vienen visitas —dijo Trifulcio—. Ojo que ahí están.

—Nos ha reconocido Estados Unidos y eso es lo importante —dijo Bermúdez—. No te preocupes por el Presidente, Serrano. Le consulté anoche, antes de actuar.

Los otros ambulaban bajo el sol homicida, reconciliados, sin rencor, sin acordarse que se habían insultado, empujado y golpeado por las presas trituradas, o tendidos junto a las paredes dormían, sucios, descalzos, boquiabiertos, embrutecidos de aburrimiento, hambre o calor, los brazos desnudos sobre los ojos.

—¿A quién le va a tocar? —dijo Trifulcio—. ¿A quién van a sonar?

—A mí creo que nunca me había hecho nada —dijo Ambrosio—. Hasta esa noche. Yo no le tenía cólera, don, aunque tampoco cariño. Y esa noche me dio pena, más bien.

—Le prometí al Presidente no habrá muertos y he cumplido —dijo Bermúdez—. Aquí tienes las fichas políticas de quince detenidos. Limpiaremos San Marcos y podrán reanudarse las clases. ¿No estás satisfecho, Serrano?

—No pena porque hubiera estado preso, entiéndame bien, niño —dice Ambrosio—. Sino porque parecía un pordiosero. Sin zapatos, unas uñotas de este tamaño, unas costras en los brazos y en la cara que no eran costras, sino mugre. Le hablo con franqueza, vea.

—Has actuado como si yo no existiera —dijo el coronel Espina—. ¿Por qué no me consultaste?

Don Melquíades venía por el corredor escoltado por dos guardias, seguido de un hombre alto que llevaba un sombrero de paja que el viento candente agitaba, las alas y la copa se mecían como si fueran de papel de seda, y un traje blanco y una corbata azul y una camisa aún más blanca. Se habían parado y don Melquíades le hablaba al desconocido y le señalaba algo en el patio.

—Porque había un riesgo —dijo Bermúdez—. Podían estar armados, podían disparar. Yo no quería que la sangre cayera sobre tu cabeza, Serrano.

No era abogado, nunca se había visto un leguleyo tan bien trajeado, y tampoco autoridad porque ¿acaso les habían dado hoy sopa de menestras, acaso les habían hecho barrer las celdas y los excusados como siempre que había inspección? Pero si no era abogado ni autoridad, quién.

—Hubiera perjudicado tu futuro político, yo se lo expliqué al Presidente —dijo Bermúdez—. Tomo la decisión, asumo la responsabilidad. Si hay consecuencias, renuncio, y el Serrano queda inmaculado.

Dejó de roer el pulido huesecillo que tenía entre las manazas, quedó rígido, bajó un poco la cabeza, sus ojos miraban asustados hacia el corredor: don Melquíades seguía haciendo señales, seguía apuntándolo.

—Pero las cosas salieron bien y ahora todo el mérito es tuyo —dijo el coronel Espina—. El Presidente va a pensar que mi recomendado tiene más cojones que yo.

—¡Oye tú, Trifulcio! —gritó don Melquíades—. ¿No ves que te estoy llamando? ¿Qué esperas tú?

—El Presidente sabe que te debo este puesto —dijo Bermúdez—. Sabe que basta que arrugues la frente para que yo gracias por todo, y de nuevo a vender tractores.

—¡Oye tú! —gritaron los guardias, agitando las manos—. ¡Oye tú!

—Tres chavetas y unos cuantos cocteles Molotov, no había razón para asustarse tanto —dijo Bermúdez—. He hecho poner unos revólveres y algunas chavetas y manoplas más, para los periodistas.

Se incorporó, corrió, cruzó el patio levantando un terral, se detuvo a un metro de don Melquíades. Los otros habían avanzado las cabezas y miraban y callaban. Los que paseaban se habían quedado inmóviles, los que dormían estaban agazapados observando y el sol parecía líquido.

—¿Además has citado a los periodistas? —dijo el coronel Espina—. ¿No sabes que los comunicados los firma el ministro, que las conferencias de prensa las da el ministro?

—A ver, Trifulcio, levántate ese barril que don Emilio Arévalo quiere verte —dijo don Melquíades—. No me hagas quedar mal, mira que le he dicho que podías.

—Los he citado para que les hables tú —dijo Bermúdez—. Aquí tienes el informe detallado, las fichas, las armas para las fotografías. Los cité pensando en ti, Serrano.

—No he hecho nada, don —parpadeó y gritó y esperó y gritó de nuevo Trifulcio—. Nada. Mi palabra, don Melquíades.

—Está bien, no hablemos más —dijo el coronel Espina—. Pero conste que yo quería liquidar lo de San Marcos una vez que estuviera resuelto el problema de los sindicatos.

Negro, cilíndrico, el barril estaba al pie de la baranda, debajo de don Melquíades, de los guardias y del desconocido de blanco. Indiferentes o interesados o aliviados, los otros miraban el barril y a Trifulcio o se miraban burlones.

—Lo de San Marcos no está liquidado, pero es el momento de liquidarlo —dijo Bermúdez—. Esos veintiséis son elementos de choque, pero la mayoría de los cabecillas andan sueltos y hay que echarles mano ahora.

—No seas imbécil y levántate ese barril —dijo don Melquíades—. Ya sé que no has hecho nada. Anda, levántalo para que te vea el señor Arévalo.

—Los sindicatos son más importantes que San Marcos, ahí hay que hacer una limpieza —dijo el coronel Espina—. No han chistado hasta ahora, pero el Apra es fuerte entre los obreros, y una chispita puede provocar una explosión.

—Si me cagué en la celda es porque estoy enfermo —dijo Trifulcio—. No pude aguantarme, don Melquíades. Mi palabra.

—La haremos —dijo Bermúdez—. Limpiaremos todo lo que haga falta, Serrano.

El desconocido se echó a reír, don Melquíades se echó a reír, en el patio estallaron risas. El desconocido se arrimó a la baranda, metió una mano al bolsillo, sacó y mostró a Trifulcio algo que brillaba.

—¿Has leído *La Tribuna* clandestina? —dijo el coronel Espina—. Pestes contra el Ejército, contra mí. Hay que impedir que siga circulando esa hojita mugrienta.

—¿Un sol por levantar ese barril, don? —cerró y abrió los ojos y se echó a reír Trifulcio—. ¡Pero claro que cómo no, don!

—Claro que en Chincha hablaban de él, don —dijo Ambrosio—. Que había violado a una menor, robado, matado a un tipo en una pelea. Tantas barbaridades no serían ciertas.

Pero algunas sí, si no por qué habría estado en la cárcel tanto tiempo.

—Ustedes los militares siguen pensando en el Apra de hace veinte años —dijo Bermúdez—. Los líderes están viejos y corrompidos, ya no quieren hacerse matar. No habrá explosión, no habrá revolución. Y esa hojita desaparecerá, te lo prometo.

Alzó las manazas hasta su cara (arrugada ya en los párpados y en el cuello y en las patillas crespas y canosas) y las escupió un par de veces y se las frotó y dio un paso hacia el barril. Lo palpó, lo hamacó, pegó sus piernas largas y su vientre abombado y su ancho tórax al cuerpo duro del barril y lo estrechó violenta, amorosamente, con sus larguísimos brazos.

—Nunca más lo vi, pero una vez oí hablar de él —dice Ambrosio—. Lo habían visto por los pueblos del departamento, durante las elecciones del cincuenta, haciendo campaña por el senador Arévalo. Pegando carteles, repartiendo volantes. Por la candidatura de don Emilio Arévalo, el amigo de su papá, niño.

—Ya le tengo la listita, don Cayo, sólo han renunciado tres prefectos y ocho subprefectos de los nombrados por Bustamante —dijo el doctor Alcibíades—. Doce prefectos y quince subprefectos mandaron telegramas de felicitación al General por haber tomado el poder. El resto mudos; querrán que los confirmen, pero no se atreven a pedirlo.

Cerró los ojos y, mientras alzaba el barril, se hincharon las venas de su cuello y de su frente y se empapó la gastada piel de su cara y se pusieron morados sus labios gordos. Arqueado, soportaba el peso con todo su cuerpo, y una manaza descendió toscamente por el flanco del barril y éste se elevó un poco más. Dio dos pasos de borracho con su carga a cuestas, miró con soberbia a la baranda, y de un empellón devolvió el barril a la tierra.

—El Serrano creía que iban a renunciar en masa y quería empezar a nombrar prefectos y subprefectos a la loca —dijo Cayo Bermúdez—. Ya ve, doctorcito, el coronel no conoce a los peruanos.

—Un verdadero toro, Melquíades, tenías razón, es increíble a su edad —el desconocido de blanco tiró al aire la moneda y Trifulcio la atrapó al vuelo—. Oye, cuántos años tienes tú.

—Piensa que todos son como él, hombres de honor —dijo el doctor Alcibíades—. Pero, dígame don Cayo, para qué seguirían leales estos prefectos y subprefectos al pobre Bustamante, que no levantará cabeza jamás.

—Qué sabré yo —se rió, jadeó, se secó la cara Trifulcio—. Un montón de años. Más de los que tiene usted, don.

—Confirme en sus cargos a los que enviaron telegramas de adhesión, y también a los mudos, ya los iremos reemplazando a todos con calma —dijo Bermúdez—. Agradézcales los servicios prestados a los que renunciaron, y que Lozano los fiche.

—Ahí hay uno de esos que te gustan, Hipólito —dijo Ludovico—. El señor Lozano nos lo recomienda especialmente.

—Lima sigue inundada de pasquines clandestinos asquerosos —dijo el coronel Espina—. ¿Qué pasa, Cayo?

—Que quiénes y dónde sacan *La Tribuna* clandestina y en un dos por tres —dijo Hipólito—. Mira que tú eres de esos que me gustan.

—Esas hojitas subversivas van a desaparecer de inmediato —dijo Bermúdez—. ¿Entendido, Lozano?

—¿Estás listo, negro? —dijo don Melquíades—. ¿Te deben estar ardiendo los pies, no, Trifulcio?

—¿No sabes ni quiénes ni dónde? —dijo Ludovico—. ¿Y cómo así tenías una *Tribuna* en el bolsillo cuando te detuvieron en Vitarte, papacito?

—¿Estoy listo? —rió con angustia Trifulcio—. ¿Listo, don Melquíades?

—Cuando recién vine a Lima yo le mandaba plata a la negra y la iba a visitar de cuando en cuando —dijo Ambrosio—. Después, nada. Se murió sin saber de mí. Es una de las cosas que me pesan, don.

—¿Te la metieron al bolsillo sin que te dieras cuenta? —dijo Hipólito—. Pero qué tontito habías sido tú, papacito. Y qué pantaloncito más huatatiro tienes, y cuánta brillantina en el pelo. ¿Así que ni siquiera eres aprista tú, así que ni siquiera sabes quiénes y dónde sacan *La Tribuna*?

—¿Te has olvidado que sales hoy? —dijo don Melquíades—. ¿O ya te acostumbraste aquí y no quieres salir?

—Supe que la negra se murió, por un chinchano, niño —dice Ambrosio—. Cuando yo trabajaba todavía con su papá.

—No don, no me he olvidado, don —zapateó, palmoteó Trifulcio—. Pero cómo se le ocurre, don Melquíades.

—Ya ves, Hipólito se enojó y mira lo que te pasó, mejor te vuelve la memoria de una vez —dijo Ludovico—. Fíjate que eres de los que le gustan a él.

—No responden, mienten, se echan la pelota uno a otro —dijo Lozano—. Pero no nos dormimos, don Cayo. Noches enteras sin pegar los ojos. Acabaremos con esos pasquines, le juro.

—Dame tu dedo; así, ahora pon una cruz —dijo don Melquíades—. Listo, Trifulcio, libre otra vez. ¿Te parecerá mentira, no?

—Éste no es un país civilizado, sino bárbaro e ignorante —dijo Bermúdez—. Déjese de contemplaciones con esos sujetos, y averígüeme lo que necesito de una vez.

—Pero qué flaquito habías sido tú, papacito —dijo Hipólito—. Con el saco y la camisa no se te notaba, si hasta se te pueden contar los huesos, papacito.

—¿Te acuerdas del señor Arévalo, el que te dio un sol por levantar el barril? —dijo don Melquíades—. Es un hacendado importante. ¿Quieres trabajar para él?

—Quiénes y dónde y en un dos por tres —dijo Ludovico—. ¿Quieres que nos pasemos la noche así? ¿Y si Hipólito se enoja otra vez?

—Claro que sí, don Melquíades —asintió con la cabeza y las manos y los ojos Trifulcio—. Ahora mismo o cuando usted diga, don.

—Te vas a hacer malograr el físico y me muero de la pena —dijo Hipólito—. Porque cada vez me estás gustando más, papacito.

—Necesita gente para su campaña electoral, porque es amigo de Odría y va a ser senador —dijo don Melquíades—. Te pagará bien. Aprovecha esta oportunidad, Trifulcio.

—Ni siquiera nos has dicho cómo te llamas, papacito —dijo Ludovico—. ¿O tampoco sabes, o también se te olvidó?

—Emborráchate, busca a tu familia, burdelea un poco —dijo don Melquíades—. Y el lunes anda a su hacienda, a la salida de Ica. Pregunta y cualquiera te dará razón.

—¿Siempre tienes los huevitos tan chiquitos o es del susto? —dijo Hipólito—. Y la pichulita apenas se te ve, papacito. ¿También del susto?

—Claro que me acordaré, don, qué más quiero yo —dijo Trifulcio—. Le agradezco tanto que me recomendara a ese señor, don.

—Ya déjalo que ni te oye, Hipólito —dijo Ludovico—. Vamos a la oficina del señor Lozano. Ya déjalo, Hipólito.

El guardia le dio una palmadita en la espalda, bueno Trifulcio, y cerró el portón tras él, hasta nunca o hasta la próxima, Trifulcio. Rápidamente caminó hacia adelante, por el terral que conocía, que se divisaba desde las celdas de primera, y pronto llegó a los árboles que también había aprendido de memoria, y luego avanzó por un nuevo terral hasta los ranchos de las afueras donde, en vez de detenerse, apuró el paso. Cruzó casi corriendo entre chozas y siluetas humanas que lo miraban con sorpresa o indiferencia o temor.

—Y no es que haya sido mal hijo o no la quisiera, la negra se merecía el cielo, igual que usted, don —dijo Ambrosio—. Se rompió los lomos para criarme y darme de comer. Lo que pasa es que la vida no le da tiempo a uno ni para pensar en su madre.

—Lo dejamos porque a Hipólito se le fue la mano y el tipo comenzó a decir locuras y después se desmayó, señor Lozano —dijo Ludovico—. Yo creo que ese Trinidad López ni es aprista ni sabe dónde está parado. Pero si quiere lo despertamos y seguimos, señor.

Siguió avanzando, cada vez más apurado y extraviado, incapaz de orientarse en esas primeras calles empedradas que furiosamente pisaban sus pies descalzos, internándose cada vez más en la ciudad tan alargada, tan anchada, tan distinta de la que recordaban sus ojos. Caminó sin rumbo, sin prisa, al fin se derrumbó en la banca sombreada por palmeras de una plaza. Había una tienda en una esquina, entraban mujeres con criaturas, unos muchachos apedreaban un farol y ladraban unos perros. Despacio, sin ruido, sin darse cuenta, se echó a llorar.

—Su tío me sugirió que lo llamara, capitán, y yo también quería conocerlo —dijo Cayo Bermúdez—. Somos algo colegas ¿no?, y seguramente tendremos que trabajar juntos alguna vez.

—Era buena, se sacrificó duro, no faltaba a misa —dice Ambrosio—. Pero tenía su carácter, niño. Por ejemplo, no me pegaba con la mano, sino con un palo. Para que no salgas a tu padre, decía.

—Yo ya lo conocía a usted de nombre, señor Bermúdez —dijo el capitán Paredes—. Mi tío y el coronel Espina lo aprecian mucho, dicen que esto funciona gracias a usted.

Se levantó, se lavó la cara en la pila de la plaza, preguntó a dos hombres dónde se tomaba y cuánto costaba el ómnibus a Chincha. Parándose de rato en rato a mirar a las mujeres y las cosas tan cambiadas, caminó hasta otra plaza cubierta de vehículos. Preguntó, regateó, mendigó y subió a un camión que demoró dos horas en partir.

—No hablemos de méritos que usted me deja muy atrás, capitán —dijo Cayo Bermúdez—. Sé que se jugó a fondo en la revolución comprometiendo oficiales, que ha puesto sobre ruedas la seguridad militar. Lo sé por su tío, no me lo niegue.

Todo el viaje estuvo de pie, aferrado a la baranda del camión, olfateando y mirando el arenal, el cielo, el mar que aparecía y desaparecía entre las dunas. Cuando el camión entró a Chincha, abrió mucho los ojos, y volvía la cabeza a un lado y a otro, aturdido por las diferencias. Corría fresco, ya no había sol, las copas de las palmeras de la plaza danzaban y murmuraban cuando pasó bajo ellas, agitado, mareado, siempre apurado.

—Lo de la revolución es la pura verdad y ahí no valen modestias —dijo el capitán Paredes—. Pero en la seguridad militar sólo soy un colaborador del coronel Molina, señor Bermúdez.

Pero el trayecto hacia la ranchería fue largo y tortuoso porque su memoria lo equivocaba y a cada momento tenía que preguntar a la gente dónde queda la salida a Grocio Prado. Llegó cuando ya había candiles y sombras, y la ranchería ya no era ranchería sino una aglomeración de casas firmes, y en vez de comenzar los algodonales a sus antiguas orillas, comenzaban las casas de otra ranchería. Pero el rancho era el mismo y la puerta estaba abierta y reconoció inmediatamente a Tomasa: la gorda, la negra, la sentada en el suelo, la que comía a la derecha de la otra mujer.

—El coronel Molina es el que figura, pero usted el que hace andar la maquinaria —dijo Bermúdez—. También lo sé por su tío, capitán.

—Su sueño era la lotería, don —dijo Ambrosio—. Una vez se la sacó un heladero de Chincha, y ella puede que Dios la mande otra vez acá y se compraba sus huachitos con la plata que no tenía. Los llevaba a la Virgen, les prendía velitas. Nunca se sacó ni medio, don.

—Ya me imagino cómo andaría este Ministerio cuando Bustamante, los apristas por todas partes y los sabotajes al orden del día —dijo el capitán Paredes—. Pero no les sirvió de mucho a los zamarros.

Entró de un salto, golpeándose el pecho y gruñendo, y se plantó entre las dos y la desconocida dio un grito y se persignó. Tomasa, encogida en el suelo, lo observaba y de repente de su cara se fue el miedo. Sin hablar, sin pararse, le señaló la puerta del rancho con el puño. Pero Trifulcio no se fue, se echó a reír, se dejó caer alegremente al suelo y comenzó a rascarse las axilas.

—Les ha servido al menos para no dejar rastros, los archivos de la Dirección son inservibles —dijo Bermúdez—. Los apristas hicieron desaparecer los ficheros. Estamos organizando todo de nuevo y de eso quería hablarle, capitán. La seguridad militar nos podría ayudar mucho.

—¿Así que eres chofer del señor Bermúdez? —dijo Ludovico—. Mucho gusto, Ambrosio. ¿Así que vas a darnos una ayudadita en esto de la barriada?

—No hay problema, claro que tenemos que colaborarnos —dijo el capitán Paredes—. Vez que le haga falta algún dato, yo se lo proporcionaré, señor Bermúdez.

—¿A qué has venido, quién te ha llamado, quién te ha invitado? —rugió Tomasa—. Pareces un forajido así, pareces lo que eres. ¿No viste cómo mi amiga te vio y se fue? ¿Cuándo te han soltado?

—Quisiera algo más, capitán —dijo Bermúdez—. Quisiera disponer del fichero político completo de la seguridad militar. Tener una copia.

—Se llama Hipólito y es el burro más burro del cuerpo —dijo Ludovico—. Ya vendrá, ya te lo presentaré. Tampoco está en el escalafón y seguro que nunca estará. Yo espero estar algún día, con un poquito de suerte. Oye, Ambrosio, tú sí estarás ¿no?

—Nuestros archivos son intocables, están bajo secreto militar —dijo el capitán Paredes—. Le comunicaré su proyecto al coronel Molina, pero él tampoco puede decidir. Lo mejor sería que el ministro de Gobierno dirija una solicitud al ministro de Guerra.

—Tu amiga salió corriendo como si yo fuera el diablo —se rió Trifulcio—. Oye Tomasa, déjame comerme esto. Tengo un hambre así.

—Justamente es lo que hay que evitar, capitán —dijo Bermúdez—. La copia de ese archivo debe pasar a la Dirección de Gobierno sin que se entere ni el coronel Molina, ni el mismo ministro de Guerra. ¿Me comprende usted?

—Un trabajo matador, Ambrosio —dijo Ludovico—. Horas perdiendo la voz, las fuerzas, y después viene cualquiera del escalafón y te requinta, y el señor Lozano te amenaza con pagarte menos. Matador para todos menos para el burro de Hipólito. ¿Te cuento por qué?

—Yo no puedo darle copia de unos archivos ultrasecretos sin que lo sepan mis superiores —dijo el capitán Paredes—. Ahí está la vida y milagros de todos los oficiales, de miles de civiles. Eso es como el oro del Banco Central, señor Bermúdez.

—Sí, te tienes que ir, pero ahora cálmate y tómate un trago, infeliz —dijo don Fermín—. Y ahora cuéntame cómo ocurrió. Déjate de llorar ya.

—Justamente, capitán, claro que sé que ese archivo es oro —dijo Bermúdez—. Y su tío lo sabe también. El asunto debe quedar sólo entre los responsables de la seguridad. No, no se trata de resentir al coronel Molina.

—Porque a la media hora de estar sonándole a un tipo, el burro de Hipólito, de repente, pum, se arrecha —dijo Ludovico—. A uno se le baja la moral, uno se aburre. Él no, pum, se arrecha. Ya lo vas a conocer, ya lo verás.

—Sino de ascenderlo —dijo Bermúdez—. Darle mando de tropa, darle un cuartel. Y nadie discutirá que usted es la persona más indicada para reemplazar al coronel Molina en la jefatura de seguridad. Entonces podremos fusionar los servicios con discreción, capitán.

—Ni una noche, ni una hora —dijo Tomasa—. No vas a vivir aquí ni un minuto. Te vas a ir ahora mismo, Trifulcio.

—Se ha metido usted al bolsillo a mi tío, amigo Bérmudez —dijo el capitán Paredes—. No hace seis meses que lo conoce y ya tiene más confianza en usted que en mí. Bueno, sí, estoy bromeando, Cayo. Podemos tutearnos ¿no?

—No mienten por valientes, Ambrosio, sino por miedo —dijo Ludovico—, ya verás si te toca entenderte con ellos alguna vez. ¿Quién es tu jefe? Fulano es, zutano es. ¿Desde cuándo eres aprista? No soy. ¿Y entonces cómo dices que fulano y zutano son tus jefes? No son. Matador, créeme.

—Tu tío sabe que la vida del régimen depende de la seguridad —dijo Bermúdez—. Todo el mundo puro aplauso ahora, pero pronto comenzarán los tiras y aflojes y las luchas de intereses y ahí todo dependerá de lo que la seguridad haya hecho para neutralizar a los ambiciosos y resentidos.

—No pienso quedarme, estoy de visita —dijo Trifulcio—. Voy a trabajar con un ricacho de Ica que se llama Arévalo. De veras, Tomasa.

—Lo sé muy bien —dijo el capitán Paredes—. Cuando ya no haya apristas, al Presidente le saldrán enemigos desde el mismo régimen.

—¿Eres comunista, eres aprista? No soy aprista, no soy comunista —dijo Ludovico—. Eres un maricón, compadre, ni te hemos tocado y ya estás mintiendo. Horas así, noches así, Ambrosio. Y eso lo arrecha a Hipólito, ¿te das cuenta qué clase de tipo es?

—Por eso hay que trabajar a largo plazo —dijo Bermúdez—. Ahora el elemento más peligroso es el civil, mañana será el militar. ¿Te das cuenta por qué tanto secreto con esto del archivo?

—Ni preguntas dónde está enterrado Perpetuo, ni si todavía vive Ambrosio —dijo Tomasa—. ¿Te has olvidado que tuviste hijos?

—Era una mujer alegre a la que le gustaba la vida, don —dijo Ambrosio—. La pobre ir a juntarse con un tipo capaz de hacerle eso a su mismo hijo. Pero claro que si la negra no se hubiera enamorado de él, yo no habría nacido. Así que para mí fue un bien.

—Tienes que tomar una casa, Cayo, no puedes seguir en el hotel —dijo el coronel Espina—. Además, es absurdo que no uses el auto que te corresponde como director de Gobierno.

—No me interesan los muertos —dijo Trifulcio— Pero sí me gustaría verlo a Ambrosio. ¿Vive contigo?

—Lo que pasa es que nunca he tenido auto, y además el taxi es cómodo —dijo Bermúdez—. Pero tienes razón, Serrano, voy a usarlo. Se debe estar apolillando.

—Ambrosio se va mañana a trabajar a Lima —dijo Tomasa—. ¿Para qué quieres verlo?

—Yo no creía eso de Hipólito, pero era cierto, Ambrosio —dijo Ludovico—. Lo vi, nadie me lo contó.

—No debes ser tan modesto, haz uso de tus prerrogativas —dijo el coronel Espina—. Estás metido aquí quince horas al día y no todo es trabajo en la vida, tampoco. Una cana al aire de vez en cuando, Cayo.

—Por pura curiosidad, para ver cómo es —dijo Trifulcio—. Lo veo a Ambrosio y palabra que me voy, Tomasa.

—Por primera vez nos dieron un tipo de Vitarte a los dos solos —dijo Ludovico—. Ninguno del escalafón para requintarnos, les faltaba gente. Y ahí lo vi, Ambrosio.

—Claro que la echaré, Serrano, pero necesito estar más aliviado de trabajo —dijo Bermúdez—. Y buscaré casa, y me instalaré con más comodidad.

—Ambrosio estaba trabajando aquí, de chofer interprovincial —dijo Tomasa—. Pero en Lima le irá mejor y por eso lo he animado a que se vaya.

—El Presidente está muy contento contigo, Cayo —dijo el coronel Espina—. Me agradece más haberte recomendado que todo lo que lo ayudé en la revolución, figúrate.

—Le daba y empezó a sudar, más y sudaba más y le dio tanto que el tipo se puso a decir disparates —dijo Ludovico—. Y, de repente, le vi la bragueta inflada como un globo. Te juro, Ambrosio.

—Ese que está viniendo ahí, ese hombrón —dijo Trifulcio—. ¿Ése es Ambrosio?

—Para qué le pegas si lo has dejado medio locumbeta, para qué si ya lo soñaste —dijo Ludovico—. Ni oía, Ambrosio. Arrecho, como un globo. Como te lo cuento, te juro. Ya lo conocerás, ya te lo presentaré.

—En ustedes están puestas nuestras esperanzas ahora para salir del atolladero —dijo don Fermín.

—Te reconocí ahí mismo —dijo Trifulcio—. Ven, Ambrosio, dame un abrazo, deja que te mire un poco.

—¿El régimen en un atolladero? —dijo el coronel Espina—. ¿Está bromeando, don Fermín? Si la revolución no va viento en popa, entonces quién.

—Yo hubiera ido a esperarlo —dijo Ambrosio—. Pero no sabía siquiera que usted salía.

—Fermín tiene razón, coronel —dijo Emilio Arévalo—. Nada irá viento en popa mientras no se celebren elecciones y el general Odría vuelva al poder oleado y sacramentado por los votos de los peruanos.

—Menos mal que tú no me botas como Tomasa —dijo Trifulcio—. Te creía mucho más joven y eres casi tan viejo como este negro de tu padre.

—Las elecciones son un formalismo si usted quiere, coronel —dijo don Fermín—. Pero un formalismo necesario.

—Ya lo viste, ahora anda, vete —dijo Tomasa—. Ambrosio viaja mañana, tiene que hacer su maleta.

—Y para ir a elecciones hay que tener pacificado el país, es decir limpio de apristas —dijo el doctor Ferro—. Si no, las elecciones podrían estallarnos en las manos como un petardo.

—Vamos a tomar un trago a alguna parte, Ambrosio —dijo Trifulcio—. Conversamos un rato y te vienes a hacer tu maleta.

—Usted no abre la boca, señor Bermúdez —dijo Emilio Arévalo—. Parece que le aburriera la política.

—¿Quieres darle mala fama a tu hijo? —dijo Tomasa—. ¿Para eso quieres que lo vean contigo en la calle?

—No parece, la verdad es que me aburre —dijo Bermúdez—. Además, no entiendo nada de política. No se rían, es cierto. Por eso, prefiero escucharlos.

Avanzaron a oscuras, por calles ondulantes y abruptas, entre chozas de caña y esporádicas casas de ladrillo, viendo por las ventanas, a la luz de velas y lamparillas, siluetas borrosas que comían conversando. Olía a tierra, a excremento, a uvas.

—Pues para no saber nada de política, lo está haciendo muy bien de director de Gobierno —dijo don Fermín—. ¿Otra copa, don Cayo?

Encontraron un burro tumbado en el camino, les ladraron perros invisibles. Eran casi de la misma altura, iban callados, el cielo estaba despejado, hacía calor, no corría viento. El hombre que descansaba en la mecedora se puso de pie al verlos entrar en la desierta cantina, les alcanzó una cerveza y volvió a sentarse. Chocaron los vasos en la penumbra, todavía sin hablarse.

—Fundamentalmente, dos cosas —dijo el doctor Ferro—. Primera, mantener la unidad del equipo que ha tomado el poder. Segunda, proseguir con mano dura la limpieza. Universidad, sindicatos, administración. Luego, elecciones y a trabajar por el país.

—¿Que qué me hubiera gustado ser en la vida, niño? —dice Ambrosio—. Ricacho, por supuesto.

—Así que te vas a Lima mañana —dijo Trifulcio—. ¿Y a qué te vas?

—¿A usted ser feliz, niño? —dice Ambrosio—. Claro que a mí también, sólo que rico y feliz es la misma cosa.

—Todo es cuestión de empréstitos y de créditos —dijo don Fermín—. Los Estados Unidos están dispuestos a ayudar a un gobierno de orden, por eso apoyaron la revolución. Ahora quieren elecciones y hay que darles gusto.

—A buscar trabajo allá —dijo Ambrosio—. En la capital se gana más.

—Los gringos son formalistas, hay que entenderlos —dijo Emilio Arévalo—. Están felices con el General y sólo piden que se guarden las formas democráticas. Odría electo y nos abrirán los brazos y nos darán los créditos que hagan falta.

—¿Y cuánto tiempo llevas ya trabajando como chofer? —dijo Trifulcio.

—Pero ante todo hay que sacar adelante el Frente Patriótico Nacional o Movimiento Restaurador o como se llame —dijo el doctor Ferro—. Para eso es básico el programa y por eso insisto tanto en él.

—Dos años de profesional —dijo Ambrosio—. Empecé de ayudante, manejando de prestado. Después fui camionero y hasta ahora estuve de chofer de ómnibus, por aquí, por los distritos.

—Un programa nacionalista y patriótico, que agrupe a todas las fuerzas sanas —dijo Emilio Arévalo—. Industria, comercio, empleados, agricultores. Inspirado en ideas sencillas pero eficaces.

—O sea que eres hombre serio, de trabajo —dijo Trifulcio—. Con razón no quería Tomasa que la gente te viera conmigo. ¿Crees que vas a conseguir trabajo en Lima?

—Necesitamos algo que recuerde la excelente fórmula del mariscal Benavides —dijo el doctor Ferro—. Orden, Paz y Trabajo. Yo he pensado en Salud, Educación, Trabajo. ¿Qué les parece?

—¿Usted se acuerda de la lechera Túmula, de la hija que tenía? —dijo Ambrosio—. Se casó con el hijo del Buitre. ¿Se acuerda del Buitre? Yo lo ayudé al hijo a que se la robara.

—Por supuesto, la candidatura del General tiene que ser lanzada por todo lo alto —dijo Emilio Arévalo—. Todos los sectores deben proclamarla de manera espontánea.

—¿El Buitre, el prestamista, el que fue alcalde? —dijo Trifulcio—. Me acuerdo de él, sí.

—La proclamarán, don Emilio —dijo el coronel Espina—. El General es cada día más popular. En pocos meses la gente ha visto ya la tranquilidad que hay ahora y el caos que era el país con los apristas y comunistas sueltos en plaza.

—El hijo del Buitre está en el gobierno, ahora es importante —dijo Ambrosio—. A lo mejor él me ayudará a conseguir trabajo en Lima.

—¿Quiere que vayamos a tomarnos un trago los dos solos, don Cayo? —dijo don Fermín—. ¿No le ha quedado doliendo la cabeza con los discursos del amigo Ferro? A mí me deja siempre mareado.

—Si es importante ya ni querrá saber de ti —dijo Trifulcio—. Te mirará por sobre el hombro.

—Con mucho gusto, señor Zavala —dijo Bermúdez—. Sí, es un poco hablador el doctor Ferro. Pero se nota que tiene experiencia.

—Para ganártelo, llévale algún regalito —dijo Trifulcio—. Algo que le recuerde al pueblo y le toque el corazón.

—Enorme experiencia porque hace veinte años que está con todos los gobiernos —se rió don Fermín—. Venga, acá tengo el auto.

—Le voy a llevar unas botellas de vino —dijo Ambrosio—. ¿Y usted qué va a hacer ahora? ¿Va a volver a la casa?

—Lo que usted pida —dijo Bermúdez—. Sí, señor Zavala, whisky, cómo no.

—No pienso, ya viste cómo me recibió tu madre —dijo Trifulcio—. Pero eso no quiere decir que Tomasa sea mala mujer.

—Nunca he entendido la política porque nunca me ha gustado —dijo Bermúdez—. Las circunstancias han hecho que a la vejez venga a meterme en política.

—Ella dice que usted la abandonó un montón de veces —dijo Ambrosio—. Que sólo volvía a la casa para sacarle la plata que ella ganaba como una mula.

—Yo también detesto la política, pero qué quiere —dijo don Fermín—. Cuando la gente de trabajo se abstiene y deja la política a los políticos el país se va al diablo.

—Las mujeres exageran y la Tomasa al fin y al cabo es mujer —dijo Trifulcio—. Me voy a trabajar a Ica, pero vendré a verla alguna vez.

—¿De veras no había venido nunca acá? —dijo don Fermín—. Espina lo está explotando, don Cayo. El show está bastante bien, ya verá. No crea que yo hago mucha vida nocturna. Muy rara vez.

—¿Y cómo están las cosas acá? —dijo Trifulcio—. Debes saber, debes ser un conocedor a tus años. Las mujeres, los bulines. ¿Qué pasa con los bulines acá?

Tenía un vestido blanco de baile muy ceñido que suavemente destellaba, y dibujaba tan nítidas y tan vivas las líneas de su cuerpo que parecía desnuda. Un vestido del mismo color que su piel, que besaba el suelo y la obligaba a dar unos pasitos cortos, unos saltitos de grillo.

—Hay dos, uno caro y otro barato —dijo Ambrosio—. El caro quiere decir una libra, el barato que se consiguen hasta por tres soles. Pero unas ruinas.

Tenía los hombros blancos, redondos, tiernos, y la blancura de su tez contrastaba con la oscuridad de los cabellos que llovían su espalda. Fruncía la boca con lenta avidez, como si fuera a morder el pequeño micrófono plateado, y sus ojos grandes brillaban y recorrían las mesas, una y otra vez.

—¿Guapa la tal Musa, no? —dijo don Fermín—. Por lo menos, comparada con los esqueletos que salieron a bailar antes. Pero no la ayuda mucho la voz.

—No quiero llevarte ni que me acompañes, y, además, ya sé que es mejor que no te vean conmigo —dijo Trifulcio—. Pero me gustaría darme una vuelta por allá, sólo para ver. ¿Dónde está el barato?

—Muy guapa, sí, lindo cuerpo, linda cara —dijo Bermúdez—. Y a mí su voz no me parece tan mala.

—Por aquí cerca —dijo Ambrosio—. Pero la policía siempre está yendo allá, porque hay peleas a diario.

—Le contaré que esa mujer tan mujer no lo es tanto —dijo don Fermín—. Le gustan las mujeres.

—Eso es lo de menos, porque estoy acostumbrado a los cachacos y a las peleas —se rió Trifulcio—. Anda, paga la cerveza y vámonos.

—¿Ah, sí? —dijo Bermúdez—. ¿A esa mujer tan guapa? ¿Ah, sí?

—Yo lo acompañaría, pero el ómnibus a Lima sale a las seis —dijo Ambrosio—. Y todavía tengo mis cosas tiradas por ahí.

—Así que usted no tiene hijos, don Cayo —dijo don Fermín—. Pues se ha librado de muchos problemas. Tengo tres y ahora comienzan a darnos dolores de cabeza a Zoila y a mí.

—Me dejas en la puerta y te vas —dijo Trifulcio—. Llévame por donde nadie nos vea, si quieres.

—¿Dos hombrecitos y una mujercita? —dijo Bermúdez—. ¿Grandes ya?

Salieron de nuevo a la calle y la noche estaba más clara. La luna les iba mostrando los baches, las zanjas, los pedruscos. Recorrieron callejuelas desiertas, Trifulcio volviendo la cabeza a derecha e izquierda, observándolo todo, curioseándolo todo; Ambrosio con las manos en los bolsillos, pateando piedrecitas.

—¿Qué porvenir podía tener la Marina para un muchacho? —dijo don Fermín—. Ninguno. Pero el Chispas se empeñó y yo moví influencias y lo hice ingresar. Y ahora ya ve, lo botan. Flojo en los estudios, indisciplinado. Se va a quedar sin carrera, es lo peor. Claro que podría moverme y hacer que lo perdonaran. Pero no, no quiero tener un hijo marino. Lo pondré a trabajar conmigo, más bien.

—¿Eso es todo lo que tienes, Ambrosio? —dijo Trifulcio—. ¿Un par de libras nada más? ¿Nada más que un par de libras siendo todo un chofer?

—¿Y por qué no lo manda a estudiar al extranjero? —dijo Bermúdez—. Puede ser que, cambiando de ambiente, el muchacho se corrija.

—Si tuviera más se lo daría también —dijo Ambrosio—. Bastaba que me pidiera y yo se lo daba. ¿Para qué ha sacado esa chaveta? No necesitaba. Mire, venga a la casa y le daré más. Pero guarde eso, le daré cinco libras más. Pero no me amenace. Yo encantado de ayudarlo, de darle más. Venga, vamos a la casa.

—Imposible, mi mujer se moriría —dijo don Fermín—. El Chispas solo en el extranjero, Zoila no lo permitirá jamás. Es su engreído.

—No, no voy a ir —dijo Trifulcio—. Esto basta. Y es un préstamo, te pagaré tu par de libras, porque voy a trabajar en Ica. ¿Te asustaste porque saqué la chaveta? No te iba a hacer nada, tú eres mi hijo. Y te pagaré, palabra.

—¿Y el menorcito también le ha resultado difícil? —dijo Bermúdez.

—No quiero que me pague, yo se las regalo —dijo Ambrosio—. No me ha asustado. No necesitaba sacar la chaveta, se lo juro. Usted es mi padre, yo se la daba si me la pedía. Venga a la casa, le juro que le daré cinco libras más.

—No, el flaco es el polo opuesto del Chispas —dijo don Fermín—. Primero de su clase, todos los premios a fin de año. Hay que estarlo frenando para que no estudie tanto. Un lujo de muchacho, don Cayo.

—Estarás pensando que soy peor de lo que te ha dicho Tomasa —dijo Trifulcio—. Pero la saqué porque sí, de veras, no te iba a hacer nada incluso si no me dabas ni un sol. Y te pagaré, palabra que te pagaré tus dos libras, Ambrosio.

—Ya veo que el menorcito es su preferido —dijo Bermúdez—. ¿Y él, qué carrera quiere seguir?

—Está bien, si quiere me las pagará —dijo Ambrosio—. Olvídese de eso, yo ya me olvidé. ¿No quiere venir hasta la casa? Le daré cinco más, le prometo.

—Todavía está en segundo de media y no sabe —dijo don Fermín—. No es que sea mi preferido, yo los quiero igual a los tres. Pero Santiago me hace sentir orgulloso de él. En fin, usted comprende.

—Estarás pensando que soy un perro que le roba hasta a su hijo, que le saca chaveta hasta a su hijo —dijo Trifulcio—. Te juro que esto es préstamo.

—Me da un poco de envidia oírlo, señor Zavala —dijo Bermúdez—. A pesar de los dolores de cabeza, debe tener sus compensaciones ser padre.

—Pero si está bien, pero si le creo que fue porque sí y que me las pagará —dijo Ambrosio—. Ya olvídese, por favor.

—¿Vive en el Maury, no? —dijo don Fermín—. Venga, lo llevo.

—¿Tú no te avergüenzas de mí? —dijo Trifulcio—. Dímelo con franqueza.

—No, muchas gracias, prefiero caminar, el Maury está cerca —dijo Bermúdez—. Encantado de haberlo conocido, señor Zavala.

—Pero cómo se le ocurre, de qué me voy a avergonzar —dijo Ambrosio—. Venga, entremos juntos al bulín, si quiere.

—¿Tú por aquí? —dijo Bermúdez—. ¿Qué haces tú aquí?

—No, anda a hacer tu maleta, que no te vean conmigo —dijo Trifulcio—. Eres un buen hijo, que te vaya bien en Lima. Créeme que te pagaré, Ambrosio.

—Me mandaban de un sitio a otro, me hicieron esperar horas aquí, don Cayo —dijo Ambrosio—. Ya estaba por regresarme a Chincha, le digo.

—Generalmente, el chofer del director de Gobierno es un asimilado a Investigaciones, don Cayo —dijo el doctor Alcibíades—. Por cuestiones de seguridad. Pero si usted prefiere.

—He venido a buscar trabajo, don Cayo —dijo Ambrosio—. Ya me cansé de estar manejando ese ómnibus charcheroso. Pensé que tal vez usted podría colocarme.

—Sí prefiero, doctorcito —dijo Bermúdez—. A ese zambo lo conozco hace años y me inspira más confianza que un equis de Investigaciones. Está ahí en la puerta, ¿quiere encargarse, por favor?

—Manejar sé de sobra, y el tráfico de Lima lo aprenderé volando, don Cayo —dijo Ambrosio—. ¿Usted anda necesitando un chofer? Qué gran cosa sería, don Cayo.

—Sí, yo me encargo —dijo el doctor Alcibíades—. Haré que lo inscriban en la planilla de la Prefectura, o lo asimilen o lo que sea. Y que le entreguen el auto hoy mismo.

—Está bien, entonces te tomo —dijo Bermúdez—. Tienes suerte, Ambrosio, caíste en el momento preciso.

—Salud —dice Santiago.

VIII

La librería estaba en el interior de una casa de balcones, se cruzaba un trémulo portón y se la veía arrinconada allá al fondo, abarrotada y desierta. Santiago llegó antes de las nueve, recorrió los estantes del zaguán, hojeó los libros averiados por el tiempo, las revistas descoloridas. El viejo de boina y patillas grises lo miró con indiferencia, querido viejo Matías piensa, luego se puso a observarlo con el rabillo del ojo, y por fin se le acercó: ¿buscaba algo? Un libro sobre la revolución francesa. Ah, el viejo sonrió, por aquí. A veces era ¿vive aquí el señor Henri Barbusse o está don Bruno Bauer?, a veces tocar el portón así, y había confusiones cómicas a veces, Zavalita. Lo guió hasta una habitación invadida por pilas de periódicos, plateadas telarañas y libros arrumados contra negras paredes. Le señaló una mecedora, que se sentara, tenía un ligero acento español, unos ojitos locuaces, una barbita triangular muy blanca: ¿no lo habrían seguido? Cuidarse mucho, de los jóvenes dependía todo.

—Setenta años y era puro, Carlitos —dijo Santiago—. El único que he conocido de esa edad.

El viejo le guiñó afectuosamente un ojo y volvió al patio. Santiago curioseó antiguas revistas limeñas, *Variedades* y *Mundial* piensa, separó las que tenían artículos de Mariátegui o Vallejo.

—Cierto, entonces los peruanos leían en la prensa a Vallejo y a Mariátegui —dijo Carlitos—. Ahora nos leen a nosotros, Zavalita, qué retroceso.

Unos minutos después vio entrar a Jacobo y Aída de la mano. Ya no un gusanito ni una culebra ni un cuchillo, un alfiler que hincaba y se esfumaba. Los vio cuchicheándose junto a los añosos estantes y vio el abandono y la alegría de la cara de Jacobo y los vio soltarse cuando Matías se les acercó y vio que desaparecía la sonrisa de Jacobo y aparecía la concentración ceñuda, la abstracta seriedad, la cara que mostraba al mundo desde hacía algunos meses. Llevaba el terno café que ahora se cambiaba rara vez, la camisa arrugada, la corbata con el nudo flojo. Le ha dado por disfrazarse de proletario bromeaba Washington, piensa, se afeitaba una vez por semana y no se lustraba los zapatos, un día de éstos Aída lo va a dejar se reía Solórzano.

—Tanto misterio porque ese día íbamos a dejar de jugar —dijo Santiago—. Iba a empezar la cosa en serio, Carlitos.

¿Había sido al comenzar ese tercer año en San Marcos, Zavalita, entre el descubrimiento de Cahuide y ese día? De las lecturas y discusiones a la distribución de hojitas a mimeógrafo en la universidad, de la pensión de la sorda a la casita del Rímac a la librería de Matías, de los juegos peligrosos al peligro de verdad: ese día. No habían vuelto a juntarse los dos círculos, sólo veía a Jacobo y a Aída en San Marcos, había otros círculos funcionando pero si se lo preguntaban a Washington respondía en boca cerrada no entran moscas y se reía. Una mañana los llamó: a tal hora, en tal parte, sólo ellos tres. Iban a conocer a uno de Cahuide, que le plantearan las preguntas que quisieran, las dudas que tuvieran, piensa esa noche tampoco dormí. A ratos Matías alzaba la vista desde el patio y les sonreía, en la habitación del fondo ellos fumaban, hojeaban las revistas, miraban constantemente el zaguán y la calle.

—Nos citó a las nueve y son nueve y media —dijo Jacobo—. A lo mejor no vendrá.

—Aída cambió mucho apenas estuvo con Jacobo —dijo Santiago—. Bromeaba, se la veía contenta. En cambio, él se puso serio y dejó de peinarse y de cambiarse. No se reía con Aída si alguien lo veía, casi no le dirigía la palabra delante de nosotros. Tenía vergüenza de ser feliz, Carlitos.

—Que sea comunista no quiere decir que deje de ser peruano —se rió Aída—. Llegará a las diez, ya verán.

Era un cuarto para las diez: una cara de pajarito en el zaguán, un andar saltarín, una piel como papel amarillo, un terno que le bailaba, una corbatita granate. Vieron que hablaba a Matías, que miraba alrededor, que se acercaba. Entró a la habitación, les sonrió, perdón por llegar tarde, una mano delgadita, se había malogrado el ómnibus en que venía, y quedaron observándose, embarazados.

—Gracias por esperarme —su voz, como su cara y su mano, era también finita, piensa—. Un saludo fraternal de Cahuide, camaradas.

—La primera vez que oía camaradas, Carlitos, ya te figuras el corazón del sentimental de Zavalita —dijo Santiago—. Sólo conocí su nombre de guerra, Llaque; sólo lo vi unas cuantas veces. Él trabajaba en la Fracción Obrera de Cahuide, yo no pasé de la Fracción Universitaria. Te figuras, un puro de ésos.

Esa mañana no sabíamos que Llaque era estudiante de Derecho cuando la revolución de Odría, piensa, no que había caído en el asalto de la policía a San Marcos, no que lo habían torturado y desterrado a Bolivia y que en La Paz estuvo preso seis meses, no que había vuelto clandestinamente al Perú: sólo que parecía un pajarito, esa mañana, mientras su vocecita les resumía la historia del Partido y lo veían mover su delgada mano amarilla en un movimiento rotativo e idéntico, como si tuviera calambre en la mano, y mirar de soslayo al patio y la calle. Había sido fundado por José Carlos Mariátegui y apenas nació, creció y formó cuadros y conquistó sectores obreros, quería demostrarnos que éramos de confianza, piensa, y no nos ocultó que había sido siempre minúsculo ni su debilidad frente al Apra, y ésa había sido la época de oro del Partido, la época de la revista *Amauta* y del periódico *Labor* y de la organización de sindicatos y del envío de estudiantes a las comunidades indígenas. Al morir Mariátegui en 1930 el Partido había caído en manos de aventureros y de oportunistas, el viejo Matías se murió y demolieron la casa de Chota y construyeron un cubo con ventanas piensa, que le habían dado una línea claudicante de repliegue ante las masas que por lo mismo cayeron bajo la influencia aprista, ¿qué habría sido del camarada Llaque, Zavalita? Aventureros como Ravines que se volvió agente imperialista y ayudó a Odría a tumbar a Bustamante, ¿renegaría, se cansaría de la militancia difícil y asfixiante y tendría mujer, hijos y trabajaría en un Ministerio?, y oportunistas como Terreros que se volvió beato y todos los años se ponía hábito morado y arrastraba una cruz en la procesión del Señor de los Milagros, ¿o seguiría y hablaría todavía con su voz de pajarito en círculos de estudiantes cuando no andaba en la cárcel? Traiciones y represiones casi habían liquidado al Partido, ¿y si seguía sería prosoviético o prochino o uno de esos castristas que habían muerto en las guerrillas o se habría vuelto trotskista?, y al subir Bustamante en 1945 el Partido había vuelto a la legalidad y comenzó a reestructurarse y a combatir en la clase obrera el reformismo del Apra, ¿habría viajado a Moscú o a Pekín o a La Habana?, pero con el golpe militar de Odría el Partido había sido desmantelado de nuevo, ¿lo acusarían de estalinista o de revisionista o de aventurerista?, todo el Comité Central y decenas de dirigentes y militantes y simpatizantes encarcelados y desterrados y algunos asesinados, ¿se acordaría de ti, Zavalita, de esa mañana donde Matías, de esa noche en el Hotel Mogollón?, y las células sobrevivientes de ese gran naufragio habían lentamente, trabajosamente constituido la Organización Cahuide, que sacaba esa hojita y se dividía en la Fracción Universitaria y la Fracción Obrera, camaradas.

—O sea que Cahuide tiene pocos estudiantes, pocos obreros —dijo Aída.

—Se trabaja en condiciones difíciles, a veces por un camarada que cae se echan a perder meses de esfuerzos —sujetaba el cigarrillo con las uñas del índice y del pulgar, piensa, sonreía con mucha timidez—. Pero a pesar de la represión estamos creciendo.

—Y por supuesto que te convenció, Zavalita —dijo Carlitos.

—Me convenció de que creía en lo que nos decía —dijo Santiago—. Y, además, se notaba que le gustaba lo que hacía.

—¿Cuál es la posición del Partido sobre la unidad de acción con las otras organizaciones fuera de la ley? —dijo Jacobo—. El Apra, los trotskistas.

—No vacilaba, tenía fe —dijo Santiago—. Yo ya envidiaba a la gente que creía ciegamente en algo, Carlitos.

—Estaríamos dispuestos a trabajar con el Apra contra la dictadura —dijo Llaque—. Pero los apristas no quieren que la derecha los siga acusando de extremistas y hacen todo por demostrar su anticomunismo. Y los trotskistas no son más de diez, y seguramente agentes de la policía.

—Es lo mejor que le puede ocurrir a un tipo, Ambrosio —dice Santiago—. Creer en lo que dice, gustarle lo que hace.

—¿Por qué el Apra, que se ha vuelto pro-imperialista, sigue teniendo respaldo en el pueblo? —dijo Aída.

—Por el peso de la costumbre y por su demagogia y por los mártires apristas —dijo Llaque—. Sobre todo, por la derecha peruana. No entiende que el Apra ya no es su enemiga sino su aliada, y la sigue persiguiendo y así la prestigia ante el pueblo.

—Es verdad, la estupidez de la derecha ha convertido al Apra en un gran partido —dijo Carlitos—. Pero si la izquierda no ha pasado de una masonería no ha sido por el Apra, sino por falta de gente capaz.

—Es que los capaces como tú y yo no nos metemos a la candela —dijo Santiago—. Nos contentamos con criticar a los incapaces que sí se meten. ¿Te parece justo, Carlitos?

—Me parece que no y por eso no hablo nunca de política —dijo Carlitos—. Tú me obligas con tus masoquismos asquerosos de cada noche, Zavalita.

—Ahora me toca preguntar a mí, camaradas —sonrió Llaque, como avergonzado—. ¿Quieren entrar a Cahuide? Pueden trabajar como simpatizantes, no necesitan inscribirse en el Partido todavía.

—Yo quiero entrar al Partido ahora mismo —dijo Aída.

—No hay apuro, pueden tomarse tiempo para reflexionar —dijo Llaque.

—En el círculo hemos tenido de sobra para eso —dijo Jacobo—. Yo también quiero inscribirme.

—Yo prefiero seguir como simpatizante —el gusanito, el cuchillo, la culebra—. Tengo algunas dudas, me gustaría estudiar un poco más antes de inscribirme.

—Muy bien, camarada, no te inscribas hasta que superes todas las dudas —dijo Llaque—. Como simpatizante se puede desarrollar también un trabajo muy útil.

—Ahí quedó demostrado que Zavalita ya no era puro, Ambrosio —dice Santiago—. Que Jacobo y Aída eran más puros que Zavalita.

¿Y si te inscribías ese día, Zavalita, piensa? ¿La militancia te habría arrastrado, comprometido cada vez más, habría barrido las dudas y en unos meses o años te habría vuelto un hombre de fe, un optimista, un oscuro puro heroico más? Habrías vivido mal, Zavalita, como habrán Jacobo y Aída piensa, entrado a y salido de la cárcel unas veces, sido aceptado en y despedido de sórdidos empleos, y en vez de editoriales en *La Crónica* contra los perros rabiosos escribirías en las paginitas mal impresas de *Unidad*, cuando hubiera dinero y no lo impidiera la policía piensa, sobre los avances científicos de la patria del socialismo y la victoria en el sindicato de panificadores de Lurín de la lista revolucionaria sobre la entreguista aprista propatronal, o en las peor impresas de *Bandera Roja*, contra el revisionismo soviético y los traidores de *Unidad* piensa, o habrías sido más generoso y entrado a un grupo insurreccional y soñado y actuado y fracasado en las guerrillas y estarías en la cárcel, como Héctor piensa, o muerto y fermentando en la selva, como el cholo Martínez piensa, y hecho viajes semiclandestinos a Congresos de la Juventud, piensa Moscú, llevado saludos fraternales a encuentros de periodistas, piensa Budapest, o recibido adiestramiento militar, piensa La Habana o Pekín. ¿Te habrías recibido de abogado, casado, sido asesor de un sindicato, diputado, más desgraciado o lo mismo o más feliz? Piensa: ay, Zavalita.

—No fue horror al dogma, fue un reflejo de niñito anarquista que no quiere recibir órdenes —dijo Carlitos—. Fue que en el fondo tenías miedo de romper con la gente que come y se viste y huele bien.

—Pero si yo detestaba esa gente, si la sigo detestando —dijo Santiago—. Si eso es de lo único que estoy seguro, Carlitos.

—Entonces fue espíritu de contradicción, afán de buscarle tres pies al gato sabiendo que tiene cuatro —dijo Carlitos—. Debiste dedicarte a la literatura y no a la revolución, Zavalita.

—Yo sabía que si todos se dedicaran a ser inteligentes y a dudar, el Perú andaría siempre jodido —dijo Santiago—. Yo sabía que hacían falta dogmáticos, Carlitos.

—Con dogmáticos o con inteligentes, el Perú estará siempre jodido —dijo Carlitos—. Este país empezó mal y acabará mal. Como nosotros, Zavalita.

—¿Nosotros los capitalistas? —dijo Santiago.

—Nosotros los cacógrafos —dijo Carlitos—. Todos reventaremos echando espuma, como Becerrita. A tu salud, Zavalita.

—Meses, años soñando con inscribirme en el Partido, y cuando se presenta la ocasión me echo atrás —dijo Santiago—. No lo voy a entender nunca, Carlitos.

—Doctor, doctor, tengo algo que se me sube y se me baja y no sé lo que es —dijo Carlitos—. Es un pedito loco, señora, usted tiene carita de poto y el pobre pedito no sabe por dónde salir. Lo que te friega la vida es un pedito loco, Zavalita.

¿Juran consagrar su vida a la causa del socialismo y de la clase obrera?, había preguntado Llaque, y Aída y Jacobo sí juro, mientras Santiago observaba; después eligieron sus seudónimos.

—No te sientas disminuido —le dijo Llaque a Santiago—. En la Fracción Universitaria, simpatizantes y militantes son iguales.

Les dio la mano, adiós camaradas, que salieran diez minutos después que él. La mañana estaba nublada y húmeda cuando dejaron atrás la librería de Matías y entraron al Bransa de la Colmena y pidieron cafés con leche.

—¿Te puedo hacer una pregunta? —dijo Aída—. ¿Por qué no te inscribiste? ¿Qué dudas tienes?

—Ya te hablé una vez —dijo Santiago—. Todavía no estoy convencido de algunas cosas. Quisiera...

—¿Todavía no estás convencido de que Dios no existe? —se rió Aída.

—Nadie tiene por qué discutir su decisión —dijo Jacobo—. Déjalo que se tome su tiempo.

—No se la discuto, pero te voy a decir una cosa —dijo Aída, riéndose—. Nunca te inscribirás, y cuando termines San Marcos te olvidarás de la revolución, y serás abogado de la International Petroleum y socio del Club Nacional.

—Consuélate, la profecía no se cumplió —dijo Carlitos—. Ni abogado ni socio del Club Nacional, ni proletario ni burgués, Zavalita. Sólo una pobre mierdecita entre los dos.

—¿Qué ha sido del tal Jacobo, de la tal Aída? —dice Ambrosio.

—Se casaron, supongo que tuvieron hijos, hace años que no los veo —dijo Santiago—. Me entero de la existencia de Jacobo cuando leo en la prensa que lo han metido preso o que acaban de soltarlo.

—Siempre le tienes envidia —dijo Carlitos—. Voy a prohibirte que me vuelvas a tocar el tema, te hace más daño que a mí el trago. Porque ése es tu vicio, Zavalita: el tal Jacobo, la tal Aída.

—Un horror lo de *La Prensa* esta mañana —dijo la señora Zoila—. No deberían publicar atrocidades así.

¿Envidia por lo de Aída? Ya no, piensa. ¿Y por lo otro, Zavalita? Tendría que verlo, piensa, hablar con él, saber si esa vida sacrificada lo hizo mejor o peor. Piensa: saber si tiene la conciencia en paz.

—Te pasas la vida protestando por los crímenes y es lo primero que lees —dijo la Teté—. Eres comiquísima, mamá.

Por lo menos no se sentiría solo, piensa, sino rodeado, acompañado, amparado. Esa cosa un poco tibia y viscosa que se sentía en las discusiones del círculo y de la célula y de la Fracción, piensa.

—¿Otro niño raptado y violado por un monstruo? —dijo don Fermín.

—Desde ese día nos vimos todavía menos que antes —dijo Santiago—. Nuestros círculos se convirtieron en células, así que seguimos separados. En las reuniones de la Fracción estábamos rodeados de gente.

—Estás peor que los periódicos —dijo la señora Zoila—. No hables así delante de la Teté.

—¿Pero cuántos eran y qué diablos hacían? —dijo Carlitos—. Jamás oí hablar de Cahuide en la época de Odría.

—¿Crees que todavía tengo diez años, mamá? —dijo la Teté.

—Nunca supe cuántos —dijo Santiago—. Pero hicimos algo contra Odría, al menos en la universidad.

—¿Nadie me va a decir qué noticia es ésa tan horrible? —dijo don Fermín.

—¿Sabían en tu casa en lo que estabas metido? —dijo Carlitos.

—¡Vender a sus hijos! —dijo la señora Zoila—. ¿Quieres algo más horrible que eso?

—Yo procuraba no verlos ni hablar con ellos —dijo Santiago—. Me llevaba con los viejos cada vez peor.

Días, semanas sin llover en Puno, la sequía había destruido cosechas, diezmado el ganado, vaciado aldeas, y había indios retratados sobre paisajes resecos, indias ambulando con sus hijos a cuestas sobre surcos agrietados, animales agonizando con los ojos abiertos, y los títulos y subtítulos aparecían entre signos de interrogación:

—Tienen sentimientos, pero sobre todo tienen hambre, mamá —dijo Santiago—. Si los venden, será para que no se les mueran de hambre.

¿Trata de esclavos entre Puno y Juliaca a la sombra de la sequía?

—Qué otra cosa hicieron además de discutir los editoriales de los periódicos y leer libros marxistas —dijo Carlitos.

¿Indias venden criaturas a turistas?

—No saben lo que es un hijo, una familia, pobres animalitos —dijo la señora Zoila—. Si no se tiene qué comer, no se tiene hijos.

—Resucitamos los Centros Federados, la Federación Universitaria —dijo Santiago—. Jacobo y yo salimos elegidos delegados de año.

—Supongo que no le echarás la culpa al gobierno de que no llueva en Puno —dijo don Fermín—. Odría quiere ayudar a esa pobre gente. Estados Unidos ha hecho un donativo importante. Se les va a mandar ropa, alimentos.

—Las elecciones fueron un éxito para la Fracción —dijo Santiago—. Ocho delegados de Cahuide entre Letras, Derecho y Ciencias Económicas. Los apristas tenían más, pero si votábamos juntos podíamos controlar los Centros. Los apolíticos no estaban organizados y los dividíamos fácilmente.

—No repitas que el donativo de los gringos servirá para que se llenen los bolsillos los odriístas —dijo don Fermín—. Odría me ha pedido que presida la comisión encargada de distribuir la ayuda.

—Pero cada acuerdo entre nosotros y los apristas costaba discusiones y peleas interminables —dijo Santiago—. Durante un año, mi vida fueron reuniones, en el Centro, en la Fracción y reuniones secretas con los apristas.

—Dirá que también tú robas, papá —dijo el Chispas—. Para el supersabio todo el que es decente en el Perú es un explotador y un ladrón.

—Otra noticia en *La Prensa* como para ti, mamá —dijo la Teté—. Se murieron dos en la cárcel del Cusco y les hicieron la autopsia y les encontraron pasadores y suelas de zapatos en la barriga.

—¿Por qué te amargó tanto haber perdido la amistad de ese par? —dijo Carlitos—. ¿No tenías otros amigos en Cahuide?

—¿Crees que comieron suela de zapatos por ignorantes, mamá? —dijo Santiago.

—Lo único que le falta a este mocoso es decirme imbécil y darme un manazo, Fermín —dijo la señora Zoila.

—Era amigo de todos, pero se trataba de una amistad funcional —dijo Santiago—. Nunca hablábamos de cosas personales. Con Jacobo y Aída la amistad había sido algo carnal.

—¿No dices que los periódicos mienten? —dijo don Fermín—. ¿Por qué ha de ser mentira cuando hablan de las obras del gobierno y verdad cuando publican un horror así?

—Nos amargas todos los almuerzos y las comidas —dijo la Teté—. ¿No puedes estar nunca sin pelear, supersabio?

—Pero te voy a decir una cosa —dice Santiago—. No me arrepiento de haber entrado a San Marcos en vez de la Católica.

—Aquí tengo el recorte de *La Prensa* —dijo Aída—. Lee, para que te den vómitos.

—Porque gracias a San Marcos no fui un alumno modelo, ni un hijo modelo ni un abogado modelo, Ambrosio —dice Santiago.

—Que la sequía ha creado una situación explosiva en el sur —dijo Aída—, un excelente caldo de cultivo para los agitadores. Sigue, eso no es nada, ya verás.

—Porque en el burdel estás más cerca de la realidad que en el convento, Ambrosio —dice Santiago.

—Que alerten a las guarniciones, que vigilen a los campesinos damnificados —dijo Aída—. Les preocupa la sequía porque podría haber un levantamiento, no porque los indios se mueren de hambre. ¿Has visto algo igual?

—Porque gracias a San Marcos me jodí —dice Santiago—. Y en este país el que no se jode, jode a los demás. No me arrepiento, Ambrosio.

—Precisamente por inmundos estos periódicos son un gran estímulo —dijo Jacobo—. Si uno se siente desmoralizado, basta abrir cualquiera de ellos para que te vuelva el odio contra la burguesía peruana.

—O sea que con nuestras cacografías estamos alentando a los rebeldes de dieciséis años —dijo Carlitos—. No tengas mala conciencia entonces, Zavalita. Ya ves, aunque sea oblicuamente, todavía ayudas a tus ex compinches.

—Lo dices en broma, pero a lo mejor sí —dijo Santiago—. Cada vez que escribo sobre algo que me repugna, hago el artículo lo más asqueroso posible. De repente, al día siguiente un muchachito lo lee y siente arcadas y, bueno, algo pasa.

Sobre la puerta estaba el cartel que había dicho Washington. El polvo cubría enteramente las toscas letras de «Academia», pero el dibujo —la mesa, el taco, las tres bolas de billar— se distinguía muy nítido y había además el ruido de las carambolas que venía de adentro: era ahí.

—Ahora resulta que Odría es noble —se rió don Fermín—. ¿Leyeron *El Comercio*? Desciende de barones, etcétera, y si quiere puede hacer valer su título.

Santiago empujó la puerta y entró: media docena de mesas de billar y, entre los terciopelos verdes y el techo de vigas descubiertas, caras disueltas en olas humosas; una enramada de alambres sobrevolaba las mesas, los jugadores marcaban los puntos con los tacos.

—¿Qué tuvo que ver esa huelga de tranviarios con que te escaparas de tu casa? —dijo Carlitos.

Atravesó el salón de juego, luego otro salón con sólo una mesa ocupada, después un patio erupcionado de latas de basura. Al fondo, junto a una higuera, había una puertecita cerrada. Dos toques, esperó y dos toques más, y al instante abrieron.

—Odría no se da cuenta que permitiendo esas adulonerías se convierte en el hazmerreír de Lima —dijo la señora Zoila—. Si él es noble, qué seremos nosotros.

—Todavía no han llegado los apristas —dijo Héctor—. Pasa, los camaradas ya están aquí.

—Hasta entonces nuestro trabajo había sido estudiantil —dijo Santiago—. Colectas para los estudiantes presos, discusiones en los Centros, distribución de volantes y de *Cahuide*. Esa huelga de tranviarios nos permitió pasar a cosas mayores.

Entró y Héctor cerró la puerta. La habitación era más vieja y sucia que las salas de juego. Cuatro mesas de billar habían sido arrimadas contra la pared para hacer más espacio. Los delegados de Cahuide estaban salpicados por el lugar.

—¿Qué culpa tiene Odría que alguien escriba un artículo diciendo que es noble? —dijo don Fermín—. Qué no inventarán los vivos para sacar plata. ¡Hasta genealogías!

Washington y el cholo Martínez conversaban de pie cerca de la puerta, Solórzano hojeaba un periódico sentado en una mesa, Aída y Jacobo desaparecían casi en la penumbra de un rincón, el Ave se había acomodado en el suelo y Héctor espiaba el patio por las rendijas de la puerta.

—La huelga de tranviarios no era política, sino por mejoras de salario —dijo Santiago—. El sindicato mandó una carta a la Federación de San Marcos pidiendo apoyo estudiantil. En la Fracción se pensó que era la gran oportunidad.

—Se les dijo a los apristas que vinieran uno por uno, pero a ellos les importa un comino la seguridad —dijo Washington—. Se presentarán en patota, como de costumbre.

—Entonces llama a ese tipo y que nos averigüe nuestros títulos también —dijo la señora Zoila—. Odría noble, sólo faltaba eso.

Llegaron unos minutos después, en grupo, como temía Washington, cinco de la veintena de delegados apristas: Santos

Vivero, Arévalo, Ochoa, Huamán y Saldívar. Se mezclaron con los de Cahuide, sin votar se decidió que Saldívar dirigiera el debate. Su cara flaca, sus manos huesudas, sus mechones canosos le daban un aire responsable. Como siempre antes de comenzar, cambiaban burlas, ironías.

—En la Fracción acordamos tratar de provocar en San Marcos una huelga de solidaridad con los tranviarios —dijo Santiago.

—Ya sé por qué te preocupa tanto la seguridad —le decía Santos Vivero a Washington—. Porque ustedes son todos los rabanitos del país y si caen los soplones y nos detienen desaparece el comunismo en el Perú. Nosotros cinco, en cambio, somos una gota en el mar aprista peruano.

—El que cae en ese mar no se ahoga de agua sino de huachafería —dijo Washington.

Héctor se había quedado en su puesto de observación junto a la puerta; todos hablaban en voz baja, había un ronroneo continuo, mullido, y, de pronto, se elevaba una risa, una exclamación.

—Los delegados de la Fracción no podíamos decidir una huelga, sólo éramos ocho votos en la Federación —dijo Santiago—. Pero con los apristas podíamos. Tuvimos una reunión con ellos, en una academia de billar. Ahí comenzó, Carlitos.

—Dudo que éstos apoyen la huelga —susurró Aída a Santiago—. Están divididos. Todo depende de Santos Vivero, si él está de acuerdo los demás lo seguirán. Como carneros, ya sabes, lo que diga el líder está bien.

—Fue la primera gran discusión en Cahuide —dijo Santiago—. Yo estuve en contra de la huelga de solidaridad; el que encabezó a los partidarios fue Jacobo.

—Bueno, compañeros —Saldívar dio dos palmadas—. Acérquense, vamos a empezar.

—No fue por darle la contra a Jacobo —dijo Santiago—. Yo pensaba que no íbamos a tener el apoyo de los estudiantes, que fracasaríamos. Pero quedé en minoría y se aprobó la idea.

—Compañeros serán ustedes —se rió Washington—. Estamos juntos pero no nos mezcles, Saldívar.

—Esas reuniones con los apristas eran como los partidos amistosos de fútbol —dijo Santiago—. Comenzaban con abrazos y terminaban a veces a trompadas.

—Bueno, compañeros y camaradas, entonces —dijo Saldívar—. Acérquense o me voy al cine.

Se formó una rueda en torno a él, las risas y murmullos fueron cesando. Adoptando de pronto una seriedad funeral, Saldívar resumió el motivo de la reunión: esta noche se discutiría en la Federación la solicitud de apoyo de los tranviarios, compañeros, decidir si podíamos llevar una moción conjunta, camaradas. Jacobo levantó la mano.

—En la Fracción preparábamos esas reuniones como un ballet —dijo Santiago—. Turnarse, desarrollar cada uno un argumento distinto, no dejar sin rebatir ninguna opinión contraria.

Estaba con la corbata caída, despeinado, hablaba en voz baja: la huelga era una ocasión magnífica para provocar una toma de conciencia política en el estudiantado. Las manos ceñidas a lo largo del cuerpo: para desarrollar la alianza obrero-estudiantil. Mirando a Saldívar muy serio: iniciar un movimiento que podía extenderse a reivindicaciones como liberación de estudiantes presos y amnistía política. Calló y Huamán levantó la mano.

—Yo había estado contra la idea de la huelga por las mismas razones que expuso Huamán, un aprista —dijo Santiago—. Pero como la Fracción había acordado la huelga, me tocó defenderla contra Huamán. Eso es el centralismo democrático, Carlitos.

Huamán era pequeñito y amanerado, nos había costado tres años reconstituir los Centros y la Federación de San Marcos después de la represión, sus gestos eran elegantes, ¿cómo íbamos a lanzar una huelga, por razones extrauniversitarias, que podía ser rechazada por las bases?, y hablaba con una mano en la solapa y revoloteando la otra como una mariposa, si las bases rechazaban la huelga perderíamos la confianza de los estudiantes, y su voz era impostada, florida y por momentos chillona, y además vendría la represión y los Centros y la Federación serían desmantelados antes de que hubieran podido actuar.

—Ya sé que la disciplina de un partido tiene que ser así —dijo Santiago—. Ya sé que, si no, sería un caos. No me estoy defendiendo, Carlitos.

—No te vayas por las ramas, Ochoa —dijo Saldívar—. Cíñete al tema en debate.

—Justamente, precisamente —dijo Ochoa—. Yo pregunto: ¿está la Federación de San Marcos lo bastante fuerte para lanzarse a una acción frontal contra la dictadura?

—Pronúnciate de una vez, que no tenemos tiempo —dijo Héctor.

—Y si no está lo bastante fuerte y se lanza a la huelga —dijo Ochoa—, ¿qué sería la actitud de la Federación? Yo pregunto.

—¿Por qué no te vas a dirigir al programa Kolynos pregunta por veinte mil soles? —dijo Washington.

—¿Sería o no sería una actitud de provocación? —dijo Ochoa, imperturbable—. Yo pregunto, y constructivamente respondo: sí sería. ¿Qué? Una provocación.

—Era en medio de esas reuniones que, de repente, sentía que nunca sería un revolucionario, un militante de verdad —dijo Santiago—. De repente una angustia, un mareo, una sensación de estar malgastando horriblemente el tiempo.

—El joven romántico no quería discusiones —dijo Carlitos—. Quería acciones epónimas, bombas, disparos, asaltos a cuarteles. Muchas novelas, Zavalita.

—Ya sé que te fastidia hablar para defender la huelga —dijo Aída—. Pero consuélate, ya ves que todos los apristas están en contra. Y sin ellos, la Federación rechazará nuestra moción.

—Debían inventar una pastilla, un supositorio contra las dudas, Ambrosio —dice Santiago—. Fíjate qué lindo, te lo enchufas y ya está: creo.

Levantó la mano y comenzó a hablar antes que Saldívar le diera la palabra: la huelga consolidaría los Centros, foguearía a los delegados, las bases apoyarían porque ¿acaso no habían demostrado su confianza en ellos eligiéndolos? Tenía las manos en los bolsillos y se clavaba las uñas.

—Igual que cuando hacía el examen de conciencia, los jueves, antes de la confesión —dijo Santiago—. ¿Había soñado con calatas porque había querido soñar con ellas o porque quiso el diablo y no pude impedirlo? ¿Estaban ahí en la oscuridad como intrusas o como invitadas?

—Estás equivocado, sí tenías pasta de militante —dijo Carlitos—. Si tuviera que defender ideas contrarias a las mías, me saldrían rebuznos o gruñidos o píos.

—¿Qué es lo que haces en *La Crónica*? —dijo Santiago—. ¿Qué es lo que hacemos a diario, Carlitos?

Santos Vivero levantó la mano, había escuchado las intervenciones con una expresión de suave desasosiego, y antes de hablar cerró los ojos y tosió como si todavía dudara.

—La tortilla se volteó en el último minuto —dijo Santiago—. Parecía que los apristas estaban en contra, que no habría huelga. Quizá todo hubiera sido diferente entonces, yo no hubiera entrado a *La Crónica*, Carlitos.

Él pensaba, compañeros y camaradas, que lo fundamental en estos momentos no era la lucha por la reforma universitaria, sino la lucha contra la dictadura. Y una manera eficaz de luchar por las libertades públicas, la liberación de los presos, el retorno de los desterrados, la legalización de los partidos, era, compañeros y camaradas, forjando la alianza obrero-estudiantil, o, como había dicho un gran filósofo, entre trabajadores manuales e intelectuales.

—Si citas a Haya de la Torre otra vez, te leo el *Manifiesto comunista* —dijo Washington—. Lo tengo aquí.

—Pareces una puta vieja que recuerda su juventud, Zavalita —dijo Carlitos—. En eso tampoco nos parecemos. Lo que me ocurrió de muchacho se me borró y estoy seguro que lo más importante me pasará mañana. Tú parece que hubieras dejado de vivir cuando tenías dieciocho años.

—No lo interrumpas que se puede arrepentir —susurró Héctor—. ¿No ves que está a favor de la huelga?

Sí, ésta podía ser una buena oportunidad, porque los compañeros tranviarios estaban demostrando valentía y combatividad, y su sindicato no estaba copado por los amarillos. Los delegados no debían seguir ciegamente a las bases, debían mostrarles el rumbo: despertarlas, compañeros y camaradas, empujarlas a la acción.

—Después de Santos Vivero, los apristas comenzaron a hablar de nuevo, y nosotros de nuevo —dijo Santiago—. Salimos de la academia de billar de acuerdo y esa noche la Federación aprobó una huelga indefinida de solidaridad con los tranviarios. Caí preso exactamente diez días después, Carlitos.

—Fue tu bautizo de fuego —dijo Carlitos—. Mejor dicho, tu partida de defunción, Zavalita.

IX

—O sea que hubiera sido mejor para ti quedarte en la casa, no ir a Pucallpa —dice Santiago.

—Sí, mucho mejor —dice Ambrosio—. Pero quién iba a saber, niño.

Pero qué bonito que habla, gritó Trifulcio. Había ralos aplausos en la plaza, una maquinita, algunos vivas. Desde la escalerilla de la tribuna, Trifulcio veía a la muchedumbre rizándose como el mar bajo la lluvia. Le ardían las manos pero seguía aplaudiendo.

—Primero, quién te mandó gritar Viva el Apra a la embajada de Colombia —dijo Ludovico—. Segundo, quiénes son tus compinches. Y tercero, dónde están tus compinches. De una vez, Trinidad López.

—Y a propósito —dice Santiago—. ¿Por qué te fuiste de la casa?

—Asiento Landa, ya hemos estado parados bastante rato en el Te Deum —dijo don Fermín—. Asiento, don Emilio.

—Ya estaba cansado de trabajar para los demás —dice Ambrosio—. Quería probar por mi cuenta, niño.

A ratos gritaba viva-don-Emilio-Arévalo, a ratos viva-el-general-Odría, a ratos Arévalo-Odría. Desde la tribuna le habían hecho gestos, dicho no lo interrumpas mientras habla, requintado entre dientes, pero Trifulcio no obedecía: era el primero en aplaudir, el último en dejar de hacerlo.

—Me siento ahorcado con esta pechera —dijo el senador Landa—. No soy para andar de etiqueta. Yo soy un campesino, qué diablos.

—Ya, Trinidad López —dijo Hipólito—. Quién te mandó, quiénes son y dónde están. De una vez.

—Yo creía que mi viejo te despidió —dice Santiago.

—Ya sé por qué no le aceptó a Odría la senaduría por Lima, Fermín —dijo el senador Arévalo—. Por no ponerse frac ni tongo.

—Qué ocurrencia, al contrario —dice Ambrosio—. Me pidió que siguiera con él y yo no quise. Vea qué equivocación, niño.

A ratos se acercaba a la baranda de la tribuna, encaraba a la muchedumbre con los brazos en alto, ¡tres hurras por Emilio Arévalo!, y él mismo rugía ¡rra!, ¡tres hurras por el general Odría!, y estentóreamente ¡rrarrarrá!

—El Parlamento está bien para los que no tienen nada que hacer —dijo don Fermín—. Para ustedes, los terratenientes.

—Ya me calenté, Trinidad López —dijo Hipólito—. Ahora sí que me calenté, Trinidad.

—Sólo me metí en esta macana porque el Presidente insistió para que encabezara la lista de Chiclayo —dijo el senador Landa—. Pero ya me estoy arrepintiendo. Voy a tener que descuidar Olave. Esta maldita pechera.

—¿Cómo supiste que el viejo se murió? —dice Santiago.

—No seas farsante, la senaduría te ha rejuvenecido diez años —dijo don Fermín—. Y no puedes quejarte, en unas elecciones como éstas se es candidato con gusto.

—Por el periódico, niño —dice Ambrosio—. No se imagina la pena que me dio. Porque qué gran hombre fue su papá.

Ahora la plaza hervía de cantos, murmullos y vítores. Pero, al estallar en el micro, la voz de don Emilio Arévalo apagaba los ruidos: caía sobre la plaza desde el techo de la alcaldía, el campanario, las palmeras, la glorieta. Hasta en la Ermita de la Beata había colocado Trifulcio un parlante.

—Alto ahí, las elecciones serían fáciles para Landa, que corrió solo —dijo el senador Arévalo—. Pero en mi departamento hubo dos listas, y ganar me ha costado la broma de medio millón de soles.

—Ya viste, Hipólito se calentó y te dio —dijo Ludovico—. Quién, quiénes, dónde. Antes que Hipólito se caliente de nuevo, Trinidad.

—No tengo la culpa de que la otra lista por Chiclayo tuviera firmas apristas —se rió el senador Landa—. La tachó el Jurado Electoral, no yo.

¿Y qué se hicieron las banderas?, dijo de pronto Trifulcio, los ojos llenos de asombro. Él tenía la suya prendida en la camisa, como una flor. La arrancó con una mano, la mostró a la multitud en un gesto desafiante. Unas cuantas banderitas se elevaron sobre los sombrerones de paja y los cucuruchos de papel que muchos se habían fabricado para protegerse del sol. ¿Dónde estaban las otras, para qué se creían que eran, por qué no las sacaban? Calla negro, dijo el que daba las órdenes, todo está saliendo bien. Y Trifulcio: se empujaron el trago pero se olvidaron de las banderitas, don. Y el que daba las órdenes: déjalos, todo está muy bien. Y Trifulcio: sólo que la ingratitud de éstos da cólera, don.

—¿De qué enfermedad se murió su papá, niño? —dice Ambrosio.

—A Landa estos trajines electorales lo han rejuvenecido, pero a mí me han sacado canas —dijo el senador Arévalo—. Basta de elecciones. Esta noche cinco polvos.

—Del corazón —dice Santiago—. O de los colerones que le di.

—¿Cinco? —se rió el senador Landa—. Cómo te va a quedar el culo, Emilio.

—Y ahora Hipólito se arrechó —dijo Ludovico—. Ay mamita, ahora sí que te llegó, Trinidad.

—No diga eso, niño —dice Ambrosio—. Si don Fermín lo quería tanto. Siempre decía el flaco es al que quiero más.

Solemne, marcial, la voz de don Emilio Arévalo flotaba sobre la plaza, invadía las calles terrosas, se perdía en los sembríos. Estaba en mangas de camisa, accionaba y su anillo relampagueaba junto a la cara de Trifulcio. Levantaba la voz, ¿se había puesto furioso? Miró a la multitud: caras quietas, ojos enrojecidos de alcohol, aburrimiento o calor, bocas fumando o bostezando. ¿Se había calentado porque no lo estaban escuchando?

—Tanto codearte con la chusma en la campaña electoral, te has contagiado —dijo el senador Arévalo—. No hagas esos chistes cuando discursees en el Senado, Landa.

—Tanto, que sufrió una barbaridad cuando usted se escapó de la casa, niño —dice Ambrosio.

—Bueno, el gringo me ha dado sus quejas, se trata de eso —dijo don Fermín—. Que ya pasaron las elecciones, que hace mala impresión a su gobierno que siga preso el candidato de la oposición. Esos gringos formalistas, ya saben.

—Iba cada día donde su tío Clodomiro a preguntarle por usted —dice Ambrosio—. Qué sabes del flaco, cómo está el flaco.

Pero, de pronto, don Emilio dejó de gritar y sonrió y habló como si estuviera contento. Sonreía, su voz era suave, movía la mano, parecía que arrastrara una muleta y el toro pasara besándole el cuerpo. La gente de la tribuna sonreía, y Trifulcio, aliviado, sonrió también.

—Ya no hay razón para que siga preso, lo van a soltar en cualquier momento —dijo el senador Arévalo—. ¿No se lo dijo al embajador, Fermín?

—Vaya, te pusiste a hablar —dijo Ludovico—. O sea que no te gustan los golpes sino los cariños de Hipólito. ¿Que qué dices, Trinidad?

—Y también a la pensión de Barranco donde usted vivía —dice Ambrosio—. Y a la dueña qué hace mi hijo, cómo está mi hijo.

—No entiendo a los gringos de mierda —dijo el senador Landa—. Le pareció muy bien que se encarcelara a Montagne antes de las elecciones y ahora le parece mal. Nos mandan embajadores de circo, éstos.

—¿Iba a la pensión a preguntar por mí? —dice Santiago.

—Claro que se lo dije, pero anoche hablé con Espina y tiene escrúpulos —dijo don Fermín—. Que hay que esperar, que si se suelta a Montagne ahora podrá pensarse que se lo encarceló para que Odría ganara las elecciones sin competidor, que fue mentira lo de la conspiración.

—¿Que tú eres el brazo derecho de Haya de la Torre? —dijo Ludovico—. ¿Que tú eres el verdadero jefe máximo del Apra y Haya de la Torre tu cholito, Trinidad?

—Claro, niño, todo el tiempo —dice Ambrosio—. Le pasaba plata a la dueña de la pensión para que no le contara a usted.

—Espina es un cojudo sin remedio —dijo el senador Landa—. Por lo visto se cree que alguien se tragó el cuentanazo de la conspiración. Hasta mi sirvienta sabe que a Montagne lo encerraron para que dejara el campo libre a Odría.

—No nos vas a tomar el pelo así, papacito —dijo Hipólito—. ¿Estás queriendo que te zampe el huevo a la boca o qué, Trinidad?

—El señor creía que usted se enojaría si se enteraba —dice Ambrosio.

—La verdad es que apresar a Montagne fue una metida de pata —dijo el senador Arévalo—. No sé por qué aceptaron que hubiera un candidato de oposición si a última hora iban a dar marcha atrás y a encarcelarlo. La culpa la tienen los consejeros políticos. Arbeláez, el idiota de Ferro, incluso usted, Fermín.

—Ya ve cuánto lo quería su papá, niño —dice Ambrosio.

—Las cosas no salieron como se esperaba, don Emilio —dijo don Fermín—. Nos podíamos llevar un chasco con Montagne. Además, yo no fui partidario de que se lo encarcelara. En fin, ahora hay que tratar de componer las cosas.

Ahora gritaba, sus manos eran dos aspas, y su voz ascendía y tronaba como una gran ola que de pronto se rompió ¡viva el Perú! Una salva de aplausos en la tribuna, una salva en la plaza. Trifulcio agitaba su banderita, viva-don-Emilio-Arévalo, ahora sí muchas banderas asomaron sobre las cabezas, viva-el-general-Odría, ahora sí. Los parlantes roncaron un segundo, luego inundaron la plaza con el Himno Nacional.

—Yo le di mi opinión a Espina cuando me anunció que iba a detener a Montagne con el pretexto de una conspiración —dijo don Fermín—. No se lo va a tragar nadie, va a perjudicar al General, ¿acaso no tenemos gente segura en el Jurado Electoral, en las mesas? Pero Espina es un imbécil, sin ningún tacto político.

—Así que el jefe máximo, así que mil apristas van a asaltar la Prefectura para rescatarte —dijo Ludovico—. Así que crees que haciéndote el loco nos vas a cojudear, Trinidad.

—No me crea un curioso, pero ¿por qué se escapó de la casa esa vez, niño? —dijo Ambrosio—. ¿No estaba bien donde sus papás?

Don Emilio Arévalo estaba sudando; estrechaba las manos que convergían hacia él de todos lados, se limpiaba la frente, sonreía, saludaba, abrazaba a la gente de la tribuna, y la armazón de madera se bamboleaba, mientras don Emilio venía hacia la escalerilla. Ahora te tocaba a ti, Trifulcio.

—Demasiado bien, por eso me fui —dice Santiago—. Era tan puro y tan cojudo que me fregaba tener la vida tan fácil y ser un niño decente.

—Lo curioso es que la idea de encarcelarlo no fue del Serrano —dijo don Fermín—. Ni de Arbeláez ni de Ferro. El que los convenció, el que se empeñó fue Bermúdez.

—Tan puro y tan cojudo que creía que jodiéndome un poco me haría hombrecito, Ambrosio —dice Santiago.

—Que todo eso fue obra de un directorcito de gobierno, de un empleadito, tampoco me lo trago —dijo el senador Landa—. Eso lo inventó el Serrano Espina para echarle la pelota a alguien si las cosas salían mal.

Trifulcio estaba ahí, al pie de la escalerilla, defendiendo a codazos su sitio, escupiéndose las manos, la mirada fanáticamente incrustada en las piernas de don Emilio que se acercaban mezcladas con otras, el cuerpo tenso, los pies bien apoyados en la tierra: a él, le tocaba a él.

—Lo tienes que creer porque es la verdad —dijo don Fermín—. Y no lo basurees mucho. Como quien no quiere la cosa, ese empleadito se está convirtiendo en hombre de confianza del General.

—Ahí lo tienes, Hipólito, te lo regalo —dijo Ludovico—. Quítale las locuras al jefe máximo de una vez.

—¿Entonces no se fue porque tenía distintas ideas políticas que su papá? —dice Ambrosio.

—Le cree todo, lo considera infalible —dijo don Fermín—. Cuando Bermúdez opina, Ferro, Arbeláez, Espina y hasta yo nos vamos al diablo, no existimos. Se vio cuando lo de Montagne.

—El pobre no tenía ideas políticas —dice Santiago—. Sólo intereses políticos, Ambrosio.

Trifulcio dio un salto, las piernas estaban ya en el último escalón, dio un empellón, dos, y se agachó y ya iba a alzarlo. No, no amigo, dijo un don Emilio risueño y modesto y sorprendido, muchas gracias pero, y Trifulcio lo soltó, retrocedió, confuso, los ojos abriéndose y cerrándose, ¿pero, pero?, y don Emilio pareció también confuso, y en el grupo apiñado en torno a él hubo codazos, cuchicheos.

—La verdad es que, aun cuando no sea infalible, tiene cojones —dijo el senador Arévalo—. En año y medio nos borró del mapa a los apristas y a los comunistas y pudimos llamar a elecciones.

—¿Sigues siendo el jefe máximo del Apra, papacito? —dijo Ludovico—. Bueno, muy bien. Sigue, Hipólito.

—Lo de Montagne fue así —dijo don Fermín—. Un buen día Bermúdez desapareció de Lima y volvió a las dos semanas. He recorrido medio país, General, si Montagne llega de candidato a las elecciones, usted pierde.

Qué esperas, imbécil, dijo el que daba las órdenes, y Trifulcio disparó una mirada angustiada a don Emilio, que hizo un signo de rápido o apúrate. La cabeza de Trifulcio se agachó velozmente, atravesó el horcón que formaban las piernas, alzó a don Emilio como una pluma.

—Eso era un disparate —dijo el senador Landa—. Montagne no iba a ganar jamás. No tenía dinero para una buena campaña, nosotros controlábamos todo el aparato electoral.

—¿Y por qué te parecía tan gran hombre mi viejo? —dice Santiago.

—Pero los apristas iban a votar por él, todos los enemigos del régimen iban a votar por él —dijo don Fermín—.

Bermúdez lo convenció. Si voy en estas condiciones, pierdo. En fin, así fue, por eso lo metieron preso.

—Porque era, pues, niño —dice Ambrosio—. Tan inteligente y tan caballero y tan todo, pues.

Oía aplausos y vítores mientras avanzaba con su carga a cuestas, rodeado de Téllez, de Urondo, del capataz y del que daba las órdenes, también él gritando Arévalo-Odría, seguro, tranquilo, sujetando bien las piernas, sintiendo en sus pelos los dedos de don Emilio, viendo la otra mano que agradecía y estrechaba las manos que se le tendían.

—Ya déjalo, Hipólito —dijo Ludovico—. No ves que ya lo soñaste.

—A mí no me parecía un gran hombre, sino un canalla —dice Santiago—. Y lo odiaba.

—Está truqueando —dijo Hipólito—. Y te lo voy a demostrar.

El Himno Nacional había terminado cuando acabaron de dar la vuelta a la plaza. Hubo un redoble de tambor, un silencio, y comenzó una marinera. Entre las cabezas y los puestos de refrescos y de viandas, Trifulcio divisó una pareja que bailaba: ya, llévalo a la camioneta, negro. A la camioneta, don.

—Lo mejor será que hablemos con él —dijo el senador Arévalo—. Usted le cuenta su charla con el embajador, Fermín, y nosotros le diremos ya se acabaron las elecciones, el pobre Montagne no es un peligro para nadie, suéltelo y ese gesto le ganará simpatía. A Odría hay que trabajarlo así.

—Niño, niño —dice Ambrosio—. Cómo va a decir eso de él, niño.

—Cómo conoces la psicología del cholo, senador —dijo el senador Landa.

—Ya ves que no está truqueando —dijo Ludovico—. Suéltalo ya.

—Pero ya no lo odio, ahora que está muerto ya no —dice Santiago—. Lo fue, pero sin saberlo, sin quererlo. Y, además, en este país hay canallas para regalar, y él creo que lo pagó, Ambrosio.

Ya bájalo, dijo el que daba las órdenes, y Trifulcio se agachó: vio que los pies de don Emilio tocaban el suelo, vio sus manos que sacudían el pantalón. Entró en la camioneta y tras él Téllez, Urondo y el capataz. Trifulcio se sentó adelante. Un grupo de hombres y mujeres miraban, boquiabiertos. Riéndose, sacando la cabeza por la ventanilla, Trifulcio les gritó: ¡viva don Emilio Arévalo!

—No sabía que Bermúdez tenía tanta influencia en Palacio —dijo el senador Landa—. ¿Cierto que tiene una querida que es bailarina o algo así?

—Está bien, Ludovico, menos bulla —dijo Hipólito—. Ya lo solté.

—Le acaba de poner una casita en San Miguel —sonrió don Fermín—. A esa que era querida de Muelle.

—¿Y también te parecía un gran hombre ése con el que trabajaste antes de ser chofer de mi viejo? —dice Santiago.

—¿A la Musa? —dijo el senador Landa—. Caracoles, una señora mujer. ¿Ésa es la querida de Bermúdez? Es un pájaro de alto vuelo, para ponerla en una jaula hay que tener bien forrados los bolsillos.

—Ya lo creo que se te pasó, mierda —dijo Ludovico—. Échale agua, haz algo, no te quedes ahí.

—Tan de alto vuelo que lo dejó a Muelle en la tumba —se rió don Fermín—. Y maricona, y se droga.

—¿Don Cayo? —dice Ambrosio—. Nunca, niño, él no tenía ni para comenzar con su papá.

—No se pasó, está vivo —dijo Hipólito—. De qué te asustas, no le dejé ni un arañón, ni un moretón. Se soñó de susto, Ludovico.

—Quién no es maricón en estos tiempos, quién no se droga ahora en Lima —dijo el senador Landa—. Nos estamos civilizando ¿no?

—¿No te daba vergüenza trabajar con ese hijo de puta? —dice Santiago.

—Quedamos en eso, veremos a Odría mañana —dijo el senador Arévalo—. Hoy le han puesto la banda presidencial y hay que dejarlo que se pase el día mirándose al espejo y gozando.

—Por qué me iba a dar —dice Ambrosio—. Yo no sabía que don Cayo se iba a portar mal con su papá. Si en esa época eran tan amigos, niño.

Cuando llegaron a la casa-hacienda y bajó de la camioneta, Trifulcio no fue a pedir de comer, sino al riachuelo a mojarse la cabeza, la cara y los brazos. Después se tendió en el patio de atrás, bajo el alero de la desmotadora. Le ardían las manos y la garganta, estaba cansado y contento. Ahí mismo se quedó dormido.

—El sujeto ese, señor Lozano, el Trinidad López ese —dijo Ludovico—. Sí, de repente se nos loqueó.

—¿Te encontraste con ella en la calle? —dijo Queta—. ¿La que era sirvienta de Bola de Oro, la que se acostaba contigo? ¿Ésa de la que te enamoraste?

—Me alegro que hiciera soltar a Montagne, don Cayo —dijo don Fermín—. Los enemigos del régimen se estaban aprovechando de este pretexto para decir que las elecciones fueron una farsa.

—¿Cómo que se loqueó? —dijo el señor Lozano—. ¿Habló o no habló?

—Es verdad que fueron, entre usted y yo lo podemos reconocer —dijo Cayo Bermúdez—. Apresar al único candidato opositor no fue la mejor solución, pero no hubo más remedio. Se trataba de que el General saliera elegido ¿no?

—¿Te contó que se había muerto su marido, que se había muerto su hijo? —dijo Queta—. ¿Que andaba buscando trabajo?

Lo despertaron las voces del capataz, de Urondo y de Téllez. Se sentaron a su lado, le invitaron un cigarrillo, conversaron. ¿Había salido bien la manifestación de Grocio Prado, no? Sí, había salido bien. ¿Más gente hubo en la de Chincha, no? Sí, más. ¿Ganaría las elecciones don Emilio? Claro que ganaría. Y Trifulcio: ¿si don Emilio se iba a Lima de senador a él lo despedirían? No hombre, lo contratarían, dijo el capataz. Y Urondo: te quedarás con nosotros, ya verás. Todavía hacía calor, el sol del atardecer coloreaba el algodonal, la casa-hacienda, las piedras.

—Habló, pero locuras, señor Lozano —dijo Ludovico—. Que era el segundo jefe máximo, que era el primer jefe máximo. Que los apristas iban a venir a rescatarlo con cañones. Se loqueó, palabra.

—¿Y le dijiste hay una casita en San Miguel donde buscan empleada? —dijo Queta—. ¿Y la llevaste donde Hortensia?

—¿De veras piensa que Odría hubiera sido derrotado por Montagne? —dijo don Fermín.

—Más bien di que los cojudeó —dijo el señor Lozano—. Ah, par de inútiles. Y encima tontos.

—O sea que es Amalia, la que comenzó a trabajar el lunes —dijo Queta—. O sea que eres más tonto de lo que pareces. ¿Se te ocurre que eso no se va a saber?

—Montagne o cualquier otro opositor, ganaba —dijo Cayo Bermúdez—. ¿No conoce a los peruanos, don Fermín? Somos acomplejados, nos gusta apoyar al débil, al que no está en el poder.

—Nada de eso, señor Lozano —dijo Hipólito—. Ni inútiles ni tontos. Venga a verlo cómo lo dejamos y verá.

—¿Que le hiciste jurar que no le diría a Hortensia que tú le pasaste el dato? —dijo Queta—. ¿Que le hiciste creer que Cayo Mierda la botaría si sabía que te conocía?

En eso se abrió la puerta de la casa-hacienda y ahí venía el que daba las órdenes. Cruzó el patio, se paró frente a ellos, apuntó con el dedo a Trifulcio: la cartera de don Emilio, hijo de puta.

—Es una lástima que no le aceptara usted la senaduría —dijo Cayo Bermúdez—. El Presidente tenía la esperanza de que usted fuera el vocero de la mayoría en el Parlamento, don Fermín.

—¿La cartera, que yo le saqué la? —Trifulcio se levantó, se golpeó el pecho—. ¿Yo, don, yo?

—Pedazo de imbéciles —dijo el señor Lozano—. ¿Y por qué no lo llevaron a la enfermería, pedazo de imbéciles?

—¿Robas al que te da de comer? —dijo el que daba las órdenes—. ¿Al que te da trabajo siendo ladrón conocido?

—No conoces a las mujeres —dijo Queta—. Un día le contará a Hortensia que te conoce, que tú la llevaste a San Miguel. Un día Hortensia se lo contará a Cayo Mierda, un día él a Bola de Oro. Y ese día te matarán, Ambrosio.

Trifulcio se había arrodillado, había comenzado a jurar y a lloriquear. Pero el que daba las órdenes no se dejó conmover: lo mandaba preso de nuevo, delincuente, hampón conocido, la cartera de una vez. Y en eso se abrió la puerta de la casa-hacienda y salió don Emilio: qué pasaba aquí.

—Lo llevamos pero no quisieron recibirlo, señor Lozano —dijo Ludovico—. Que no aceptaban la responsabilidad, que sólo si usted da la orden por escrito.

—Ya conversamos de eso, don Cayo —dijo don Fermín—. Yo encantado de servir al Presidente. Pero una senaduría es entregarse de lleno a la política y yo no puedo.

—Yo no voy a decir nada, yo nunca digo nada —dijo Queta—. A mí no me importa nada de nada. Te vas a joder, pero no por mí.

—¿Tampoco aceptaría una embajada? —dijo Cayo Bermúdez—. El General está tan agradecido por toda la colaboración que usted le ha prestado y quiere demostrárselo. ¿No le interesaría, don Fermín?

—Mire cómo me está ofendiendo, don Emilio —dijo Trifulcio—. Mire la barbaridad de que me acusa. Hasta me ha hecho llorar, don Emilio.

—Ni pensarlo —dijo don Fermín, riéndose—. No tengo pasta de parlamentario ni de diplomático, don Cayo.

—Yo no fui, señor —dijo Hipólito—. Se loqueó solito, se tiró de bruces solito, señor. Apenas lo tocamos, créame señor Lozano.

—No ha sido él, hombre —dijo don Emilio al que daba las órdenes—. Sería algún cholito de la manifestación. ¿Tú no serías tan perro de robarme a mí, no, Trifulcio?

—Lo va a herir al General con tanto desinterés, don Fermín —dijo Cayo Bermúdez.

—Antes me dejaría cortar la mano, don Emilio —dijo Trifulcio.

—Ustedes armaron esta complicación —dijo el señor Lozano—. Y ustedes solitos la van a desarmar, so carajos.

—Nada de desinterés, se equivoca —dijo don Fermín—. Ya habrá ocasión de que Odría me retribuya mis servicios. Ya ve, como usted es tan franco conmigo, yo lo mismo con usted, don Cayo.

—Lo van a sacar calladitos, se lo van a llevar con cuidadito —dijo el señor Lozano—, lo van a dejar por alguna parte. Y si alguien los ve se joden, y encima los jodo yo. ¿Entendido?

Ah, zambo latero, dijo don Emilio. Y se fue a la casa-hacienda con el que daba las órdenes, y Urondo y el capataz también se fueron, al poco rato. Te habían mentado la madre a su gusto, Trifulcio, se reía Téllez.

—Usted siempre me anda invitando y yo quisiera corresponderle —dijo Cayo Bermúdez—. Me gustaría invitarlo a comer a mi casa una de estas noches, don Fermín.

—Ese hombre que me insultó no sabía a qué se exponía —dijo Trifulcio.

—Ya está, señor —dijo Ludovico—. Lo sacamos, lo llevamos, lo dejamos y nadie nos vio.

—¿No le sacaste la cartera? —dijo Téllez—. A mí tú no me engañas, Trifulcio.

—Cuando usted quiera —dijo don Fermín—. Con mucho gusto, don Cayo.

—Se la saqué pero a él no le constaba —dijo Trifulcio—. ¿Vamos esta noche al pueblo?

—En la puerta del San Juan de Dios, señor Lozano —dijo Hipólito—. Nadie nos vio.

—He tomado una casita en San Miguel, cerca del Bertoloto —dijo Cayo Bermúdez—. Y, además, bueno, no sé si sabrá, don Fermín.

—¿A quién, de qué me hablan? —dijo el señor Lozano—. ¿Todavía no se han olvidado, so carajos?

—¿Cuánta plata había en la cartera, Trifulcio? —dijo Téllez.

—Bueno, había oído algo, sí —dijo don Fermín—. Ya sabe las cotorras que son los limeños, don Cayo.

—No seas tan preguntón —dijo Trifulcio—. Conténtate con que te pague los tragos esta noche.

—Ah bueno, ah pero claro —dijo Ludovico—. A nadie, de nada. Ya nos olvidamos de todo, señor.

—Soy un provinciano, a pesar del año y medio en Lima todavía no sé las costumbres de acá —dijo Cayo Bermúdez—.

Francamente, me sentía un poco cortado. Temía que usted no aceptara ir a mi casa, don Fermín.

—Yo también, señor Lozano, palabra que me olvidé —dijo Hipólito—. Quién era Trinidad López, nunca lo vi, nunca existió. ¿Ya ve, señor? Ya me olvidé.

Téllez y Urondo, borrachos ya, cabeceaban en la banca de madera de la chingana, pero, a pesar de las cervezas y del calor, Trifulcio seguía despierto. Por los agujeros de la pared se divisaba la placita arenosa blanqueada por el sol, el rancho donde entraban los votantes. Trifulcio miraba a los guardias parados frente al rancho. En el transcurso de la mañana habían venido un par de veces a tomar una cerveza y ahora estaban allá, con sus uniformes verdes. Por sobre las cabezas de Téllez y Urondo se veía una lengua de playa, un mar con manchones de algas brillando. Habían visto partir las barcas, las habían visto disolverse en el cielo del horizonte. Habían comido cebiche fresco y pescado frito con papas cocidas y tomado cerveza, mucha cerveza.

—¿Me ha creído usted un fraile, un tonto? —dijo don Fermín—. Vamos, don Cayo. Me parece magnífico que haya hecho una conquista así. Encantado de ir a comer con ustedes, cuantas veces quieran.

Trifulcio vio el terral, vio la camioneta roja. Atravesó la placita entre perros que ladraban, frenó ante la chingana, bajó el que daba las órdenes. ¿Había votado mucha gente ya? Muchísima, toda la mañana habían estado entrando y saliendo. Tenía botas, pantalón de montar, una camisa sin botones: no quería verlos borrachos, que no tomaran más. Y Trifulcio: pero ahí había un par de cachacos, don. No te preocupes, dijo el que daba las órdenes. Subió a la camioneta y desapareció entre ladridos y una nube de polvo.

—Después de todo, usted es algo culpable —dijo Cayo Bermúdez—. ¿Se acuerda esa noche, en el Embassy?

Los que salían de votar se acercaban a la chingana, la dueña los atajaba en la puerta: cerrado por elecciones, no se atendía. ¿Y por qué no estaba cerrado para ésos? La vieja no les daba explicaciones: fuera o llamaba a los cachacos. Los tipos se iban, requintando.

—Claro que me acuerdo —se rió don Fermín—. Pero nunca me imaginé que iba a quedar flechado por la Musa, don Cayo.

La sombra de los ranchos de la placita era ya más larga que los manchones de sol, cuando volvió a aparecer la camioneta roja, ahora cargada de hombres. Trifulcio miró hacia el rancho: un grupo de votantes observaba la camioneta con curiosidad, los dos guardias también miraban acá. Listo, apuraba el que daba las órdenes a los hombres que saltaban al suelo, de una vez. Ya iría a cerrarse la votación, ya estarían sellando las ánforas.

—Ya sé por qué lo hiciste, infeliz —dijo don Fermín—. No porque me sacaba plata, no porque me chantajeaba.

Trifulcio, Téllez y Urondo salieron de la chingana, se pusieron al frente de los hombres de la camioneta. No eran más de quince y Trifulcio los reconoció: tipos de la desmotadora, peones, los dos sirvientes de la casa-hacienda. Zapatones de domingo, pantalones de tocuyo, sombrerotes. Tenían los ojos ardiendo, olían a alcohol.

—Qué le parece este Cayo —dijo el coronel Espina—. Yo creía que no hacía otra cosa que trabajar día y noche, y vea usted lo que se consiguió. ¿Linda hembra, no, don Fermín?

Avanzaron en pelotón por la placita, y los que estaban en la puerta del rancho comenzaron a codearse y a apartarse. Los dos guardias les salieron al encuentro.

—Sino por el anónimo que me mandó contándome lo de tu mujer —dijo don Fermín—. No por vengarme a mí. Por vengarte tú, infeliz.

—Aquí se ha estado haciendo trampa —dijo el que daba las órdenes—. Venimos a protestar.

—A mí me dejó asombrado —dijo el coronel Espina—. Carajo, el tranquilo de Cayo con tamaña hembra. ¿Increíble, no, don Fermín?

—No permitimos que haya fraude —dijo Téllez—. ¡Viva el general Odría, viva don Emilio Arévalo!

—Estamos aquí para cuidar el orden —dijo uno de los guardias—. No tenemos nada que ver con la votación. Protesten con los de las mesas.

—¡Viva! —gritaban los hombres—. ¡Arévalo-Odría!

—Lo gracioso es que yo le daba consejos —dijo el coronel Espina—. No trabajes tanto, goza un poco de la vida. Y vea usted con la que salió, don Fermín.

La gente se había acercado, mezclado con ellos, y los miraba y miraba a los guardias y se reía. Y, entonces, en la puerta del rancho surgió un hombrecito que miró a Trifulcio asustado: ¿qué bulla era ésta? Tenía saco y corbata, anteojos y un bigotito sudado.

—Despejen, despejen —dijo, con voz temblona—. Ya se cerró la votación, ya son las seis. Guardias, que se retire esta gente.

—Creías que te iba a despedir por lo que me enteré del asunto de tu mujer —dijo don Fermín—. Creíste que haciendo eso me tenías del pescuezo. También tú querías chantajearme, infeliz.

—Dicen que ha habido trampa, señor —dijo uno de los guardias.

—Dicen que vienen a protestar, doctor —dijo el otro.

—Y yo le pregunté cuándo vas a traer a tu mujer de Chincha —dijo el coronel Espina—. Nunca, se quedará en Chincha, nomás. Fíjese cómo se ha avivado el provinciano de Cayo, don Fermín.

—Es cierto, quieren hacer trampa —dijo un tipo que salió del rancho—. Quieren robarle la elección a don Emilio Arévalo.

—Oiga, qué le pasa —el hombrecito había abierto los ojos como platos—. ¿Usted acaso no controló la votación como representante de la lista Arévalo? ¿De qué trampa habla si ni siquiera hemos contado los votos?

—Basta, basta —dijo don Fermín—. Déjate de llorar. ¿No fue así, no pensaste eso, no lo hiciste por eso?

—No permitimos —dijo el que daba las órdenes—. Vamos adentro.

—Después de todo, tiene derecho a divertirse —dijo el coronel Espina—. Espero que al General no le parezca mal esto de que se eche una querida, así, tan abiertamente.

Trifulcio cogió al hombrecito de las solapas y con suavidad lo retiró de la puerta. Lo vio ponerse amarillo, lo sintió temblar. Entró al rancho, detrás de Téllez, de Urondo y del que daba las órdenes. Adentro, un jovencito en overol se paró y gritó ¡aquí no se puede entrar, policía, policía! Téllez le dio un empujón y el joven se fue al suelo gritando ¡policía, policía! Trifulcio lo levantó, lo sentó en una silla: quietecito, calladito, hombre. Téllez y Urondo cargaron las ánforas y salieron a la calle. El hombrecito miraba aterrado a Trifulcio: era un delito, iban a ir a la cárcel, y se le deshacía la voz.

—Cállate, a ti te ha pagado Mendizábal —dijo Téllez.

—Cállate si no quieres que te callen —dijo Urondo.

—No vamos a permitir que haya fraude —dijo a los guardias el que daba las órdenes—. Estamos llevando las ánforas al Jurado Departamental.

—Aunque no creo, porque nada de lo que hace Cayo le parece mal —dijo el coronel Espina—. Dice que el mejor servicio que he prestado al país ha sido desenterrar a Cayo de la provincia y traerlo a trabajar conmigo. Lo tiene en el bolsillo al General, don Fermín.

—Bueno, está bien —dijo don Fermín—. No llores más, infeliz.

En la camioneta, Trifulcio se sentó adelante. Vio por la ventanilla que en la puerta del rancho el hombrecito y el muchacho de overol discutían con los guardias. La gente los miraba, unos señalaban la camioneta, otros se reían.

—Bueno, no querías chantajearme sino ayudarme —dijo don Fermín—. Harás lo que yo te diga, bueno, me obedecerás. Pero basta, ya no llores más.

—¿Y para esto tanta espera? —dijo Trifulcio—. Si sólo había ahí dos tipos del señor Mendizábal. Los otros eran mirones, nomás.

—No te desprecio, no te odio —dijo don Fermín—. Está bien, me tienes respeto, lo hiciste por mí. Para que yo no sufriera, bueno. No eres un infeliz, está bien.

—Mendizábal se creía muy seguro —dijo Urondo—. Como éstas son sus tierras, creyó que iba a barrer con los votos. Pero se ensartó.

—Está bien, está bien —repetía don Fermín.

X

La policía había arrancado los cartelones de la fachada de San Marcos, borrado los vivas a la huelga y los mueras a Odría. No se veían estudiantes en el parque Universitario. Había guardias apiñados frente a la capilla de los próceres, dos patrulleros en la esquina de Azángaro, tropa de asalto en los corralones vecinos. Santiago recorrió la Colmena, la plaza San Martín. En el jirón de la Unión cada veinte metros aparecía un guardia impávido entre los transeúntes, la metralleta bajo el brazo, la máscara contra gases a la espalda, un racimo de granadas lacrimógenas en la cintura. La gente que salía de las oficinas, los vagos y los donjuanes los miraban con apatía o con curiosidad, pero sin temor. También en la plaza de Armas había patrulleros, y ante las rejas de Palacio, además de los centinelas de uniformes negros y rojos, se veían soldados encasquetados. Pero al otro lado del puente, en el Rímac, no había siquiera agentes de tránsito. Muchachos con caras de matones, matones con caras de tuberculosos fumaban bajo los rancios faroles de Francisco Pizarro, y Santiago avanzó entre cantinas que escupían borrachitos tambaleantes y los mendigos, las criaturas desarrapadas y los perros sin dueño de otras veces. El Hotel Mogollón era apretado y largo como la callejuela sin asfalto donde estaba. No había nadie en el nicho que hacía de recepción, el corredorcito y la escalera se hallaban a oscuras. En el segundo piso, cuatro varillas doradas enmarcaban la puerta del cuarto, más pequeña que su vano. Dio los tres golpecitos de contraseña y empujó: la cara de Washington, un catre con una frazada, una almohada sin funda, dos sillas, una bacinica.

—El centro está lleno de policías —dijo Santiago—. Se esperan otra manifestación relámpago esta noche.

—Una mala noticia, lo cogieron al cholo Martínez al salir de Ingeniería —dijo Washington; estaba demacrado y ojeroso, así tan serio parecía otra persona—. Su familia fue a la Prefectura, pero no pudo verlo.

De los tablones del techo pendían telarañas, el único foco estaba muy alto y la luz era sucia.

—Ahora los apristas no pueden decir que sólo ellos caen —dijo Santiago; sonrió, confuso.

—Tenemos que cambiar de sitio —dijo Washington—. Incluso la reunión de esta noche es peligrosa.

—¿Crees que si le pegan va a hablar? —lo tenían amarrado y una silueta retaca y maciza tomaba impulso y golpeaba, la cara del cholo se contraía en una mueca, su boca aullaba.

—Nunca se sabe —Washington alzó los hombros y bajó los ojos, un instante—. Además, no le tengo confianza al tipo del hotel. Esta tarde me pidió mis papeles otra vez. Llaque va a venir y no he podido avisarle lo de Martínez.

—Lo mejor será tomar un acuerdo rápido y salir de aquí —Santiago sacó un cigarrillo y lo encendió; dio varias pitadas y luego volvió a sacar la cajetilla y se la alcanzó a Washington—. ¿Se reúne siempre la Federación esta noche?

—Lo que queda de la Federación, hay doce delegados fuera de combate —dijo Washington—. En principio sí, a las diez, en Medicina.

—Nos van a caer ahí de todas maneras —dijo Santiago.

—Puede que no, el gobierno debe saber que esta noche probablemente se levantará la huelga y dejará que nos reunamos —dijo Washington—. Los independientes se han asustado y quieren dar marcha atrás. Parece que los apristas también.

—¿Qué vamos a hacer nosotros? —dijo Santiago.

—Es lo que hay que decidir ahora —dijo Washington—. Mira, noticias del Cusco y de Arequipa. Allá las cosas andan todavía peor que aquí.

Santiago se acercó al catre, cogió dos cartas. La primera venía del Cusco, una letra fibrosa y erecta de mujer, la firma era un garabato con rombos. La célula había hecho contacto con los apristas para discutir la huelga de solidaridad, pero se adelantó la policía, camaradas, ocupó la universidad y la Federación había sido desmantelada; lo menos veinte detenidos, camaradas. La masa estudiantil estaba algo apática, pero la moral de los camaradas que escaparon a la represión siempre alta, a pesar de los reveses. Fraternalmente. La carta de Arequipa estaba escrita a máquina, con una tinta no negra ni azul sino violeta, y no tenía firma ni iba dirigida a nadie. Estábamos moviendo bien la campaña en las facultades y el ambiente parecía favorable a apoyar la huelga de San Marcos cuando la policía entró a la universidad, entre los detenidos había ocho nuestros, camaradas: esperando poder darles mejores noticias próximamente y deseándoles todo éxito.

—En Trujillo la moción fue derrotada —dijo Washington—. Los nuestros sólo consiguieron que se aprobara un mensaje de solidaridad moral. O sea nada.

—Ninguna universidad apoya a San Marcos, ningún sindicato apoya a los tranviarios —dijo Santiago—. No queda más remedio que levantar la huelga, entonces.

—De todos modos, se ha hecho bastante —dijo Washington—. Y ahora, con los presos, hay una buena bandera para recomenzar en cualquier momento.

Dieron tres golpecitos en la puerta, pasa dijo Washington, y entró Héctor, transpirando, vestido de gris.

—Creí que iba a llegar tarde y soy de los primeros —se sentó en una silla, se limpió la frente con un pañuelo. Tomó aire y lo expulsó como si fuera humo—. Imposible localizar a ningún tranviario. La policía ocupó el local del sindicato. Fuimos con dos apristas. Ellos también han perdido el contacto con el comité de huelga.

—Apresaron al cholo al salir de Ingeniería —dijo Washington.

Héctor se lo quedó mirando, el pañuelo contra la boca.

—Con tal de que no le den una paliza y le desfiguren la —su voz y su sonrisa forzada se fueron apagando y murieron; volvió a tomar aire, guardó su pañuelo. Estaba ahora muy serio—; entonces no deberíamos reunirnos aquí esta noche.

—Va a venir Llaque, no había cómo avisarle —dijo Washington—. Además, la Federación se reúne dentro de hora y media y apenas tenemos tiempo para tomar un acuerdo entre nosotros.

—Qué acuerdo —dijo Héctor—. Independientes y apristas quieren levantar la huelga y es lo más lógico. Todo se está desmoronando, hay que salvar lo que queda de los organismos estudiantiles.

Otra vez tres golpecitos, salud camaradas, la corbatita roja y la voz de pajarito. Llaque miró a su alrededor con sorpresa.

—¿No citaron a las ocho? ¿Qué es de los demás?

—Martínez cayó esta mañana —dijo Washington—. ¿Te parece que anulemos la reunión y salgamos de aquí?

La carita no se frunció, sus ojos no se alarmaron. Estaría acostumbrado a esas noticias, piensa, a vivir escondiéndose y al miedo. Miró su reloj, estuvo un momento callado, reflexionando.

—Si lo detuvieron esta mañana, no hay peligro —dijo al fin, con una media sonrisa avergonzada—. Lo interrogarán sólo esta noche, o quizá al amanecer. Nos sobra tiempo, camaradas.

—Pero sería mejor que tú te fueras —dijo Héctor—. Aquí el que corre más peligro eres tú.

—Más despacio, los he oído desde la escalera —dijo Solórzano, desde el umbral—. Así que agarraron al cholo. Nuestra primera baja, caramba.

—¿Te olvidaste de los tres toques? —dijo Washington.

—La puerta estaba abierta —dijo Solórzano—. Y ustedes hablaban a gritos.

—Van a ser las ocho y media —dijo Llaque—. ¿Y los otros camaradas?

—Jacobo tenía que ver a los textiles, Aída iba a la Católica con un delegado de Educación —dijo Washington—. Ya no tardarán. Comencemos de una vez.

Héctor y Washington se sentaron en el catre, Santiago y Llaque en las sillas, Solórzano en el suelo. Estamos esperando, camarada Julián, oyó Santiago y dio un respingo. Siempre te olvidabas de tu seudónimo, Zavalita, siempre que eras secretario de actas y que debías resumir la sesión anterior. Lo hizo rápidamente, sin ponerse de pie, en voz baja.

—Pasemos a los informes —dijo Washington—. Sean breves y concisos, por favor.

—Mejor averigüemos de una vez qué les pasó —dijo Santiago—. Voy a llamar por teléfono.

—En el hotel no hay —dijo Washington—. Tendrías que buscar una botica y esas idas y venidas no convienen. Sólo tienen media hora de atraso, ya vendrán.

Los informes, piensa, los largos monólogos donde era difícil distinguir al objeto del sujeto, los hechos de las interpretaciones y las interpretaciones de las frases hechas. Pero esa noche todos habían sido veloces, parcos y concretos. Solórzano: la Asociación de Centros de Agricultura había rechazado la moción por ser política, ¿por qué se plegaba San Marcos a una huelga de tranviarios? Washington: los dirigentes de la Escuela Normal decían no hay nada que hacer, si llamamos a votación el noventa por ciento estará contra la huelga, les daremos sólo nuestro apoyo moral. Héctor: los contactos con el comité de huelga tranviario se habían roto desde la ocupación policial del sindicato.

—Agricultura descartada, Ingeniería descartada, la Normal descartada y la Católica no sabemos —dijo Washington—. Las universidades de Cusco y Arequipa ocupadas y Trujillo se echó atrás. Ésa es la situación, en resumen. Es casi seguro que en la Federación, esta noche, se proponga levantar la huelga. Nos queda una hora para decidir nuestra posición.

Parecía que no iba a haber discusión, piensa, que todos estaban de acuerdo. Héctor: el movimiento había provocado una toma de conciencia política del estudiantado, ahora convenía replegarse antes de que desapareciera la Federación. Solórzano: levantar la huelga, sí, pero para comenzar de inmediato a preparar un nuevo movimiento, más poderoso y mejor coordinado. Santiago: sí, y de inmediato iniciar una campaña por la liberación de los estudiantes presos. Washington: con la experiencia adquirida y las enseñanzas de estos días de lucha, la Fracción Universitaria de Cahuide había pasado su prueba de fuego, él también estaba porque se levantara la huelga para reagrupar las fuerzas.

—Yo quisiera decir algo, camaradas —dijo Llaque, con su delgada voz tímida, pero nada vacilante—. Cuando la Fracción acordó apoyar la huelga de los tranviarios, ya sabíamos todo esto.

¿Qué sabíamos? Que los sindicatos eran amarillos, pues los verdaderos dirigentes obreros estaban muertos o presos o desterrados, que con la huelga vendría la represión y habría detenciones y que las otras universidades darían la espalda a San Marcos. Lo que no sabíamos, lo que no estaba previsto, camaradas, ¿qué era? Su manita subía y bajaba junto a tu cara, Zavalita, su voz bajita insistía, repetía, convencía. Que la huelga alcanzaría este éxito y obligaría al gobierno a desenmascararse y a mostrar toda su brutalidad a plena luz. ¿Que la situación iba mal? ¿Con tres universidades ocupadas, con lo menos cincuenta estudiantes y dirigentes obreros presos, iba mal? ¿Con las manifestaciones-relámpago en el jirón de la Unión y la prensa burguesa obligada a informar sobre la represión, mal? Por primera vez un movimiento de esa envergadura contra Odría, camaradas, por primera vez una grieta en tantos años de dictadura monolítica. ¿Mal, mal? ¿No era absurdo retroceder en estos momentos? ¿No era más correcto tratar de extender y de radicalizar el movimiento? Juzgando la situación no desde un punto de vista reformista, sino revolucionario, camaradas. Calló y ellos lo miraban y se miraban, incómodos.

—Si apristas e independientes se han puesto de acuerdo para levantar la huelga, no podemos hacer nada —dijo Solórzano, al fin.

—Podemos dar la batalla, camarada —dijo Llaque.

Y se abrió la puerta, piensa, y entraron. Aída avanzó más rápido hacia el centro de la habitación, Jacobo se quedó atrás.

—Ya era hora —dijo Washington—. Nos tenían preocupados.

—Jacobo me encerró y no me dejó ir a la Católica —de un tirón, piensa, como si se hubiera aprendido de memoria lo que iba a decir—. Él tampoco fue a ver a los textiles, como le encargó la Fracción. Pido que sea expulsado.

—Ahora entiendo que la lleves en la cabeza tantos años, Zavalita —dijo Carlitos.

Estaba parada entre las dos sillas, bajo el foco de luz, con los puños cerrados, los ojos dilatados y la boca temblando. El cuarto se había encogido, el aire espesado. La miraban inmóviles, tragaban saliva, Héctor sudaba. Ahí estaba la respiración de Aída a tu lado, Zavalita, su sombra oscilando en el suelo. Tenías la garganta seca, te mordías el labio, el corazón acelerado.

—Bueno, vaya, camarada —dijo Washington—. Aquí estábamos...

—Además, trató de suicidarse, porque le dije que no quería seguir con él —lívida, piensa, los ojos muy abiertos, escupiendo las palabras como si le quemaran la lengua—. Tuve que engañarlo para que me dejara venir. Pido que sea expulsado.

—Y se abrió la tierra —dijo Santiago—. No porque hubiera soltado eso, ahí, delante de todos. Sino porque una pelea así, Carlitos, un lío así, con encierros y amenazas de suicidio y todo eso.

—¿Has terminado? —dijo, por fin, Washington.

—Hasta entonces no se te había ocurrido que se acostaban —se rió Carlitos—. Creías que se miraban a los ojos y se cogían la mano y se recitaban poemas de Maiakovski y de Nazim Hikmet, Zavalita.

Ahora todos se movían en sus sitios, Héctor se secaba la cara, Solórzano exploraba el techo, por qué no se adelantaba y decía algo él, qué hacía mudo ahí atrás él. Aída seguía de pie a tu lado, Zavalita, las manos ya no cerradas sino abiertas, un anillo plateado con sus iniciales en el dedo meñique, las uñas cortadas como hombre. Santiago alzó la mano y Washington con un gesto le indicó que hablara.

—Falta una hora para que se reúna la Federación y no hemos tomado ningún acuerdo —pensando aterrado se me va a cortar la voz, piensa—. ¿Vamos a perder el tiempo discutiendo problemas personales ahora?

Se calló, encendió un cigarrillo, el fósforo rodó encendido al suelo y lo pisó. Vio que las caras de los otros comenzaban a reponerse de la sorpresa, a enfurecerse. Ansiosa, difícil, la respiración de Aída seguía siempre ahí.

—Claro que no nos interesan los asuntos personales —murmuró Washington, con un disgusto que rebalsaba su voz—. Pero lo que acaba de plantear Aída es muy grave.

Un silencio con púas, piensa, un súbito calor que embrutecía y ahogaba.

—A mí no me importa que dos camaradas se peleen o se encierren o se suiciden —dijo Héctor, el pañuelo contra la boca—. Sí me importa saber qué pasó con los textiles, con la Católica. Si los camaradas que debían ir no fueron, que expliquen por qué.

—La camarada ya explicó —susurró la voz de pajarito—. Que el otro camarada dé su versión y acabemos de una vez con esto.

Ojos que giraban hacia la puerta, los pasos lentos de Jacobo, la silueta de Jacobo junto a la de Aída. Su terno azul claro arrugado, su camisa medio salida, el saco sin abotonar, su corbata caída.

—Lo que dijo Aída es cierto, perdí el control de los nervios —atorándose con cada palabra, piensa, balanceándose como borracho—. Estaba ofuscado, fue una debilidad de, un momento de crisis. Quizá todos estos días sin dormir, camaradas. Yo me someto a cualquier decisión de la Fracción, camaradas.

—¿No dejaste ir a Aída a la Católica? —dijo Solórzano—. ¿Cierto que no fuiste a la cita con los textiles, que trataste de impedir que Aída viniera a la reunión?

—No sé qué me pasó, no sé qué me pasó —los ojos acobardados, piensa, atormentados, y su mirada de loco—. Les pido disculpas a todos. Quiero superar esta crisis, ayúdenme a superarme, camaradas. Lo que la camarada, lo que dijo Aída es cierto. Acepto cualquier decisión, camaradas.

Calló, retrocedió hacia la puerta y Santiago dejó de verlo. Aída sola de nuevo, su mano amoratada de puro tensa. Solórzano tenía la frente surcada, se había puesto de pie.

—Voy a decir francamente lo que pienso —su cara descompuesta de ira, piensa, su voz desilusionada—. Yo voté a favor de esta huelga porque me convencieron los argumentos de Jacobo. Él fue el más entusiasta, por eso lo elegimos a la Federación y al comité de huelga. Yo tengo que recordar que mientras el camarada Jacobo actuaba como un egoísta, detenían a Martínez. Creo que debemos sancionar de alguna forma una falta así. Los contactos con los textiles, con la Católica, en estos momentos, en fin, para qué voy a decir lo que todos sabemos. Una cosa así no es posible, camaradas.

—Claro que es grave, claro que ha cometido una falta —dijo Héctor—. Pero ahora no hay tiempo, Solórzano. La Federación se reúne dentro de media hora.

—Es una locura seguir perdiendo así el tiempo, camaradas —la voz de pajarito, perpleja, impaciente, su manita levantada—. Hay que postergar este asunto y volver al tema en debate.

—Pido que se aplace la discusión de esto hasta la próxima sesión —dijo Santiago.

—No quiero ofender a nadie, pero Jacobo no debe asistir a esta reunión —dijo Washington; vaciló un segundo y añadió—: Ya no creo que sea de confianza.

—Pon al voto mi moción —dijo Santiago—. Ahora nos estás haciendo perder tiempo tú, Washington. ¿Vamos a olvidarnos de la huelga, de la Federación para seguir discutiendo toda la noche sobre Jacobo?

—Los minutos se están pasando —insistió, imploró Llaque—. Dense cuenta, camaradas.

—Está bien, vamos a votar —dijo Washington—. ¿Tienes algo que añadir, Jacobo?

Los pasos, la silueta, se había sacado las manos de los bolsillos y se las estrujaba. Unas mechas rubias le tapaban las orejas, sus ojos no eran suficientes y sarcásticos, como en los debates piensa, toda su actitud revelaba derrota y humildad.

—Yo creía que para él sólo existían la Fracción, la revolución —dijo Santiago—. Y, de repente, mentira, Carlitos. De carne y hueso también, como tú, como yo.

—Comprendo que duden, que ya no tengan confianza en mí —balbuceó—. Estoy dispuesto a hacer mi autocrítica, me someto a cualquier decisión. Denme otra oportunidad para demostrarles, a pesar de todo, camaradas.

—Mejor sales del cuarto hasta que votemos —dijo Washington.

Santiago no lo oyó abrir la puerta; supo que había salido cuando el foco osciló y las sombras de las paredes se movieron. Se paró, cogió del brazo a Aída y le señaló la silla. Ella se sentó. Sus manos sobre sus rodillas, piensa, sus pestañas negras mojadas, el pelo revuelto sobre su cuello, y las orejas como con frío. Que tu mano se alzara, piensa, y bajara y tocara ese cuello y lo acariciara y alisara esos mechones y tus dedos se enredaran en esos pelos y los tironearan despacito y los soltaran y los tironearan: ay, Zavalita.

—Vamos a votar el pedido de Aída, primero —dijo Washington—. Levanten la mano los que estén de acuerdo con que se expulse a Jacobo de la Fracción.

—Yo presenté una cuestión previa —dijo Santiago—. Pon primero al voto mi pedido.

Pero Washington y Solórzano ya habían alzado la mano. Todos se volvieron a mirar a Aída: estaba cabizbaja, las manos quietas sobre las rodillas.

—¿Tú no votas por lo que pediste? —dijo Solórzano, casi gritando.

—He cambiado de opinión —sollozó Aída—. El camarada Llaque tiene razón. Hay que aplazar la discusión de este asunto.

—Esto es increíble —dijo la voz de pajarito—. Qué es esto, qué es esto.

—¿Te estás burlando de nosotros? —dijo Solórzano—. ¿A qué estas jugando tú, Aída?

—He cambiado de opinión —susurró Aída, sin alzar la cabeza.

—Carajo —dijo la voz de pajarito—. Dónde estamos, a qué jugamos.

—Acabemos con esta broma —dijo Washington—. Los que están de acuerdo con que se aplace la discusión de esto.

Llaque, Héctor y Santiago levantaron la mano y, unos segundos después, lo hizo Aída. Héctor se estaba riendo, Solórzano se tocaba el estómago como si tuviera vómitos, qué es esto repetía la voz de pajarito.

—Las mujeres son formidables —dijo Carlitos—. Rumberas, comunistas, burguesas, cholas, todas tienen algo que no tenemos nosotros. ¿No sería mejor ser marica, Zavalita? Entenderse con algo que conoces, y no con esos animales extraños.

—Llámenlo a Jacobo, entonces, se acabó el circo —dijo Washington—. Volvamos a las cosas serias.

Santiago giró: la puerta abierta, la cara atolondrada de Jacobo irrumpiendo en la habitación.

—Hay tres patrulleros en la puerta —susurró, había cogido a Santiago del brazo—. Muchos soplones, un oficial.

—Cierren esa puerta, carajo —dijo la voz de pajarito.

Todos se habían parado de golpe, Jacobo había cerrado la puerta y la sujetaba con su cuerpo.

—Sujétala —dijo Washington, mirando a todos, atropellándose—. Los papeles, las cartas. Sujeten la puerta, no tiene llave.

Héctor, Solórzano y Llaque vinieron a ayudar a Jacobo y a Santiago que contenían la puerta, y todos se rebuscaban los bolsillos. Inclinado sobre el velador, Washington rompía papeles y los metía en una bacinica. Aída le iba pasando las libretas, las hojas sueltas que le entregaban los otros, iba y venía corriendo en puntas de pie de la puerta a la cama. La bacinica ya estaba ardiendo. Afuera no se oía ningún ruido; todos tenían las orejas aplastadas contra la puerta. Llaque se separó de ellos, apagó la luz, y en la oscuridad Santiago sintió la voz de Solórzano: ¿no sería falsa alarma? La llamita de la bacinica crecía y decrecía, a intervalos idénticos Santiago veía aparecer la cara de Washington soplando. Alguien tosió y la voz de pajarito murmuró silencio, y comenzaron a toser dos a la vez.

—Mucho humo —susurró Héctor—. Hay que abrir esa ventana.

Una silueta se apartó de la puerta y se empinó hacia el tragaluz, pero su mano sólo tocaba el borde. Washington lo tomó de la cintura, lo izó, y al abrirse el tragaluz entró una bocanada de aire fresco al cuarto. La llamita se había apagado, y ahora Aída le alcanzaba la bacinica a Jacobo, que, izado de nuevo por Washington, sacaba la bacinica por el tragaluz. Washington encendió la luz: caras crispadas, ojos hundidos, bocas resecas. Con gestos, Llaque indicó que se apartaran de la puerta, que se sentaran. Tenía el rostro ajado, se le veían los dientes, en un instante se había avejentado.

—Hay mucho humo todavía —dijo Llaque—. Fumen, fumen.

—Falsa alarma —murmuró Solórzano—. No se oye nada.

Santiago y Héctor repartieron cigarrillos, hasta Aída que no fumaba encendió uno. Washington se había instalado junto a la puerta y espiaba por el hueco de la cerradura.

—¿No saben que hay que traer siempre libros de estudio? —dijo Llaque; su manita accionaba, histérica—. Nos reunimos para conversar de problemas universitarios. No somos políticos, no hacemos política. Cahuide no existe, la Fracción no existe. No saben nada de nada.

—Ahí suben —dijo Washington, y se apartó de la puerta.

Se oyó un murmullo, un silencio, de nuevo el murmullo, y dos golpecitos en la puerta.

—Lo buscan, señor —dijo una voz carrasposa—. Es urgente, dicen.

Aída y Jacobo estaban juntos, piensa, él la tenía del hombro. Washington dio un paso hacia la puerta pero ésta se abrió antes y un bólido se lo llevó de encuentro: una figura tropezando, trastabillando, otras figuras saltando, gritando, revólveres que los apuntaban, alguien decía lisuras, alguien jadeaba.

—Qué desean —dijo Washington—. Por qué entran así a...

—El que está armado tire el arma al suelo —dijo un hombre bajito, de sombrero y corbata azul—. Manos arriba. Regístrenlos.

—Somos estudiantes —dijo Washington—. Estamos...

Pero un guardia lo empujó y se calló. Los palmotearon de pies a cabeza, los hicieron salir en fila, con las manos en alto. En la calle había dos guardias con metralletas y un grupo de mirones. Los dividieron, a Santiago lo empujaron a un patrullero junto con Héctor y Solórzano. Estaban muy apretados en el asiento, olía a sobaco, el que manejaba estaba hablando por un pequeño micrófono. El auto arrancó: Puente de Piedra, Tacna, Wilson, la avenida España. Paró ante las rejas de la Prefectura, un soplón cuchicheó con los centinelas, y les ordenaron bajar. Un corredor con puertecitas abiertas, escritorios, policías y tipos de civil, en mangas de camisa, una escalera, otro corredor que parecía baldeado, una puerta que se abría, entren ahí, se cerraba y el ruidito de la llave. Un cuarto pequeño, que parecía una antesala de notario, con una sola banca apoyada contra la pared. Estuvieron callados, observando las paredes cuarteadas, el suelo brilloso, el foco de luz fluorescente.

—Las diez —dijo Santiago—. La Federación debe estar reuniéndose.

—Si todos los otros delegados no están también aquí —dijo Héctor.

¿Saldría mañana la noticia, se enteraría el viejo por los periódicos? Imaginabas la noche desvelada de la casa, Zavalita, el llanto de la mamá, el revoloteo y las carreras al teléfono y las visitas y los chismes de la Teté en el barrio y los comentarios del Chispas. Sí, esa noche la casa se había vuelto un loquerío, niño, dice Ambrosio. Y Carlitos: te sentirías un Lenin. Y, de repente, un mestizo retaco tomaba impulso y pateaba: sobre todo miedoso, Carlitos. Sacó cigarrillos, alcanzó para los tres. Fumaron sin hablar, chupando y botando el humo al mismo tiempo. Habían pisoteado los puchos cuando escucharon el ruidito de la llave:

—¿Quién es Santiago Zavala? —dijo desde la puerta una cara nueva. Santiago se paró—. Está bien, siéntese nomás.

La cara se hundió, el ruidito otra vez.

—Quiere decir que estás fichado —susurró Héctor.

—Quiere decir que te van a soltar primero —susurró Solórzano—. Vuela a la Federación. Que hagan bulla. Por Llaque y por Washington, ellos son los más jodidos.

—¿Está loco? —dijo Santiago—. ¿Por qué me van a soltar primero?

—Por tu familia —dijo Solórzano, con una risita—. Que protesten, que hagan bulla.

—Mi familia no va a mover un dedo —dijo Santiago—. Más bien, cuando sepan que ando metido en esto…

—No andas metido en nada —dijo Héctor—. No te olvides de eso.

—Tal vez ahora, con esta redada, las otras universidades hagan algo —dijo Solórzano.

Se habían sentado en la banca, hablaban mirando la pared del frente o el techo. Héctor se paró, comenzó a andar de un extremo a otro, dijo que se le habían dormido las piernas. Solórzano se subió las solapas y metió las manos a los bolsillos: ¿friecito, no?

—¿También traerían aquí a Aída? —dijo Santiago.

—Se la llevarían a Chorrillos, a la cárcel de mujeres —dijo Solórzano—. Nuevecita, con cuartos individuales.

—Perdimos tontamente el tiempo con esa historia de los novios —dijo Héctor—. Es para reírse.

—Para llorar —dijo Solórzano—. Para mandarlos a los dos a hacer radioteatros, a trabajar en películas mexicanas. Que te encierro, que me suicido, que lo boten de la Fracción, que ya no lo boten. Para bajarles los calzones y darles azotes a esos niñitos burgueses, carajo.

—Yo creía que se llevaban bien —dijo Héctor—. ¿Tú sabías que se peleaban?

—No sabía nada —dijo Santiago—. Los veía poco últimamente.

—Mi mujer se pelea y la huelga y el partido se van al diablo, yo me suicido —dijo Solórzano—. A hacer radioteatros, carajo.

—Los camaradas también tienen su corazoncito —sonrió Héctor.

—A lo mejor lo hicieron hablar a Martínez —dijo Santiago—. A lo mejor le pegaron y…

—Trata de disimular que tienes miedo —dijo Solórzano—. Porque es peor.

—Miedo tendrás tú —dijo Santiago.

—Claro que sí —dijo Solórzano—. Pero no lo demuestro poniéndome pálido.

—Porque aunque te pongas no se te nota —dijo Santiago.

—Las ventajas de ser cholo —se rió Solórzano—. No te calientes, hombre.

Héctor se sentó; tenía un cigarrillo y lo fumaron entre los tres, una pitada cada uno.

—Cómo sabían mi nombre —dijo Santiago—. A qué vendría ese tipo.

—Como eres de buena familia, te van a preparar unos riñoncitos al vino, para que no te sientas desambientado —dijo Solórzano, bostezando—. Bueno, ya me cansé.

Se acurrucó contra la pared y cerró los ojos. Su cuerpo fortachón, su piel color ceniza, su nariz muy abierta, piensa, sus pelos tiesos, y era la primera vez que lo metían preso.

—¿Nos pondrán con los presos comunes? —dijo Santiago.

—Ojalá que no —dijo Héctor—. No tengo ganas de que me violen los rateros. Mira cómo duerme el camarada. Tiene razón, vamos a acomodarnos a ver si descansamos un poco.

Apoyaron las cabezas contra la pared, cerraron los ojos. Un momento después Santiago oyó pasos y miró la puerta; Héctor se había enderezado también. El ruidito, la cara de antes:

—Zavala, venga conmigo. Sí, usted solito.

El retaco tomaba impulso y, al salir de la habitación, vio los ojos de Solórzano que se abrían, enrojecidos. Un corredor lleno de puertas, gradas, un pasillo de losetas que se revolvía, subía y bajaba, un guardia con fusil frente a una ventana. El tipo caminaba con las manos en los bolsillos, a su lado; placas de metal que no alcanzaba a leer. Entre ahí, oyó, y se quedó solo. Un cuarto grande, casi a oscuras: un escritorio con una lamparita sin pantalla, paredes desnudas, una fotografía de Odría envuelto en la banda presidencial como un bebe en un pañal. Retrocedió, miró su reloj, las doce y media, tomaba impulso y, las piernas blandas, ganas de orinar. Un momento después se abrió la puerta, ¿Santiago Zavala? dijo una voz sin cara. Sí: aquí estaba el sujeto, señor. Pasos, voces, el perfil de don Fermín atravesando el cono de luz de la lámpara, sus brazos abriéndose, su cara contra mi cara, piensa.

—¿Estás bien, flaco? ¿No te han hecho nada, flaco?

—Nada, papá. No sé por qué me han traído, no he hecho nada, papá.

Don Fermín lo miró a los ojos, lo abrazó otra vez, lo soltó, sonrió a medias y se volvió hacia el escritorio, donde el otro se había sentado ya.

—Ya ve, don Fermín —se le veía apenas la cara, Carlitos, una vocecita desganada, servil—. Ahí tienes al heredero, sano y salvo.

—Este joven no se cansa de darme dolores de cabeza —el pobre quería ser natural y era teatral y hasta cómico, Carlitos—. Lo envidio por no tener hijos, don Cayo.

—Cuando uno se va poniendo viejo —sí, Carlitos, Cayo Bermúdez en persona— le gustaría tener quien lo represente en el mundo cuando ya no esté.

Don Fermín soltó una risita incómoda, se sentó en una esquina del escritorio, y Cayo Bermúdez se puso de pie: ése era pues, ahí estaba pues. Una cara seca, apergaminada, insípida. ¿No quería sentarse, don Fermín? No, don Cayo, aquí estaba bien.

—Vea en qué lío se ha metido, joven —con amabilidad, Carlitos, como si lo lamentara—. Por dedicarse a la política en vez de los estudios.

—Yo no hago política —dijo Santiago—. Estaba con unos compañeros, no hacíamos nada.

Pero Bermúdez se había inclinado a ofrecer cigarrillos a don Fermín que, inmediatamente, con una sonrisita postiza sacó un Inca, él que sólo podía fumar Chesterfield y odiaba el tabaco negro Carlitos, y se lo puso en la boca. Aspiraba con avidez y tosía, contento de hacer algo que disimulara su malestar, Carlitos, su terrible incomodidad. Bermúdez miraba los remolinos de humo, aburrido, y, de pronto, sus ojos encontraron a Santiago:

—Está bien que un joven sea rebelde, impulsivo —como si estuviera diciendo tonterías en una reunión social, Carlitos, como si le importara un comino lo que decía—. Pero conspirar con los comunistas ya es otra cosa. ¿No sabe que el comunismo está fuera de la ley? Figúrese si se le aplicara la Ley de Seguridad Interior.

—La Ley de Seguridad Interior no es para mocosos que no saben dónde están parados, don Cayo —con una furia frenada, Carlitos, sin alzar la voz, aguantándose las ganas de decirle perro, sirviente.

—Por favor, don Fermín —como escandalizado, Carlitos, de que no le entendieran las bromas—. Ni para los mocosos ni mucho menos para el hijo de un amigo del régimen como usted.

—Santiago es un muchacho difícil, lo sé de sobra —sonriendo y poniéndose serio, Carlitos, cambiando a cada palabra de tono—. Pero no exagere, don Cayo. Mi hijo no conspira, y menos con comunistas.

—Que él mismo le cuente, don Fermín —amistosa, obsequiosamente, Carlitos—. Qué hacía en ese hotelito del

Rímac, qué es la Fracción, qué es Cahuide. Que le explique todos esos nombrecitos.

Arrojó una bocanada de humo, contempló las volutas melancólicamente.

—En este país los comunistas ni siquiera existen, don Cayo —atragantándose con la tos y la cólera, Carlitos, pisoteando con odio el cigarrillo.

—Son poquitos, pero fastidian —como si yo me hubiera ido, Carlitos, o nunca hubiera estado ahí—. Sacan un periodiquito a mimeógrafo, *Cahuide*. Pestes de Estados Unidos, del Presidente, de mí. Tengo la colección completa y se la enseñaré, alguna vez.

—No tengo nada que ver —dijo Santiago—. No conozco a ningún comunista en San Marcos.

—Los dejamos que jueguen a la revolución, a lo que quieran, con tal que no se excedan —como si todo lo que él mismo decía lo aburriera, Carlitos—. Pero una huelga política, de apoyo a los tranviarios, imagínese qué tendrá que ver San Marcos con los tranviarios, eso ya no.

—La huelga no es política —dijo Santiago—. La decretó la Federación. Todos los alumnos…

—Este joven es delegado de año, delegado de la Federación, delegado al comité de huelga —sin oírme ni mirarme, Carlitos, sonriéndole al viejo como si le estuviera contando un chiste—. Y miembro de Cahuide, así se llama la organización comunista, desde hace años. Dos de los que fueron detenidos con él tienen un prontuario cargado, son terroristas conocidos. No había más remedio, don Fermín.

—Mi hijo no puede seguir detenido, no es un delincuente —ya sin contenerse, Carlitos, golpeando la mesa, alzando la voz—. Yo soy amigo del régimen, y no de ayer, de la primera hora, y se me deben muchos favores. Voy a hablar con el Presidente ahora mismo.

—Don Fermín, por favor —como herido, Carlitos, como traicionado por su mejor amigo—. Lo he llamado para arreglar esto entre nosotros, yo sé mejor que nadie que usted es un buen amigo del régimen. Quería informarle de las andanzas de este joven, nada más. Por supuesto que no está detenido. Puede usted llevárselo ahora mismo, don Fermín.

—Se lo agradezco mucho, don Cayo —confundido otra vez, Carlitos, pasándose el pañuelo por la boca, tratando de sonreír—. No se preocupe por Santiago, yo me encargo de ponerlo en el buen camino. Ahora, si no le importa, preferiría irme. Ya se imagina cómo estará su madre.

—Por supuesto, vaya a tranquilizar a la señora —compungido, Carlitos, queriendo reivindicarse, congraciarse—. Ah, y claro, el nombre del joven no aparecerá para nada. No hay ficha de él, le aseguro que no quedará rastro de este incidente.

—Sí, eso hubiera perjudicado al muchacho más tarde —sonriéndole, asintiendo, Carlitos, tratando de demostrarle que ya se había reconciliado con él—. Gracias, don Cayo.

Salieron. Iban adelante don Fermín y la figurita pequeña y angosta de Bermúdez, su terno gris a rayas, sus pasitos cortos y rápidos. No contestaba los saludos de los guardias, las buenas noches de los soplones. El patio, la fachada de la Prefectura, las rejas, aire puro, la avenida. El auto estaba al pie de las gradas. Ambrosio se quitó la gorra, abrió la puerta, sonrió a Santiago, buenas noches niño. Bermúdez hizo una venia y desapareció en la puerta principal. Don Fermín entró al auto: rápido a la casa, Ambrosio. Partieron y el auto enfiló hacia Wilson, dobló hacia Arequipa, aumentando en cada esquina la velocidad, y por la ventanilla entraba cuánto aire, Zavalita, para respirar, para no pensar.

—El hijo de puta este me las va a pagar —el fastidio de su cara, piensa, el cansancio de sus ojos que miraban adelante—. El cholo de mierda este no me va a humillar así. Yo voy a enseñarle cuál es su sitio.

—La primera vez que le oía decir palabrotas, Carlitos —dijo Santiago—. Insultar a alguien así.

—Me las va a pagar —su frente comida de arrugas, piensa, su cólera helada—. Yo le voy a enseñar a tratar a sus señores.

—Siento mucho haberte hecho pasar ese mal rato, papá, te juro que —y su cara girando de golpe, piensa, y el manotón que te cerraba la boca, Zavalita.

—La primera, la única vez que me pegó —dice Santiago—. ¿Te acuerdas, Ambrosio?

—Tú también tienes que arreglar cuentas conmigo, mocoso —su voz convertida en un gruñido, piensa—. ¿No sabes que para conspirar hay que ser vivo? ¿Que era imbécil conspirar desde tu casa por teléfono? ¿Que la policía podía escuchar? El teléfono estaba intervenido, imbécil.

—Habían grabado lo menos diez conversaciones mías con los de Cahuide, Carlitos —dijo Santiago—. Bermúdez se las había hecho escuchar. Se sentía humillado, eso es lo que le dolía más.

A la altura del Colegio Raimondi el tráfico estaba interrumpido; Ambrosio desvió el auto hacia Arenales, y no hablaron hasta el cruce de Javier Prado.

—No se trataba de ti, además —su voz deprimida, preocupada, piensa, ronca—. Me estaba siguiendo los pasos a mí. Aprovechó esta ocasión para hacérmelo saber sin decírmelo de frente.

—Creo que nunca me sentí tan amargado, hasta esa vez del burdel —dijo Santiago—. Porque los habían metido presos por mí, por lo de Jacobo y Aída, porque me habían soltado y a ellos no, por ver al viejo en ese estado.

De nuevo la avenida Arequipa casi desierta, los faros del auto y las rápidas palmeras, y los jardines y las casas a oscuras.

—Así que eres comunista, así que tal como te lo anticipé no entraste a San Marcos a estudiar sino a politiquear —su tonito amargado, piensa, áspero, burlón—. A dejarte embaucar por los vagos y los resentidos.

—He aprobado los exámenes, papá. Siempre he sacado buenas notas, papá.

—A mí qué carajo que seas comunista, aprista, anarquista o existencialista —furioso de nuevo, piensa, manoteándose la rodilla, sin mirarme—. Que tires bombas, robes o mates. Pero después de cumplir veintiún años. Hasta entonces vas a estudiar, y sólo a estudiar. A obedecer, sólo a obedecer.

Piensa: ahí. ¿No se te ocurrió que ibas a destrozarle los nervios a tu madre? Piensa no. ¿Que ibas a meter en un lío a tu padre? No, Zavalita, no se te ocurrió. La avenida Angamos, la Diagonal, la Quebrada, Ambrosio agazapado sobre el volante: no pensaste, no se te ocurrió. ¿Porque era muy cómodo, muy bonito, no? El papito te daba de comer, el papito te vestía y te pagaba los estudios y te regalaba propinas, y tú a jugar al comunismo, y tú a conspirar contra la gente que daba trabajo al papito, carajo eso no. No el manotazo, papá, piensa, eso es lo que me dolió. La avenida 28 de Julio, sus árboles, la avenida Larco, el gusanito, la culebra, los cuchillos.

—Cuando produzcas y te mantengas, cuando ya no dependas del bolsillo del papito, entonces sí —suavemente, piensa, salvajemente—. Comunista, anarquista, bombas, allá tú. Mientras tanto a estudiar, a obedecer.

Piensa: lo que no te perdoné, papá. El garaje de la casa, las ventanas iluminadas, en una de ellas el perfil de la Teté, ¡ahí está el supersabio, mamá!

—¿Y ahí cortaste con Cahuide y tus compinches? —dijo Carlitos.

—Anda tú, flaco, yo tengo que terminar de arreglar este lío —ya arrepentido, piensa, ya tratando de amistarse conmigo—. Y báñate, hasta piojos habrás traído de la Prefectura.

—Y con la abogacía y con la familia y con Miraflores, Carlitos.

El jardín, la mamá, besos, su cara con lágrimas, ¿no veía loco, no veía por ser tan loco?, hasta la cocinera y la sirvienta estaban ahí, y los grititos excitados de la Teté: el regreso del hijo pródigo, Carlitos, si en vez de horas hubiera estado adentro un día me hubieran recibido con banda de música. El Chispas se despeñaba por las escaleras: qué susto nos pegaste, hombre. Lo sentaron en la sala, lo rodearon, la señora Zoila le alborotaba el pelo y lo besaba en la frente. El Chispas y la Teté se morían de curiosidad: ¿a la Penitenciaría, a la Prefectura, había visto ladrones, asesinos? El viejo trató de hablar con Palacio pero el Presidente estaba durmiendo, flaco, pero llamó al prefecto y le había dicho incendios, supersabio. Unos huevos fritos, le decía la señora Zoila a la cocinera, una leche con cocoa y si queda ese pastel de limón. No le habían hecho nada mamá, había sido una equivocación mamá.

—Está feliz que lo metieran preso, se siente un héroe —dijo la Teté—. Ahora sí, quién te va aguantar.

—Vas a salir retratado en *El Comercio* —dijo el Chispas—. Con tu número y una cara de hampón.

—¿Qué es, cómo es, qué te hacen cuando estás preso? —dijo la Teté.

—Te desvisten, te ponen un uniforme rayado y grillos en los pies —dijo Santiago—. Los calabozos están llenos de ratas y no tienen luz.

—Calla, truquero —dijo la Teté—. Cuenta, cuenta cómo es.

—Ya ves, loquito, ya ves tanto querer ir a San Marcos —dijo la señora Zoila—. ¿Me prometes que el otro año te pasarás a la Católica? ¿Que nunca más te meterás en política?

Te prometía mamá, nunca mamá. Eran las dos cuando se fueron a acostar. Santiago se desnudó, se puso el piyama, apagó la lamparilla. Sentía el cuerpo embotado, mucho calor.

—¿Nunca más buscaste a los de Cahuide? —dijo Carlitos.

Se subió la sábana hasta el cuello y el sueño huyó y el cansancio se agolpó en la espalda. La ventana estaba abierta y se veían algunas estrellas.

—A Llaque lo tuvieron preso dos años, a Washington lo desterraron a Bolivia —dijo Santiago—. A los otros los soltaron quince días después.

Un malestar como un ladrón rondando en la oscuridad, piensa, remordimientos, celos, vergüenza. Te odio papá, te odio Jacobo, te odio Aída. Sentía unas terribles ganas de fumar y no tenía cigarrillos.

—Pensarían que te asustaste —dijo Carlitos—. Que los traicionaste, Zavalita.

La cara de Aída, de Jacobo y Washington y Solórzano y Héctor y de nuevo la de Aída. Piensa: ganas de ser chiquito, de nacer de nuevo, de fumar. Pero si iba a pedirle al Chispas habría que conversar con él.

—En cierta forma me asusté, Carlitos —dijo Santiago—. En cierta forma los traicioné.

Se sentó en la cama, hurgó en los bolsillos del saco, se levantó y revisó todos los ternos del ropero. Sin ponerse la bata ni las zapatillas bajó al primer rellano y entró al cuarto del Chispas. La cajetilla y los fósforos estaban en la mesa de noche, el Chispas dormía bocabajo sobre las sábanas. Regresó a su cuarto. Sentado junto a la ventana ansiosamente, deliciosamente fumó, arrojando la ceniza al jardín. Poco después sintió frenar el auto a la puerta. Vio entrar a don Fermín, vio a Ambrosio yendo hacia su cuartito del fondo. Ahora estaría abriendo el escritorio, ahora prendiendo la luz. Buscó a tientas las zapatillas y la bata y salió del cuarto. Desde la escalera vio que la luz del escritorio estaba encendida. Bajó, se detuvo junto a la puerta de cristal: sentado en uno de los sillones verdes, el vaso de whisky en la mano, sus ojos trasnochados, las canas de sus sienes. Sólo había encendido la lámpara de pie, como en las noches que se quedaba en casa y leía los periódicos, piensa. Tocó la puerta y don Fermín vino a abrir.

—Quisiera hablar contigo un momentito, papá.

—Entra, vas a resfriarte ahí afuera —ya no enojado, Zavalita, contento de verte—. Hay mucha humedad, flaco.

Lo cogió del brazo, lo hizo entrar, volvió al sillón, Santiago se sentó frente a él.

—¿Han estado despiertos hasta ahora? —como si ya te hubiera perdonado, Zavalita, o nunca te hubiera reñido—. El Chispas tiene un buen pretexto para no ir mañana a la oficina.

—Nos acostamos hace rato, papá. Yo estaba desvelado.

—Desvelado con tantas emociones —mirándote con cariño, Zavalita—. Bueno, no es para menos. Ahora tienes que contarme todo con detalles. ¿Te trataron bien, de veras?

—Sí papá, ni me interrogaron siquiera.

—Bueno, menos mal que pasó el susto —hasta con un poquito de orgullo, Zavalita—. Qué querías hablar conmigo, flaco.

—He estado pensando en lo que dijiste y tienes razón, papá —sintiendo que se te secaba la boca de golpe, Zavalita—. Quiero irme de la casa y buscar un trabajo. Algo que me permita seguir estudiando, papá.

Don Fermín no se burló, no se rió. Alzó el vaso, tomó un trago, se limpió la boca.

—Estás enojado con tu padre porque te dio un manazo —agachándose para ponerte una mano en la rodilla, Zavalita, mirándote como diciéndote olvidémonos, amistémonos—. Siendo ya tan grande, siendo ya todo un revolucionario perseguido.

Se enderezó, sacó la cajetilla de Chesterfield, su encendedor.

—No estoy enojado contigo, papá. Pero no puedo seguir viviendo de una manera y pensando de otra. Por favor, trata de entenderme, papá.

—¿No puedes seguir viviendo cómo? —ligeramente herido, Zavalita, de pronto apenado, cansado—. ¿Qué hay aquí que vaya contra tu manera de pensar, flaco?

—No quiero depender de las propinas —sintiendo que te temblaban las manos, la voz, Zavalita—. No quiero que cualquier cosa que haga recaiga sobre ti. Quiero depender de mí mismo, papá.

—No quieres depender de un capitalista —sonriendo afligido, Zavalita, adolorido pero sin rencor—. ¿No quieres vivir con tu padre porque recibe contratos del gobierno? ¿Es por eso?

—No te enojes, papá. No creas que trato de, papá.

—Ya eres grande, ya puedo tener confianza en ti ¿no es cierto? —adelantando una mano hacia tu cara, Zavalita, palmeándote la mejilla—. Te voy a explicar por qué me puse tan furioso. Hay algo que estaba a punto de concretarse en estos días. Militares, senadores, mucha gente influyente. El teléfono estaba intervenido por mí, no por ti. Algo se filtraría, el cholito de Bermúdez se aprovechó de ti para darme a entender que sospechaba algo, que sabía. Ahora hay que parar todo, empezar desde el principio. Ya ves, tu padre no es un lacayo de Odría ni mucho menos. Lo vamos a sacar, llamaremos a elecciones. ¿Sabrás guardar el secreto, no? Al

Chispas no le hubiera contado esto, ya ves que a ti te trato como a un hombrecito, flaco.

—¿La conspiración del general Espina? —dijo Carlitos—. ¿Tu padre estuvo complicado también? Nunca se supo.

—Así que pensabas mandarte mudar y que a tu padre se lo cargara el diablo —diciéndote con los ojos ya pasó, no hablemos más, yo te quiero—. Ya ves que mis relaciones con Odría son precarias, ya ves que no tienes por qué tener escrúpulos.

—No es por eso, papá. Ni siquiera sé si me interesa la política, si soy comunista. Es para poder decidir mejor qué es lo que voy hacer, qué es lo que quiero ser.

—He estado pensando, ahora en el carro —dándote tiempo a recapacitar, Zavalita, sonriéndote siempre—. ¿Quieres que te mande al extranjero por un tiempo? A México, por ejemplo. Das tus exámenes y en enero te vas a estudiar a México, por uno o dos años. Ya veremos la manera de convencer a tu madre. ¿Qué te parece, flaco?

—No sé, papá, no se me había ocurrido —pensando que te quería comprar, Zavalita, que acababa de inventar eso para ganar tiempo—. Tengo que pensarlo, papá.

—Hasta enero tienes tiempo de sobra —poniéndose de pie, Zavalita, palmeándote en la cara otra vez—. Así verás las cosas mejor, verás que el mundo no es el mundito de San Marcos. ¿De acuerdo, flaco? Y ahora vámonos a la cama, son las cuatro ya.

Bebió su último trago, apagó la luz, subieron juntos la escalera. Frente al dormitorio, don Fermín se inclinó para besarlo: tenías que tener confianza en tu padre, flaco, fueras lo que fueras, hicieras lo que hicieras, tú eras lo que él más quería, flaco. Entró al dormitorio y se tumbó en la cama. Estuvo mirando el pedazo de cielo de la ventana hasta que amaneció. Cuando hubo suficiente luz, se levantó y fue hacia el ropero. El alambre estaba donde lo había escondido la última vez.

—Hacía un montón de tiempo que no me robaba a mí mismo, Carlitos —dijo Santiago.

Gordo, trompudo, su colita en espiral, el chancho estaba entre las fotografías del Chispas y de la Teté, junto al banderín del colegio. Cuando terminó de sacar los billetes ya había llegado el lechero, el panadero, y Ambrosio limpiaba el carro en el garaje.

—¿Al cuánto tiempo entraste a trabajar a *La Crónica*? —dijo Carlitos.

—A las dos semanas, Ambrosio —dice Santiago.

Dos

I

Estoy mejor que donde la señora Zoila, pensaba Amalia, que en el laboratorio, una semana que no se soñaba con Trinidad. ¿Por qué se sentía tan contenta en la casita de San Miguel? Era más chica que la de la señora Zoila, también de dos pisos, elegante, y el jardín qué cuidado, eso sí. El jardinero venía una vez por semana y regaba el pasto y podaba los geranios, los laureles y la enredadera que trepaba por la fachada como un ejército de arañas. A la entrada había un espejo empotrado, una mesita de patas largas con un jarrón chino, la alfombra de la salita era verde esmeralda, los sillones color ámbar y había cojines por el suelo. A Amalia le gustaba el bar: las botellas con sus etiquetas de colores, los animalitos de porcelana, las cajas de puros envueltas en celofán. Y también los cuadros: la tapada que miraba la plaza de Acho, los gallos que peleaban en el Coliseo. La mesa del comedor era rarísima, medio redonda medio cuadrada, y las sillas con sus altos espaldares parecían confesionarios. Había de todo en el aparador: fuentes, cubiertos, pilas de manteles, juegos de té, vasos grandes y chicos y largos y chatos, copas. En las mesitas de las esquinas los jarrones tenían siempre flores fresquitas —Amalia cambia las rosas, Carlota hoy compra gladiolos, Amalia hoy cartuchos—, olía tan bien, y el repostero parecía recién pintado de blanco. Qué chistosas las latas, miles, con sus tapas coloradas y sus patodonalds, supermanes y ratones-mickey. De todo en el repostero: galletitas, pasitas, papitas fritas, conservas que se rebalsaban, cajas de cerveza, de whisky, de aguas minerales. En el frigidaire, enorme, había verduras y botellas de leche para regalar. La cocina tenía unas losetas negras y blancas y daba a un patio con cordeles. Ahí estaban los cuartos de Amalia, Carlota y Símula, ahí el bañito de ellas con su excusado, su duchita y su lavador.

Una aguja hincaba su cerebro, un martillo golpeaba sus sienes. Abrió los ojos y aplastó la palanquita del despertador: el suplicio cesó. Permaneció inmóvil, mirando la esfera fosforescente. Las siete y cuarto ya. Alzó el fono que comunicaba con la entrada, ordenó el carro a las ocho. Fue al cuarto de baño, demoró veinte minutos en ducharse, afeitarse y vestirse. El malestar en el cerebro aumentó con el agua fría, el dentífrico añadió un sabor dulzón al gusto amargo de la boca ¿iba a vomitar? Cerró los ojos y fue como si viera pequeñas llamas azules consumiendo sus órganos, la sangre circulando espesamente bajo la piel. Sentía los músculos agarrotados, le zumbaban los oídos. Abrió los ojos: dormir más. Bajó al comedor, apartó el huevo pasado y las tostadas, bebió la taza de café puro con asco. Disolvió dos Alka-Seltzers en medio vaso de agua y, apenas apuró el burbujeante líquido, eructó. En el escritorio, fumó dos cigarrillos mientras preparaba su maletín. Salió y en la puerta los guardias de servicio se llevaron la mano a las viseras. Era una mañana despejada, el sol alegraba los techos de Chaclacayo, los jardines y los matorrales de la orilla del río se veían muy verdes. Esperó fumando que Ambrosio sacara el automóvil del garaje.

Santiago pagó las dos empanadas calientes y la Coca-Cola, salió y el jirón Carabaya estaba ardiendo. Los cristales del tranvía Lima-San Miguel repetían los avisos luminosos y el cielo también estaba rojizo, como si Lima se fuera a convertir en el infierno de verdad. Piensa: la mierdecita en la mierda de verdad. Las veredas hervían de hormigas acicaladas, los transeúntes invadían la pista y avanzaban entre los automóviles, lo peor es que a una la agarre la salida de las oficinas en el centro decía la señora Zoila cada vez que volvía de compras, sofocada y quejumbrosa, y Santiago sintió el cosquilleo en el estómago: ocho días ya. Entró por el viejo portón; un espacioso zaguán, gordas bobinas de papel arrimadas contra paredes manchadas de hollín. Olía a tinta, a vejez, era un olor hospitalario. En la reja se le acercó un portero vestido de azul: ¿el señor Vallejo? El segundo piso, al fondo, donde decía Dirección. Subió desasosegado las escaleras anchísimas que crujían como roídas desde tiempos inmemoriales por ratas y polillas. Nunca habrían pasado una escoba por aquí. Para qué haber molestado a la señora Lucía haciéndole planchar el terno, para qué desperdiciar un sol lustrándose los zapatos. Ésa debía ser la redacción: las puertas estaban abiertas, no había nadie. Se detuvo; con ojos voraces, vírgenes, exploró las mesas desiertas, las máquinas, los basureros de mimbre, los escritorios, las fotos clavadas en las paredes. Trabajan de noche, duermen de día, pensó, una profesión un poco bohemia, un poco romántica. Alzó la mano y dio un golpecito discreto.

La escalera de la sala al segundo piso tenía una alfombrita roja sujeta con horquillas doradas y en la pared había indiecitos tocando la quena, arreando rebaños de llamas. El cuarto de baño relucía de azulejos, el lavador y la tina eran rosados, en el espejo Amalia podía verse de cuerpo entero. Pero lo más bonito era el dormitorio de la señora, los primeros días subía con cualquier pretexto y no se cansaba de contemplarlo. La alfombra era azul marino, como las cortinas del balcón, pero lo que más llamaba la atención era la cama tan ancha, tan bajita, sus patitas de cocodrilo y su cubrecamas negro, con ese animal amarillo que echaba fuego. ¿Y para qué tantos espejos? Le había costado trabajo acostumbrarse a esa multiplicación de Amalias, a verse repetida así, lanzada así por el espejo del tocador contra el del biombo y por el del clóset (esa cantidad de vestidos, de blusas, de pantalones, de turbantes, de zapatos) contra ese espejo inútil colgado en el techo, en el que aparecía enjaulado el dragón. Había un solo cuadro y le ardió la cara la primera vez que lo vio. La señora Zoila jamás hubiera puesto en su dormitorio una mujer desnuda agarrándose los senos con esa desfachatez, mostrando todo con tanto descaro. Pero aquí todo era atrevido, empezando por el derroche. ¿Por qué traían tantas cosas de la bodega? Porque la señora da muchas fiestas, le dijo Carlota, los amigos del señor eran importantes, había que atenderlos bien. La señora parecía multimillonaria, no se preocupaba por la plata. Amalia había sentido vergüenza al ver las cuentas que le sacaba Símula, le robaba horrores en el diario y ella como si nada, ¿gastaste tanto?, está bien, y se guardaba el vuelto sin contarlo.

Mientras el auto bajaba por la carretera Central, él leía papeles, subrayaba frases, anotaba los márgenes. El sol desapareció a la altura de Vitarte, la atmósfera gris se fue enfriando a medida que se acercaban a Lima. Eran ocho y treintaicinco cuando el auto paró en la plaza Italia y Ambrosio bajó corriendo a abrirle la puerta: que Ludovico estuviera a las cuatro y media en el Club Cajamarca, Ambrosio. Entró al Ministerio, los escritorios estaban vacíos, tampoco había nadie en Secretaría. Pero el doctor Alcibíades estaba ya en su mesa, revisando los diarios con un lápiz rojo entre los dedos. Se puso de pie, buenos días don Cayo, y él le alcanzó un puñado de papeles: estos telegramas de inmediato, doctorcito. Señaló la Secretaría, ¿no sabían las damas esas que tenían que estar aquí a las ocho y media?, y el doctor Alcibíades miró el reloj de la pared: sólo eran ocho y media, don Cayo. Él se alejaba ya. Entró a su oficina, se quitó el saco, se aflojó la corbata. La correspondencia estaba sobre el secante: partes policiales a la izquierda, telegramas y comunicados en el centro, a la derecha cartas y solicitudes. Acercó la papelera con el pie, comenzó con los partes. Leía, anotaba, separaba, rompía. Terminaba de revisar la correspondencia cuando sonó el teléfono: el general Espina, don Cayo ¿está usted? Sí, sí estaba, doctorcito, pásemelo.

El señor de cabellos blancos le sonrió amistosamente y le ofreció una silla: así que el joven Zavala, claro que Clodomiro le había hablado. En sus ojos había un brillo cómplice, en sus manos algo bondadoso y untuoso, su escritorio era inmaculadamente limpio. Sí, Clodomiro y él eran amigos desde el colegio; en cambio a su papá, ¿Fermín, no?, no lo había conocido, era mucho más joven que nosotros, y de nuevo sonrió: ¿así que había tenido problemas en su casa? Sí, Clodomiro le había contado. Bueno, era la época, los jóvenes querían ser independientes.

—Por eso necesito trabajar —dijo Santiago—. Mi tío Clodomiro pensó que usted, tal vez.

—Ha tenido suerte —asintió el señor Vallejo—. Justamente andamos buscando un refuerzo para la sección locales.

—No tengo experiencia, pero haré todo lo posible por aprender pronto —dijo Santiago—. He pensado que si trabajo en *La Crónica* tal vez podría seguir asistiendo a las clases de Derecho.

—Desde que estoy aquí no he visto a muchos periodistas que sigan estudiando —dijo el señor Vallejo—. Tengo que advertirle algo, por si no lo sabe. El periodismo es la profesión peor pagada. La que da más amarguras, también.

—Siempre me gustó, señor —dijo Santiago—. Siempre pensé es la que está más en contacto con la vida.

—Bien, bien —el señor Vallejo se pasó la mano por la nevada cabeza, asintió con ojos benévolos—. Ya sé que no ha trabajado en un diario hasta ahora, veremos qué resulta. En fin, quisiera hacerme una idea de sus disposiciones —se puso muy grave, engoló algo la voz—: Un incendio en la Casa Wiese. Dos muertos, cinco millones de pérdidas, los bomberos trabajaron toda la noche para apagar el siniestro. La policía investiga si se trata de accidente o de acto criminal. No más de un par de carillas. En la redacción hay muchas máquinas, escoja cualquiera.

Santiago asintió. Se puso de pie, pasó a la redacción y cuando se sentó en el primer escritorio las manos le comenzaron a sudar. Menos mal que no había nadie. La Remington que tenía delante le pareció un pequeño ataúd, Carlitos. Era eso mismo, Zavalita.

Junto al cuarto de la señora estaba el escritorio: tres silloncitos, una lámpara, un estante. Ahí se encerraba el señor en sus visitas a la casita de San Miguel, y si estaba con alguien no se podía hacer ruido, hasta la señora Hortensia se bajaba a la sala, apagaba la radio y si la llamaban por teléfono se hacía negar. Qué mal carácter tendría el señor cuando hacían tanto teatro, se asustó Amalia la primera vez. ¿Para qué tenía tres sirvientas la señora si el señor venía tan de cuando en cuando? La negra Símula era gorda, canosa, callada y le cayó muy mal. En cambio con su hija Carlota, larguirucha, sin senos, pelo pasa, simpatiquísima, ahí mismo se hicieron amigas. No tiene tres porque necesite, le dijo Carlota, sino para gastar en algo la plata que le da el señor. ¿Era muy rico? Carlota abrió los ojazos: riquísimo, estaba en el gobierno, era ministro. Por eso cuando don Cayo venía a dormir aparecían dos policías en la esquina, y el chofer y el otro del carro se quedaban esperándolo toda la noche en la puerta. ¿Cómo podía una mujer tan joven y tan bonita estar con un hombre que le llegaba a la oreja cuando ella se ponía tacos? Podía ser su padre y era feo y ni siquiera se vestía bien. ¿Tú crees que la señora lo quiere, Carlota? Qué lo iba a querer, querría su plata. Debía tener mucha para ponerle una casa así y haberle comprado esa cantidad de ropa y joyas y zapatos. ¿Cómo, siendo tan guapa, no se había conseguido alguien que se casara con ella? Pero a la señora Hortensia no parecía importarle mucho casarse, se la veía feliz así. Nunca se la notaba ansiosa de que el señor viniera. Claro que él aparecía y se desvivía atendiéndolo, y cuando el señor llamaba a decir voy a comer con tantos amigos, se pasaba el día dando instrucciones a Símula, vigilando que Amalia y Carlota dejaran la casa brillando. Pero el señor se iba y no volvía a hablar de él, nunca lo llamaba por teléfono y se la veía tan alegre, tan despreocupada, tan entretenida con sus amigas, que Amalia pensaba ni se acuerda de él. El señor no se parecía en nada a don Fermín, que con verlo se descubría que era decente y de plata. Don Cayo era chiquito, la cara curtida, el pelo amarillento como tabaco pasado, ojos hundidos que miraban frío y de lejos, arrugas en el cuello, una boca casi sin labios y dientes manchados de fumar, porque siempre andaba con un cigarrillo en la mano. Era tan flaquito que la parte de adelante de su terno se tocaba casi con la de atrás. Cuando Símula no las oía, ella y Carlota se mataban haciendo chistes: imagínatelo calato, qué esqueletito, qué bracitos, qué piernitas. Apenas si se cambiaba de terno, andaba con las corbatas mal puestas y las uñas sucias. Nunca decía buenos días ni hasta luego, cuando ellas lo saludaban respondía con un mugido y sin mirar. Siempre parecía ocupado, preocupado, apurado, encendía sus cigarrillos con el puchito que iba a botar y cuando hablaba por teléfono decía sólo sí, no, mañana, bueno, y cuando la señora le hacía bromas arrugaba apenas los cachetes y ésa era su risa. ¿Sería casado, qué vida tendría en la calle? Amalia se lo imaginaba viviendo con una vieja beata siempre vestida de luto.

—¿Aló, aló? —repetía la voz del general Espina—. ¿Aló, Alcibíades?

—¿Sí? —dijo, suavemente—. ¿Serrano?

—¿Cayo? Vaya, por fin —la voz de Espina era ásperamente jovial—. Te estoy llamando desde anteayer y no hay forma. Ni en el Ministerio, ni en tu casa. Ni que te me estuvieras negando, Cayo.

—¿Me has estado llamando? —tenía un lápiz en su mano derecha, dibujaba un círculo—. Primera noticia, Serrano.

—Diez veces, Cayo. Qué diez, lo menos quince veces.

—Voy a averiguar por qué no me dan los encargos —un segundo círculo, paralelo al anterior—. Dime, Serrano, a tus órdenes.

Una pausa, una tos incómoda, la respiración entrecortada de Espina:

—¿Qué significa ese soplón en la puerta de mi casa, Cayo? —disimulaba su malhumor hablando despacio, pero era peor—. ¿Es protección o vigilancia o qué mierda es?

—Como ex ministro te mereces siquiera un portero pagado por el gobierno, Serrano —completó el tercer círculo, hizo una pausa, cambió de tono—. No sé nada, hombre. Se habrán olvidado que ya no necesitas protección. Si ese sujeto te molesta, haré que lo retiren.

—No me molesta, me llama la atención —dijo Espina, con sequedad—. Las cosas claras, Cayo. ¿Ese sujeto ahí significa que el gobierno ya no confía en mí?

—No digas disparates, Serrano. Si el gobierno no tiene confianza en ti, en quién entonces.

—Por eso mismo, por eso mismo —la voz de Espina era lenta, se atropellaba, volvía a ser lenta—. Cómo no me iba a sorprender, Cayo. Te imaginarás que ya estoy viejo para no reconocer a un soplón.

—No te hagas mala sangre por tonterías —el quinto círculo: más pequeño que los otros, ligeramente abollado—. ¿Se te ocurre que te vamos a poner un soplón? Debe ser un donjuán que está enamorando a tu sirvienta.

—Pues mejor se desaparece de aquí porque tengo malas pulgas, tú ya sabes —colérico ahora, respirando fuerte—. De repente me caliento y le meto bala. Te lo quería advertir, por si acaso.

—No gastes pólvora en gallinazo —corrigió el círculo, lo aumentó, lo redondeó, ahora estaba igual a los otros—. Hoy mismo voy a averiguar. A lo mejor Lozano quiso quedar bien contigo poniéndote un agente para que te cuide la casa. Haré que lo retiren, Serrano.

—Bueno, lo de meterle bala no iba en serio —más tranquilo ahora, tratando de bromear—. Pero ya comprenderás que este asunto me ha resentido, Cayo.

—Eres un Serrano desconfiado y malagradecido —dijo él—. Qué más quieres que te cuiden la casa, con tanto pericote suelto. Bueno, olvídate de eso. ¿Cómo está la familia? A ver si almorzamos, un día de éstos.

—Cuando tú quieras, yo tengo tiempo libre de sobra, ahora —un poco cortado, indeciso, como avergonzado del despecho que descubría en su propia voz—. Eres tú el que no debe tener mucho tiempo ¿no? Desde que salí del Ministerio no me has buscado ni una vez. Y van a hacer tres meses ya.

—Tienes razón, Serrano, pero tú ya sabes lo que es esto —ocho círculos: cinco en una línea, tres abajo; inició el noveno, cuidadosamente—. He estado por llamarte varias veces. La próxima semana, de todas maneras. Un abrazo, Serrano.

Colgó antes que Espina terminara de despedirse, contempló un instante los nueve círculos, rompió la hoja y arrojó los pedazos a la papelera.

—Me demoré una hora —dijo Santiago—. Rehíce las dos carillas cuatro o cinco veces, corregí las comas a mano delante de Vallejo.

El señor Vallejo leía con atención, el lápiz suspendido sobre la hoja, asentía, marcó una crucecita, movió un poco los labios, otra, bien bien, un lenguaje sencillo y correcto, lo tranquilizó con una mirada piadosa, eso decía mucho ya. Sólo que...

—Si no pasas la prueba hubieras vuelto al redil y ahora serías un miraflorino modelo —se rió Carlitos—. Aparecerías en sociales, como tu hermanito.

—Estaba un poco nervioso, señor —dijo Santiago—. ¿Quiere que lo haga de nuevo?

—A mí me tomó la prueba Becerrita —dijo Carlitos—. Había una vacante en la página policial. No me olvidaré nunca.

—No vale la pena, no está mal —el señor Vallejo movió la cabeza blanca, lo miró con sus amistosos ojos pálidos—. Sólo que conviene que vaya aprendiendo el oficio, si va a trabajar con nosotros.

—Un loco entra a un burdel de Huatica con diablos azules y chavetea a cuatro meretrices, a la patrona y a dos maricas —gruñó Becerrita—. Una de las polillas muere. En un par de carillas y en quince minutos.

—Muchas gracias, señor Vallejo —dijo Santiago—. No sabe cuánto le agradezco.

—Sentí que me orinaba —dijo Carlitos—. Ah, Becerrita.

—Es simplemente un problema de disposición de los datos de acuerdo a su importancia y también de economía de palabras —el señor Vallejo había numerado algunas frases, le devolvía las carillas—. Hay que comenzar con los muertos, joven.

—Todos hablábamos mal de Becerrita, todos lo detestábamos —dijo Santiago—. Y ahora no hacemos más que acordarnos de él y todos lo adoramos y quisiéramos resucitarlo. Es absurdo.

—Lo más llamativo, lo que cautiva a la gente —añadió el señor Vallejo—. Eso hace que el lector se sienta concernido por la noticia. Será porque todos tenemos que morirnos.

—Era lo más auténtico que pasó por el periodismo limeño —dijo Carlitos—. La mugre humana elevada a su máxima potencia, un símbolo, un paradigma. ¿Quién no lo va a recordar con cariño, Zavalita?

—Y yo puse los muertos al final, qué tonto soy —dijo Santiago.

—¿Sabe lo que son las tres líneas? —el señor Vallejo lo miró con picardía—. Lo que los norteamericanos, el periodismo más agil del mundo, sépalo de una vez, llaman el *lead*.

—Te hizo el número completo —dijo Carlitos—. En cambio a mí Becerrita me ladró escribe usted con las patas, se queda sólo porque ya me cansé de tomar exámenes.

—Todos los datos importantes resumidos en las tres primeras líneas, en el *lead* —dijo amorosamente el señor Vallejo—. O sea: dos muertos y cinco millones de pérdidas es el saldo provisional del incendio que destruyó anoche gran parte de la Casa Wiese, uno de los principales edificios del centro de Lima; los bomberos dominaron el fuego luego de ocho horas de arriesgada labor. ¿Ve usted?

—Trata de escribir poemas después de meterte en la cabeza esas formulitas —dijo Carlitos—. Hay que ser loco para entrar a un diario si uno tiene algún cariño por la literatura, Zavalita.

—Después ya puede colorear la noticia —dijo el señor Vallejo—. El origen del siniestro, la angustia de los empleados, las declaraciones de los testigos, etcétera.

—Yo no tenía ninguno, desde un papelón que me hizo pasar mi hermana —dijo Santiago—. Me sentí contento de entrar a *La Crónica*, Carlitos.

Qué distinta, en cambio, la señora Hortensia. Él tan feo y ella tan bonita, él tan seriote y ella tan alegre. No era estirada como la señora Zoila, que parecía hablar desde un trono, ni cuando le alzaba la voz la hacía sentirse su inferior. Se dirigía a ella sin poses, como si estuviera hablando con la señorita Queta. Pero, eso sí, se tomaba unas confianzas. Qué falta de vergüenza para ciertas cosas. Mi único vicio son los traguitos y las pastillitas dijo una vez, pero Amalia pensaba su vicio es la limpieza. Veía un poquito de polvo en la alfombra y ¡Amalia, el plumero!, un cenicero con puchos y como si viera una rata ¡Carlota, esa porquería! Se bañaba al levantarse y al acostarse, y, lo peor, quería que ellas también se pasaran la vida en el agua. Al día siguiente de entrar Amalia a la casita de San Miguel, cuando le llevó el desayuno a la cama, la señora la examinó de arriba abajo: ¿ya te bañaste? No, señora, dijo Amalia, sorprendida, y entonces ella hizo ascos de niñita, volando a meterte a la ducha, aquí tenía que bañarse a diario. Y media hora después, cuando Amalia, los dientes chocándole, estaba bajo el chorro de agua, la puertecita del cuarto de baño se abrió y apareció la señora en bata, con un jabón en la mano. Amalia sintió fuego en el cuerpo, cerró la llave, no se atrevía a coger el vestido, permaneció cabizbaja, fruncida. ¿Tienes vergüenza de mí?, se rió la señora. No, balbuceó ella, y la señora se rió otra vez: te estabas duchando sin jabonarte, ya me figuraba; toma, jabónate bien. Y mientras Amalia lo hacía —el jabón se le escapó de la mano tres veces, se frotaba tan fuerte que le quedó ardiendo la piel—, la señora siguió ahí, taconeando, gozando de su vergüenza, también las orejitas, ahora las patitas, dándole órdenes de lo más risueña, mirándola de lo más fresca. Muy bien, así tenía que bañarse y jabonarse a diario y abrió la puerta para salir pero todavía echó a Amalia qué mirada: no tienes por qué avergonzarte, a pesar de ser flaquita no estás mal. Se fue y a lo lejos otra carcajada.

¿La señora Zoila hubiera hecho algo así? Se sentía mareada, la cara ardiendo. Abotónate el uniforme hasta arriba, decía la señora Zoila, no uses la falda tan alta. Después, mientras limpiaban la sala, Amalia le contó a Carlota y ella revolvió los ojazos: así era la señora, nada le daba vergüenza, también entraba a veces cuando ella se estaba duchando a ver si se jabonaba bien. Pero no sólo eso, además hacía que se echaran polvos contra la transpiración en las axilas. Cada mañana, medio dormida, desperezándose, los buenos días de la señora eran preguntar ¿te bañaste, te pusiste el desodorante? Así como se tomaba esas confianzas, tampoco le importaba que ellas la vieran. Una mañana Amalia vio la cama vacía y oyó el agua del baño corriendo: ¿le dejaba el desayuno en el velador, señora? No, pásamelo aquí. Entró y la señora estaba en la tina, la cabeza apoyada en un almohadón, los ojos cerrados. El vaho cubría el cuarto, todo era tibio y Amalia se detuvo en la puerta, mirando con curiosidad, con inquietud, el cuerpo blanco bajo el agua. La señora abrió los ojos: qué hambre, tráemelo aquí. Perezosamente se sentó en la tina y alargó las manos hacia la bandeja. En la atmósfera humosa, Amalia vio aparecer el busto impregnado de gotitas, los botones oscuros. No sabía dónde mirar, qué hacer, y la señora (con ojos regocijados comenzaba a tomar su jugo, a poner mantequilla en la tostada), de pronto la vio petrificada junto a la tina. ¿Qué hacía ahí con la boca abierta?, y con voz burlona ¿no te gusto? Señora, yo, murmuró Amalia, retrocediendo, y la señora una carcajada: anda, recogerás la bandeja después. ¿La señora Zoila habría permitido que ella entrara mientras se bañaba? Qué distinta era, qué desvergonzada, qué simpática. El primer domingo en la casita de San Miguel, para darle una buena impresión le dijo ¿puedo ir a misa un ratito? La señora lanzó una de sus risas: anda, pero cuidado que te viole el cura, beatita. Nunca va a misa, le contó después Carlota, nosotras tampoco vamos ya. Era por eso que en la casita de San Miguel no había un solo Corazón de Jesús, una sola santa Rosa de Lima. Ella también dejó de ir a misa al poco tiempo.

Tocaron la puerta, él dijo adelante y entró el doctor Alcibíades.

—No tengo mucho tiempo, doctorcito —dijo, señalando el alto de recortes de diario que traía Alcibíades—. ¿Algo importante?

—La noticia de Buenos Aires, don Cayo. Salió en todos.

Alargó la mano, hojeó los recortes. Alcibíades había marcado con tinta roja los titulares —«Incidente antiperuano en Buenos Aires», decía *La Prensa;* «Apristas apedrean embajada peruana en Argentina», decía *La Crónica;* «Atropellado y vejado el emblema nacional por apristas», decía *El Comercio*—, y señalado con flechas donde terminaba la información.

—Todos publicaron el cable de Ansa —bostezó él.

—La United Press, la Associated Press y las otras agencias quitaron la noticia de sus boletines, como les pedimos —dijo el doctor Alcibíades—. Ahora van a protestar porque Ansa se llevó la primicia. A Ansa no se le dio ninguna instrucción, porque como usted...

—Está bien —dijo él—. Ubíquelo a, ¿cómo se llama el tipo de Ansa?, ¿Tallio, no? Que venga ahora mismo.

—Sí, don Cayo —dijo el doctor Alcibíades—. Ahí está el señor Lozano ya.

—Hágalo pasar y que nadie nos interrumpa —dijo él—. Cuando llegue el ministro, avísele que iré a su despacho a las tres. Firmaré las cartas luego. Eso es todo, doctorcito.

Alcibíades salió y él abrió el primer cajón del escritorio. Cogió un frasquito y lo contempló un momento, disgustado. Sacó una pastilla, la humedeció con saliva y la tragó.

—¿Hace mucho que está en el periodismo, señor? —dijo Santiago.

—Cerca de treinta años, figúrese —los ojos del señor Vallejo se extraviaron en profundidades temporales, un leve temblor agitó su mano—. Empecé llevando carillas de la redacción a talleres. Bueno, no me quejo. Ésta es una profesión ingrata, pero también da algunas satisfacciones.

—La mayor satisfacción se la dieron obligándolo a renunciar —dijo Carlitos—. Siempre me asombró que un tipo como Vallejo fuera periodista. Era muy manso, muy cándido, muy correcto. No era posible, tenía que acabar mal.

—Oficialmente, comenzará el primero —el señor Vallejo miró el calendario Esso que colgaba en la pared—, es decir el martes próximo. Si quiere irse poniendo al corriente, puede darse una vuelta por la redacción estas noches.

—¿O sea que para ser periodista la primera condición no es saber qué es el *lead*? —dijo Santiago.

—Sino ser canalla, o por lo menos saber aparentarlo —asintió jovialmente Carlitos—. Yo ya no tengo que hacer esfuerzos. Tú todavía un poquito, Zavalita.

—Quinientos soles al mes no es gran cosa —dijo el señor Vallejo—. Mientras se va fogueando. Después lo mejorarán.

Al salir de *La Crónica* se cruzó en el zaguán con un hombre de bigotitos milimétricos y corbata tornasolada, el cabecero Hernández piensa, pero en la plaza San Martín ya había olvidado la entrevista con Vallejo: ¿lo habría buscado, dejado una carta, lo estaría esperando? No, al entrar a la pensión, la señora Lucía se limitó a darle las buenas tardes. Bajó al oscuro vestíbulo a telefonear al tío Clodomiro.

—Felizmente salió, tío, comienzo el primero. El señor Vallejo fue muy amable.

—Vaya, me alegro, flaco —dijo el tío Clodomiro—. Ya veo que estás contento.

—Mucho, tío. Ahora podré pagarte lo que me prestaste.

—No hay ningún apuro —el tío Clodomiro hizo una pausa—. Podrías llamarlos a tus padres ¿no te parece? No te van a pedir que vuelvas a la casa si no quieres, ya te he dicho. Pero no los dejes así, sin noticias.

—Pronto los llamaré, tío. Prefiero que pasen unos días más. Tú le has dicho que estoy bien, no tiene de qué preocuparse.

—Siempre hablas de tu padre y nunca de tu madre —dijo Carlitos—. ¿No le dio una pataleta con tu fuga?

—Lloraría a mares, supongo, pero tampoco ella fue a buscarme —dijo Santiago—. Qué se iba a perder ese pretexto para sentirse una mártir.

—O sea que la sigues odiando —dijo Carlitos—. Yo creía que se te había pasado ya.

—Yo también creía —dijo Santiago—. Pero, ya ves, de repente se me escapan cosas y resulta que no.

II

Qué vida tan distinta llevaba la señora Hortensia. Qué desorden, qué costumbres. Se levantaba tardísimo. Amalia le subía el desayuno a las diez, junto con todos los periódicos y revistas que encontraba en el quiosco de la esquina, pero después de tomar su jugo, su café y sus tostadas, la señora se quedaba entre las sábanas, leyendo o flojeando, y nunca bajaba antes de las doce. Después que Símula le hacía las cuentas, la señora se preparaba su traguito, su manicito o sus papitas, se sentaba en la sala, ponía discos y comenzaban las llamadas. Para nada, porque sí, como las de la niña Teté a sus amigas: ¿viste que la chilena va a trabajar en el Embassy, Quetita?, en *Última Hora* decían que a la Lula le sobraban diez kilos, Quetita, la habían chapado a la China planeando con un bongoncero, Quetita. La llamaba sobre todo a la señorita Queta, le contaba chistes colorados, le rajaba de todo el mundo, la señorita le contaría y le rajaría también. Y qué boca. Los primeros días en la casita de San Miguel Amalia creía soñar, ¿de veras que la Polla se va a casar con el maricón ese, Quetita?, la cojuda de la Paqueta se está volviendo calva, Quetita: las peores palabrotas riéndose como si nada. A veces las lisuras llegaban hasta la cocina y Símula cerraba la puerta. Al principio a Amalia le chocaba, después se moría de risa y corría al repostero a oír lo que les chismeaba a la señorita Queta o a la señorita Carmincha o a la señorita Lucy o a la señora Ivonne. Cuando se sentaba a almorzar, la señora ya se había tomado dos o tres traguitos y estaba coloradita, sus ojos brillando de malicia, casi siempre de muy buen humor: ¿tú eres virgen todavía, negrita?, y Carlota alelada, la bocaza abierta, sin saber qué responder; ¿tienes un amante, Amalia?, cómo se le ocurre, señora, y la señora riéndose: si no tienes uno tendrás dos, Amalia.

¿Qué le fregaba de él? ¿Su cara sebosa, sus ojitos de chancho, sus sonrisas adulonas? ¿Le fregaba su olor a soplón, a delaciones, a burdel, a sobaco, a gonorreas? No, no era eso. ¿Qué, entonces? Lozano se había sentado en uno de los sillones de cuero y meticulosamente ordenaba papeles y cuadernillos sobre la mesita. Él cogió un lápiz, sus cigarrillos y se sentó en otro sillón.

—¿Qué tal se porta Ludovico? —sonrió Lozano, inclinado—. ¿Está contento con él, don Cayo?

—Tengo poco tiempo, Lozano —era su voz—. Sea lo más breve posible, por favor.

—Por supuesto, don Cayo —una voz de puta vieja, de cabrón jubilado—. Usted dirá, don Cayo.

—Construcción Civil —encendió un cigarrillo, vio las manos rechonchas escarbando afanosamente los papeles—. Cómo fueron las elecciones.

—La lista de Espinoza elegida por amplia mayoría, ningún incidente —dijo Lozano, con una enorme sonrisa—. El senador Parra asistió a la instalación del nuevo sindicato. Lo ovacionaron, don Cayo.

—¿Cuántos votos tuvo la lista de los rabanitos?

—Veinticuatro contra doscientos y pico —la mano de Lozano hizo un pase desdeñoso, su boca se frunció con asco—. Pst, nada.

—Espero que no encerraría a todos los opositores de Espinoza.

—Sólo a doce, don Cayo. Rabanitos y apristones fichados. Habían estado haciendo campaña por la lista de Bravo. No creo que sean gente peligrosa.

—Suéltelos de a pocos —dijo él—. Primero los rabanitos, después los apristones. Hay que fomentar esa rivalidad.

—Sí, don Cayo —dijo Lozano; y unos segundos después, orgulloso—: Ya habrá visto los diarios. Que las elecciones se llevaron a cabo en la forma más pacífica, que la lista apolítica se impuso democráticamente.

Nunca había trabajado fijo con ellos, don. Sólo por temporadas, cuando don Cayo salía de viaje y lo mandaba prestado al señor Lozano. ¿Qué clase de trabajitos, don? Bueno, de todo un poco. El primero había tenido que ver con las barriadas. Éste es Ludovico, había dicho el señor Lozano, éste es Ambrosio, así se conocieron. Se dieron la mano, el señor Lozano les explicó todo, después ellos dos habían salido a tomarse un trago a una pulpería de la avenida Bolivia. ¿Habría lío? No, Ludovico creía que sería fácil. ¿Ambrosio era nuevo aquí, no? Estaba aquí de prestado, él era chofer.

—¿Chofer del señor Bermúdez? —había dicho Ludovico, embobado—. Déjame darte un abrazo, déjame felicitarte.

Se habían caído en gracia, don, Ludovico había hecho reír a Ambrosio contándole cosas de Hipólito, el otro del trío, ese que resultó degenerado. Ahora Ludovico era chofer de don Cayo, don, e Hipólito ayudante. Al oscurecer subieron a la camioneta, manejó Ambrosio y cuadraron lejos de la barriada porque había un lodazal. Siguieron a patita, espantando las moscas, embarrándose, y preguntando encontraron la casa del tipo. Había abierto una gorda achinada que los miró con desconfianza: ¿se podría hablar con el señor Calancha? Había salido de la oscuridad: gordito, sin zapatos, en camiseta.

—¿Usted es el jefazo de esta barriada? —había dicho Ludovico.

—No hay sitio para nadie más —el tipo los había mirado compadeciéndolos, don—. Estamos completos.

—Tenemos que hablar urgente con usted —dijo Ambrosio—. ¿Nos damos una vueltecita mientras conversamos?

El tipo se los había quedado mirando sin contestar y por fin pasen, hablarían aquí nomás. No, don, tenía que ser de a solas. Bueno, como quisieran. Caminaron por el terral, Ambrosio y Ludovico a los costados de Calancha.

—Usted se está metiendo en honduras y vinimos a prevenirlo —dijo Ludovico—. Por su propio bien.

—No entiendo de qué habla —dijo el tipo, con voz flojona.

Ludovico sacó unos ovalados, le ofreció uno, se lo encendió.

—¿Por qué anda aconsejando a la gente que no vaya a la manifestación de la plaza de Armas el 27 de octubre, don? —dijo Ambrosio.

—Hasta anda hablando mal de la persona del general Odría —dijo Ludovico—. Cómo es eso.

—Quién ha dicho esas calumnias —como si lo hubieran pinchado, don, y ahí mismo se acarameló—: ¿Ustedes son de la policía? Tanto gusto.

—Si fuéramos no te estaríamos tratando tan bien —dijo Ludovico.

—A quién se le ocurre que voy a hablar mal del gobierno, y menos del Presidente —protestaba Calancha—. Si esta barriada se llama 27 de Octubre en homenaje a él, más bien.

—Y entonces por qué le aconseja a la gente que no vaya a la manifestación, don —dijo Ambrosio.

—Todo se sabe en esta vida —dijo Ludovico—. La policía anda pensando que eres un subversivo.

—Nunca jamás, qué mentira —un gran teatrero, don—. Déjenme que les explique todo.

—Está bien, hablando se entiende la gente con cacumen —dijo Ludovico.

Les había contado una historia de llanto, don. Muchos eran recién bajaditos de la sierra y ni hablaban español, se habían acomodado en este terrenito sin hacerle mal a nadie, cuando la revolución de Odría lo bautizaron 27 de Octubre para que no les mandaran a los cachacos, estaban agradecidísimos a Odría porque no los sacó de aquí. Éstos no eran como ellos —sobándonos, don—, ni como él, sino gente pobre y sin educación, a él lo habían elegido presidente de la asociación porque sabía leer y era costeño.

—Y eso qué tiene que ver —había dicho Ludovico—. ¿Nos quieres trabajar la moral? No se va a poder, Calancha.

—Si nos metemos ahora en política, los que vengan después de Odría nos mandarán a los cachacos y nos botarán de aquí —explicaba Calancha—. ¿Ven ustedes?

—Eso de que Odría se va a ir, a mí me sabe a subversivo —dijo Ludovico—. ¿A ti no, Ambrosio?

El tipo dio un salto y el puchito se le cayó de la boca. Se agachó a recogerlo y Ambrosio déjelo, tenga, fúmese otro entero.

—No se lo deseo, por mí que se quede para siempre —besándose los dedos, don—. Pero Odría podría morirse y subir un enemigo y decir ésos de 27 de Octubre iban a sus manifestaciones. Y nos mandarían a los cachacos, señor.

—Olvídate del futuro y piensa en lo que te conviene —dijo Ludovico—. Prepara bien a tu gente para el 27 de octubre.

Le dio una palmadita en el hombro, lo cogió del brazo como a un amigo: ésta era una conversación de a buenas, Calancha. Sí señor, claro señor.

—Los ómnibus vendrán a recogerlos a las seis —dijo Ludovico—. Que vayan todos, viejos, chicos, mujeres. Los ómnibus los volverán a traer. Después podrás organizar una jarana, si quieres. Habrá trago gratis. ¿Listo, Calancha?

Por supuesto, claro que sí, y Ludovico le alcanzó un par de libras: por la molestia de haberte interrumpido la digestión, Calancha. Después se moría dándoles las gracias, don.

La señorita Queta venía casi siempre después del almuerzo, era su más íntima, también guapa pero nunca como la señora Hortensia. Pantalones, blusitas escotadas y pegaditas, turbantes de colores. A veces la señora y la señorita Queta salían en el carrito blanco de la señorita y volvían a la noche. Cuando se quedaban en la casa, se pasaban la tarde hablando por teléfono y eran siempre los mismos chismes y rajes. Toda la casita se contagiaba de los disfuerzos de la señora y de la señorita, sus risas llegaban a la cocina y Amalia y Carlota corrían al repostero a escuchar las pasadas que hacían. Hablaban poniéndose un pañuelo en la boca, se arranchaban el teléfono, cambiaban de voz. Si les contestaba un hombre: eres muy buen mozo y me gustas, estoy enamorada de ti pero ni siquiera me miras, ¿quieres venir a mi casa a la noche?, soy una amiga de tu mujer. Si mujer: tu marido te engaña con tu hermana, tu marido está loco por mí pero no te asustes, no te lo voy a quitar porque tiene mucho grano en la espalda, tu marido te va a poner cuernos a las cinco en Los Claveles, ya sabes con quién. Al principio a Amalia le daba un mal gustito en la boca oírlas, después las festejaba a morir. Todas las amigas de la señora son artistas, le dijo Carlota, trabajaban en radios, en cabarets. Todas eran fachosas, la señorita Lucy, frescas, la señorita Carmincha, tacos altísimos, la señorita que le decían la China era una de las Bim Bam Bum. Y otro día, bajando la voz, ¿te cuento un secreto? La señora también había sido artista, Carlota había encontrado en su dormitorio un álbum con fotos donde aparecía elegantísima y mostrando todo. Amalia rebuscó el velador, el clóset, el tocador pero no dio con el álbum. Pero seguramente era cierto, qué le faltaba a la señora para haber sido artista, hasta tenía linda voz. La oían cantar mientras se bañaba, cuando la veían de muy buen humor le pedían, señora, a ver *Caminito* o *Noche de amor* o *Rosas rojas para ti* y ella les daba gusto. En las fiestecitas nunca se hacía de rogar cuando le pedían que cantara. Corría a poner un disco, cogía un vaso o una muñequita de la repisa para que pareciera un micro y se paraba en el centro de la salita y cantaba, los invitados la aplaudían a rabiar. ¿Ves que fue artista?, le susurraba Carlota a Amalia.

—Textiles —dijo él—. Ayer se plantó la discusión del pliego de reclamos. Anoche los empleadores fueron a decirle al ministro de Trabajo que hay amenaza de huelga, que todo esto tiene un fondo político.

—Perdón, don Cayo, no hay tal cosa —dijo Lozano—. Usted sabe, textiles, foco aprista desde siempre. Así que ahí se ha hecho una limpieza en regla. El sindicato es de plena confianza. Pereira, el secretario general, usted lo conoce, ha cooperado siempre.

—Hable con Pereira hoy mismo —lo interrumpió él—. Dígale que la amenaza de huelga se va a quedar en amenaza, las cosas no están para huelgas ahora. Que acaten la mediación del Ministerio.

—Aquí está todo explicado, don Cayo, permítame —Lozano se inclinó, velozmente sacó una hojita del alto de papeles de la mesa—. Es una amenaza, nada más. Una medida política, no para asustar a los empleadores, sino para que el sindicato recupere prestigio ante la base. Hay mucha resistencia contra la actual directiva, esto va a hacer que los obreros vuelvan a...

—El aumento que propone el Ministerio es justo —dijo él—. Que Pereira convenza a su gente, la discusión de este pliego de reclamos tiene que terminar. Se está creando una situación tensa ahí, y las tensiones favorecen la agitación.

—Pereira piensa que si el Ministerio de Trabajo aceptara siquiera el punto dos del pliego, él podría...

—Explíquele a Pereira que se le paga un sueldo para obedecer, no para pensar —dijo él—. Se le ha puesto ahí para que facilite las cosas, no para que las complique pensando. El Ministerio ha conseguido algunas concesiones de los empleadores, ahora el sindicato debe aceptar la mediación. Dígale a Pereira que este asunto debe terminar en cuarenta y ocho horas.

—Sí, don Cayo —dijo Lozano—. Perfectamente, don Cayo.

Pero dos días después el señor Lozano estaba furia, don: el pendejo de Calancha no había ido a la reunión de la directiva y ahora no da cara, faltaban tres días para el 27 y si no va la barriada en masa la plaza de Armas no se llenaba. El hombre es Calancha, había que amansarlo a como dé lugar, ofrézcanle hasta quinientos soles. O sea que los había engañado, don, resultó una mosquita muerta hipócrita. Subieron a la camioneta, llegaron a su casa y no tocaron la puerta. Ludovico había echado la calamina abajo de un manazo: adentro había una vela prendida, Calancha y la achinada estaban comiendo, y alrededor como diez criaturas llorando.

—Salga, don —dijo Ambrosio—, tenemos que conversar.

La achinada había cogido un palo y Ludovico se echó a reír. Calancha la insultó, le arranchó el palo, discúlpenla, perdónenla, un teatrero increíble, don, le había llamado la atención que entraran sin tocar. Salió con ellos y esa noche sólo llevaba un pantalón y apestaba a trago. Apenas se alejaron de la casa, Ludovico le aflojó una cachetada de media vuelta, y Ambrosio otra, ninguna muy fuerte, para bajarle la moral. Qué alharaca había hecho, don: se tiró al suelo, no me maten, habría algún malentendido.

—Hijo de siete leches —dijo Ludovico—. Malentendido te voy a dar.

—¿Por qué no hizo lo que prometió, don? —dijo Ambrosio.

—¿Por qué no fuiste a la reunión de la directiva cuando Hipólito vino a arreglar lo de los ómnibus? —dijo Ludovico.

—Míreme la cara, mírenmela ¿no está amarilla? —lloraba Calancha—. De tiempo en tiempo me vienen unos ataques que me tumban, estuve en cama enfermo. Iré a la reunión de mañana, todo se arreglará.

—Si los de aquí no van a la manifestación, será su culpa —dijo Ambrosio.

—Y ahí vas preso —dijo Ludovico—. Y a los presos políticos, uy mamita.

Él les daba su palabra, juraba por su madre, y Ludovico le aflojó otra y Ambrosio otra, un poquito más fuerte esta vez.

—Tú dirás que son cojudeces, pero estas cachetadas son por tu bien —dijo Ludovico—. ¿No ves que no queremos que te metan preso, Calancha?

—Ésta es tu última oportunidad, hombre —había dicho Ambrosio.

Su palabra, por su madre, nos juraba don, ya no me peguen.

—Si todos los serranos van a la plaza y la cosa sale bien, hay trescientos soles para ti, Calancha —dijo Ludovico—. Entre trescientos soles o ir preso, tú dirás qué te conviene más.

—No faltaba más, no quiero plata —qué tipo latero, don—. Yo lo haré por el general Odría, nomás.

Lo dejaron así, jurando y prometiendo. ¿Tendría palabra el pendejo este, Ambrosio? Tenía, don: al día siguiente fue Hipólito a llevarles los banderines y Calancha lo había recibido al frente de la directiva, e Hipólito vio que palabreaba a su gente y cooperaba de lo más bien.

La señora era más alta que Amalia, más baja que la señorita Queta, pelo negro retinto, cutis como si nunca le hubiera dado el sol, ojos verdes, boca roja que andaba siempre mordiendo con sus dientes parejitos de una manera coquetísima. ¿Qué edad tendría? Más de treinta decía Carlota, Amalia pensaba veinticinco. De la cintura para arriba su cuerpo era así así, pero para abajo qué curvas. Hombros echaditos para atrás, senos paraditos, una cintura de niñita. Pero las caderas eran un corazón, anchas anchas y se iban cerrando, cerrando, y las piernas se iban adelgazando despacito, tobillos finos y pies como los de la niña Teté. Manos chiquitas también, uñas larguísimas siempre pintadas del mismo color que los labios. Cuando estaba con pantalón y blusa se le marcaba todo, los escotes de sus vestidos elegantes dejaban al aire hombros, media espalda y la mitad de los senos. Se sentaba, cruzaba las piernas, la falda se corría más arriba de la rodilla, y, desde el repostero, agitadas como gallinas, Carlota y Amalia comentaban cómo se les iban los ojos a los invitados tras las piernas y los escotes de la señora. Viejos, canosos, gordos, inventaban mil cosas, levantar el vaso de whisky del suelo, agacharse a botar la ceniza, para acercar los ojos y mirar. Ella no se enojaba, hasta los provocaba sentándose así, alcanzándoles los manicitos así. ¿El señor no es celoso, no?, le dijo Amalia a Carlota, cualquier otro se pondría furioso si se tomaran esas confianzas con su señora. Y Carlota: ¿por qué va a ser celoso con ella?, si era su querida nomás. Era tan raro, el señor sería feo y viejo pero no parecía tener un pelo de tonto, y, sin embargo, se quedaba tan tranquilo cuando los invitados, ya tomaditos, empezaban a aprovecharse con la señora haciéndose los que bromeaban. Por ejemplo, estaban bailando y le daban su besito en el cuello o le sobaban la espalda y cómo la apretaban. La señora soltaba su risita, jugando le daba un manazo al atrevido, lo empujaba jugando contra un sillón, o seguía bailando como si tal cual, dejándolo que se propasara. Don Cayo no bailaba nunca. Sentado en un sillón, el vaso en la mano, conversaba con los invitados, o miraba con su cara aguada los juegos y coqueterías de la señora. Un señor colorado gritó un día ¿me presta su sirena para un fin de semana en Paracas, don Cayo?, y el señor se la regalo, general, y la señora listo, llévame a Paracas, soy tuya. Carlota y Amalia se morían de risa oyendo estos chistes, viendo estos disfuerzos, pero Símula no las dejaba espiar mucho tiempo, venía al repostero y cerraba la puerta, o se aparecía la señora, ojos brillantes, mejillas arrebatadas, y las mandaba a acostarse. Desde su cama, Amalia oía la música, las risas, grititos, ruido de vasos, y permanecía encogida bajo la frazada, desvelada, desasosegada, riéndose sola. A la mañana siguiente ella y Carlota tenían que trabajar el triple. Montañas de puchos y de botellas, muebles arrimados contra las paredes, copas rotas. Limpiaban, recogían, ordenaban para que la señora al bajar no empezara ay qué suciedad, ay qué porquería. El señor se quedaba a dormir cuando había fiesta. Partía tempranito, Amalia lo veía, amarillo y ojeroso, cruzar rapidito el jardín, despertar a los dos tipos que se habían pasado la noche en el auto esperándolo, cuánto les pagaría para hacerlos trasnochar así, y apenas partía el auto se iban también los guardias de la esquina. Esos días la señora se levantaba tardísimo. Símula le tenía lista una fuente de conchitas con salsa de cebolla y mucho ají y un vaso de cerveza helada. Aparecía en bata, los ojos hinchados y enrojecidos, almorzaba y regresaba a la cama, y en la tarde andaba tocando el timbre para que Amalia le subiera agua mineral, Alka-Seltzers.

—Olave —dijo él, arrojando una bocanada de humo—. ¿Volvió la gente que mandó a Chiclayo?

—Esta mañana, don Cayo —asintió Lozano—. Todo resuelto. Aquí tiene el informe del prefecto, aquí una copia del parte policial. Los tres cabecillas están detenidos en Chiclayo.

—¿Apristas? —echó otra bocanada y vio que Lozano contenía un estornudo.

—Sólo un tal Lanza, dirigente aprista viejo. Los otros dos son jóvenes, sin antecedentes.

—Tráigalos a Lima y que confiesen sus pecados mortales y veniales. Una huelga como la de Olave no se organiza así nomás. Ha sido preparada con tiempo y por profesionales. ¿Se reanudó ya el trabajo en la hacienda?

—Esta mañana, don Cayo —dijo Lozano—. Me lo comunicó el prefecto por teléfono. Hemos dejado una pequeña dotación en Olave por unos días, aunque el prefecto asegura...

—San Marcos —Lozano cerró la boca y sus manos se precipitaron hacia la mesa, cogieron tres, cuatro hojitas y se las alcanzaron. Las puso en el brazo del sillón, sin mirarlas.

—Nada esta semana, don Cayo. Los grupitos se reúnen, los apristas más desorganizados que nunca, los rabanitos un poquito más activos. Ah sí, hemos identificado un nuevo grupito trotskista. Reuniones, conversaciones, nada. La semana próxima hay elecciones en Medicina. La lista aprista puede ganar.

—Las otras universidades —arrojó el humo y esta vez Lozano estornudó.

—Lo mismo, don Cayo, reuniones de los grupitos, peleas entre ellos, nada. Ah sí, por fin está funcionando bien la información en la Universidad de Trujillo. Aquí está, memorándum número tres. Tenemos ahí dos elementos que...

—¿Sólo memorándum? —dijo él—. ¿Esta semana no hay volantes, folletos, revistitas a mimeógrafo?

—Claro que sí, don Cayo —Lozano levantó su maletín, corrió el cierre, sacó un grueso sobre con aire de triunfo—. Volantes, folletos, hasta los comunicados a máquina de los Centros Federados. Todo, don Cayo.

—Viaje del Presidente —dijo él—. ¿Habló con Cajamarca?

—Todos los preparativos han comenzado ya —dijo Lozano—. Viajaré el lunes y el miércoles en la mañana le daré un informe detallado, de modo que el jueves pueda ir usted a echar una ojeada al dispositivo de seguridad. Si le parece, don Cayo.

—He decidido que su gente viaje a Cajamarca por tierra. Partirán el jueves, en ómnibus, para que estén allá el viernes. No vaya a ser que se caiga el avión y no haya tiempo para reemplazarlos.

—Con las carreteras de la sierra no sé si es más peligroso el ómnibus que el avión —bromeó Lozano, pero él no sonrió y Lozano se puso serio de inmediato—: Muy bien pensado, don Cayo.

—Déjeme todos esos papeles —se puso de pie y Lozano instantáneamente lo imitó—. Se los devolveré mañana.

—No le quito más tiempo entonces, don Cayo —Lozano lo siguió hasta el escritorio, su enorme maletín bajo el brazo.

—Un segundo, Lozano —encendió otro cigarrillo, chupó cerrando un poquito los ojos. Lozano aguardaba frente a él, sonriente—. No le saque más plata a la vieja Ivonne.

—¿Perdón, don Cayo? —lo vio pestañear, confundirse, palidecer.

—A mí no me importa que les saque unos soles a las niñas malas de Lima —dijo él, amablemente, sonriendo—. Pero a Ivonne déjela en paz y, si tiene algún problema alguna vez, facilítele las cosas. Es una buena persona ¿comprende?

La cara gorda se había llenado de sudor, los ojitos de chancho trataban angustiosamente de sonreír. Le abrió la puerta, le dio una palmadita en el hombro, hasta mañana Lozano, y regresó al escritorio. Levantó el fono: comuníqueme con el senador Landa, doctorcito. Recogió los papeles que había dejado Lozano, los guardó en su maletín. Un momento después sonó el teléfono.

—¿Aló, don Cayo? —la voz jovial de Landa—. Iba a llamarlo en este momento, justamente.

—Ya ve, senador, la trasmisión de pensamiento existe —dijo él—. Le tengo una buena noticia.

—Ya sé, ya sé, don Cayo —qué contento estás, hijo de puta—. Ya sé, el trabajo se reanudó esta mañana en Olave. No sabe cuánto le agradezco que se interesara en este asunto.

—Hemos cogido a los cabecillas —dijo él—. Esos sujetos no volverán a crear problemas por un tiempo.

—Si se atrasaba la cosecha, hubiera sido una catástrofe para todo el departamento —dijo el senador Landa—. ¿Cómo está de tiempo, don Cayo? ¿No tiene compromiso esta noche?

—Véngase a comer a San Miguel —dijo él—. Sus admiradoras siempre andan preguntando por usted.

—Encantado, ¿a eso de las nueve, le parece? —la risita de Landa—. Perfecto, don Cayo. Un abrazo, entonces.

Cortó y marcó un número. Dos, tres llamadas, sólo luego de la cuarta una voz soñolienta: ¿sí, aló?

—He invitado a Landa esta noche —dijo él—. Llámala a Queta, también. Y que le diga a Ivonne que ya no le van a sacar más plata. Sigue durmiendo nomás.

En la mañanita del 27 habían ido con Hipólito y Ludovico a buscar los ómnibus y camiones, estoy preocupado decía Ludovico pero Hipólito no habrá problema. Desde lejos vieron a la gente de la barriada amontonada, esperando, tantos que tapaban las chozas, don. Quemaban basura, cenizas y gallinazos volando. Vino a recibirlos la directiva, Calancha los había saludado hecho una miel, ¿qué les dije? Les dio la mano, les presentó a los demás, se quitaban los sombreros, los abrazaban. Habían pegado retratos de Odría en los techos y en las puertas, todos tenían sus banderitas, Viva la Revolución Restauradora, decían los carteles, Viva Odría, Con Odría las Barriadas, Salud Educación Trabajo. La gente los miraba y las criaturas se les prendían de las piernas.

—No vayan a estar en la plaza de Armas con esas caras de duelo —había dicho Ludovico.

—Se alegrarán a su debido tiempo —había dicho Calancha, muy canchero, don.

Los metieron a los ómnibus y camiones, había de todo pero predominaban las mujeres y los serranos, tuvieron que hacer varios viajes. La plaza estaba casi llena con los espontáneos y la gente de otras barriadas y de las haciendas. Desde la catedral se veía un mar de cabezas, los carteles y retratos y banderas flotando encima. Llevaron la barriada donde había dicho el señor Lozano. Había señoras y señores en las ventanas de la municipalidad, de las tiendas, del Club de la Unión, a lo mejor hasta don Fermín estaría ahí ¿no, don?, y, de repente, Ambrosio miren, uno de ese balcón es el señor Bermúdez. Los pescados maricones se tiran unos a otros, se reía Hipólito señalando la fuente, y Ludovico hablas de lo que sabes, mostacero: siempre fregaban así a Hipólito y él nunca se molestaba, don. Comenzaron a animar a la gente, a hacerles dar vivas y maquinitas. Se reían, movían la cabeza, anímense decía Ludovico, Hipólito iba como un ratón de un grupo a otro, más alegría, más ruido. Llegaron las bandas de música, tocaron valses y marineras, por fin se abrió el balcón de Palacio y salió el Presidente y muchos señores y militares, y la gente comenzó a alegrarse. Después, cuando Odría habló de la revolución, del Perú, se animaron bastante. Daban vivas por su cuenta, al terminar el discurso aplaudieron muchísimo. ¿Tenía o no tenía palabra?, les había dicho Calancha, al anochecer, en la barriada. Le dieron sus trescientos soles y a él le dio porque tenían que tomarse unos tragos juntos. Habían repartido trago y cigarros, muchos andaban borrachos. Se tomaron unos piscos con Calancha y después Ludovico y Ambrosio se habían escapado, dejándolo a Hipólito en la barriada.

—¿Estará contento el señor Bermúdez, Ambrosio?

—Claro que ha de estar, Ludovico.

—¿No podrías hacer algo para que yo trabajara contigo en el auto, en vez de Hinostroza?

—Cuidar a don Cayo es lo más pesado que existe, Ludovico. Hinostroza anda medio idiota de tanta mala noche.

—Pero son quinientos soles más, Ambrosio. Y, además, a lo mejor así me meten al escalafón. Y, además, estaríamos juntos, Ambrosio.

Así que Ambrosio le había hablado a don Cayo, don, para que pusiera a Ludovico en vez de Hinostroza, y don Cayo se había reído: ahora hasta tú tienes tus recomendados, negro.

III

Fue al día siguiente de una fiestecita que Amalia se llevó la gran sorpresa. Había sentido al señor bajar las escaleras, salido a la salita, visto entre las persianas que el carro partía y que se iban los cachacos de la esquina. Entonces subió al segundo piso, tocó la puerta apenitas, ¿podía recoger la lustradora, señora?, y abrió y entró en puntas de pie. Ahí estaba, junto al tocador. La poca luz de la ventana aclaraba las patitas de cocodrilo, el biombo, el clóset, lo demás estaba a oscuras y flotaba un vaho tibio. No miró la cama mientras iba hacia el tocador, sino cuando volvía jalando la lustradora. Se quedó helada: ahí estaba también la señorita Queta. Parte de las sábanas y del cubrecama se habían deslizado hasta la alfombra, la señorita dormía vuelta hacia ella, una mano sobre la cadera, la otra colgando, y estaba desnuda, desnuda. Ahora veía también, por sobre la espalda morena de la señorita, un hombro blanco, un brazo blanco, los cabellos negrísimos de la señora que dormía hacia el otro lado, ella cubierta por las sábanas. Siguió su camino, el suelo parecía de espinas, pero antes de salir una invencible curiosidad la obligó a mirar: una sombra clara, una sombra oscura, las dos tan quietas, pero algo raro y como peligroso salía de la cama y vio el dragón descoyuntado en el espejo del techo. Oyó que una de las dos murmuraba algo en sueños y se asustó. Cerró la puerta, respirando de prisa. En la escalera se echó a reír, llegó a la cocina tapándose la boca, sofocada. Carlota, Carlota, la señorita está ahí en la cama con la señora, y bajó la voz y miró al patio, las dos sin nada, las dos calatas. Bah, la señorita Queta siempre se quedaba a dormir, y, de pronto, Carlota dejó de bostezar y también bajó la voz, ¿las dos sin nada, las dos calatas? Toda la mañana, mientras enderezaban los cuadros, cambiaban el agua de los jarrones y sacudían la alfombra, estuvieron dándose codazos, ¿el señor habría dormido en el sofá, en el escritorio?, ahogadas de risa, ¿bajo la cama?, y, de repente, a una se le llenaban de lágrimas los ojos y la otra le daba manazos en la espalda, ¿qué pasaría, qué harían, cómo sería? Los ojazos de Carlota parecían moscardones, Amalia se mordía la mano para contener las carcajadas. Así las encontró Símula al volver de la compra, qué les pasaba, nada, en la radio habían oído un chiste chistosísimo. La señora y la señorita bajaron a mediodía, comieron conchitas con ají, tomaron cerveza helada. La señorita se había puesto una bata de la señora que le quedaba cortísima. No hicieron llamadas, estuvieron oyendo discos y conversando, la señorita se fue al atardecer.

Ahí estaba el señor Tallio, don Cayo, ¿lo hacía pasar? Sí, doctorcito. Un momento después se abrió la puerta: reconoció sus rizos rubios, su cara lampiña y sonrosada, su andar elástico. Cantante de ópera, pensó, tallarinero, eunuco.

—Encantado, señor Bermúdez —venía con la mano estirada y sonreía, veremos cuánto te dura la alegría—. Espero que se acuerde de mí, el año pasado tuve…

—Claro, conversamos aquí mismo ¿no? —lo guió hasta el sillón que había ocupado Lozano, se sentó frente a él—. ¿Quiere fumar?

Aceptó, se apresuró a sacar su encendedor, hacía venias.

—Pensaba venir a visitarlo un día de éstos, señor Bermúdez —accionaba, se movía en el sillón como si tuviera gusanos—. Así que fue como si…

—Me hubiera trasmitido el pensamiento —dijo él. Sonrió y vio que Tallio asentía y abría la boca pero no le dio tiempo a hablar: le alcanzó el puñado de recortes. Un gesto exagerado de sorpresa, los hojeaba muy serio, asentía. Así, muy bien, léelos, hazme creer que los lees, bachiche.

—Ah sí, ya vi, ¿líos en Buenos Aires, no? —dijo al fin, ya sin accionar, sin moverse—. ¿Hay algún comunicado del gobierno sobre este asunto? Lo pasaremos de inmediato, por supuesto.

—Todos los diarios publicaron la noticia de Ansa, dejó usted atrás a las demás agencias —dijo él—. Se ganó una buena primicia.

Sonrió y vio que Tallio sonreía, ya sin felicidad, ya sólo por educación, eunuco, las mejillas más sonrosadas aún, te regalo a Robertito.

—Nosotros pensábamos que era mejor no mandar esa noticia a los diarios —dijo él—. Ya es lamentable que los apristas apedreen la embajada de su propio país. ¿Para qué publicar eso aquí?

—Bueno, la verdad es que me sorprendió que sólo publicaran el cable de Ansa —encogía los hombros, alzaba el índice—. Lo incluimos en nuestros boletines porque no recibí ninguna indicación al respecto. La noticia pasó por el Servicio de Información, señor Bermúdez. Espero que no haya habido ningún error.

—Todas las agencias la suprimieron, menos Ansa —dijo él, apenado—. A pesar de las relaciones cordiales que tenemos con usted, señor Tallio.

—La noticia pasó por aquí, con todas las otras, señor Bermúdez —colorado ya, sorprendido de veras ya, sin poses ya—. No recibí ninguna indicación, ninguna nota. Le ruego que llame al doctor Alcibíades, quiero que esto se aclare de inmediato.

—El Servicio de Información no da vistos buenos ni malos —apagó su cigarrillo, calmosamente encendió otro—. Sólo acusa recibo de los boletines que le envían, señor Tallio.

—Pero si el doctor Alcibíades me lo hubiera pedido, yo hubiera suprimido la noticia, lo he hecho siempre —ansioso ahora, impaciente, perplejo—. Ansa no tiene el menor interés en difundir cosas que incomoden al gobierno. Pero no somos adivinos, señor Bermúdez.

—No damos instrucciones —dijo él, interesado en las figuras que trazaba el humo, en las motas blancas de la corbata de Tallio—. Sólo sugerimos, de manera amistosa, y muy rara vez, que no se propaguen noticias ingratas para el país.

—Pero sí, pero claro que lo sé, señor Bermúdez —ya te lo tengo a punto, Robertito—. Siempre he seguido al pie de la letra las sugerencias del doctor Alcibíades. Pero esta vez ninguna indicación, ninguna sugerencia. Le ruego que...

—El gobierno no ha querido establecer una censura oficial para no perjudicar a las agencias, justamente —dijo él.

—Si no llama al doctor Alcibíades esto no se va a aclarar nunca, señor Bermúdez —tu cajita de vaselina y adelante, Robertito—. Que le explique, que me explique a mí. Por favor, señor. No entiendo nada, señor Bermúdez.

—Déjame pedir a mí —dijo Carlitos; y al mozo—: Dos cervezas alemanas, ésas de lata.

Se había recostado contra la pared tapizada de carátulas de *The New Yorker*. El reflector iluminaba su cabeza crespa, sus ojos desorbitados, su cara oscurecida por una barba de dos días, su nariz rojiza, de borrachín piensa, de griposo.

—¿Cuesta cara esa cerveza? —dijo Santiago—. Ando un poco ajustado de plata.

—Yo te invito, acabo de sacarles un vale a esos cabrones —dijo Carlitos—. Por venir aquí conmigo, esta noche murió tu fama de niño formal, Zavalita.

Las carátulas eran brillantes, irónicas, multicolores. La mayoría de las mesas estaban vacías, pero del otro lado de la rejilla que separaba los dos ambientes del local, venían murmullos; en el bar un hombre en mangas de camisa bebía una cerveza. Alguien, oculto en la oscuridad, tocaba el piano.

—He dejado sueldos íntegros aquí —dijo Carlitos—. En este antro me siento bien.

—Yo es la primera vez que vengo al Negro-Negro —dijo Santiago—. Vienen muchos pintores y escritores ¿no?

—Pintores y escritores náufragos —dijo Carlitos—. Cuando yo era un pichón, entraba aquí como las beatas a las iglesias. Desde ese rincón, espiaba, escuchaba, cuando reconocía a un escritor me crecía el corazón. Quería estar cerca de los genios, quería que me contagiaran.

—Ya sabía que también eres escritor —dijo Santiago—. Que has publicado poemas.

—Iba a ser escritor, iba a publicar poemas —dijo Carlitos—. Entré a *La Crónica* y cambié de vocación.

—¿Prefieres el periodismo a la literatura? —dijo Santiago.

—Prefiero el trago —se rió Carlitos—. El periodismo no es una vocación sino una frustración, ya te darás cuenta.

Se encogió, dibujos y caricaturas y títulos en inglés donde había estado su cabeza, y ahí estaban la mueca que torcía su cara, Zavalita, sus manos crispadas. Le tocó el brazo: ¿se sentía mal? Carlitos se enderezó, apoyó la cabeza contra la pared.

—A lo mejor la úlcera de nuevo —ahora tenía un hombre-cuervo en una oreja, y en la otra un rascacielos—. A lo mejor la falta de alcohol. Porque, aunque te parezca borracho, no he tomado en todo el día.

El único que te queda y en el hospital, con diablos azules, Zavalita. Irías a verlo mañana sin falta, Carlitos, le llevarías un libro.

—Entraba aquí y me sentía en París —dijo Carlitos—. Pensaba algún día llegaré a París, y bum, genio como por arte de magia. Pero no llegué, Zavalita, y aquí me tienes, con retortijones de embarazada. ¿Qué ibas a ser tú cuando viniste a naufragar a *La Crónica*?

—Abogado —dijo Santiago—. No, más bien revolucionario. Comunista.

—Comunista y periodista por lo menos riman, en cambio poeta y periodista —dijo Carlitos, y echándose a reír—: ¿Comunista? A mí me botaron de un trabajo por comunista. Si no fuera por eso, no hubiera entrado al periódico y a lo mejor estaría escribiendo poemas.

—¿No sabes qué son diablos azules? —dice Santiago—. Cuando no quieres saber algo, no te gana nadie, Ambrosio.

—Qué carajo iba a ser yo comunista —dijo Carlitos—. Eso es lo más gracioso del caso, la verdad es que nunca supe por qué me botaron. Pero me fregaron, y aquí me tienes, borracho y con úlceras. Salud niño formal, salud Zavalita.

La señorita Queta era la mejor amiga de la señora, la que venía más a la casita de San Miguel, la que nunca faltaba a las fiestas. Alta, piernas largas, pelos rojos, pintados decía Carlota, piel canela, un cuerpo más llamativo que el de la señora Hortensia, también sus vestidos y su manera de hablar y sus disfuerzos cuando tomaba. Era la que hacía más bulla en las fiestecitas, una atrevida para bailar, ella sí que se dejaba aprovechar a su gusto por los invitados, no paraba de provocarlos. Se les acercaba por la espalda, los despeinaba, les jalaba la oreja, se les sentaba en las rodillas, una descocada. Pero era la que alegraba la noche con sus locuras. La primera vez que vio a Amalia se la quedó mirando con una sonrisita rarísima, y la examinaba y la miraba y se quedaba pensando y Amalia qué le pasará, qué tengo. Así que tú eres la famosa Amalia, por fin te conozco. ¿Famosa por qué, señorita? La que roba corazones, la que destruye a los hombres, se reía la señorita Queta, Amalia la malquerida. Loquísima pero qué simpática. Cuando no estaba haciendo pasadas por teléfono con la señora, contaba chistes. Entraba con una alegría perversa en los ojos, tengo mil chismes nuevecitos chola, y, desde la cocina, Amalia la oía rajando, chismeando, burlándose de todo el mundo. También ella les hacía a Carlota y Amalia unas bromas que las dejaban mudas y con la cara quemando. Pero era buenísima, vez que las mandaba al chino a comprar algo les regalaba uno, dos soles. Un día de salida hizo subir a Amalia a su carrito blanco y la llevó hasta el paradero.

—Alcibíades en persona telefoneó a su oficina pidiendo que esa noticia no fuera enviada a los diarios —suspiró él; sonrió apenas—. No lo habría molestado si no hubiera hecho ya una investigación, señor Tallio.

—Pero, no puede ser —la cara rubicunda devastada por el desconcierto, la lengua súbitamente torpe—. ¿A mi oficina, señor Bermúdez? Pero si la secretaria me da todos los... ¿El doctor Alcibíades en persona? No comprendo cómo...

—¿No le dieron el recado? —lo ayudó él, sin ironía—. Bueno, me figuraba algo de eso. Alcibíades habló con uno de los redactores, creo.

—¿De los redactores? —ni sombra del aplomo risueño, de la exuberancia de antes—. Pero no puede ser, señor Bermúdez. Estoy muy confuso, siento muchísimo. ¿Sabe con cuál de los redactores, señor? Sólo tengo dos y, bueno, en fin, le aseguro que esto no se va a repetir.

—Yo estaba sorprendido porque nosotros siempre nos hemos portado bien con Ansa —dijo él—. Radio Nacional y el Servicio de Información le compran los boletines completos. Eso le cuesta dinero al gobierno, como usted sabe.

—Por supuesto, señor Bermúdez —así, ahora enójate y haz tu número, cantante de ópera—. ¿Me permite su teléfono? Voy a averiguar en este momento quién recibió el mensaje del doctor Alcibíades. Esto se va a aclarar ahora mismo, señor Bermúdez.

—Siéntese, no se preocupe —le sonrió, le ofreció un cigarrillo, se lo encendió—. Tenemos enemigos por todas partes, en su oficina debe haber alguien que no nos quiere. Ya investigará después, señor Tallio.

—Pero esos dos redactores son unos muchachos que —apesadumbrado, con una expresión tragicómica—, en fin, esto lo aclaro hoy mismo. Le voy a rogar al doctor Alcibíades que en el futuro se comunique siempre conmigo.

—Sí, será lo mejor —dijo él; reflexionó, observando como de casualidad los recortes que bailoteaban en las manos de Tallio—. Lo lamentable es que me ha creado un pequeño problema a mí. El Presidente, el ministro me van a preguntar por qué compramos los boletines de una agencia que nos da dolores de cabeza. Y como yo soy el responsable de que se firmara el contrato con Ansa, figúrese usted.

—Por eso mismo estoy tan confundido, señor Bermúdez —y es cierto, quisieras estar lejísimos de aquí—. La persona que habló con el doctor será despedida hoy mismo, señor.

—Porque estas cosas hacen daño al régimen —decía él, como pensando en alta voz y con melancolía—. Los enemigos se aprovechan cuando aparece una noticia así en la prensa. Ellos ya nos dan bastantes problemas. No es justo que los amigos nos los den también ¿no cree?

—No se va a repetir, señor Bermúdez —había sacado un pañuelo celeste, se secaba las manos con furia—. De eso sí que puede estar seguro. De eso sí, señor Bermúdez.

—Yo admiro las escorias humanas —Carlitos volvió a doblarse, como si hubiera recibido un puñetazo en el estómago—. La página policial me ha corrompido, ya ves.

—No tomes más —dijo Santiago—. Vámonos, más bien.

Pero Carlitos se había enderezado de nuevo y sonreía:

—A la segunda cerveza las punzadas desaparecen y me siento bestial, todavía no me conoces. Es la primera vez que nos tomamos un trago juntos ¿no? —sí Carlitos, piensa, era la primera vez—. Eres muy serio tú, Zavalita, terminas el trabajo y vuelas. Nunca vienes a tomar una copa con nosotros los náufragos. ¿No quieres que te corrompamos?

—El sueldo me alcanza con las justas —dijo Santiago—. Si me fuera a los bulines con ustedes, no tendría ni para pagar la pensión.

—¿Vives solo? —dijo Carlitos—. Creí que eras un hijito de familia. ¿No tienes parientes? ¿Y qué edad tienes? Eres un pichón ¿no?

—Muchas preguntas a la vez —dijo Santiago—. Tengo familia, sí, pero vivo solo. Oye, ¿cómo hacen ustedes para emborracharse e ir a bulines con lo que ganan? Es algo que no entiendo.

—Secretos de la profesión —dijo Carlitos—. El arte de vivir entrampado, de capear las deudas. Y por qué no vas a bulines, ¿tienes una hembra?

—¿Me vas a preguntar si me la corro, también? —dijo Santiago.

—Si no tienes y no vas a bulines, supongo que te la corres —dijo Carlitos—. A menos que seas marica.

Volvió a doblarse y cuando se enderezó tenía la cara descompuesta. Apoyó la cabeza crespa en las carátulas, estuvo un rato con los ojos cerrados, luego hurgó sus bolsillos, sacó algo que se llevó a la nariz y aspiró hondo. Permaneció con la cabeza echada atrás, la boca entreabierta, con una expresión de tranquila embriaguez. Abrió los ojos, miró a Santiago con burla:

—Para adormecer los agujazos de la panza. No pongas cara de susto, no hago proselitismo.

—¿Quieres asombrarme? —dijo Santiago—. Pierdes tu tiempo. Borrachín, pichicatero, ya lo sabía, toda la redacción me lo había dicho. Yo no juzgo a la gente por eso.

Carlitos le sonrió con afecto, y le ofreció un cigarrillo.

—Tenía mal concepto de ti, porque oí que habías entrado recomendado, y por lo que no te juntabas con nosotros. Pero estaba equivocado. Me caes bien, Zavalita.

Hablaba despacio y en su cara había un sosiego creciente y sus gestos eran cada vez más ceremoniosos y lentos.

—Yo jalé una vez, pero me hizo mal —era mentira, Carlitos—. Vomité y se me malogró el estómago.

—Todavía no te has amargado y eso que llevas ya como tres meses en *La Crónica* ¿no? —decía Carlitos, con recogimiento, como si rezara.

—Tres meses y medio —dijo Santiago—. Acabo de pasar el periodo de prueba. El lunes me confirmaron el contrato.

—Pobre de ti —dijo Carlitos—. Ahora puedes quedarte toda la vida de periodista. Escucha, acércate, que no oiga nadie. Te voy a confesar un gran secreto. La poesía es lo más grande que hay, Zavalita.

Esa vez la señorita Queta llegó a la casita de San Miguel a mediodía. Entró como un ventarrón, al pasar le pellizcó la mejilla a Amalia que le había abierto la puerta y Amalia pensó mareadísima. La señora Hortensia se asomó a la escalera y la señorita le mandó un besito volado: vengo a descansar un ratito, chola, la vieja Ivonne me anda buscando y yo estoy muerta de sueño. Qué solicitada te has vuelto, se rió la señora, sube chola. Entraron al dormitorio, y rato después un grito de la señora, tráenos una cerveza helada. Amalia subió con la bandeja y desde la puerta vio a la señorita tumbada en la cama sólo con fustán. Su vestido y medias y zapatos estaban en el suelo, y ella cantaba, se reía y hablaba sola. Era como si la señora se hubiera contagiado de la señorita, porque aunque no había tomado nada en la mañana, también se reía, cantaba y festejaba a la señorita desde el banquito del tocador. La señorita le pegaba a la almohada, hacía gimnasia, los pelos colorados le tapaban la cara, en los espejos sus largas piernas parecían las de un enorme ciempiés. Vio la bandeja y se sentó, ay qué sed tenía, se tomó la mitad del vaso de un trago, ay qué rica. Y, de repente, agarró a Amalia de la muñeca, ven

ven, mirándola con qué malicia, no te me vayas. Amalia miró a la señora pero ella estaba mirando a la señorita con picardía, como pensando qué vas a hacer, y entonces se rió también. Oye, qué bien te las buscas, chola, y la señorita se hacía la que amenazaba a la señora, ¿no me andarás engañando con ésta, no?, y la señora lanzó una de sus carcajadas: sí, te engaño con ella. Pero tú no sabes con quién te está engañando esta mosquita muerta, se reía la señorita Queta. A Amalia le empezaron a zumbar las orejas, la señorita la sacudía del brazo y comenzó a cantar ojo por ojo, chola, diente por diente, y miró a Amalia y ¿en broma o en serio? dime Amalia, ¿en las mañanitas después que se va el señor vienes a consolar a la chola? Amalia no sabía si enojarse o reírse. A veces sí, pues, tartamudeó y fue como si hubiera hecho un chiste. Ah bandida, estalló la señorita Queta, mirando a la señora, y la señora, muerta de risa, te la presto pero trátamela bien, y la señorita le dio a Amalia un jalón y la hizo caer sentada en la cama. Menos mal que la señora se levantó, vino corriendo, riéndose forcejeó con la señorita hasta que ésta la soltó: anda vete, Amalia, esta loca te va a corromper. Amalia salió del cuarto, perseguida por las risas de las dos, y bajó las escaleras riéndose, pero le temblaban las rodillas, y cuando entró a la cocina estaba seria y furiosa. Símula fregaba en el lavadero, canturreando: qué te pasa. Y Amalia: nada, están borrachas y me han hecho avergonzar.

—La lástima es que esto haya ocurrido ahora que está por expirar el contrato con Ansa —entre las ondas de humo, él buscó los ojos de Tallio—. Imagínese lo que me va a costar convencer al ministro que debemos renovarlo.

—Yo hablaré con él, le explicaré —ahí estaban: claros, desconsolados, alarmados—. Precisamente iba a hablar con usted sobre la renovación del contrato. Y ahora, con esta absurda confusión. Yo le daré todas las satisfacciones al ministro, señor Bermúdez.

—Mejor ni trate de verlo hasta que se le pase el colerón —sonrió él, y bruscamente se levantó—. En fin, trataré de arreglar las cosas.

En la cara lechosa reaparecían los colores, la esperanza, la locuacidad, iba junto a él hacia la puerta casi bailando.

—El redactor que habló con el doctor Alcibíades saldrá de la agencia hoy mismo —sonreía, endulzaba la voz, chisporroteaba—. Usted sabe, para Ansa la renovación del contrato es de vida o muerte. No sabe cuánto se lo agradezco, señor Bermúdez.

—¿Se vence la próxima semana, no? Bueno, póngase de acuerdo con Alcibíades. Trataré de sacar pronto la firma del ministro.

Estiró una mano hacia la manija de la puerta, pero no abrió. Tallio vacilaba, había empezado a ruborizarse otra vez. Esperó, sin quitarle la vista de los ojos, que se animara a hablar:

—Respecto al contrato, señor Bermúdez —parece que estuvieras aguantándote la caca, eunuco—, ¿en las mismas condiciones que el año pasado? Me refiero a, es decir.

—¿A mis servicios? —dijo él, y vio la turbación, la incomodidad, la sonrisa difícil de Tallio; se rascó la barbilla y añadió, modestamente—: Esta vez no le van a costar el diez sino el veinte por ciento, amigo Tallio.

Lo vio abrir un poco la boca, arrugar y desarrugar la frente en un segundo; vio que dejaba de sonreír y asentía, con la mirada bruscamente ida.

—Un giro al portador, con cargo a un banco de Nueva York; tráigamelo personalmente el lunes próximo —estabas haciendo cálculos, Caruso—. Ya sabe que el papeleo ministerial es largo. A ver si lo sacamos en un par de semanas.

Abrió la puerta, pero como Tallio hizo un movimiento de angustia, la cerró. Esperó, sonriendo.

—Muy bien, sería magnífico que saliera en un par de semanas, señor Bermúdez —había enronquecido, estaba triste—. En cuanto a, es decir, ¿no cree que el veinte por ciento es un poco, es decir, exagerado?

—¿Exagerado? —abrió algo los ojos, como si no entendiera, pero al instante se retractó, con un gesto amistoso—. Ni una palabra más, olvídese del asunto. Ahora le voy a rogar que me disculpe, tengo muchas cosas que hacer.

Abrió la puerta, tableteo de máquinas de escribir, la silueta de Alcibíades al fondo, en su escritorio.

—De ningún modo, estamos de acuerdo —se precipitó Tallio, accionando con desesperación—. Ningún problema, señor Bermúdez. ¿El lunes a las diez, le parece?

—Cómo no —dijo él, casi empujándolo—. Hasta el lunes, entonces.

Cerró la puerta y al instante dejó de sonreír. Fue hacia el escritorio, se sentó, sacó el tubito del cajón de la derecha, llenó de saliva la boca antes de ponerse la pastilla en la punta de la lengua. Tragó, permaneció un momento con los ojos cerrados, las manos aplastando el secante. Un momento después entró Alcibíades.

—El italiano está de lo más amargado, don Cayo. Ojalá ese redactor estuviera en la agencia a las once. Le dije que llamé a esa hora.

—Haya estado o no, lo despedirá —dijo él—. No conviene que un tipo que firma manifiestos esté en una agencia noticiosa. ¿Le dio mi encargo al ministro?

—Lo espera a las tres, don Cayo —dijo el doctor Alcibíades.

—Bien, avísele al mayor Paredes que voy a verlo, doctorcito. Llegaré allá dentro de unos veinte minutos.

—Entré a *La Crónica* sin ningún entusiasmo, porque necesitaba ganar algo —dijo Santiago—. Pero ahora pienso que entre los trabajos tal vez sea el menos malo.

—¿Tres meses y medio y no te has decepcionado? —dijo Carlitos—. Como para que te exhiban en una jaula de circo, Zavalita.

No, no te habías decepcionado, Zavalita: el nuevo embajador del Brasil doctor Hernando de Magalhaes presentó esta mañana sus cartas credenciales, soy optimista sobre el futuro turístico del país declaró anoche en conferencia de prensa el director de Turismo, ante nutrida y selecta concurrencia la Sociedad Entre Nous celebró ayer un nuevo aniversario. Pero esa mugre te gustaba, Zavalita, te sentabas a la máquina y te ponías contento. Nunca más esa minucia para redactar los sueltos, piensa, esa convicción furiosa con que corregías, rompías y rehacías las carillas antes de llevárselas a Arispe.

—¿Al cuánto tiempo te decepcionaste tú del periodismo? —dijo Santiago.

Esos sueltos y recuadros pigmeos que a la mañana siguiente ansiosamente buscabas en el ejemplar de *La Crónica* comprado en el quiosco de Barranco que estaba junto a la pensión. Que mostrabas a la señora Lucía, orgulloso: esto de aquí lo escribí yo, señora.

—A la semana de entrar a *La Crónica* —dijo Carlitos—. En la agencia no hacía periodismo, era un mecanógrafo más bien. Tenía horario corrido, a las dos estaba libre y podía pasarme las tardes leyendo y las noches escribiendo. Si no me hubieran botado, qué poeta no hubiera perdido la literatura, Zavalita.

Entrabas a las cinco, pero llegabas a la redacción mucho antes, y desde las tres y media ya estabas en la pensión mirando el reloj, impaciente por ir a tomar el tranvía, ¿le darían una comisión a la calle hoy?, ¿un reportaje, una entrevista?, por llegar y sentarte en el escritorio a esperar que te llamara Arispe: voltéese esta información en diez líneas, Zavalita. Nunca más ese entusiasmo, piensa, ese deseo de hacer cosas, conseguiré una primicia y me felicitarán, nunca más esos proyectos, me ascenderán. Qué falló, piensa. Piensa: cuándo, por qué.

—Nunca supe por qué, una mañana el puta entró a la oficina y me dijo usted anda saboteando el servicio, comunista —y Carlitos se rió en cámara lenta—. ¿Eso es en serio?

—Muy en serio, carajo —dijo Tallio—. ¿Usted sabe cuánta plata me va a costar su sabotaje?

—Le va a costar una mentada de madre si me vuelve a decir carajo o alzarme la voz —dijo Carlitos, lleno de felicidad—. Ni siquiera recibí indemnización. Y ahí mismo entré a *La Crónica* y ahí mismo descubrí la tumba de la poesía, Zavalita.

—¿Y por qué no has dejado el periodismo? —dijo Santiago—. Has podido buscar otra cosa.

—Entras y no sales, son las arenas movedizas —dijo Carlitos, como alejándose o durmiéndose—. Te vas hundiendo, te vas hundiendo. Lo odias pero no puedes librarte. Lo odias y, de repente, estás dispuesto a cualquier cosa por conseguir una primicia. A pasarte las noches en vela, a meterte a sitios increíbles. Es un vicio, Zavalita.

—Me han llegado hasta el pescuezo, pero no me van a tapar ¿sabes por qué? —dice Santiago—. Porque voy a terminar abogacía de todas maneras, Ambrosio.

—Yo no escogí policiales, pasó que Arispe ya no me aguantaba en locales y tampoco Maldonado en cables —decía Carlitos, lejísimos—. Sólo Becerrita me soporta en su página. Policiales, lo peor de lo peor. Lo que a mí me gusta. Las escorias, mi elemento, Zavalita.

Después calló y permaneció inmóvil y risueño mirando el vacío. Cuando Santiago llamó al mozo, despertó y pagó la cuenta. Salieron y Santiago tuvo que tomarlo del brazo porque se daba encontrones contra las mesitas y las paredes. El Portal estaba vacío, una franja celeste se insinuaba débilmente sobre los techos de la plaza San Martín.

—Raro que no haya caído por aquí Norwin —recitaba Carlitos, con una especie de quieta ternura—. Uno de los mejores náufragos, una magnífica escoria. Ya te lo presentaré, Zavalita.

Se tambaleaba, apoyado contra uno de los pilares del Portal, la cara sucia de barba, la nariz ígnea, los ojos trágicamente dichosos. Mañana sin falta, Carlitos.

IV

Volvía de la farmacia con dos rollos de papel higiénico, cuando en la puerta de servicio se dio cara a cara con Ambrosio. No te pongas tan seria, dijo él, no he venido a verte a ti. Y ella: por qué ibas a venir a verme, ni que fuéramos algo. ¿No viste el carro?, dijo Ambrosio, arriba está don Fermín con don Cayo. ¿Don Fermín, don Cayo?, dijo Amalia. Sí, por qué se asombraba. No sabía por qué, pero estaba sorprendida, eran tan distintos, trató de imaginarse a don Fermín en una de las fiestecitas y le pareció imposible.

—Mejor que no te vea —dijo Ambrosio—. Le contará que te botaron de su casa, o que dejaste plantado el laboratorio, y a lo mejor la señora Hortensia te bota también.

—Lo que no quieres es que don Cayo sepa que tú me trajiste aquí —dijo Amalia.

—Bueno, también eso —dijo Ambrosio—. Pero no por mí, sino por ti. Ya te he dicho que don Cayo me odia desde que lo dejé para irme a trabajar con don Fermín. Si sabe que me conoces te has arruinado.

—Qué bueno te has vuelto —dijo ella—. Cuánto te preocupas por mí ahora.

Se habían quedado conversando junto a la puerta de servicio, y Amalia espiaba a ratos a ver si no se acercaban Símula o Carlota. ¿No le había dicho Ambrosio que don Fermín y don Cayo ya no se veían como antes? Sí, desde que el señor Cayo había hecho meter preso al niño Santiago ya no eran amigos; pero tenían negocios juntos y por eso habría venido ahora don Fermín a San Miguel. ¿Estaba contenta Amalia aquí? Sí, mucho, trabajaba menos que antes y la señora era buenísima. Entonces me estás debiendo un favor, dijo Ambrosio, pero ella le paró en seco las bromas: te lo pagué desde antes, no te olvides. Y le cambió de tema, ¿cómo estaban allá en Miraflores? La señora Zoila muy bien, el niño Chispas tenía una enamorada que había estado de candidata a Miss Perú, la niña Teté hecha una señorita, y el niño Santiago no había vuelto a la casa desde que se escapó. No se lo podía nombrar delante de la señora Zoila porque se ponía a llorar. Y, de repente: te sienta San Miguel, te has puesto muy buena moza. Amalia no se rió, lo miró con toda la furia que pudo.

—¿Tu salida es el domingo, no? —dijo él—. Te espero ahí, en el paradero del tranvía, a las dos. ¿Vas a venir?

—Ni te lo sueñes —dijo Amalia—. ¿Acaso somos algo para salir juntos?

Sintió ruido en la cocina y se entró a la casa, sin despedirse de Ambrosio. Fue al repostero a espiar: ahí estaba don Fermín, despidiéndose de don Cayo. Alto, canoso, tan elegante de gris, y se acordó de golpe de todas las cosas que habían pasado desde la ultima vez que lo vio, de Trinidad, del callejón de Mirones, de la Maternidad, y sintió que se le venían las lágrimas. Fue al baño a mojarse la cara. Ahora estaba furiosa con Ambrosio, furiosa con ella misma por haberse puesto a conversar con él como si fueran algo, por no haberle dicho ¿crees que porque me avisaste que aquí necesitaban sirvienta ya me olvidé, que ya te perdoné? Ojalá te mueras, pensó.

Se ajustó la corbata, se puso el saco, cogió su maletín y salió del despacho. Pasó junto a las secretarias con rostro ausente. El auto estaba cuadrado en la puerta, al Ministerio de Guerra, Ambrosio. Demoraron quince minutos en cruzar el centro. Bajó antes que Ambrosio le abriera la puerta, espérame aquí. Soldados que saludaban, un pasillo, una escalera, un oficial que sonreía. En la antesala del Servicio de Inteligencia lo esperaba un capitán de bigotitos: el mayor está en su oficina, señor Bermúdez, pase. Paredes se levantó al verlo entrar. Sobre el escritorio había tres teléfonos, un banderín, un secante verde; en las paredes, mapas, planos, una fotografía de Odría y un calendario.

—Espina me llamó para darme sus quejas —dijo el mayor Paredes—. Que si no le sacas a ese portero le pegará un tiro. Estaba rabioso.

—Ya ordené que le retiraran al soplón —dijo él, aflojándose la corbata—. Por lo menos, ahora sabe que está vigilado.

—Te repito que es trabajo inútil —dijo el mayor Paredes—. Antes de retirarlo, se lo ascendió. ¿Por qué se pondría a conspirar?

—Porque le ha dolido dejar de ser ministro —dijo él—. No, él no se pondría a conspirar por su cuenta, es tonto para eso. Pero lo pueden utilizar. Al Serrano cualquiera le mete el dedo a la boca.

El mayor Paredes encogió los hombros, hizo una mueca escéptica. Abrió un armario, sacó un sobre y se lo alcanzó. Él hojeó distraídamente los papeles, las fotografías.

—Todos sus desplazamientos, todas sus conversaciones telefónicas —dijo el mayor Paredes—. Nada sospechoso. Se ha dedicado a consolarse por la bragueta, ya ves. Además de la querida de Breña, se ha echado otra encima, una de Santa Beatriz.

Se rió, dijo algo más entre dientes, y, por un instante, él las vio: gordas, carnosas, las tetas colgando, avanzaban la una sobre la otra con un regocijo perverso en los ojos. Guardó los papeles y fotografías en el sobre y lo puso en el escritorio.

—Las dos queridas, las partidas de cacho en el Círculo Militar, una o dos borracheras por semana, ésa es su vida —dijo el mayor Paredes—. El Serrano es un hombre acabado, convéncete.

—Pero con muchos amigos en el Ejército, con decenas de oficiales que le deben favores —dijo él—. Yo tengo olfato de perro fino. Hazme caso, dame un tiempito más.

—Bueno, si tanto insistes haré que lo vigilen unos días más —dijo el mayor Paredes—. Pero sé que es inútil.

—Aunque está retirado y sea tonto, un general es un general —dijo él—. Es decir, más peligroso que todos los apristas y rabanitos juntos.

Hipólito era un bruto, sí don, pero también tenía sus sentimientos, Ludovico y Ambrosio lo habían descubierto esa vez de El Porvenir. Tenían tiempo todavía y estaban yendo a tomarse un trago cuando se apareció Hipólito y agarró a cada uno del brazo: les convidaba una mulita. Habían ido a la chingana de la avenida Bolivia, Hipólito pedido tres cortos, sacado ovalados y encendido el fósforo con mano tembleque. Se lo notaba muñequeado, don, se reía sin ganas, se pasaba la lengua por la boca como un animal con sed, miraba de costado y le bailaba el fondo de los ojos. Ludovico y Ambrosio se miraban como diciendo qué tiene éste.

—Parece que andaras con algún problema, Hipólito —dijo Ambrosio.

—¿Te quemaron en el veinte, hermano? —dijo Ludovico.

Hizo que no con la cabeza, vació su copa, le dijo al chino otra vuelta. ¿Qué pasaba entonces, Hipólito? Los miró, les aventó el humo a la cara, por fin se había animado a soltar la piedra, don: le fregaba este merengue de El Porvenir. Ambrosio y Ludovico se rieron. No había de qué, Hipólito, las viejas locas se echarían a correr al primer silbatazo, era el trabajo más botado, hermano. Hipólito se vació la segunda copa y los ojos se le saltaron. No era miedo, conocía la palabra pero no lo había sentido nunca, él había sido boxeador.

—No jodas, no nos vas a contar otra vez tus peleas —dijo Ludovico.

—Es una cosa personal —dijo Hipólito, apenado.

Le tocó a Ludovico pagar otra vuelta, y el chino, que los había visto embalados, dejó la botella sobre el mostrador. Anoche no había dormido por este merengue, calculen cómo será. Ambrosio y Ludovico se miraron como diciendo ¿se loqueó? Háblanos con la mayor franqueza, Hipólito, para algo eran amigos. Tosía, parecía que se atrevía y se arrepentía, don, por último se le atracó la voz pero lo soltó: una cosa de familia, una cosa personal. Y, sin más, les había aventado una historia de llanto, don. Su madre hacía petates y tenía su puesto en la Parada, él había crecido en El Porvenir, vivido ahí, si eso era vivir. Limpiaba y cuidaba carros, hacía mandados, descargaba los camiones del Mercado, se sacaba sus cobres como podía, a veces metiendo la mano donde no debía.

—¿Qué les dicen a los de El Porvenir? —lo interrumpió Ludovico—. A los de Lima limeños, a los de Bajo el Puente bajopontinos, ¿y a los de El Porvenir?

—A ti te importa un carajo lo que estoy contando —había dicho Hipólito, furioso.

—Nunca, hermano —le dio una palmada Ludovico—. De repente se me vino esa duda a la cabeza, perdona y sigue.

Que aunque hacía sus añitos que no iba por ahí, aquí dentro, y se había tocado el pecho, don, El Porvenir seguía siendo su casa: ahí empezó a boxear, además. Que a muchas de las viejas de la Parada las conocía, que algunas lo iban a reconocer, quizás.

—Ah, ya caigo —dijo Ludovico—. No hay motivo para que te amargues, quién te va a reconocer después de tantos años. Además ni te verán la cara, las luces de El Porvenir son malísimas, los palomillas se andan volando los faroles a pedradas. No hay motivo, Hipólito.

Se había quedado pensando, lamiéndose la boca como un gato. El chino trajo sal y limón, Ludovico se saló la punta de la lengua, se exprimió la mitad del limón en la boca, vació su copa y exclamó el trago ha subido de categoría. Se habían puesto a hablar de otra cosa, pero Hipólito callado, mirando el suelo, el mostrador, pensando.

—No —había dicho de repente—. No me friega que alguna me reconozca. Me friega el merengue de por sí.

—Pero por qué, hombre —dijo Ludovico—. ¿No es mejor espantar viejas que estudiantes, por ejemplo? Qué más que griten o pataleen, Hipólito. El ruido no hace daño a nadie.

—¿Y si tengo que sonar a una de esas que me dio de comer de chico? —había dicho Hipólito, dando un puñetazo en la mesa, furiosísimo, don.

Ambrosio y Ludovico como diciendo ahorita le da la llorona de nuevo. Pero hombre, pero hermano, si te dieron de comer es que eran buenas personas, santas, pacíficas, ¿tú crees que ellas se iban a meter en líos políticos? Pero Hipólito no quería dar su brazo a torcer, movía la cabeza como diciendo no me convencen.

—Hoy estoy haciendo esto a disgusto —dijo, al fin.

—¿Y tú crees que a alguien le gusta? —dijo Ludovico.

—A mí sí —dijo Ambrosio, riéndose—. Para mí es como un descanso, como una aventura.

—Porque vienes de vez en cuando —dijo Ludovico—. Te pasas la gran vida de chofer del jefazo y esto lo tomas a juego. Espérate que te partan el cráneo de una pedrada, como a mí una vez.

—Ahí nos dirás si te sigue gustando —había dicho Hipólito.

Felizmente que a él nunca le había pasado nada, don.

¿Cómo se había atrevido? Sus días de permiso, cuando no iba a visitar a su tía a Limoncillo, o a la señora Rosario a Mirones, salía con Anduvia y María, dos empleadas de la vecindad. ¿Porque la había ayudado a conseguir este trabajo se creyó que te olvidaste? Iban a pasear, al cine, un domingo habían ido al Coliseo a ver los bailes folclóricos. ¿Porque conversaste con él que ya lo perdonaste? Algunas veces salía con Carlota, pero no muy seguido, porque Símula quería que Amalia la trajera antes del anochecer. Hubieras debido tratarlo mal, bruta. Al salir, Símula las volvía locas con sus recomendaciones, y al volver con sus preguntas. Qué plantón se iría a dar el domingo, venirse desde Miraflores hasta aquí de balde, cómo te requintaría. Pobre Carlota, Símula no la dejaba asomar la nariz a la calle, paraba asustándola con los hombres. Toda la semana estuvo pensando se va a quedar esperándote, a veces le daba una cólera que se ponía a temblar, a veces risa. Pero a lo mejor no vendría, ella le había dicho ni te lo sueñes y diría para qué voy. El sábado planchó el vestido azul brillante que le había regalado la señora Hortensia, ¿dónde vas mañana? le preguntó

Carlota, donde su tía. Se miraba en el espejo y se insultaba: ya estás pensando en ir, bruta. No, no iría. Ese domingo estrenó los zapatos de taco que se había comprado recién, y la pulserita que se sacó en una tómbola. Antes de salir, se pintó un poco los labios. Recogió la mesa rapidito, casi no almorzó, subió al cuarto de la señora a mirarse de cuerpo entero en el espejo. Se fue derechita hasta el Bertoloto, lo cruzó y en la Costanera sintió furia y cosquillas en el cuerpo: ahí estaba, en el paradero, haciéndole adiós. Pensó regrésate, pensó no le vas a hablar. Se había puesto un terno marrón, camisa blanca, corbata roja, y un pañuelito en el bolsillo del saco.

—Estaba rogando que no me dejaras plantado —dijo Ambrosio—. Qué bien que viniste.

—He venido a tomar el tranvía —dijo ella, indignada, volteándole la cara—. Me voy donde mi tía.

—Ah, bueno —dijo Ambrosio—. Entonces vámonos juntos al centro.

—Me olvidaba de un detalle —dijo el mayor Paredes—. Espina ha estado viendo mucho a tu amigo Zavala.

—No tiene importancia —dijo él—. Son amigos desde hace años. Espina le consiguió la concesión para que su laboratorio abasteciera los bazares del Ejército.

—Hay cosas de ese señorón que no me gustan —dijo el mayor Paredes—. Le sigo los pasos, de cuando en cuando. Se reúne con apristones, a veces.

—Gracias a esos apristones se entera de muchas cosas y gracias a él me entero yo —dijo él—. Zavala no es problema. Con él sí pierdes el tiempo.

—La lealtad de ese señorón nunca me ha convencido —dijo el mayor Paredes—. Está con el régimen para hacer negocios. Por pura conveniencia.

—Todos estamos con el régimen por conveniencia; lo importante es que la conveniencia de tipos como Zavala sea estar con el régimen —sonrió él—. ¿Podemos echar un vistazo a lo de Cajamarca?

El mayor Paredes asintió. Descolgó uno de los tres teléfonos y dio una orden. Quedó un momento pensativo.

—Al principio creí que posabas de cínico —dijo luego—. Ahora estoy seguro que lo eres. No crees en nada ni en nadie, Cayo.

—No me pagan para creer, sino para hacer un trabajo —sonrió él, de nuevo—. Y lo hago bien ¿no?

—Si sólo estás en este cargo por conveniencia, por qué no has aceptado otras ofertas mil veces mejores que te ha hecho el Presidente —se rió el mayor Paredes—. Ya ves, eres cínico pero no tanto como quisieras.

Él dejó de sonreír y miró al mayor Paredes abúlicamente.

—Tal vez porque tu tío me dio una oportunidad que nadie me había dado —dijo, encogiendo los hombros—. Tal vez porque no he encontrado a nadie que pueda servir a tu tío en este cargo como lo hago yo. O tal vez porque este trabajo me gusta. No sé.

—El Presidente está preocupado por tu salud y yo también —dijo el mayor Paredes—. En tres años has envejecido diez. ¿Cómo va la úlcera?

—Cicatrizada —dijo él—. Ya no tengo que tomar leche, felizmente.

Alargó la mano hacia los cigarrillos del escritorio, encendió uno y tuvo un acceso de tos.

—¿Cuántos te fumas al día? —dijo el mayor Paredes.

—Dos o tres cajetillas —dijo él—. Pero negros, no esa porquería que fumas tú.

—No sé quién va a acabar contigo primero —se rió el mayor Paredes—. Si el tabaco, la úlcera, las anfetaminas, los apristas, o algún militar resentido, como el Serrano. O tu harén.

Él sonrió apenas. Tocaron la puerta, entró el capitán de bigotitos con un cartapacio: las fotostáticas estaban listas, mi mayor. Paredes extendió el plano sobre el escritorio: marcas rojas y azules en ciertas encrucijadas, una espesa línea negra que zigzagueaba por muchas calles y moría en una plaza. Estuvieron inclinados sobre el plano un buen rato. Puntos álgidos, decía el mayor Paredes, sitios de acantonamiento, curso del desplazamiento, el puente que va a inaugurar. Él anotaba en una libreta, fumaba, preguntaba con su voz monótona. Volvieron a los sillones.

—Mañana viajaré a Cajamarca con el capitán Ríos para echar un último vistazo al dispositivo de seguridad —dijo el mayor Paredes—. Por nuestro lado, no hay problema, la seguridad funcionará como un reloj. ¿Y tu gente?

—Por la seguridad estoy tranquilo —dijo él—. Me preocupa otra cosa.

—¿El recibimiento? —dijo el mayor Paredes—. ¿Crees que le harán algún desaire?

—El senador y los diputados han prometido llenar la plaza —dijo él—. Pero esas promesas, ya se sabe. Esta tarde veré al comité de recepción. Los he hecho venir a Lima.

—Estos serranos serían unos ingratos de mierda si no lo reciben con los brazos abiertos —dijo el mayor Paredes—. Les está haciendo una carretera, un puente. Quién se había acordado antes que Cajamarca existía.

—Cajamarca ha sido foco aprista —dijo él—. Hemos hecho una limpieza, pero siempre puede ocurrir algo imprevisto.

—El Presidente cree que el viaje será un éxito —dijo el mayor Paredes—. Dice que le has asegurado que habrá cuarenta mil personas en la manifestación y ningún lío.

—Habrá, y no habrá lío —dijo él—. Pero éstas son las cosas que me andan envejeciendo. No la úlcera, no el tabaco.

Habían pagado al chino, salido, y cuando llegaron al patio ya había comenzado la reunión, don. El señor Lozano les puso mala cara y les señaló el reloj. Había unos cincuenta ahí, todos vestidos de civil, algunos se reían como idiotas y qué tufo. Ése del escalafón, ése cachuelero como yo, ése del escalafón, se los iba señalando Ludovico, y estaba hablando un mayor de policía, medio panzón, medio tartamudo, a cada rato repetía o sea que. O sea que había guardia de asalto en los alrededores, o sea qqque también patrulleros, o sea que la cccaballería escondddida en unos garajes y cccanchones. Ludovico y Ambrosio se miraban como diciendo cccomiquísimo, don, pero Hipólito seguía con cara de velorio. Y ahí se adelantó el señor Lozano, qué silencio para oírlo.

—Pero la idea es que la policía no tenga que intervenir —había dicho—. Es algo que ha pedido el señor Bermúdez de manera especial. Y también que no haya tiros.

—Está sobando al jefazo porque aquí estás tú —había dicho Ludovico a Ambrosio—. Para que vayas y se lo cuentes.

—O sea que por eso no se repartirán pistolas sino cccachiporras y otras armas cccontundentes.

Se había levantado un ruido de estómagos, de gargantas, de pies, todos protestaban pero sin abrir la boca, don. Silencio, dijo el mayor, pero el que había arreglado la cosa con inteligencia fue el señor Lozano.

—Ustedes son de primera y no necesitan balas para dispersar a un puñado de locas, si las cosas se ponen feas entrará en acción la guardia de asalto —sabidísimo, había hecho una broma—: Que levante la mano el que tiene miedo —nadie. Y él—: Menos mal, porque hubiera tenido que devolver el trago —risas. Y él—: Siga explicándoles, mayor.

—O sea qqque entendido, y antes de pasar por la armería, mírense bien las cccaras, no se vayan a agarrar a palazos entre ustedes por eqqquivocación.

Se habían reído, por educación, no porque su chiste fuera chiste, y en la armería habían tenido que firmar un recibito. Les dieron cachiporras, manoplas y cadenas de bicicleta. Regresaron al patio, se mezclaron con los otros, algunos estaban tan jalados que apenas podían hablar. Ambrosio les metía conversación, de dónde eran, si los habían sorteado. No, don, todos eran voluntarios. Contentos de sacarse unos soles extras, pero algunos asustados de lo que pudiera pasarles. Fumaban, se bromeaban, jugando se pegaban con las cachiporras. Así estuvieron hasta eso de las seis en que vino el mayor a decir ahí está el ómnibus. En la plaza de El Porvenir la mitad se habían quedado con Ludovico y Ambrosio, en el centro, entre los columpios. Hipólito se había llevado a los otros hacia el lado del cine. Repartidos en grupitos de tres, de cuatro, se habían metido a la feria. Ambrosio y Ludovico miraban las sillas voladoras, ¿cojonudo cómo se les levantaba la falda a las mujeres? No, don, ni se veía, había poquita luz. Los otros se compraban raspadillas, camotillos, un par se habían traído su botellita y tomaban traguitos junto a la Rueda Chicago. Huele como si le hubieran dado un dato falso a Lozano, había dicho Ludovico. Llevaban ya media hora ahí y ni sombra de nada.

En el tranvía, se sentaron juntos y Ambrosio le pagó el pasaje. Ella estaba tan furiosa por haber venido que ni lo miraba. Cómo puedes ser tan rencorosa, decía Ambrosio. La cara pegada a la ventanilla, Amalia miraba la avenida Brasil, los autos, el Cine Beverly. Las mujeres tienen buen corazón y mala memoria, decía Ambrosio, pero tú eres al revés, Amalia. ¿Ese día que se encontraron en la calle y él le dijo sé un sitio en San Miguel donde buscan muchacha no habían conversado acaso de lo más bien? Ella el Hospital de Policía, el óvalo de Magdalena Vieja. ¿Y el otro día en la puerta de servicio no habían hablado de lo más bien? El Colegio Salesiano, la plaza Bolognesi. ¿Había otro hombre en tu vida ahora, Amalia? Y en eso subieron dos mujeres, se sentaron frente a ellos, parecían malas, y empezaron a mirar a Ambrosio con un descaro. ¿Qué tenía que salieran juntos una vez, como buenos amigos? Pura risa con él, miraditas y coqueterías, y, de pronto, sin darse cuenta, su boca dijo fuerte, mirando a las dos mujeres, no a él: está bien ¿dónde vamos a ir? Ambrosio la miró asombrado, se rascó la cabeza y se rió: qué mujer ésta. Fueron al Rímac, porque Ambrosio tenía que ver a un amigo. Lo encontraron en un restaurancito de la calle Chiclayo, comiéndose un arroz con pollo.

—Te presento a mi novia, Ludovico —dijo Ambrosio.

—No le crea —dijo Amalia—. Amigos nomás.

—Siéntense —dijo Ludovico—. Tómense una cerveza conmigo.

—Ludovico y yo trabajamos juntos con don Cayo, Amalia —dijo Ambrosio—. Yo le manejaba el auto y él lo cuidaba. Qué malas noches ¿no, Ludovico?

Sólo había hombres en el restaurante, algunos con qué pintas, y Amalia se sentía incómoda. Qué haces aquí pensaba, por qué eres tan bruta. La espiaban de reojo pero no le decían nada. Tendrían miedo a los dos hombrones que estaban con ella, porque Ludovico era tan alto y tan fuerte como Ambrosio. Sólo que tan feo, la cara picada de viruela y los dientes partidos. Entre los dos se contaban cosas, se preguntaban por amigos y ella se aburría. Pero, de repente, Ludovico dio un golpecito en la mesa: ya está, se iban a Acho, los haría entrar. Los hizo pasar, no por donde el público, sino por un callejón y los policías lo saludaban a Ludovico como a un íntimo. Se sentaron en Sombra, arriba, pero como había poca gente, en el segundo toro se bajaron hasta la cuarta fila. Toreaban tres, pero la estrella era Santa Cruz, llamaba la atención ver a un negro en traje de luces. Le haces barra porque es tu hermano de raza, le bromeaba Ludovico a Ambrosio, y él, sin enojarse, sí y además porque es valiente. Era: se hacía revolcar, se arrodillaba, citaba al toro de espaldas. Ella sólo había visto corridas en el cine y cerraba los ojos, chillaba cuando el toro derribaba a un peón, qué salvajes los picadores decía, pero en el último toro de Santa Cruz también sacó su pañuelito, como Ambrosio, y pidió oreja. Salió de Acho contenta, por lo menos había visto algo nuevo. Era tan tonto desperdiciar la salida ayudando a la señora Rosario a tender ropa, oyendo a su tía quejarse de sus pensionistas o dando vueltas y vueltas con Anduvia y María sin saber dónde ir. Tomaron una chicha morada en la puerta de Acho y Ludovico se despidió. Caminaron hasta el paseo de Aguas.

—¿Te gustaron los toros? —dijo Ambrosio.

—Sí —dijo Amalia—. Pero qué crueldad con los animales ¿no?

—Si te gustaron volveremos —dijo Ambrosio.

Iba a contestarle ni te lo sueñes pero se arrepintió y cerró la boca y pensó bruta. Se le ocurrió que hacía más de tres años ya, casi cuatro, que no salía con Ambrosio, y de pronto se sintió apenada. ¿Qué quieres hacer ahora?, dijo Ambrosio. Ir donde su tía, a Limoncillo. ¿Qué habría hecho él, todos estos años? Irás otro día, dijo Ambrosio, vámonos al cine más bien. Fueron a uno del Rímac a ver una de piratas, y en la oscuridad ella sintió que se le llenaban los ojos de lágrimas. ¿Te estabas acordando de cuando ibas al cine con Trinidad, bruta? ¿De cuando vivías en Mirones y te pasabas los días, los meses sin hacer nada, sin hablar, casi sin pensar? No, se estaba acordando de antes, de los domingos que se veían en Surquillo, y las noches que se juntaban a escondidas en el cuartito junto al garaje y de lo que pasó. Sintió rabia otra vez, si me toca lo rasguñaba, lo mataba. Pero Ambrosio no trató siquiera, y al salir le invitó un lonche. Fueron andando hasta la plaza de Armas, conversando de todo menos de antes. Sólo cuando estaban esperando el tranvía él la cogió del brazo: yo no soy lo que tú crees, Amalia. Ni tampoco eres lo que tú crees, dijo Queta, tú eres lo que haces, esa pobre Amalia me da compasión. Suéltame o grito, dijo Amalia, y Ambrosio la soltó. Si no estaban peleando, Amalia, si sólo te estoy pidiendo que te olvides de lo que pasó. Hacía tanto tiempo ya, Amalia. Llegó el tranvía, viajaron mudos hasta San Miguel. Bajaron en el paradero del Colegio de las Canonesas y había oscurecido. Tú tuviste otro hombre, el textil ese, dijo Ambrosio, yo no he tenido ninguna mujer. Y, un poco después, ya llegando a la esquina de la casa, con la voz resentida: me has hecho sufrir mucho, Amalia. No le respondió, se echó a correr. En la puerta de la casa, se volvió a mirar: se había quedado en la esquina, medio oculto entre la sombra de los arbolitos sin ramas. Entró a la casa luchando por no dejarse conmover, furiosa por sentirse conmovida.

—¿Qué hay de esa logia de oficiales en el Cusco? —dijo él.

—Ahora que se presenten los ascensos al Congreso, van a ascender al coronel Idiáquez —dijo el mayor Paredes—. De general ya no puede seguir en el Cusco, y sin él la argollita se va a deshacer. No hacen nada todavía; se reúnen, hablan.

—No basta con que salga de ahí Idiáquez —dijo él—. ¿Y el comandante, y los capitancitos? No entiendo por qué no los han separado ya. El ministro de Guerra aseguró que esta semana comenzarían los traslados.

—He hablado diez veces con él, le he mostrado diez veces los informes —dijo el mayor Paredes—. Como se trata de oficiales de prestigio, quiere ir con pies de plomo.

—Tiene que intervenir el Presidente, entonces —dijo él—. Después del viaje a Cajamarca, lo primero es romper esa argollita. ¿Están bien vigilados?

—Te imaginas —dijo el mayor Paredes—. Sé hasta lo que comen.

—El día menos pensado les ponen un millón de soles sobre la mesa y tenemos revolución a la vista —dijo él—. Hay que desbandarlos a guarniciones bien alejadas cuanto antes.

—Idiáquez debe muchos favores al régimen —dijo el mayor Paredes—. El Presidente se está llevando a cada rato decepciones tremendas con la gente. Le va a doler cuando sepa que Idiáquez anda amotinando oficiales contra él.

—Le dolería más saber que se ha levantado —dijo él; se puso de pie, sacó unos papeles de su maletín y se los entregó al mayor Paredes—. Échales una ojeada, a ver si esta gente tiene ficha aquí.

Paredes lo acompañó hasta la puerta, lo retuvo del brazo cuando él iba a salir:

—¿Y esa noticia de la Argentina, esta mañana? ¿Cómo se te pasó?

—No se me pasó —dijo él—. Los apristas apedreando una embajada peruana es una buena noticia. Le consulté al Presidente y estuvo de acuerdo en que se publicara.

—Bueno, sí —dijo el mayor Paredes—. Los oficiales que la leyeron aquí, estaban indignados.

—Ya ves que pienso en todo —dijo él—. Hasta mañana.

Pero al poco rato se les había acercado Hipólito, la cara tristísima, don: ahí estaban, con sus cartelones y todo. Habían entrado por una de las esquinas de la plaza, y ellos se les arrimaron, como curiosos. Cuatro llevaban un cartel con letras rojas, detrás venía un grupito, los cabecillas había dicho Ludovico, que hacían gritar a las demás y las demás serían media cuadra. La gente de la feria también se había acercado a mirarlas. Gritaban, sobre todo las de adelante, ni se entendía qué, y había viejas, jóvenes y criaturas pero ningún hombre, tal como dijo el señor Lozano había dicho Hipólito. Muchas trenzas, muchas polleras, muchos sombreros. Ésas se creen en la procesión, había dicho Ludovico: eran tres que tenían las manos como rezando, don. Unas doscientas o trescientas o cuatrocientas, y por fin acabaron de entrar a la plaza.

—Pan con mantequilla ¿ves? —había dicho Ludovico.

—Pan duro y mantequilla rancia, tal vez —dijo Hipólito.

—Nos metemos en medio y las cortamos en dos —había dicho Ludovico—. Nos quedamos con la cabeza y te regalamos la cola.

—Ojalá que los coletazos sean más flojos que los cabezazos —dijo Hipólito, tratando de bromear, don, pero no le salía. Se levantó las solapas y fue a buscar a su grupo. Las mujeres dieron la vuelta a la plaza y ellos las habían seguido, desde atrás y separados. Cuando estaban frente a la Rueda Chicago se había aparecido otra vez Hipólito: me arrepentí, quiero irme. Yo te estimo pero yo me estimo más, había dicho Ludovico, te advierto que te jodo, mostacero. Ese sacudón le había levantado la moral, don: miró con furia, salió disparado. Habían ido reuniendo a la gente, la habían ido palabreando, y, con disimulo, se pegaron a la manifestación. Estaban aglomeradas junto a la Rueda Chicago, las del cartelón daban la cara a las otras. De repente una de las cabecillas se trepó a un tabladillo y comenzó a discursear. Se había amontonado más gente, estaban ahí apretaditas, habían parado la música de la Rueda, pero ni se oía a la que estaba hablando. Ellos se habían ido metiendo, aplaudiendo, las bobas nos abren cancha decía Ludovico, y por el otro lado la gente de Hipólito se iba metiendo también. Aplaudían, les daban sus abrazos, bien buena bravo, algunas los miraban nomás pero otras pasen pasen, les daban la mano, no estamos solas. Ambrosio y Ludovico se habían mirado como diciendo no nos separemos en esta mescolanza, cumpa. Ya las habían cortado en dos, estaban incrustados como una cuña justo en el medio. Habían sacado las matracas, los silbatos, Hipólito su bocina, ¡abajo esa agitadora!, ¡viva el general Odría!, ¡mueran los enemigos del pueblo!, las cachiporras, las manoplas, ¡viva Odría! Una confusión terrible, don. Provocadores aullaba la del tabladillo, pero el ruido se tragó su voz y alrededor de Ambrosio las mujeres chillaban y empujaban. Váyanse, les decía Ludovico, las engañaron, vuélvanse a sus casas, y en eso una mano lo había agarrado desprevenido y sentí que se llevaba en sus uñas una lonja de mi pescuezo, le había contado

Ludovico después a Ambrosio, don. Ahí habían entrado en danza las cachiporras y las cadenas, los sopapos y los puñetazos, y ahí habían comenzado un millón de mujeres a rugir y patalear. Ambrosio y Ludovico estaban juntos, uno se resbalaba y el otro lo sostenía, uno se caía y el otro lo levantaba. Las gallinas resultaron gallos, había dicho Ludovico, el cojudo de Hipólito tuvo razón. Porque se defendían, don. Las tumbaban y ahí se quedaban, como muertas, pero desde el suelo se prendían de los pies y los traían abajo. Había que estar pateando, saltando, se oían mentadas de madre como escopetazos. Somos pocos, había dicho uno, que venga la guardia de asalto, pero Ludovico ¡carajo, no! Se aventaron de nuevo contra ellas y las habían hecho retroceder, la baranda de la Rueda se vino abajo y un montón de locas también. Algunas se escapaban arrastrándose y ahora en vez de viva Odría ellos les gritaban conchesumadres, putas, y por fin la cabeza se había deshecho en grupitos y era botado corretearlas. De a dos, de a tres cogían a una y le llovía, después a otra y le llovía, y Ambrosio y Ludovico hasta se burlaban de sus caras sudadas. En eso había sonado el balazo, don, jijunagrandísima el que disparó, había dicho Ludovico. No era de ahí, sino de atrás. La cola había estado enterita y coleteando, don. Fueron a ayudar y la desbandaron. Había disparado uno que se llamaba Soldevilla, me acorralaron como diez, me iban a sacar los ojos, no había matado a nadie, el disparo fue al aire. Pero Ludovico se calentó igual: ¿quién mierda te dio a ti revólver? Y Soldevilla: esta arma no es del cuerpo sino de mi propiedad. Te jodes idéntico, había dicho Ludovico, pasaré parte y te quedas sin prima. La feria se había quedado vacía, los tipos que manejaban la Rueda, las sillas voladoras, el Cohete, estaban temblando en sus casetas, y lo mismo las gitanas en sus carpas. Se contaron y faltaba uno, don. Lo habían encontrado soñado junto a una tipa que lloraba. Varios se habían enfurecido, qué le has hecho puta, y le llovieron. Se llamaba Iglesias, era ayacuchano, le habían rajado la boca, se levantó como sonámbulo, qué, qué. Basta, había dicho Ludovico a los que sonaban a la mujer, ya se terminó. Habían tomado el ómnibus en el canchón y nadie hablaba, muertos de cansancio. Al bajar habían empezado a fumar, a mirarse las caras, me duele aquí, a reírse, mi mujer no me creerá que este rasguño es accidente de trabajo. Bien, muy bien, había dicho el señor Lozano, cumplieron, vayan a recuperarse. Esos eran los trabajitos más o menos, don.

V

Toda la semana Amalia estuvo cavilosa, ida. En qué piensas decía Carlota, y Símula quien se ríe a solas de sus maldades se acuerda, y la señora Hortensia dónde estás, vuelve a la tierra. Ya no se sentía furiosa con él, ya no sentía cólera consigo misma por haber salido con él. Lo odias y se te pasa, pensaba, y al ratito lo odias y otra vez se te pasa, por qué eres tan loca. Una noche soñó que el domingo, a la hora de la salida, lo encontraría en el paradero, esperándola. Pero ese domingo Carlota y Símula tenían un bautizo y a ella le tocó salir sábado. ¿Adónde iría? Fue a buscar a Gertrudis, no la veía hacía meses. Llegó al laboratorio cuando salían y Gertrudis la llevó a su casa a almorzar. Ingrata, tanto tiempo, decía Gertrudis, había ido a Mirones un montón de veces y la señora Rosario no sabía la dirección donde trabajas, cuéntame cómo te va. Estuvo a punto de decirle que había visto a Ambrosio de nuevo pero se arrepintió, le había rajado tanto de él antes. Quedaron en verse el domingo próximo. Regresó a San Miguel todavía con luz y fue a tenderse a su cama. Después de todo lo que te hizo todavía piensas en él, bruta. En la noche se soñó con Trinidad. La insultaba y al final le advertía, lívido: muerta te espero. El domingo Símula y Carlota salieron temprano y la señora poco después, con la señorita Queta. Lavó el servicio, se sentó en la sala, prendió la radio. Todo eran carreras o fútbol y se aburría cuando tocaron la puerta de la cocina. Sí, era él.

—¿No está la señora? —con su gorra y su uniforme azul de chofer.

—¿También le tienes miedo a la señora? —dijo Amalia, seria.

—Don Fermín me mandó hacer unos encargos y me escapé para verte un ratito —dijo él, sonriéndole, como si no hubiera oído—. Dejé el carro a la vuelta. Ojalá que la señora Hortensia no lo reconozca.

—O sea que más tiempo pasa y más miedo le tienes a don Fermín —dijo Amalia.

La sonrisa se le esfumó de la cara, hizo un gesto desanimado y se la quedó mirando sin saber qué hacer. Se echó atrás la gorra y le sonrió con esfuerzo: se estaba arriesgando a que lo resondraran por venir a verte y tú me recibes así, Amalia. Lo que pasó había pasado ya, Amalia, se había borrado. Que hiciera como si recién se conocieran, Amalia.

—¿Crees que vas a hacerme lo mismo otra vez? —se oyó decir Amalia, temblando—. Te equivocas.

Él no le dio tiempo a retroceder, ya la había cogido de la muñeca y la miraba a los ojos, pestañeando. No trató de abrazarla, no se acercó siquiera. La tuvo sujeta un momento, hizo un gesto raro y la soltó.

—A pesar del textil, a pesar de que no te he visto años, para mí tú has seguido siendo mi mujer —roncó Ambrosio y Amalia sintió que se le paraba el corazón. Pensó va a llorar, voy a llorar—. Para que te lo sepas, te sigo queriendo como antes.

Se la quedó mirando de nuevo y ella retrocedió y cerró la puerta. Lo vio vacilar un momento; luego se acomodó la gorra y se fue. Ella volvió a la sala y alcanzó a verlo volteando la esquina. Sentada junto a la radio, se sobaba la muñeca, asombrada de no sentir cólera. ¿Sería cierto, la seguiría queriendo? No, era mentira. ¿A lo mejor se había enamorado de ella de nuevo, ese día que se encontraron en la calle? Afuera no había ningún ruido, las cortinas estaban corridas, una resolana verdosa entraba desde el jardín. Pero su voz parecía sincera, pensaba, sintonizando una y otra estación. Ningún radioteatro, todo carreras y fútbol.

—Anda a almorzar —le dijo a Ambrosio, cuando el auto frenó en la plaza San Martín—. Vuelve dentro de hora y media.

Entró al bar del Hotel Bolívar y se sentó cerca de la puerta. Pidió un gin y dos cajetillas de Inca. En la mesa vecina conversaban tres tipos y alcanzaba a oír, mutilados, los chistes que contaban. Había fumado un cigarrillo y su copa estaba a la mitad cuando lo divisó por la ventana, cruzando la Colmena.

—Siento haberlo hecho esperar —dijo don Fermín—. Estaba jugando una mano y Landa, ya lo conoce al senador, cuando agarra los dados es de nunca acabar. Está feliz Landa, ya se arregló la huelga de Olave.

—¿Viene del Club Nacional? —dijo él—. ¿Sus amigos oligarcas no andan tramando ninguna conspiración?

—Todavía no —sonrió don Fermín, y señalando la copa le dijo al mozo lo mismo—. Qué es esa tos, ¿lo agarró la gripe?

—El cigarrillo —dijo él, carraspeando de nuevo—. ¿Cómo le ha ido? ¿Sigue dándole dolores de cabeza ese hijo travieso?

—¿El Chispas? —don Fermín se llevó a la boca un puñado de maní—. No, ha sentado cabeza y se porta bien en la oficina. El que me tiene preocupado ahora es el segundo.

—¿También le tira el cuerpo por la jarana? —dijo él.

—Quiere entrar a esa olla de grillos de San Marcos en vez de la Católica —don Fermín paladeó la bebida, hizo un gesto de fastidio—. Le ha dado por hablar mal de los curas, de los militares, de todo, para hacernos rabiar a mí y a su madre.

—Todos los muchachos son un poco rebeldes —dijo él—. Creo que hasta yo lo fui.

—No me lo explico, don Cayo —dijo don Fermín, ahora grave—. Era tan formalito, siempre las mejores notas, hasta beato. Y ahora, descreído, caprichoso. Sólo me faltaría que me salga comunista, anarquista, qué sé yo.

—Entonces va a empezar a darme dolores de cabeza a mí —sonrió él—. Pero vea, si yo tuviera un hijo, creo que preferiría mandarlo a San Marcos. Hay mucho indeseable, pero es más universidad ¿no cree?

—No es porque en San Marcos se politiquea —dijo don Fermín, con aire distraído—. Además, ha perdido categoría, ya no es como antes. Ahora es una cholería infecta, qué clase de relaciones va a tener el flaco ahí.

Él lo miró sin decir nada y lo vio pestañear y bajar la vista, confundido.

—No es que yo tenga nada contra los cholos —te diste cuenta, hijo de puta—, todo lo contrario, siempre he sido muy democrático. Lo que quiero es que Santiago tenga el porvenir que se merece. Y en este país, todo es cuestión de relaciones, usted sabe.

Terminaron los tragos, pidieron otros dos. Sólo don Fermín picoteaba del maní, las aceitunas y las papitas fritas. Él bebía y fumaba.

—He visto que hay una nueva licitación, otro ramal de la Panamericana —dijo él—. ¿Su empresa también se presenta?

—Con la carretera a Pacasmayo tenemos bastante por ahora —dijo don Fermín—. Quien mucho abarca poco aprieta. El laboratorio me quita mucho tiempo, sobre todo ahora que hemos comenzado a renovar el equipo. Quiero que el Chispas aprenda y me descargue un poco de trabajo, antes de ampliar la constructora.

Vagamente, comentaron la epidemia de gripe, las piedras lanzadas por los apristas contra la embajada peruana en Buenos Aires, la amenaza de huelga textil, ¿se impondría la moda de la falda larga o corta?, hasta que las copas quedaron vacías.

—Inocencia se acordó que era tu plato preferido y te ha hecho chupe de camarones —el tío Clodomiro le guiñó un ojo—. La pobre vieja ya no cocina tan bien como antes. Pensaba llevarte a comer a la calle, pero le di gusto para no resentirla.

El tío Clodomiro le sirvió una copita de vermouth. Su departamentito de Santa Beatriz tan ordenado, tan limpio, la vieja Inocencia tan buena, Zavalita. Los había criado a los dos, los trataba de tú, una vez le había jalado la oreja al viejo delante de ti: siglos que no vienes a visitar a tu hermano, Fermín. El tío Clodomiro bebió un traguito y se limpió los labios. Tan pulcro, siempre de chaleco, el cuello y los puños tan almidonados, sus ojitos lozanos, su figura menuda y elusiva, sus manos nerviosas. Piensa: ¿sabía, sabrá? Meses, años que no ibas a verlo, Zavalita. Tenías que ir, voy a ir.

—¿Te acuerdas cuántos años se llevaban el tío Clodomiro y mi papá, Ambrosio? —dice Santiago.

—A los viejos no se les pregunta la edad —se rió el tío Clodomiro—. Cinco años, flaco. Fermín tiene cincuenta y dos, así que calcula, pronto seré sesentón.

—Y, sin embargo, a él se lo ve mayor —dijo Santiago—. Tú te has conservado joven, tío.

—Bueno, eso de joven —sonrió el tío Clodomiro—. Será porque me quedé soltero. ¿Fuiste a ver a tus padres, por fin?

—Todavía no, tío —dijo Santiago—. Pero voy a ir, palabra que voy a ir.

—Ya ha pasado mucho tiempo, flaco, demasiado tiempo —el tío Clodomiro lo amonestaba con sus ojos frescos, limpios—. ¿Cuántos meses ya? ¿Cuatro, cinco?

—Me harán una escena terrible, mi mamá se pondrá a pedirme a gritos que vuelva —piensa: seis ya—. Y no voy a volver, tío, eso tienen que entenderlo bien.

—Meses sin ver a tus padres, a tus hermanos, viviendo en la misma ciudad —el tío Clodomiro movía la cabeza, incrédulo—. Si fueras mi hijo, te habría ido a buscar, te habría dado un par de azotes y traído de vuelta al día siguiente.

Pero él no te había ido a buscar, Zavalita, ni dado azotes, ni obligado a volver. ¿Por qué, papá?

—No quiero darte consejos, ya eres grandecito, pero no te estás portando bien, flaco. Que quieras vivir solo ya es una locura, pero, en fin. Que no quieras ver a tus padres, eso no, flaco. A Zoila la tienes deshecha. Y Fermín cada vez que viene a preguntarme cómo está, qué hace, lo veo más abatido.

—Si me va a buscar, sería por gusto —dijo Santiago—. Me puede llevar a la casa a la fuerza cien veces y cien me vuelvo a escapar.

—Él no lo entiende, yo no lo entiendo —dijo el tío Clodomiro—. ¿Te enojaste porque te sacó de la Prefectura? ¿Querías que te dejara encerrado con los otros locos? ¿No te ha dado gusto en todo siempre? ¿No te ha engreído más que a la Teté, más que al Chispas? Sé sincero conmigo, flaco. ¿Qué cosa tienes contra Fermín?

—Es difícil de explicar, tío. Por ahora es mejor que no vaya a la casa. Después que pase un tiempo iré, te prometo.

—Déjate de adefesios y anda de una vez —dijo el tío Clodomiro—. Ni Zoila ni Fermín se oponen a que sigas en *La Crónica*. Lo único que los preocupa es que con el trabajo vayas a dejar de estudiar. No quieren que te pases la vida de empleadito, como yo.

Sonrió sin amargura y llenó de nuevo las copas. Ya iba a estar el chupe, se oía a lo lejos la cascada voz de Inocencia, y el tío Clodomiro movía la cabeza, compasivo: la pobre vieja ya casi ni veía, flaco.

Qué frescura, qué sinvergüenzura, decía Gertrudis Lama, ¿volver a buscarte después de lo que te hizo?, qué horror. Y Amalia qué horror. Pero él era así, desde la primera vez había sido así. Y Gertrudis: ¿cómo, cómo había sido? Se tomaba su tiempo, hacía que las cosas se volvieran misteriosas. Buscaba pretextos para meterse al repostero, a los cuartos, al patio cuando Amalia estaba ahí. Al principio no le diría nada con la boca, pero le hablaba con los ojos, y ella asustada de que la señora Zoila o los niños se dieran cuenta y le pescaran las miradas. Pasó mucho antes que se animara a decirle cosas, y Gertrudis ¿qué cosas?, qué jovencita se te ve, qué cara tan primaveral, y ella asustada, porque ése había sido su primer trabajo. Pero, al menos de eso, pronto se tranquilizó. Sería fresco, pero también sabido, o mejor dicho cobarde: les tenía más miedo a los señores que yo, Gertrudis. Ni siquiera por las otras empleadas se dejó pescar, estaba fastidiándola y aparecía la cocinera o la otra muchacha y él volaba. Pero, a solas, de los atrevimientos de boca pasó a los de mano, y Gertrudis riéndose ¿y tú? Amalia le daba manotazos, una vez una cachetada. Te aguanto todo a ti, me pegas y sabe a besos, esas mentiras que dicen, Gertrudis. Se dio maña para tener el mismo día de salida que ella, se averiguó dónde vivía y un día Amalia lo vio pasando y repasando frente a la casa de su tía en Surquillo, y tú adentro espiándolo encantada se rió Gertrudis. No, enojada. A la cocinera y a la otra muchacha las impresionaba, decían tan altazo, tan fuerte, cuando está de azul se sienten escalofríos y cochinadas así. Pero ella no, Gertrudis, a Amalia le parecía como cualquier otro nomás. Si no fue por su pinta entonces por qué te conquistó, dijo Gertrudis. A lo mejor por los regalitos que le dejaba escondidos en su cama. La primera vez que vino y le metió un paquetito en el delantal, se lo devolvió sin abrirlo, pero después, ¿qué bruta, no, Gertrudis?, se los aceptaba, y en las noches pensaba curiosa qué me dejaría hoy. Los ponía bajo la frazada, sabe Dios en qué momento entraría, un prendedor, una pulserita, pañuelos, o sea que ya estabas con él, dijo Gertrudis. No, todavía. Un día que no estaba su tía en Surquillo y él apareció, ella, ¿bruta, no?, salió. Conversaron en plena calle, tomándose unas raspadillas, y la semana próxima, el día de salida, fueron a un cine. ¿Ahí? dijo Gertrudis. Sí, se había dejado abrazar, besar. Desde entonces se creería con derechos o qué, estaban solos y quería aprovecharse, Amalia tenía que andarse corriendo. Dormía junto al garaje, su cuartito era más grande que el de las empleadas, bañito propio y todo, y una noche, y Gertrudis qué, qué. Los señores habían salido, la niña Teté y el niño Santiago se habrían dormido ya, el niño Chispas se había ido a la Escuela Naval con su uniforme —qué, qué— y ella, idiota pues, le había hecho caso, idiota se había metido a su cuarto. Claro, se aprovechó, y Gertrudis o sea que ahí, muerta de risa. La hizo llorar, Gertrudis, sentir qué miedo, qué dolor. Pero ahí mismo había comenzado Amalia a decepcionarse, esa misma noche él se le achicó, y Gertrudis ajajá, ajajá, y Amalia no seas tonta, no por eso, ay qué cochina, me has hecho avergonzar. ¿De qué te decepcionaste entonces?, dijo Gertrudis. Estaban con la luz apagada, echados en la cama, él consolándola, diciéndole esas mentiras, nunca me había pensado encontrarte doncellita, besándola, y en eso los sintieron hablando en la puerta, acababan de llegar. Ahí Gertrudis, por eso Gertrudis. ¿Cómo era posible que se hubiera puesto así, a ver? Cómo, qué. Se le empaparon las manos de sudor, escóndete escóndete, y la empujaba, métete bajo la cama, no te muevas, llorando casi del miedo que sentía, y semejante hombrón, Gertrudis, cállate y de repente le tapó la boca con furia, como si yo fuera a gritar o qué, Gertrudis. Sólo cuando oyeron que habían cruzado el jardín y entrado a la casa la soltó, sólo ahí disimuló, por ti, para que no te fuera a pescar a ti, a reñir a ti, a botar a ti. Y que tenían que cuidarse mucho, la señora Zoila era tan estricta. Qué rara se había sentido al día siguiente, Gertrudis, con ganas de reírse, con pena, feliz, y qué vergüenza cuando se fue a lavar a escondidas las manchitas de sangre de las sábanas, ay no sé por qué te cuento estas cosas, Gertrudis. Y Gertrudis: porque ya te olvidaste de Trinidad, cholita, porque ahora te estás muriendo de nuevo por el tal Ambrosio, Amalia.

—Esta mañana estuve con los gringos —dijo, por fin, don Fermín—. Son peores que Santo Tomás. Se les han dado todas las seguridades, pero insisten en tener una entrevista con usted, don Cayo.

—Al fin y al cabo se trata de varios millones —dijo él, con benevolencia—. Se explica esa impaciencia.

—No acabo de entender a los gringos, ¿no le parecen unos aniñados? —dijo don Fermín, con el mismo tono casual, casi displicente—. Medio salvajes, además. Ponen los pies sobre la mesa, se quitan el saco donde estén. Y éstos no son unos cualquieras, sino gente bien, me imagino. A veces me dan ganas de regalarles un libro de Carreño.

Él veía por la ventana los tranvías de la Colmena que llegaban y partían, oía los inagotables chistes de los hombres de la mesa vecina.

—El asunto está listo —dijo, de pronto—. Anoche comí con el ministro de Fomento. El fallo debe aparecer en el diario oficial el lunes o martes. Dígales a sus amigos que ganaron la licitación, que pueden dormir tranquilos.

—Mis socios, no mis amigos —protestó don Fermín, risueño—. ¿Usted podría ser amigo de gringos? No tenemos mucho en común con esos patanes, don Cayo.

Él no dijo nada. Fumando, esperó que don Fermín alargara la mano hacia el platito de maní, que se llevara el vaso de gin a la boca, bebiera, se secara los labios con la servilleta, y que lo mirara a los ojos.

—¿De veras no quiere esas acciones? —lo vio apartar la vista, interesado de pronto en la silla vacía que tenía al frente—. Ellos insisten en que lo convenza, don Cayo. Y, la verdad, no veo por qué no las acepta.

—Porque soy un ignorante en cosas de negocios —dijo él—. Ya le he contado que en veinte años de comerciante no hice un solo negocio bueno.

—Acciones al portador, lo más seguro, lo más discreto del mundo —don Fermín le sonreía amistosamente—. Que se pueden vender al doble de su valor en poco tiempo, si no quiere conservarlas. Supongo que no piensa que aceptar esas acciones sería algo indebido.

—Hace tiempo que no sé lo que es debido o indebido —sonrió él—. Sólo lo que me conviene o no.

—Acciones que no le van a costar un medio al Estado, sino a los gringos patanes —sonreía don Fermín—. Usted les hace un servicio, y es lógico que lo retribuyan. Esas acciones significan mucho más que cien mil soles en efectivo, don Cayo.

—Soy modesto, esos cien mil soles me bastan —sonrió él de nuevo, un acceso de tos lo hizo callar un momento—. Que se las den al ministro de Fomento, que es hombre de negocios. Sólo acepto lo que suena y se cuenta. Mi padre era un usurero, don Fermín, y decía eso. Se lo he heredado.

—Bueno, entre gustos y colores —dijo don Fermín, encogiendo los hombros—. Me encargaré del depósito, el cheque estará listo hoy.

Estuvieron callados hasta que el mozo se acercó a recoger las copas y trajo el menú. Un consomé y una corvina, ordenó don Fermín, y él un churrasco con ensalada. Mientras el mozo ponía la mesa, él oía, ralamente, a don Fermín hablar de un sistema para adelgazar comiendo que había aparecido en *Selecciones* de este mes.

—Nunca te invitaban a la casa —dijo Santiago—. Te han tratado siempre como si fueran superiores a ti.

—Bueno, gracias a tu fuga ahora nos vemos más —sonrió el tío Clodomiro—. Aunque sea por interés, me buscan todo el tiempo para que les dé noticias de ti. No sólo Fermín, también Zoilita. Ya era hora que acabara ese distanciamiento tan absurdo.

—Pero por qué ese distanciamiento, tío —dijo Santiago—. Siempre te hemos visto a la muerte de un obispo.

—Las tonterías de Zoilita —como si dijera las gracias, piensa, las lindas manías de Zoilita—. Sus aires de grandeza, flaco. Yo sé que es una gran mujer, toda una señora, por supuesto. Pero siempre tuvo prevención contra la familia nuestra, porque éramos pobretones y sin pergaminos. Ella lo contagió a Fermín.

—Y tú les perdonas eso —dijo Santiago—. Mi papá se pasa la vida haciéndote desplantes y tú le permites eso.

—Tu padre tiene horror a la mediocridad —se rió el tío Clodomiro—. Pensaría que si nos juntábamos mucho le iba a pasar la peste. Él fue muy ambicioso desde chico. Siempre quiso ser alguien. Bueno, lo ha conseguido y eso no se le puede reprochar a nadie. A ti te debería enorgullecer, más bien. Porque Fermín ha conseguido lo que tiene a fuerza de trabajo. La familia de Zoilita lo ayudaría después, pero cuando se casaron él tenía ya una magnífica posición. Mientras tu tío se pudría vivo en las sucursales de provincias del Banco de Crédito.

—Siempre hablas de ti como un mediocre, pero en el fondo no lo crees —dijo Santiago—. Y yo tampoco te creo. No tendrás plata, pero vives contento.

—La tranquilidad no es la felicidad —dijo el tío Clodomiro—. Ese horror de tu padre por lo que ha sido mi vida, antes me parecía injusto, pero ahora lo comprendo. Porque, a veces, me pongo a pensar, y no tengo ni un recuerdo importante. La oficina, la casa, la casa, la oficina. Tonterías, rutinas, sólo eso. Bueno, no nos pongamos tristes.

La vieja Inocencia entró a la salita: ya estaba servido, podían pasar. Sus zapatillas, su chalina, Zavalita, su delantal tan grande para su cuerpecillo raquítico, su voz cascada. Había un plato de chupe humeando en su asiento, pero en el de su tío sólo un café con leche y un sándwich.

—Es lo único que puedo comer de noche —dijo el tío Clodomiro—. Anda, sírvete, antes que se enfríe.

De rato en rato venía Inocencia y a Santiago ¿qué tal, qué tal estaba? Le cogía la cara, qué grande estabas, qué buen mozo estabas, y cuando se iba el tío Clodomiro guiñaba un ojo: pobre Inocencia, tan cariñosa contigo, con todo el mundo, pobre vieja.

—Por qué no se casaría nunca mi tío Clodomiro —dice Santiago.

—Esta noche te estás luciendo con tus preguntas —dijo el tío Clodomiro, sin rencor—. Bueno, cometí el error de pasarme quince años en provincias, creyendo que así haría carrera más rápido en el banco. En esos pueblecitos no encontré una novia que valiera la pena.

—No te escandalices, qué tendría de malo que hubiera sido —dice Santiago—. En las mejores familias se dan, Ambrosio.

—Y cuando vine a Lima, el drama fue que para las muchachas no valía la pena yo —se rió el tío Clodomiro—. Después de la patada que me dio el banco, tuve que comenzar en el Ministerio con un sueldito miserable. Así que me quedé solterón. Pero no creas que me han faltado aventuras, sobrino.

—Espera muchacho, no te levantes —gritó, de adentro, Inocencia—. Falta todavía el postre.

—Ya casi ni ve ni oye y la pobre trabaja todo el día —susurró el tío Clodomiro—. Varias veces he tratado de tomar otra muchacha, para que ella descanse. No hay forma, le dan unas pataletas terribles, dice que me quiero librar de ella. Es terca como una mula. Se irá derechito al cielo, flaco.

Estás loca, dijo Amalia, no lo he perdonado ni lo voy, lo odiaba. ¿Se peleaban mucho?, dijo Gertrudis. Poco, y siempre por la cobardía de él, si no se hubieran llevado regio. Se veían los días de salida, iban al cine, a pasear, en las noches ella cruzaba el jardín sin zapatos y se quedaba con Ambrosio una horita, dos. Todo muy bien, ni las otras muchachas sospechaban nada. Y Gertrudis: ¿cuándo te diste cuenta que tenía otra mujer? La mañana que lo vio limpiando el auto y conversando con el niño Chispas. Amalia estaba mirándolo de reojo mientras metía la ropa a la lavadora, y de repente vio que se confundía y oyó lo que le decía al niño Chispas: ¿a mí, niño? Qué ocurrencia, a él qué le iba a gustar ésa, ni regalada la aceptaría, niño. Señalándome, Gertrudis, sabiendo que lo estaba oyendo. Amalia imaginó que soltaba la ropa, corría y lo rasguñaba. Esa noche fue a su cuarto sólo para decirle te he oído, qué te has creído, creyendo que Ambrosio le pediría perdón. Pero no, Gertrudis, no, nada de eso: fuera, anda vete, sal de aquí. Se había quedado aturdida en la oscuridad, Gertrudis. No se iba a ir, por qué me tratas así, qué te he hecho, hasta que él se levantó de la cama y cerró la puerta. Furioso, Gertrudis, lleno de odio. Amalia se había puesto a llorar, ¿crees que no oí lo que le dijiste al niño de mí?, y ahora por qué me botas, por qué me recibes así. El niño se está sospechando, la sacudía de los hombros con qué furia, nunca más pises mi cuarto, con qué desesperación, Gertrudis: nunca más, entiéndeme, fuera de aquí. Furioso, asustado, loco, sacudiéndola contra la pared. No es por los señores, no busques pretextos, trataba de decir Amalia, te has conseguido otra, pero él la arrastró hasta la puerta, la empujó afuera y cerró:

nunca más, entiéndeme. Y todavía lo has perdonado, y todavía lo quieres, dijo Gertrudis, y Amalia ¿estás loca? Lo odiaba. ¿Quién era la otra mujer? No sabía, nunca la vio. Avergonzada, humillada, corrió a su cuarto llorando tan fuerte que la cocinera se despertó y vino, Amalia tuvo que inventarle que era la regla, me viene siempre con muchos dolores. ¿Y desde entonces nunca más? Nunca más. Claro, él había tratado de amistarse, te voy a explicar, sigamos juntos pero viéndonos sólo en la calle. Hipócrita, cobarde, maldito, mentiroso, subía Amalia la voz y él asustado volaba. Menos mal que no te dejó encinta, dijo Gertrudis. Y Amalia: no le hablé más, hasta después, mucho después. Se cruzaban en la casa y él buenos días y ella volteaba la cara, hola Amalia y ella como si hubiera pasado una mosca. A lo mejor no era un pretexto, decía Gertrudis, a lo mejor tenía miedo de que los pescaran y los botaran, a lo mejor no tenía otra mujer. Y Amalia: ¿tú crees? La prueba que después de años te vio en la calle y te ayudó a encontrar trabajo, decía Gertrudis, si no por qué la hubiera buscado, invitado. A lo mejor siempre la había querido, a lo mejor mientras estabas con Trinidad sufría por ti, pensaba en ti, a lo mejor estaba arrepentido de veras de lo que te hizo. ¿Tú crees, decía Amalia, tú crees?

—Está usted perdiendo mucho dinero con ese criterio —dijo don Fermín—. Absurdo que se contente con sumas miserables, absurdo que tenga su capital inmovilizado en un banco.

—Sigue empeñado en meterme al mundo de los negocios —sonrió él—. No, don Fermín, ya escarmenté. Nunca más.

—Por cada veinte o cincuenta mil soles que usted recibe, hay quienes sacan el triple —dijo don Fermín—. Y no es justo, porque usted es quien decide las cosas. De otro lado, ¿cuándo se va a decidir a invertir? Le he propuesto cuatro o cinco asuntos que hubieran entusiasmado a cualquiera.

Él lo escuchaba con una sonrisita cortés en los labios, pero tenía los ojos aburridos. El churrasco estaba en la mesa hacía unos minutos y todavía no lo probaba.

—Ya le he explicado —cogió el cuchillo y el tenedor, se quedó observándolos—. Cuando el régimen se termine, el que cargará con los platos rotos seré yo.

—Es una razón de más para que asegure su futuro —dijo don Fermín.

—Todo el mundo se me echará encima, y los primeros, los hombres del régimen —dijo él, mirando deprimido la carne, la ensalada—. Como si echándome el barro a mí quedaran limpios. Tendría que ser idiota para invertir un medio en este país.

—Vaya, está pesimista hoy, don Cayo —don Fermín apartó el consomé, el mozo le trajo la corvina—. Cualquiera creería que Odría va a caer de un momento a otro.

—Todavía no —dijo él—. Pero no hay gobiernos eternos, usted sabe. No tengo ambiciones, por lo demás. Cuando esto termine, me iré a vivir afuera tranquilo, a morirme en paz.

Miró su reloj, intentó pasar algunos bocados de carne. Masticaba con disgusto, bebiendo sorbos de agua mineral, y por fin indicó al mozo que se llevara el plato.

—A las tres tengo cita con el ministro y ya son dos y cuarto. ¿No teníamos otro asuntito, don Fermín?

Don Fermín pidió café para ambos, encendió un cigarrillo. Sacó de su bolsillo un sobre y lo puso en la mesa.

—Le he preparado un memorándum, para que estudie los datos con calma, don Cayo. Un denuncio de tierras, en la región de Bagua. Son unos ingenieros jóvenes, dinámicos, con muchas ganas de trabajar. Quieren traer ganado vacuno, ya verá. El expediente está plantado en Agricultura hace seis meses.

—¿Apuntó el número del expediente? —guardó el sobre en su maletín, sin mirarlo.

—Y la fecha en que se inició el trámite y los departamentos por los que ha pasado —dijo don Fermín—. Esta vez no tengo ningún interés en la empresa. Es gente que quiero ayudar. Son amigos.

—No puedo prometerle nada, antes de informarme —dijo él—. Además, el ministro de Agricultura no me quiere mucho. En fin, ya le diré.

—Lógicamente, estos muchachos aceptarán sus condiciones —dijo don Fermín—. Está bien que yo les haga un favor por amistad, pero no que usted se tome molestias de balde por gente que no conoce.

—Lógicamente —dijo él, sin sonreír—. Sólo me tomo molestias de balde por el régimen.

Bebieron el café, callados. Cuando el mozo trajo la cuenta, los dos sacaron la cartera, pero don Fermín pagó. Salieron juntos a la plaza San Martín.

—Me imagino que estará muy ocupado con el viaje del Presidente a Cajamarca —dijo don Fermín.

—Sí, algo, lo llamaré cuando pase este asunto —dijo él, dándole la mano—. Ahí está mi carro. Hasta pronto, don Fermín.

Subió al auto, ordenó al Ministerio, rápido. Ambrosio dio la vuelta a la plaza San Martín, avanzó hacia el parque Universitario, torció por Abancay. Él hojeaba el sobre que le había entregado don Fermín, y a ratos sus ojos se apartaban y se fijaban en la nuca de Ambrosio: el puta no quería que su hijo se junte con cholos, no querría que le contagiaran malos modales. Por eso invitaría a su casa a tipos como Arévalo o Landa, hasta a los gringos que llamaba patanes, a todos pero no a él. Se rió, sacó una pastilla del bolsillo y se llenó la boca de saliva: no querría que le contagies malos modales a su mujer, a sus hijos.

—Toda la noche has estado haciendo preguntas tú y ahora me toca —dijo el tío Clodomiro—. Cómo te va en *La Crónica.*

—Ya estoy aprendiendo a medir las noticias —dijo Santiago—. Al principio me salían muy largas, muy cortas. Ya me acostumbré a trabajar de noche y dormir de día, también.

—Es otra cosa que aterra a Fermín —dijo el tío Clodomiro—. Piensa que con ese horario te vas a enfermar. Y que ya no vas a ir a la universidad. ¿De veras estás yendo a clases?

—No, mentira —dijo Santiago—. Desde que me fui de la casa no he vuelto a la universidad. No se lo digas a mi papá, tío.

El tío Clodomiro dejó de mecerse, sus pequeñas manos revolotearon alarmadas, sus ojos se asustaron.

—No me preguntes por qué, tampoco te lo puedo explicar —dijo Santiago—. A veces creo que es porque no quiero encontrar a esos muchachos que se quedaron en la Prefectura mientras a mí me sacaba mi papá. Otras, me doy cuenta que no es eso. No me gusta la abogacía, me parece una estupidez, no creo en eso, tío. ¿Para qué voy a sacar un título?

—Fermín tiene razón, te he hecho un pésimo servicio —dijo el tío Clodomiro, apesadumbrado—. Ahora que manejas plata ya no quieres estudiar.

—¿No te ha dicho tu amigo Vallejo cuánto nos pagan? —se rió Santiago—. No, tío, casi no manejo plata. Tengo tiempo, podría asistir a clases. Pero es más fuerte que yo, la sola idea de pisar la universidad me da náuseas.

—¿No te das cuenta que te puedes quedar toda la vida de empleadito? —dijo el tío Clodomiro, consternado—. Un muchacho como tú, flaco, tan brillante, tan estudioso.

—No soy brillante, no soy estudioso, no repitas a mi papá, tío —dijo Santiago—. La verdad es que estoy desorientado. Sé lo que no quiero ser, pero no lo que me gustaría ser. Y no quiero ser abogado, ni rico, ni importante, tío. No quiero ser a los cincuenta años lo que es mi papá, lo que son los amigos de mi papá. ¿Ves, tío?

—Lo que veo es que te falta un tornillo —dijo el tío Clodomiro, con su cara desolada—. Estoy arrepentido de haber llamado a Vallejo, flaco. Me siento responsable de todo esto.

—Si no hubiera entrado a *La Crónica*, habría conseguido cualquier otro trabajo —dijo Santiago—. Sería lo mismo.

¿Sería, Zavalita? No, a lo mejor sería distinto, a lo mejor el pobre tío Clodomiro era responsable en parte. Eran las diez, tenía que irse. Se levantó.

—Espera, tengo que preguntarte lo que me pregunta Zoilita a mí —dijo el tío Clodomiro—. Cada vez me somete a un interrogatorio terrible. Quién te lava la ropa, quién te cose los botones.

—La señora de la pensión me cuida muy bien —dijo Santiago—. Que no se preocupe.

—¿Y tus días libres? —dijo el tío Clodomiro—. Con quiénes te juntas, adónde vas. ¿Sales con chicas? Es otra cosa que desvela a Zoilita. Si no andas metido en alguna aventura con una tipa, cosas así.

—No estoy metido con nadie, tranquilízala —se rió Santiago—. Dile que estoy bien, que me porto bien. Iré a verlos pronto, de veras.

Fueron a la cocina y encontraron a Inocencia dormida sobre su mecedora. El tío Clodomiro la riñó y entre los dos la ayudaron a llegar a su cuarto, cabeceando de sueño. En la puerta de calle, el tío Clodomiro abrazó a Santiago. ¿Vendría a comer el próximo lunes? Sí, tío. Tomó un colectivo en la avenida Arequipa, y, en la plaza San Martín, buscó a Norwin en las mesas del Bar Zela. No había llegado aún, y después de esperarlo un momento, salió a su encuentro por el jirón de la Unión. Estaba en la puerta de *La Prensa*, conversando con otro redactor de *Última Hora*.

—Qué pasó —dijo Santiago—. ¿No quedamos a las diez en el Zela?

—Éste es el oficio más cabrón que hay, convéncete, Zavalita —dijo Norwin—. Me quitaron todos los redactores y he tenido que llenar la página yo solo. Hay una revolución, no sé qué cojudez. Te presento a Castelano, un colega.

—¿Una revolución? —dijo Santiago—. ¿Aquí?

—Una revolución abortada, algo así —dijo Castelano—. Parece que la encabezaba Espina, ese general que fue ministro de Gobierno.

—No hay ningún comunicado oficial, y estos cabrones me quitaron a mi gente para que salieran a buscar datos —dijo Norwin—. En fin, olvidémonos, vamos a tomar unos tragos.

—Espera, yo quiero saber —dijo Santiago—. Acompáñame a *La Crónica*.

—Te van a poner a trabajar y perderás tu noche libre —dijo Norwin—. Vamos a tomar un trago y a eso de las dos nos caemos por allá a buscar a Carlitos.

—Pero cómo ha sido —dijo Santiago—. Cuáles son las noticias.

—No hay noticias, sólo rumores —dijo Castelano—. Esta tarde comenzaron a detener gente. Dicen que la cosa era en Cusco y Tumbes. Los ministros están reunidos en Palacio.

—Han movilizado a todos los redactores por puras ganas de joder —dijo Norwin—. De todos modos no van a poder publicar más que el comunicado oficial, y lo saben.

—¿Por qué en vez de ir al Zela no vamos donde la vieja Ivonne? —dijo Castelano.

—¿Quién ha dicho entonces que el general Espina anda metido en esto? —dijo Santiago.

—Okey, donde Ivonne y desde allá llamamos a Carlitos para que se nos junte —dijo Norwin—. Ahí en el bulín vas a averiguar más cosas sobre la conspiración que en *La Crónica*, Zavalita. Y, por último, qué carajo te importa. ¿Te importa la política a ti?

—Es pura curiosidad —dijo Santiago—. Además, sólo tengo un par de libras, donde Ivonne es carísimo.

—Eso es lo de menos, siendo de *La Crónica* —se rió Castelano—. Como colega de Becerrita, ahí tendrás todo el crédito que quieras.

VI

La semana siguiente Ambrosio no apareció por San Miguel, pero a la siguiente Amalia lo encontró un día esperándola en el chino de la esquina. Se había escapado sólo un momentito para verte, Amalia. No se pelearon, conversaron de lo más bien. Quedaron en salir juntos el domingo. Cómo has cambiado, le dijo él al despedirse, cómo te has puesto.

¿De veras habría mejorado tanto? Carlota le decía tienes todo para gustarles a los hombres, la señora también le hacía bromas así, los policías de la cuadra eran pura sonrisita, los choferes del señor pura miradita, hasta el jardinero, el repartidor de la bodega y el mocoso de los periódicos se la pasaban piropeándola: a lo mejor era verdad. En la casa, fue a mirarse a los espejos de la señora, con un brillo pícaro en los ojos: sí, era. Había engordado, se vestía mejor y eso se lo debía a la señora, tan buena. Le regalaba todo lo que ya no se ponía, pero no como diciendo líbrame de esto, sino con cariño. Este vestido ya no me entra, pruébatelo, y la señora venía, hay que subirle aquí, meterle un poco aquí, estos flequitos a ti no te quedan. Siempre le andaba diciendo no andes con las uñas sucias, péinate, lava tu mandil, una mujer que no cuida de su persona está frita. No como a su sirvienta, pensaba Amalia, me da consejos como a su igual. La señora había hecho que se cortara el pelo con una melenita de hombre, una vez que le salieron granitos ella misma le puso una de sus pomadas y a la semana la cara limpiecita, otra vez tuvo dolor de muelas y ella misma la llevó donde un dentista de Magdalena, la hizo curar y no le descontó del sueldo. Cuándo la iba a tratar así la señora Zoila, cuándo a preocuparse así. Nadie era como la señora Hortensia. A ella lo que más le importaba en el mundo era que todo estuviera limpio, que las mujeres fueran bonitas y los hombres buenos mozos. Era lo primero que quería saber de alguien, ¿era guapa fulanita, y él qué tal era? Y, eso sí, no perdonaba que alguien fuera feo. Cómo se burlaba de la señorita Maclovia por sus dientes de conejo, del señor Gumucio por su panza, de esa que le decían Paqueta por sus pestañas y uñas y senos postizos, y de lo vieja que era la señora Ivonne. ¡Cómo la rajaban con la señorita Queta a la señora Ivonne! Que de tanto pintarse el pelo se estaba quedando calva, que se le salió la dentadura en un almuerzo, que las inyecciones que se puso en vez de rejuvenecerla la arrugaron más. Hablaban tanto de ella que Amalia tenía curiosidad y un día Carlota le dijo ahí está, es esa que ha venido con la señorita Queta. Salió a mirarla. Estaban tomándose un traguito en la sala. La señora Ivonne no era tan vieja ni tan fea, qué injustas. Y qué elegancia, qué joyas, brillaba todita. Cuando se fue, la señora entró a la cocina: olvídense que la vieja vino aquí. Las amenazó con su dedo riéndose: si Cayo sabe que estuvo aquí las mato a las tres.

Desde el umbral vio el pequeño rostro constreñido del doctor Arbeláez, sus pómulos huesudos y chaposos, los anteojos caídos sobre la nariz.

—Siento llegar tarde, doctor —el escritorio te queda grande, pobre diablo—. Tuve un almuerzo de trabajo, discúlpeme.

—Está usted a la hora, don Cayo —el doctor Arbeláez le sonrió sin afecto—. Siéntese, por favor.

—Encontré ayer su memorándum, pero no pude venir antes —arrastró una silla, puso el maletín sobre sus rodillas—. El viaje del Presidente a Cajamarca me tiene absorbido estos días.

Detrás de los anteojos, los ojos miopes y hostiles del doctor Arbeláez asintieron.

—Es otro asunto del que me gustaría que habláramos, don Cayo —fruncía la boca, no disimulaba su contrariedad—. Anteayer le pedí informes a Lozano sobre los preparativos y me dijo que usted había dado instrucciones de que no se comunicaran a nadie.

—Pobre Lozano —dijo él, compasivamente—. Le echaría usted un sermón, por supuesto.

—No, ningún sermón —dijo el doctor Arbeláez—. Me quedé tan sorprendido que no atiné ni a eso.

—El pobre Lozano es útil, pero muy tonto —sonrió él—. Los preparativos de la seguridad están todavía en estudio, doctor, no valía la pena que lo molestara con eso. Yo le informaré de todo, apenas hayamos completado los detalles.

Encendió un cigarrillo, el doctor Arbeláez le alcanzó un cenicero. Lo miraba muy serio, sus brazos cruzados entre una agenda y una fotografía de una mujer canosa y tres jóvenes risueños.

—¿Tuvo tiempo de echar un vistazo al memorándum, don Cayo?

—Desde luego, doctor. Lo leí con todo cuidado.

—Estará usted de acuerdo conmigo, entonces —dijo el doctor Arbeláez, con sequedad.

—Siento decirle que no, doctor —tosió, murmuró perdón, y dio una nueva pitada—. El fondo de seguridad es sagrado. No puedo aceptar que me quite esos millones. Créame que lo lamento.

El doctor Arbeláez se puso de pie, muy rápido. Dio unos pasos frente al escritorio, los anteojos bailando en sus manos.

—Me lo esperaba, por supuesto —su voz no era impaciente ni furiosa, pero había palidecido ligeramente—. Sin embargo, el memorándum es claro, don Cayo. Hay que renovar esos patrulleros que se caen de viejos, hay que iniciar los trabajos en las comisarías de Tacna y de Moquegua porque cualquier día se vienen abajo. Hay mil cosas paralizadas y los prefectos y subprefectos me vuelven loco con sus telefonazos y telegramas. ¿De dónde quiere usted que saque los millones que hacen falta? No soy brujo, don Cayo, no sé hacer milagros.

Él asintió, muy serio. El doctor Arbeláez se pasaba los anteojos de una mano a otra, parado frente a él.

—¿No hay manera de utilizar otras partidas del presupuesto? —dijo él—. El ministro de Hacienda...

—No quiere darnos un medio más y usted lo sabe de sobra —el doctor Arbeláez alzó la voz—. En cada reunión de gabinete dice que los gastos de Gobierno son exorbitantes, y si usted se acapara la mitad de nuestra partida para...

—No acaparo nada, doctor —sonrió él—. La seguridad exige dinero, qué quiere usted. Yo no puedo cumplir con mi trabajo si me reducen en un centavo el fondo de seguridad. Lo siento muchísimo, doctor.

También había trabajitos de otro tipo, don, pero que hacían ellos, no Ambrosio. Esta noche salimos, dijo el señor Lozano, avísale a Hipólito, y Ludovico ¿en el auto oficial, señor? No, en el Fordcito viejo. Ellos le contaban después, don, y por eso se enteraba Ambrosio: seguir a tipos, apuntar quién entraba a una casa, hacerles confesar lo que sabían a los apristas presos, ahí es donde Hipólito se ponía como Ambrosio le había contado, don, o serían inventos de Ludovico. Al anochecer, Ludovico fue a casa del señor Lozano, sacó el Fordcito, buscó a Hipólito, se metieron a una policial en el Rialto y a las nueve y media estaban esperando al señor Lozano en la avenida España. Y el primer lunes de cada mes, acompañaban al señor Lozano a cobrar la mensualidad, don, dicen que así le decía él. Por supuesto, salió con anteojos oscuros y se acurrucó en el asiento de atrás. Les convidó cigarrillos, les hizo una broma, qué buen humor se gasta cuando trabaja para él comentó después Hipólito, y Ludovico dirás cuando nos hace trabajar para él. La mensualidad, la platita que les sacaba a todos los bulines y jabes de Lima ¿qué vivo, no, don? Comenzaron por la salida a Chosica, la casita escondida detrás del restaurante donde vendían pollos. Bájate tú, dijo el señor Lozano a Ludovico, si no Pereda me demorará una hora con sus cuentos, y a Hipólito demos una vuelta mientras. Hacía eso a escondidas, don, creería que don Cayo no sabía nada, después cuando Ludovico pasó a trabajar con Ambrosio se lo contó a don Cayo para congraciarse con él y resulta que don Cayo lo sabía demás. El Fordcito partió, Ludovico esperó que desapareciera y empujó la tranquera. Había muchos autos haciendo cola, todos con luz baja, y dándose encontrones contra guardafangos y parachoques y, tratando de ver las caras de las parejas, fue hasta la puerta donde estaba el cartelito. Porque qué no sabría don Cayo, don. Salió un mozo que lo reconoció, espérese un segundito, y al rato vino Pereda, ¿cómo, y el señor Lozano? Está afuera, pero apuradísimo, dijo Ludovico, por eso no entró. Tengo que hablarle, dijo Pereda, es importantísimo. Con eso de acompañar al señor Lozano a cobrar la mensualidad, Ludovico e Hipólito conocían la Lima noctámbula aquí, somos los reyes del veinte decían, figúrese cómo se aprovecharían, don. Caminaron hasta la tranquera, esperaron al Fordcito, Ludovico tomó el volante de nuevo y Pereda subió atrás: arranca, dijo el señor Lozano, no nos quedemos aquí. Pero el jaranista de verdad había sido Hipólito, don, Ludovico era sobre todo ambicioso: quería trepar, mejor dicho que algún día lo metieran al escalafón. Ludovico se fue por la carretera y a ratos miraba a Hipólito e Hipólito lo miraba, como diciéndose qué sobón este Pereda, los cuentos que le contaba. Rápido, no tengo tiempo, decía el señor Lozano, qué es lo importantísimo. ¿Que por qué le aguantaban los sablazos, don? Fulano que se apareció por aquí esta semana, señor, mengano que trajo a sutana, y el señor Lozano ya sé que conoces a todo el Perú ¿qué es lo importantísimo? Porque ¿no veía que jabes y bulines sacaban el permiso en la Prefectura, don? Pereda cambió de voz y Ludovico e Hipólito se miraron, ahora empezaría el llanto. El ingeniero había estado muy recargado de gastos, señor Lozano, pagos, letras, estaban sin efectivo este mes. Así que o le chancaban o les quitaba el permiso o los multaba: no tenían más remedio, don. El señor Lozano gruñó y Pereda parecía de mermelada: pero el ingeniero no se había olvidado de su compromiso, señor Lozano, le había dejado este chequecito con la fecha adelantada, ¿no le importaría, no, señor Lozano? Y Ludovico e Hipólito como diciéndose ahora viene la puteada. Me importa porque no acepto cheques, dijo el señor Lozano, el ingeniero tiene veinticuatro horas para rematar el negocio porque se lo van a cerrar; vamos a dejar a Pereda, Ludovico. Y Ludovico e Hipólito decían que hasta para renovarles los carnets a las polillas les pedía sus tajadas, don. Todo el regreso Pereda explicaba, se disculpaba, y el señor Lozano mudo. Veinticuatro horas, Pereda, ni un minuto más, dijo al llegar. Y después: estas tacañerías me hinchan los huevos. Y Ludovico e Hipólito como diciéndose Pereda malogró la noche, se nos calentó. Por eso don Cayo diría si algún día Lozano sale de la policía, se hará cafiche, don: ésa es su verdadera vocación.

El sábado sonó el teléfono dos veces en la mañana, la señora se acercaba a contestar y no era nadie. Me están haciendo pasadas, decía la señora, pero en la tarde sonó otra vez, Amalia ¿aló, aló?, y por fin reconoció la voz asustada de Ambrosio. Así que eras tú el que estuvo llamando, le dijo riéndose, no hay nadie, habla nomás. No podía salir el domingo con ella y tampoco el próximo, tenía que llevar a don Fermín a Ancón. Qué importa, dijo Amalia, otro día pues. Pero sí le importó, la noche del sábado estuvo desvelada, pensando. ¿Sería cierto lo de Ancón? El domingo salió con María y Anduvia. Se fueron a pasear por el parque de la Reserva, se compraron helados y estuvieron sentadas en el pasto, conversando, hasta que se acercaron unos soldados y tuvieron que irse. ¿No sería que tenía compromiso con otra? Fueron al Cine Azul; estaban de buen humor y, sintiéndose seguras siendo tres, dejaron que dos tipos les convidaran la entrada. ¿No sería que en ese momento estaba en otro cine bien acompañado de? Pero a media función quisieron aprovecharse y ellas se salieron del Azul corriendo, y los tipos detrás gritando ¡nuestra plata, estafadoras!, felizmente encontraron un cachaco que los espantó. ¿No sería que se había cansado de lo que ella le recordaba siempre lo mal que se portó? Toda la semana, Amalia, María y Anduvia sólo hablaron de los tipos, y una a otra se metían miedo, van a venir, chaparon donde vivimos, te van a matar, nos van a, con ataques de risa hasta que Amalia se ponía a temblar y corría a la casa. Pero en las noches se quedaba pensando en lo mismo: ¿no sería que no iba a volver a buscarla más? El domingo siguiente fue a visitar a la señora Rosario a Mirones. La Celeste se había escapado con un tipo y a los tres días había vuelto solita, con la cara larga. La azoté hasta sangrarla, decía la señora Rosario, y si el tipo la llenó la mato. Amalia se quedó hasta la noche, sintiéndose más deprimida que nunca en el callejón. Se daba cuenta de las charcas de agua hedionda, de las nubes de moscas, de los perros tan flacos, y se asombraba pensando que había querido pasar el resto de la vida en el callejón cuando murieron su hijito y Trinidad. Esa noche se despertó antes del amanecer: qué te importa que no venga más, bruta, mejor para ti. Pero estaba llorando.

—En ese caso, voy a verme obligado a recurrir al Presidente, don Cayo —el doctor Arbeláez se calzó los anteojos, en los puños duros de su camisa destellaban unos gemelos de plata—. He procurado mantener las mejores relaciones con usted, jamás le he tomado cuentas, he aceptado que la Dirección de Gobierno me subestime totalmente en mil cosas. Pero no debe olvidar que yo soy el ministro y que usted está a mis órdenes.

Él asintió, los ojos clavados en los zapatos. Tosió, el pañuelo contra la boca. Alzó la cara, como resignándose a algo que lo entristecía.

—No vale la pena que moleste al Presidente —dijo, casi con timidez—. Yo me permití explicarle el asunto. Naturalmente, no me hubiera atrevido a negarme a su solicitud sin el respaldo del Presidente.

Lo vio cogerse las manos, quedar absolutamente inmóvil, mirándolo con un odio minucioso y devastador.

—De modo que ya habló con el Presidente —le temblaban el mentón, los labios, la voz—. Usted le habrá presentado las cosas desde su punto de vista, claro.

—Voy a hablarle con franqueza, doctor —dijo él, sin malhumor, sin interés—. Estoy en la Dirección de Gobierno por dos razones. La primera, porque me lo pidió el General. La segunda, porque él aceptó mi condición: disponer del dinero necesario y no dar cuenta a nadie de mi trabajo, sino a él en persona. Perdóneme que se lo diga con crudeza, pero las cosas son así.

Miró a Arbeláez, esperando. Su cabeza era grande para su cuerpo, sus ojitos miopes lo arrasaban despacio, milimétricamente. Lo vio sonreír haciendo un esfuerzo que descompuso su boca.

—No pongo en duda su trabajo, sé que es sobresaliente, don Cayo —hablaba de una manera artificiosa y jadeante, su boca sonreía, sus ojos lo fulminaban, incansables—. Pero hay problemas que resolver y usted tiene que ayudarme. El fondo de seguridad es exorbitante.

—Porque nuestros gastos son exorbitantes —dijo él—. Se lo voy a demostrar, doctor.

—Tampoco dudo que usted utiliza esa partida con la mayor responsabilidad —dijo el doctor Arbeláez—. Simplemente...

—Lo que cuestan las directivas sindicales adictas, las redes de información en centros de trabajo, universidades y en la administración —recitó él, mientras sacaba un expediente de su maletín y lo ponía sobre el escritorio—. Lo que cuestan las manifestaciones, lo que cuesta conocer las actividades de los enemigos del régimen aquí y en el extranjero.

El doctor Arbeláez no había mirado el expediente; lo escuchaba acariciando un gemelo, sus ojitos odiándolo siempre con morosidad.

—Lo que cuesta aplacar a los descontentos, a los envidiosos y a los ambiciosos que surgen cada día dentro del mismo régimen —recitaba él—. La tranquilidad no sólo es cuestión de palo, doctor, también de soles. Usted pone mala cara y tiene razón. De esas cosas feas me ocupo yo, usted no tiene siquiera que enterarse. Échele una ojeada a estos papeles y me dirá después si usted cree que se pueden hacer economías sin poner en peligro la seguridad.

—Pero ¿sabe usted por qué don Cayo le aguanta al señor Lozano sus vivezas con los jabes y los bulines, don? —dijo Ambrosio.

Dicho y hecho, el señor Lozano había perdido su buen humor: en este país todos se las querían dar de vivos, era la tercera vez que Pereda venía con el cuentecito del cheque. Ludovico e Hipólito, mudos, se miraban de reojo: carajo, como si él hubiera nacido ayer. No les bastaba hacerse ricos explotando la arrechura de la gente, además querían explotarlo a él. No se iba a poder, se iba a empezar a aplicar la ley y a ver dónde iban a parar los jabes. Ya estaban en la urbanización Los Claveles, ya habían llegado.

—Bájate tú, Ludovico —dijo el señor Lozano—. Tráeme al cojo aquí.

—Porque gracias a sus contactos con los jabes y bulines, el señor Lozano se entera de la vida y milagros de la gente —dijo Ambrosio—. Así decían ese par, al menos.

Ludovico fue corriendo hasta la tapia. No había cola: los autos daban sus vueltas hasta que salía algún carro, entonces se cuadraban frente al portón, señales con las luces, les abrían y a mojar. Adentro todo estaba oscuro; sombras de autos entrando a los garajes, rayitas de luz bajo las puertas, siluetas de mozos llevando cervezas.

—Salud, Ludovico —dijo el cojo Melequías—. ¿Te sirvo una cerveza?

—No hay tiempo, hermano —dijo Ludovico—. Ahí está el hombre esperando.

—Bueno, no sé exactamente de qué se enteraría, don —dijo Ambrosio—. De qué mujer le metía cuernos a su marido y con quién, de qué marido a su mujer y con quién. Me figuro que de eso.

Cojeando, Melequías fue hasta la pared y descolgó su saco, agarró a Ludovico del brazo: hazme de bastón para ir más rápido, hermano. Hasta la Panamericana no paró de hablar, como siempre, y de lo mismo que siempre: sus quince años en el cuerpo. Y no como un simple tira, Ludovico, sino dentro del escalafón, y de los hampones que le habían jodido la pata a chavetazos esa vez.

—Y esos datos a don Cayo le sirven mucho ¿no cree, don? —dijo Ambrosio—. Sabiendo esas intimidades de las personas, las tiene aquí ¿no?

—Debías agradecérselo a los hampones, Melequías —dijo Ludovico—. Gracias a ellos tienes este trabajito descansado, donde debes estarte forrando.

—No creas, Ludovico —veían pasar zumbando los autos por la Panamericana, el Fordcito no llegaba—. Extraño el cuerpo. Sacrificado, sí, pero eso era vivir. Ya sabes, hermano, cuando necesites, ésta es tu casa. Cuarto gratis, servicio gratis, hasta trago gratis para ti, Ludovico. Mira, ahí está el autito.

—Ese par creían que con los datos que le pasaban en los jabes el señor Lozano hacía sus chantajes —dijo Ambrosio—. Que sacaba sus tajadas también por evitar escándalos a la gente. Qué tipo para los negocios ¿no, don?

—Espero que no me vengas con ningún cuentanazo, cojo —dijo el señor Lozano—. Mira que estoy de muy malhumor.

—Cómo se le ocurre —dijo el cojo Melequías—. Aquí está su sobrecito, con saludos del jefe, señor Lozano.

—Vaya, menos mal —y Ludovico e Hipólito como diciendo lo amansó completamente—. ¿Y qué hubo de lo otro, cojo, se apareció el sujeto por acá?

—Se apareció el viernes —dijo el cojo Melequías—. En el mismo carro de la otra vez, señor Lozano.

—Bien cojo —dijo el señor Lozano—. Bravo cojo.

—¿Que si me parece mal? —dijo Ambrosio—. Bueno, don, por una parte claro que sí ¿no? Pero esas cosas de la policía, de la política, nunca son muy limpias. Trabajando con don Cayo uno se daba cuenta, don.

—Pero ocurrió un accidente, señor Lozano —Ludovico e Hipólito: la embarró otra vez—. No, no me olvidé de cómo se manejaba el aparato, el tipo que usted mandó hizo la instalación perfecta. Yo mismo moví la palanquita.

—Y entonces dónde están las cintas —dijo el señor Lozano—. Dónde las fotografías.

—Se las comieron los perros, señor —Hipólito y Ludovico no se miraron, torcían las bocas, se encogían—. Se comieron la mitad de la cinta, hicieron trizas las fotos. El paquetito estaba sobre la nevera, señor Lozano, y los animales se...

—Basta, basta, cojo —gruñía el señor Lozano—. No eres imbécil, eres algo más, no hay palabras para decir qué eres, cojo. ¿Los perros, se las comieron los perros?

—Unos perrazos enormes, señor —dijo el cojo Melequías—. Los trajo el jefe, unos hambrientos, se comen lo que encuentran, hasta a uno se lo pueden comer si se descuida. Pero el sujeto seguro que va a volver y...

—Anda donde un médico —decía el señor Lozano—. Debe haber algún tratamiento, inyecciones, algo, tanta brutalidad debe poder curarse. Los perros, carajo, se las comieron los perros. Chau, cojo. Sal, no te disculpes y bájate de una vez. A prolongación Meiggs, Ludovico.

—Y, además, no sólo el señor Lozano era un aprovechador —dijo Ambrosio—. ¿Acaso don Cayo no lo es también, en otra forma? Ese par decían que en el cuerpo todos los del escalafón mordían de alguna manera, desde el primero hasta el último. Por eso sería el gran sueño de Ludovico que lo asimilaran. No se crea que toda la gente es tan honrada y tan decente como usted, don.

—Ahora bájate tú, Hipólito —dijo el señor Lozano—. Que te vayan conociendo, ya que a Ludovico no le van a ver la cara un buen tiempo.

—¿Y por qué ha dicho eso, señor Lozano? —dijo Ludovico.

—No te hagas el cojudo, sabes de sobra por qué —dijo el señor Lozano—. Porque vas a trabajar con el señor Bermúdez, tal como querías ¿no?

A mediados de la semana siguiente, Amalia estaba ordenando una repisa cuando tocaron el timbre. Fue a abrir y la cara de don Fermín. Le temblaron las rodillas, apenas alcanzó a balbucear buenos días.

—¿Está don Cayo? —no respondió a su saludo, entró a la sala casi sin mirarla—. Dile que es Zavala, por favor.

No te ha reconocido, atinó a pensar, medio asombrada, medio resentida, y en eso surgió la señora en la escalera: pasa Fermín, siéntate, Cayo estaba viniendo, acaba de llamarme,

¿le servía una copa? Amalia cerró la puerta, se escabulló hacia el repostero y espió. Don Fermín miraba su reloj, tenía los ojos impacientes y la cara molesta, la señora le alcanzó un vaso de whisky. ¿Qué le había pasado a Cayo, que era siempre tan puntual? Parece que mi compañía no te gusta, decía la señora, me voy a enojar. Se trataban con qué confianza, Amalia estaba asombrada. Salió por la puerta de servicio, cruzó el jardín y Ambrosio se había alejado un poco de la casa. La recibió con la cara aterrada: ¿te vio, te habló?

—Ni siquiera me reconoció —dijo Amalia—. ¿Acaso he cambiado tanto?

—Menos mal, menos mal —respiró Ambrosio como si le hubieran devuelto la vida; movía la cabeza, todavía compungido, y miraba la casa.

—Siempre con secretos, siempre con miedos —dijo Amalia—. Yo habré cambiado pero tú sigues idéntico.

Pero se lo decía sonriendo, para que viera que no lo estaba riñendo, que era jugando, y pensó qué contenta estás de verlo, bruta. Ahora Ambrosio se reía también y con sus manos daba a entender de la que nos salvamos, Amalia. Se acercó un poco más a ella y de repente le cogió la mano: ¿saldrían el domingo, se encontrarían en el paradero a las dos? Bueno, pues, el domingo.

—O sea que don Fermín y don Cayo se han amistado —dijo Amalia—. O sea que don Fermín va a estar viniendo siempre. Cualquier día me va a reconocer.

—Al contrario, ahora sí que están peleados a muerte —dijo Ambrosio—. Don Cayo le está arruinando los negocios a don Fermín, porque es amigo de un general que quiso hacer una revolución.

Le estaba contando cuando en eso vieron el auto negro de don Cayo volteando la esquina, ahí está, corre, y Amalia se metió a la casa. Carlota la estaba esperando en la cocina, los ojazos locos de curiosidad: ¿lo conocía al chofer de ese señor?, de qué hablaron, qué te dijo, ¿era pintonsísimo, no? Ella le decía mentiras y en eso la señora la llamó: sube esta bandeja al escritorio, Amalia. Subió con las copas y ceniceros que bailaban, temblando, pensando el idiota de Ambrosio me ha contagiado sus miedos, si me reconoce qué me va a decir. Pero no la reconoció: los ojos de don Fermín la miraron un segundo sin mirarla y se desviaron. Estaba sentado y taconeaba, impaciente. Puso la bandeja en el escritorio y salió. Se quedaron encerrados una media hora. Discutían, hasta la cocina se oían las voces, muy fuertes, y la señora vino y juntó la puerta del repostero para que no pudieran oír. Cuando vio por la cocina que el auto de don Fermín partía, subió a recoger la bandeja. La señora y el señor conversaban en la sala. Qué gritos, decía la señora, y el señor: esta rata quería huir cuando creyó que se hundía el barco, ahora las está pagando y no le gusta. ¿Con qué derecho le decía rata a don Fermín, que era mucho más decente y bueno que él?, pensó Amalia. Seguro le tendría envidia y Carlota cuéntame, quién era, qué se decían.

—Yo también estoy en este cargo porque me lo pidió el Presidente —dijo el doctor Arbeláez, suavizando la voz y él pensó bueno, hagamos las paces—. Estoy tratando de realizar una labor positiva y…

—Todo lo positivo de este Ministerio lo hace usted, doctor —dijo él, con energía—. Yo me ocupo de lo negativo. No, no estoy bromeando, es cierto. Le aseguro que le hago un gran servicio, eximiéndolo de todo lo que se refiere a la baja policía.

—No he querido ofenderlo, don Cayo —el mentón del doctor Arbeláez no temblaba ya.

—No me ha ofendido, doctor —dijo él—. Hubiera querido hacer esos cortes en el fondo de seguridad. Simplemente, no puedo. Lo va a comprobar usted mismo.

El doctor Arbeláez cogió el expediente y se lo alcanzó:

—Guárdelo, no necesito que me demuestre nada, le creo sin pruebas —trató de sonreír, separando apenas los labios—. Ya veremos qué inventamos para renovar esos patrulleros y comenzar las obras en Tacna y Moquegua.

Se dieron la mano, pero el doctor Arbeláez no se levantó a despedirlo. Fue directamente a su oficina y el doctor Alcibíades entró detrás de él.

—El mayor y Lozano acaban de irse, don Cayo —le entregó un sobre—. Malos informes de México, parece.

Dos páginas a máquina, corregidas a mano, anotadas en los márgenes con letra nerviosa. El doctor Alcibíades le encendió el cigarrillo mientras él leía, despacio.

—Así que la conspiración avanza —se aflojó la corbata, dobló los papeles y los metió otra vez en el sobre—. ¿Eso les parecía tan urgente al mayor y a Lozano?

—En Trujillo y Chiclayo ha habido reuniones de apristas y Lozano y el mayor creen que tiene relación con la noticia de que ese grupo de exilados está listo para partir de México —dijo el doctor Alcibíades—. Han ido a hablar con el mayor Paredes.

—Ojalá vinieran esos pájaros al país, para echarles mano —dijo él, bostezando—. Pero no vendrán. Ésta es la décima o undécima vez ya, doctorcito, no se olvide. Dígales al mayor y a Lozano que nos reuniremos mañana. No hay apuro.

—Los cajamarquinos llamaron para confirmar la reunión a las cinco, don Cayo.

—Sí, está bien —sacó un sobre de su maletín y se lo entregó—. ¿Quiere averiguarme en qué estado anda este trámite? Es una denuncia de tierras en Bagua. Vaya personalmente, doctorcito.

—Mañana mismo, don Cayo —el doctor Alcibíades hojeó el memorándum, asintiendo—. Sí, cuántas firmas faltan, qué informes, ya veo. Muy bien, don Cayo.

—Ahorita llegará la noticia de que ha desaparecido la plata de la conspiración —sonrió él, observando el sobre del mayor y Lozano—. Ahorita los comunicados de los líderes acusándose unos a otros de traidores y de ladrones. Uno se aburre a veces de que pasen siempre las mismas cosas ¿no?

El doctor Alcibíades asintió y educadamente sonrió.

—¿Que por qué me parece usted tan honrado y tan decente? —dijo Ambrosio—. Vaya, no me haga preguntas tan difíciles, don.

—¿De veras me van a destinar a cuidar al señor Bermúdez, señor Lozano? —dijo Ludovico.

—Estás que revientas de felicidad —dijo el señor Lozano—. Esto te lo has trabajado muy bien con Ambrosio ¿no?

—No vaya usted a creer que yo no quiero trabajar con usted, señor Lozano —dijo Ludovico—. Lo que pasa es que con el negro nos hemos hecho tan amigos, y él me dice siempre por qué no haces que te cambien y yo no, con el señor Lozano estoy feliz. A lo mejor Ambrosio hizo la gestión por propia iniciativa, señor.

—Está bien —se echó a reír el señor Lozano—. Esto es un ascenso para ti y me parece justo que quieras mejorar.

—Bueno, comenzando por su manera de hablar de la gente —dijo Ambrosio—. Usted no para insultando a todo el mundo apenas le vuelven la espalda, como don Cayo. Usted no raja de nadie, de todos habla bien, con educación.

—Le he hablado muy bien de ti a Bermúdez —dijo el señor Lozano—. Cumplidor, de agallas, que todo lo que le dijo el negro era cierto. No me vas a hacer quedar mal. Ya sabes, bastaba que yo le hubiera dicho no sirve, para que Bermúdez siguiera mi consejo. O sea que este ascenso se lo debes tanto al negro como a mí.

—Claro, señor Lozano —dijo Ludovico—. Cuánto se lo agradezco, señor. No sé cómo corresponderle, le digo.

—Yo sí —dijo el señor Lozano—. Portándote bien, Ludovico.

—Usted manda y yo ahí, a sus órdenes para lo que sea, señor Lozano.

—Metiéndote la lengua al bolsillo, además —dijo el señor Lozano—. Nunca has salido con el Fordcito conmigo, no sabes qué es la mensualidad. Puedes corresponderme así ¿ves?

—Le juro que no necesitaba hacerme esa recomendación, señor Lozano —dijo Ludovico—. Le juro que estaba demás. Qué me cree usted, por favor.

—Tú sabes que de mí depende que entres algún día al escalafón —dijo el señor Lozano—. O que no entres nunca, Ludovico.

—Y por su manera de tratarla, también —dijo Ambrosio—. Tan elegante, y haciendo siempre comentarios tan bonitos, tan inteligentes. Yo me lo quedo oyendo cuando usted habla con alguien, don.

—Ahí vienen ya Hipólito y el cholo Cigüeña —dijo Ludovico.

Subieron al Fordcito y Ludovico estaba tan contento con la noticia del traslado que me metía contra el tráfico, le contó a Ambrosio después. El cholo Cigüeña repetía sus cuentos de siempre.

—Se descompusieron las cañerías y costó carísimo, señor Lozano. Además, la clientela disminuye cada día. Los limeños ya ni cachan, señor, y uno se va a la ruina.

—Bueno, como anda tan mal tu negocio, entonces no te importará que te lo cierre mañana —dijo el señor Lozano.

—Usted cree que son mentiras que invento para no entregarle la mensualidad, señor Lozano —protestó el cholo Cigüeña—. Pero no, aquí está, usted sabe que esto es sagrado para mí. Le cuento mis apuros sólo como amigo, señor Lozano, para que usted sepa.

—Por su manera de tratarme a mí, también —dijo Ambrosio—. Por la forma como me oye, como me pregunta, como conversamos. Por la confianza que me da. Mi vida cambió desde que entré a trabajar con usted, don.

VII

El domingo Amalia se demoró una hora arreglándose y hasta Símula, siempre tan seca, le bromeó caramba, qué preparativos para la salida. Ambrosio estaba ya en el paradero cuando ella llegó y le apretó la mano tan fuerte que Amalia dio un gritito. Él se reía, contento, terno azul, una camisa tan blanca como sus dientes, una corbatita de motas rojas y blancas: siempre lo tenías saltón, Amalia, ahora también había estado dudando si me dejarías plantado. El tranvía vino semivacío y, antes de que ella se sentara, Ambrosio sacó su pañuelo y sacudió el asiento. La ventana para la reina, dijo, doblándose en dos. Qué buen humor, cómo cambiaba, y se lo dijo: qué distinto te pones cuando no tienes miedo de que te vayan a chapar conmigo. Y él estaba contento porque se acordaba de otros tiempos, Amalia. El conductor los miraba divertido con los boletos en la mano y Ambrosio lo despachó diciéndole ¿se le ofrece algo más? Lo asustaste, dijo Amalia, y él sí, esta vez no se le iba a cruzar nadie, ni un conductor, ni un textil. La miró a los ojos, serio: ¿yo me porté mal, yo me fui con otra? Portarse mal era cuando uno dejaba a su mujer por otra, Amalia, nos peleamos porque no comprendiste lo que te pedí. Si no hubiera sido tan caprichosa, tan engreída, se habrían seguido viendo en la calle y trató de pasarle el brazo por el hombro pero Amalia se lo retiró: suéltame, te portaste mal, y se oyeron risitas. El tranvía se había llenado. Estuvieron un rato callados y después él cambió de conversación: irían un momento a ver a Ludovico, Ambrosio tenía que hablarle, después se quedarían solos y harían lo que Amalia quisiera. Ella le contó cómo don Cayo y don Fermín alzaban la voz en el escritorio y que el señor dijo después que don Fermín era una rata. Rata será él, dijo Ambrosio, después de ser tan amigos ahora está queriendo hundirlo en sus negocios. En el centro tomaron un ómnibus al Rímac y caminaron un par de cuadras. Era aquí, Amalia, en la calle Chiclayo. Lo siguió hasta el fondo de un pasillo, lo vio sacar una llave.

—¿Me crees tonta? —dijo, cogiéndolo del brazo—. Tu amigo no está ahí. La casa está vacía.

—Ludovico vendrá más tarde —dijo Ambrosio—. Lo esperaremos conversando.

—Vamos a conversar caminando —dijo Amalia—. No voy a entrar ahí.

Discutieron en el patio de losetas fangosas, observados por chiquillos que habían dejado de corretear, hasta que Ambrosio abrió la puerta y la hizo entrar, de un jalón, riéndose. Amalia vio todo oscuro unos segundos hasta que Ambrosio prendió la luz.

Salió de la oficina a un cuarto para las cinco y Ludovico estaba ya en el auto, sentado junto a Ambrosio. Al paseo Colón, al Club Cajamarca. Estuvo callado y con los ojos bajos durante el trayecto, dormir más, dormir más. Ludovico lo acompañó hasta la puerta del club: ¿entraba, don Cayo? No, espera aquí. Comenzaba a subir la escalera cuando vio aparecer en el rellano la silueta alta, la cabeza gris del senador Heredia y sonrió: a lo mejor la señora Heredia estaba aquí. Llegaron todos ya, le dio la mano el senador, un milagro de puntualidad tratándose de peruanos. Que pasara, la reunión sería en el salón de recepciones. Luces encendidas, espejos de marcos dorados en las vetustas paredes, fotografías de vejestorios bigotudos, hombres apiñados que dejaron de murmurar al verlos entrar: no, no había ninguna mujer. Se acercaron los diputados, le presentaron a los otros: nombres y apellidos, manos, mucho gusto, buenas tardes, pensaba la señora Heredia y ¿Hortensia, Queta, Maclovia?, oía a sus órdenes, encantado, y entreveía chalecos abotonados, cuellos duros, pañuelitos rígidos estirados en los bolsillos de los sacos, mejillas amoratadas, y mozos de chaqueta blanca que pasaban bebidas, bocaditos. Aceptó un vaso de naranjada y pensó tan distinguida, tan blanca, esas manos tan cuidadas, esos modales de mujer acostumbrada a mandar, y pensó Queta tan morena, tan tosca, tan vulgar, tan acostumbrada a servir.

—Si quiere, empezamos de una vez, don Cayo —dijo el senador Heredia.

—Sí, senador —ella y Queta, sí—, cuando quiera.

Los mozos jalaban las sillas, los hombres tomaban asiento con sus copitas de pisco sour en las manos, serían una veintena, él y el senador Heredia se instalaron frente a ellos. Bueno, aquí estaban reunidos para esta conversación informal sobre la visita del Presidente a Cajamarca, dijo el senador, esa ciudad tan querida para todos los presentes y él pensó: podría ser su sirvienta. Sí, era su sirvienta, un triple motivo de regocijo para los cajamarquinos decía el senador, no aquí sino en la casa-hacienda que ella tendría en Cajamarca, por el honor que significa que visite nuestra tienda decía el senador, una casa-hacienda llena de viejos muebles y largos corredores y cuartos con mullidas alfombras de vicuña donde ella se aburriría mientras el marido atendía la senaduría en la capital, y porque va a inaugurar el nuevo puente y el primer tramo de la carretera decía el senador, una casa llena de cuadros y sirvientes pero la sirvienta que ella preferiría sería Quetita, su Quetita. El senador Heredia se puso de pie: sobre todo, una ocasión para que los cajamarquinos demostraran su gratitud al Presidente por estas obras de tanta trascendencia para el departamento y el país. Movimiento de sillas, de manos, como si fueran a aplaudir, pero el senador ya estaba hablando de nuevo, Quetita la que le serviría el desayuno en la cama y la que le escucharía sus confidencias y le guardaría los secretos: por eso se había nombrado este comité de recepción integrado por, y él entrevió que al oír sus nombres los mencionados sonreían o se ruborizaban. Esta reunión tenía por objeto coordinar el programa preparado por el comité de recepción con el programa elaborado por el propio gobierno para la visita presidencial, y el senador se volvió a mirarlo: Cajamarca era una tierra hospitalaria y agradecida, don Cayo, Odría recibiría una acogida digna de la labor que cumple al frente de los altos destinos del país. No se puso de pie; sonriendo apenas, agradeció al distinguido senador Heredia, a la representación parlamentaria cajamarquina su desinteresado esfuerzo para que la visita fuera un éxito, al fondo del salón tras unos tules ondulantes las dos sombras cálidamente se dejaban caer una junto a la otra sobre un colchón de plumas que las recibía sin ruido, a los miembros del comité de recepción por haber tenido la amabilidad de venir a Lima a cambiar ideas, e instantáneamente brotaban ahogadas risitas atrevidas y las sombras ya se habían estrechado y rodado y eran una sola forma sobre las sábanas blancas, bajo los tules: él también estaba convencido que la visita sería un éxito, señores.

—Perdone que lo interrumpa —dijo el diputado Saravia—. Sólo quiero advertirle que Cajamarca va a echar la casa por la ventana para recibir al general Odría.

Sonrió, asintió, seguro que sería así, pero había un detalle sobre el que le gustaría conocer la opinión de los presentes, ingeniero Saravia: la manifestación de la plaza de Armas, en la que hablaría el Presidente. Porque lo ideal sería, tosió, suavizó la voz, que la manifestación se llevara a cabo de manera que, buscó las palabras, el Presidente no fuera a sentirse decepcionado. La manifestación sería un éxito sin precedentes, don Cayo, lo interrumpió el senador, y hubo murmullos confirmatorios y cabezas que asentían, y detrás de los tules todo eran rumores, roces y suaves jadeos, una agitación de sábanas y manos y bocas y pieles que se buscaban y juntaban.

Señor Santiago, volvieron a sonar los golpecitos en la puerta, señor Santiago y él abrió los ojos, se pasó una mano torpe por la cara y fue a abrir, aturdido de sueño: la señora Lucía.

—¿Lo desperté? Perdóneme pero ¿ha oído la radio, vio lo que está pasando? —las palabras se le atropellaban, tenía la cara excitada, los ojos alarmados—. Huelga general en Arequipa, dicen que Odría puede nombrar un gabinete militar. ¿Qué va a pasar, señor Santiago?

—Nada, señora Lucía —dijo Santiago—. La huelga durará un par de días y se acabará y los señores de la Coalición volverán a Lima y todo seguirá lo mismo. No se preocupe.

—Pero ha habido varios muertos, varios heridos —sus ojitos centelleaban como si hubieran contado los muertos, piensa, visto los heridos—. En el teatro de Arequipa. La Coalición estaba haciendo un mitin y los odriístas se metieron y hubo una pelea y la policía tiró bombas. Salió en *La Prensa*, señor Santiago. Muertos, heridos. ¿Va a haber revolución, señor Santiago?

—No, señora —dijo Santiago—. Además, por qué se asusta. Incluso si hay revolución a usted no le va a pasar nada.

—Pero yo no quiero que vuelvan los apristas —dijo la señora Lucía, asustada—. ¿Usted cree que van a sacar a Odría?

—La Coalición no tiene nada que ver con los apristas —se rió Santiago—. Son cuatro millonarios que eran amigos de Odría y ahora se han peleado con él. Es una pelea entre primos hermanos. ¿Y, por último, qué le importa que vuelvan los apristas?

—Ésos son unos ateos, unos comunistas —dijo la señora Lucía—. ¿No son, acaso?

—No, señora, ni ateos ni comunistas —dijo Santiago—. Son más derechistas que usted y odian a los comunistas más que usted. Pero no se preocupe, no van a volver y Odría tiene todavía para rato.

—Usted siempre con sus bromas, señor Santiago —dijo la señora Lucía—. Perdóneme por haberlo despertado, pensé que como periodista usted tendría más noticias. El almuerzo estará ahorita.

La señora Lucía cerró la puerta y él se desperezó largamente. Mientras se duchaba, se reía solo: silenciosas siluetas nocturnas se descolgaban por las ventanas de la vieja casa de Barranco, la señora Lucía se despertaba ululando, ¡los apristas!, desorbitada, tiesa de espanto abrazaba a su gato maullante y veía cómo los invasores abrían roperos, baúles y cómodas y se llevaban sus trastos polvorientos, sus mantones agujereados, sus trajes roídos por las polillas: ¡los apristas, los ateos, los comunistas! Iban a volver para robarles sus cosas a las personas decentes como la señora Lucía, piensa. Piensa: pobre señora Lucía, si hubieras sabido que para mi mamá tú ni siquiera serías persona decente. Terminaba de vestirse cuando la señora Lucía volvió: el almuerzo estaba servido. Esa sopa de arvejas y esa papa solitaria, náufraga en el plato de agua verde, piensa, esas verduras rancias con trozos de suela que la señora Lucía llamaba guiso de carne. Radio Reloj estaba prendida, la señora Lucía escuchaba con el índice sobre los labios: todas las actividades se habían paralizado en Arequipa, había habido una manifestación en la plaza de Armas y los líderes de la Coalición habían pedido nuevamente la renuncia del ministro de Gobierno, señor Cayo Bermúdez, al que responsabilizaban por los graves incidentes de la víspera en el Teatro Municipal, el gobierno había hecho un llamado a la calma y advertido que no toleraría desórdenes. ¿Veía, veía, señor Santiago?

—A lo mejor tiene usted razón, a lo mejor va a caer Odría —dijo Santiago—. Antes las radios no se atrevían a dar noticias así.

—¿Y si los de la Coalición suben en vez de Odría las cosas irán mejor? —dijo la señora Lucía.

—Irán lo mismo o peor, señora —dijo Santiago—. Pero sin militares y sin Cayo Bermúdez tal vez se notará menos.

—Usted siempre bromeando —dijo la señora Lucía—. Ni la política se la toma en serio.

—¿Y cuando el viejo estuvo en la Coalición? —dice Santiago—. ¿Tú no te metiste? ¿No ayudaste en las manifestaciones que hizo la Coalición contra Odría?

—Ni cuando trabajé con don Cayo ni cuando con su papá —dice Ambrosio—. Nunca hice política yo, niño.

—Y ahora tengo que irme —dijo Santiago—. Hasta luego, señora.

Salió a la calle y sólo entonces descubrió el sol, un sol frío de invierno que había rejuvenecido los geranios del minúsculo jardín. Un auto estaba estacionado frente a la pensión y Santiago pasó junto a él sin mirar, pero vagamente notó que el auto arrancaba y avanzaba pegado a él. Se volvió y miró: hola, flaco. El Chispas le sonreía desde el volante, en su cara una expresión de niño que acaba de hacer una travesura y no sabe si va a ser festejado o reñido. Abrió la puerta del auto, entró y ahora el Chispas le daba unas palmadas entusiastas, ah carajo ya viste que te encontré, y se reía con una alegría nerviosa, ah ya viste.

—Cómo carajo encontraste la pensión —dijo Santiago.

—Mucho coco, supersabio —el Chispas se tocaba la sien, se reía a carcajadas, pero no podía disimular su emoción, piensa, su confusión—. Me demoré, pero al fin te encontré, flaco.

Vestido de beige, una camisa crema, una corbata verde pálida, y se lo veía bruñido, fuerte y saludable, y tú te acordaste que no te cambiabas de camisa hacía tres días, Zavalita, que no te lustrabas los zapatos hacía un mes, y que tu terno estaría sumamente arrugado y manchado, Zavalita.

—¿Te cuento cómo te pesqué, supersabio? Plantándome frente a *La Crónica* un montón de noches. Los viejos creían que andaba de jarana y yo ahí, esperándote para seguirte. Dos veces me confundí con otro que se bajaba del colectivo antes que tú. Pero ayer te pesqué y te vi entrar. Te juro que estaba medio muñequeado, supersabio.

—Creías que te iba a tirar piedras —dijo Santiago.

—No piedras, pero sí que te pondrías medio cojudo —y se ruborizó—. Como eres loco y no hay quien te entienda, qué sé yo. Menos mal que te portaste como una persona decente, supersabio.

El cuarto era grande y sucio, paredes rajadas y con manchas, una cama sin hacer, ropa de hombre colgando de ganchos sujetos a la pared con clavos. Amalia vio un biombo, una cajetilla de Inca sobre el velador, un lavatorio desportillado, un espejito, olió a orines y encierro y se dio cuenta que estaba llorando. ¿Para qué la había traído aquí?, hablaba entre dientes, y todavía con mentiras, tan bajito que apenas se oía, diciendo vamos a ver a mi amigo, quería engañarla, aprovecharse, darle la patada como la otra vez. Ambrosio se había sentado en la cama revuelta, y, por entre sus lagrimones, Amalia lo veía mover la cabeza, no entiendes, no me comprendes. ¿De qué lloraba?, le hablaba con cariño, ¿porque te empujé?, mirándola con una expresión contrita y lúgubre, estabas haciendo un escándalo ahí afuera con tu terquedad de no entrar, Amalia, hubiera venido toda la vecindad diciendo qué pasa, qué hubiera dicho después Ludovico. Había encendido uno de los cigarrillos del velador y comenzó a observarla despacito, los pies, las rodillas, subía sin apuro por su cuerpo y cuando llegó a sus ojos le sonrió y ella sintió calorcito y vergüenza: qué bruta eres. Enojó la cara lo más que pudo. Ludovico iba a venir ahorita, Amalia, venía y se iban, ¿acaso te estoy haciendo algo?, y ella ay de ti que te atrevieras. Ven, Amalia, siéntate aquí, conversemos. No se iba a sentar, abre la puerta, quería irse. Y él: ¿te ponías a llorar cuando el textil te llevaba a su casa? La cara se le amargó y Amalia pensó está celoso, está furioso, y sintió que se le iba la cólera. No era como tú, dijo mirando al suelo, no se avergonzaba de mí, pensando se va a parar y te va a pegar, él no la hubiera botado por miedo a perder su trabajo, pensando a ver párate, a ver pégame, para él lo primero era yo, pensando bruta, estás queriendo que te bese. Él torció la boca, se le habían saltado los ojos, botó el pucho al suelo y lo aplastó. Amalia tenía su orgullo, no me vas a engañar dos veces, y él la miró con ansiedad: si ése no se hubiera muerto te juro que lo mataba, Amalia. Ahora sí se iba a atrever, ahora sí. Sí, se paró de un salto, y a cualquier otro que se le cruzara también, y lo vio acercarse decidido, con la voz un poco ronca: porque tú eres mi mujer, eso lo vas a. No se movió, dejó que la cogiera de los hombros y entonces lo empujó con todas sus fuerzas y lo vio trastabillar y reírse, Amalia, Amalia, y tratar de agarrarla de nuevo. Así estaban, correteándose, empujándose, jaloneándose, cuando la puerta se abrió y la cara de Ludovico, tristísima.

Apagó su cigarrillo, encendió otro, cruzó una pierna, los oyentes adelantaban las cabezas para no perder palabra, y él escuchó su propia voz fatigada: se había declarado feriado el 26, se habían dado instrucciones a los directores de colegios y de escuelas fiscales para que llevaran el alumnado a la plaza, eso garantizaría ya una buena asistencia, y la señora Heredia estaría viendo la manifestación desde el balcón de la municipalidad, tan alta, tan seria, tan blanca, tan elegante, y, mientras, él estaría ya en la casa-hacienda convenciendo a la sirvienta: ¿mil, dos mil, tres mil soles, Quetita? Pero, claro, sonrió y entrevió que todos sonreían, no se trataba de que el Presidente hablara ante escolares, y la sirvienta diría bueno, tres mil, espérese aquí y lo escondería tras de un biombo. También se había calculado que asistirían empleados de las reparticiones públicas, aunque eso no significaría mucha gente, y él ahí, inmóvil, oculto, a oscuras, esperaría mirando las alfombras de vicuña y los cuadros y la ancha cama con dosel y tules. Tosió, descruzó la pierna: se había organizado la propaganda, además. Avisos en la prensa y la radio locales, autos y camionetas con parlantes recorrerían los barrios lanzando volantes y eso atraería más gente y él contaría los minutos, los segundos y sentiría que se le disolvían los huesos y gotas heladas bajando por su espalda y por fin: allí estaría, ahí entraría. Pero, y se inclinó y encaró con simpatía y humildad a los hombres apiñados, ya que Cajamarca era un centro agrícola se esperaba que el grueso de los manifestantes viniera del campo y eso dependía de ustedes, señores. Ahí la vería, alta, blanca, elegante, seria, entraría navegando sobre la alfombra de vicuña y la oiría qué cansada estoy y llamaría a su Quetita. Permítame, don Cayo, dijo el senador Heredia, don Remigio Saldívar que es el presidente del comité de recepción y una de las figuras mas representativas de los agricultores cajamarquinos tiene algo que decir respecto a la manifestación y él vio que un hombre grueso, tostado como una hormiga, ahorcado por una espesa papada, se ponía de pie en la segunda fila. Y ahí vendría Quetita y ella le diría estoy cansada, quiero acostarme, ayúdame y Quetita la ayudaría, lentamente la desvestiría y él vería, sentiría que cada poro de su cuerpo se encendía, que millones de minúsculos cráteres de su piel comenzaban a supurar. Me van a perdonar y sobre todo usted, señor Bermúdez, carraspeó don Remigio Saldívar, él era un hombre de acción y no de discursos, es decir que no hablo tan bien como el Pulga Heredia y el senador lanzó una carcajada y hubo un estrépito de risas. Él abrió la boca, arrugó la cara, y ahí estaría, blanca, desnuda, seria, elegante, inmóvil, mientras Quetita delicadamente le quitaría las medias arrodillada a sus pies, y todos celebraban con sonrisas las proezas de oratoria de don Remigio Saldívar sobre su falta de oratoria, y oía al grano Remigio, eso es Cajamarca don Remigio: las enrollaría en cámara lenta y él vería las manos de la sirvienta tan grandes, tan morenas, tan toscas, bajando, bajando, por las piernas tan blancas, tan blancas, y don Remigio Saldívar adoptó una expresión hierática: entrando en materia quería decirle que no se preocupara, señor Bermúdez, ellos habían pensado, discutido y tomado todas las medidas. Ahora ella se habría tendido en la cama y él la divisaría yaciendo blanca y perfecta detrás de los tules, y la oiría tú también

Queta, desnúdate, ven Quetita. Incluso no hacía falta que fueran los escolares ni los empleados públicos, no iba a caber tanta gente en la plaza, señor Bermúdez: que se quedaran estudiando y trabajando, nomás. Quetita se desnudaría y ella rápido, rápido, y la vería alta, oscura, dura, elástica, vulgar, encogiéndose para sacarse la blusa y moviendo los pies, rápido, rápido, y sus zapatos caerían sin ruido a la alfombra de vicuña. Don Remigio Saldívar hizo un ademán enérgico: la gente de la manifestación la pondremos nosotros y no el gobierno, los cajamarquinos querían que el Presidente se llevara una buena impresión de nuestra tierra. Ahora Quetita correría, volaría, sus largos brazos se estirarían y apartarían los tules y su gran cuerpo quemado silenciosamente descendería sobre las sábanas: óigalo bien, señor Bermúdez. Había cambiado su tonito risueño y sus ademanes rústicos por una voz grave y soberbia y por gestos solemnes y todos lo escuchaban: los agricultores del departamento habían colaborado magníficamente en los preparativos, y también los comerciantes y profesionales, óigalo bien. Y él saldría de detrás del biombo y se acercaría, su cuerpo sería una antorcha, llegaría hasta los tules, vería y su corazón agonizaría: sepa que le pondremos cuarenta mil hombres en la plaza, si es que no más. Ahí estarían bajo sus ojos abrazándose, oliéndose, transpirándose, anudándose y don Remigio Saldívar hizo una pausa para sacar un cigarrillo y buscar los fósforos, pero el diputado Azpilcueta se lo encendió: no era un problema de gente ni muchísimo menos, señor Bermúdez, sino de transporte, como ya le había explicado al Pulga Heredia, risas y él automáticamente abrió la boca y arrugó la cara. No podían reunir la cantidad de camiones que harían falta para movilizar a la gente de las haciendas y luego regresarla, y don Remigio Saldívar expulsó una bocanada de humo que blanqueó su cara: hemos contratado una veintena de ómnibus y camiones pero necesitarían muchos más. Él se adelantó en la silla: por ese lado no tenían de qué preocuparse, señor Saldívar, contarían con todas las facilidades. Las manos blancas y las morenas, la boca de labios gruesos y la de labios tan finos, los pezones ásperos inflados y los pequeños y cristalinos y suaves, los muslos curtidos y los transparentes de venas azules, los vellos negrísimos lacios y los dorados rizados: la comandancia militar les facilitaría todos los camiones que necesitaran, señor Saldívar, y él magnífico, señor Bermúdez, es lo que íbamos a solicitarle, con movilidad repletarían la plaza como no se vio en la historia de Cajamarca. Y él: cuenten con eso, señor Saldívar. Pero también había otro asunto del que quería hablarles.

—Me agarraste tan de sorpresa que no tuve tiempo de calentarme —dijo Santiago.

—El viejo está escondido —dijo el Chispas, poniéndose serio—. El papá de Popeye se lo ha llevado a su hacienda. Vine a avisarte.

—¿Escondido? —dijo Santiago—. ¿Por los líos de Arequipa?

—Hace un mes que el perro de Bermúdez nos tiene rodeada la casa —dijo el Chispas—. Los soplones lo siguen al viejo día y noche. Popeye lo tuvo que sacar a ocultas, en su auto. En fin, supongo que no se les ocurrirá ir a buscarlo a la hacienda de Arévalo. Quería que supieras eso, por si pasaba algo.

—El tío Clodomiro me había contado que el viejo entró a la Coalición, que se había peleado con Bermúdez —dijo Santiago—. Pero no sabía que las cosas estaban tan mal.

—Ya has visto lo que pasa en Arequipa —dijo el Chispas—. Los arequipeños están firmes. Huelga general hasta que renuncie Bermúdez. Y lo van a sacar, carajo. Figúrate que el viejo iba a ir al mitin ese, Arévalo lo desanimó a última hora.

—Pero, no entiendo —dijo Santiago—. ¿El papá de Popeye se peleó con Odría, también? ¿Acaso no sigue siendo el líder odriísta en el Senado?

—Oficialmente, sí —dijo el Chispas—. Pero por lo bajo está harto de estas mierdas, también. Se ha portado muy bien con el viejo. Mejor que tú, supersabio. Ni por todo lo mal que lo ha estado pasando el viejo este tiempo has ido a verlo.

—¿Ha estado enfermo? —dijo Santiago—. El tío Clodomiro no me…

—Enfermo no, pero con la soga al cuello —dijo el Chispas—. ¿Acaso no sabes que después de la bromita que le hiciste escapándote le cayó encima algo peor? El hijo de puta de Bermúdez creyó que estuvo metido en la conspiración de Espina y se dedicó a joderlo.

—Ah, bueno, sí —dijo Santiago—. El tío Clodomiro me contó que le habían quitado al laboratorio la concesión que tenía con los bazares de los Institutos Armados.

—Eso no es nada, lo peor es lo de la constructora —dijo el Chispas—. No han vuelto a darnos un medio, pararon todos los libramientos, y nosotros tenemos que seguir pagando las letras. Y nos exigen que las obras avancen al mismo ritmo y nos amenazan con demandarnos por incumplimiento de contrato. Una guerra a muerte contra el viejo, para hundirlo. Pero el viejo es de pelea y no se deja, eso es lo formidable de él. Se metió a la Coalición y…

—Me alegro que el viejo se haya peleado con el gobierno —dijo Santiago—. Me alegro que tú ya no seas odriísta, tampoco.

—O sea que te alegras de que nos vayamos a pique —sonrió el Chispas.

—Cuéntame de la mamá, de la Teté —dijo Santiago—. El tío Clodomiro dice que está con Popeye, ¿es cierto?

—El que anda feliz con tu fuga es el tío Clodomiro —se rió el Chispas—. Con el pretexto de dar noticias tuyas, se enchufa tres veces por semana a la casa. Sí, está con el pecoso, ya no la tienen tan amarrada, incluso la dejan salir a comer con él, los sábados. Acabarán casándose, me imagino.

—La mamá debe estar feliz —dijo Santiago—. Viene tramando ese matrimonio desde que nació la Teté.

—Bueno, y ahora contéstame tú —dijo el Chispas, queriendo parecer jovial, pero enrojeciendo—. Cuándo vas a dejarte de cojudeces, cuándo vas a regresar a vivir a tu casa.

—Nunca más voy a vivir en la casa, Chispas —dijo Santiago—. Cambiemos de tema, mejor.

—¿Y por qué no vas a volver a vivir a la casa? —haciéndose el asombrado, Zavalita, tratando de hacerte creer que no te creía—. ¿Qué te han hecho los viejos para que no quieras vivir con ellos? Deja de hacerte el loco, hombre.

—No nos pongamos a pelear —dijo Santiago—. Hazme un favor, más bien. Llévame a Chorrillos, tengo que recoger a un compañero de trabajo, vamos a hacer un reportaje juntos.

—No he venido a pelear, pero a ti no hay quien te entienda —dijo el Chispas—. Te mandas mudar de la noche a la mañana sin que nadie te haya hecho nada, no vuelves a dar la cara, te peleas con toda la familia por las puras, por loco. Cómo quieres que te entienda, carajo.

—No me entiendas y llévame a Chorrillos, que se me ha hecho tarde —dijo Santiago—. Tienes tiempo ¿no?

—Está bien —dijo el Chispas—. Está bien, supersabio, te llevo.

Encendió el auto y la radio: estaban dando noticias de la huelga de Arequipa.

—Perdón, no quería molestar pero tengo que sacar mi ropa, me voy ahora mismo de viaje —y la cara y la voz de Ludovico eran tan amargas como si el viaje fuera a la tumba—. Hola, Amalia.

Sin mirarla, como si ella fuera una cosa que Ludovico había visto toda su vida en el cuarto, Amalia sentía una vergüenza atroz. Ludovico se había arrodillado junto a la cama y arrastraba una maleta. Comenzó a meter en ella la ropa colgada en los ganchos de la pared. Ni le llamó la atención verte, bruta, sabía que estabas aquí, Ambrosio se habría prestado el cuarto para, era mentira que tenían que verse, Ludovico ha llegado de casualidad. Ambrosio parecía incómodo. Se había sentado en la cama y fumando miraba a Ludovico acomodar camisas y medias en la maleta.

—Te llevan, te traen, te mandan —requintaba Ludovico, solo—. A ver, díganme qué vida es ésta.

—¿Y adónde te vas de viaje? —dijo Ambrosio.

—A Arequipa —murmuró Ludovico—. Los de la Coalición van a hacer allá una manifestación contra el gobierno y parece que va a haber líos. Con esos serranos nunca se sabe, las cosas comienzan en manifestación y terminan en revolución.

Estrelló una camiseta contra la maleta y suspiró, abrumado. Ambrosio miró a Amalia y le guiñó un ojo pero ella le quitó la vista.

—Tú te ríes, negro, porque estás en palco —dijo Ludovico—. Ya pasaste por aquí y no quieres ni acordarte de los que seguimos en el cuerpo. Ya quisiera verte en mi pellejo, Ambrosio.

—No lo tomes así, hermano —dijo Ambrosio.

—Que en tu día franco te llamen, el avión sale a las cinco —se volvió a mirar a Ambrosio y a Amalia con angustia—. Ni se sabe por cuánto tiempo, ni se sabe lo que pasará allá.

—No pasará nada y conocerás Arequipa —dijo Ambrosio—. Tómalo como un paseíto, Ludovico. ¿Vas con Hipólito?

—Sí —dijo Ludovico, cerrando la maleta—. Ah, negro, qué buena vida cuando trabajábamos con don Cayo, hasta que me muera me pesará que me cambiaran.

—Pero si fue tu culpa —se rió Ambrosio—. ¿No te quejabas tanto de que no tenías tiempo para nada? ¿Acaso Hipólito y tú no pidieron el traslado?

—Bueno, están en su casa —dijo Ludovico y Amalia no supo dónde mirar—. Quédate con la llavecita, negro, al irte déjasela a doña Carmen, ahí a la entrada.

Les hizo un apenado adiós desde la puerta y salió. Amalia sintió que la cólera subía por todo su cuerpo, y Ambrosio, que se había puesto de pie y se acercaba, quedó inmóvil, al ver la cara que ella ponía.

—Sabía que yo estaba aquí, no se asombró de verme —lo amenazaban sus ojos, sus manos—, mentira que lo estabas esperando, te prestaste el cuarto para…

—No se asombró porque le he dicho que eres mi mujer —dijo Ambrosio—. ¿No puedo venir aquí con mi mujer cuando me parezca?

—No soy, no he sido ni soy —gritaba Amalia—. Me has hecho quedar cómo con tu amigo, te prestaste el…

—Ludovico es como mi hermano, ésta es como mi casa —dijo Ambrosio—. No seas tonta, aquí yo hago lo que quiero.

—Debe creerse que soy una sinvergüenza, ni me dio la mano siquiera, ni me miró. Debe creerse que…

—No te la daría porque sabe que soy celoso —dijo Ambrosio—. No te miraría para que yo no me enoje. No seas tonta, Amalia.

Apareció un mozo con un vaso de agua y él tuvo que callar unos segundos. Bebió un trago, tosió: el gobierno les estaba reconocido a todos los cajamarquinos, muy en especial a los señores del comité de recepción, por su empeño en que la visita constituyera un acontecimiento, y alcanzó a decidir y ver bajo los tules una cadena de súbitas sustituciones: pero todo esto demandaría gastos y no sería lógico que, además de la pérdida de tiempo, de las preocupaciones, el viaje del Presidente les ocasionara también desembolsos. El silencio se acentuó y él podía oír la suspendida respiración de los oyentes, entrever la curiosidad, la malicia de sus pupilas, fijas en él: ella y Hortensia, ella y Maclovia, ella y Carmincha, ella y la China. Tosió de nuevo, arrugó apenas la cara: de modo que tenía instrucciones del Ministerio para poner a disposición del comité una suma destinada a aliviarlos y la figura de don Remigio Saldívar dominó bruscamente la sala, ella y Hortensia: alto ahí, señor Bermúdez. Pieles que se confundían entre ellas y con las sábanas y tules, pelos tan negros que se enredaban y desenredaban y sintió en la boca una masa de saliva tibia y espesa como semen. Ya cuando se instaló el comité el prefecto había indicado que gestionaría una ayuda para los gastos de recepción, y don Remigio Saldívar hizo un ademán majestuoso y soberbio, y ya entonces rechazamos la oferta categóricamente.

Murmullos aprobatorios, un orgullo provinciano y desafiante en las caras y él abrió la boca y arrugó los ojos: pero movilizar a la gente del campo iba a costarles dinero, señor Saldívar, muy bien que costearan el banquete, las recepciones, pero no los otros gastos y oyó rumores ofendidos, movimientos recriminatorios y don Remigio Saldívar había abierto los brazos con arrogancia: no aceptaban un centavo, no faltaba más. Iban a agasajar al Presidente de su propio bolsillo, lo habían decidido por unanimidad, con el fondo reunido alcanzaría de sobra, Cajamarca no necesitaba ayuda para homenajear a Odría, alto ahí. Él se paró, asintiendo, y las siluetas se desvanecieron como hechas de humo: no insistía, no quería ofenderlos, en nombre del Presidente agradecía esa caballerosidad, esa generosidad. Pero aún no pudo salir porque los mozos se habían precipitado al salón con bocaditos y bebidas. Se mezcló con la gente, bebió una naranjada, festejó bromas arrugando la cara. Para que conozca a los cajamarquinos, señor Bermúdez, y don Remigio Saldívar lo enfrentó a un hombre canoso de nariz enorme: el doctor Lanusa, había mandado hacer quince mil banderines de su propio bolsillo, además de cotizar igual que los otros para el fondo del comité, señor Bermúdez. Y no crea que tuvo ese gesto porque consiguió que la carretera pase justo delante de su hacienda, se rió el diputado Azpilcueta. Lo celebraron, hasta el doctor Lanusa se rió, ah esas lenguas cajamarquinas. No cabe duda que ustedes hacen las cosas en grande, se oía decir él. Y usted vaya preparando el hígado, señor Bermúdez, entrevió los ojos titilantes del diputado Mendieta detrás de un vaso de cerveza, verá cómo lo atenderán. Miró su reloj, ¿tan tarde ya?, lo sentía pero debía irse. Caras, manos, hasta pronto, tanto gusto. El senador Heredia y el diputado Mendieta lo acompañaron hasta la escalera, ahí aguardaba un morenito chaposo de ojos respetuosos. El ingeniero Lama, don Cayo, y él pensó ¿un puesto, una recomendación, un negocio?: miembro del comité de recepción y el primer agrónomo del departamento, señor Bermúdez. Encantado, en qué podía servirlo. Un sobrinito, perdonaría que en estos momentos, la madre estaba como una loca y había insistido tanto que. Lo alentó sonriendo, sacó una libreta del bolsillo, ¿qué había hecho el joven? Lo habían mandado a la Universidad de Trujillo con mucho sacrificio, señor, allá lo aconsejarían mal, las malas juntas, antes nunca se había metido en política. Muy bien, ingeniero, se ocuparía personalmente, ¿cómo se llamaba el joven, estaba detenido en Trujillo o en Lima? Bajó las escaleras y las luces del paseo Colón ya estaban encendidas. Ambrosio y Ludovico conversaban fumando junto a la puerta. Arrojaron los cigarrillos al verlo: a San Miguel.

—Dobla por la primera a la derecha —dijo Santiago, señalando—. Esa casa amarilla, la vieja. Sí, aquí.

Tocó el timbre, metió la cabeza y vio en lo alto de la escalera a Carlitos, en pantalón de piyama, con una toalla al hombro: bajaba volando, Zavalita. Regresó al automóvil.

—Si estás apurado, déjame aquí, Chispas. Iremos hasta el Callao en un taxi. *La Crónica* nos paga la movilidad.

—Yo los llevo —dijo el Chispas—. Supongo que ahora nos veremos seguido ¿no? La Teté quiere verte también. Supongo que puedo traerla, ¿o estás enojado con la Teté también?

—Claro que no —dijo Santiago—. No estoy enojado con nadie, ni con los viejos. Pronto voy a ir a verlos. Sólo quiero que se acostumbren a la idea de que seguiré viviendo solo.

—No se van a acostumbrar nunca y lo sabes muy bien —dijo el Chispas—. Les estás amargando la vida. No sigas en ese plan tan absurdo, supersabio.

Pero se calló porque ahí estaba Carlitos, mirando desconcertado el auto, la cara del Chispas. Santiago le abrió la puerta: pasa, pasa, te presento a mi hermano, nos va a llevar. Adelante, dijo el Chispas, aquí cabían los tres de sobra. Arrancó, siguiendo la línea del tranvía, y durante un buen rato no hablaron. El Chispas ofreció cigarrillos y Carlitos nos miraba de reojo, piensa, y exploraba el tablero niquelado, el flamante tapiz, y la elegancia del Chispas.

—Ni siquiera te diste cuenta que el carro es nuevo —dijo el Chispas.

—De veras —dijo Santiago—. ¿El viejo vendió el Buick?

—No, éste es mío —el Chispas se sopló las uñas—. Lo estoy pagando a plazos. No tiene ni un mes. ¿Y qué van a hacer al Callao?

—Entrevistar al director de Aduana —dijo Santiago—. Carlitos y yo estamos haciendo unas crónicas sobre el contrabando.

—Ah, qué interesante —dijo el Chispas; y después de un momento—. ¿Sabes que desde que entraste a trabajar, compramos *La Crónica* todos los días en la casa? Pero nunca sabemos qué escribes. ¿Por qué no firmas tus artículos? Así te irías haciendo conocido.

Ahí estaban los ojos burlones y estupefactos de Carlitos, Zavalita, ahí el malestar que sentías. El Chispas cruzó Barranco, Miraflores, dobló por la avenida Pardo y tomó la Costanera. Hablaban con largas pausas incómodas, sólo Santiago y el Chispas, Carlitos los observaba de reojo, con una expresión intrigada e irónica.

—Debe ser interesantísimo ser periodista —dijo el Chispas—. Yo no podría, soy negado hasta para escribir cartas. Pero ahí tú estás en tu elemento, Santiago.

Periquito estaba esperándolos en la puerta de la aduana, con las cámaras al hombro, y, un poco más adelante, la camioneta del diario.

—Te busco un día de éstos a la misma hora —dijo el Chispas—. Con la Teté, ¿de acuerdo?

—Bueno —dijo Santiago—. Gracias por traernos, Chispas.

El Chispas estuvo un momento indeciso, la boca entreabierta, pero no dijo nada, se limitó a hacer adiós con la mano. Vieron alejarse el auto por los adoquines encharcados.

—¿De veras es tu hermano? —Carlitos movía la cabeza, incrédulo—. Tu familia anda podrida en plata ¿no?

—Según el Chispas están al borde de la quiebra —dijo Santiago.

—Ya quisiera estar yéndome a la quiebra así —dijo Carlitos.

—Hace media hora que espero, conchudos —dijo Periquito—. ¿Oyeron las noticias? Gabinete militar, por los líos de Arequipa. Los arequipeños lo sacaron a Bermúdez. Esto es el fin de Odría.

—No te alegres tanto —dijo Carlitos—. El fin de Odría es el comienzo ¿de qué?

VIII

El domingo siguiente Ambrosio la esperó a las dos, fueron a una matiné, tomaron lonche cerca de la plaza de Armas y dieron un largo paseo. Hoy va a ser, pensaba Amalia, hoy va a pasar. Él se la quedaba a veces mirando y ella se daba cuenta que también estaba pensando hoy será. Hay un restaurante en Francisco Pizarro que es bueno, dijo Ambrosio cuando oscureció. Era criollo y chifa a la vez; comieron y tomaron tanto que apenas podían caminar. Hay un baile por ahí cerca, dijo Ambrosio, vamos a ver. Era una carpa de circo levantada detrás del ferrocarril. La orquesta estaba sobre un tabladillo y habían colocado esteras en la pista para que la gente bailara sin pisar el barro. A cada rato Ambrosio se iba y volvía con cerveza en unos vasitos de papel. Había mucha gente, las parejas daban saltitos en el sitio por falta de espacio; a veces comenzaba una pelea pero nunca terminaba porque dos forzudos separaban a los tipos y los sacaban en peso. Me estoy emborrachando, pensaba Amalia. Con el calorcito que aumentaba se sentía mejor, más libre, y, de repente, ella misma jaló a Ambrosio a la pista. Se mezclaron con las parejas, abrazados, y nunca terminaba la música. Ambrosio la apretaba fuerte, Ambrosio le daba un empujón a un borracho que la había rozado, Ambrosio la besaba en el cuello: era como si todo eso pasara lejísimos, Amalia se reía a carcajadas. Después el suelo comenzó a girar y ella se prendió de Ambrosio para no caerse: me siento mal. Sintió que él se reía, que la arrastraba y, de repente, la calle. El friecito en la cara la despertó a medias. Caminaba del brazo de él, sentía su mano en la cintura, decía ya sé por qué me has hecho tomar. Estaba contenta, no le importaba, ¿dónde estaban yendo?, parecía que la vereda se hundía, aunque no me digas yo sé dónde. Reconoció el cuartito de Ludovico entre sueños. Estaba abrazando a Ambrosio, juntaba su cuerpo al de Ambrosio, con su boca buscaba la boca de Ambrosio, decía te odio, Ambrosio, te portaste mal, y era como si fuera otra Amalia la que estuviera haciendo esas cosas. Se dejaba desnudar, tumbar en la cama y pensaba de qué lloras, bruta. Luego la rodearon unos brazos duros, un peso que la quebraba, una sofocación que la ahogaba. Sintió que ya no reía ni lloraba y vio la cara de Trinidad, cruzando a lo lejos. De pronto, la remecían. Abrió los ojos: la luz del cuartito estaba encendida, apúrate decía Ambrosio, abotonándose la camisa. ¿Qué hora era? Las cuatro de la mañana. Tenía la cabeza pesada, el cuerpo adolorido, qué diría la señora. Ambrosio le iba pasando la blusa, sus medias, sus zapatos y ella se vestía a la carrera, sin mirarlo a los ojos. La calle estaba desierta, ahora el vientecito le hizo mal. Se dejó ir contra Ambrosio y él la abrazó. Tu tía se sintió enferma y tuviste que acompañarla, pensaba, o te sentiste enferma y tu tía no te dejó salir. Ambrosio le acariciaba a ratos la cabeza, pero no hablaban. El ómnibus llegó cuando apuntaba una luz floja sobre los techos; bajaron en la plaza San Martín y era de día, canillitas con periódicos bajo el brazo corrían por los portales. Ambrosio la acompañó hasta el paradero del tranvía. ¿Esta vez no sería como la otra vez, Ambrosio, se portaría bien esta vez? Eres mi mujer, dijo Ambrosio, yo te quiero. Permaneció abrazada a él hasta que llegó el tranvía. Le hizo adiós desde la ventanilla y lo estuvo mirando, viéndolo achicarse a medida que el tranvía lo dejaba atrás.

El auto bajó por el paseo Colón, contorneó la plaza Bolognesi, tomó Brasil. El tráfico y los semáforos lo demoraron media hora hasta Magdalena; luego, al salir de la avenida, avanzó rápido por calles solitarias y mal iluminadas y en pocos minutos estuvo en San Miguel: dormir más, acostarse temprano hoy. Al ver el auto, los guardias de la esquina saludaron. Entró a la casa y la muchacha estaba poniendo la mesa. Desde la escalera echó una ojeada a la sala, al comedor: habían cambiado las flores de los jarrones, los cubiertos y las copas de la mesa brillaban, todo se veía ordenado y limpio. Se quitó el saco, entró al dormitorio sin tocar. Hortensia estaba en el tocador, maquillándose.

—Queta no quería venir cuando supo que el invitado era Landa —su cara le sonreía desde los espejos; él arrojó el saco sobre la cama, apuntando a la cabeza del dragón: quedó oculta—. La pobre oye Landa y comienza a bostezar. Tiene que soplarse a cada vejestorio por ti, deberías invitarle algún buen mozo de vez en cuando.

—Que les den de comer a los choferes —dijo él, aflojándose la corbata—. Voy a darme un baño. ¿Quieres traerme un vaso de agua?

Entró al cuarto de baño, abrió el agua caliente, se desnudó sin cerrar la puerta. Veía cómo se iba llenando la bañera, cómo la habitación se impregnaba de vapor. Oyó a Hortensia dar órdenes, la vio entrar con un vaso de agua. Tomó una pastilla.

—¿Quieres un trago? —dijo ella, desde la puerta.

—Después que me bañe. Sácame ropa limpia, por favor.

Se sumergió en la bañera y estuvo tendido, sólo la cabeza afuera, absolutamente inmóvil, hasta que el agua comenzó a enfriarse. Se jabonó, se enjuagó en la ducha con agua fría, se peinó y pasó desnudo al dormitorio. Sobre el lomo del dragón había una camisa limpia, ropa interior, medias. Se vistió despacio, dando pitadas a un cigarrillo que humeaba en el cenicero. Luego, desde el escritorio llamó a Lozano, a Palacio, a Chaclacayo. Cuando bajó a la sala, Queta había llegado. Tenía un vestido negro con un gran escote y se había hecho un peinado con moño, que la avejentaba. Las dos estaban sentadas, con whiskys en las manos, y habían puesto discos.

Cuando Ludovico reemplazó a Hinostroza, las cosas habían ido un poquito mejor, ¿por qué?, porque Hinostroza era aburridísimo y Ludovico buena gente. Lo más fregado de ser chofer de don Cayo no eran esos trabajitos extras para el señor Lozano, tampoco no tener horario ni saber nunca qué día tendría salida, sino las malas noches, don. Esas que había que llevarlo a San Miguel y esperarlo a veces hasta la mañana siguiente. Qué sentanazos, don, qué desveladas. Ahora vas a saber lo que es aburrimiento, le había dicho Ambrosio a Ludovico el día que se estrenó, y él, mirando la casita: o sea que aquí tenía su jabecito el señor Bermúdez, o sea que moja aquí. Fue mejor porque con Ludovico conversaban, en cambio Hinostroza se encogía como una momia en el carro y se dormía. Con Ludovico se sentaban en el muro del jardín de la casita, desde ahí Ludovico podía tirar lente a toda la calle por si acaso. Veían entrar a don Cayo, oían las voces de adentro, Ludovico lo entretenía a Ambrosio adivinando lo que pasaba: estarían tomándose sus tragos, cuando se encendían las luces de arriba Ludovico decía comienza la orgía. A veces se acercaban los cachacos de la esquina y los cuatro se ponían a fumar y a conversar. En una época uno de los guardias era un ancashino cantor. Linda voz, don, *Muñequita linda* era su fuerte, qué esperas para cambiar de profesión le decían. A eso de la medianoche comenzaba el aburrimiento, la desesperación porque el tiempo no pasaba más rápido. Sólo Ludovico seguía hablando. Un mal pensado terrible, él le estaba sacando cuentos de arrecho a Hipólito todo el tiempo, en realidad el gran arrecho era él, don. Ahí estaría ya don Cayo bañándose en agua rica, señalaba el balcón y se chupaba la boca, cierro los ojos y veo esto y estotro, y así hasta que, perdóneme don, los cuatro terminaban con unas ganas atroces de ir al bulín. Se enloquecía hablando de la señora: esta mañana que vine solo a traer a don Cayo la vi, negro. Puras invenciones de él, por supuesto. En bata, negro, una batita como de gasa, rosadita, transparente, con unas zapatillas chinas, sus ojos echaban chispitas. Te echa una mirada y mueres, otra y te sientes Lázaro, a la tercera te mata de nuevo y a la cuarta te resucita: chistoso, don, buena gente. La señora era la señora Hortensia, don, por supuesto.

En la puerta se encontró con Carlota, que salía a comprar pan: qué te ha pasado, dónde estuviste, qué hiciste. Se había quedado a dormir donde su tía en Limoncillo, la pobrecita estaba enferma, ¿se había enojado la señora? Caminaban juntas hacia la panadería: ni se había dado cuenta, se había pasado la noche en vela oyendo las noticias de Arequipa. Amalia sintió que le volvía el alma al cuerpo. ¿No sabes que hay revolución en Arequipa?, decía Carlota excitadísima, la señora tan nerviosa les había contagiado los nervios y ella y Símula se habían quedado en el repostero hasta las dos oyendo la radio también. Pero qué pasaba en Arequipa, loca. Huelgas, líos, muertos, ahora estaban pidiendo que lo botaran al señor del gobierno. ¿A don Cayo? Sí, y la señora no podía encontrarlo por ninguna parte, se había pasado la noche echando lisuras y llamando a la señorita Queta. Compren el doble para guardar, les dijo el chino de la panadería, si se viene la revolución mañana no abro. Salieron cuchicheando, qué iría a pasar, ¿por qué querían botarlo al señor, Carlota? La señora en su colerón de anoche decía que por ser tan manso, y, de repente, agarró a Amalia del brazo y la miró a los ojos: no te creo lo de tu tía, estuviste con un hombre, se le veía en la cara. Con qué hombre, sonsa, su tía se había enfermado, Amalia miraba a Carlota muy seria y por adentro sentía cosquillas y un calorcito feliz. Entraron a la casa y Símula estaba oyendo la radio de la sala, con la cara ansiosa. Amalia fue a su cuarto, se duchó rápido, ojalá que no le preguntara nada, y cuando subió al dormitorio con el desayuno, desde la escalera oyó el minutero y la voz del locutor de Radio Reloj. La señora estaba sentada en la cama, fumando, y no contestó los buenos días. El gobierno había tenido mucha paciencia con quienes siembran la intranquilidad y la subversión en Arequipa, decía la radio, los trabajadores debían volver al trabajo, los estudiantes a sus estudios, y se encontró con los ojos de la señora que la miraban como si recién la descubrieran: ¿y los periódicos, tonta? Vuela a comprarlos. Sí, ahoritita, salió corriendo del cuarto, contenta, no se había dado cuenta siquiera. Le pidió plata a Símula y fue al quiosco de la esquina. Tenía que pasar algo grave, tan pálida que estaba la señora. Al verla entrar, saltó de la cama, le arranchó los periódicos y comenzó a hojearlos. En la cocina le preguntó a Símula ¿cree que la revolución va a ganar, que lo van a sacar a Odría? Símula encogió los hombros: al que lo irían a sacar del Ministerio era al señor, todos lo odian. Al ratito sintieron que la señora bajaba y ella y Carlota corrieron al repostero: ¿aló, aló, Queta? Los periódicos no decían nada nuevo, no he pegado los ojos, y vieron que furiosa tiraba *La Prensa* al suelo: también estos hijos de puta piden la renuncia de Cayo, años adulándolo y ahora también se le volteaban, Quetita. Gritaba palabrotas, Amalia y Carlota se miraban. No, Quetita, no había venido ni llamado, el pobre estaría ocupadísimo con este lío, a lo mejor se había ido a Arequipa. Ah, ojalá les metiera bala y les quitara las majaderías de una vez por todas, Quetita.

—La vieja Ivonne anda rajando del gobierno y hasta de ti —dijo Hortensia.

—Cuidadito con decirle algo, me mata si sabe que ando chismeándola —dijo Queta—. No quiero tener de enemiga a esa arpía.

Pasó frente a ellas, hacia el bar. Se sirvió un whisky puro con dos cubitos de hielo y se sentó. Las sirvientas, ya uniformadas, revoloteaban alrededor de la mesa. ¿Les habían dado de comer a los choferes? Respondieron que sí. El baño lo había amodorrado, veía a Hortensia y Queta a través de una ligera neblina, oía apenas sus cuchicheos y risas. Bueno, qué andaba diciendo la vieja.

—Es la primera vez que la oigo hablar mal de ti en público —dijo Queta—. Hasta ahora era puro almíbar cuando te nombraba.

—Le decía a Robertito que la plata que le saca Lozano, se la reparte contigo —dijo Hortensia—. Al chismoso número uno de Lima, figúrate.

—Que si la siguen sangrando así se va a retirar a la vida decente —se rió Queta.

Él arrugó la cara y abrió la boca: si fueran mudas, si se pudiera entender uno con las mujeres sólo por gestos. Queta se agachó para alcanzar los palitos salados, su escote se corrió y aparecieron sus senos.

—Oye, no me lo provoques —le dio un manotazo Hortensia—. Guarda eso para cuando llegue el vejete.

—A Landa ni eso lo despierta —le devolvió el manazo Queta—. También está para retirarse a la vida decente.

Se reían y él las escuchaba, bebiendo. Siempre los mismos chistes, ¿sabía el último?, los mismos temas de conversación, ¡Ivonne y Robertito eran amantes!, ahora llegaría Landa y al amanecer tendría también la sensación de haber mimado una noche idéntica a otras noches. Hortensia se paró a cambiar los discos, Queta a llenar los vasos de nuevo, la vida era una calcomanía tan monótona. Todavía bebieron otro whisky antes de oír que frenaba un auto en la puerta.

Gracias a las ocurrencias de Ludovico la espera se les hacía menos aburrida, don. Que su boquita, que sus labios, que las estrellitas de sus dientes, que olía a rosas, que un cuerpo para sacudir a los muertos en sus tumbas: parecía templado de la señora, don. Pero si alguna vez estaba en su delante ni a mirarla se atrevía, por miedo a don Cayo. ¿Y a él le pasaba lo mismo? No, Ambrosio escuchaba las cosas de Ludovico y se reía nomás, él no decía nada de la señora, tampoco le parecía cosa del otro mundo a él, él sólo pensaba en que fuera de día para irse a dormir. ¿Las otras, don? ¿Que si la señorita Queta tampoco le parecía gran cosa? Tampoco, don. Bueno, sería guapa, pero qué ánimos tendría Ambrosio para pensar en mujeres con ese ritmo matador de trabajo, la cabeza sólo le daba para soñar con el día libre que se pasaba tumbado en la cama, recuperándose de las malas noches. Ludovico era distinto, desde que pasó a cuidar a don Cayo se sentía importantísimo, ahora sí que entraría al escalafón, negro, y entonces jodería a los que lo jodían a él por ser un simple contratado. La gran aspiración de su vida, don. Esas noches, si no hablaba de la señora, era de eso: tendría sueldo fijo, chapa, vacaciones, en todas partes lo respetarían y quién no vendría a proponerle algún negocito. No, Ambrosio nunca había querido hacer carrera en la policía, don, a él eso le fregaba más bien, por el aburrimiento de las esperas. Conversaban, fumaban, a eso de la una o dos se morían de sueño, en invierno de frío, cuando comenzaba a amanecer se mojaban la cara en el pilón del jardín, y veían a las sirvientas que salían a comprar pan, los primeros autos, el olor fuerte del pasto se les metía a las narices y se sentían aliviados porque don Cayo no tardaría. Cuándo cambiará la suerte y tendré vida normal, pensaba Ambrosio. Y gracias a usted había cambiado y ahora por fin la tenía, don.

La señora se pasó la mañana en bata, un cigarrito tras otro, oyendo las noticias. No quiso almorzar, sólo tomó un café cargado y se fue en un taxi. Poco después salieron Carlota y Símula. Amalia se echó vestida en la cama. Sentía un gran cansancio, le pesaban los párpados, y cuando despertó era de noche. Se incorporó y, sentada, trató de recordar lo que había soñado: con él pero no se acordaba qué, sólo que mientras soñaba pensaba que dure, no termines. O sea que el sueño te gustaba, bruta. Se estaba lavando la cara cuando la puerta del baño se abrió de golpe: Amalia, Amalia, había revolución. A

Carlota se le salían los ojos, qué pasaba, qué habían visto. Policías con fusiles y ametralladoras, Amalia, soldados por todas partes. Amalia se peinaba, se ponía el mandil y Carlota daba saltos, pero dónde, pero qué. En el parque Universitario, Amalia, Carlota y Símula estaban bajando del ómnibus cuando habían visto la manifestación. Muchachos, muchachas, cartelones, Libertad, Libertad, A-re-qui-pa, A-re-qui-pa, que renuncie Bermúdez, y de puro tontas se habían puesto a mirar. Centenares, miles, y, de repente, aparecieron los policías, el Rochabús, camiones, jeeps, y la Colmena se había llenado de humo, chorros de agua, carreras, gritos, pedradas y en eso la caballería. Y ellas ahí, Amalia, ellas en medio sin saber qué hacer. Se habían apretado contra un portón, abrazadas, rezando, el humo las hacía estornudar y llorar, pasaban tipos gritando muera Odría y habían visto cómo apaleaban a los estudiantes y las pedradas que les llovían a los policías. Qué iba a pasar, qué iba a pasar. Fueron a escuchar la radio y Símula tenía los ojos irritados y se persignaba: de la que se habían librado, ay Jesús. La radio no decía nada, cambiaban de estación y anuncios, música, preguntas y respuestas, pedidos telefónicos.

A eso de las once vieron bajar a la señora del autito blanco de la señorita Queta, que partió ahí mismo. Venía muy tranquila, qué hacían despiertas, era tardísimo. Y Símula: estaban oyendo la radio pero no decían nada de la revolución, señora. Qué revolución ni ocho cuartos, Amalia se dio cuenta que estaba tomadita, ya se había arreglado todo. Pero si ellas habían visto, señora, decía Carlota, la manifestación y los policías y todo, y la señora tontas, no había de qué asustarse. Había hablado por teléfono con el señor, les iban a dar un escarmiento a los arequipeños y mañana ya estaría todo en paz. Tenía hambre y Símula le hizo un churrasco: el señor no pierde la serenidad por nada, decía la señora, no vuelvo a preocuparme así por él. Apenas levantó la mesa, Amalia se fue a acostar. Ya está, había comenzado todo de nuevo, bruta, te habías amistado con él. Sentía una languidez suave, una flojera tibiecita. Cómo se llevarían ahora, ¿se pelearían de vez en cuando?, no iría más a casa de su amigo, que alquilara un cuartito, ahí podrían pasar los domingos. Se lo arreglarás bonito, bruta. Si pudiera conversar con Carlota y contarle. No, tenía que aguantarse las ganas hasta que volviera a ver a Gertrudis.

Landa venía con los ojos rutilando, muy locuaz y oliendo a alcohol, pero apenas entró puso una cara de duelo: sólo podía quedarse un momento, qué tragedia. Se inclinó a besar la mano de Hortensia, pidió a Queta un besito en la mejilla amariconando la voz, y se dejó caer en el sillón entre ambas, declamando: una espina entre dos rosas, don Cayo. Estaba ahí, semicalvo, enfundado en un terno gris de línea impecable que disimulaba sus curvas, con una corbata granate, piropeando a Hortensia y a Queta y él pensó la seguridad, la desenvoltura que da la plata.

—La Comisión de Fomento se reúne a las nueve de la mañana, don Cayo, fíjese qué hora —dijo Landa, con una mueca tragicómica—. Y yo tengo que dormir ocho horas por receta médica. Qué lástima.

—Cuentos, senador —dijo Queta, alcanzándole un whisky—. La verdad es que tu mujer te tiene del pescuezo.

El senador Landa brindó por los dos primores que me rodean y también por usted, don Cayo. Bebió, paladeando, y se echó a reír.

—Soy hombre libre, ni las cadenas del matrimonio aguanto —exclamó—. Hijita, te quiero mucho, pero quiero conservar mi libertad de parranda, que en el fondo es la que más importa. Y ella entendió. Treinta años de casados y nunca me ha pedido cuentas. Ni una sola escena de celos, don Cayo.

—Y te has aprovechado de esa libertad a tu gusto —dijo Hortensia—. Cuéntanos tu última conquista, senador.

—Más bien les voy a contar algunos chistes contra el gobierno que acabo de oír en el club —dijo Landa—. Vengan, sin que nos oiga don Cayo.

Se festejaba con sonoras carcajadas, que se mezclaban con las de Queta y Hortensia, y él festejaba también los chistes, la boca entreabierta y las mejillas fruncidas. Bueno, si el ilustre senador tenía que irse pronto, mejor comían de una vez. Hortensia partió hacia el repostero, seguida de Queta. Salud don Cayo, salud senador.

—Cada día más buena moza esa Queta —dijo Landa—. Y Hortensia ni se diga, don Cayo.

—Le estoy muy agradecido por el dictamen de su comisión —dijo él—. Le di la noticia a Zavala, a mediodía. Sin usted, esos gringuitos no hubieran ganado la licitación.

—Aquí el que tiene que dar las gracias soy yo, por lo de Olave —dijo Landa, haciendo un gesto de olvídese—. Los amigos están para servirse unos a otros, no faltaba más.

Y él vio que el senador se distraía, su mirada se desviaba hacia Queta que venía contoneándose: nada de hablar de negocios ni de política aquí, estaba prohibido. Se sentó junto a Landa y él vio el pestañeo súbito, la resolana en las mejillas de Landa, que adelantaba la cara y posaba un instante los labios en el cuello de Queta. No se iría, se iba a quedar, inventaría una mentira, se emborracharía y sólo a las tres o cuatro de la mañana se llevaría a Queta: acercó los pulgares sin vacilar y los ojos de ella estallaron como dos uvas. Lo excitaste, se quedó y por tu culpa hoy tampoco dormí: paga. Pasen a la mesa, dijo Hortensia, y él alcanzó todavía a sepultar la barra ígnea entre los muslos de Queta y a oír el chasquido de la carne chamuscada: paga. Durante toda la comida, Landa acaparó la conversación, con una versatilidad que aumentaba a cada copa de vino: chismes, chistes, anécdotas, piropos. Queta y Hortensia le preguntaban, le contestaban, lo celebraban, y él sonreía. Cuando se levantaron, Landa hablaba de una manera difusa y sobresaltada, quería que Queta y Hortensia dieran pitadas de su habano, se iba a quedar. Pero, de pronto, miró su reloj y la alegría se esfumó de su cara: las doce y media, con el dolor de su alma tenía que irse. Besó la mano de Hortensia, quiso besar a Queta en la boca pero ella ladeó la cara y le ofreció la mejilla. Él acompañó a Landa hasta la puerta de calle.

IX

La movían, te está esperando, abrió los ojos, el chofer del señor de la otra vez, la cara burlona de Carlota: ahí en la esquina te estaba esperando. Apurada se vistió, ¿había estado el domingo con él?, se peinó, ¿por eso no había venido a dormir?, y oía atontada las risas, las preguntas de Carlota. Cogió la canasta del pan, salió y en la esquina estaba Ambrosio: ¿no había pasado nada aquí? La agarró del brazo, no quería que lo vieran, la hacía caminar muy rápido, estaba nervioso por ti, Amalia. Ella se paró, lo miró, ¿y qué podía pasar, de qué estaba nervioso?, pero él la obligó a seguir caminando: ¿no sabes que don Cayo ya no es ministro? Estás soñando, dijo Amalia, ya se había arreglado todo, anoche la señora pero Ambrosio no, no, anoche lo habían sacado a don Cayo y a todos los ministros civiles y había un gabinete militar. ¿La señora no sabía nada? No, no sabría todavía, estaría durmiendo, la pobre se acostó creyendo que todo se estaba arreglando. Cogió a Ambrosio del brazo: ¿y qué le iba a pasar al señor ahora? No sabía qué le iría a pasar, pero con dejar de ser ministro ya le había pasado bastante ¿no? Amalia entró a la panadería sola, pensando tenía miedo por, vino por, te quiere. Al salir ella lo agarró del brazo, ¿y cómo se había venido a San Miguel, diciéndole qué a don Fermín? Don Fermín se había escondido, tenía miedo de que lo metieran preso, la policía había estado vigilando su casa, estaba en el campo. Y Ambrosio feliz, Amalia, mientras estuviera escondido podrían verse más. La arrinconó contra un garaje, ahí no podían verlos desde la casa, le juntó el cuerpo y la abrazó. Amalia se empinó para llegar hasta su oído: ¿tenías miedo de que me pasara algo a mí? Sí, lo oyó que se reía, ahora ella se sobraría con él. Y Amalia: ahora sería mejor que la otra vez ¿no?, ya no se pelearían ¿no? Y Ambrosio: no, ahora no. La acompañó hasta la esquina, al despedirse le recomendó si las muchachas me han visto invéntales alguna mentira, que había venido a traer un encargo, que me conoces apenas.

Esperó que el automóvil de Landa arrancara y volvió a la casa. Hortensia se había sacado los zapatos y canturreaba, apoyada contra el bar; gracias a Dios que se fue el vejete, dijo Queta, desde el sillón. Se sentó, recobró su vaso de whisky y bebió, despacio, mirando a Hortensia, que ahora bailaba en el sitio. Tomó el último trago, miró su reloj, y se puso de pie. Tenía que irse, también. Subió al dormitorio y, en la escalera, sintió que Hortensia dejaba de cantar y venía tras él. Queta se rió. ¿No podía quedarse?, se le acercó Hortensia por detrás y sintió su mano en el brazo, su voz mimosa, ebria ya, esta semana no te he visto una sola vez. Para el diario, dijo él, poniendo unos billetes sobre el tocador: no podía, tenía que hacer desde temprano. Se volvió, los ojos casi líquidos de Hortensia, su expresión cariñosa e idiota, y le pasó la mano por la mejilla, sonriéndole: estaba muy ocupado con el viaje del Presidente, vendría mañana quizás. Cogió el maletín y bajó la escalera, con Hortensia prendida de su brazo, oyéndola ronronear como una gata excitada, sintiéndola insegura, casi tambaleante. Tendida en el sofá grande, Queta balanceaba en el aire su vaso a medio llenar, y vio sus ojos que se volvían a mirarlos, burlones. Hortensia lo soltó, corrió torpemente, se echó en el sofá.

—Se quiere mandar mudar, Quetita —su voz dulzona y cómica, sus pucheros teatrales—. No me quiere ya.

—Qué te importa —Queta se ladeó en el sillón, abrió los brazos, abrazó a Hortensia—. Que se vaya, chola, yo te voy a consolar.

Oyó la risita desafiante de Hortensia, la vio estrecharse contra Queta y pensó: siempre lo mismo. Riéndose, jugando, dejándose ganar por el juego, las dos se abrazaban, soldadas en el sofá que sus cuerpos rebalsaban, y él veía sus labios picoteándose, apartándose y uniéndose entre risas, sus pies que se trenzaban. Las observaba desde el último escalón, fumando, una media sonrisa benévola en la boca, sintiendo en los ojos una súbita indecisión, en el pecho un brote de cólera. De pronto, con un gesto de derrota, se dejó caer en el sillón, y soltó el maletín que resbaló al suelo.

—Mentira lo de las ocho horas de sueño, lo de la Comisión de Fomento —pensó, apenas consciente de que también hablaba—. Estará ahora en el club, apostando. Quería quedarse, pero su vicio fue más fuerte.

Ellas se hacían cosquillas, daban grititos exagerados, se secreteaban y sus estremecimientos, manotazos y disfuerzos las acercaban a la orilla del sofá. No llegaban a caer: adelantaban y retrocedían, empujándose, sujetándose, siempre con risas. Él no les quitaba la vista, la cara fruncida, los ojos entrecerrados pero alertas. Sintió la boca reseca.

—El único vicio que no entiendo —pensó, en voz alta—. El único que resulta estúpido en un hombre que tiene la plata de Landa. ¿Jugar para tener más, para perder lo que tiene? Nadie está contento, siempre falta o sobra algo.

—Míralo, está hablando solo —Hortensia alzó la cara del cuello de Queta y lo señaló—. Se volvió loco. Ya no se va, míralo.

—Sírveme una copa —dijo él, resignado—. Ustedes son mi ruina.

Sonriendo, murmurando algo entre dientes, Hortensia fue hacia el bar, tropezando, y él buscó los ojos de Queta y le señaló el repostero: cierra esa puerta, las sirvientas estarían despiertas. Hortensia le trajo el vaso de whisky y se sentó en sus rodillas. Mientras bebía, reteniendo el líquido en la boca, paladeándolo con los ojos cerrados, sentía el brazo desnudo de ella alrededor de su cuello, su mano que lo despeinaba, y oía su incoherente, tierna voz: cayito mierda, cayito mierda. El fuego de la garganta era soportable, hasta grato. Suspiró, apartó a Hortensia, se levantó y subió las escaleras sin mirarlas. Un fantasma que tomaba cuerpo de repente y saltaba sobre uno por la espalda y lo tumbaba: así le habría pasado a Landa, así a todos. Entró al dormitorio y no encendió la luz. Avanzó a tientas hasta el sillón del tocador, sintió su propia risita disgustada. Se quitó la corbata, el saco, y se sentó. La señora Heredia estaba abajo, iba a subir. Rígido, inmóvil, esperó que subiera.

—¿Sientes angustia por la hora? —dice Santiago—. No te preocupes. Un amigo me dio una receta infalible contra eso, Ambrosio.

—Mejor nos quedamos aquí —dijo el Chispas—. Ahí hay puro borracho. Si bajamos le dirán algo a la Teté y habrá trompadas.

—Entonces pega un poquito más el auto —dijo la Teté—. Quiero ver a los que bailan.

El Chispas acercó el auto a la vereda y ellos pudieron ver, desde el asiento, los hombros y caras de las parejas que bailaban en El Nacional; oían los timbales, las maracas, la trompeta, y al animador anunciando a la mejor orquesta tropical de Lima. Al callar la música, oían el mar a sus espaldas, y, si se volvían, divisaban por sobre la barandilla del Malecón la espuma blanca, la reventazón de las olas. Había varios automóviles estacionados frente a los restaurantes y bares de La Herradura. La noche estaba fresca, con estrellas.

—Me encanta que nos veamos a escondidas —dijo la Teté, riéndose—. Me parece que estamos haciendo algo prohibido. ¿A ustedes no?

—A veces el viejo se viene a dar sus vueltas por aquí, de noche —dijo el Chispas—. Sería graciosísimo que nos pescara aquí a los tres.

—Nos mataría si supiera que nos vemos contigo —dijo la Teté.

—Se pondría a llorar de emoción al ver al hijo pródigo —dijo el Chispas.

—Ustedes no me creen, pero me voy a presentar en la casa en cualquier momento —dijo Santiago—. Sin avisarles. La semana próxima, a lo mejor.

—Claro que te voy a creer, hace meses que nos cuentas el mismo cuento —y la cara de la Teté se iluminó—: Ya sé, ya se me ocurrió. Vamos ahora mismo a la casa, amístate hoy con los papás.

—Ahora no, otro día —dijo Santiago—. Además, no quiero ir con ustedes, sino solo, para que haya menos melodrama.

—No vas a ir nunca a la casa y te voy a decir por qué —dijo el Chispas—. Estás esperando que el viejo vaya a tu pensión, a pedirte perdón no sé de qué y a rogarte que vuelvas.

—Ni siquiera cuando el desgraciado de Bermúdez lo perseguía fuiste, ni siquiera en su cumpleaños lo llamaste —dijo la Teté—. Qué desgraciado eres, supersabio.

—Estás loco si crees que el viejo te va a ir a llorar —dijo el Chispas—. Te largaste de puro loco y los viejos están resentidos con toda razón. El que tiene que ir a pedirles perdón eres tú, conchudo.

—¿Vamos a seguir hablando todas las veces de lo mismo? —dijo Santiago—. Cambien de tema, por favor. ¿Cuándo te casas con Popeye, Teté?

—Qué te pasa, idiota —dijo la Teté—. Ni siquiera estoy con él. Sólo es un amigo.

—Leche de magnesia y un polvo cada semana, Zavalita —dijo Carlitos—. Con el estómago limpio y la paloma al día no hay angustia que resista. Una receta infalible, Zavalita.

En la casa, Carlota vino a su encuentro, atolondrada: el señor ya no era ministro, lo estaba diciendo la radio, lo habían cambiado por un militar. ¿Ah, sí?, disimulaba Amalia poniendo los panes en la panera, ¿y la señora? Estaba enojadísima, Símula acababa de subirle los periódicos y había dicho unas lisuras que se oyeron hasta aquí. Amalia le llevó la jarrita de café, el jugo de naranja y las tostadas, y desde la escalera oyó el tictac de Radio Reloj. La señora estaba a medio vestir, los periódicos regados por la cama deshecha, en vez de contestarle los buenos días le ordenó sólo café puro, con una cólera. Le alcanzó la taza, la señora tomó un traguito y puso la taza de nuevo en la bandeja. Amalia la seguía del clóset al cuarto de baño al tocador, para que tomara su café mientras se vestía, veía la mano que le temblaba tanto, la raya de las cejas se le torcía, y ella temblaba también, oyéndola: esos ingratos, si no fuera por el señor a Odría y a esos ladrones hacía rato que se los habría cargado la trampa. Ahora quería ver qué harían sin él esos sinvergüenzas, el lápiz de labios se le escapó de las manos, derramó el café dos veces, sin él no durarían ni un mes. Salió del cuarto sin acabar de maquillarse, llamó un taxi y, mientras esperaba, se mordía los labios y, de repente, una palabrota. Apenas partió, Símula encendió la radio, estuvieron oyendo todo el día. Hablaban del gabinete militar, contaban las vidas de los nuevos ministros, pero en ninguna estación lo nombraban al señor. Al anochecer Radio Nacional dijo que había terminado la huelga de Arequipa, mañana se abrirían los colegios, la universidad y las tiendas y Amalia se acordó del amigo de Ambrosio: había ido allá, a lo mejor lo habían matado. Símula y Carlota comentaban las noticias y ella las oía, distrayéndose a ratos, pensando en Ambrosio: se asustó por, vino por, te. A lo mejor ahora que ya no estaba en el gobierno se viene a vivir aquí, decía Carlota, y Símula sería una gran desgracia para nosotras, y Amalia pensó: ¿si lo habían, tendría algo de malo que Ambrosio arrendara el cuartito para ellos dos? Sí, sería aprovecharse de una desgracia. La señora volvió tarde, con la señorita Queta y la señorita Lucy. Se sentaron en la sala y mientras Símula preparaba la comida, Amalia escuchaba a las señoritas consolando a la señora: lo habían sacado para que se acabara la huelga pero seguiría mandando desde su casa, era el hombre fuerte, Odría le debía todo a él. Pero ni siquiera me ha llamado, decía la señora, paseándose, y ellas estaría en reuniones, discusiones, ya llamaría, a lo mejor esta misma noche vendría. Se tomaban sus whiskicitos y al sentarse a la mesa ya se reían y hacían bromas. A eso de la medianoche la señorita Lucy se fue.

Llegó primero Hortensia, sin ruido: vio su silueta en el umbral, vacilando como una llama, y la vio tantear en la penumbra y encender la lamparilla de pie. Surgió el cubrecama negro en el espejo que tenía al frente, la cola encrespada del dragón animó el espejo del tocador y oyó que Hortensia comenzaba a decir algo y se le enredaba la voz. Menos mal, menos mal. Venía hacia él haciendo equilibrio y su cara extraviada en una expresión idiota se borró cuando entró a la sombra del rincón donde estaba él. La atajó con una voz que oyó difícil y ansiosa: ¿y la loca, se había ido ya la loca? En vez de seguir hacia él, la silueta de Hortensia se desvió y avanzó zigzagueando hasta la cama, donde se desplomó con suavidad. Allí le daba a medias la luz, vio su mano que se alzaba para señalarle la puerta, y miró: Queta había llegado sigilosamente también. Su larga figura de formas llenas, su cabellera rojiza, su postura agresiva. Y oyó a Hortensia: no quería nada con ella, te llamaba a ti Quetita, a ella la basureaba y sólo pregunta por ti. Si fueran mudas, pensó, y empuñó decidido la tijera, un solo tajo silencioso, taj, y vio las dos lenguas cayendo al suelo. Las tenía a sus pies, dos animalitos chatos y rojos que agonizaban manchando la alfombra. En su oscuro refugio se rió y Queta, que seguía en el umbral como esperando una orden, también se rió: ella no quería nada con cayito mierda, chola, ¿no quería irse, no se iba a largar? Que se fuera nomás, no lo necesitaban y él con infinita angustia pensó: no está borracha, ella no. Hablaba como una mediocre actriz que además ha comenzado a perder la memoria y recita despacio, miedosa de olvidar el papel. Adelante, señora Heredia, murmuró, sintiendo una invencible decepción, una ira que le turbaba la voz. La vio moverse, avanzar simulando inseguridad, y oyó a Hortensia ¿lo oíste, tú conoces a esa mujer, Quetita? Queta se había sentado junto a Hortensia, ninguna miraba hacia su rincón y él suspiró. No lo necesitaban, chola, que se fuera donde esa mujer: por qué fingía, por qué hablaba, taj. No movía la cara, sólo sus ojos giraban de la cama al espejo del clóset al de la pared a la cama y sentía el cuerpo endurecido y todos los nervios alertas como si de los almohadones del silloncito pudieran brotar de pronto clavos. Ellas ya habían comenzado a desnudarse una a la otra y a la vez se acariciaban, pero sus movimientos eran demasiado vehementes para ser ciertos, sus abrazos demasiado rápidos o lentos o estrechos, y demasiada súbita la furia conque sus bocas se embestían y él las mato si, las mataba si. Pero no se reían: se habían tendido, entreverado, todavía a medio desnudar, al fin calladas, besándose, sus cuerpos frotándose con una demorada lentitud. Sintió que su furia disminuía, las manos mojadas de sudor, la presencia amarga de la saliva en la boca. Ahora estaban quietas, presas en el espejo del tocador, una mano sobre los imperdibles de un sostén, unos dedos estirándose bajo una enagua, una rodilla acuñada entre dos muslos. Esperaba, tenso, los codos aplastados contra los brazos del sillón. No se reían, sí se habían olvidado de él, no miraban hacia su rincón y tragó la saliva. Pareció que despertaban, que de pronto fueran más y sus ojos iban rápidamente de un espejo a otro espejo y a la cama para no perder a ninguna de las figurillas diligentes, sueltas, hábiles que desabotonaban un tirante, enrollaban una media, deslizaban un calzón, y se ayudaban y jalaban y no hablaban. Las prendas iban cayendo a la alfombra y una ola de impaciencia y de calor llegó hasta su rincón. Ya estaban desnudas y vio a Queta, arrodillada, dejándose caer blandamente sobre Hortensia hasta cubrirla casi enteramente con su gran cuerpo moreno, pero saltando del techo al cubrecama al clóset todavía alcanzaba a divisarla fragmentada bajo la sólida sombra tendida sobre ella: un pedazo de nalga blanca, un pecho blanco, un pie blanquísimo, unos talones, y sus cabellos negros entre los alborotados rojizos de Queta, que había empezado a mecerse. Las oía respirar, jadear, sentía el suavísimo crujido de los resortes, y vio las piernas de Hortensia desprenderse de las de Queta y elevarse y posarse sobre ellas, vio el brillo creciente de las pieles y ahora podía también oler. Sólo las cinturas y nalgas se movían, en un movimiento profundo y circular, en tanto que las partes superiores de sus cuerpos permanecían soldadas e inmóviles. Tenía las ventanillas de la nariz muy abiertas y aun así faltaba aire; cerró y abrió los ojos, aspiró por la boca con fuerza y le parecía que olía a sangre manando, a pus, a carne en descomposición, y oyó un ruido y miró. Queta estaba ahora de espaldas y Hortensia se veía pequeñita y blanca, ovillada, su cabeza inclinándose con los labios entreabiertos y húmedos entre las piernas oscuras viriles que se abrían. Vio desaparecer su boca, sus ojos cerrados que apenas sobresalían de la mata de vellos negros y sus manos desabotonaban su camisa, arrancaban la camiseta, bajaban su pantalón, y jalaban la correa con furia. Fue hacia la cama con la correa en alto, sin pensar, sin ver, los ojos fijos en la oscuridad del fondo, pero sólo llegó a golpear una vez: unas cabezas que se levantaban, unas manos que se prendían de la correa, jalaban y lo arrastraban. Oyó una lisura, oyó su propia risa. Trató de separar los dos cuerpos que se rebelaban contra él y se sentía empujado, aplastado, sudado, en un remolino ciego y sofocante, y oía los latidos de su corazón. Un instante después sintió el agujazo en las sienes y como un golpe en el vacío. Quedó un momento inmóvil, respirando hondo, y luego se apartó de ellas, ladeando el cuerpo, con un disgusto que sentía crecer cancerosamente. Permaneció tendido, los ojos cerrados, envuelto en una modorra confusa, sintiendo oscuramente que ellas volvían a mecerse y a jadear. Por fin se levantó, mareado, y sin mirar atrás pasó al cuarto de baño: dormir más.

—¿Y tú cuándo te vas a casar, Chispas? —dijo Santiago.

El mozo se acercó al automóvil, colocó la bandeja en la ventanilla. El Chispas sirvió la Coca-Cola de la Teté, las cervezas de ellos.

—Quisiera casarme ya, pero ahora está difícil, por el trabajo —dijo, soplando la espuma de su vaso—. Bermúdez nos dejó casi en la quiebra. Las cosas recién empiezan a componerse, y no puedo dejarlo solo al viejo. Hace años que trabajo sin tomar vacaciones. Quisiera viajar un poco. Me voy a desquitar en la luna de miel, conoceré lo menos cinco países.

—En la luna de miel estarás tan ocupado que no tendrás tiempo de ver nada —dijo Santiago.

—Déjate de vulgaridades delante de la mocosa —dijo el Chispas.

—Cuéntame qué tal es la famosa Cary, Teté —dijo Santiago.

—Ni chicha ni limonada —dijo la Teté, riéndose—. Una desteñida de La Punta, que no abre la boca.

—Es una muchacha formidable, nos entendemos muy bien —dijo el Chispas—. Un día de éstos te la voy a presentar, supersabio. Yo la hubiera traído una de estas veces, pero, no sé, hombre, ¿no ves que a todos nos creas problemas con tus tonterías?

—¿Sabe que no vivo en la casa? —dijo Santiago—. ¿Qué le has contado?

—Que eres medio loco —dijo el Chispas—. Que te peleaste con el viejo y te mandaste mudar. Ni siquiera le he contado que la Teté y yo te vemos a escondidas, porque de repente se le escapa en la casa.

—Siempre estás preguntándonos qué hacemos, pero nunca nos cuentas nada de ti —dijo la Teté—. Así no vale.

—Le gusta hacerse el misterioso, pero conmigo estás fregado, supersabio —dijo el Chispas—. Si no me cuentas lo que haces, allá tú. Yo no te pregunto nada.

—Pero yo me muero de curiosidad —dijo la Teté—. Anda, supersabio, cuéntame algo.

—Si lo único que haces es ir de la pensión al periódico y del periódico a la pensión, a qué hora vas a San Marcos —dijo el Chispas—. Nos cuentas cada cuentanazo. Es mentira que estés yendo a la universidad.

—¿Tienes enamorada? —dijo la Teté—. No me vas a hacer crer que no sales con chicas.

—Sólo para demostrar que no es como los demás, acabará casándose con una negra, china o india —se rió el Chispas—. Ya verás, Teté.

—Al menos cuéntanos qué amigos tienes, anda —dijo la Teté—. ¿Siempre comunistas?

—Ha pasado de los comunistas a los crápulas —se rió el Chispas—. Tiene un amigo en Chorrillos que parece salido del Frontón. Una cara de forajido y un tufo que marea.

—Si el periodismo no te gusta, no sé qué esperas para amistarte con el papá y venir a trabajar con él —dijo la Teté.

—Los negocios me gustan menos que el periodismo —dijo Santiago—. Eso está bien para el Chispas.

—Si no vas a ser abogado, ni quieres hacer negocios, nunca vas a tener plata —dijo la Teté.

—El problema es que tampoco quiero tener plata —dijo Santiago—. Además, para qué. El Chispas y tú serán millonarios; ustedes me darán cuando me haga falta.

—Estás en tu noche —dijo el Chispas—. ¿Se puede saber qué tienes contra la gente que quiere ganar plata?

—Nada, simplemente que yo no quiero ganar plata —dijo Santiago.

—Bueno, eso es lo más fácil del mundo —dijo el Chispas.

—Antes de que peleen vamos a comer unos pollos —dijo la Teté—. Me muero de hambre.

A la mañana siguiente se despertó antes que Símula. Eran sólo las seis en el reloj de la cocina, pero el cielo ya estaba claro y no hacía frío. Barrió su cuarto y tendió la cama con toda calma, como siempre estuvo midiendo el agua de la ducha con el pie un buen rato y acabó entrando a poquitos; se jabonó sonriendo, acordándose de la señora: las patitas, las tetitas, el potito. Salió y Símula, que preparaba el desayuno, la mandó a despertar a Carlota. Desayunaron y a las siete y media fue a comprar los periódicos. El muchacho del quiosco la estuvo fastidiando y en vez de responderle una malacrianza se bromeó un rato con él. Se sentía de buen humor, sólo faltaban tres días para el domingo. Querían que las despertaran temprano, dijo Símula, súbeles el desayuno de una vez. Sólo en la escalera vio la fotografía del periódico. Tocó la puerta varias veces, la voz dormida de la señora ¿sí?, y entró hablando: había una foto del señor en *La Prensa*, señora. En la semioscuridad una de las dos formas de la cama se enderezó, se encendió la lamparita del velador. La señora se echó los cabellos atrás y, mientras ella colocaba la bandeja en la silla y la arrimaba a la cama, la señora miraba el periódico. ¿Le abría la cortina, señora?, pero ella no contestó: pestañeaba, los ojos clavados en la fotografía. Por fin, sin mover la cabeza, estiró una mano y remeció a la señorita Queta.

—Qué quieres —se quejaron las sábanas—. Déjame dormir, es medianoche.

—Se mandó mudar, Queta —la remecía con furia, miraba asombrada el periódico—. Se largó, se mandó mudar.

La señorita Queta se incorporó, se frotaba los ojos hinchados con las dos manos, se inclinó a mirar, y Amalia como siempre sintió vergüenza al verlas así tan juntas, sin nada.

—Al Brasil —repetía la señora, con voz espantada—. Sin venir, sin llamar. Se largó sin decirme una palabra, Queta.

Amalia llenaba las tazas, trataba de leer pero sólo veía los pelos negros de la señora, los colorados de la señorita Queta, se había ido, qué iba a pasar.

—Bueno, habrá tenido que partir de urgencia —decía la señorita Queta, tapándose el pecho con la sábana—. Ahora te mandará el pasaje. Te habrá dejado alguna carta, seguro.

La señora se había desencajado y Amalia veía cómo le temblaba la boca, la mano que sujetaba el periódico lo iba arrugando: el desgraciado ese, Queta, sin telefonear, sin dejarle un centavo, y sollozó. Amalia dio media vuelta y salió del cuarto: no te pongas así, chola, oía, mientras bajaba volando las gradas para contarles a Carlota y a Símula.

Se enjuagó la boca, limpió su cuerpo con minucia, se friccionó el cerebro con una toalla empapada en colonia. Se vistió muy despacio, la mente en blanco y un zumbido delicado en las orejas. Volvió al dormitorio y ellas se habían cubierto con las sábanas. Distinguió en la penumbra las cabelleras en desorden, las manchas de rouge y rímel en las caras saciadas, el sosiego adormecido de sus ojos. Queta se había encogido ya para dormir, pero Hortensia lo miraba.

—¿No vas a quedarte? —su voz era desinteresada y opaca.

—No hay sitio —dijo él, desde la puerta, y le sonrió antes de salir—. Vendré mañana, quizás.

Bajó la escalera de prisa, recogió el maletín de la alfombra, salió a la calle. Sentados en el muro del jardín, Ludovico y Ambrosio conversaban con los guardias de la esquina. Al verlo se callaron y pusieron de pie.

—Buenas noches —murmuró, alcanzando un par de libras a los guardias—. Tómense algo contra el frío.

Entrevió apenas sus sonrisas, oyó sus gracias y entró al auto: a Chaclacayo. Apoyó la cabeza en el respaldo, se subió las solapas, ordenó que cerraran las ventanillas de adelante. Oía, inmóvil, el rumor de la charla de Ambrosio y Ludovico, y, de cuando en cuando, abría los ojos y reconocía calles, plazas, la oscura carretera: todo zumbaba en su cabeza, monótonamente. Dos reflectores cayeron sobre el automóvil cuando éste se detuvo. Oyó órdenes y buenas noches, divisó las siluetas de los guardias que abrían el portón. ¿A qué hora mañana, don Cayo?, dijo Ambrosio. A las nueve. Las voces de Ambrosio y Ludovico se perdieron a su espalda, y, desde la entrada de la casa, divisó siluetas retirando la tranquera del garaje. Estuvo sentado en el escritorio unos minutos, tratando de anotar en su libreta los asuntos del día siguiente. En el comedor se sirvió un vaso de agua helada y subió al dormitorio a pasos lentos, sintiendo temblar el vaso en su mano. Las pastillas para dormir estaban en la repisa del baño, junto a la máquina de afeitar. Tomó dos, con un largo trago de agua. A oscuras dio cuerda al reloj y puso el despertador a las ocho y media. Se subió las sábanas hasta el mentón. La sirvienta había olvidado cerrar las cortinas y el cielo era un cuadrado negro salpicado de brillos diminutos. Las pastillas demoraban entre diez y quince minutos en traer el sueño. Se había acostado a las tres y cuarenta y las agujas fosforescentes del despertador marcaban las cuatro menos cuarto. Unos cinco minutos de desvelo todavía.

TRES

I

Llegó a la redacción poco antes de las cinco y se estaba quitando el saco cuando sonó el teléfono al fondo de la sala. Vio que Arispe levantaba el aparato, movía la boca, echaba una ojeada a los escritorios vacíos y lo veía: Zavalita, por favor. Cruzó la redacción, se detuvo ante la mesa colmada de puchos, papeles, fotos y rollos de pruebas.

—Los conchudos de policiales no vienen hasta las siete —dijo Arispe—. Vaya usted, tome los datos y se los pasa después a Becerrita.

—General Garzón 311 —leyó Santiago en el papel—. Jesús María ¿no?

—Vaya bajando, yo les paso la voz a Periquito y a Darío —dijo Arispe—. Debe haber fotos de ella en el archivo.

—¿La Musa chaveteada? —dijo Periquito en la camioneta, mientras cargaba su cámara—. Vaya notición.

—Hace años cantaba en Radio El Sol —dijo Darío, el chofer—. ¿Quién la mató?

—Un crimen pasional, parece —dijo Santiago—. Nunca oí hablar de ella.

—Le saqué fotos cuando salió Reina de la Farándula, una real hembra —dijo Periquito—. ¿Haces policiales ahora, Zavalita?

—Era el único en la redacción cuando le dieron el dato a Arispe —dijo Santiago—. Me servirá de escarmiento para no llegar más a la hora.

La casa estaba junto a una botica, había dos patrulleros y gente aglomerada en la calle, ahí viene *La Crónica* gritó un chiquillo. Tuvieron que mostrar los carnets del diario a un policía y Periquito fotografió la fachada, la escalera, el primer rellano. Una puerta abierta, piensa, humo de cigarrillos.

—A usted no lo conozco —dijo un gordo de papada, vestido de azul, examinando el carnet—. ¿Qué fue de Becerrita?

—No estaba en el diario cuando nos llamaron —y Santiago sintió el olor raro, carne humana transpirada, piensa, frutas podridas—. No me conoce porque trabajo en otra sección, inspector.

El flash de Periquito relampagueó, el de la papada pestañeó y se hizo a un lado. Entre las personas que murmuraban, Santiago vio un fragmento de pared empapelada de azul claro, losetas sucias, un velador, un cubrecama negro. Permiso, dos hombres se apartaron, sus ojos subieron y bajaron y subieron muy rápido, la silueta tan blanca piensa, sin detenerse en los coágulos, en los labios rojinegros de las heridas fruncidas, en la maraña de cabellos que ocultaba su cara, en la mata de vello negro agazapada entre las piernas. No se movió, no dijo nada. Los arcos iris de Periquito estallaban a derecha e izquierda, ¿se le podía fotografiar la cara, inspector?, una mano apartó la maraña y apareció un rostro cerúleo e intacto, con sombras bajo las pestañas corvas. Gracias, inspector, dijo Periquito, ahora en cuclillas junto a la cama, y el chorrito de luz blanca brotó otra vez. Diez años soñándote con ella, Zavalita, si Anita supiera creería que te enamoraste de la Musa y tendría celos.

—Se nota que el amigo periodista es nuevo —dijo el de la papada—. No se nos vaya a desmayar, joven, ya tenemos bastante trabajo con esta señora.

Las caras veladas por el humo se relajaron en sonrisas, Santiago hizo un esfuerzo y también sonrió. Al tocar el lapicero descubrió que su mano estaba sudando; cogió la libreta, sus ojos volvieron a mirar: manchones, senos que se derramaban, pezones escamosos y sombríos como lunares. El olor entraba a raudales por su nariz y lo mareaba.

—Hasta el ombligo se lo abrieron —Periquito cambiaba las bombillas con una sola mano, se mordía la lengua—. Qué tal sádico.

—También le abrieron otra cosa —dijo el de la papada, con sobriedad—. Acércate, Periquito; usted también, joven, vean qué cosa bárbara.

—Un hueco en el hueco —murmuró una voz relamida y Santiago oyó risitas tenues y comentarios ininteligibles. Apartó los ojos de la cama, dio un paso hacia el hombre de azul.

—¿Podría darme algunos datos, inspector?

—Por lo pronto, las presentaciones —dijo el de la papada, cordialmente, y le alcanzó una mano blanda—. Adalmiro Peralta, jefe de la división de Homicidios, y éste es mi adjunto, el oficial primero Ludovico Pantoja. Tampoco se olvide de él.

Tratabas de reanimar la sonrisa, de conservarla en la cara mientras apuntabas en la libreta, Zavalita, mientras veías los rasgos histéricos de la pluma rasgando el papel, resbalando sin rumbo.

—Favor por favor, Becerrita lo pondrá al tanto —mientras oías la voz risueña y familiar del inspector Peralta—. Nosotros les damos la primicia y ustedes nos dan un poco de peliculina, que nunca está de más.

Risas otra vez, los flashes de Periquito, el olor, el humo alrededor: ahí, Zavalita. Santiago asentía, la libreta semidoblada, pegada a su pecho, garabateando ahora rayas, puntos, viendo surgir letras como jeroglíficos.

—Nos dio el aviso una vieja que vive sola en el departamento del lado —dijo el inspector—. Oyó gritos, vino y encontró la puerta abierta. Hubo que llevarla a la Asistencia

Pública, mal de los nervios. Imagínese el susto que se llevaría al encontrarse con esto.

—Ocho chavetazos —dijo el oficial primero Ludovico Pantoja—. Contados por el médico legista, joven.

—Es probable que estuviera dopada —dijo el inspector Peralta—. Por el olor y por los ojos, parece. Estaba casi siempre dopada últimamente. Tenía una ficha de este porte en la división. En fin, ya lo dirá la autopsia.

—Hace un año estuvo complicada en un asunto de drogas —dijo el oficial Ludovico Pantoja—. La metieron adentro junto con una pichicatera conocida. Había caído muy bajo.

—¿Se podría fotografiar la chaveta, inspector? —dijo Periquito.

—Se la llevaron los peritos —dijo el inspector Peralta—. Una corriente, de quince centímetros. Sí, huellas digitales para regalar.

—No lo hemos cogido, pero será botado —dijo el oficial Ludovico Pantoja—. Dejó la casa llena de huellas, ni siquiera se llevó el arma, lo hizo en pleno día. No era un profesional ni mucho menos.

—No lo hemos identificado, porque esta señora no tenía un amante sino muchos —dijo el inspector Peralta—. Cualquiera se la tiraba últimamente. Había bajado de categoría, la pobre.

—Fíjese, si no, dónde vino a morir —el oficial Ludovico Pantoja señaló el cuarto con misericordia—. Después de vivir tan a lo grande.

—Fue Reina de la Farándula el año que entré a *La Crónica* —dijo Periquito—. El cuarenta y cuatro. Catorce años ya, carambolas.

—La vida es como un columpio, se sube y se baja —sonrió el inspector Peralta—. Ponga esa frase en su articulito, joven.

—La recordaba más guapa —dijo Periquito—. En realidad, no valía mucho.

—Los años pasan, Periquito —dijo el inspector Peralta—. Y además, los chavetazos la han desmejorado.

—¿Te saco una foto, Zavalita? —dijo Periquito—. Becerrita siempre se toma una junto al cadáver, para su colección particular. Tiene miles ya.

—Yo conozco la colección de Becerrita —dijo el inspector Peralta—. Para darle escalofríos incluso a un tipo como yo, que lo ha visto todo.

—Llegando a la redacción haré que el señor Becerra lo llame, inspector —dijo Santiago—. Ya no lo molesto más. Muchas gracias por la información.

—Dígale que se pase por la oficina a eso de las once —dijo el inspector Peralta—. Encantado, joven.

Salieron y en el rellano Periquito se detuvo a fotografiar la puerta de la vecina que había descubierto el cadáver. Los curiosos seguían en la vereda, espiando la escalera por sobre el hombro del policía que custodiaba la puerta, y Darío estaba fumando, en la camioneta: por qué no lo habían hecho pasar, él hubiera querido ver eso. Subieron, partieron, un momento después se cruzaron con la camioneta de *Última Hora*.

—Les jodieron la primicia —dijo Darío—. Ahí va Norwin.

—Claro, hombre —Periquito chasqueó los dedos y dio un codazo a Santiago—. Fue la querida de Cayo Bermúdez. La vi una vez entrando con él a una chifa de la calle Capón. Claro, hombre.

—Ni vi los periódicos ni sé de qué habla —dice Ambrosio—. Yo estaría ya en Pucallpa cuando eso, niño.

—¿Querida de Cayo Bermúdez? —dijo Darío—. Entonces sí que es notición.

—Te sentías un Sherlock Holmes escarbando esa historia apestosa —dijo Carlitos—. Lo pagaste caro, Zavalita.

—¿Eras su chofer y no sabías que tenía una querida? —dice Santiago.

—Ni sabía ni nunca la vi —dice Ambrosio—. Primera noticia, niño.

Una ansiosa excitación había reemplazado el vértigo del primer momento, una cruda vehemencia mientras la camioneta atravesaba el centro y tratabas de descifrar los borrones de la libreta y de resucitar la conversación con el inspector Peralta, Zavalita. Bajó de un salto y subió a trancos las escaleras de *La Crónica.* Las luces de la redacción estaban encendidas, los escritorios ocupados, pero no se detuvo a conversar con nadie. ¿Te sacaste la lotería?, le preguntó Carlitos, y él un notición formidable, Carlitos. Se instaló ante la máquina y estuvo una hora sin apartar los ojos del papel, escribiendo, corrigiendo y fumando sin tregua. Luego, charlando con Carlitos, esperó, impaciente y orgulloso de ti mismo Zavalita, que llegara Becerrita. Y por fin lo vio entrar, el chato, piensa, adiposo, malhumorado, envejecido Becerrita, con su sombrero de otras épocas, su cara de boxeador jubilado, su ridículo bigotito y sus dedos manchados de nicotina. Qué decepción, Zavalita. No contestó su saludo, casi ni leyó las tres cuartillas, escuchó sin hacer un gesto de interés la relación que le iba haciendo Santiago. Qué sería un crimen más o menos para Becerrita que se levantaba, vivía y se acostaba entre asesinatos, Zavalita, robos, desfalcos, incendios, atracos, que hacía un cuarto de siglo vivía de historias de pichicateros, ladrones, putas, cabrones. Pero el desaliento fue breve, Zavalita. Piensa: no se entusiasmaba por nada, pero sabía su oficio. Piensa: tal vez le gustaba. Se sacó el sombrerito finisecular, el saco, se arremangó la camisa, que sujetaba en los codos con unas ligas de cajero piensa, y se aflojó la corbata tan raída y sucia como su terno y sus zapatos, y abúlico y avinagrado avanzó por la redacción, indiferente a las venias, fortachón y lento y derecho hacia el escritorio de Arispe. Santiago se aproximó al rincón de Carlitos para oír. Becerrita había dado un golpecito con los nudillos en la máquina de escribir y Arispe alzaba la cabeza: ¿qué se le ofrecía, mi señor?

—La página del centro para mí solito —su voz áspera y achacosa, piensa, floja, burlona—. Y Periquito a mi disposición, por lo menos tres o cuatro días.

—¿También una casa con piano junto al mar, mi señor? —dijo Arispe.

—También algún refuerzo, por ejemplo Zavalita, porque en mi sección hay dos de vacaciones —dijo Becerrita, secamente—. Si quieres que explotemos esto a fondo hay que dedicarle un redactor día y noche.

Arispe mordisqueaba pensativo su lápiz rojo, hojeaba las cuartillas; luego sus ojos pasearon por la redacción, buscando. Te fregaste, dijo Carlitos, niégate con cualquier pretexto. Pero no diste ninguno, Zavalita, fuiste feliz al escritorio de Arispe, feliz a la boca del lobo. Excitación, emociones, sangre: jodido hacía rato, Zavalita.

—¿Quiere pasar a policiales por unos días? —dijo Arispe—. Becerrita lo reclama.

—¿Ahora se puede elegir? —murmuró ácidamente Becerrita—. Cuando yo entré a *La Crónica* nadie me preguntó mi opinión. Vaya a recorrer comisarías, vamos a abrir una sección policial y usted se encargará. Hace veinticinco años que me tienen en lo mismo y todavía no me han preguntado si me gusta.

—Un día le fermentará el malhumor aquí, mi señor —Arispe se tocó el corazón con su lápiz rojo— y esto estallará como un cascarón. Además, si te sacaran de la página policial te morirías de pena, Becerrita. Tú eres el as de la página roja en el Perú.

—No sé de qué me sirve si cada semana me protestan una letra —gruñó Becerrita, sin modestia—. Preferiría que no me alabaran tanto y me subieran el sueldo.

—Veinticinco años comiéndose gratis a las putas más caras, emborrachándose gratis en los mejores bulines y todavía se queja, mi señor —dijo Arispe—. Qué nos toca a los que tenemos que bailar con nuestro pañuelo cada vez que nos tomamos un trago o nos tiramos una hembra.

Había cesado el tableteo de las máquinas, cabezas risueñas seguían desde los escritorios el diálogo de Arispe y Becerrita, que había comenzado a sonreír híbridamente, a soltar pequeños espasmos de esa risa ronca y antipática que se convertía en trueno de hipos, eructos e invectivas cuando estaba borracho, piensa.

—Ya estoy viejo —dijo, por fin—. Ya no chupo, ya no me gustan las mujeres.

—Cambiaste de gustos a la vejez —dijo Arispe, y miró a Santiago—. Cuídese, ya veo por qué lo pidió Becerrita para su página.

—Qué buen humor se gastan los jefes de redacción —gruñó Becerrita—. ¿Qué hay de lo otro? ¿Me das la página del centro y a Periquito?

—Te los doy, pero trátamelos bien —dijo Arispe—. Quiero que me sacudas a la gente y me subas el tiraje. Esto es mermelada fina, mi señor.

Becerrita asintió, dio media vuelta, las máquinas comenzaron a teclear de nuevo, y seguido por Santiago se encaminó hacia su escritorio. Estaba al fondo, desde allí observaba las espaldas de todos, piensa, era uno de sus temas. Venía borracho y se plantaba en el centro de la redacción, se abría el saco, y, los puños en las rechonchas caderas, ¡a mí siempre me mandan al culo de todo! Los redactores se encogían en sus asientos, hundían las narices en las máquinas, ni Arispe se atrevía a mirarlo piensa, mientras Becerrita pasaba revista con lentos ojos enfurecidos a los atareados reporteros, ¿despreciaban su página y lo despreciaban a él, no?, a los reconcentrados correctores, ¿por eso lo habían arrinconado en el culo de la redacción?, al absorto cabecero Hernández, ¿para que les viera el culo a los señores de locales, el culo a los señores de cables?, paseándose de un lado a otro como un desasosegado general antes de la batalla, ¿para que recibiera en la jeta los pedos de los señores redactores?, y aventando al techo de rato en rato su carcajada tormentosa. Pero una vez que Arispe le propuso cambiar de escritorio se indignó, piensa: de mi rincón sólo me sacan muerto, carajo. Su escritorio era bajito y un poco contrahecho, como él piensa, pringoso como el terno platinado que solía llevar adornado con lamparones de grasa. Se había sentado, encendía un cigarrillo enclenque, Santiago esperaba de pie, emocionado de que te hubiera pedido a ti, Zavalita, excitado ya por los artículos que escribirías: al matadero como quien se va a una fiesta, Carlitos.

—Bueno, ya nos la metieron y hay que moverse —Becerrita levantó el teléfono, marcó un número, habló con la agria boca pegada al aparato, su mano regordeta de uñas negruzcas borroneaba una carilla.

—Siempre andabas buscando emociones fuertes —dijo Carlitos—. En cierta forma, te dieron gusto.

—Sí, en El Porvenir, váyase ahora mismo con Periquito —Becerrita colgó el aparato, posó sus ojitos legañosos en Santiago—. Ahí cantó esa mujer hace tiempo. La dueña me conoce. Sáquele datos, fotos. Sus amigas, sus amigos, direcciones, qué vida llevaba. Que Periquito fotografíe el local.

Santiago se fue poniendo el saco mientras bajaba la escalera. Becerrita había avisado a Darío y la camioneta, cuadrada en la puerta, obstruía el tránsito; los automovilistas tocaban la bocina. Un momento después apareció Periquito, furioso.

—Le había advertido a Arispe que no trabajaría más con ese negrero y ahora me regala a Becerrita por una semana —iba cargando la cámara, vociferando—. Nos va a hacer polvo, Zavalita.

—Tendrá un humor de perro, pero se bate como un león por sus redactores —dijo Darío—. Si no fuera por él, al borracho de Carlitos ya lo habrían despedido. No rajes de Becerrita.

—Voy a dejar el periodismo, ya basta —dijo Periquito— . Voy a dedicarme a la fotografía comercial. Una semana con Becerrita es peor que coger un chancro.

La camioneta subió por la Colmena hasta el parque Universitario, bajó por Azángaro, pasó a los pies pétreos y blancuzcos del Palacio de Justicia, enfiló en el atardecer lluvioso por República, y al aparecer, a la derecha, en medio del parque oscuro, el local de La Cabaña, con sus ventanas iluminadas y el aviso chisporroteante de la fachada, Periquito se echó a reír, intempestivamente aplacado: no quería ni mirar esa pocilga, Zavalita, todavía tenía el hígado llagado con la tranca del domingo.

—Con un suelto en su página puede hundir a cualquier mambera, cerrar cualquier bulín, desprestigiar cualquier boite —dijo Darío—. Becerrita es un dios de la Lima bohemia. Y ningún jefe de página se porta como él con su gente. Los lleva a bulines, les convida trago, les consigue mujeres. No sé cómo te puedes quejar de él, Periquito.

—Está bien —admitió Periquito—. Al mal tiempo buena cara. Si hay que trabajar con él, en vez de amargarnos tratemos de explotar su punto débil.

Los bulines, las cantinas hediondas, los barcitos promiscuos de aserrín vomitado, la fauna de las tres de la mañana.

Piensa: su punto débil. Ahí se volvía humano, piensa, ahí se hacía querer. Darío frenó: una masa sin facciones circulaba por las aceras en penumbra de 28 de Julio, sobre las siluetas sombrías languidecía la menuda, rancia luz de los faroles de El Porvenir. Había neblina, la noche estaba muy húmeda. La puerta de Montmartre estaba cerrada.

—Toquemos, la Paqueta debe estar adentro —dijo Periquito—. Este antro se abre tardísimo, aquí se desaguan las boites.

Tocaron los cristales de la puerta —un pianista en la claridad rosada de la vitrina, piensa, su dentadura tan blanca como el teclado de su piano, dos bailarinas con plumajes en el rabo y en la cabeza—, se oyeron pasos, abrió un muchacho escuálido de chaleco blanco y corbatita de fantasía que los miró con aprensión: ¿de *La Crónica*, no? Adelante, la señora los estaba esperando. Un bar cuajado de botellas, un cielo raso con estrellitas de platino, una minúscula pista de baile con un micrófono de pie, mesitas y sillas vacías. Se abrió una puertecilla disimulada detrás del bar, buenas noches dijo Periquito, y ahí estaba la Paqueta, Zavalita: sus ojos de largas pestañas postizas y redondas aureolas de hollín, sus mejillas encarnadas, sus nalgas protuberantes asfixiadas en los ajustados pantalones, sus pasitos de equilibrista.

—¿Le habló el señor Becerra? —dijo Santiago—. Es sobre el crimen de Jesús María.

—Me prometió que no me hará figurar para nada, me lo juró y espero que cumpla —su mano esponjosa, su sonrisa estereotipada, su voz melosa con un dejo remoto de alarma y de odio—. Si hay escándalo, el perjudicado será el local ¿ve usted?

—Sólo necesitamos algunos datos —dijo Santiago—. Saber quién era, qué hacía.

—La conocí apenas, no sé casi nada —las rígidas pestañas que aleteaban evasivamente, Zavalita, la gruesa boca granate que se fruncía como una mimosa—. Hace seis meses que dejó de cantar aquí. Más, ocho meses. Estaba casi sin voz, la contraté por compasión, cantaba tres o cuatro canciones y se iba. Antes estuvo en La Laguna.

Calló al estallar el primer arco iris y se quedó mirando, boquiabierta: Periquito, tranquilamente, fotografiaba el bar, la pista de baile, el micrófono.

—Para qué esas fotos —dijo, de mal modo, señalando—. Becerrita me juró que no me nombrarían.

—Para mostrar uno de los sitios donde cantó, a usted no la vamos a nombrar —dijo Santiago—. Quisiera saber algo de la vida privada de la Musa. Alguna anécdota, cualquier cosa.

—No sé casi nada, ya le he dicho —murmuró la Paqueta, siguiendo a Periquito con los ojos—. Fuera de lo que sabe todo el mundo. Que hace muchos años fue bastante conocida, que cantó en el Embassy, que después fue amiga de ya saben quien. Pero supongo que eso no lo van a decir.

—¿Por qué no, señora? —se rió Periquito—. Ya no está Odría de Presidente, sino Manuel Prado, y *La Crónica* es de los Prado. Podemos decir lo que nos dé la gana.

—Y yo creí que se iba a poder y lo dije en la primera crónica, Carlitos —se rió Santiago—. Ex amante de Cayo Bermúdez asesinada a chavetazos.

—Creo que está usted un poco cojudo, Zavalita —gruñó Becerrita, contemplando las carillas con maldad—. En fin, vamos a ver qué piensa el mandamás.

—Estrella de la Farándula asesinada a chavetazos causará más impacto —dijo Arispe—. Y, además, son las órdenes de arriba, mi señor.

—¿Fue o no fue la querida de ese pendejo? —dijo Becerrita—. Y si lo fue y el pendejo ya ni está en el gobierno y ni siquiera en el país ¿por qué no se puede decir?

—Porque al Directorio le da en los huevos que no se diga, mi señor —dijo Arispe.

—Está bien, ese argumento siempre me convence —dijo Becerrita—. Corríjase toda la crónica, Zavalita. Donde puso ex amante de Cayo Bermúdez métale ex Reina de la Farándula.

—Y después Bermúdez la abandonó y se fue del país, en los últimos tiempos de Odría —la Paqueta dio un respingo: acababa de estallar otro flash—. Usted se acordará, cuando los líos de la Coalición en Arequipa. Ella volvió a cantar, pero ya no era la de antes. Ni su físico, ni su voz. Tomaba mucho, una vez trató de suicidarse. No conseguía trabajo. La pobre las pasó muy mal.

—¿En todo el tiempo que estuviste con él no le conociste ninguna mujer? —dice Santiago—. Sería marica, entonces.

—¿Qué vida llevaba? —dijo la Paqueta—. Mala vida, ya le conté. Tomaba, los amigos no le duraban, siempre con apuros de plata. La contraté por compasión, y la tuve poco, unos dos meses, quizás ni eso. Los clientes se aburrían. Sus canciones habían pasado de moda. Trató de ponerse al día, pero los nuevos ritmos no le iban.

—No le conocí queridas, pero sí mujeres —dice Ambrosio—. Es decir polillas, niño.

—Y cómo fue el lío ese de las drogas, señora —dijo Santiago.

—¿Drogas? —dijo la Paqueta, estupefacta—. ¿Qué drogas?

—Iba a bulines, lo llevé muchas veces —dice Ambrosio—. A ese que usted recordaba enantes. Ivonne, ése. Muchas veces.

—Pero si también la complicaron a usted, señora, si la detuvieron junto con ella —dijo Santiago—. Y gracias al señor Becerra no se publicó nada en los periódicos ¿no se acuerda?

Un temblor rapidísimo animó la cara carnosa, las inflexibles pestañas vibraron con indignación, pero luego una sonrisa porfiada, reminiscente, fue suavizando la expresión de la Paqueta. Cerró los ojos como para mirar adentro y localizar entre los recuerdos ese episodio extraviado: ah sí, ah eso.

—Y Ludovico, ese que ya le conté, el que me ensartó mandándome a Pucallpa, el que me reemplazó como chofer de don Cayo, también lo llevaba todo el tiempo al bulín —dice Ambrosio—. No, niño, no era maricón.

—No hubo drogas ni muchísimo menos, fue una equivocación que se aclaró ahí mismo —dijo la Paqueta—. La policía detuvo a uno que venía aquí de vez en cuando, traficaba cocaína parece, y a ella y a mí nos citaron como testigos. No sabíamos nada y nos soltaron.

—¿Con quién andaba la Musa cuando trabajaba aquí? —dijo Santiago.

—¿Qué amante tenía? —sus dientes montados y disparejos, Zavalita, sus ojos chismosos—. No tenía uno, sino varios.

—Aunque no me dé los nombres —dijo Santiago—. Por lo menos, qué clase de tipos eran.

—Tenía sus aventuras, pero no conozco los detalles, no era mi amiga —dijo la Paqueta—. Sé lo que todo el mundo, que se había dado a la mala vida y nada más.

—¿No sabe si tenía familia aquí? —dijo Santiago—. ¿O alguna amiga que pudiera darnos más información sobre ella?

—No creo que tuviera familia —dijo la Paqueta—. Ella decía que era peruana, pero algunos pensaban que era extranjera. Decían que su pasaporte de peruana se lo hizo dar quien se imaginan, cuando era su amante.

—El señor Becerra quería algunas fotos de la Musa, cuando cantaba aquí —dijo Santiago.

—Se las voy a dar, pero, por favor, no me mezclen en esto, no me nombren —dijo la Paqueta—. Los ayudo con esa condición. Becerrita me ha prometido.

—Y vamos a cumplir, señora —dijo Santiago—. ¿No conoce a nadie que pueda darnos más datos sobre ella? Es lo último, y la dejamos tranquila.

—Cuando dejó de cantar aquí no la vi más —la Paqueta suspiró, súbitamente adoptó un aire misterioso y delator—. Pero se oían cosas de ella. Que se había ido a una casa de ésas. A mí no me consta. Sólo sé que vivió con una mujer de mala fama, una que trabaja donde la francesa.

—¿La Musa vivía con una de las mujeres de donde Ivonne? —dijo Santiago.

—A la francesa sí la pueden nombrar —se rió la Paqueta, y su voz dulzona se había empañado de odio—. Nómbrenla, que la policía la cite a declarar. Esa vieja sabe muchas cosas.

—¿Cómo se llamaba esa amiga con la que vivió? —dijo Santiago.

—¿Queta? —dice Ambrosio, y unos segundos después, atontado—: ¿Queta, niño?

—Si dicen que yo les di el dato me arruinan, la francesa es la peor enemiga que existe —la Paqueta dulcificó la voz—. El nombre de veras no lo sé. Queta es su nombre de guerra.

—¿Nunca la viste? —dice Santiago—. ¿Nunca se la oíste nombrar a Bermúdez?

—Vivían juntas y decían muchas cosas de ellas —susurró la Paqueta, pestañeando—. Que eran más que amigas. A lo mejor eran chismes, claro.

—Nunca la oí, nunca la vi —dice Ambrosio—. A mí no me iba a hablar don Cayo de sus polillas, yo era su chofer, niño.

Salieron a la neblina, la humedad y la penumbra de El Porvenir; Darío cabeceaba, recostado sobre el volante de la camioneta. Al encenderse el motor, un perro ladró desde la vereda, lúgubremente.

—Se había olvidado de la pichicata, de que la metieron presa con la Musa —se rió Periquito—. Qué gran conchuda ¿no?

—Está feliz de que la hayan matado, se nota que la odiaba —dijo Santiago—. ¿Te fijaste, Periquito? Que era borracha, que había perdido la voz, que era tortillera.

—Pero le sacaste buenos datos —dijo Periquito—. No te puedes quejar.

—Todo esto es basura —dijo Becerrita—. Hay que seguir escarbando hasta que salte la pus.

Habían sido unos días agitados y laboriosos, Zavalita, te sentías interesado, desasosegado, piensa: vivo otra vez. Un infatigable trajín: subir y bajar de la camioneta, entrar y salir de cabarets, radios, pensiones, bulines, un incesante ir y venir entre la mustia fauna noctámbula de la ciudad.

—La Musa no queda muy bien, hay que bautizarla de nuevo —dijo Becerrita—. ¡Tras las Huellas de la Mariposa Nocturna!

Redactabas extensas crónicas, sueltos, recuadros, leyendas para las fotografías con una creciente excitación, Zavalita. Becerrita releía las carillas con ojos agrios, tachando, añadiendo frases de temblorosa letra roja, y ponía las cabezas: Nuevas Revelaciones sobre la Vida Disipada de la Mariposa Nocturna Asesinada en Jesús María, ¿Era la Musa una Mujer con un Terrible Pasado?, Reporteros de La Crónica Despejan Nueva Incógnita del Crimen que Conmueve a Lima,

Desde los Comienzos Artísticos hasta el Sangriento Fin de la Otrora Reina de la Farándula, La Mariposa Nocturna Chaveteada Había Caído en la más Baja Inmoralidad declara Dueña del Cabaret donde la Musa Interpretó sus Últimas Canciones, ¿Había Perdido la Voz la Mariposa Nocturna por el Uso de Estupefacientes?

—Hemos dejado botados a los de *Última Hora* —dijo Arispe—. Sigue metiendo candela, Becerrita.

—Más bazofia para los perros, Zavalita —decía Carlitos—. Son las órdenes del mandamás.

—Se está usted portando bien, Zavalita —decía Becerrita—. Dentro de veinte años será un redactor policial pasable.

—Acumulando mierda con mucho entusiasmo, hoy día un montoncito, mañana otro poquito, pasado un pocotón —dijo Santiago—. Hasta que hubo una montaña de mierda. Y ahora a comértela hasta la última gota. Eso es lo que me pasó, Carlitos.

—¿Ya terminamos, señor Becerra? —dijo Periquito—. ¿Puedo irme a dormir?

—Todavía no comenzamos —dijo Becerrita—. Vamos donde la Madama a averiguar si es cierto lo de las tortillas.

Había salido a recibirlos Robertito, bienvenidos a ésta su casa, qué era de esa buena vida señor Becerra, pero Becerrita le arrebató la alegría de golpe: venían a trabajar, ¿podían pasar al saloncito? Pase, señor Becerra, pasen.

—Tráeles unas cervecitas a los muchachos —dijo Becerrita—. Y a mí tráemela a la Madama. Es urgente.

Robertito abanicó sus rizadas pestañas, asintió con una risita inamistosa, salió dando un saltito de bailarín. Periquito se dejó caer en un sillón con las piernas abiertas, qué bien se estaba aquí, qué elegante, y Santiago se sentó a su lado. El saloncito alfombrado, piensa, las luces indirectas, los tres cuadritos de las paredes. En el primero, un joven de rubios cabellos y antifaz perseguía por un sendero enmarañado a una muchacha muy blanca, de cintura de avispa, que corría en puntas de pie; en el segundo, la había capturado y se sumergían abrazados bajo una cascada de sauces; en el tercero, la muchacha yacía en el césped, el pecho desnudo, el joven besaba tiernamente sus hombros redondos y ella tenía una expresión entre alarmada y lánguida. Estaban a orillas de un lago o de un río y a lo lejos desfilaba una cuadrilla de cisnes de largos pescuezos.

—Ustedes son la juventud más podrida de la historia —dijo Becerrita, con satisfacción—. ¿Qué otra cosa les interesa fuera del trago y el bulín?

Tenía la boca torcida en una mueca casi risueña, se rascaba el bigotito con sus dedos color mostaza, se había echado el sombrero hacia la nuca y se paseaba por el saloncito con una mano en el bolsillo, como un malo de película mexicana piensa. Entró Robertito, con una bandeja.

—La señora ya viene, señor Becerra —hizo una reverencia—. Me preguntó si usted no prefería un whiskicito.

—No puedo, por la úlcera —gruñó Becerrita—. Vez que tomo, al día siguiente cago sangre.

Robertito salió y ahí estaba Ivonne, Zavalita. Su larga nariz tan empolvada, piensa, su vestido de gasas y lentejuelas rumorosas. Madura, experimentada, sonriente, besó a Becerrita en la mejilla, tendió una mano mundana a Periquito y a Santiago. Miró la bandeja, ¿Robertito no les había servido?, hizo un mohín de reproche, se inclinó y llenó los vasos diestramente, a medias y sin mucha espuma, se los alcanzó. Se sentó al borde del sillón, estiró el cuello, la piel se recogió en pequeños pliegues bajo sus ojos, cruzó las piernas.

—No me pongas esa cara de asombro —dijo Becerrita—. Ya sabes por qué vinimos, Madama.

—No puedo creer que no quieras tomar nada —su acento extranjero, Zavalita, sus gestos afectados, su desenvoltura de matriarca suficiente—. Si tú eres borracho viejo, Becerrita.

—Era, hasta que la úlcera me hizo trizas el estómago —dijo Becerrita—. Ahora sólo puedo tomar leche. De vaca.

—Siempre el mismo —Ivonne se volvió hacia Santiago y Periquito—. Este viejo y yo somos hermanos, desde hace siglos.

—Un poco incestuosos, en una época —se rió Becerrita, y encadenando, con el mismo tono de voz íntimo—. Haz de cuenta que fuera un cura y te estuvieras confesando. ¿Cuánto tiempo tuviste aquí a la Musa?

—¿La Musa, aquí? —sonrió Ivonne—. Qué chistoso te ves de cura, Becerrita.

—Ahora resulta que no tienes confianza en mí —Becerrita se sentó en el brazo del sillón de Ivonne—. Ahora resulta que me mientes.

—Está usted loco, padre —sonrió Ivonne y dio un golpecito a Becerrita en la rodilla—. Si hubiera trabajado aquí, te lo diría.

Sacó un pañuelo de su manga, se limpió los ojos, dejó de sonreír. La conocía, por supuesto, algunas veces había venido aquí cuando era amiga de, bueno, Becerrita sabía de quién. Él la había traído algunas veces, en plan de diversión, para que espiara desde esa ventanita que daba al bar. Pero, que Ivonne supiera, ella nunca había trabajado en ninguna casa. Volvió a reírse, con elegancia. Sus arruguitas en los ojos, en el cuello, piensa, su odio: la pobre trabajaba en la calle, como las perritas.

—Se nota que la querías mucho, Madama —gruñó Becerrita.

—Cuando era querida de Bermúdez miraba a todo el mundo por sobre el hombro —suspiró Ivonne—. Hasta a mí me prohibió que fuera a su casa. Por eso nadie la ayudó cuando perdió todo. Y lo perdió por su culpa. Por el trago y las drogas.

—Estás encantada de que se la cargaran —sonrió Becerrita—. Qué sentimientos, Madama.

—Cuando leí los periódicos me dio pena, esos crímenes siempre dan pena —dijo Ivonne—. Sobre todo las fotos, ver cómo vivía. Si quieres decir que trabajó aquí, yo encantada. Propaganda para el establecimiento.

—Te sientes archisegura, Madama —dijo Becerrita, con una desteñida sonrisa—. Debes haber encontrado un protector tan bueno como Cayo Bermúdez.

—Calumnias, Bermúdez nunca tuvo que ver nada con la casa —dijo Ivonne—. Era un cliente como cualquier otro.

—Volvamos a la bacinica que estamos manchando el suelo —dijo Becerrita—. No trabajó aquí, okey. Llámame a la que vivía con ella. Que nos dé algunos datos y te dejo en paz.

—¿La que vivía con ella? —cambió de cara, Carlitos, perdió toda la cancha, se puso lívida—. ¿Una de las chicas vivía con ella?

—Ah, la policía no se enteró todavía —Becerrita se rascó el bigotito y se pasó la lengua por los labios, con avidez—. Pero se va a enterar tarde o temprano y vendrán a interrogarlas a ti y a la tal Queta. Prepárate, Madama.

—¿Con Queta? —se le vino abajo el mundo, Carlitos—. Pero qué me dices, Becerrita.

—Se cambian de nombre todos los días y uno las confunde, ¿cuál es? —murmuró Becerrita—. No te preocupes, no somos policías. Llámala. Una conversación confidencial, nada más.

—¿Quién te ha dicho que Queta vivía con ella? —balbuceó Ivonne: hacía esfuerzos por recuperar la sonrisa, la naturalidad.

—Yo sí te tengo confianza, Madama, yo sí soy tu amigo —susurró Becerrita, con un dejo despechado—. Nos lo dijo la Paqueta.

—La peor hija de puta que parió jamás una puta —primero una perica con aires de gran señora, Carlitos, después una viejecita asustada, y cuando oyó nombrar a la Paqueta, una pantera—. La que se crió haciendo gárgaras con la menstruación de su madre.

—Cómo me gusta esa boca, Madama —Becerrita le pasó un brazo por el hombro, feliz—. Ya te vengamos, en la información de mañana decimos que Montmartre es el antro con más mala fama de Lima.

—¿No te das cuenta que la vas a arruinar? —dijo Ivonne, cogiendo la rodilla de Becerrita, estrujándola—. ¿No te das cuenta que la policía la va a encerrar, para interrogarla?

—¿Vio algo? —dijo Becerrita, bajando la voz—. ¿Sabe algo?

—Claro que no, sólo quiere que no la metan en líos —dijo Ivonne—. La vas a fregar. ¿Por qué vas a hacer una maldad así?

—No quiero que le pase nada, sólo que me cuente algunas intimidades de la Musa —dijo Becerrita—. No diremos que vivían juntas, no la nombraremos. ¿Crees en mi palabra, no?

—Por supuesto que no —dijo Ivonne—. Tú eres otro hijo de puta igual que la Paqueta.

—Así es como me gustas, Madama —Becerrita miró a Santiago y Periquito con una sonrisa furtiva—. En tu ley.

—Queta es una buena muchacha, Becerrita —dijo Ivonne, a media voz—. No la hundas. Te podría costar caro, además. Tiene muy buenos amigos, te lo advierto.

—Llámala de una vez y no te pongas dramática —sonrió Becerrita—. Te juro que no le pasará nada.

—¿Se te ocurre que tiene ánimos para venir a trabajar después de lo que le pasó a su amiga? —dijo Ivonne.

—Muy bien, búscala y arréglame una cita con ella —dijo Becerrita—. Sólo quiero algunos datos. Si no le da la gana de hablar conmigo, publicaré su nombre en primera página y tendrá que hablar con los soplones.

—¿Me juras que si te hago ver a Queta no la nombrarás para nada? —dijo Ivonne.

Becerrita asintió. Su cara se fue llenando a poquitos de satisfacción, sus ojitos se abrillantaron. Se puso de pie, se acercó a la mesa, con un gesto resuelto cogió el vaso de Santiago y lo vació de un trago. Una redondela de espuma blanqueó su boca.

—Te juro, Madama, búscala y llámame —dijo, solemne—. Ya conoces mi teléfono.

—¿Usted cree que va a llamarlo, señor Becerra? —dijo Periquito, en la camioneta—. Yo más bien pienso que irá a decirle a la tal Queta los de *La Crónica* saben que vivías con la Musa, desaparécete.

—¿Pero cuál es Queta? —dijo Arispe—. Es seguro que la conocemos, Becerrita.

—Debe ser alguna de las exclusivas, las que trabajan a domicilio —dijo Becerrita—. Tal vez la conocemos pero con otro nombre.

—Esa mujer vale oro, mi señor —dijo Arispe—. Tienes que encontrarla, aunque sea removiendo todas las piedras de Lima.

—¿No les dije que la Madama me iba a llamar? —Becerrita los miró sin vanidad, burlón—. Hoy a las siete. Resérvame la página del centro enterita, mandamás.

—Pasen, pasen —dijo Robertito—. Sí, al saloncito. Tomen asiento.

Así, con la luz del atardecer que entraba por la única ventana, el saloncito había perdido su misterio y su encanto.

Los forros raídos de los muebles, piensa, el papel descolorido de las paredes, las quemaduras de puchos y los rasgones en la alfombra. La muchacha de los cuadritos no tenía facciones, los cisnes eran deformes.

—Hola Becerrita —Ivonne no lo besó, no le dio la mano—. Le he jurado a Queta que vas a cumplir lo que me prometiste. ¿Por qué han venido éstos contigo?

—Que Robertito nos traiga unas cervezas —dijo Becerrita, sin levantarse del sillón, sin mirar a la mujer que había entrado con Ivonne—. Éstas te las pagaré, Madama.

—Alta, lindas piernas, una mulata de pelos rojizos —dijo Santiago—. No la había visto nunca donde Ivonne, Carlitos.

—Siéntense —dijo Becerrita, con aire de dueño de casa—. ¿No van a tomar nada ustedes?

Robertito llenó los vasos de cerveza, las manos le temblaban al alcanzárselos a Becerrita, a Periquito y a Santiago, sus pestañas aleteaban de prisa, su mirada era miedosa. Salió casi corriendo, cerró la puerta tras él. Queta se sentó en un sofá, seria, no asustada, piensa, y los ojos de Ivonne ardían.

—Sí, eres de las exclusivas porque se te ve poco por aquí —dijo Becerrita, tomando un trago de cerveza—. ¿Trabajas sólo en la calle, con clientes seleccionados?

—A usted no le importa dónde trabajo —dijo Queta—. Quién le ha dado permiso para tutearme, además.

—Cálmate, no te pongas así —dijo Ivonne—. Es un confianzudo y nada más. Sólo te va a hacer unas preguntas.

—Usted no podría ser mi cliente aunque quisiera, conténtese con eso —dijo Queta—. No tendrá nunca con qué pagar lo que yo cobro.

—Yo ya no soy cliente, ya me jubilé —dijo Becerrita, con una risa burlona, y se limpió el bigotito—. ¿Desde cuándo vivías con la Musa en Jesús María?

—Yo no vivía con ella, es una mentira de esa desgraciada —gritó Queta, pero Ivonne la cogió del brazo y ella bajó la voz—. A mí no me va a enredar en esto. Le advierto que…

—No somos policías, somos periodistas —dijo Becerrita, con un gesto amistoso—. No se trata de ti, sino de la Musa. Nos cuentas lo que sabes de ella y nos vamos y nos olvidamos de ti. No hay razón para enojarse, Queta.

—¿Y por qué esas amenazas, entonces? —gritó Queta—. ¿Por qué vino a decirle a la señora que avisaría a la policía? ¿Usted cree que tengo algo que ocultar?

—Si no tienes nada que ocultar, no hay por qué tenerle miedo a la policía —dijo Becerrita, y tomó otro trago de cerveza—. He venido aquí como amigo, a conversar. No hay razón para enojarse.

—Él tiene palabra, va a cumplir, Queta —dijo Ivonne—. No te va a nombrar. Contéstale sus preguntas.

—Está bien, señora, ya sé —dijo Queta—. Qué preguntas.

—Ésta es una conversación entre amigos —dijo Becerrita—. Yo soy una persona de palabra, Queta. ¿Desde cuándo vivías con la Musa?

—Yo no vivía con ella —hacía esfuerzos por dominarse, Carlitos, procuraba no mirar a Becerrita, cuando sus ojos se cruzaban con los de él se le descomponía la voz—. Éramos amigas, a veces me quedaba a dormir en su casa. Ella se mudó a Jesús María hará poco más de un año.

—¿Le provocó una crisis y la quebró? —dijo Carlitos—. Es el método de Becerrita. Romperle los nervios al paciente para que suelte todo. Un método de soplón, no de periodista.

Santiago y Periquito no habían tocado sus cervezas: seguían el diálogo desde la orilla de sus asientos, mudos. La había quebrado, Zavalita, ahora contestaba todo, sí. Subía y bajaba la voz, piensa, Ivonne le daba palmaditas en el brazo, alentándola. La pobre andaba muy mal, muy mal, sobre todo desde que perdió su trabajo en Montmartre, sobre todo porque la Paqueta se había portado como una canalla. La había echado a la calle sabiendo que se moría de hambre, la pobre. Tenía sus aventuras pero ya no conseguía un amante, alguien que le pasara una mensualidad y le pagara la casa. Y, de repente, se había puesto a llorar, Carlitos, no por las preguntas de Becerrita sino por la Musa. O sea que todavía existía la lealtad, al menos entre algunas putas, Zavalita.

—La pobre estaría completamente arruinada ya —se entristeció Becerrita, la mano en el bigotito, los ojitos titilantes fijos en Queta—. Por el trago, por la pichicata, quiero decir.

—¿Va a poner eso también? —sollozó Queta—. ¿Encima de los horrores que publican sobre ella cada día, eso también?

—Que andaba fregada, que era medio polilla, que tomaba y jalaba lo han dicho todos los periódicos —suspiró Becerrita—. Nosotros somos los únicos que hemos destacado la parte buena. Que fue una cantante famosa, que la eligieron Reina de la Farándula, que era una de las mujeres más guapas de Lima.

—En vez de escarbar tanto su vida, debían preocuparse más del que la mató, del que la mandó matar —sollozó Queta y se tapó la cara con las manos—. De ellos no hablan, de ellos no se atreven.

¿En ese momento, Zavalita? Piensa: sí, ahí. La cara petrificada de Ivonne, piensa, el recelo y el desconcierto de sus ojos, los dedos de Becerrita inmovilizados en el bigotito, el codo de Periquito en tu cadera, Zavalita, alertándote. Los cuatro se habían quedado quietos, mirando a Queta, que sollozaba muy fuerte. Piensa: los ojitos de Becerrita perforando los pelos rojizos, llameando.

—Yo no tengo miedo, yo escribo todo, el papel aguanta todo —susurró al fin Becerrita, con dulzura—. Si tú te atreves, yo me atrevo. ¿Quién fue? ¿Quién crees que fue?

—Si eres tan estúpida de meterte en un lío, allá tú —la cara de espanto de Ivonne, Carlitos, su terror, el grito que dio—. Si esas estupideces que se te ocurren, si esa estupidez que has inventado…

—Tú no entiendes, Madama —la vocecita casi llorosa de Becerrita, Carlitos—. Ella no quiere que la muerte de su amiga quede así, en nada. Si Queta se atreve, yo me atrevo. ¿Quién crees que fue, Queta?

—No son estupideces, usted sabe que no es invento, señora —sollozó Queta, y alzó la cara y lo soltó, Carlitos—: Usted sabe que el matón de Cayo Mierda la mató.

Todos los poros a sudar, piensa, todos los huesos a crujir. No perder ni un gesto, ni una sílaba, no moverse, no respirar, y en la boca del estómago el gusanito creciendo, la culebra, los cuchillos, igual que esa vez, piensa, peor que esa vez. Ay, Zavalita.

—¿Ahora se va a poner a llorar? —dice Ambrosio—. Ya no tome más, niño.

—Si tú quieres lo publico, si tú quieres lo digo tal cual, si no quieres no pongo nada —murmuró Becerrita—. ¿Cayo Mierda es Cayo Bermúdez? ¿Estás segura que él la mandó matar? Ese pendejo está viviendo lejos del Perú, Queta.

Ahí estaba la cara deformada por el llanto, Zavalita, los ojos hinchados enrojecidos, la boca torcida de angustia, ahí estaban la cabeza y las manos negando: Bermúdez no.

—¿Qué matón? —insistió Becerrita—. ¿Lo viste, estabas ahí?

—Queta estaba en Huacachina —lo interrumpió Ivonne, amenazándolo con el índice—. Con un senador, si quieres saber con quién.

—No veía a Hortensia hacía tres días —sollozó Queta—. Me enteré por los periódicos. Pero yo sé, no estoy mintiendo.

—¿De dónde salió ese matón? —repitió Becerrita, sus ojitos pegados a Queta, tranquilizando a Ivonne con una mano impaciente—. No publicaré nada, Madama, sólo lo que Queta quiera que diga. Si ella no se atreve, por supuesto que tampoco yo.

—Hortensia sabía muchas cosas de un tipo de plata, ella se estaba muriendo de hambre, sólo quería irse de aquí —sollozó Queta—. No era por maldad, era para irse y empezar de nuevo, donde nadie la conociera. Ya estaba medio muerta cuando la mataron. De lo mal que se portó el perro de Bermúdez, de lo mal que se portaron todos cuando la vieron caída.

—Le sacaba plata, y el tipo la mandó matar para que no lo chantajeara más —recitó, suavemente, Becerrita—. ¿Quién es el tipo que contrató al matón?

—No lo contrató, le hablaría —dijo Queta, mirando a Becerrita a los ojos—. Le hablaría y lo convencería. Lo tenía dominado, era como su esclavo. Hacía lo que quería con él.

—Yo me atrevo, yo lo publico —repitió Becerrita, a media voz—. Qué carajo, yo te creo, Queta.

—Bola de Oro la mandó matar —dijo Queta—. El matón es su cachero. Se llama Ambrosio.

—¿Bola de Oro? —se paró de un salto, Carlitos, pestañeaba, miró a Periquito, me miró, se arrepintió y miró a Queta, al suelo, y repetía como un idiota—: ¿Bola de Oro, Bola de Oro?

—Fermín Zavala, ya ves que está loca —estalló Ivonne, parándose también, gritando—. ¿Ves que es una estupidez, Becerrita? Incluso si fuera cierto, sería una estupidez. No le consta nada, todo es invención.

—Hortensia le sacaba plata, lo amenazaba con su mujer, con contar por calles y plazas la historia de su chofer —rugió Queta—. No es mentira, en vez de pagarle el pasaje a México la mandó matar con su cachero. ¿Lo va a decir, lo va a publicar?

—Nos vamos a salpicar de mierda todos —y se derrumbó sobre el asiento, Carlitos, sin mirarme, resoplando, de repente se puso el sombrero para ocupar las manos en algo—. Qué pruebas tienes, de dónde sacaste semejante cosa. No tiene pies ni cabeza. No me gusta que me tomen el pelo, Queta.

—Yo le he dicho que es un disparate, se lo he dicho cien veces —dijo Ivonne—. No tiene pruebas, estaba en Huacachina, no sabe nada. Y aunque tuviera, quién le iba a hacer caso, quién le iba a creer. Fermín Zavala, con todos sus millones. Explícaselo tú, Becerrita. Dile lo que le puede pasar si sigue repitiendo esa historia.

—Te estás salpicando de mierda, Queta, y nos estás salpicando a todos —gruñía, Carlitos, hacía muecas, se arreglaba el sombrero—. ¿Quieres que publique eso para que nos encierren en el manicomio a todos, Queta?

—Increíble tratándose de él —dijo Carlitos—. Para algo sirvió toda esa mugre. Al menos para descubrir que Becerrita también es humano, que podía portarse bien.

—¿Usted tenía algo que hacer, no? —gruñó Becerrita, mirando su reloj, la voz angustiosamente natural—. Váyase nomás, Zavalita.

—Cobarde, desgraciado —dijo Queta, sordamente—. Ya sabía que era por gusto, ya sabía que no te atreverías.

—Menos mal que pudiste pararte y salir de ahí sin echarte a llorar —dijo Carlitos—. Lo único que me preocupaba es que se hubieran dado cuenta las putas y que no pudieras ir más a ese bulín. Después de todo, es el mejor, Zavalita.

—Di menos mal que te encontré —dijo Santiago—. No sé qué hubiera hecho esa noche sin ti, Carlitos.

Sí, había sido una suerte encontrarlo, una suerte ir a parar a la plaza San Martín y no a la pensión de Barranco, una suerte no ir a llorar la boca contra la almohada en la soledad del cuartito, sintiendo que se había acabado el mundo y pensando en matarte o en matar al pobre viejo, Zavalita. Se había levantado, dicho hasta luego, salido del saloncito, chocado en el pasillo con Robertito, caminado hasta la plaza Dos de Mayo sin encontrar taxi. Respirabas el aire frío con la boca abierta, Zavalita, sentías latir tu corazón y a ratos corrías. Habías tomado un colectivo, bajado en la Colmena, andado aturdido bajo el Portal y de pronto ahí estaba la silueta desbaratada de Carlitos levantándose de una mesa del Bar Zela, su mano llamándote. ¿Ya habían regresado de donde Ivonne, Zavalita, había aparecido la tal Queta? ¿Y Periquito y Becerrrita? Pero cuando llegó junto a Santiago, cambió de voz: qué pasaba, Zavalita.

—Me siento mal —lo habías cogido del brazo, Zavalita—. Muy mal, viejo.

Ahí estaba Carlitos mirándote desconcertado, vacilando, ahí el golpecito que te dio en el hombro: mejor se iban a tomar un trago, Zavalita. Se dejó arrastrar, bajó como un sonámbulo la escalerita del Negro-Negro, cruzó ciego y tropezando las tinieblas semivacías del local, la mesa de siempre estaba libre, dos cervezas alemanas dijo Carlitos al mozo y se recostó contra las carátulas del *New Yorker.*

—Siempre naufragamos aquí, Zavalita —su cabeza crespa, piensa, la amistad de sus ojos, su cara sin afeitar, su piel amarilla—. Este antro nos tiene embrujados.

—Si me iba a la pensión, me iba a volver loco, Carlitos —dijo Santiago.

—Creí que era llanto de borracho, pero ahora veo que no —dijo Carlitos—. Todos acaban teniendo un lío con Becerrita. ¿Se emborrachó y te echó de carajos en el bulín? No le hagas caso, hombre.

Ahí las carátulas brillantes, sardónicas y multicolores, el rumor de las conversaciones de la gente invisible. El mozo trajo las cervezas, bebieron al mismo tiempo. Carlitos lo miró por encima de su vaso, le ofreció un cigarrillo y se lo encendió.

—Aquí tuvimos nuestra primera conversación de masoquistas, Zavalita —dijo—. Aquí nos confesamos que éramos un poeta y un comunista fracasados. Ahora somos sólo dos periodistas. Aquí nos hicimos amigos, Zavalita.

—Tengo que contárselo a alguien porque me está quemando, Carlitos —dijo Santiago.

—Si te vas a sentir mejor, okey —dijo Carlitos—. Pero piénsalo. A veces me pongo a hacer confidencias en mis crisis y después me pesa y odio a la gente que conoce mis puntos flacos. No vaya a ser que mañana me odies, Zavalita.

Pero Santiago se había puesto a llorar otra vez. Doblado sobre la mesa, ahogaba los sollozos apretando el pañuelo contra la boca, y sentía la mano de Carlitos en el hombro: calma, hombre.

—Bueno, tiene que ser eso —suave, piensa, tímida, compasivamente—. ¿Becerrita se emborrachó y te aventó lo de tu padre delante de todo el bulín?

No en el momento que lo supiste, Zavalita, sino ahí. Piensa: sino en el momento que supe que todo Lima sabía que era marica menos yo. Toda la redacción, Zavalita, menos tú. El pianista había comenzado a tocar, una risita de mujer a ratos en la oscuridad, el gusto ácido de la cerveza, el mozo venía con su linterna a llevarse las botellas y a traer otras. Hablabas estrujando el pañuelo, Zavalita, secándote la boca y los ojos. Piensa: no se iba a acabar el mundo, no te ibas a volver loco, no te ibas a matar.

—Conoces la lengua de la gente, la lengua de las putas —adelantando y retrocediendo en el asiento, piensa, asombrado, asustado él también—. Soltó esa historia para bajarle los humos a Becerrita, para taparle la boca por el mal rato que le hizo pasar.

—Hablaban de él como si fueran de tú y vos —dijo Santiago—. Y yo ahí, Carlitos.

—Lo jodido no es esa historia del asesinato, eso tiene que ser mentira, Zavalita —tartamudeando él también, piensa, contradiciéndose él también—. Sino que te enteraras ahí de lo otro, y por boca de quién. Yo creí que tú lo sabías ya, Zavalita.

—Bola de Oro, su cachero, su chofer —dijo Santiago—. Como si lo conocieran de toda la vida. Él en medio de toda esa mugre, Carlitos. Y yo ahí.

No podía ser y fumabas, Zavalita, tenía que ser mentira y tomabas un trago y te atorabas, y se le iba la voz y repetía siempre no podía ser. Y Carlitos, su cara disuelta en humo, delante de las indiferentes carátulas: te parecía terrible pero no era, Zavalita, había cosas más terribles. Te acostumbrarías, te importaría un carajo y pedía más cerveza.

—Te voy a emborrachar —dijo, haciendo una mueca—, tendrás el cuerpo tan jodido que no podrás pensar en otra cosa. Unos tragos más y verás que no merecía la pena amargarse tanto, Zavalita.

Pero se había emborrachado él, piensa, como ahora tú. Carlitos se levantó, desapareció en las sombras, la risita de la mujer que moría y renacía y el piano monótono: quería emborracharte a ti y el que se ha emborrachado soy yo, Ambrosio. Ahí estaba Carlitos de nuevo: había orinado un litro de cerveza, Zavalita, qué manera de desperdiciar la plata ¿no?

—¿Y para qué quería emborracharme? —se ríe Ambrosio—. Yo no me emborracho jamás, niño.

—Todos en la redacción sabían —dijo Santiago—. Cuando yo no estoy ¿hablan del hijo de Bola de Oro, del hijo del maricón?

—Hablas como si el problema fuera tuyo y no de él —dijo Carlitos—. No seas conchudo, Zavalita.

—Nunca oí nada, ni en el colegio, ni en el barrio, ni en la universidad —dijo Santiago—. Si fuera cierto habría oído algo, sospechado algo. Nunca, Carlitos.

—Puede ser uno de esos chismes que corren en este país —dijo Carlitos—. Esos que de tanto durar se convierten en verdades. No pienses más.

—O puede ser que no lo haya querido saber —dijo Santiago—. Que no haya querido darme cuenta.

—No te estoy consolando, no hay ninguna razón, tú no estás en la salsa —dijo Carlitos, eructando—. Habría que consolarlo a él, más bien. Si es mentira, por haberle clavado eso, y si es verdad, porque su vida debe ser bastante jodida. No pienses más.

—Pero lo otro no puede ser cierto, Carlitos —dijo Santiago—. Lo otro tiene que ser una calumnia. Eso no puede ser, Carlitos.

—La puta le debe tener odio por algo, ha inventado esa historia para vengarse de él por algo —dijo Carlitos—. Algún enredo de cama, algún chantaje para sacarle plata, quizás. No sé cómo se lo puedes advertir. Sobre todo que hace años que no lo ves ¿no?

—¿Advertírselo yo? ¿Se te ocurre que voy a verle la cara después de esto? —dijo Santiago—. Me moriría de vergüenza, Carlitos.

—Nadie se muere de vergüenza —sonrió Carlitos, y eructó de nuevo—. En fin, tú sabrás lo que haces. De todos modos, esa historia quedará enterrada de una manera o de otra.

—Tú conoces a Becerrita —dijo Santiago—. No está enterrada. Tú sabes lo que va a hacer.

—Consultar con Arispe y Arispe con el Directorio, claro que sé —dijo Carlitos—. ¿Crees que Becerrita es cojudo, que Arispe es cojudo? La gente bien no aparece nunca en la página policial. ¿Te preocupaba eso, el escándalo? Sigues siendo un burgués, Zavalita.

Eructó y se echó a reír y siguió hablando, desvariando cada vez más: esta noche te hiciste hombre, Zavalita, o nunca jamás. Sí, había sido una suerte: verlo emborracharse, piensa, oírlo eructar, delirar, tener que sacarlo a rastras del Negro-Negro, sujetarlo en el Portal mientras un chiquillo llamaba un taxi. Una suerte haber tenido que llevarlo hasta Chorrillos, subirlo colgado del hombro por la viejísima escalera de su casa, y desnudarlo y acostarlo, Zavalita. Sabiendo que no estaba borracho, piensa, que se hacía para distraerte y ocuparte, para que pensaras en él y no en ti. Piensa: te llevaré un libro, mañana iré. Pese al mal sabor en la boca, a la bruma en el cerebro y a la descomposición del cuerpo, a la mañana siguiente se había sentido mejor. Adolorido y al mismo tiempo más fuerte, piensa, los músculos entumecidos por el incómodo sillón donde durmió vestido, más tranquilo, cambiado por la pesadilla, mayor. Ahí estaba la pequeña ducha apretada entre el lavatorio y el excusado del cuarto de Carlitos, el agua fría que te hizo estremecer y acabó de despertarte. Se vistió, despacio. Carlitos seguía durmiendo de barriga, la cabeza colgando fuera de la cama, en calzoncillos y medias. Ahí la calle y la luz del sol que la neblina de la mañana no conseguía ocultar, sólo estropear, ahí el cafetín de esa esquina y el grupo de tranviarios, con gorras azules, hablando de fútbol junto al mostrador. Pidió un café con leche, preguntó la hora, eran las diez, ya estaría en la oficina, no te sentías nervioso ni conmovido, Zavalita. Para llegar hasta el teléfono tuvo que pasar bajo el mostrador, atravesar un corredor con costales y cajas, mientras marcaba el número vio una columna de hormigas subiendo por una viga. Sus manos se humedecieron de golpe al reconocer la voz del Chispas: sí, ¿aló?

—Hola, Chispas —ahí las cosquillas en todo el cuerpo, la impresión de que el suelo se ablandaba—. Sí, soy yo, Santiago.

—Hay moros en la costa —ahí la voz susurrante y casi inaudible del Chispas, su tono cómplice—. Llámame más tarde, el viejo está aquí.

—Quiero hablar con él —dijo Santiago—. Sí, con el viejo. Pásamelo, es urgente.

Ahí el largo silencio estupefacto o consternado o maravillado, el remoto tableteo de una máquina de escribir, y la tosecita desquiciada del Chispas que estaría tragándose el teléfono con los ojos y no sabría qué decir, qué hacer, y ahí su alarido teatral: pero si era el flaco, pero si era el supersabio, y la máquina de escribir que callaba en el acto. ¿Dónde andabas metido tú, flaco, de dónde resucitabas tú, supersabio, qué esperabas tú para venir a la casa? Sí papá, el flaco papá, quería hablar contigo papá. Voces que se superponían a la del Chispas y la apagaban y ahí la oleada de calor en la cara, Zavalita.

—¿Aló, aló, flaco? —ahí la idéntica voz de años atrás que se quebraba, Zavalita, llena de angustia, de alegría, su voz atolondrada que gritaba—. ¿Hijito? ¿Flaco? ¿Estás ahí?

—Hola, papá —ahí, al fondo del corredor, detrás del mostrador, los tranviarios que se reían, y a tu lado una hilera de botellas de Pasteurina y las hormigas que desaparecían entre latas de galletas—. Sí, aquí estoy, papá. ¿Cómo está la mamá, cómo están todos, papá?

—Enojados contigo, flaco, esperándote todos los días, flaco —la voz terriblemente esperanzada, Zavalita, turbada, atropellada—. ¿Y tú, estás bien? ¿De dónde llamas, flaco?

—De Chorrillos, papá —pensando mentiras, no era, piensa, calumnias, no podía ser—. Quiero hablar contigo de algo, papá. ¿No estás ocupado ahora, podría verte en la mañana?

—Sí, ahora mismo, voy para allá —y, de repente, alarmada, ansiosa—. ¿No te pasa nada, no es cierto, flaco? ¿No te habrás metido en ningún lío, no?

—No, papá, ningún lío. Si quieres, te espero en la puerta del Regatas. Estoy aquí cerca.

—Ahora mismo, flaco. Una media hora, a lo más. Salgo en este instante. Aquí te paso al Chispas, flaco.

Ahí los ruidos adivinables de sillas, puertas, y la máquina de escribir otra vez, y a lo lejos bocinas y motores de autos.

—El viejo ha rejuvenecido veinte años en un segundo —dijo el Chispas, eufórico—. Ha salido como alma que lleva el diablo. Y yo que no sabía cómo disimular, hombre. ¿Qué te pasa, estás en un lío?

—No, nada —dijo Santiago—. Ha pasado mucho tiempo ya. Voy a amistarme con él.

—Ya era hora, ya era hora —repetía el Chispas, feliz, todavía incrédulo—. Espérate, voy a llamar a la mamá. No vayas a la casa hasta que la avise. Para que no le dé un síncope cuando te vea.

—No voy a ir a la casa ahora, Chispas —ahí su voz que comenzaba a protestar, pero hombre, tú no puedes—. El domingo, dile que voy a ir el domingo a almorzar.

—Está bien, el domingo, la Teté y yo la prepararemos —dijo el Chispas—. Está bien, niño caprichoso. Le diré que te haga chupe de camarones.

—¿Te acuerdas la última vez que nos vimos? —dice Santiago—. Hará unos diez años, en la puerta del Regatas.

Salió del cafetín, bajó por la avenida hasta el Malecón, y en vez de tomar la escalera que descendía hacia el Regatas, siguió por la pista, despacio, distraído, piensa asombrado de lo que acababas de hacer. Veía allá abajo las dos playitas vacías del club. La marea estaba alta, el mar se había comido la arena, las olitas rompían contra los diques, algunas lenguas de espuma lamían la plataforma ahora desierta donde en verano había tantas sombrillas y bañistas. ¿Cuántos años que no te bañabas en el Regatas, Zavalita? Desde antes de entrar a San Marcos, cinco o seis años que ya entonces parecían cien. Piensa: ahora mil.

—Claro que me acuerdo, niño —dice Ambrosio—. El día que usted se amistó con su papá.

¿Estaban construyendo una piscina? En la cancha de básquet, dos hombres en buzos azules tiraban a la canasta; la poza donde se entrenaban los bogas parecía seca, ¿seguía siendo boga el Chispas en esa época? Ya eras un extraño para la familia, Zavalita, ya no sabías cómo eran tus hermanos, qué hacían, en qué y cuánto habían cambiado. Llegó a la entrada del club, se sentó en el poyo que sujetaba la cadena, también la garita del guardián estaba vacía. Podía ver Agua Dulce desde allí, la playa sin carpas, los quioscos cerrados, la neblina que ocultaba los acantilados de Barranco y Miraflores. En la playita rocosa que separaba Agua Dulce del Regatas, los cholos de la gente diría la mamá piensa, había unos botes varados, uno de ellos con el cascarón enteramente agujereado. Hacía frío, el viento le revolvía los cabellos y sentía un gusto salado en los labios. Dio unos pasos por la playita, se sentó en un bote, encendió un cigarrillo: si no me hubiera ido de la casa no hubiera sabido nunca, papá. Las gaviotas volaban en círculos, se posaban un instante en las rocas y partían, los patillos se zambullían y a veces emergían con un pescadito casi invisible retorciéndose en el pico. El color verde plomizo del mar, piensa, la espuma terrosa de las olitas que se despedazaban en las rocas, a veces divisaba una colonia brillante de malaguas, madejas de muymuys, nunca debí entrar a San Marcos papá. No llorabas, Zavalita, no te temblaban las piernas, vendría y te portarías como un hombre, no correrías a echarte en sus brazos, dime que es mentira papá, dime que no es cierto papá. El auto apareció al fondo, zigzagueando para sortear los baches de Agua Dulce, levantando polvo, y él se paró y fue a su encuentro. ¿Tengo que disimular, que no se me note nada, no debo llorar? No, piensa, más bien ¿venía manejando él, vería la cara de él? Sí, ahí estaba la gran sonrisa de Ambrosio en la ventanilla, ahí su voz, niño Santiago cómo está, y ahí la figura del viejo. Cuántas canas más, piensa, cuántas arrugas y había adelgazado tanto, ahí su voz rota: flaco. No dijo nada más, piensa, había abierto los brazos, lo tuvo un largo rato apretado contra él, ahí su boca en tu mejilla, Zavalita, el olor a colonia, ahí tu voz rota, hola papá, cómo estás papá: mentiras, calumnias, nada era verdad.

—Usted no sabe qué contento se puso el señor —dice Ambrosio—. No se imagina lo que fue para él que se amistaran al fin.

—Te debes haber muerto de frío esperando aquí, con este día tan feo —su mano en tu hombro, Zavalita, hablaba tan despacio para que no se notara su emoción, te empujaba hacia el Regatas—. Ven, entremos, tienes que tomar algo caliente.

Cruzaron las canchas de básquet, caminando lentamente y silenciosos, entraron al edificio del club por una puerta lateral. No había nadie en el comedor, las mesas no estaban puestas. Don Fermín dio unas palmadas y al rato apareció un mozo, apresurado, abotonándose el saco. Pidieron cafés.

—Al poco tiempo dejaste de trabajar en la casa ¿no? —dice Santiago.

—No sé para qué sigo siendo socio de esto, no vengo jamás —hablaba con la boca de una cosa, piensa, y con los ojos cómo estás, cómo has estado, estuve esperando cada día, cada mes, cada año, flaco—. Creo que ya ni tus hermanos vienen. Un día de éstos voy a vender mi acción. Ahora valen treinta mil soles. A mí me costó sólo tres mil.

—No me acuerdo bien —dice Ambrosio—. Sí, creo que poco después.

—Estás flaco y ojeroso, tu madre se va a asustar cuando te vea —quería reñirte y no podía, Zavalita, su sonrisa era conmovida y triste—. No te sienta el trabajo de noche. Tampoco te sienta vivir solo, flaco.

—Si más bien he engordado, papá. En cambio tú has enflaquecido mucho.

—Ya creía que no me ibas a llamar nunca, me has dado una alegría tan grande, flaco —hubiera bastado que abriera un poquito más los ojos, Carlitos—. Fuera por lo que fuera. ¿Qué te pasa?

—A mí nada, papá —que hubiera cerrado las manos de golpe, Carlitos, o cambiado de cara un segundo—. Hay un asunto que, no sé, de repente podía traerte alguna complicación, no sé. Quería avisarte.

El mozo trajo los cafés; don Fermín ofreció cigarrillos a Santiago; por los cristales se veían a los dos hombres en buzos haciéndose pases, disparando a la canasta, y don Fermín esperaba, la expresión apenas intrigada.

—No sé si has visto los periódicos, papá, ese crimen —pero no, pero nada, Carlitos, me miraba a mí, me examinaba la ropa, el cuerpo, ¿iba a disimular así, Carlitos?—. Esa cantante que mataron en Jesús María, esa que fue amante de Cayo Bermúdez cuando Odría.

—Ah, sí —don Fermín hizo un gesto vago, tenía la misma expresión afectuosa, sólo curiosa, de antes—. La Musa, ésa.

—En *La Crónica* están averiguando todo lo que pueden de la vida de ella —todo era cuento entonces, Zavalita, ya ves, yo tenía razón, dijo Carlitos, no había para qué amargarse tanto—. Están explotando a fondo esa noticia.

—Estás temblando, ni siquiera te has puesto una chompa, con este frío —casi aburrido con mi historia, Carlitos, atento sólo a mi cara, reprochándome con los ojos que viviera solo, que no lo hubiera llamado antes—. Bueno, no tiene nada de raro, *La Crónica* es un periódico un poco sensacionalista. ¿Pero qué pasa con ese asunto?

—Anoche llegó un anónimo al periódico, papá —¿iba a hacer todo ese teatro, queriéndote tanto, Zavalita?—. Diciendo que el que mató a esa mujer fue un ex matón de Cayo Bermúdez, uno que ahora es chofer de, y ponía tu nombre, papá. Han podido mandar el mismo anónimo a la policía, y, de repente —sí, piensa, precisamente porque te quería tanto—, en fin, quería avisarte, papá.

—¿Ambrosio, estás hablando de él? —ahí su sonrisita extrañada, Zavalita, su sonrisita tan natural, tan segura, como si recién se interesara, como si recién entendiera algo—. ¿Ambrosio, matón de Bermúdez?

—No es que nadie vaya a creer en ese anónimo, papá —dijo Santiago—. En fin, quería advertirte.

—¿El pobre negro, matón? —ahí su risa tan franca, Zavalita, tan alegre, ahí esa especie de alivio en su cara, y sus ojos que decían menos mal que era una tontería así, menos mal que no se trataba de ti, flaco—. El pobre no podría matar una mosca aunque quisiera. Bermúdez me lo pasó porque quería un chofer que fuera también policía.

—Yo quería que supieras, papá —dijo Santiago—. Si los periodistas y la policía se ponen a averiguar, a lo mejor van a molestarte a la casa.

—Muy bien hecho, flaco —asentía, Zavalita, sonreía, tomaba sorbitos de café—. Hay alguien que quiere fregarme la paciencia. No es la primera vez, no será la última. La gente es así. Si el pobre negro supiera que lo creen capaz de una cosa así.

Se rió otra vez, tomó el último traguito de café, se limpió la boca: si tú supieras la cantidad de anónimos canallas que ha recibido tu padre en su vida, flaco. Miró a Santiago con ternura y se inclinó para cogerlo del brazo.

—Pero hay algo que no me gusta nada, flaco. ¿Te hacen trabajar en eso, en *La Crónica*? ¿Tú tienes que ocuparte de los crímenes?

—No, papá, yo no tengo nada que ver con eso. Estoy en la sección de noticias locales.

—Pero el trabajo de noche no te sienta, si sigues enflaqueciendo así te puedes enfermar del pulmón. Basta ya de periodismo, flaco. Busquemos algo que te convenga más. Algún trabajo de día.

—El trabajo de *La Crónica* no es casi nada, papá, unas pocas horas al día. Menos que en cualquier otro puesto. Y me queda el día libre para la universidad.

—¿Estás yendo a clases, de veras estás yendo? Clodomiro me cuenta que vas, que pasas los exámenes, pero yo nunca sé si creerle. ¿Es verdad, flaco?

—Claro que sí, papá —sin enrojecer, sin vacilar, a lo mejor heredé eso de ti, papá—. Te puedo enseñar las notas. Estoy en tercero de Derecho ya. Voy a recibirme, ya verás.

—¿No has dado tu brazo a torcer todavía? —dijo don Fermín, despacio.

—Ahora va a ser distinto, el domingo voy a ir a la casa a almorzar, papá. Pregúntale al Chispas, le dije que avisara a la mamá. Voy a ir a verlos seguido, te prometo.

Ahí la sombra que empañó sus ojos, Zavalita. Se enderezó en el asiento, soltó el brazo de Santiago y trató de sonreír pero su cara siguió abatida, su boca apenada.

—No te exijo nada, pero al menos piénsalo y no digas que no antes de oírme —murmuró—. Sigue en *La Crónica* si tanto te gusta. Tendrás llave de la casa, te arreglaremos el cuartito junto al escritorio. Estarás completamente independiente ahí, tanto como ahora. Pero así tu madre se sentirá más tranquila.

—Tu madre sufre, tu madre llora, tu madre reza —dijo Santiago—. Pero ella se acostumbró desde el primer día, Carlitos, yo la conozco. Es él quien vive contando los días, él quien no se acostumbra.

—Ya te has demostrado que puedes vivir solo y mantenerte —insistía don Fermín—. Ya es hora de que vuelvas a tu casa, flaco.

—Déjame un tiempo más así, papá. Voy a ir a la casa todas las semanas, se lo he dicho al Chispas ya, pregúntale. Te lo prometo, papá.

—No sólo estás flaco, tampoco tienes ni qué ponerte, estás pasando apuros. ¿Por qué eres tan orgulloso, Santiago? Para qué está tu padre si no es para ayudarte.

—No necesito plata, papá. Con lo que gano me alcanza de sobra.

—Ganas mil quinientos soles y te estás muriendo de hambre —bajando los ojos, Zavalita, avergonzándose de que supieras que él sabía—. No te estoy riñendo, flaco. Pero no entiendo, que no quieras que te ayude no lo entiendo.

—Si necesitara plata te hubiera pedido, papá. Pero me alcanza, yo no soy gastador. La pensión es muy barata. No paso apuros, te juro que no.

—Ya no tienes que avergonzarte de que tu padre sea un capitalista —sonrió don Fermín, sin ánimos—. El canallita de Bermúdez nos puso al borde de la quiebra. Nos canceló los libramientos, varios contratos, nos mandó auditores para que nos expulgaran los libros con lupa y nos arruinaran con impuestos. Y ahora, con Prado, el gobierno se ha vuelto una mafia terrible. Los contratos que recuperamos cuando salió Bermúdez nos los volvieron a quitar para dárselos a pradistas. A este paso voy a volverme un comunista, como tú.

—Y todavía quieres darme plata —trató de bromear Santiago—. De repente el que te va a ayudar soy yo, papá.

—Todos se quejaban de Odría porque se robaba —dijo don Fermín—. Ahora se roba tanto o más que antes, y todos contentos.

—Es que ahora se roba guardando ciertas formas, papá. La gente lo nota menos.

—¿Y entonces cómo puedes trabajar en un diario de los Prado? —se humillaba, Carlitos, si le hubiera dicho pídeme de rodillas que vuelva y vuelvo, se hubiera arrodillado—. ¿No son ellos más capitalistas que tu padre? ¿Puedes ser un empleadito de ellos y no trabajar conmigo en unos pequeños negocios que se están viniendo abajo?

—Estábamos hablando de lo más bien y, de repente, te has enojado, papá —se humillaba pero tenía razón, Zavalita, dijo Carlitos—. Mejor no hablemos más de eso.

—No me he enojado, flaco —asustándose, Zavalita, pensando no irá el domingo, no me llamará, pasarán más años sin verlo—. Me amarga que sigas despreciando a tu padre, nada más.

—No digas eso papá, tú sabes que eso no es cierto, papá.

—Está bien, no discutamos, no me he enojado —llamaba al mozo, sacaba su cartera, trataba de disfrazar su decepción, volvía a sonreír—. Te esperamos el domingo, entonces. Cómo se va a poner tu madre de contenta.

Volvieron a pasar por las canchas de básquet y los jugadores ya no estaban. La neblina se había diluido y alcanzaban a verse los acantilados, lejanos y pardos, y los techos de las casas del Malecón. Se detuvieron a unos metros del auto, Ambrosio había bajado a abrir la puerta.

—No puedo entenderlo, flaco —sin mirarte, Zavalita, cabizbajo, como hablando a la tierra húmeda o a los pedruscos musgosos—. Creí que te habías ido de la casa por tus ideas, porque eras comunista y querías vivir como un pobre, para luchar por los pobres. Pero ¿para esto, flaco? ¿Para tener un puestecito mediocre, un futuro mediocre?

—Por favor, papá. No discutamos eso, te ruego, papá.

—Te hablo así porque te quiero, flaco —los ojos dilatados, piensa, la voz hecha trizas—. Tú puedes llegar a mucho, puedes ser alguien, hacer grandes cosas. ¿Por qué estás arruinando así tu vida, Santiago?

—Yo me quedo por aquí nomás, papá —Santiago lo besó, se apartó de él—. Nos veremos el domingo, iré a eso de las doce.

Se alejó hacia la playita a grandes trancos, torció por la pista hacia el Malecón, cuando comenzaba a subir la cuesta oyó arrancar el automóvil: lo vio alejarse por Agua Dulce, brincar en los baches, desaparecer en el polvo. Nunca se había conformado, Zavalita. Piensa: si estuvieras vivo, seguirías inventando cosas para hacerme volver a la casa, papá.

—Ya ves, ya viste el periódico, ni una palabra de la tal Queta —dijo Carlitos—. Y más bien te amistaste con tu padre y te vas a amistar con tu madre. Cómo te irán a recibir el domingo, Zavalita.

Con risas, bromas y llanto, piensa. No había sido tan difícil, el hielo se había roto un instante después que se abrió la puerta y oyó el grito de la Teté ¡ahí estaba ya, mami! Acababan de regar el jardín, piensa, el pasto estaba húmedo, la pileta seca. Ingrato, corazón, hijito, ahí los brazos de la mamá en tu cuello, Zavalita. Lo abrazaba, sollozaba, lo besaba, el viejo y el Chispas y la Teté sonreían, las sirvientas revoloteaban alrededor, ¿hasta cuándo con esas loqueras, hijito, no tenías remordimientos de hacer pasar a tu madre este calvario, hijito? Pero él no estaba ahí: no habían sido mentiras, papá.

—Me di cuenta lo incómodo que se sintió Becerrita cuando entraste a la redacción —dijo Carlitos—. Te vio y casi se traga el pucho. Increíble.

—No hay nada nuevo, fuera de las cojudeces de esa puta, mejor nos olvidamos —gruñó Becerrita, revolviendo con desesperación unos papeles—. Hágase una carilla de relleno, Zavalita. Prosigue la investigación, se examinan nuevas pistas. Cualquier cosa, una carilla.

—Es humano, es lo formidable de este asunto, Zavalita —dijo Carlitos—. Haber descubierto el corazón de Becerrita.

Estás flaco, tienes ojeras, habían entrado a la sala, quién te lavaba la ropa, se había sentado entre la señora Zoila y la Teté, ¿la comida de la pensión era buena?, sí mamá, y en los ojos del viejo ninguna incomodidad, ¿ibas a clases?, ninguna complicidad ni turbación en su voz. Sonreía, bromeaba, esperanzado y dichoso, pensaría va a volver, todo se iría a arreglar, y la Teté dinos la verdad, truquero, no creo que no tengas enamorada. Era la verdad, Teté.

—¿Sabes que Ambrosio se fue? —dijo el Chispas—. Se largó de repente, de un día a otro.

—¿Periquito te quita el cuerpo, Arispe se chupa cuando habla contigo, Hernández te mira con burla? —dijo Carlitos—. Eso es lo que tú quisieras, masoquista. Tienen muchos problemas para perder su tiempo compadeciéndote. Y, además, compadecerte de qué. A ti de qué, carajo.

—Se largó a su pueblo, dice que quiere comprarse un carrito y ser taxista —sonrió don Fermín—. El pobre negro. Ojalá le vaya bien.

—Eso es lo que tú quisieras —se rió Carlitos—. Que la redacción entera hablara de ti, que chismearan, que rajaran.

Pero o no saben o se quedaron tan espantados que no abren la boca. Te fregaron, Zavalita.

—Ahora se ha puesto a manejar el papá, no quiere tomar otro chofer —se rió la Teté—. Si lo vieras manejando te daría un ataque. A diez por hora y frena en todas las esquinas.

—¿Todos muy cordiales contigo, todos te hacen sentir mal con sus sonrisitas y amabilidades? —dijo Carlitos—. Eso es lo que tú quisieras. En realidad no saben nada o les importa un carajo, Zavalita.

—Mentira, de aquí a la oficina llego más rápido que el Chispas —se rió don Fermín—. Además, ahorro, y he descubierto que me gusta manejar. A la vejez viruelas. Caramba, qué buena cara tiene ese chupe.

Riquísimo mamá, claro que quería más, ¿te pelaba ella los camarones?, sí mamá. ¿Un actor, Zavalita, un Maquiavelo, un cínico? Sí traería la ropa para que la lavaran las muchachas, mamá. ¿Uno que se desdoblaba en tantos que era imposible saber cuál era de verdad él? Sí vendría a almorzar todo los domingos, mamá. ¿Una víctima o victimario más luchando con uñas y dientes para devorar y no ser devorado, un burgués peruano más? Sí llamaría por teléfono todos los días para decir cómo estaba y si necesitaba algo, mamá. ¿Bueno en su casa con sus hijos, inmoral en los negocios, oportunista en política, no menos, no más que los demás? Sí se recibiría de abogado, mamá. ¿Impotente con su mujer, insaciable con sus queridas, bajándose el pantalón delante de su chofer? No trasnocharía, sí se abrigaría, no fumaría, sí se cuidaría, mamá. ¿Echándose vaselina, piensa, jadeando y babeando como una parturienta debajo de él?

—Sí, yo le enseñé a manejar al niño Chispas —dice Ambrosio—. A escondidas de su papá, por supuesto.

—Nunca les oí a Becerrita y a Periquito decir una palabra a los otros —dijo Carlitos—. Puede que cuando yo no estaba, ellos saben que somos amigos. Tal vez hablarían unos días, unas semanas. Después todos se acostumbrarían, se olvidarían. ¿Con la Musa no pasó así, no pasa con todo así en este país, Zavalita?

Años que se confunden, Zavalita, mediocridad diurna y monotonía nocturna, cervezas, bulines. Reportajes, crónicas: papel suficiente para limpiarse toda la vida, piensa. Conversaciones en el Negro-Negro, domingos con chupe de camarones, vales en la cantina de *La Crónica*, un puñado de libros que recordar. Borracheras sin convicción, Zavalita, polvos sin convicción, periodismo sin convicción. Deudas a fines de mes, una purgación, lenta, inexorable inmersión en la mugre invisible. Ella había sido lo único distinto, piensa. Te hizo sufrir, Zavalita, desvelarte, llorar. Piensa: tus gusanos me sacudieron un poco, Musa, me hicieron vivir un poco. Carlitos movió el dorso de la mano, levantó apenas el pulgar y aspiró; ahí su cabeza echada atrás, media cara iluminada por el reflector, media cara sumida en algo secreto y profundo.

—La China está acostándose con un músico del Embassy —ahí sus vidriosos ojos errantes—. También tengo derecho a tener mi problema, Zavalita.

—Está bien, ya estoy viendo que nos amaneceremos aquí —dijo Santiago—. Que tendré que acostarte.

—Eres bueno y fracasado como yo, tienes lo que hay que tener —silabeó Carlitos—. Pero te falta algo. ¿No dices que quieres vivir? Enamórate de una puta y vas a ver.

Había inclinado un poco la cabeza y con voz densa, insegura y demorada, comenzado a recitar. Repetía un mismo verso, callaba, volvía, a ratos se reía casi sin ruido. Eran ya cerca de las tres cuando Norwin y Rojas entraron al Negro-Negro y hacía rato que Carlitos desvariaba.

—Se acabó el campeonato, nos retiramos —dijo Norwin—. Les dejamos cancha libre a Becerrita y a ti, Zavalita.

—Ni una palabra más sobre el periódico o me voy —dijo Rojas—. Son las tres de la mañana, Norwin. Olvídate de *Última Hora*, olvídate de la Musa o me voy.

—Sensacionalista de mierda —dijo Carlitos—. Pareces periodista, Norwin.

—Ya no estoy en policiales —dijo Santiago—. Esta semana volví a locales.

—Echamos tierra a la Musa, le dejamos el campo libre a Becerrita —dijo Norwin—. Se acabó, no da para más. Convéncete, Zavalita, no van a descubrir nada. Ya no es noticia.

—En vez de explotar los bajos instintos de los peruanos, convídame una cerveza —dijo Carlitos—. Sensacionalista de mierda.

—Ya sé que Becerrita va a seguir metiendo leña —dijo Norwin—. Nosotros ya no. No da para más, convéncete. Reconoce que hasta aquí llegamos tablas en las primicias, Zavalita.

—Es un mulato con el pelo planchado y unos músculos así —dijo Carlitos—. Toca el bongó.

—Los soplones ya enterraron el asunto, te paso el dato —dijo Norwin—. Me lo confesó Pantoja, esta tarde. Estamos pataleando en el mismo sitio, hay que esperar alguna casualidad. Ya se aburrieron, no van a descubrir nada más. Díselo a Becerrita.

¿No pudieron o no quisieron descubrir nada?, piensa. Piensa: ¿no supieron o te mataron dos veces, Musa? ¿Había habido conversaciones a media voz, salones mullidos, idas y venidas, misteriosas puertas que se abrían y cerraban, Zavalita? ¿Habido visitas, susurros, confidencias, órdenes?

—Fui a verlo esta tarde, al Embassy —dijo Carlitos—. ¿Vienes en plan de pelea? No, compadre, vengo a conversar. Cuéntame cómo se porta contigo la China, después yo te cuento y comparamos. Nos hicimos amigos.

¿Había sido la dejadez, la abulia limeña, la estupidez de los soplones, Zavalita? Piensa: que nadie exigiera, insistiera, que nadie se moviera por ti. ¿Olvídense o te olvidaron de verdad, piensa, échenle tierra al asunto o la echaron de por sí? ¿Te mataron los mismos de nuevo, Musa, o esta segunda vez te mató todo el Perú?

—Ah, ya veo por qué estás así —dijo Norwin—. Te peleaste otra vez con la China, Carlitos.

Iban al Negro-Negro dos o tres veces por semana, mientras el diario estuvo en el viejo local de la calle Pando. Cuando *La Crónica* se mudó al edificio nuevo de la avenida Tacna se reunían en barcitos y cafetines de la Colmena. El Jaialai, piensa, el Hawai, el América. Los primeros días de mes, Norwin, Rojas, Milton aparecían en esas cuevas humosas y se iban a los bulines. A veces encontraban a Becerrita, rodeado de dos o tres redactores, brindando y conversando de tú y vos con los cabrones y los maricas y siempre pagaba la cuenta él. Levantarse a mediodía, almorzar en la pensión, una entrevista, una información, sentarse en el escritorio y redactar, bajar a la cantina, volver a la máquina, salir, regresar a la pensión al amanecer, desnudarse viendo crecer el día sobre el mar. También los almuerzos de los domingos se confundían, las comiditas en el Rinconcito Cajamarquino festejando los cumpleaños de Carlitos, Norwin o Hernández, también la reunión semanal con el papá, la mamá, el Chispas y la Teté.

II

—¿Otro café, Cayo? —dijo el comandante Paredes—. ¿Usted también, mi general?

—Ustedes me arrancaron el visto bueno pero no me han convencido, me sigue pareciendo estúpido hablar con él —el general Llerena arrojó los telegramas al escritorio—. Por qué no mandarle un telegrama ordenándole que venga a Lima. O, si no, lo que propuso ayer Paredes. Sacarlo de Tumbes por tierra, subirlo a un avión en Talara y traerlo.

—Porque Chamorro es traidor pero no imbécil, general —dijo él—. Si usted le manda un telegrama cruzará la frontera. Si la policía se presenta en su casa la recibirá a balazos. Y no sabemos cuál será la reacción de sus oficiales.

—Yo respondo de los oficiales de Tumbes —dijo el general Llerena, alzando la voz—. El coronel Quijano nos ha estado informando desde el principio y puede asumir el mando. No se negocia con conspiradores, y menos cuando la conspiración está sofocada. Esto es un disparate, Bermúdez.

—Chamorro es muy querido por la oficialidad, mi general —dijo el comandante Paredes—. Yo sugerí que se detuviera a los cuatro cabecillas al mismo tiempo. Pero ya que tres han dado marcha atrás, pienso que la idea de Cayo es la mejor.

—Le debe todo al Presidente, me lo debe todo a mí —el general Llerena golpeó el brazo del sillón—. De cualquier otro podía esperarse una cosa así, pero de él no. Chamorro tiene que pagármelas.

—No se trata de usted, general —lo amonestó él, afectuosamente—. El Presidente quiere que esto se arregle sin líos. Déjeme proceder a mi manera, le aseguro que es lo mejor.

—Chiclayo al teléfono, mi general —dijo una cabeza con quepí, desde la puerta—. Sí, pueden usar los tres teléfonos, mi general.

—¿El comandante Paredes? —gritó una voz ahogada entre zumbidos y vibraciones acústicas—. Le habla Camino, comandante. No puedo localizar al señor Bermúdez, para informarle. Ya tenemos aquí al senador Landa. Sí, en su hacienda. Protestando, sí. Quiere telefonear a Palacio. Hemos seguido las instrucciones al pie de la letra, comandante.

—Muy bien, Camino —dijo él—. Soy yo, sí. ¿Está cerca el senador? Pásemelo, voy a hablarle.

—Está en el cuarto de al lado, don Cayo —los zumbidos aumentaban, la voz parecía desvanecerse y renacía—. Incomunicado, como usted indicó. Lo hago traer ahora mismo, don Cayo.

—¿Aló, aló? —reconoció la voz de Landa, trató de imaginar su cara y no pudo—. ¿Aló, aló?

—Siento mucho las molestias que le estamos dando, senador —dijo, con amabilidad—. Nos precisaba dar con usted.

—¿Qué significa todo esto? —estalló la iracunda voz de Landa—. ¿Por qué me han sacado de mi casa con soldados? ¿Y la inmunidad parlamentaria? ¿Quién ha ordenado este atropello, Bermúdez?

—Quería informarle que está detenido el general Espina —dijo él, con calma—. Y el general está empeñado en complicarlo en un asunto muy turbio. Sí, Espina, el general Espina. Asegura que usted está comprometido en un complot contra el régimen. Necesitamos que venga a Lima para aclarar esto, senador.

—¿Yo, en un complot contra el régimen? —no había ninguna vacilación en la voz de Landa, sólo la misma furia resonante—. Pero si yo soy del régimen, si yo soy el régimen. Qué tontería, es ésta, Bermúdez, qué se figura usted.

—Yo no me figuro nada, sino el general Espina —se disculpó él—. Tiene pruebas, dice. Por eso lo necesitamos aquí, senador. Hablaremos mañana y espero que todo se aclare.

—Que me pongan un avión a Lima inmediatamente —rugió el senador—. Yo alquilo un avión, yo lo pago. Esto es completamente absurdo, Bermúdez.

—Muy bien, senador —dijo él—. Páseme a Camino, voy a darle instrucciones.

—He sido tratado como un delincuente por sus soplones —gritó el senador—. A pesar de mi condición de parlamentario, a pesar de mi amistad con el Presidente. Usted es el responsable de todo esto, Bermúdez.

—Guárdeme a Landa ahí toda la noche, Camino —dijo él—. Despáchemelo mañana. No, nada de avión especial. En el vuelo regular de Faucett, sí. Eso es todo, Camino.

—Yo alquilo un avión, yo pago —dijo el comandante Paredes, colgando el teléfono—. A ese señorón le va a hacer bien pasar una noche en el calabozo.

—¿Una hija de Landa salió elegida Miss Perú el año pasado, no? —dijo él, y la vio, borrosa contra el telón de sombras de la ventana, quitándose un abrigo de piel, descalzándose—. ¿Cristina o algo así, no? Por las fotos parecía una linda muchacha.

—A mí los métodos de usted no me convencen —dijo el general Llerena, mirando la alfombra con malhumor—. Las cosas se resuelven mejor y más rápido con mano dura, Bermúdez.

—Llaman al señor Bermúdez de la Prefectura, mi general —dijo un teniente, asomando—. El señor Lozano.

—El sujeto acaba de salir de su casa, don Cayo —dijo Lozano—. Sí, lo está siguiendo un patrullero. Rumbo a Chaclacayo, sí.

—Está bien —dijo él—. Llame a Chaclacayo y dígales que Zavala está por llegar. Que lo hagan entrar y que me espere. Que no lo dejen salir hasta que yo llegue. Hasta luego, Lozano.

—¿El pez gordo está yendo a su casa? —dijo el general Llerena—. ¿Qué significa eso, Bermúdez?

—Que ya se dio cuenta que la conspiración se fue al agua, general —dijo él.

—¿Y para Zavala se va a resolver todo tan fácil? —murmuró el comandante Paredes—. Él y Landa son los autores intelectuales de esto, ellos empujaron al Serrano a esta aventura.

—El general Chamorro en el teléfono, mi general —dijo un capitán, desde la puerta—. Sí, los tres teléfonos están conectados con Tumbes, mi general.

—Le habla Cayo Bermúdez, general —con el rabillo del ojo vio la cara arrasada por el desvelo del general Llerena, y la ansiedad de Paredes, que se mordía los labios—. Siento despertarlo a estas horas, pero se trata de algo urgente.

—General Chamorro, mucho gusto —una voz enérgica, sin edad, dueña de sí misma—. Diga, en qué puedo servirlo, señor Bermúdez.

—El general Espina fue detenido esta noche, general —dijo él—. Las guarniciones de Arequipa, de Iquitos y de Cajamarca han reafirmado su lealtad al gobierno. Todos los civiles comprometidos en la conspiración, desde el senador Landa hasta Fermín Zavala, están detenidos. Le voy a leer unos telegramas, general.

—¿Una conspiración? —susurró, entre ruidos dispares, el general Chamorro—. ¿Contra el gobierno, dice usted?

—Una conspiración sofocada antes de nacer —dijo él—. El Presidente está dispuesto a pasar la esponja, general. Espina saldrá del país, los oficiales comprometidos no serán molestados si actúan razonablemente. Sabemos que usted prometió apoyar al general Espina, pero el Presidente está dispuesto a olvidarlo, general.

—Yo sólo doy cuenta de mis actos a mis superiores, al ministro de Guerra o al jefe de Estado Mayor —dijo la voz de Chamorro con altanería, luego de una larga pausa de eructos eléctricos—. Quién se ha creído usted. Yo no doy explicaciones a un subalterno civil.

—¿Aló, Alberto? —el general Llerena tosió, habló con más fuerza—. Te habla el ministro de Guerra, no el compañero de armas. Sólo quiero confirmarte lo que has oído. También debes saber que se te da esta oportunidad gracias al Presidente. Yo propuse llevarte ante un Consejo de Guerra y procesarte por alta traición.

—Yo asumo la responsabilidad de mis actos —repuso, con indignación, la voz de Chamorro; pero algo había comenzado a ceder en ella, algo que se traslucía en su mismo ímpetu—. Es falso que yo haya cometido ninguna traición. Respondo ante cualquier tribunal. Siempre he respondido, y tú lo sabes.

—El Presidente sabe que usted es un oficial destacado y por eso quiere disociarlo de esta aventura descabellada —dijo él—. Sí, le habla Bermúdez. El Presidente lo aprecia y lo considera un patriota. No quiere tomar ninguna medida contra usted, general.

—Yo soy un hombre de honor y no permitiré que mi nombre sea manchado —afirmó el general Chamorro con violencia—. Ésta es una intriga fraguada a mis espaldas. No lo voy a permitir. Yo no tengo nada que hablar con usted, páseme al general Llerena.

—Todos los jefes del Ejército han reafirmado su lealtad al régimen, general —dijo él—. Sólo falta que usted haga lo mismo. El Presidente lo espera de usted, general Chamorro.

—No permitiré que se me calumnie, no permito que se ponga en duda mi honor —repetía con vehemencia la voz de Chamorro—. Ésta es una intriga cobarde y canalla contra mí. Le ordeno que me pase al general Llerena.

—Reafirma inquebrantable lealtad gobierno constituido y jefe de Estado empeñado patriótica restauración nacional, firmado general Pedro Solano, comandante en jefe Primera Región Militar —leyó él—. Comandante en jefe Cuarta Región y oficiales confirman adhesión simpatía patriótico régimen restauración nacional stop. Cumpliremos Constitución leyes. Firmado general Antonio Quispe Bulnes. Reitero adhesión patriótico régimen stop. Reafirmo decisión cumplir sagrados deberes Patria Constitución leyes. Firmado general Manuel Obando Coloma, comandante en jefe Segunda Región.

—¿Has oído, Alberto? —rugió el general Llerena—. ¿Has oído o quieres que yo te lea los telegramas de nuevo?

—El Presidente espera el telegrama de usted, general Chamorro —dijo él—. Me ha pedido que se lo diga personalmente.

—A menos que quieras cometer la locura de alzarte solo —rugió el general Llerena—. Y en ese caso te doy mi palabra que me bastan un par de horas para demostrarte que el Ejército permanece totalmente fiel al régimen, pese a todo lo que te haya hecho creer Espina. Si no envías el telegrama antes del amanecer, consideraré que has entrado en rebelión.

—El Presidente confía en usted, general Chamorro —dijo él.

—No necesito recordarte que estás al mando de una guarnición de frontera —dijo el general Llerena—. No necesito decirte la responsabilidad que caerá sobre ti si provocas una guerra civil en las puertas mismas del Ecuador.

—Puede usted consultar por radio a los generales Quispe, Obando y Solano —dijo él—. El Presidente espera que usted actúe con el mismo patriotismo que ellos. Eso es todo lo que queríamos decirle. Buenas noches, general Chamorro.

—Chamorro tiene en estos momentos una olla de grillos en la cabeza —murmuró el general Llerena, pasándose el pañuelo por la cara empapada de sudor—. Puede hacer cualquier disparate.

—En estos momentos está mentándoles la madre a Espina, a Solano, a Quispe y a Obando —dijo el comandante Paredes—. Puede ser que se escape al Ecuador. Pero no creo que arruine así su carrera.

—Mandará el telegrama antes del amanecer —dijo él—. Es un hombre inteligente.

—Si le da un ataque de locura y se alza puede resistir varios días —dijo el general Llerena, sordamente—. Lo tengo cercado con tropas, pero no me fío mucho de la Aviación. Cuando se planteó la posibilidad de bombardear el cuartel, el ministro dijo que la idea no haría ninguna gracia a muchos pilotos.

—Nada de eso será necesario, la conspiración ha muerto sin pena ni gloria —dijo él—. Total, un par de días sin dormir, general. Voy a Chaclacayo ahora, a dar la última puntada. Luego iré a Palacio. Cualquier novedad, estaré en mi casa.

—Llaman de Palacio al señor Bermúdez, mi general —dijo un teniente, sin entrar—. El teléfono blanco, mi general.

—Le habla el mayor Tijero, don Cayo —en el cuadrado de la ventana apuntaba al fondo de la masa sombría una irisación azul: el abriguito de piel rodaba hasta sus pies, que eran rosados—. Acaba de llegar un telegrama de Tumbes. En clave, lo están descifrando. Pero ya nos damos cuenta del sentido. Menos mal ¿no, don Cayo?

—Me alegro mucho, Tijero —dijo él, sin alegría, y entrevió las caras estupefactas de Paredes y de Llerena—. No lo pensó ni media hora. Eso es lo que se llama un hombre de acción. Hasta luego, Tijero, iré allá dentro de un par de horas.

—Mejor vamos a Palacio de una vez, mi general —dijo el comandante Paredes—. Éste es el punto final.

—Perdone usted, don Cayo —dijo Ludovico—. Nos quedamos secos. Despierta, Hipólito.

—Qué carajo pasa, por qué empujas —tartamudeó Hipólito—. Ah, perdón, don Cayo, me quedé dormido.

—A Chaclacayo —dijo él—. Quiero estar allá en veinte minutos.

—Las luces de la sala están prendidas, tiene usted visita, don Cayo —dijo Ludovico—. Fíjate quién está ahí, Hipólito, en el carro. Es Ambrosio.

—Siento haberlo hecho esperar, don Fermín —dijo él, sonriendo, observando el rostro violáceo, los ojos devastados por la derrota y la larga vigilia, alargando la mano—. Voy a hacer que nos den unos cafés, ojalá esté despierta Anatolia.

—Puro, bien cargado y sin azúcar —dijo don Fermín—. Gracias, don Cayo.

—Dos cafés puros, Anatolia —dijo él—. Nos los llevas a la sala y puedes volver a acostarte.

—Traté de ver al Presidente y no pude, por eso vine hasta aquí —dijo maquinalmente don Fermín—. Algo grave, don Cayo. Sí, una conspiración.

—¿Otra más? —alargó un cenicero a don Fermín, se sentó a su lado en el sofá—. No pasa una semana sin que se descubra alguna últimamente.

—Militares de por medio, varias guarniciones comprometidas —recitaba disgustado don Fermín—. Y a la cabeza las personas que menos se podría imaginar.

—¿Tiene usted fósforos? —se inclinó hacia el encendedor de don Fermín, dio una larga chupada, arrojó una nube de humo y tosió—. Vaya, ahí están los cafés. Déjalos aquí, Anatolia. Sí, cierra la puerta.

—El Serrano Espina —don Fermín bebió un sorbo con una mueca de desagrado, calló mientras echaba azúcar, removió el café con la cucharilla, despacio—. Lo apoyan Arequipa, Cajamarca, Iquitos y Tumbes. Espina viaja a Arequipa hoy en la mañana. El golpe puede ser esta noche. Querían mi apoyo y me pareció prudente no desengañarlos, contestar con evasivas, asistir a algunas reuniones. Por mi amistad con Espina, sobre todo.

—Ya sé que son muy amigos —dijo él, probando el café—. Nos conocimos gracias al Serrano, se acordará.

—Al principio, parecía insensato —dijo don Fermín, mirando fijamente su tacita de café—. Después, ya no tanto. Mucha gente del régimen, muchos políticos. La embajada norteamericana estaba al tanto, sugirió que se llamara a elecciones a los seis meses de instalado el nuevo régimen.

—Tipo desleal, el Serrano —dijo él, asintiendo—. Me apena, porque también somos viejos amigos. A él le debo mi cargo, como usted sabe.

—Se consideraba el brazo derecho de Odría y de la noche a la mañana le quitaron el Ministerio —dijo don Fermín, con un ademán de fatiga—. No se conformó nunca.

—Había confundido las cosas, comenzó a trabajar para él desde el Ministerio, a nombrar gente suya en las prefecturas, a exigir que sus amigos tuvieran los puestos claves en el Ejército —dijo él—. Demasiadas ambiciones políticas, don Fermín.

—Por supuesto, mis noticias no lo sorprenden en lo más mínimo —dijo don Fermín, con súbito aburrimiento, y él pensó sabe portarse, tiene clase, tiene experiencia.

—Los oficiales le deben mucho al Presidente, y, por supuesto, nos tenían informados —dijo él—. Incluso de las conversaciones entre usted, Espina y el senador Landa.

—Espina quería usar mi nombre para convencer a algunos indecisos —dijo don Fermín, con una sonrisita apática y fugaz—. Pero sólo los militares conocían los planes al detalle. A mí y a Landa nos tenían en ayunas. Sólo ayer tuve suficientes datos.

—Todo se aclara, entonces —dijo él—. La mitad de los conspiradores eran amigos del régimen, todas las guarniciones comprometidas han dado su adhesión al Presidente. Espina está detenido. Sólo queda por aclarar la situación de algunos civiles. La suya comienza a aclararse, don Fermín.

—¿También sabía que estaría esperándolo aquí? —dijo don Fermín, sin ironía. Un brillo de sudor había aparecido en su frente.

—Es mi trabajo, me pagan por saber lo que interesa al régimen —admitió él—. No es fácil, la verdad es que está siendo cada vez más difícil. Conspiraciones de universitarios son bromas. Cuando los generales se ponen a conspirar ya es más serio. Y mucho más si conspiran con socios del Club Nacional.

—Bueno, las cartas están sobre la mesa —dijo don Fermín. Hizo una breve pausa y lo miró—: Prefiero saber a qué atenerme de una vez, don Cayo.

—Le hablaré con franqueza —dijo él, asintiendo—. No queremos bulla. Haría daño al régimen, no conviene que se sepa que hay divisiones. Estamos dispuestos a no tomar represalias. Siempre que haya la misma comprensión en la parte contraria.

—Espina es orgulloso y no hará acto de contrición —afirmó don Fermín, pensativo—. Me imagino cómo se siente después de saber que sus compañeros lo engañaron.

—No hará acto de contrición, pero en vez de jugar al mártir preferirá partir al extranjero con un buen sueldo en dólares —dijo él, encogiéndose de hombros—. Allá seguirá conspirando para levantarse la moral y quitarse el mal gusto de la boca. Pero él sabe que ya no tiene la menor chance.

—Todo resuelto por el lado de los militares, entonces —dijo don Fermín—. ¿Y los civiles?

—Depende qué civiles —dijo él—. Mejor olvidémonos del doctorcito Ferro y de los otros pequeños arribistas. No existen.

—Sin embargo, existen —suspiró don Fermín—. ¿Qué les va a pasar?

—Un tiempo a la sombra y se los irá despachando al extranjero, poco a poco —dijo él—. No vale la pena pensar en ellos. Los únicos civiles que cuentan son usted y Landa, por razones obvias.

—Por razones obvias —repitió, lentamente, don Fermín—. ¿Es decir?

—Ustedes han servido al régimen desde el primer momento y tienen relaciones e influencias en medios a los que tenemos que tratar con guante de seda —dijo él—. Espero que el Presidente tenga con ustedes las mismas consideraciones que con Espina. Ésa es mi opinión personal. Pero la decisión última la tomará el Presidente, don Fermín.

—¿Van a proponerme un viaje al extranjero, también? —dijo don Fermín.

—Como las cosas se han resuelto tan rápido, y, digamos, tan bien, voy a aconsejar al Presidente que no se los moleste —dijo él—. Fuera de pedirles que abandonen toda actividad política, claro.

—Yo no soy el cerebro de esta conspiración y usted lo sabe —dijo don Fermín—. Desde el principio tuve dudas. Me presentaron todo hecho, no me consultaron.

—Espina asegura que usted y Landa habían reunido mucho dinero para el golpe —dijo él.

—Yo no invierto dinero en malos negocios y eso también lo sabe usted —dijo don Fermín—. Di dinero y fui el primero en remover cielo y tierra para convencer a la gente que apoyara a Odría el 48, porque tenía fe en él. Supongo que el Presidente no lo habrá olvidado.

—El Presidente es serrano —dijo él—. Los serranos tienen muy buena memoria.

—Si yo me hubiera puesto a conspirar de veras las cosas no habrían ido tan mal para Espina, si Landa y yo hubiéramos sido los autores de esto las guarniciones comprometidas no hubieran sido cuatro sino diez —don Fermín hablaba sin arrogancia, sin prisa, con una seguridad tranquila y él pensó como si todo lo que dice estuviera de más, como si fuera mi obligación haber sabido eso desde siempre—. Con diez millones de soles no hay golpe de Estado que falle en el Perú, don Cayo.

—Yo voy ahora a Palacio a hablar con el Presidente —dijo él—. Haré todo lo posible para que se muestre comprensivo y esto se arregle de la mejor manera, al menos en su caso. Es todo lo que puedo ofrecerle por ahora, don Fermín.

—¿Voy a ser detenido? —dijo don Fermín.

—Desde luego que no; en el peor de los casos, se le pedirá que salga al extranjero por un tiempo —dijo él—. Pero no creo que sea necesario.

—¿Se van a tomar represalias contra mí? —dijo don Fermín—. Económicas, quiero decir. Usted sabe que gran parte de mis negocios dependen del Estado.

—Haré lo posible por evitarlo —dijo él—. El Presidente no es rencoroso, y espero que dentro de un tiempo acepte una reconciliación con usted. Es todo lo que puedo adelantarle, don Fermín.

—Supongo que las cosas que teníamos pendientes usted y yo, habrá que olvidarlas —dijo don Fermín.

—Enterrarlas definitivamente —aclaró él—. Ya ve, soy sincero con usted. Primero que todo, soy hombre del régimen, don Fermín —hizo una pausa, bajó un poco la voz, y usó un tono menos impersonal, más íntimo—. Ya sé que está pasando un mal momento. No, no hablo de esto. De su hijo, el que se fue de la casa.

—¿Qué pasa con Santiago? —la cara de don Fermín se había vuelto rápidamente hacia él—. ¿Sigue persiguiendo al muchacho?

—Lo hicimos vigilar unos días, ahora ya no —lo tranquilizó él—. Parece que esa mala experiencia lo decepcionó de la política. No ha vuelto a reunirse con sus antiguos amigos y entiendo que lleva una vida muy formal.

—Sabe usted de Santiago más que yo, hace meses que no lo veo —murmuró don Fermín, poniéndose de pie—. Bueno, estoy muy cansado y lo dejo ahora. Hasta luego, don Cayo.

—A Palacio, Ludovico —dijo él—. El flojo este de Hipólito se volvió a quedar dormido. Déjalo, no lo despiertes.

—Ya llegamos —dijo Ludovico, riéndose—. Ahora el que se quedó dormido fue usted. Todo el camino vino roncando, don Cayo.

—Buenos días, por fin llega usted —dijo el mayor Tijero—. El Presidente se ha retirado a descansar. Pero ahí lo están esperando el comandante Paredes y el doctor Arbeláez, don Cayo.

—Pidió que no lo despertaran, salvo que haya algo muy urgente —dijo el comandante Paredes.

—No hay nada urgente, volveré a verlo más tarde —dijo él—. Sí, salgo con ustedes. Buenos días, doctor.

—Tengo que felicitarlo, don Cayo —dijo el doctor Arbeláez, con sorna—. Sin ruido, sin derramar una gota de sangre, sin que nadie lo ayudara ni lo aconsejara. Todo un éxito, don Cayo.

—Le iba a proponer que almorzáramos juntos, para explicarle todo con detalles —dijo él—. Hasta el último momento los indicios eran vagos. Las cosas se precipitaron anoche y no tuve tiempo de ponerlo al corriente.

—No estoy libre al mediodía, pero gracias de todos modos —dijo el doctor Arbeláez—. Ya no necesita ponerme al corriente. El Presidente me informó de todo, don Cayo.

—En ciertas circunstancias no hay más remedio que pasar por alto las jerarquías, doctor —murmuró él—. Anoche, más urgente que informarle a usted era actuar.

—Desde luego —dijo el doctor Arbeláez—. Esta vez el Presidente ha aceptado mi renuncia y, créame, estoy muy contento. Ya no tendremos más inconvenientes. El Presidente va a reorganizar el gabinete; no ahora, en Fiestas Patrias. Pero, en fin, ya está acordado.

—Pediré al Presidente que reconsidere su decisión y que no lo deje partir —dijo él—. Aunque no lo crea, me gusta trabajar a sus órdenes, doctor.

—¿A mis órdenes? —soltó una carcajada el doctor Arbeláez—. En fin. Hasta luego, don Cayo. Adiós, comandante.

—Vamos a tomar algo, Cayo —dijo el comandante Paredes—. Sí, ven en mi auto. Que tu chofer nos siga al Círculo Militar. Camino telefoneó para avisar que el avión de Faucett llegaría a las once y media. ¿Vas a ir a esperar a Landa?

—No me queda más remedio —dijo él—. Si no me muero de sueño antes. Faltan tres horas ¿no?

—¿Qué tal la conversación con el pez gordo? —dijo el comandante Paredes.

—Zavala es un buen jugador, sabe perder —dijo él—. Landa me preocupa más. Tiene más plata y por lo mismo más orgullo. Ya veremos.

—La verdad es que la cosa fue seria —bostezó Paredes—. Si no es por el coronel Quijano, nos hubiéramos llevado un buen susto.

—El régimen le debe la vida, o casi —asintió él—. Hay que hacer que el Congreso lo ascienda, cuanto antes.

—Dos jugos de naranja, dos cafés bien cargados —dijo el comandante Paredes—. Y rápido, porque nos estamos durmiendo.

—¿Qué es lo que te preocupa? —dijo él—. Suelta la piedra de una vez.

—Zavala —dijo el comandante Paredes—. Tus negocios con él. Te tendrá agarrado por ahí, me imagino.

—Todavía no me tiene agarrado nadie —dijo él, desperezándose—. Trató mil veces, por supuesto. Quería hacerme su socio, clavarme acciones, mil cosas. Pero no le resultó.

—No se trata de eso —dijo el comandante Paredes—. El Presidente…

—Sabe todo, con pelos y señales —dijo él—. Hay esto y esto, pero nadie puede probar que esos contratos se consiguieron gracias a mí. Mis comisiones eran tantas, siempre en efectivo. Mi cuenta está en el extranjero y es tanto. ¿Debo renunciar, irme del país? No. ¿Qué hago entonces? Joder a Zavala. Está bien, yo obedezco.

—Joderlo a ése es lo más fácil del mundo —sonrió Paredes—. Por el lado de su vicio.

—Por ese lado no —dijo él, y miró a Paredes, bostezando de nuevo—. Por el único que no.

—Ya sé, ya me lo has dicho —sonrió Paredes—. El vicio es lo único que respetas en la gente.

—Su fortuna es un castillo sobre la arena —dijo él—. Su laboratorio vive de los suministros a los Institutos Armados. Se acabaron los suministros. Su empresa constructora, gracias a las carreteras y a las Unidades Escolares. Se acabó, no volverá a recibir un libramiento. Hacienda le hará expurgar los libros y tendrá que pagar los impuestos burlados, las multas. No se le podrá hundir del todo, pero algún daño se le hará.

—No creo, esos mierdas siempre encuentran la manera de salir adelante —dijo Paredes.

—¿Es cierto lo del cambio de gabinete? —dijo él—. Hay que retener a Arbeláez en el Ministerio. Es renegón, pero se puede trabajar con él.

—Un cambio ministerial en Fiestas Patrias es normal, no llamará la atención —dijo Paredes—. Por otra parte, el pobre Arbeláez tiene razón. El problema se presentaría con cualquier otro. Nadie aceptará ser un simple figurón.

—No podía arriesgarme a tenerlo al tanto de esto, conociendo sus mil negociados con Landa —dijo él.

—Ya sé, no te estoy criticando —dijo Paredes—. Por eso mismo, para evitar estas cosas, tienes que aceptar el Ministerio. Ahora no podrás negarte. Llerena ha insistido en que tú reemplaces a Arbeláez. También para los otros ministros es incómodo que haya un ministro de Gobierno ficticio y otro real.

—Ahora soy invisible y nadie puede torpedear mi trabajo —dijo él—. El ministro está expuesto y es vulnerable. Los enemigos del régimen se frotarían las manos si me ven de ministro.

—Los enemigos ya no cuentan mucho, después de este fracaso —dijo Paredes—. No van a levantar cabeza mucho tiempo.

—Cuando estamos solos, deberíamos ser más francos —dijo él, riendo—. La fuerza del régimen era el apoyo de los grupos que cuentan. Y eso ha cambiado. Ni el Club Nacional, ni el Ejército ni los gringos nos quieren mucho ya. Están divididos entre ellos, pero si se llegan a unir contra nosotros, habrá que hacer las maletas. Si tu tío no actúa rápido, la cosa va a ir de mal en peor.

—¿Qué más quieren que haga? —dijo Paredes—. ¿No ha limpiado el país de apristas y comunistas? ¿No ha dado a los militares lo que no tuvieron nunca? ¿No ha llamado a los señorones del Club Nacional a los ministerios, a las embajadas, no les ha dejado decidir todo en Hacienda? ¿No se les da gusto en todo a los gringos? Qué más quieren esos perros.

—No quieren que cambie de política, harán la misma cuando tomen el poder —dijo él—. Quieren que se largue. Lo llamaron para que limpiara la casa de cucarachas. Ya lo hizo y ahora quieren que les devuelva la casa, que, después de todo, es suya ¿no?

—No —dijo Paredes—. El Presidente se ha ganado al pueblo. Les ha construido hospitales, colegios, dio la ley del seguro obrero. Si reforma la Constitución y quiere hacerse reelegir ganará las elecciones limpiamente. Basta ver las manifestaciones cada vez que sale de gira.

—Las organizo yo hace años —bostezó él—. Dame plata y te organizo las mismas manifestaciones a ti. No, lo único popular aquí es el Apra. Si se les ofrecen unas cuantas cosas, los apristas aceptarían entrar en tratos con el régimen.

—¿Te has vuelto loco? —dijo Paredes.

—El Apra ha cambiado, es más anticomunista que tú, y Estados Unidos ya no los veta —dijo él—. Con la masa del Apra, el aparato del Estado y los grupos dirigentes leales, Odría sí podría hacerse reelegir.

—Estás delirando —dijo Paredes—. Odría y el Apra unidos. Por favor, Cayo.

—Los líderes apristas están viejos y se han puesto baratos —dijo el—. Aceptarían, a cambio de la legalidad y unas cuantas migajas.

—Las Fuerzas Armadas no aceptarán jamás ningún acuerdo con el Apra —dijo Paredes.

—Porque la derecha las educó así, haciéndoles creer que era el enemigo —dijo él—. Pero se las puede educar de nuevo, haciéndoles ver que el Apra ya cambió. Los apristas darán a los militares todas las garantías que quieran.

—En lugar de ir a buscar a Landa al aeropuerto, anda a consultar a un psiquiatra —dijo Paredes—. Este par de días sin dormir te han hecho daño, Cayo.

—Entonces, el 56 subirá a la Presidencia algún señorón —dijo él, bostezando—. Y tú y yo nos iremos a descansar de todos estos trajines. Bueno, a mí no me molesta la idea, por lo demás. No sé para qué hablamos de esto. Las cuestiones políticas no nos incumben. Tu tío tiene sus consejeros. Tú y yo a nuestros zapatos. A propósito, ¿qué hora es?

—Tienes tiempo —dijo Paredes—. Yo me voy a dormir, estoy rendido con la tensión de estos dos días. Y esta noche, si me da el cuerpo, me voy a desquitar con una farra. Tú no tendrás ánimos ¿no?

—No, no ha despertado, don Cayo, desde Chaclacayo como usted lo ve —dijo Ludovico, señalando a Hipólito—. Perdóneme que vaya tan despacio, pero es que yo también estoy hecho polvo de sueño y no quiero chocar. Llegaremos al aeropuerto antes de las once, no se preocupe.

—El avión llega dentro de diez minutos, don Cayo —dijo Lozano, con voz ronca y extenuada—. Traje dos patrulleros y algunos hombres. Como viene en un avión de pasajeros, no sabía en qué forma…

—Landa no está detenido —dijo él—. Lo recibiré yo solo y lo llevaré a su casa. No quiero que el senador vea este despliegue policial, llévese a la gente. ¿Todo lo demás en orden?

—Todas las detenciones sin problemas —dijo Lozano, sobándose la cara sin afeitar, bostezando—. Lo único, un pequeño incidente en Arequipa. El doctor Velarde, ese aprístón. Alguien le pasó la voz y escapó. Estará tratando de llegar a Bolivia. La frontera está advertida.

—Está bien, puede irse, Lozano —dijo él—. Mire a Ludovico y a Hipólito. Ya están roncando de nuevo.

—Ese par han pedido su traslado, don Cayo —dijo Lozano—. Usted dirá.

—No me extraña, ya están hartos de las malas noches —sonrió él—. Está bien, búsqueme otro par, que sean menos dormilones. Hasta luego, Lozano.

—¿Quiere entrar al puesto a sentarse, señor Bermúdez? —dijo un teniente, saludando.

—No, teniente, gracias, prefiero tomar un poco de aire —dijo él—. Además, ahí está el avión. Despiérteme a ese par, más bien, y que acerquen el auto. Yo voy a adelantarme. Por aquí, senador, aquí está mi coche. Suba, por favor. A San Isidro, Ludovico, a la casa del senador Landa.

—Me alegro que vayamos a mi casa y no a la cárcel —murmuró el senador Landa, sin mirarlo—. Espero que podré cambiarme de ropa y darme un baño, siquiera.

—Sí —dijo él—. Siento mucho todas estas molestias. No tuve más remedio, senador.

—Como si se tratara de asaltar una fortaleza, con ametralladoras y sirenas —susurró Landa, la boca pegada a la ventanilla—. Faltó poco para que a mi mujer le diera un síncope cuando se presentaron en Olave. ¿También ordenó que me hicieran pasar la noche en una silla, pese a mis sesenta años, Bermúdez?

—¿Es esta casa grande, la del jardín, no, señor? —dijo Ludovico.

—Usted primero, senador —dijo él, señalando el amplio, frondoso jardín, y, un instante, alcanzó a verlas: blancas, desnudas, correteándose entre los laureles, riéndose, sus talones blancos y rápidos sobre el césped húmedo—. Siga, siga, senador.

—¡Papá, papacito! —gritó la muchacha, abriendo los brazos, y él vio su cara de porcelana, sus ojos grandes y asombrados, sus cabellos cortos, castaños—. Acabo de hablar por teléfono con la mami y está muerta de susto. ¿Qué pasó, qué pasó, papi?

—Buenos días —murmuró él y rápidamente la desnudó y empujó hacia las sábanas donde dos formas femeninas la recibieron, ávidas.

—Ya te explicaré, corazón —Landa se desprendió de su hija, se volvió hacia él—. Pase, Bermúdez. Llama a Chiclayo y tranquiliza a tu madre, Cristina, dile que estoy bien. Que no nos moleste nadie. Asiento, Bermúdez.

—Le voy a hablar con toda sinceridad, senador —dijo él—. Haga usted lo mismo y así ganaremos tiempo los dos.

—La recomendación está de más —dijo Landa—. Yo no miento nunca.

—El general Espina fue detenido, todos los oficiales que le habían prometido ayuda se han reconciliado con el régimen —dijo él—. No queremos que esto trascienda, senador. Concretamente, vengo a proponerle que reafirme su lealtad al régimen y que mantenga su posición de líder parlamentario. En dos palabras, que se olvide de lo que ha ocurrido.

—Primero tengo que saber qué ha ocurrido —dijo Landa; tenía las manos en las rodillas, permanecía absolutamente inmóvil.

—Usted está cansado, yo estoy cansado —murmuró él—. ¿No podemos ganar tiempo, senador?

—Saber de qué se me acusa, primero —repitió Landa, secamente.

—De haber servido de enlace entre Espina y los jefes de las guarniciones comprometidas —dijo él, con un dejo resignado—. De haber conseguido dinero y haber invertido su propio dinero en este asunto. De haber reunido, en esta casa y en Olave, a la veintena de conspiradores civiles que ahora están detenidos. Tenemos declaraciones firmadas, cintas grabadas, todas las pruebas que usted quiera. Pero ya no se trata de eso, no queremos explicaciones. El Presidente está dispuesto a olvidar todo esto.

—Se trata de no tener en el Senado a un enemigo que conoce al régimen en cuerpo y alma —murmuró Landa, mirándolo fijamente a los ojos.

—Se trata de no quebrar la mayoría parlamentaria —dijo él—. Además, su prestigio, su nombre y sus influencias son necesarias al régimen. Sólo hace falta que usted acepte, senador, y no ha pasado nada.

—¿Y si me niego a seguir colaborando? —murmuró Landa, en voz casi inaudible.

—Tendría usted que salir del país —dijo él, con un gesto contrariado—. Tampoco necesito recordarle que usted tiene muchos intereses relacionados con el Estado, senador.

—Primero el atropello, después el chantaje —dijo Landa—. Reconozco sus métodos, Bermúdez.

—Usted es un político experimentado y un buen jugador, sabe de sobra lo que le conviene —dijo él, con calma—. No perdamos tiempo, senador.

—¿Cuál va a ser la situación de los detenidos? —murmuró Landa—. No los militares, que, por lo visto, arreglaron bien sus cosas. Los otros.

—El régimen tiene consideración especial con usted, porque le debemos servicios —dijo él—. Ferro y los demás deben al régimen todo lo que son. Se estudiarán los antecedentes de cada uno y según eso se tomarán medidas.

—¿Qué clase de medidas? —dijo el senador—. Esa gente confió en mí como yo confié en esos generales.

—Medidas preventivas, no queremos encarnizarnos contra nadie —dijo él—. Quedarán detenidos por un tiempo, algunos serán desterrados. Ya ve, nada muy serio. Todo dependerá, por supuesto, de la actitud suya.

—Hay algo más —vaciló apenas el senador—. Es decir…

—¿Zavala? —dijo él y vio a Landa pestañear, varias veces—. No está detenido y, si usted se aviene a colaborar, él tampoco será molestado. Esta mañana conversé con él y está ansioso por reconciliarse con el régimen. Debe estar en su casa ahora. Hable usted con él, senador.

—No puedo darle una respuesta ahora —dijo Landa, luego de unos segundos—. Deme algunas horas, para reflexionar.

—Todas las que usted quiera —dijo él, levantándose—. Lo llamaré esta noche, o mañana, si prefiere.

—¿Sus soplones me van a dejar en paz hasta entonces? —dijo Landa, abriendo la puerta del jardín.

—No está usted detenido, ni siquiera vigilado; puede ir donde quiera, hablar con quien quiera. Hasta luego, senador —salió y cruzó el jardín, sintiéndolas a su alrededor, elásticas y fragantes, yendo y viniendo y volviendo entre las matas de flores, rápidas y húmedas bajo los arbustos—. Ludovico, Hipólito, despierten; a la Prefectura, rápido. Quiero que me controle las llamadas de Landa, Lozano.

—No se preocupe, don Cayo —dijo Lozano, alcanzándole una silla—. Tengo un patrullero y tres agentes ahí. El teléfono está intervenido hace dos semanas.

—Consígame un vaso de agua, por favor —dijo él—. Tengo que tomar una pastilla.

—El prefecto le preparó este resumen sobre la situación en Lima —dijo Lozano—. No, no hay ninguna noticia de Velarde. Debe haber cruzado la frontera. Uno solo de cuarenta y seis, don Cayo. Todos los otros fueron detenidos, y sin incidentes.

—Hay que mantenerlos incomunicados, aquí y en provincias —dijo él—. En cualquier momento van a comenzar las llamadas de los padrinos. Ministros, diputados.

—Ya comenzaron, don Cayo —dijo Lozano—. Acaba de llamar el senador Arévalo. Quería ver al doctor Ferro. Le dije que nadie podía verlo sin autorización de usted.

—Sí, échemelos a mí —bostezó él—. Ferro tiene amarrada a mucha gente y van a mover cielo y tierra para sacarlo.

—Su mujer se presentó aquí esta mañana —dijo Lozano—. De armas tomar. Amenazando con el Presidente, con los ministros. Una señora muy guapa, don Cayo.

—Ni sabía que Ferrito era casado —dijo él—. ¿Muy guapa, ah sí? La tendría escondida por eso.

—Se lo nota agotado, don Cayo —dijo Lozano—. Por qué no va a descansar un rato. No creo que haya nada importante hoy.

—¿Se acuerda hace tres años, cuando los rumores sobre el levantamiento en Juliaca? —dijo él—. Nos pasamos cuatro noches sin dormir y como si nada. Estoy envejeciendo, Lozano.

—¿Puedo hacerle una pregunta? —y el rostro expeditivo y servicial de Lozano se endulzó—. Sobre los rumores que corren. Que habrá cambio de gabinete, que usted subirá a Gobierno. No necesito decirle lo bien que ha caído esa noticia en el cuerpo, don Cayo.

—No creo que le convenga al Presidente que yo sea ministro —dijo él—. Voy a tratar de desanimarlo. Pero si él se empeña, no tendré más remedio que aceptar.

—Sería magnífico —sonrió Lozano—. Usted ha visto qué falta de coordinación ha habido a veces por la poca experiencia de los ministros. Con el general Espina, con el doctor Arbeláez. Con usted será otra cosa, don Cayo.

—Bueno, voy a descansar un rato a San Miguel —dijo él—. ¿Quiere llamar a Alcibíades y decírselo? Que me despierte sólo si hay algo muy urgente.

—Perdón, que me quedé dormido otra vez —balbuceó Ludovico, sacudiendo a Hipólito—. ¿A San Miguel? Sí, don Cayo.

—Váyanse a descansar y recójanme aquí a las siete de la noche —dijo él—. ¿La señora está en el baño? Sí, prepárame algo de comer, Símula. Hola, chola. Voy a dormir un rato. Estoy en ayunas hace veinticuatro horas.

—Tienes una cara espantosa —se rió Hortensia—. ¿Te portaste bien anoche?

—Te engañé con el ministro de Guerra —murmuró él, escuchando en sus oídos un zumbido tenaz y secreto, contando los latidos desiguales de su corazón—. Que me traigan algo de comer de una vez, estoy cayéndome de sueño.

—Deja que te arregle la cama —Hortensia sacudía las sábanas, cerraba la cortina y él sintió como si se deslizara por una pendiente rocosa, y, a lo lejos, percibía bultos moviéndose en la oscuridad; siguió resbalando, hundiéndose, y de pronto se sintió agredido, brutalmente extraído de ese refugio ciego y denso—. Hace cinco minutos que te grito, Cayo. De la Prefectura, dicen que es urgente.

—El senador Landa está en la embajada argentina desde hace media hora, don Cayo —sentía agujas en las pupilas, la voz de Lozano martillaba cruelmente en sus oídos—. Entró por una puerta de servicio. Los agentes no sabían que daba a la embajada. Lo siento mucho, don Cayo.

—Quiere escándalo, quiere vengarse de la humillación —lentamente recuperaba la noción de sus sentidos, de sus miembros, pero su voz le parecía la de otro—. Que su gente siga ahí, Lozano. Si sale, deténgalo y que lo lleven a la Prefectura. Si Zavala sale de su casa, deténgalo también. ¿Aló, Alcibíades? Localíceme cuanto antes al doctor Lora, doctorcito, me precisa verlo ahora mismo. Dígale que llegaré a su oficina dentro de media hora.

—La esposa del doctor Ferro lo está esperando, don Cayo —dijo el doctor Alcibíades—. Le he indicado que usted no va a venir, pero no quiere irse.

—Sáquesela de encima y ubique al doctor Lora de inmediato —dijo él—. Símula, corre a decir a los guardias de la esquina que necesito el patrullero en el acto.

—¿Qué pasa, qué apuro es ése? —dijo Hortensia, levantando el piyama que él acababa de tirar al suelo.

—Problemas —dijo él, poniéndose las medias—. ¿Cuánto rato he dormido?

—Una hora, más o menos —dijo Hortensia—. Debes estar muerto de hambre. ¿Te hago calentar el almuerzo?

—No tengo tiempo —dijo él—. Sí, al Ministerio de Relaciones Exteriores, sargento, y a toda velocidad. No se pare en el semáforo, hombre, tengo mucha prisa. El ministro me está esperando, le hice avisar que venía.

—El ministro está en una reunión, no creo que pueda recibirlo —el joven de anteojos, vestido de gris, lo examinó de pies a cabeza, con desconfianza—. ¿De parte de quién?

—Cayo Bermúdez —dijo él, y vio al joven levantarse de un brinco y desaparecer tras una puerta lustrosa—. Siento invadir así su oficina, doctor Lora. Es muy importante, se trata de Landa.

—¿De Landa? —le estiró la mano el hombrecito calvo, bajito, sonriente—. No me diga que…

—Sí, está en la embajada argentina hace una hora —dijo él—. Pidiendo asilo, probablemente. Quiere hacer ruido y crearnos problemas.

—Bueno, lo mejor será darle el salvoconducto de inmediato —dijo el doctor Lora—. Al enemigo que huye, puente de plata, don Cayo.

—De ninguna manera —dijo él—. Hable usted con el embajador, doctor. Deje bien claro que no está perseguido, asegúrele que Landa puede salir del país con su pasaporte cuando quiera.

—Sólo puedo comprometer mi palabra si esa promesa se va a cumplir, don Cayo —dijo el doctor Lora, sonriendo con reticencia—. Imagínese en qué situación quedaría el gobierno si…

—Se va a cumplir —dijo él, rápidamente, y vio que el doctor Lora lo observaba, dudando. Por fin, dejó de sonreír, suspiró, y tocó un timbre.

—Precisamente el embajador está en el teléfono —el joven de gris cruzó el despacho con una sonrisita lampiña, hizo una especie de genuflexión—. Qué coincidencia, ministro.

—Bueno, ya sabemos que ha pedido asilo —dijo el doctor Lora—. Sí, mientras yo hablo con el embajador, puede usted telefonear desde la secretaría, don Cayo.

—¿Puedo usar su teléfono un momento? Quisiera hablar a solas, por favor —dijo él, y vio enrojecer violentamente al joven de gris, lo vio asentir con ojos ofendidos y partir—. Es posible que Landa salga de la embajada de un momento a otro, Lozano. No lo molesten. Téngame informado de sus movimientos. Estaré en mi oficina, sí.

—Entendido, don Cayo —el joven se paseaba por el corredor, esbelto, largo, gris—. ¿Tampoco a Zavala, si sale de su casa? Bien, don Cayo.

—En efecto, había pedido asilo —dijo el doctor Lora—. El embajador estaba asombrado. Landa, uno de los líderes parlamentarios, no podía creerlo. Se ha quedado conforme con la promesa de que no será detenido y de que podrá viajar cuando quiera.

—Me quita usted un gran peso de encima, doctor —dijo él—. Ahora voy a tratar de remachar este asunto. Muchas gracias, doctor.

—Aunque no sea el momento, quiero ser el primero en felicitarlo —dijo el doctor Lora, sonriendo—. Me dio mucho gusto saber que entrará al gabinete en Fiestas Patrias, don Cayo.

—Son simples rumores —dijo él—. No hay nada decidido aún. El Presidente no me ha hablado todavía, y tampoco sé si aceptaré.

—Todo está decidido y todos nos sentimos muy complacidos —dijo el doctor Lora, tomándolo del brazo—. Usted tiene que sacrificarse y aceptar. El Presidente confía en usted, y con razón. Hasta pronto, don Cayo.

—Hasta luego, señor —dijo el joven de gris, con una venia.

—Hasta luego —dijo él, y tirando un violento jalón con sus mismas manos lo castró y arrojó el bulto gelatinoso a Hortensia: cómetelo—. Al Ministerio de Gobierno, sargento. ¿Las secretarias se fueron ya? Qué pasa, doctorcito, está usted lívido.

—La France Presse, la Associated Press, la United Press, todas dan la noticia, don Cayo, mire los cables —dijo el doctor Alcibíades—. Hablan de decenas de detenidos. ¿De dónde, don Cayo?

—Están fechados en Bolivia, ha sido Velarde, el abogadito ese —dijo él—. Pudiera ser Landa, también. ¿A qué hora comenzaron a recibir esos cables las agencias?

—Hace apenas una media hora —dijo el doctor Alcibíades—. Los corresponsales ya empezaron a llamarnos. Van a caer aquí de un momento a otro. No, todavía no han enviado esos cables a las radios.

—Ya es imposible guardar esto secreto, habrá que dar un comunicado oficial —dijo él—. Llame a las agencias, que no distribuyan esos cables, que esperen el comunicado. Llámeme a Lozano y a Paredes, por favor.

—Sí, don Cayo —dijo Lozano—. El senador Landa acaba de entrar a su casa.

—No lo dejen salir de allá —dijo él—. ¿Seguro que no habló con ningún corresponsal extranjero por teléfono? Sí, estaré en Palacio, llámeme allá.

—El comandante Paredes en el otro teléfono, don Cayo —dijo el doctor Alcibíades.

—Te adelantaste un poco, la farra de esta noche tendrá que esperar —dijo él—. ¿Viste los cables? Sí, ya sé de dónde. Velarde, un arequipeño que se escapó. No dan nombres, sólo el de Espina.

—Acabamos de leerlos con el general Llerena y estamos yendo a Palacio —dijo el comandante Paredes—. Esto es grave. El Presidente quería evitar a toda costa que se divulgara el asunto.

—Hay que sacar un comunicado desmintiendo todo —dijo él—. Todavía no es tarde, si se llega a un acuerdo con Espina y con Landa. ¿Qué hay del Serrano?

—Está reacio, el general Pinto ha hablado dos veces con él —dijo Paredes—. Si el Presidente está de acuerdo, el general Llerena le hablará también. Bueno, nos vemos en Palacio, entonces.

—¿Ya sale, don Cayo? —dijo el doctor Alcibíades—. Me olvidaba de algo. La señora del doctor Ferro. Estuvo aquí toda la tarde. Dijo que volvería y que se pasaría toda la noche sentada, aunque fuera.

—Si vuelve, hágala botar con los guardias —dijo él—. Y no se mueva de aquí, doctorcito.

—¿Está usted sin auto? —dijo el doctor Alcibíades—. ¿Quiere llevarse el mío?

—No sé manejar, tomaré un taxi —dijo él—. Sí, maestro, a Palacio.

—Pase, don Cayo —dijo el mayor Tijero—. El general Llerena, el doctor Arbeláez y el comandante Paredes lo están esperando.

—Acabo de hablar con el general Pinto, su conversación con Espina ha sido bastante positiva —dijo el comandante Paredes—. El Presidente está con el canciller.

—Las radios extranjeras están dando la noticia de una conspiración abortada —dijo el general Llerena—. Ya ve, Bermúdez, tantas contemplaciones con los pícaros para guardar el secreto, y no sirvió de nada.

—Si el general Pinto llega a un acuerdo con Espina, la noticia quedará desmentida automáticamente —dijo el comandante Paredes—. Todo el problema está ahora en Landa.

—Usted es amigo del senador, doctor Arbeláez —dijo él—. Landa tiene confianza en usted.

—He hablado por teléfono con él hace un momento —dijo el doctor Arbeláez—. Es un hombre orgulloso y no quiso escucharme. No hay nada que hacer con él, don Cayo.

—¿Se le está dando una salida que lo favorece y no quiere aceptar? —dijo el general Llerena—. Hay que detenerlo antes que haga escándalo, entonces.

—Yo me he comprometido a conseguir que esto no trascienda y voy a cumplirlo —dijo él—. Ocúpese usted de Espina, general, y déjeme a Landa a mí.

—Lo llaman por teléfono, don Cayo —dijo el mayor Tijero—. Sí, por aquí.

—El sujeto habló hace un momento con el doctor Arbeláez —dijo Lozano—. Algo que le va a sorprender, don Cayo. Sí, aquí le hago escuchar la cinta.

—Por ahora no puedo hacer otra cosa que esperar —dijo el doctor Arbeláez—. Pero si pones como condición para reconciliarte con el Presidente que despidan al chacal de Bermúdez, estoy seguro que accederá.

—No deje entrar a nadie a casa de Landa, salvo a Zavala, Lozano —dijo él—. ¿Estaba usted durmiendo, don Fermín? Siento despertarlo, pero es urgente. Landa no quiere llegar a un acuerdo con nosotros y nos está creando dificultades. Necesitamos convencer al senador que se calle la boca. ¿Se da cuenta lo que voy a pedirle, don Fermín?

—Claro que me doy cuenta —dijo don Fermín.

—Han comenzado a correr rumores en el extranjero y no queremos que prosperen —dijo él—. Hemos llegado a un entendimiento con Espina, sólo falta hacer entrar en razón al senador. Usted puede ayudarnos, don Fermín.

—Landa puede darse el lujo de hacer desplantes —dijo don Fermín—. Su dinero no depende del gobierno.

—Pero el suyo sí —dijo él—. Ya ve, la cosa es urgente y tengo que hablarle así. ¿Le basta que me comprometa a que todos sus contratos con el Estado sean respetados?

—¿Qué garantía tengo de que esa promesa se va a cumplir? —dijo don Fermín.

—En este momento, sólo mi palabra —dijo él—. Ahora no puedo darle otra garantía.

—Está bien, acepto su palabra —dijo don Fermín—. Voy a hablar con Landa. Si sus soplones me dejan salir de mi casa.

—Acaba de llegar el general Pinto, don Cayo —dijo el mayor Tijero.

—Espina se ha mostrado bastante racional, Cayo —dijo Paredes—. Pero el precio es alto. Dudo que el Presidente acepte.

—La embajada en España —dijo el general Pinto—. Dice que, en su condición de general y de ex ministro, la agregaduría militar en Londres sería rebajarlo de categoría.

—Nada más que eso —dijo el general Llerena—. La embajada en España.

—Está vacante y quién mejor que Espina para ocuparla —dijo él—. Hará un excelente papel. Estoy seguro que el doctor Lora estará de acuerdo.

—Lindo premio por haber intentado poner al país a sangre y fuego —dijo el general Llerena.

—¿Qué mejor desmentido para las noticias que corren que publicar mañana el nombramiento de Espina como embajador en España? —dijo él.

—Si usted permite, yo pienso lo mismo, general —dijo el general Pinto—. Espina ha puesto esa condición y no aceptará otra. La alternativa sería enjuiciarlo o desterrarlo. Y cualquier medida disciplinaria contra él tendría un efecto negativo entre muchos oficiales.

—Aunque no siempre coincidimos, don Cayo, esta vez estoy de acuerdo con usted —dijo el doctor Arbeláez—. Yo veo así el problema. Si se ha decidido no tomar sanciones y buscar la reconciliación, lo mejor es dar al general Espina una misión de acuerdo con su rango.

—De todos modos, el asunto Espina está resuelto —dijo Paredes—. ¿Qué hay de Landa? Si no se le tapa la boca a él, todo habrá sido en vano.

—¿Se le va a premiar con una embajada a él también? —dijo el general Llerena.

—No creo que le interese —dijo el doctor Arbeláez—. Ha sido embajador varias veces ya.

—No veo cómo podemos publicar un desmentido a los cables, si Landa va a desmentir el desmentido mañana —dijo Paredes.

—Sí, mayor, quisiera telefonear a solas —dijo él—. ¿Aló, Lozano? Suspenda el control del teléfono del senador. Voy a hablar con él y esta conversación no debe ser grabada.

—El senador Landa no está, habla su hija —dijo la inquieta voz de la muchacha y él apresuradamente la ató, con atolondrados nudos ciegos que hincharon sus muñecas, sus pies—. ¿Quién lo llama?

—Pásemelo inmediatamente, señorita, hablan de Palacio, es muy urgente —Hortensia tenía lista la correa, Queta también, él también—. Quiero informarle que Espina ha sido nombrado embajador en España, senador. Espero que esto disipe sus dudas y que cambie de actitud. Nosotros seguimos considerándolo un amigo.

—A un amigo no se le tiene detenido —dijo Landa—. ¿Por qué está rodeada mi casa? ¿Por qué no se me deja salir? ¿Y las promesas de Lora al embajador? ¿No tiene palabra el canciller?

—Están corriendo rumores en el extranjero sobre lo ocurrido y queremos desmentirlos —dijo él—. Supongo que Zavala estará con usted y que ya le habrá explicado que todo depende de usted. Dígame cuáles son sus condiciones, senador.

—Libertad incondicional para todos mis amigos —dijo Landa—. Promesa formal de que no serán molestados ni despedidos de los cargos que ocupan.

—Con la condición de que ingresen al Partido Restaurador los que no están inscritos —dijo él—. Ya ve, no queremos una reconciliación aparente, sino real. Usted es uno de los líderes del partido de gobierno, que sus amigos entren a formar parte de él. ¿Está de acuerdo?

—Quién me garantiza que, apenas haya dado un paso para restablecer mis relaciones con el régimen, no se utilizará esto para perjudicarme políticamente —dijo Landa—. Que no se me querrá chantajear de nuevo.

—En Fiestas Patrias deben renovarse las directivas de ambas Cámaras —dijo él—. Le ofrezco la presidencia del Senado. ¿Quiere más pruebas de que no se tomará ninguna represalia?

—No me interesa la presidencia del Senado —dijo Landa y él respiró: todo rencor se había eclipsado de la voz del senador—. Tengo que pensarlo, en todo caso.

—Me comprometo a que el Presidente apoye su candidatura —dijo él—. Le doy mi palabra que la mayoría lo elegirá.

—Está bien, que desaparezcan los soplones que rodean mi casa —dijo Landa—. ¿Qué debo hacer?

—Venir a Palacio de inmediato, los líderes parlamentarios están reunidos con el Presidente y sólo falta usted —dijo él—. Por supuesto, será recibido con la amistad de siempre, senador.

—Sí, los parlamentarios ya están llegando, don Cayo —dijo el mayor Tijero.

—Llévele este papel al Presidente, mayor —dijo él—. El senador Landa asistirá a la reunión. Sí, él mismo. Se arregló, felizmente, sí.

—¿Es cierto? —dijo Paredes, pestañeando—. ¿Viene aquí?

—Como hombre del régimen que es, como líder de la mayoría que es —murmuró él—. Sí, debe estar llegando. Para ganar tiempo, habría que ir redactando el comunicado. No ha habido tal conspiración, citar los telegramas de adhesión de los jefes del Ejército. Usted es la persona más indicada para redactar el comunicado, doctor.

—Lo haré, con mucho gusto —dijo el doctor Arbeláez—. Pero como usted ya es prácticamente mi sucesor, debería irse entrenando a redactar comunicados, don Cayo.

—Lo hemos estado correteando de un sitio a otro, don Cayo —dijo Ludovico—. De San Miguel a la plaza Italia, de la plaza Italia aquí.

—Estará usted muerto, don Cayo —dijo Hipólito—. Nosotros dormimos siquiera unas horitas en la tarde.

—Ahora me toca a mí —dijo él—. La verdad, me lo he ganado. Vamos al Ministerio un momento, y después a Chaclacayo.

—Buenas noches, don Cayo —dijo el doctor Alcibíades—. Aquí la señora Ferro no quiere...

—¿Entregó el comunicado a la prensa y a las radios? —dijo él.

—Lo estoy esperando desde las ocho de la mañana y son las nueve de la noche —dijo la mujer—. Tiene usted que recibirme aunque sea sólo diez minutos, señor Bermúdez.

—Le he explicado a la señora Ferro que usted está muy ocupado —dijo el doctor Alcibíades—. Pero ella no...

—Está bien, diez minutos, señora —dijo él—. ¿Quiere venir un momento a mi oficina, doctorcito?

—Ha estado en el pasillo cerca de cuatro horas —dijo el doctor Alcibíades—. Ni por las buenas ni por las malas, don Cayo, no ha habido forma.

—Le dije que la sacara con los guardias —dijo él.

—Lo iba a hacer, pero como me llegó el comunicado anunciando el nombramiento del general Espina, pensé que la situación había cambiado —dijo el doctor Alcibíades—. Que a lo mejor el doctor Ferro sería puesto en libertad.

—Sí, ha cambiado, y habrá que soltar a Ferrito también —dijo él—. ¿Hizo circular el comunicado?

—A todos los diarios, agencias y radios —dijo el doctor Alcibíades—. Radio Nacional lo ha pasado ya. ¿Le digo a la señora que su esposo va a salir y la despacho?

—Yo le daré la buena noticia —dijo él—. Bueno, esta vez sí está terminado el asunto. Debe estar rendido, doctorcito.

—La verdad que sí, don Cayo —dijo el doctor Alcibíades—. Llevo casi tres días sin dormir.

—Los que nos ocupamos de la seguridad somos los únicos que trabajan de veras en este gobierno —dijo él.

—¿De veras que el senador Landa asistió a la reunión de parlamentarios en Palacio? —dijo el doctor Alcibíades.

—Estuvo cinco horas en Palacio y mañana saldrá una foto de él saludando al Presidente —dijo él—. Costó trabajo pero, en fin, lo conseguimos. Haga pasar a esa dama y váyase a descansar, doctorcito.

—Quiero saber qué pasa con mi esposo —dijo resueltamente la mujer y él pensó no viene a pedir ni a lloriquear, viene a pelear—. Por qué lo ha hecho usted detener, señor Bermúdez.

—Si las miradas mataran ya sería yo cadáver —sonrió él—. Calma, señora. Asiento. No sabía que el amigo Ferro era casado. Y menos que tan bien casado.

—Respóndame ¿por qué lo ha hecho detener? —repitió con vehemencia la mujer y él ¿qué es lo que pasa?—. ¿Por qué no me han dejado verlo?

—La va a sorprender, pero, con el mayor respeto, voy a preguntarle algo —¿un revólver en la cartera?, ¿sabe algo que yo no sé?—. ¿Cómo puede estar casada con el amigo Ferro una mujer como usted, señora?

—Mucho cuidado, señor Bermúdez, no se equivoque conmigo —alzó la voz la mujer: no estaría acostumbrada, sería la primera vez—. No le permito que me falte, ni que hable mal de mi esposo.

—No hablo mal de él, estoy hablando bien de usted —dijo él y pensó está aquí casi a la fuerza, asqueada de haber venido, la han mandado—. Disculpe, no quería ofenderla.

—Por qué está preso, cuándo lo va a soltar —repitió la mujer—. Dígame qué van a hacer con mi marido.

—A esta oficina sólo vienen policías y funcionarios —dijo él—. Rara vez una mujer, y nunca una como usted. Por eso estoy tan impresionado con su visita, señora.

—¿Va a seguir burlándose de mí? —murmuró, trémula, la mujer—. No sea usted prepotente, no abuse, señor Bermúdez.

—Está bien, señora, su esposo le explicará por qué fue detenido —¿qué es lo que quería, en el fondo; a qué no se atrevía?—. No se preocupe por él. Se lo trata con toda consideración, no le falta nada. Bueno, le falta usted, y eso sí que no podemos reemplazárselo, desgraciadamente.

—Basta de groserías, está hablando con una señora —dijo la mujer y él se decidió, ahora lo va a decir, hacer—. Trate de portarse como un caballero.

—No soy un caballero, y usted no ha venido a enseñarme modales sino a otra cosa —murmuró él—. Sabe de sobra por qué está detenido su esposo. Dígame de una vez a qué ha venido.

—He venido a proponerle un negocio —balbuceó la mujer—. Mi esposo tiene que salir del país mañana. Quiero saber sus condiciones.

—Ahora está más claro —asintió él—. ¿Mis condiciones para soltar a Ferrito? ¿Es decir, cuánto dinero?

—Le he traído los pasajes para que los vea —dijo ella, con ímpetu—. El avión a Nueva York, mañana a las diez. Tiene que soltarlo esta misma noche. Ya sé que usted no acepta cheques. Es todo lo que he podido reunir.

—No está mal, señora —me estás matando a fuego lento, clavándome alfileres en los ojos, despellejándome con las uñas: la desnudó, amarró, acuclilló y pidió el látigo—. Y, además, en dólares. ¿Cuánto hay aquí? ¿Mil, dos mil?

—No tengo más en efectivo, no tenemos más —dijo la mujer—. Podemos firmarle un documento, lo que usted diga.

—Dígame francamente lo que ocurre y así podremos entendernos —dijo él—. Conozco a Ferrito hace años, señora. Usted no está haciendo esto por el asunto de Espina. Hábleme con franqueza. ¿Cuál es el problema?

—Tiene que salir del Perú, tiene que tomar ese avión mañana y usted sabe por qué —dijo rápidamente la mujer—.

Está entre la espada y la pared y usted lo sabe. No es un favor, señor Bermúdez, es un negocio. Cuáles son sus condiciones, qué otra cosa debemos hacer.

—No sacó esos pasajes por si la revolución fallaba, no es un viaje de turismo —dijo él—. Ya veo, está metido en algo mucho peor. No es el contrabando tampoco, eso se arregló, yo lo ayudé a tapar la cosa. Ya voy entendiendo, señora.

—Abusaron de su buena fe, prestó su nombre y ahora todo recae sobre él —dijo la mujer—. Me cuesta mucho hacer esto, señor Bermúdez. Tiene que salir del país, usted lo sabe de sobra.

—Las urbanizaciones del Sur Chico —dijo él—. Claro, señora, ahora sí. Ahora veo por qué se metió Ferrito a conspirar con Espina. ¿Espina le ofreció sacarlo del apuro si lo ayudaba?

—Han sentado ya las denuncias, los miserables que lo metieron en esto se mandaron mudar —dijo la mujer, con la voz rota—. Son millones de soles, señor Bermúdez.

—Sí sabía, señora, pero no que la catástrofe estaba tan cerca —asintió él—. ¿Los argentinos que eran sus socios se largaron? Y Ferrito se iba a ir, también, dejando colgados a los cientos de tipos que compraron esas casas que no existen. Millones de soles, claro. Ya sé por qué se metió a conspirar, ya sé por qué vino usted.

—Él no puede cargar con la responsabilidad de todo, a él lo engañaron también —dijo la mujer y él pensó va a llorar—. Si no toma el avión…

—Se quedará adentro mucho tiempo, y no como conspirador, sino como estafador —se apenó él, asintiendo—. Y todo el dinero que ha sacado se pudrirá en el extranjero.

—No ha sacado ni un medio —alzó la voz la mujer—. Abusaron de su buena fe. Este negocio lo ha arruinado.

—Ya entiendo por qué se atrevió a venir —repitió él, suavemente—. Una señora como usted a venir donde mí, a rebajarse así. Para no estar aquí cuando estalle el escándalo, para no ver su apellido en las páginas policiales.

—No por mí, sino por mis hijos —rugió la mujer; pero respiró hondo y bajó la voz—. No he podido reunir más. Acepte esto como un adelanto, entonces. Le firmaremos un documento, lo que usted diga.

—Guárdese esos dólares para el viaje, Ferrito y usted los necesitan más que yo —dijo él, muy lentamente, y vio inmovilizarse a la mujer, y vio sus ojos, sus dientes—. Además, usted vale mucho más que todo ese dinero. Está bien, es un negocio. No grite, no llore, dígame sí o no. Pasamos un rato juntos, vamos a sacar a Ferro, mañana toman el avión.

—Cómo se atreve, canalla —y vio su nariz, sus manos, sus hombros y pensó no grita, no llora, no se asombra, no se va—. Cholo miserable, cobarde.

—No soy un caballero, ése es el precio, esto lo sabía usted también —murmuró él—. Puedo garantizarle la más absoluta discreción, desde luego. No es una conquista, es un negocio, tómelo así. Y decídase de una vez, ya se pasaron los diez minutos, señora.

—¿A Chaclacayo? —dijo Ludovico—. Muy bien, don Cayo, a San Miguel.

—Sí, me quedo aquí —dijo él—. Váyanse a dormir, vengan a buscarme a las siete. Por aquí, señora. Se va a helar si sigue en el jardín. Entre un momento, cuando quiera irse llamaré un taxi y la acompañaré a su casa.

—Buenas noches, señor, perdóneme la facha, estaba acostándome —dijo Carlota—. La señora no está, salió temprano con la señorita Queta.

—Saca un poco de hielo y anda a acostarte, Carlota —dijo él—. Pase, no se quede en la puerta, siéntese, voy a prepararle una copa. ¿Con agua, con soda? Puro, entonces, igual que yo.

—¿Qué significa esto? —articuló por fin la mujer, rígida—. ¿Dónde me ha traído?

—¿No le gusta la casa? —sonrió él—. Bueno, usted debe estar acostumbrada a sitios más elegantes.

—¿Quién es esa mujer por la que usted ha preguntado? —susurró la mujer, ahogándose.

—Mi querida, se llama Hortensia —dijo él—. ¿Un cubito de hielo, dos? Salud, señora. Vaya, no quería usted beber y se vació la copa de golpe. Le preparo otro, entonces.

—Ya sabía, ya me habían advertido, es la persona más vil y canalla que existe —dijo la mujer, a media voz—. ¿Qué es lo que quiere? ¿Humillarme? ¿Para eso me trajo aquí?

—Para que tomemos unos tragos y charlemos —dijo él—. Hortensia no es una chola grosera, como yo. No es tan refinada y decente como usted, pero es bastante presentable.

—Siga, qué más —dijo la mujer—. Hasta dónde más. Siga.

—Esto la asquea por tratarse de mí, sobre todo —dijo él—. Si yo hubiera sido alguien como usted quizá no tendría tanta repugnancia ¿no?

—Sí —los dientes de la mujer dejaron de chocar un segundo, sus labios de temblar—. Pero un hombre decente no hubiera hecho una canallada así.

—No es la idea de acostarse con otro lo que le da náuseas, es la idea de acostarse con un cholo —dijo él, bebiendo—. Espere, voy a llenarle el vaso.

—¿Qué espera? Ya basta, dónde tiene la cama en la que cobra sus chantajes —dijo la mujer—. ¿Cree que si sigo tomando voy a sentir menos asco?

—Ahí llega Hortensia —dijo él—. No se levante, no es necesario. Hola, chola. Te presento a la dama sin nombre. Ésta es Hortensia, señora. Un poco borrachita, pero ya ve, bastante presentable.

—¿Un poco? La verdad es que me estoy cayendo —se rió Hortensia—. Encantada, dama sin nombre, mucho gusto. ¿Llegaron hace mucho rato?

—Hace un momento —dijo él—. Siéntate, te voy a servir un trago.

—No creas que lo pregunto por celos, dama sin nombre, sólo por curiosidad —se rió Hortensia—. De las mujeres guapas nunca tengo celos. Uy, estoy rendida. ¿Quieres fumar?

—Ten, para que te repongas —dijo él, alcanzándole el vaso—. ¿Dónde estuviste?

—En la fiesta de Lucy —dijo Hortensia—. Hice que Queta me trajera porque ya estaban todos locos. La loca de Lucy hizo un strip-tease completito, te juro. Salud, dama sin nombre.

—Cuando el amigo Ferro se entere, le va a dar a Lucy una paliza —dijo él, sonriendo—. Lucy es una amiga de Hortensia, señora, la querida de un sujeto que se llama Ferro.

—Qué la va a matar, al contrario —dijo Hortensia, con una carcajada, volviéndose hacia la mujer—. Le encanta que Lucy haga locuras, es un vicioso. ¿No te acuerdas, cholo, el día que Ferrito hizo bailar a Lucy desnuda, aquí, en la mesa del comedor? Oye, cómo secas los vasos, dama sin nombre. Sírvele otra copa a tu invitada, tacaño.

—Tipo simpático el amigo Ferro —dijo él—. Incansable cuando se trata de farra.

—Cuando se trata de mujeres, sobre todo —dijo Hortensia—. No fue a la fiesta, Lucy estaba furiosa y dijo que si no llegaba hasta las doce lo llamaría a su casa y le haría un escándalo. Esto está muy aburrido, pongamos un poco de música.

—Tengo que irme —balbuceó la mujer, sin levantarse del asiento, sin mirar a ninguno de los dos—. Consígame un taxi, por favor.

—¿Sola en un taxi a esta hora? —dijo Hortensia—. ¿No tienes miedo? Todos los choferes son unos bandidos.

—Primero voy a hacer una llamada —dijo él—. ¿Aló, Lozano? Quiero que a las siete de la mañana me ponga en libertad al doctor Ferro. Sí, ocúpese usted mismo, Lozano. A las siete en punto. Eso es todo, Lozano, buenas noches.

—¿A Ferro, a Ferrito? —dijo Hortensia—. ¿Está preso Ferrito?

—Llámale un taxi a la dama sin nombre y cierra la boca, Hortensia —dijo él—. No se preocupe por el chofer, señora. La haré acompañar por el policía de la esquina. La deuda está pagada ya.

III

¿Lo había querido la señora a don Cayo? No mucho. No había llorado por él sino porque se largó sin dejarle medio: desgraciado, perro. Es tu culpa, decía la señorita Queta, ella se lo había repetido tanto, siquiera que te compre un auto, siquiera una casa a tu nombre. Pero, las primeras semanas, la vida casi no cambió en San Miguel; el repostero y el frigidaire repletos como siempre, Símula seguía haciéndole las cuentas del tío a la señora, a fin de mes recibieron su sueldo enterito. Ese domingo, apenas se encontraron en el Bertoloto, se pusieron a hablar de la señora. Qué sería de ella ahora, decía Amalia, quién la ayudaría. Y él: era una vivísima, se conseguirá otro platudo antes de que cante un gallo. No hables así de ella, dijo Amalia, no me gusta. Fueron a ver una película argentina y Ambrosio salió diciendo pibe, che y hablando con eyes; loco, se reía Amalia, y, de repente, se le apareció la cara de Trinidad. Estaban en el cuartito de la calle Chiclayo, desvistiéndose, cuando una cuarentona de pestañas postizas vino a preguntar por Ludovico. Puso cara de duelo cuando Ambrosio le dijo viajó a Arequipa y no ha vuelto. La mujer se fue y Amalia se burlaba de sus pestañas y Ambrosio decía se las busca pericas. Y, a propósito, ¿qué sería de Ludovico? Ojalá no le hubiera pasado nada, el pobre que tenía tanta mala gana de ir. Tomaron lonche en el centro y estuvieron caminando hasta que oscureció. Sentados en un banco del paseo de la República, conversaron, viendo pasar los autos. Había vientecito, Amalia se acurrucó contra él y Ambrosio la abrazó: ¿te gustaría tener tu casita y que yo fuera tu marido, Amalia? Ella lo miró, asombrada. Pronto llegaría el día en que podrían casarse y tener hijos, Amalia, estaba juntando plata para eso. ¿Sería cierto? ¿Tendrían una casa, hijos? Parecía algo tan lejos, tan difícil, y, tumbada de espaldas en su cama, Amalia trataba de imaginarse viviendo con él, haciéndole la comida y lavándole la ropa. No podía. ¿Pero por qué, bruta? ¿No se casaba tanta gente a diario, por qué no tú con él?

Haría un mes que se había ido el señor cuando, un día, la señora entró a la casa como un ventarrón: listo Quetita, desde la semana próxima donde el gordo, hoy mismo empezaría a ensayar. Tenía que cuidarse la silueta, ejercicios, baños turcos. ¿De veras iba a cantar en una boite, señora? Claro que sí, como antes. Ella había sido famosa, Amalia, dejé mi carrera por el desgraciado ese, ahora comenzaría de nuevo. Ven que te enseñe, la agarró del brazo, subieron corriendo y en el escritorio sacó un álbum de recortes, por fin lo que tanto querías ver pensaba Amalia, mira, mira. Se los iba mostrando, orgullosa: en traje largo, en ropa de baño, con peinados altísimos, en un escenario, de Reina echando besos. Y oye lo que decían los periódicos, Amalia: era linda, tenía una voz tropical, cosechaba éxitos. La casa se volvió un desbarajuste, la señora sólo hablaba de sus ensayos y se puso a régimen, a mediodía un juguito de toronja y un bistec a la parrilla, en la noche una ensaladita sin aderezar, me muero de hambre pero qué importa, cierren las ventanas, las puertas, si me resfrío antes del debut me muero, iba a dejar de fumar, el cigarrillo era veneno para una artista. Un día Amalia oyó que le daba sus quejas a la señorita: ni siquiera para el alquiler, el gordo era un tacaño. En fin, Quetita, lo principal era la oportunidad, recuperaría su público y pondría condiciones. Se iba donde el gordo a eso de las nueve, en pantalones y turbante, con un maletín, y volvía al amanecer, maquilladísima. Su preocupación era la gordura más que la limpieza ahora. Revisaba los diarios con lupa, ¡oye lo que dicen de mí, Amalia!, y le daban rabietas si hablaban bien de otra: ésa les pagó, se los compró.

Al poco tiempo, recomenzaron las fiestecitas. Amalia reconocía a veces entre los invitados a algunos vejestorios elegantes que venían cuando el señor, pero la mayoría de la gente era ahora distinta: más jóvenes, no tan bien vestidos, sin carro pero qué alegres, qué corbatas, qué colorines, artistas zumbaba Carlota. La señora se divertía a morir, ¡esta noche fiesta criolla, Amalia! Ordenaba a Símula un ají de gallina o arroz con pato, de entrada cebichito o causa, y encargaba a la bodega cervezas. Ya no cerraba el repostero, ya no las mandaba a dormir. Amalia veía los disfuerzos, las locuras, la señora pasaba de los brazos de uno a los de otro como sus amigas, se dejaba besar y se emborrachaba la que más. Pero, a pesar de eso, la vez que sorprendió a un señor saliendo del baño al día siguiente de una fiestecita, Amalia sintió vergüenza y hasta un poco de cólera. Ambrosio tenía razón, era vivísima. Al mes pescó a otro, al mes otro. Vivísima, sí, pero con ella buenísima y cuando los días de salida Ambrosio le preguntaba qué dice la señora, ella le mentía, muy triste desde que se fue el señor, para que no pensara mal de ella.

¿A quién crees que escogerá?, chisporroteaba Carlota. Era cierto, la señora tenía para escoger: a diario llovían llamadas, a veces traían flores con tarjetitas que la señora le leía por teléfono a la señorita Queta. Escogió a uno que venía cuando el señor, uno que Amalia creía tenía sus cosas con la señorita Queta. Qué pena, un viejo, decía Carlota. Pero ricacho, alto y de buena planta. Por su cara rosada y sus pelos blancos no provocaba decirle señor Urioste sino abuelito, papá, se reía Carlota. Muy educado, pero se le subían las copas y se le saltaban los ojos y se abalanzaba sobre las mujeres. Se quedó a dormir una vez, dos, tres, y desde entonces amanecía con frecuencia en la casita de San Miguel y partía a eso de las diez, en su autazo color ladrillo. El ancianito te dejó por mí, decía riéndose la señora, y la señorita Queta riéndose: a éste exprímelo, cholita. Se burlaban del pobre a su gusto. ¿Todavía te responde, chola? No, pero mejor, así te engaño menos, Quetita. No había duda, estaba con él por puro interés. El señor Urioste no inspiraba antipatía y miedo como don Cayo, más bien respeto, y hasta cariño cuando bajaba las escaleras con los cachetes rozagantes y los ojos fatigados, y le ponía a Amalia unos soles en el delantal. Era más generoso que don Cayo, más decente. Así que, cuando a los pocos meses dejó de venir, Amalia, pensando, le dio la razón ¿porque era viejito se iba a dejar engañar? Se enteró de lo de Pichón, le dio un ataque de celos y se largó, le dijo la señora a la señorita, ya volverá mansito como una oveja. Pero no volvió.

¿Sigue tan triste la señora?, le preguntó Ambrosio un domingo. Amalia le contó la verdad: ya se había consolado, tenido un amante, peleado con él, y ahora dormía con hombres distintos. Pensó que él le diría ¿ves, no te dije? y que quizás le ordenaría no trabajes más ahí. Pero sólo encogió los hombros: estaba ganándose los frejoles, allá ella. Tuvo ganas de contestarle ¿y si yo hiciera lo mismo te importaría? pero se aguantó. Se veían todos los domingos, iban al cuartito de Ludovico, a veces se encontraban con él y les invitaba un lonche o unas cervecitas. ¿Tuvo un accidente?, le preguntó Amalia el primer día que lo vio vendado. Me accidentaron los arequipeños, se rió él, ahora no es nada, estuve peor. Parece feliz, le comentó Amalia a Ambrosio, y él: porque gracias a esa paliza lo habían metido al escalafón, Amalia, ahora ganaba más en la policía y era importante.

Como la señora apenas paraba en la casa, la vida era más descansada que nunca. En las tardes, con Carlota y Símula se sentaba a oír los radioteatros, discos. Una mañana, al subir el desayuno a la señora, encontró en el pasillo una cara que la hizo perder la respiración. Carlota, bajó corriendo excitadísima, Carlota, uno joven, uno buenmocísimo, y cuando lo vio agárrame que me derrito, dijo Carlota. La señora y él bajaron tarde, Amalia y Carlota lo miraban aleladas, sofocadas, tenía una pinta que mareaba. También la señora parecía hipnotizada. Toda lánguida, toda cariñosa, toda engreimientos y coqueterías, le daba a la boca con su tenedor, se hacía la niñita y lo despeinaba, le secreteaba en el oído, amorcito, vidita, cielo. Amalia no la reconocía, tan suavecita, y esas miraditas y esa vocecita.

El señor Lucas era tan joven que hasta la señora parecía vieja a su lado, tan pintón que Amalia sentía calor cuando él la miraba. Moreno, dientes blanquísimos, ojazos, un caminar de dueño del mundo. En él no era por interés, le contó Amalia a Ambrosio, el señor Lucas no tenía medio. Era español, cantaba en el mismo sitio que la señora. Nos conocimos y nos quisimos, le confesó la señora a Amalia, bajando los ojos. Lo quería, lo quiere. A veces el señor y la señora, jugando, cantaban a dúo y Amalia y Carlota que se casaran, que tuvieran hijos, se veía a la señora tan feliz.

Pero el señor Lucas se vino a vivir a San Miguel y sacó las uñas. No salía casi nunca antes del anochecer y se las pasaba echado en el sofá, ordenando tragos, café. Ninguna comida le gustaba, a todo ponía peros y la señora reñía a Símula. Pedía platos rarísimos, qué carajo será gazpacho oyó gruñir Amalia a Símula, era la primera lisura que le oía. La buena impresión del primer día se fue borrando y hasta Carlota empezó a detestarlo. Además de caprichoso, resultó fresco. Disponía de la plata de la señora a sus anchas, mandaba a comprar algo y decía pídele a Hortensia, es mi banco. Además, organizaba fiestecitas cada semana, le encantaban. Una noche Amalia lo vio besando a la señorita Queta en la boca. ¿Cómo podía ella siendo tan amiga de la señora, qué habría hecho la señora si lo pescaba? Nada, lo hubiera perdonado. Estaba enamoradísima, le aguantaba todo, una palabrita de cariño de él y se le iba el malhumor, rejuvenecía. Y él se aprovechaba de lo lindo. Los cobradores traían cuentas de cosas que el señor Lucas compraba y la señora pagaba o les contaba historias fantásticas para que volvieran. Ahí se dio cuenta Amalia por primera vez que la señora pasaba apuros de plata. Pero el señor Lucas no se daba, cada día pedía más. Andaba muy elegante, corbatas multicolores, ternos entallados, zapatos de gamuza. La vida es corta cariño, se reía, hay que vivirla cariño, y abría los brazos. Eres un bebe, amor, decía ella. Cómo está, pensaba Amalia, el señor Lucas la había vuelto una gatita de seda. La veía acercarse llena de mimos al señor, arrodillarse a sus pies, apoyar su cabeza en las rodillas de él, y no creía. La oía hazme caso corazón, rogándole tan dulcecito, un cariño a tu viejecita que te quiere tanto, y no creía, no creía.

En los seis meses que el señor Lucas pasó en San Miguel, las comodidades fueron desapareciendo. El repostero se vació, el frigidaire se quedó con la leche y las verduras del día, los pedidos a la bodega se acabaron. El whisky pasó a la historia y ahora en las fiestecitas se tomaba pisco con ginger ale y bocaditos en vez de platos criollos. Amalia le contaba a Ambrosio y él se sonreía: un cafichito el tal Lucas. Por primera vez la señora se ocupaba de las cuentas, Amalia se reía por adentro viendo la cara de Símula cuando le reclamaba los vueltos. Y un buen día Símula anunció que ella y Carlota se iban. A Huacho, señora, abrirían una bodeguita. Pero la noche antes de la partida, viendo a Amalia tan apenada, Carlota la consoló: mentira, no se iban a Huacho, seguiremos viéndonos. Símula había encontrado una casa en el centro, ella sería cocinera y Carlota muchacha. Tienes que irte tú también, Amalita, mi mamá dice que esta casa se hunde. ¿Se iría? No, la señora era tan buena. Se quedó y más bien se dejó convencer de que hiciera la cocina, ganaría cincuenta soles más. Desde entonces casi nunca comían en casa los señores, mejor vámonos a cenar afuera cariño. Como no sé cocinar mi comida se le atraganta, le contaba Amalia a Ambrosio, bien hecho. Pero el trabajo se triplicó: arreglar, sacudir, tender camas, lavar platos, barrer, cocinar. La casita ya no andaba ordenada y flamante. Amalia veía en los ojos de la señora cómo sufría cuando pasaba una semana sin baldear el patio, tres y cuatro días sin pasar el plumero por la sala. Había despedido al jardinero y los geranios se marchitaron y el pasto se secó. Desde que estaba en la casita el señor Lucas, la señorita Queta no se había vuelto a quedar a dormir, pero siempre venía, algunas veces con esa gringa, la señora Ivonne, que les hacía bromas a la señora y al señor Lucas: cómo están los tortolitos, los novios. Un día que el señor había salido, Amalia oyó a la señorita Queta riñendo a la señora: te está arruinando, es un vividor, tienes que dejarlo. Corrió al repostero; la señora escuchaba, encogida en el sillón, y, de repente, alzó la cara y estaba llorando. Sabía todo eso, Quetita, y Amalia sintió que ella también iba a llorar, pero qué iba a hacer, Quetita, lo quería, era la primera vez en su vida que quería de verdad. Amalia salió del repostero, entró a su cuarto y echó llave. Ahí estaba la cara de Trinidad, cuando se enfermó, cuando lo metieron preso, cuando se murió. No se iría nunca, siempre la acompañaría a la señora.

La casa se hundía, sí, y el señor Lucas se alimentaba de esas ruinas, como un gallinazo de basuras. Los vasos y los floreros rotos ya no se reponían pero él estrenaba ternos. La señora les contaba tragedias a los cobradores de la bodega y la lavandería, pero él apareció con un anillo el día de su cumpleaños y en Navidad el Niño Dios le trajo un reloj. Nunca estaba triste ni enojado: abrieron un restaurante en Magadalena ¿vamos, cariño? Se levantaba tarde y se instalaba en la sala a leer el periódico. Amalia lo veía, buen mozo, risueño, en su bata color vino, los pies sobre el sofá, canturreando, y lo odiaba: escupía en su desayuno, echaba pelos en su sopa, en sueños lo hacía triturar por trenes.

Una mañana, al volver de la bodega, encontró a la señora y a la señorita que salían, en pantalones, con bolsas. Iban al baño turco, no volverían a almorzar, que le comprara una cerveza al señor al mediodía. Partieron y al ratito Amalia sintió pasos; ya se despertó, querría su desayuno. Subió y el señor Lucas, con saco y corbata, estaba metiendo apurado sus ropas en una maleta. Se iba de viaje a provincias, Amalia, cantaría en teatros, volvería el próximo lunes, y hablaba como si ya estuviera viajando, cantando. Le entregas esta cartita a Hortensia, Amalia, y ahora llámame un taxi. Amalia lo miraba boquiabierta. Por fin salió del cuarto, sin decir nada. Consiguió un taxi, bajó la maleta del señor, adiós Amalia, hasta el lunes. Entró a la casa y se sentó en la sala, agitada. Si siquiera estuvieran aquí doña Símula y Carlota cuando le diera la noticia a la señora. No pudo hacer nada toda la mañana, sólo mirar el reloj y pensar. Eran las cinco cuando el carrito de la señorita Queta paró en la puerta. La cara pegada a la cortina las vio acercarse, muy frescas, muy jóvenes, como si en el baño turco no hubieran perdido peso sino años, y abrió la puerta y le comenzaron a temblar las piernas. Entra, chola, dijo la señora, tómate un cafecito, y entraron y tiraron al sofá las bolsas. Qué pasaba, Amalia. El señor se había ido de viaje, señora, y el corazón le latió fuerte, le había dejado una cartita arriba. No cambió de color, no se movió. La miraba muy quieta, muy seria, por fin le tembló un poquito la boca. ¿De viaje?, ¿Lucas de viaje?, y antes que Amalia contestara dio media vuelta y subió las escaleras, seguida por la señorita Queta. Amalia trataba de oír. No se había puesto a llorar, o lloraría calladita. Oyó un rumor, un trajín, la voz de la señorita: ¡Amalia! El clóset estaba abierto de par en par, la señora sentada en la cama ¿No es cierto que dijo que volvía, Amalia?, la fulminó la señorita con los ojos. Sí señorita, y no se atrevía a mirar a la señora, el lunes volvía y se daba cuenta que tartamudeaba. Quiso pegarse una escapada con alguna, dijo la señorita, se sentía amarrado con tus celos chola, vendría el lunes a pedir perdón. Por favor, Queta, dijo la señora, no te hagas la idiota. Mil veces mejor que se largara, gritó la señorita, te libraste de un vampiro, y la señora la calmó con la mano: la cómoda, Quetita, ella no se atrevía a mirar. Sollozó, se tapó la cara, y la señorita Queta ya había corrido y abría cajones, revolvía, tiraba cartas, frascos y llaves al suelo, ¿viste que se llevaba la cajita roja, Amalia?, y Amalia recogía, gateando, ay Jesús, ay señorita, ¿no viste que se llevaba las joyas de las señora? Eso sí que no, llamarían a la policía, no te iba a robar chola, lo harían meter preso, las devolvería. La señora lloraba a gritos y la señorita mandó a Amalia a preparar un café bien caliente. Cuando volvía con la bandeja, temblando, la señorita estaba hablando por teléfono: usted conoce gente, señora Ivonne, que lo buscaran, que lo pescaran. La señora estuvo toda la tarde en su cuarto, conversando con la señorita, y al anochecer vino la señora Ivonne. Al día siguiente se presentaron dos tipos de la policía y uno era Ludovico. Se hizo el que no conocía a Amalia. Los dos le hacían preguntas y preguntas sobre el señor Lucas y al final tranquilizaron a la señora: recuperaría sus joyas, era cuestión de unos días.

Fueron unos días tristes. Antes las cosas iban mal pero desde entonces todo fue peor, pensaría Amalia después. La señora estaba en cama, pálida, despeinada y sólo tomaba sopitas. Al tercer día la señorita Queta se fue. ¿Quiere que suba mi colchón a su cuarto, señora? No, Amalia, duerme en el tuyo nomás. Pero Amalia se quedó en el sofá de la sala, envuelta en su frazada. En la oscuridad, sentía su cara húmeda. Odiaba a Trinidad, a Ambrosio, a todos. Cabeceaba y se despertaba, tenía pena, tenía miedo, y en una de ésas vio luz en el pasillo. Subió, pegó el oído a la puerta, no se oía nada, y abrió. La señora estaba tumbada en la cama, sin taparse, los ojos abiertos: ¿la estaba llamando, señora? Se acercó, vio el vaso caído, los ojos en blanco de la señora. Corrió a la calle, gritando. Se había matado, y tocaba el timbre del lado, se había matado, y pateaba la puerta. Vino un hombre en bata, una mujer, le daban cachetadas a la señora, le apretaban el estómago, querían que vomitara, telefoneaban. La ambulancia llegó ya casi de día.

La señora estuvo una semana en el Hospital Loayza. El día que fue a visitarla, Amalia la encontró con la señorita Queta, la señorita Lucy y la señora Ivonne. Pálida y flaquita, pero más resignada. Aquí está mi salvadora, bromeó la señora. ¿Cómo le digo que no hay ni para comer?, pensaba ella. Felizmente, la señora se acordó: dale algo para sus gastos, Quetita. Ese domingo, fue a buscar a Ambrosio al paradero y lo trajo a la casa. Ya sabía que la señora quiso matarse, Amalia. ¿Y cómo sabía? Porque don Fermín le estaba pagando el hospital. ¿Don Fermín? Sí, ella lo había llamado y él, tan caballero, al verla en esa situación, se había compadecido y la estaba ayudando. Amalia le preparó de comer y después oyeron radio. Se acostaron en el cuarto de la señora y a Amalia le vino un ataque de risa que no le paraba. Para eso eran los espejos, para eso, qué bandida la señora, y Ambrosio tuvo que sacudirla de los hombros y reñirla, enojado con sus carcajadas. No había vuelto a hablar de la casita ni de casarse, pero se llevaban bien ella y él, nunca peleaban. Hacían siempre lo mismo: el tranvía, el cuartito de Ludovico, el cine, alguna vez uno de esos bailes. Un domingo Ambrosio tuvo un lío en un restaurante criollo de los Barrios Altos porque unos borrachos entraron gritando ¡Viva el Apra! y él ¡Muera! Se acercaban las elecciones y había manifestaciones en la plaza San Martín. El centro estaba lleno de carteles, carros con altoparlantes, ¡Vota por Prado, tú lo conoces! decían en la radio, volantes, cantaban ¡Lavalle es el hombre que quiere el Perú! con musiquita de vals, fotos y a Amalia se le pegó la polquita ¡Adelante con Belaunde! Habían vuelto los apristas, en los periódicos salían fotos de Haya de la Torre y ella se acordaba de Trinidad. ¿Lo quería a Ambrosio? Sí, pero con él no era como con Trinidad, con él no había esos sufrimientos, esas alegrías, ese calor como con Trinidad. ¿Por qué quieres que gane Lavalle?, le preguntaba, y él porque don Fermín estaba con él. Con Ambrosio todo era tranquilo, somos dos amigos que además nos acostamos, se le ocurrió una vez. Se le pasaban meses sin visitar a la señora Rosario, meses sin ver a Gertrudis Lama ni a su tía. Durante la semana iba guardando en la cabeza todo lo que ocurría y el domingo se lo contaba a Ambrosio, pero él era tan reservado que a veces ella se enfurecía. ¿Cómo estaba la niña Teté?, bien, ¿y la señora Zoila?, bien, ¿había vuelto a la casa el niño Santiago?, no, ¿lo extrañaban mucho?, sí, sobre todo don Fermín. ¿Y qué más, y qué más? Nada más. A veces, jugando, ella lo asustaba: voy a ir a visitar a la señora Zoila, voy a contarle a la señora Hortensia lo nuestro. Él echaba espuma: si vas te arrepentirás, si le cuentas no nos veremos nunca más. ¿Por qué tanto escondite, tanto misterio, tanta vergüenza? Era raro, era loco, tenía manías. ¿Sentirías la misma pena que por Trinidad si se muere Ambrosio?, le preguntó Gertrudis una vez. No, lo lloraría pero no le parecería que se acabó el mundo, Gertrudis. Será porque no hemos vivido juntos, pensaba. Tal vez si le hubiera lavado la ropa y cocinado y cuidado si se enfermaba, sería distinto.

La señora Hortensia volvió a San Miguel hecha una espina. La ropa le bailaba, se le había chupado la cara, sus ojos ya no brillaban como antes. ¿La policía no encontró las joyas, señora? La señora se rió sin ganas, nunca las encontrarían, y los ojos se le aguaron, Lucas era más vivo que la policía. Todavía lo quería, pobre. La verdad que no quedaban muchas, Amalia, las había ido vendiendo por él, para él. Qué tontos eran los hombres, él no necesitaba robárselas, Amalia, a él le hubiera bastado pedírmelas. La señora cambió. Los males le venían uno detrás de otro y ella indiferente, seria, callada. Ganó Prado, señora, el Apra se le volteó a Lavalle y votó por Prado y Prado ganó, así lo dijo la radio. Pero la señora ni la oía: perdí mi trabajo, Amalia, el gordo no me renovó el contrato. Lo decía sin furia, como la cosa más normal del mundo. Y unos días después, a la señorita Queta, las deudas me van a ahogar. No parecía asustada ni que le importara. Amalia ya no sabía qué inventar cuando el señor Poncio venía a cobrar el alquiler: no está, salió, mañana, el lunes. Antes, el señor Poncio era puro piropo y amabilidad; ahora, una hiena: enrojecía, tosía, se atoraba. ¿Conque no está? Le dio a Amalia un empellón y ladró ¡señora Hortensia, basta de engaños! Desde lo alto de la escalera, la señora lo miró como si fuera una cucarachita: con qué derecho esos gritos, dígale a Paredes que le pagaré otro día. Usted no paga y el coronel Paredes me requinta a mí, ladró el señor Poncio, la vamos a sacar de aquí judicialmente. Saldré cuando me dé la gana, dijo la señora sin gritar y él, ladrando, le damos plazo hasta el lunes o procederemos. Amalia subió después al cuarto pensando estará furiosa. Pero no, estaba tranquila, mirando el techo con ojos gelatinosos. Cuando Cayo, Paredes ni quería cobrar el alquiler, Amalia, y en cambio ahora. Hablaba con una terrible flojera, como si estuviera lejísimos o durmiéndose. Tendrían que mudarse, no había otro remedio, Amalia. Fueron unos días agitados. La señora salía temprano, volvía tarde, vi cien casas y todas carísimas, llamaba a un señor y a otro señor, les pedía una firmita, un préstamo y colgaba el teléfono y se le torcía la boca: malagradecidos, ingratos. El día de la mudanza vino el señor Poncio y se encerró con la señora en el cuartito que era de don Cayo. Por fin bajó la señora y ordenó a los hombres del camión que volvieran a meter a la casa los muebles de la salita y el bar.

La falta de esos muebles ni se notó en el departamento de Magdalena Vieja, era más chico que la casita de San Miguel. Hasta sobraron cosas y la señora vendió el escritorio, los sillones, los espejos y el aparador. El departamento estaba en el segundo piso de un edificio color verde, tenía comedor, dormitorio, baño, cocina, patiecito y cuarto de sirvienta con su bañito. Estaba nuevo, y, una vez arreglado, quedó bonito.

El primer domingo que se encontró con Ambrosio en la avenida Brasil, en el paradero del Hospital Militar, tuvieron una pelea. Pobre la señora, le contaba Amalia, los apuros que pasó, le quitaron sus muebles, las groserías del señor Poncio, y Ambrosio dijo me alegro. ¿Qué? Sí, era una conchuda. ¿Qué? Sableaba a la gente, se las pasaba pidiéndole plata a don Fermín que ya la había ayudado tanto, una desconsiderada. Plántala, Amalia, búscate otra casa. Antes te planto a ti, dijo Amalia. Discutieron como una hora y sólo se amistaron a medias. Está bien, no hablarían más de ella, Amalia, no valía la pena que nos peleemos por esa loca.

Con los préstamos y lo que vendió, la señora estuvo viviendo mal que bien, mientras buscaba trabajo. Encontró al fin en un sitio de Barranco, La Laguna. Otra vez empezó a hablar de dejar de fumar y a amanecer muy maquillada. Nunca nombraba al señor Lucas, sólo venía a verla la señorita Queta. No era la de antes. No hacía bromas, no tenía la malicia, la gracia, esa manera tan despreocupada y alegre de antes. Ahora pensaba mucho en la plata. Quiñoncito está loco por ti chola, y ella no quería verlo ni en pintura, Quetita, no tiene un cobre. Después de un tiempo empezó a salir con hombres, pero nunca los hacía pasar, los tenía esperando en la puerta o en la calle mientras se alistaba. Le da vergüenza que vean cómo vive ahora, pensaba Amalia. Se levantaba y se servía su pisco con ginger ale. Oía la radio, leía el periódico, llamaba a la señorita Queta, y se tomaba dos, tres. Ya no se la veía tan guapa ni tan elegante.

Así se pasaban los días, las semanas. Cuando la señora dejó de cantar en La Laguna, Amalia se enteró sólo dos días después. Un lunes y un martes la señora se quedó en casa, ¿tampoco iba a ir a cantar esta noche, señora? No volvería a La Laguna más, Amalia, la explotaban, buscaría un sitio mejor. Pero los días siguientes no la vio muy ansiosa por encontrar otro trabajo. Se quedaba en cama, las cortinas cerradas, oyendo radio en la penumbra. Se levantaba pesadamente a prepararse un chilcanito y cuando Amalia entraba al cuarto la veía inmóvil, la mirada perdida en el humo, la voz floja y los gestos cansados. A eso de las siete comenzaba a pintarse la boca y las uñas, a peinarse, y a eso de las ocho la señorita Queta la recogía en su autito. Volvía al amanecer hecha un trapo, tomadísima, con una fatiga tan grande que a veces despertaba a Amalia para que la ayudara a desvestirse. Vea cómo está enflaqueciéndose, le dijo Amalia a la señorita Queta, dígale que coma, se va a enfermar. La señorita se lo decía, pero no le hacía caso. Todo el tiempo andaba llevando su ropa a una costurera de la avenida Brasil para que se la angostara. Cada día le daba a Amalia lo del diario y le pagaba su sueldo puntual, ¿de dónde sacaba plata? Ningún hombre se había quedado a dormir en el departamento de Magdalena todavía. Tendría sus cosas en la calle, a lo mejor. Cuando la señora comenzó a trabajar en el Montmartre, no habló más de dejar de fumar ni de corrientes de aire. Ahora hasta cantar le importaba un pito. Con qué desgano se maquillaba. Ni el arreglo y la limpieza de la casa le interesaban, ella que se ponía histérica cuando pasaba un dedo por la mesa y encontraba polvo. Ni se fijaba que los ceniceros se quedaban repletos de puchos, y no había vuelto a preguntarle en las mañanas ¿te duchaste, te echaste desodorante? El departamento se veía desordenado, pero Amalia no tenía tiempo para todo. Además, ahora la limpieza le costaba mucho más esfuerzo. La señora me contagió su flojera, le contaba a Ambrosio. Da no sé qué verla a la señora así, tan dejada, señorita, ¿sería porque no se conformaba de lo del señor Lucas? Sí, dijo la señorita Queta, y también porque el trago y las pastillitas para los nervios la tienen medio idiotizada.

Un día tocaron la puerta, Amalia abrió y era don Fermín. Tampoco la reconoció: Hortensia me está esperando. Cómo había envejecido desde la última vez, cuántas canas, qué ojos hundidos. La señora la mandó a comprar cigarrillos, y el domingo, cuando Amalia le preguntó a Ambrosio a qué vino don Fermín, él hizo ascos: a traerle plata, esa desgraciada lo había tomado de manso. ¿Qué te ha hecho la señora a ti, por qué la odias? A Ambrosio nada, pero a don Fermín lo estaba sangrando, abusando de lo bueno que era, cualquier otro la hubiera mandado al diablo. Amalia se enfurecía: qué te metes tú, qué te importa a ti. Busca otro trabajo, insistía él, ¿no ves que se muere de hambre?, déjala.

A veces la señora desaparecía dos, tres días, y al volver estuve de viaje, Amalia. Paracas, el Cusco, Chimbote. Desde la ventana, Amalia la divisaba subiendo a automóviles de hombres con su maletín. A algunos les conocía la voz, por el teléfono, y trataba de adivinar cómo eran, de qué edad. Una madrugada oyó voces, fue a espiar y vio a la señora en la salita con un hombre, riéndose y tomando. Después escuchó una puerta y pensó se metieron al cuarto. Pero no, el señor se había ido y la señora, cuando ella fue a preguntarle si ya quería almorzar, estaba echada en la cama vestida, con la mirada rarísima. Se la quedó viendo con una risita silenciosa y Amalia ¿se sentía mal? Nada, quieta, como si todo su cuerpo se hubiera muerto menos sus ojos que vagaban, mirando. Corrió al teléfono y esperó temblando la voz de la señorita Queta: se mató otra vez, ahí estaba en su cama, no oía, no hablaba, y la señorita Queta gritó cállate, no te asustes, óyeme. Café bien cargado, no llames al médico, ella ya venía. Tómese esto para que se mejore, señora, lloriqueaba Amalia, la señorita Queta ya venía. Nada, muda, sorda, mirando, así que ella le levantó la cabeza y le acercó la taza a la boca. Tomaba obediente, dos hilitos le chorreaban por el cuello. Así señora, todito, y le hacía cariños en la cabeza y le besaba las manos. Pero cuando la señorita Queta llegó, en vez de apenarse comenzó a decir lisuras. Mandó comprar alcohol, hizo que la señora tomara más café, entre ella y Amalia acostaron a la señora, le frotaron la frente y las sienes. Mientras la señorita la reñía, tonta, loca, inconsciente, la señora fue volviendo. Sonreía, qué era tanto laberinto, se movía, y la señorita estaba harta, no soy tu niñera, te vas a meter en un lío, si quieres matarte mátate pero no a pocos. Esa noche la señora no fue al Montmartre pero al día siguiente se levantó ya bien.

Una mañana después ocurrió el lío. Amalia volvía de la tienda y vio un patrullero en la puerta del edificio. Un policía y uno de civil discutían con la señora en la vereda. Déjenme telefonear, decía la señora, pero la agarraron de los brazos, la subieron al carro y partieron. Se quedó un rato en la calle, tan asustada que no se animaba a entrar. Llamó a la señorita y no estaba; llamó toda la tarde y no contestaba. A lo mejor se la habían llevado a la policía, a lo mejor vendrían y se la llevarían a ella también. Las sirvientas de los vecinos venían a averiguar qué pasó, adónde se la llevaron. Esa noche no pudo pegar los ojos: vienen, te van a llevar. Al día siguiente se apareció la señorita Queta y puso unos ojazos terribles cuando Amalia le contó. Corrió al teléfono: haga algo, señora Ivonne, no podían tenerla presa, todo era culpa de la Paqueta, atropellada, asustada la señorita también. Le dio una libra a Amalia: habían complicado a la señora en algo feo, a lo mejor vendrían policías o periodistas, anda vete donde tu familia por unos días. Tenía los ojos llenos de lágrimas y la oyó murmurar pobre Hortensia. Dónde iría, dónde iba. Fue donde su tía, que ahora tenía una pensioncita en Chacra Colorada. La señora se fue de viaje, tía, me dio vacación. Su tía la resondró por haberse perdido tanto tiempo, y la estuvo mirando, mirando. Por fin le agarró la cara y le examinó los ojos: mientes, te botó porque descubrió que estás encinta. Ella le negó, no estaba, protestó, de quién iba a estar encinta. Pero ¿y si su tía tenía razón, si era por eso que no sangraba? Se olvidó de la señora, de la policía, qué le iba a decir a Ambrosio, qué diría él. El domingo fue al paradero del Hospital Militar, rezando entre dientes. Comenzó a contarle lo de la señora, pero él ya sabía. Ya estaba en su casa, Amalia, don Fermín habló con amigos y la hizo soltar. ¿Y por qué la habían metido presa a la señora? Algo sucio haría, algo malo haría, y cambió de tema: Ludovico le había prestado el cuartito por toda la noche. Lo veían poco a Ludovico ya, Ambrosio le contaba que parecía que se iba a casar y que hablaba de comprarse una casita en la urbanización de Villacampa, qué progresos había hecho Ludovico, ¿no, Amalia? Fueron a un restaurancito del Rímac y él le preguntó por qué no comes. No tenía hambre, había almorzado mucho. ¿Por qué no hablaba? Estaba pensando en la señora, mañana iré tempranito a verla. Apenas entraron al cuartito se atrevió: mi tía dice que estoy encinta. Él se sentó de un brinco en la cama. Qué mierda lo que creía tu tía, la sacudió de un brazo, ¿estaba o no estaba? Sí, creía que sí, y se echó a llorar. En vez de consolarla, Ambrosio se puso a mirarla como si tuviera lepra y lo pudiera contagiar. No podía ser, repetía, no puede ser y se le atracaba la voz. Ella salió corriendo del cuartito. Ambrosio la alcanzó en la calle. Cálmate, no llores, atontado, la acompañó hasta el paradero y decía no me lo esperaba, no creas que me he enojado, me dejaste sonso. En la avenida Brasil se despidió de ella hasta el domingo. Amalia pensó: no va a venir más.

No estaba furiosa la señora Hortensia: hola, Amalia. La abrazó contenta, creía que te habías asustado y no volverías. Cómo se le ocurría, señora. Ya sé, dijo la señora, tú eres una amiga, Amalia, una de verdad. Habían querido embarrarla en algo que no había hecho, la gente era así, la mierda de la Paqueta así, todos así. Los días, las semanas volvieron a ser los de siempre, cada día un poquito peor por los apuros de plata. Un día tocó la puerta un hombre de uniforme. ¿A quién buscaba? Pero la señora salió a recibirlo, hola Richard, y Amalia lo reconoció. Era el mismo que había entrado a la casa esa madrugada, sólo que ahora estaba con gorra de aviador y un saco azul de botones dorados. El señor Richard era piloto de Panagra, se pasaba la vida viajando, patillas canosas, un mechón amarillo sobre la frente, gordito, pecoso, un español mezclado de inglés que daba risa. A Amalia le cayó simpático. Fue el primero en entrar al departamento, el primero en quedarse a dormir. Llegaba a Lima los jueves, se venía del aeropuerto de azul marino, se bañaba, descansaba un rato, y salían, volvían al amanecer haciendo bulla y dormían hasta el mediodía. A veces el señor Richard se quedaba en Lima dos días. Le gustaba meterse a la cocina, ponerse un mandil de

Amalia y cocinar. Ella y la señora, riéndose, lo veían freír huevos, preparar tallarines, pizzas. Era bromista, juguetón y la señora se llevaba bien con él. ¿Por qué no se casaba con el señor Richard, señora?, es tan bueno. La señora Hortensia se rió: era casado y con cuatro hijos, Amalia.

Habrían pasado dos meses y una vez el señor Richard llegó miércoles en vez de jueves. La señora estaba encerrada a oscuras, con su chilcanito en el velador. El señor Richard se asustó y llamó a Amalia. No se ponga así, lo calmaba ella, no era nada, ya le iba a pasar, eran los remedios. Pero el señor Richard hablaba en inglés, colorado del susto, y le daba a la señora unas cachetadas que escarapelaban, y la señora mirándolos como si no estuvieran ahí. El señor Richard iba a la sala, volvía, llamaba por teléfono y al fin salió y trajo un médico que le puso una inyección a la señora. Cuando el médico se fue, el señor Richard entró a la cocina y parecía un camarón: rojísimo, furiosísimo, comenzaba a hablar en español y se pasaba al inglés. Señor qué le pasa, por qué gritaba, por qué me insulta. Él daba manotazos y Amalia pensaba me va a pegar, se loqueó. Y en eso apareció la señora: con qué derecho alzaba la voz, con qué derecho gritas a Amalia. Lo comenzó a reñir por haber llamado al médico, ella lo gritaba a él y él a ella, y en la sala seguían gritando, gringo de mierda, metete de mierda, ruidos, una cachetada, y Amalia atolondrada cogió la sartén y salió pensando nos va a matar a las dos. El señor Richard se había ido y la señora lo insultaba desde la puerta. Entonces no pudo aguantarse, atinó a levantar el mandil pero fue por gusto, todo el vómito cayó al suelo. Al oír las arcadas la señora vino corriendo. Anda al baño, no te asustes, no pasa nada. Amalia se lavó la boca, volvió a la sala con un trapo mojado y una escoba, y, mientras limpiaba, oía a la señora riéndose. No había de qué asustarse, sonsa, hacía rato tenía ganas de largar a este idiota, y Amalia muerta de vergüenza. Pero, de repente, la señora se calló. Oye, oye, le vino una sonrisita de ésas de otros tiempos, mosquita muerta, ven, ven aquí. Sintió que enrojecía, ¿no estarás encinta, no?, que le daba vértigo, no señora, qué ocurrencia. Pero la señora la agarró del brazo: pedazo de boba, claro que estás. No enojada sino asombrada, riéndose. No señora, qué iba a estar, y sintió que le temblaban las rodillas. Se echó a llorar, ay señora. Mosquita muerta, decía la señora con cariño. Le trajo un vasito de agua, la hizo sentar, quién iba a pensar. Sí estaba, señora, todo este tiempo se había sentido tan mal: sed, mareos, esa sensación de que le jalaban el estómago. Lloraba a gritos y la señora la consolaba, por qué no me contaste, sonsa, si no tenía nada de malo, te hubiera llevado al médico, no hubieras trabajado tanto. Ella seguía llorando y, de repente: por él, señora, no quería que le contara, decía te va a botar. ¿Acaso no me conoces, sonsa, sonrió la señora Hortensia, se te ocurre que te iba a botar? Y Amalia: ese chofer, ese Ambrosio que usted conoce, el que le llevaba recaditos a San Miguel. No quería que nadie supiera, tiene sus manías. Lloraba a gritos y le contaba, señora, se portó mal una vez y ahora peor. Desde que supo del hijo se ha vuelto rarísimo, no quería hablar de él, Amalia le decía tengo vómitos y él cambia de conversación, Amalia ya se mueve y él hoy no puedo quedarme contigo, tengo que hacer. Ya sólo la veía un ratito los domingos, por cumplir, y la señora abría los ojos. ¿Ambrosio?, sí, no la había vuelto a llevar al cuartito, ¿el chofer de Fermín Zavala?, sí, le invitaba un lonche y se despedía, ¿años que te ves con él?, y la miraba y movía la cabeza y decía quién lo iba a creer. Era un loco, un maniático, toda la vida con sus secretos, señora, se avergonzaba de ella y ahora como la otra vez la iba a dejar. La señora se echó a reír y movía la cabeza, quién lo iba a creer. Y después, ya seria, ¿tú lo quieres, Amalia? Sí, era su marido, si ahora sabe que le conté todo la iba a dejar, señora, me puede hasta matar. Lloraba y la señora le trajo otro vasito de agua y la abrazó: no va a saber que me contaste, no la iba a dejar. Se quedaron conversando y la señora la tranquilizaba, nunca sabría, sonsa. ¿La había visto algún médico? No, ay qué tonta eres, Amalia. ¿De cuántos meses estaba? De cuatro, señora. Al día siguiente ella misma la llevó donde un doctor que la examinó y dijo el embarazo está muy bien. Esa noche llegó la señorita Queta y la señora, delante de Amalia, esta mujer está encinta, figúrate. ¿Ah, sí?, dijo la señorita Queta, como si no le llamara la atención. Y si supieras de quién, se rió la señora, pero al ver la cara de Amalia se puso un dedo en la boca: no se podía decir, chola, era un secreto.

¿Qué iba a pasar ahora? Nada, no la iba a botar. La señora la había llevado al médico y quería que se cuidara, no te agaches, no enceres, no levantes eso. Era buena la señora, y ella se sentía tan aliviada de habérselo contado a alguien. ¿Y si Ambrosio se enteraba? Qué importa si de todos modos te va a dejar, bruta. Pero no la dejaba, todos los domingos venía. Conversaban, tomaban lonche y Amalia pensaba qué falso, qué mentiroso todo lo que decimos. Porque hablaban de todo menos de eso. No habían vuelto al cuartito, iban a pasear o al cine y en la noche él la traía hasta el Hospital Militar. Se lo notaba preocupado, la mirada se le perdía por momentos, y ella pensaba pero tú de qué te pones así, ¿acaso le había pedido que se casaran, acaso plata? Un domingo, al salir de la vermouth, le escuchó la voz cortada: cómo te sientes, Amalia. Bien nomás, dijo ella, y mirando el suelo ¿le preguntaba eso por el hijo? Cuando nazca ya no podrás seguir trabajando, lo oyó decir. Y por qué no, dijo Amalia, qué crees que voy a hacer, de qué iba a vivir. Y Ambrosio: de eso tendré que encargarme yo. No habló más hasta que se despidieron. ¿Me encargaré yo?, pensaba a oscuras, frotándose la barriga, ¿él? ¿Quería decir vivir juntos, la casita?

El quinto, el sexto mes. Se sentía muy pesada ya, tenía que interrumpir el arreglo para recuperar el aliento, la cocina, hasta que pasaran los arrebatos de calor. Y un día la señora dijo nos mudamos. ¿Adónde, señora? A Jesús María, este departamento resultaba caro. Vinieron unos hombres a examinar los muebles y a discutir precios, volvieron con una camioneta y se llevaron las sillas, la mesa del comedor, la alfombra, el tocadiscos, el refrigerador, la cocina. Amalia sintió una opresión en el pecho al día siguiente, cuando vio las tres maletas y los diez paquetitos que contenían todas las cosas de la señora. De qué te apenas si a ella no le importa, no seas bruta. Pero se apenaba, pero era. ¿No le da tristeza quedarse casi sin nada, señora? No, Amalia ¿sabes por qué? Porque dentro de un tiempito se iría de este país. Si quieres te llevo al extranjero conmigo, Amalia, y se reía. ¿Qué le pasaba? ¿De dónde ese buen humor de repente, esos proyectos, esas ganas de hacer cosas de la señora? Amalia se quedó fría al ver el departamentito de General Garzón. No es que fuera tan chiquito, ¡pero tan viejo, tan feo! La salita comedor era minúscula, lo mismo el dormitorio, la cocinita y el baño parecían de juguete. En el cuarto de servicio, tan angosto, sólo cabía el colchón. Apenas tenía muebles y tan arruinados. ¿Aquí vivía antes la señorita Queta, señora? Sí, y Amalia no lo creía, con el carrito blanco que tenía y lo elegante que vestía, ella había pensado que la señorita viviría mucho mejor. ¿Y dónde se había ido la señorita ahora? A un departamento en Pueblo Libre, Amalia.

Desde que se mudaron a Jesús María la señora mejoró de ánimo, de hábitos. Se levantaba temprano, comía mejor, pasaba gran parte del día en la calle, conversaba. Y hablaba del viaje: a México, se iría a México, Amalia, y no volvería nunca. La señorita Queta venía a verla, y, desde la sofocante cocina, Amalia las oía hablando día y noche de lo mismo: se iría, viajaría. Era de veras, pensaba Amalia, se va a ir, y sintió pena. Por ti me estoy volviendo no sé cómo, decía tocándose la barriga, lloro de todo, todo me da pena, qué bruta me has vuelto. ¿Y cuándo iba a viajar, señora? Prontito, Amalia. Pero la señorita Queta no la tomaba muy en serio, Amalia la oía: no te hagas ilusiones, Hortensia, no creas que todo te va a salir tan fácil, te estás metiendo en honduras. Había algo raro pero qué, qué era. Se lo preguntó a la señorita Queta y ella le dijo las mujeres son idiotas, Amalia: la está llamando porque necesita plata, y la idiota de Hortensia se la va a llevar, y cuando tenga la plata en sus manos la va a largar otra vez. ¿El señor Lucas, señorita? Claro, quién iba a ser. Amalia creyó que se desmayaba. ¿Se iba a ir donde él? ¿La había dejado, le había robado y donde él? Pero ya no podía pensar mucho rato en la señora ni en nada, se sentía demasiado mal. La primera vez no había sentido ese cansancio, esa pesadez tan grande: sueño mañana y tarde y al regresar de la compra tenía que echarse. Se había llevado un banquito a la cocina y cocinaba sentada. Cómo has engordado, pensaba.

Era verano, Ambrosio tenía que llevar a los Zavala a Ancón y Amalia sólo lo veía un domingo sí y otro no. ¿No sería lo de Ancón una mentira, un pretexto para irse alejando de ella a poquitos? Porque de nuevo estaba rarísimo. Amalia iba a darle el encuentro a la avenida Arenales, con mil cosas para contarle, y qué baño de agua fría. ¿Así que la señora quería irse a México?, ajá, ¿a juntarse con ese cafiche?, ah bueno, ¿así que la casita de ahora era enana?, ah qué tal. No me estás oyendo, sí te estoy, en qué estás pensando, en nada. No importa, pensaba Amalia, ya no lo quiero. Su tía le había dicho cuando se vaya la señora te vienes acá, la señora Rosario le había dicho si te quedas en la calle ésta es tu casa y Gertrudis lo mismo. Si te has arrepentido de lo que me ofreciste, mejor olvídate y cambia de cara, le dijo un día, yo no te he pedido nada. Y él, asombrado ¿qué te he ofrecido? Vivir juntos, dijo ella. Y él: ah, eso, no te preocupes, Amalia. Cómo había podido amistarse, juntarse de nuevo con él. Una vez contó todas las palabras que Ambrosio había dicho ese domingo y no llegaban a cien. ¿Estaba esperando que ella tuviera el hijo para dejarla? No, antes lo dejaría Amalia a él. Se buscaría una casa donde trabajar, no lo vería más, qué dulce sería la venganza cuando él viniera llorando a pedirle perdón: fuera, no te necesito, lárgate.

Seguía engordando, y la señora hablaba todo el tiempo del viaje, ¿pero cuándo iba a viajar? No sabía exactamente cuándo pero pronto, Amalia. Una noche la oyó discutiendo a gritos con la señorita Queta. Estaba tan adolorida que no se levantó a espiar: he sufrido mucho, todos le habían dado patadas, no tengo por qué guardar consideraciones a nadie. Te vas a fregar, decía la señorita, la verdadera patada sólo ahora te la van a dar, loca. Una mañana, al regresar del mercado, vio un auto en la puerta: era Ambrosio. Se le acercó pensando qué vendrá a decirme, pero él la recibió poniéndose un dedo en la boca: chist, no subas, ándate. Don Fermín estaba arriba con la señora. Ella se fue a sentar a la placita de la esquina: nunca cambiaría, toda la vida seguiría con sus cobardías. Lo odiaba, le tenía asco, Trinidad era mil veces mejor. Cuando vio partir el carro entró a la casa y la señora parecía una fiera. Requintaba, fumaba, empujaba las sillas y, al ver a Amalia, qué haces ahí mirándome como una idiota, anda a la cocina. Se fue a encerrar a su cuarto, resentida. Nunca me habías insultado, pensaba. Se quedó dormida. Cuando salió a la salita, la señora no estaba. Volvió al anochecer, arrepentida de haberla gritoneado. Estaba nerviosa, Amalia, un hijo de puta le había dado un colerón. Que se fuera a acostar nomás, no te preocupes de la comida.

Esa semana se sintió peor. La señora pasaba el día en la calle, o en su cuarto hablando a solas, con un malhumor terrible. El jueves en la mañana se estaba agachando a recoger un secador cuando sintió que se le quebraban los huesos y cayó al suelo. Trataba de levantarse y no podía. Se fue arrastrando hasta el teléfono: ya está, ya está señorita y la señora no estaba, los dolores, las piernas mojaditas, me estoy muriendo. Mil años después la señora y la señorita entraron a la casa y las vio como en sueños. Casi en peso la bajaron las gradas, la subieron al carrito y la llevaron a la Maternidad: no te asustes, todavía no iba a nacer, vendrían a verla, volverían, tranquilita Amalia. Los dolores venían muy seguiditos, había un olor a trementina que daba náuseas. Quería rezar y no podía, se iba a morir. La habían subido a una camilla y una vieja con pelos en el cuello le estaba quitando la ropa y riñéndola. Pensó en Trinidad mientras sentía que se le rasgaban los músculos y que le hundían un cuchillo entre la cintura y la espalda.

Cuando despertó, sentía su cuerpo como una llaga y carbones humeando en el estómago. No tenía fuerzas para gritar, pensaba ya me morí. Unas pelotas tibias le cerraban la garganta y no podía vomitar. Poco a poco fue reconociendo la sala llena de camas, las caras de las mujeres, el techo altísimo y sucio. Has estado durmiendo tres días, le dijo su vecina de la derecha, y la de la izquierda: te daban de comer con tubos. Te salvaste de milagro, le dijo una enfermera, y tu hijita también. El doctor que hizo la visita: cuidadito con tener más hijos, hago milagros una sola vez por paciente. Después, una madre buenísima le trajo un bultito que se movía: pequeñita, peludita, no había abierto aún los ojos. Se le pasó la sed, el dolor, y se sentó en la cama a darle de mamar. Sintió cosquillas en el pezón y se echó a reír como loca. ¿No tienes familia?, le dijo la de la izquierda, y la de la derecha: menos mal que te salvaste, a las que no tienen familia las despachaban a la fosa común. ¿No había venido nadie a verla? No. ¿Una señora muy blanca de pelo negro con unos ojazos no había venido? No. ¿Una señorita alta, buena moza, de pelos rojos tampoco? No, nadie. Pero por qué, pero cómo. ¿Ni habían llamado a preguntar por ella? ¿Se habían portado así, la habían dejado botada sin venir, sin preguntar? Pero no se enfureció ni apenó. Las cosquillas subían y bajaban por todo su cuerpo y el bultito seguía afanándose, quería más. ¿No habían venido ésas? y se moría de risa: qué chupabas tanto si ya no sale más, tonta.

Al sexto día, el doctor dijo estás bien, te doy de alta. Cuídate, había quedado muy débil con la operación, descansa por lo menos un mes. Y nunca más hijos, ya sabía. Se levantó y le vino un vértigo. Había enflaquecido, estaba amarilla y con los ojos hundidos. Se despidió de sus vecinas, de la madrecita, pasito a paso salió a la calle y en la puerta un policía le paró un taxi. A su tía le tembló la boca al verla aparecer en Chacra Colorada con la niña en los brazos. Se abrazaron, lloraron juntas. ¿Tan perra se había portado la señora que ni llamó a preguntar ni te fue a ver? Sí, así, y ella tan bruta que siempre la había ayudado y no había querido plantarla. ¿Y el tipo tampoco se apareció? Tampoco, tía. Cuando estés sana iremos a la policía, dijo la tía, harán que la reconozca y te dé plata. La casita tenía tres cuartos, en uno dormía la tía y en los otros sus pensionistas, que eran cuatro. Una pareja de viejitos, que pasaban el día oyendo la radio y cocinándose en un primus que llenaba de humo la casa; él había sido empleado de correos y se acababa de jubilar. Los otros eran dos ayacuchanos, uno heladero de D'Onofrio y el otro sastre. No comían en la pensión, paraban cantando en quechua en las noches. La tía le puso un colchón en su dormitorio, y Amalita dormía con ella. Estuvo una semana casi sin moverse de la cama, con mareos vez que se paraba. No se aburría. Jugaba con Amalita, la contemplaba, le hablaba al oído: irían a cobrarle el sueldo a esa ingrata y a decirle no voy a trabajar más donde usted, y si el desgraciado daba cara un día fuera, chau, no te necesitamos. A lo mejor te coloco en una bodeguita de unas amigas de Breña, decía su tía.

A los ocho días le habían vuelto las fuerzas y su tía le prestó plata para el ómnibus: sácale hasta el último centavo, Amalia. Me verá y se arrepentirá, pensaba, me rogará que me quede. No vayas a ser tan bruta de nuevo. Llegó a General Garzón con la niña en brazos y en la puerta del edificio se encontró con Rita, la sirvienta coja del primer piso. Le sonrió y pensó qué tengo, qué tiene ésta: hola, Rita. La miraba con la boca abierta, como lista para correr. ¿Tanto cambié que no me conoces?, se rió Amalia, soy la del segundo piso, era Amalia. ¿Te soltaron?, dijo Rita, ¿le habían pegado? ¿La policía, me pegaron? ¿Si me ven contigo no me llevarán?, dijo Rita, asustada, ¿no le pegarían a ella también? Porque sólo faltaba eso, ya la habían gritoneado, preguntado su vida y milagros, y lo mismo a la del frente y a la del tercero y el cuarto, de mala manera, dónde está, dónde se fue, dónde se escondió, por qué desapareció la tal Amalia. De malas maneras, con lisuras, amenazando, confiesa o vas adentro. Como si nosotras supiéramos algo, dijo Rita. Dio un paso hacia Amalia y bajó la voz: ¿dónde te encontraron, qué te dijeron, Amalia les confesó quién la había matado? Pero Amalia se había recostado en la pared y balbuceaba cógela, cógela. Rita cargó a Amalita, qué pasa, qué tenía, qué te hicieron. La hizo entrar a la cocina del primer piso. Menos mal que los señores no están, siéntate, toma agua. ¿Matado?, repetía Amalia, y Rita, con Amalita en los brazos, no grites así, no tiembles así, ¿a la señora Hortensia la habían matado? Rita iba a mirar a la ventana, había echado llave a la puerta, por fin le devolvió la criatura, cállate, van a oír todo los vecinos. Pero dónde había estado, cómo no se iba a haber enterado, si había salido en los periódicos, si aparecían tantas fotos de la señora, ¿en la Maternidad no hablaban, no había oído las radios? Y Amalia, sintiendo cómo le chocaban los dientes, algo calientito, Rita, un té, cualquier cosa. Rita le preparó una tacita de café. Qué más quieres que te libraste, decía, los policías, los periodistas, venían y tocaban y preguntaban, se iban y venían otros, todos querían saber dónde estabas, algo sabrá cuando se fue, algo haría cuando se escondió, menos mal que no te encontraron, Amalia. Ella tomaba su café a sorbitos, decía sí, muchas gracias Rita, y mecía a Amalita que estaba llorando. Se iría, se escondería, sí, nunca volvería, y Rita: si te pescan te tratarán peor que a nosotras, a ella Dios sabe lo que le harían. Amalia se paró, gracias de nuevo, y salió. Creyó que se iba a desmayar, pero al llegar a la esquina le había pasado el mareo, y andaba de prisa, aplastando a Amalita contra su pecho para que no se oyera su llanto. Un taxi y no paró, otro, y ella seguía trotando, eran policías, ése era, ése la iba a agarrar al pasar a su lado, y por fin paró uno. Su tía la resondró cuando le pidió para el taxi. Podías venirte en ómnibus, ella no era rica. Se fue a encerrar en su cuarto. Tenía tanto frío que se abrigó con las frazadas de su tía y sólo al atardecer dejó de hacerse la dormida y contestó las preguntas: no, la señora no estaba, tía, había salido de viaje. Sí, claro que volvería a cobrarle; por supuesto que no se dejaría robar, tía. Y pensaba: tengo que telefonear. Le abrió la cartera a su tía, le sacó un sol y fue a la bodega de la esquina. No se había olvidado del número, lo recordaba clarito. Pero contestó una voz de chiquilla que no conocía: no, ahí no vivía ninguna señorita Queta. Volvió a llamar y un hombre: no era ahí, no la conocían, ellos acababan de mudarse ahí, tal vez era la antigua inquilina. Se apoyó contra un árbol, para recuperar el aliento. Se sentía tan asustada, pensaba el mundo se ha vuelto loco. Por eso no había ido a la Maternidad, ése era el crimen de que hablaban en la radio, y a ella la estaban buscando. Se la llevarían, le harían preguntas, le pegarían, la matarían como a Trinidad.

Pasó unos días sin salir de la casa, ayudando a su tía en el arreglo. No abría la boca, pensaba la mataron, se murió. Se le paraba el corazón cuando tocaban la puerta. Al tercer día fueron con su tía a la parroquia a bautizar a Amalita y cuando el padre preguntó ¿qué nombre? ella contestó: Amalia Hortensia. Se pasaba las noches en blanco, abrazando a Amalita, sintiéndose vacía, culpable, perdón por haber pensado mal de usted, ella cómo podía saber, señora, pensando qué sería de la señorita Queta. Pero al cuarto día reaccionó: haces un mundo de todo, de qué tanto miedo, bruta. Iría a la policía, estuve en la Maternidad, averigüen, verían que era cierto y la dejarían en paz. No: la insultarían, no le creerían. Al atardecer su tía la mandó a comprar azúcar y cuando estaba cruzando la esquina una figura se apartó del poste y le cerró el paso, Amalia dio un grito: te espero hace horas, dijo Ambrosio. Se dejó ir contra él, incapaz de hablar. Estuvo así, tragándose las lágrimas y los mocos, la cara en el pecho de él, y Ambrosio la consolaba. La gente estaba mirando, no llores, hacía tres semanas que la buscaba, ¿y el hijito, Amalia? La hijita, sollozaba ella, sí, había nacido bien. Ambrosio sacó un pañuelo, le limpió la cara, la hizo estornudar, la llevó a un café. Se sentaron en una mesita del fondo. Él le había pasado el brazo, la dejaba llorar dándole palmaditas. Está bien, estaba bien, Amalia, ya basta. ¿Lloraba por lo de la señora Hortensia? Sí, y por lo que se sentía tan sola, tan asustada. La policía me anda buscando, como si ella supiera algo, Ambrosio. Y porque creía que él la había abandonado. Y cómo iba a ir a verte a la Maternidad, sonsa, ¿acaso él sabía, acaso iba a adivinar? Había ido a esperarla a Arenales y no viniste, cuando salió en los periódicos lo de la señora te estuve buscando como loco, Amalia. Había ido a la casa donde vivía antes tu tía, en

Surquillo, y de ahí lo mandaron a Balconcillo, y de ahí a Chacra Colorada, pero sólo sabían la calle, no el número. Había venido, preguntado por todas partes, todos los días, pensando va a salir a la calle, la voy a encontrar. Menos mal que al fin, Amalia. ¿Y la policía?, dijo Amalia. No vas a ir, dijo él. Le había preguntado a Ludovico y creía que te tendrían encerrada lo menos un mes, preguntándole, averiguando. Mejor que ni le vean la cara, mejor que se vaya un tiempito de Lima hasta que nos olvidemos de ella. Y cómo se iba a ir, hacía pucheros Amalia, adónde se iba a ir. Y él: conmigo, juntos. Ella lo miró a los ojos: sí Amalia. Parecía de verdad, que lo tenía ya decidido. La miraba muy serio, ¿crees que voy a permitir que te metan presa ni un día?, su voz era muy grave, se irían de viaje mañana. ¿Y tu trabajo? Era lo de menos, trabajaría por su cuenta, se irían. Ella no le quitaba la vista, tratando de creer, pero no podía. ¿A vivir juntos? ¿Mañana? A la montaña, dijo Ambrosio, y le acercó la cara: por un tiempo, volverían cuando ya no se acuerden de ti. Ella sintió que todo se derrumbaba de nuevo: ¿Ludovico le había dicho? Pero por qué la buscaban, qué había hecho, qué sabía ella. Ambrosio la abrazó: no pasaría nada, se irían mañana en el tren, después tomarían un ómnibus. En la montaña nadie la encontraría. Se acurrucó contra él, ¿hacía todo esto porque la quería, Ambrosio? Claro, tonta, por qué crees. En la montaña había un pariente de Ludovico, trabajaría con él, los ayudaría. Ella se sentía atontada de susto y de asombro. No le digas nada a tu tía, no se lo diría, que nadie supiera, nadie sabría. No fuera que, ella no, claro, sí. ¿Conocía Desamparados? Sí, conocía. La acompañó hasta la esquina, le dio plata para el taxi, te sales con cualquier pretexto y se venía calladita. Toda la noche, los ojos abiertos, oyó la respiración de su tía y los ronquidos cansados que salían del cuarto de los viejos. Voy a cobrarle de nuevo a la señora, le dijo al día siguiente a su tía. Tomó un taxi y cuando llegó a Desamparados, Ambrosio apenas si miró a Amalita Hortensia. ¿Ésta era? Sí. La hizo entrar a la estación, esperar sentada en una banca entre serranitos con atados. Él se había traído dos grandes maletas y yo ni un pañuelo, pensaba Amalia. No se sentía contenta de irse, de vivir con él; se sentía rara.

IV

—Ya era hora, Ambrosio —dijo Ludovico—. Basta que uno esté jodido para que los amigos le vuelvan la espalda.

—¿Crees que no hubiera venido a verte antes? —dijo Ambrosio—. Sólo supe esta mañana, Ludovico, porque me encontré en la calle a Hipólito.

—¿Ese hijo de puta te contó? —dijo Ludovico—. Pero no te contaría todo.

—Qué es de Ludovico, qué pasó —dijo Ambrosio—. Un mes que se fue a Arequipa y hasta ahora ni noticia.

—Está vendado de pies a cabeza en el Hospital de Policía —dijo Hipólito—. Los arequipeños lo hicieron una mazamorra.

Era de madrugada todavía cuando el que daba las órdenes pateó la puerta del galpón y gritó ya nos fuimos. Había estrellas, todavía no estaba trabajando la desmotadora, hacía friecito. Trifulcio se enderezó en la tarima, gritó estoy listo y mentalmente le requintó la madre al que daba las órdenes. Dormía vestido, sólo tenía que ponerse la chompa, el saco y los zapatos. Salió al caño a mojarse la cara, pero el vientecito lo desanimó y sólo se enjuagó la boca. Se alisó los pelos crespos, se limpió las legañas con los dedos. Volvió al galpón y Téllez, Urondo y el capataz Martínez ya estaban levantados, protestando por el madrugón. Había luces en la casa-hacienda y la camioneta estaba en la puerta. Las cholas de la cocina les alcanzaron unos tazones de café caliente que bebieron rodeados de perros gruñones. Don Emilio salió a despedirlos, en zapatillas y bata: bueno, muchachos, a portarse bien allá. No se preocupe don Emilio, se portarían bien senador. Arriba, dijo el que daba las órdenes. Téllez se sentó adelante, y atrás Trifulcio, Urondo y el capataz Martínez. Querías la ventana pero entré por la otra puerta y te la gané, Urondo, pensó Trifulcio. No se sentía bien, le dolía el cuerpo. Listo, a Arequipa, dijo el que daba las órdenes. Y arrancó.

—Luxaciones, contusiones, derrames —dijo Ludovico—. Cuando hace la visita, el doctor me da una clase de medicina, Ambrosio. Qué días tan conchesumadre estoy pasando.

—Con Amalia nos estábamos acordando el domingo, justamente —dijo Ambrosio—. De las pocas ganas que tenías de ir a Arequipa.

—Ahora por lo menos puedo dormir —dijo Ludovico—. Los primeros días hasta las uñas me dolían, Ambrosio.

—Pero te has armado, tómalo por ahí —dijo Ambrosio—. Te han molido en acto de servicio y tienen que premiarte.

—¿Y quiénes son ésos de la Coalición? —dijo Téllez.

—Fue en acto de servicio y no fue —dijo Ludovico—. Nos mandaron, pero no nos mandaron. Tú no sabes el burdel que resultó eso, Ambrosio.

—Conténtate con saber que unos mierdas —se rió el que daba las órdenes—. Y que vamos a joderles su manifestación.

—Preguntaba para buscar algún tema de conversación y animar un poco el viaje —dijo Téllez—. Está aburridísimo.

Sí, pensó Trifulcio, aburridísimo. Trataba de dormir, pero la camioneta brincaba y él se andaba golpeando la cabeza contra el techo y el hombro contra la puerta. Tenía que viajar agachado, prendido al espaldar de adelante. Se hubiera sentado en el centro, queriendo joder a Urondo se había jodido él. Porque Urondo, acuñado entre Trifulcio y el capataz Martínez que le amortiguaban los barquinazos, roncaba. Trifulcio miró por la ventana: arenales, la serpentina negra perdiéndose entre nubes de polvo, el mar y gaviotas que se zambullían. Te estás poniendo viejo, pensó, un madrugón y se te oxida todo el cuerpo.

—Unos millonarios que antes le lamían las botas a Odría y ahora quieren fregarle la paciencia —dijo el que daba las órdenes—. Eso es la Coalición.

—¿Y por qué les permite Odría que hagan manifestaciones contra él? —dijo Téllez—. Se ha ablandado mucho. Antes, al que chistaba, calabozo y palo. ¿Por qué ahora ya no?

—Odría les dio la mano y se le subieron hasta el codo —dijo el que daba las órdenes—. Pero hasta aquí nomás llegaron. En Arequipa escarmentarán.

Sobón, pensó Trifulcio, mirando la nuca rapada de Téllez. ¿Qué sabía él de política, qué le importaba la política? Le hacía preguntas de puro adulón. Sacó un cigarrillo y para encenderlo tuvo que empujar a Urondo. Abrió los ojos sobresaltado ¿qué, ya llegamos? Qué iban a llegar, recién acababan de pasar Chala, Urondo.

—Es una historia que no hay por donde contarla, porque todo fueron mentiras —dijo Ludovico—. Todo salió al revés. Nos engañó todo el mundo, hasta don Cayo.

—Tampoco exageres —dijo Ambrosio—. Si alguien se fregó con lo de Arequipa fue él. Perdió el Ministerio y ha tenido que irse del Perú.

—Tu jefe estará feliz con lo que ha pasado ¿no? —dijo Ludovico.

—Claro que sí, don Fermín más que nadie —dijo Ambrosio—. A él no le importaba tanto fregar a Odría como a don Cayo. Tuvo que esconderse unos días, creía que lo iban a detener.

La camioneta entró a Camaná a eso de las siete. Comenzaba a oscurecer y había poca gente en la calle. El que daba las órdenes los llevó de frente a un restaurante. Bajaron, se desperezaron. Trifulcio sentía calambres y escalofríos. El que daba las órdenes escogió el menú, pidió cervezas y dijo voy a hacer averiguaciones. Qué te está pasando, pensó Trifulcio, ninguno de éstos se ha cansado como tú. Téllez, Urondo y el capataz Martínez comían haciendo bromas. Él no tenía hambre, sólo sed. Se tomó un vaso de cerveza sin respirar y se acordó de Tomasa, de Chincha. ¿Pasaremos la noche aquí?, decía Téllez, y Urondo ¿habría bulín en Camaná? Seguramente, dijo el capataz Martínez, bulines e iglesias no faltaban en ninguna parte. Al fin le preguntaron qué te pasa, Trifulcio. Nada, un poco resfriado. Lo que le pasa es que está viejo, dijo Urondo. Trifulcio se rió pero en sus adentros lo odió. Cuando comían el dulce volvió el que daba las órdenes, de malhumor: qué confusión era ésta, quién entendía este enredo.

—Ninguna confusión —dijo el subprefecto—. El ministro Bermúdez en persona me lo explicó por teléfono clarito.

—Pasará un camión con gente del senador Arévalo, subprefecto —dijo Cayo Bermúdez—. Atiéndalos en todo lo que haga falta, por favor.

—Pero el señor Lozano sólo le pidió a don Emilio cuatro o cinco —dijo el que daba las órdenes—. ¿De qué camión habla? ¿Se volvió loco el ministro?

—¿Cinco para romper una manifestación? —dijo el subprefecto—. Alguien se volvió loco, pero no el señor Bermúdez. Me dijo un camión, veinte o treinta tipos. Yo, por si acaso, preparé camas para cuarenta.

—Traté de hablar con don Emilio y ya no está en la hacienda, se fue a Lima —dijo el que daba las órdenes—. Y con el señor Lozano y no está en la Prefectura. Ah, carajo.

—No se preocupe, nosotros cinco bastamos y sobramos —se rió Téllez—. Tómese una cervecita, señor.

—¿Usted no puede conseguirnos algún refuerzo? —dijo el que daba las órdenes.

—Qué esperanza —dijo el subprefecto—. Los camanejos son unos ociosos. Aquí el Partido Restaurador soy yo solito.

—Bueno, ya se verá cómo se arregla este lío —dijo el que daba las órdenes—. Nada de bulín, nada de seguir chupando. A dormir. Hay que estar fresquitos para mañana.

El subprefecto les había preparado alojamiento en la comisaría y apenas llegaron Trifulcio se tumbó en su litera y se envolvió en la frazada. Quieto y abrigado se sintió mejor. Téllez, Urondo y el capataz Martínez habían traído a escondidas una botella y se la pasaban de cama a cama, conversando. Él los oía: si habían pedido un camión la cosa sería brava, decía Urondo. Bah, el senador Arévalo les dijo trabajo fácil, muchachos, y hasta ahora nunca nos engañó, decía el capataz Martínez. Además, si algo fallaba para eso estaban los cachacos, decía Téllez. ¿Sesenta, sesenta y cinco?, pensaba Trifulcio, ¿cuántos tendré ya?

—Me fue mal desde que tomamos el avión aquí —dijo Ludovico—. Se movía tanto que me descompuse y le vomité encima a Hipólito. Llegué a Arequipa hecho una ruina. Tuve que entonarme con unos piscachos.

—Cuando los periódicos contaban lo del teatro, que había muertos, ay caracho, pensaba yo —dijo Ambrosio—. Pero tu nombre no aparecía entre las víctimas.

—Nos mandaron al matadero a sabiendas —dijo Ludovico—. Oigo teatro y empiezo a sentir las trompadas. Y el ahogo, Ambrosio, ese ahogo terrible.

—Cómo pudo armarse un lío así —dijo Ambrosio—. Porque toda la ciudad se levantó contra el gobierno ¿no, Ludovico?

—Sí —dijo el senador Landa—. Tiraron granadas en el teatro y hay muertos. Bermúdez es hombre al agua, Fermín.

—Si Lozano quería un camión, por qué le dijo a don Emilio cuatro o cinco bastan —maldijo, por décima vez, el que daba las órdenes—. ¿Y dónde están Lozano y don Emilio, por qué no se puede hablar por teléfono con nadie?

Habían salido de Camaná todavía oscuro, sin desayunar, y el que daba las órdenes no hacía más que requintar. Te pasaste la noche tratando de telefonear y te mueres de sueño, pensaba Trifulcio. Él tampoco había podido dormir. El frío aumentaba a medida que la camioneta trepaba la sierra. Trifulcio cabeceaba a ratos y oía a Téllez, a Urondo y al capataz Martínez pasándose cigarros. Te volviste viejo, pensaba, un día te vas a morir. Llegaron a Arequipa a las diez. El que daba las órdenes los llevó a una casa donde había un cartel con letras rojas: Partido Restaurador. La puerta estaba cerrada. Manazos, timbrazos, nadie abría. En la angosta callecita la gente entraba a las tiendas, el sol no calentaba, unos canillitas voceaban periódicos. El aire era muy limpio, el cielo se veía muy hondo. Por fin vino a abrir un muchachito sin zapatos, bostezando. Por qué estaba cerrado el local del partido, lo riñó el que daba las órdenes, si eran ya las diez. El muchachito lo miró asombrado: estaba cerrado siempre, sólo se abría el jueves en la noche, cuando venían el doctor Lama y los otros señores. ¿Por qué le decían ciudad blanca a Arequipa si ninguna casa era blanca?, pensaba Trifulcio. Entraron. Escritorios sin papeles, sillas viejas, fotos de Odría, carteles, Viva la Revolución Restauradora, Salud, Educación, Trabajo, Odría es Patria. El que daba las órdenes corrió al teléfono: qué pasó, dónde estaba la gente, por qué no había nadie esperándolos.

Téllez, Urondo y el capataz Martínez tenían hambre: ¿podían salir a tomar desayuno, señor? Vuelvan dentro de cinco minutos, dijo el que daba las órdenes. Les dio una libra y partió en la camioneta. Encontraron un café con mesitas de manteles blancos, pidieron café con leche y sándwiches. Miren, dijo Urondo, Todos Al Teatro Municipal Esta Noche, Todos Con La Coalición, habían hecho su propagandita. ¿Tendré soroche?, pensaba Trifulcio. Respiraba y era como si no entrara el aire a su cuerpo.

—Bonito Arequipa, limpio —dijo Ludovico—. Algunas hembritas en la calle que no estaban mal. Chapocitas, claro.

—¿Qué te hizo Hipólito? —dijo Ambrosio—. A mí él no me contó nada. Sólo nos fue mal, hermano, y se despidió.

—Le remuerde la conciencia su mariconería —dijo Ludovico—. Qué cobardía de tipo, Ambrosio.

—Y pensar que yo pude estar ahí, Ludovico —dijo Ambrosio—. Menos mal que don Fermín no fue.

—¿Sabes a quién nos encontramos de jefazo en el puesto de Arequipa? —dijo Ludovico—. A Molina.

—¿Al Chino Molina? —dijo Ambrosio—. ¿No estaba en Chiclayo?

—¿Te acuerdas de los humos que se daba con los que no éramos del escalafón? —dijo Ludovico—. Ahora es otra persona. Nos recibió como si hubiéramos sido íntimos.

—Bienvenidos, colegas, adelante —dijo Molina—. ¿Los otros se quedaron en la plaza siriando a las arequipeñas?

—Cuáles otros —dijo Hipólito—. Sólo hemos venido Ludovico y yo.

—Cómo cuáles otros —dijo Molina—. Los veinticinco otros que me prometió el señor Lozano.

—Ah, sí, le oí que a lo mejor vendría también gente de Puno y de Cusco —dijo Ludovico—. ¿No han llegado?

—Acabo de hablar con el Cusco y Cabrejitos no me indicó nada —dijo Molina—. No entiendo. Además, no hay mucho tiempo. El mitin de la Coalición es a las siete.

—Los engaños, las mentiras, Ambrosio —dijo Ludovico—. Las confusiones, las mariconadas.

—Ya veo, es una emboscada —dijo don Fermín—. Bermúdez ha estado esperando que la Coalición creciera y ahora quiere darnos el zarpazo. Pero por qué escogió Arequipa, don Emilio.

—Porque será un buen golpe publicitario —dijo don Emilio Arévalo—. La Revolución de Odría fue en Arequipa, Fermín.

—Quiere demostrarle al país que Arequipa es odriísta —dijo el senador Landa—. El pueblo arequipeño impide el mitin de la Coalición. La oposición queda en ridículo y el Partido Restaurador tiene cancha libre para las elecciones del cincuenta y seis.

—Va a mandar veinticinco soplones de Lima —dijo don Emilio Arévalo—. Y a mí me ha pedido una camionada de cholos buenos para la pelea.

—Ha preparado su bomba con todo cuidado —dijo el senador Landa—. Pero esta vez no será como cuando lo de Espina. Esta vez la bomba le reventará en las manos.

—Molina quería hablar con el señor Lozano y se había hecho humo —dijo Ludovico—. Y lo mismo don Cayo. Su secretario contestaba no está, no está.

—¿Mandarte refuerzos, Chino? —dijo Cabrejitos—. Estás soñando. Nadie me ha dicho nada, y aunque quisiera no podría. Mi gente anda tapada de trabajo.

—El Chino Molina se jalaba los pelos —dijo Ludovico.

—Menos mal que el senador Arévalo nos manda ayuda —dijo Molina—. Cincuenta, parece, y muy fogueados. Con ellos, ustedes y la gente del cuerpo haremos lo que se pueda.

—Yo quisiera probar esos rocotos rellenos de Arequipa, Ludovico —dijo Hipólito—. Aprovechando que estamos aquí.

Después de desayunar, sin obedecer las órdenes, se fueron a dar un paseíto por la ciudad: callecitas, solcito frío, casitas con rejas y portones, adoquines que brillaban, curas, iglesias. Los portales de la plaza de Armas parecían los muros de una fortaleza. Trifulcio tomaba aire con la boca abierta y Téllez señalaba las paredes: qué manera de hacer propaganda los de la Coalición. Se sentaron en una banca de la plaza, frente a la fachada gris de la catedral, y pasó un auto con parlantes: Todos Al Teatro Municipal A Las Siete, Todos A Oír A Los Líderes De La Oposición. Por las ventanas del auto tiraban volantes que la gente recogía, hojeaba y botaba. La altura, pensaba Trifulcio. Se lo habían dicho: el corazón como un tambor y te falta la respiración. Se sentía como si hubiera corrido o peleado: el pulso rápido, las sienes desbocadas, las venas duras. O a lo mejor la vejez, pensaba Trifulcio. No se acordaban del camino de regreso y tuvieron que preguntar. ¿El Partido Restaurador?, decía la gente, ¿cómo se come eso? Vaya partido el de Odría, se reía el capataz Martínez, ni saben dónde está. Llegaron y el que daba las órdenes los riñó ¿se creían que habían venido a hacer turismo? Había dos tipos con él. Uno bajito, con anteojos y corbatita, y otro cholón y maceteado, en mangas de camisa, y el bajito estaba riñendo al que daba las órdenes: le habían prometido cincuenta y le mandaban cinco. No se iban a burlar así de él.

—Llame a Lima, doctor Lama, trate de ubicar a don Emilio, o a Lozano, o al señor Bermúdez —dijo el que daba las órdenes—. Yo traté toda la noche y no he podido. Yo no sé, yo entiendo menos que usted. El señor Lozano le dijo a don Emilio cinco y aquí estamos, doctor. Que ellos le expliquen quién se equivocó.

—No es que nos falte gente, sino que necesitábamos especialistas, tipos cancheros —dijo el doctor Lama—. Y, además, protesto por el principio. Me han mentido.

—Qué importa que no hayan venido más, doctor —dijo el cholón maceteado—. Iremos al Mercado, levantaremos trescientos y lo mismo les echaremos el teatro abajo.

—¿Estás seguro de la gente del Mercado? —dijo el que daba las órdenes—. No me fío mucho de ti, Ruperto.

—Recontraseguro —dijo Ruperto—. Yo tengo experiencia. Levantaremos todo el Mercado y caeremos al Teatro Municipal como un huayco.

—Vamos a ver a Molina —dijo el doctor Lama—. Ya debe haber llegado su gente.

—Y en la Prefectura nos encontramos a los famosos matones del senador Arévalo —dijo Ludovico—. Los cincuenta eran sólo cinco, Ambrosio.

—Alguien le está tomando el pelo a alguien, aquí —dijo Molina—. Esto no es posible, señor prefecto.

—Estoy tratando de hablar con el ministro para pedirle instrucciones —dijo el prefecto—. Pero parece que su secretario me lo estuviera negando. No está, ya se fue, no llegó todavía. Alcibíades, el afeminadito ese.

—Esto no es malentendido, esto es sabotaje —dijo el doctor Lama—. ¿Éstos son sus refuerzos, Molina? ¿Dos en lugar de veinticinco? Ah no, esto sí que no.

—Alcibíades es hombre mío —dijo don Emilio Arévalo—. Pero la clave es Lozano. Es bastante comprensivo y odia a Bermúdez. Eso sí, habrá que calentarle la mano.

—Cinco pobres diablos, para remate uno de ellos viejo y con soroche —dijo Ludovico—. ¿Usted cree que esos cinco y nosotros dos vamos a romper un mitin? Ni que fuéramos supermanes, señor prefecto.

—Se le dará lo que haga falta —dijo don Fermín—. Yo hablaré con Lozano.

—Habrá que recurrir a su gente, Molina —dijo el prefecto—. No estaba en los planes, el señor Bermúdez no quería que la gente de acá entrara a la candela. Pero no hay otro remedio.

—Usted no, Fermín —dijo el senador Arévalo—. Usted es de la Coalición, oficialmente un enemigo del gobierno. Yo soy del régimen, a mí Lozano me tiene más confianza. Me ocuparé yo.

—¿Con cuántos hombres suyos se puede contar, Molina? —dijo el doctor Lama.

—Entre oficiales y ayudantes unos veinte —dijo Molina—. Pero ellos están en el escalafón y así nomás no van a aceptar. Querrán prima de riesgo, gratificaciones.

—Prométales lo que quieran, hay que echar abajo ese mitin como sea —dijo el doctor Lama—. Lo he prometido y lo voy a cumplir, Molina.

—La verdad es que nos preocupamos por gusto —dijo el prefecto—. Ni siquiera llenarán el teatro. ¿Quién conoce aquí a los señorones de la Coalición?

—Ya sabemos que irán sólo curiosos y que los curiosos, al primer incidente, echarán a correr —dijo el doctor Lama—. Pero hay un asunto de principio. Nos han engañado, prefecto.

—Voy a seguir tratando de comunicarme con el ministro —dijo el prefecto—. A lo mejor el señor Bermúdez cambió de idea y hay que dejarlos que hagan el mitin.

—¿No se le podría dar una pastilla o algo a uno de mis hombres? —dijo el que daba las órdenes—. El zambo, doctor. Está que se desmaya del soroche.

—Y si no tenían gente, por qué se metieron al teatro —dijo Ambrosio—. Siendo tan pocos era una locura, Ludovico.

—Porque nos contaron el gran cuento y nos lo tragamos —dijo Ludovico—. Tan creídos estábamos que nos fuimos a comer los rocotos rellenos que quería Hipólito.

—A Tiabaya, que es donde los hacen mejor —dijo Molina—. Mójenlos con chicha de jora, y vuelvan a eso de las cuatro para llevarlos al local del Partido Restaurador. Es el punto de reunión.

—¿La razón? —dijo don Emilio Arévalo—. Usted la sabe de sobra, Lozano. Hundir a Bermúdez, por supuesto.

—Dirá echarle una mano a la Coalición, senador —dijo Lozano—. Esta vez no voy a poder servirlo. No puedo hacerle una cosa así a don Cayo, usted comprende. Es el ministro, mi superior directo.

—Claro que puede, Lozano —dijo don Emilio Arévalo—. Usted y yo, podemos. Todo depende de nosotros dos. No llega la gente a Arequipa y el plan de Bermúdez se hace trizas.

—¿Y después, senador? —dijo Lozano—. Don Cayo no le pedirá cuentas a usted. Pero sí a mí. Yo soy su subordinado.

—Usted cree que quiero servir a la Coalición y ahí está su error, Lozano —dijo don Emilio Arévalo—. No, yo quiero servir al gobierno. Soy hombre del régimen, enemigo de la Coalición. El régimen tiene problemas porque le han crecido ramas podridas, y la peor es Bermúdez. ¿Me entiende, Lozano? Se trata de servir al Presidente, no a la Coalición.

—¿El Presidente está enterado? —dijo Lozano—. En ese caso, todo cambia, senador.

—Oficialmente, el Presidente no puede estar enterado —dijo don Emilio Arévalo—. Para eso estamos los amigos del Presidente, Lozano.

La chicha me hizo peor, pensó Trifulcio. La sangre se le había parado, puesto a hervir. Pero disimulaba, alargando la mano hacia su enorme vaso y sonriendo a Téllez, Urondo,

Ruperto y el capataz Martínez: salud. Ellos estaban ya picaditos. El cholón maceteado se las daba de culto, en la casa del lado había dormido Bolívar, las chicherías de Yanahuara eran las mejores del mundo, y se reía con suficiencia: en Lima no tenían esas cosas ¿no? Le habían explicado que venían de Ica, pero no entendía. Trifulcio pensó: si en vez de una hubiera tomado dos pastillas no me habría vuelto el soroche. Miraba las paredes tiznadas, las mujeres trajinando con fuentes de picantes entre el fogón y la mesa, y se tomaba el pulso. No se había parado, seguía circulando, pero despacito. Y hervía, eso sí, ahí estaban las oleadas calientes batiendo contra su pecho. Que llegara la noche, que se acabara el trabajito del teatro, regresar a Ica de una vez. ¿No es hora de ir al Mercado?, dijo el capataz Martínez. Ruperto miró su reloj: había tiempo, no eran las cuatro. Por las puertas abiertas de la chichería, Trifulcio veía la placita, las bancas y los árboles, unos chiquillos haciendo bailar trompos, los muros blancos de la iglesita. No era la altura, era la vejez. Pasó un carro con altoparlantes, Todos Al Municipal, Todos Con La Coalición, y Ruperto echó un carajo: ya verán. Quieto characato, dijo Téllez, aguántate hasta después. ¿Cómo va el soroche, abuelo?, dijo Ruperto. Mejor, nieto, sonrió Trifulcio. Y lo odió.

—Todo bien, senador, sólo que he tomado mis precauciones —dijo Lozano—. Irán, pero menos. Y los demás llegarán muy tarde. Cuento con usted por si…

—Cuenta conmigo para todo, Lozano —dijo don Emilio Arévalo—. Y, además, cuenta con el agradecimiento de la Coalición. Esos caballeros creen que es un servicio a ellos. Que lo crean, mejor para usted.

—¿Todavía no se puede comunicar con Arequipa? —dijo Cayo Bermúdez—. Es el colmo, doctorcito.

—No me han gustado nada los famosos rocotos —dijo Hipólito—. Me arde todo, Ludovico.

—Sólo he convencido a diez —dijo Molina—. Los otros nones, nada de meternos ahí vestidos de civil, por más primas de riesgo que nos den. ¿Qué le parece, prefecto?

—Diez, más los dos de Lima y los cinco del senador son diecisiete —dijo el prefecto—. Si es verdad que Lama levanta el Mercado la cosa puede funcionar. Diecisiete tipos con huevos pueden armar el burdel adentro, cómo no. Creo que sí, Molina.

—Soy tonto, pero no tan tonto como creen esos caballeros, senador —dijo Lozano—. Yo no acepto cheques nunca.

—¿Aló, Arequipa? —dijo Cayo Bermúdez—. ¿Molina? ¿Qué pasó, Molina, dónde diablos se metió usted?

—Ellos tampoco son tan tontos —dijo don Emilio Arévalo—. Es un cheque al portador, Lozano.

—Pero si el que lo ha estado llamando todo el día soy yo, don Cayo —dijo Molina—. Y lo mismo el prefecto, el doctor Lama. Si el que no estaba en ninguna parte era usted, don Cayo.

—¿Algo anda mal en Arequipa, don Cayo? —dijo el doctor Alcibíades.

—No uno sino mil inconvenientes —dijo Molina—. Nos va a faltar gente, don Cayo. No sé si la cosa podrá funcionar con tan pocos.

—¿La gente de Lozano no llegó? —dijo Cayo Bermúdez—. ¿El camión de Arévalo no llegó? ¿Qué está diciendo, Molina?

—Hemos habilitado a diez del cuerpo, pero aun así, diecisiete no son muchos, don Cayo —dijo Molina—. Confidencialmente, no tengo mucha fe en el doctor Lama. Promete quinientos, mil. Pero él fantasea mucho, ya sabe usted.

—¿Sólo dos de Lima, sólo cinco de Ica? —dijo Cayo Bermúdez—. Esto le puede costar caro, Molina. ¿Dónde está la demás gente?

—Pero si no vinieron, don Cayo —dijo Molina—. Pero si soy yo el que pregunta dónde están, por qué no llegaron todos los que nos anunció.

—Y muy inocentes, después de los rocotos nos fuimos a pasear por la plaza —dijo Ludovico—. Muy inocentes, a echarle una ojeada al Teatro Municipal, para reconocer el terreno.

—Mi opinión es que a pesar de los percances el asunto puede funcionar, don Cayo —dijo el prefecto—. La Coalición aquí no existe. Han hecho publicidad, pero ni siquiera llenarán el Municipal. Un centenar de curiosos, a lo más. Pero cómo es posible que usted creyera que había llegado toda la gente, don Cayo.

—Alguien ha metido la mano, ya habrá tiempo para aclararlo —dijo Cayo Bermúdez—. ¿Está Lama, ahí?

—¿Aló, señor ministro? —dijo el doctor Lama—. Quiero protestar de la manera más enérgica. Nos prometió ochenta hombres y nos manda siete. Hemos ofrecido al Presidente convertir el mitin de la Coalición en un gran acto popular a favor del gobierno y están saboteándonos. Pero le advierto que no vamos a dar marcha atrás.

—Déjese de discursos ahora, Lama —dijo Cayo Bermúdez—. Necesito saber una cosa, y que sea absolutamente sincero. ¿Puede reforzar a la gente de Molina con unos veinte o treinta hombres? No importa el precio. Veinte o treinta que valgan la pena. ¿Puede?

—Y también cincuenta o más —dijo el doctor Lama—. No es un problema de número, señor ministro. Gente nos sobra. Lo que pasa es que usted nos ofreció tipos cancheros en esta clase de asuntos.

—Está bien, consígase unos treinta que entren al Municipal con la gente de Molina —dijo Cayo Bermúdez—. ¿Cómo va la contramanifestación?

—La gente del Partido Restaurador está repartida por las barriadas haciendo propaganda —dijo el doctor Lama—. Las vaciaremos a las puertas del Municipal. Y hemos convocado otra manifestación en el Mercado, a las cinco. Reuniremos miles de hombres. Aquí morirá la Coalición, señor ministro.

—Está bien, Molina, llevaremos las cosas adelante —dijo Cayo Bermúdez—. Ya sé que Lama exagera, pero no hay más remedio que confiar en él. Sí, hablaré con el comandante para que doble las fuerzas en el centro, por si acaso.

Enfermedad rara, pensó Trifulcio, se viene y se va. Sentía que moría, que resucitaba, que moría otra vez. Ruperto lo desafiaba con el vaso en alto. Salud, sonrió Trifulcio, y bebió. Urondo, Téllez y el capataz Martínez canturreaban desentonados y la chichería se había llenado. Ruperto miró su reloj: ahora sí, hora de irse, las camionetas ya estarían en el Mercado. Pero el capataz Martínez dijo la del estribo. Pidió una jarra de chicha y la bebieron parados. Empecemos aquí mismo, dijo Ruperto, y saltó sobre una silla: arequipeños, hermanos, escuchen un momentito. Trifulcio se apoyó contra la pared y cerró los ojos: ¿iba a morirse aquí? Poco a poco, el mundo dejó de dar vueltas, la sangre empezó a correr de nuevo. Todos al Municipal a demostrarles a esos limeños quiénes eran los arequipeños, rugía Ruperto, tambaleándose. La gente seguía comiendo, tomando, y uno que otro se reía. Salud por ustedes y por Odría, dijo Ruperto, alzando una copa, los esperamos en la puerta del Municipal. Téllez, Urondo y el capataz Martínez sacaron a Ruperto a la calle abrazado; mejor se iban de una vez, characato, se hacía tarde. Trifulcio salió apretando los dientes y los puños. No se movía, hervía. Pararon un taxi, al Mercado.

—Inocentes por dos cosas —dijo Ludovico—. Creíamos que los Restauradores de Arequipa eran más. Y no sabíamos que la Coalición había contratado tantos matones.

—Los periódicos decían que se armó porque la policía entró al teatro —dijo Ambrosio—. Porque disparó y tiró granadas.

—Menos mal que entró, menos mal que tiró granadas —dijo Ludovico—. Si no, ahí quedaba yo. Estaré jodido, pero al menos vivo, Ambrosio.

—Sí, vaya a echar una ojeada al Mercado, Molina —dijo Cayo Bermúdez—. Y llámeme inmediatamente.

—Acabo de pasar por el Municipal, don Cayo —dijo el prefecto—. Todavía vacío. La guardia de asalto ya está instalada en los alrededores.

El taxi los dejó en una esquina del Mercado y Ruperto ¿ven?, ahí estaba ya su gente. Las dos camionetas con parlantes, estacionadas entre los puestos, hacían un ruido infernal. De una salía música, de otra una voz retumbante, y Trifulcio tuvo que sujetarse de Urondo. ¿Qué pasaba, negro, seguía el soroche? No, murmuró Trifulcio, ya pasó. Unos tipos repartían volantes, otros llamaban a la gente con bocinas, poco a poco iba engordando el grupo alrededor de las camionetas. Pero la mayoría de hombres y mujeres seguían vendiendo y comprando en los puestos de verduras, de frutas y de ropa. Qué éxito, Trifulcio, dijo el capataz Martínez, sólo te miran a ti. Y Téllez: las ventajas de ser feo, Trifulcio. Ruperto trepó a una camioneta, se dio de abrazos con los tipos que estaban ahí y agarró el micro. Acérquense, acérquense, arequipeños, oigan. Urondo, Téllez, el capataz Martínez se mezclaron con las placeras, los compradores, los mendigos, y los azuzaban: acérquense, vengan, oigan. Unas cinco horas para que termine lo del teatro, pensaba Trifulcio, y la noche ocho horas más, y a lo mejor no partirían hasta el mediodía: no iba a aguantar tanto. Atardecía, aumentaba el frío, entre los puestos de mercaderías había mesitas alumbradas con velas donde la gente comía. Le temblaban las piernas, sentía la espalda mojada, fuego en las sienes. Se dejó caer sobre un cajón y se tocó el pecho: latía. La mujer que vendía tocuyos lo miró desde el mostrador y lanzó una carcajada: es usted el primero que veo, antes sólo en película. Es verdad, pensó Trifulcio, en Arequipa no hay morenos. ¿Está enfermo?, dijo la mujer, ¿quiere un vaso de agua? Sí, gracias. No estaba enfermo, era la altura. El agua le hizo bien y fue a ayudar a los otros. Prepárense para demostrarles a ésos, rugía Ruperto, con el puño en alto, y lo escuchaban muchos ya. Bloqueaban la calle y Téllez, Urondo, el capataz Martínez y los tipos de las camionetas iban de un lado a otro aplaudiendo y animando a los curiosos. Al Municipal a demostrarles a ésos, y Ruperto se golpeaba el pecho. Está borracho, pensó Trifulcio, afanosamente tragando aire.

—Y quién les hizo creer que había tantos odriístas en Arequipa —dijo Ambrosio.

—La contramanifestación del Partido Restaurador en el Mercado —dijo Ludovico—. Fuimos a ver y la cosa estaba que ardía.

—¿Qué le dije, Molina? —el doctor Lama señaló la muchedumbre—. Lástima que Bermúdez no pueda ver esto.

—Hábleles de una vez, doctor Lama —dijo Molina—. Necesito llevarme a mi gente pronto, para darles instrucciones.

—Sí, les diré unas palabras —dijo el doctor Lama—. Ábranme camino hasta las camionetas.

—¿El plan era hacerlos pan con pescado a los de la Coalición? —dijo Ambrosio.

—Nosotros entrábamos al teatro y armábamos el lío adentro —dijo Ludovico—. Y cuando salieran se iban a dar de bruces con la contramanifestación. Como idea estaba bien, sólo que no resultó.

Apretado contra la gente que escuchaba, reía y aplaudía, Trifulcio cerró la boca. No se moría, no parecía que los huesos se fueran a quebrar de frío, ya no sentía que el corazón se iba a parar. Y habían desaparecido los agujazos en la cabeza. Escuchaba los alaridos de Ruperto y veía a la gente empujándose para llegar a la camioneta en la que habían comenzado a repartir trago y regalos. En la media luz, reconocía las caras de Téllez, de Urondo, del capataz Martínez, salpicadas entre los oyentes, y los imaginaba aplaudiendo, animando. Él no hacía nada; respiraba despacio, se tomaba el pulso, pensaba si no me muevo aguantaré. Y en eso hubo movimientos, encontrones, el mar de cabezas onduló, un grupo de hombres se acercó a la camioneta y los de arriba los ayudaron a subir a la plataforma. ¡Tres hurras por el secretario general del Partido Restaurador! gritó Ruperto y Trifulcio lo reconoció: el que le había dado el remedio contra el soroche, el doctor. Silencio, el doctor Lama iba a hablarles, aullaba Ruperto. El que daba las órdenes había subido a la camioneta también.

—Con todos éstos la cosa está botada —dijo Ludovico.

—Hay bastante gente, sí —dijo Molina—. No los emborrachen mucho, nomás.

—Vamos a colocar unos cuantos guardias en el teatro, don Cayo —dijo el prefecto—. Uniformados y armados, sí. Se lo advertí a la Coalición. No, no se opusieron. Es una precaución que no está de más, don Cayo.

—¿Cuánta gente ha reunido Lama en el Mercado? —dijo Cayo Bermúdez—. Dígame lo que comprobó usted con sus propios ojos, Molina.

—No sé calcular, pero bastante —dijo Molina—. Mil personas, tal vez. La cosa se presenta bien. Los que van a entrar ya están en el local del partido. De ahí le hablo, don Cayo.

Estaba oscureciendo rápido y Trifulcio ya no podía verle la cara al doctor Lama, sólo oírlo. No era Ruperto, sabía hablar. En difícil y con elegancia, a favor de Odría y del pueblo, en contra de la Coalición. Bien, aunque no tanto como el senador Arévalo, pensaba Trifulcio. Téllez lo agarró del brazo: nos íbamos, negro. Se abrieron paso a codazos, en la esquina había una camioneta y adentro Urondo, el capataz Martínez, el que daba las órdenes, y los dos limeños, hablando de rocotos rellenos. ¿Cómo iba el soroche, Trifulcio? Mejor ya. La camioneta cruzó calles oscuras, paró frente al Partido Restaurador. Las luces prendidas, los cuartos llenos de gente, y otra vez los latidos, el frío, la sofocación. El que daba las órdenes y el Chino Molina hacían las presentaciones: mírense bien las caras, ustedes son los que entrarán a la candela. Les habían traído trago, cigarros y sándwiches. Los dos limeños estaban achispados, los arequipeños borrachos a morir. No moverse, respirar hondo, aguantar.

—Nos dividieron en grupos de a dos —dijo Ludovico—. A Hipólito y a mí nos separaron.

—Ludovico Pantoja con el negro —dijo Molina—. ¿Trifulcio, no?

—Me dieron de yunta al que andaba hecho polvo por el soroche —dijo Ludovico—. Uno de los que mataron en el teatro. Fíjate si no me pasó cerca, Ambrosio.

—Son veintidós, once parejitas —dijo Molina—. Reconózcanse bien, no se vayan a confundir.

—Nos mataron tres y a catorce nos mandaron al hospital —dijo Ludovico—. Y el cobarde de Hipólito ileso, dime si es justo.

—Quiero ver si han entendido —dijo Molina—. A ver, tú, repíteme lo que vas a hacer.

El que iba a ser su pareja le pasó la botella y Trifulcio tomó un trago: gusanitos que corrían por su cuerpo y calor. Trifulcio le estiró la mano: tanto gusto, ¿a él siendo de Lima la altura no le había hecho nada? Nada, dijo Ludovico, y se sonrieron. Tú, decía Molina, y uno se paraba: yo a la platea, izquierda y atrás, con éste. Y Molina: ¿y tú? Otro se paraba: a la galería, al centro, con aquél. Todos se levantaron para responder pero cuando le tocó a Trifulcio, siguió sentado: a la platea, junto al escenario, con el señor. ¿Por qué no van los negros a la cazuela?, dijo Urondo, y hubo risitas.

—O sea que ya saben —dijo Molina—. No hacen nada hasta oír el silbato y la voz de orden. Es decir ¡Viva el general Odría! ¿Quién dará la voz?

—Yo la daré —dijo el que daba las órdenes—. Estaré en primera fila de galería, justo en el centro.

—Pero hay una cosa que quisiera aclarar, inspector Molina —dijo una voz avergonzada—. Ellos se han venido preparados. He visto a su gente, en los autos, haciendo propaganda. Maleantes conocidos, inspector. Argüelles, por ejemplo. Un chavetero viejo, señor.

—También se han traído matones de Lima —dijo otra voz—. Lo menos quince, inspector.

—Esos guardias que Molina convenció no tenían experiencia, iban con la moral baja —dijo Ludovico—. Yo empecé a olérmelas que si la cosa se ponía fea, iban a correr.

—Si algo falla, para eso estará ahí la guardia de asalto —dijo Molina—. Tiene órdenes bien claras. O sea que déjense de mariconadas.

—Si cree que era por miedo, se equivoca, inspector —dijo la voz avergonzada—. Sólo quería aclararle las cosas.

—Bueno, ya me las aclaraste —dijo Molina—. Aquí el señor da la señal y ustedes organizan el terremoto. Empujan la gente a la calle y ahí estará ya la contramanifestación. Se unen a los del Partido Restaurador y después del mitin en la plaza de nuevo reunión aquí.

Repartieron más trago y cigarros, y después periódicos para envolver las cadenas, las manoplas, las cachiporras. Molina y el que daba las órdenes pasaron revista, escóndanlas bien, abróchate el saco, y cuando llegaron donde Trifulcio el que daba las órdenes lo animó: se nota que ya estás bien, negro. Sí, dijo Trifulcio, ya estoy, y pensó concha de tu madre. Cuidado con disparar a las locas, dijo Molina. En la calle esperaban los taxis. Tú y yo aquí, dijo Ludovico Pantoja, y Trifulcio lo siguió. Llegaron al teatro antes que los otros. Había gente a la entrada, repartiendo volantes, pero la platea estaba casi vacía. Se instalaron en la tercera fila y Trifulcio cerró los ojos: ahora sí, iba a estallar, la sangre salpicaría el teatro. ¿Te sientes muy mal?, dijo el limeño. Y Trifulcio: no, muy bien. Ya llegaban las otras parejas y se acomodaban en sus sitios. Unos jovencitos se habían puesto a gritar Li-ber-tad, Li-ber-tad. Seguía entrando gente y la platea se iba llenando.

—Menos mal que vinimos temprano —dijo Trifulcio—. No me hubiera gustado estar todo el tiempo parado.

—Sí, don Cayo, ya comenzó —dijo el prefecto—. Han llenado el teatro más o menos. La contramanifestación debe estar saliendo del Mercado.

Se había llenado la platea, después la galería, después los pasillos, y ahora delante del escenario había gente apiñada que pugnaba por romper la barrera de hombres con brazaletes rojos del servicio de orden. En el escenario, una veintena de sillas, un micrófono, una bandera peruana, cartelones que decían Coalición Nacional, Libertad. Cuando no me muevo estoy de lo más bien, pensaba Trifulcio. La gente seguía coreando Li-ber-tad, y un grupo había comenzado otra maquinita, al fondo de la platea: Le-ga-li-dad, Le-ga-li-dad. Se oían aplausos, vivas, y todo el mundo hablaba a gritos. Comenzaron a salir varias personas al escenario, a ocupar las sillas. Los recibió una salva de aplausos y recrudecieron los gritos.

—No entiendo eso de legalidad —dijo Trifulcio.

—Para los partidos políticos fuera de la ley —dijo Ludovico—. Además de millonarios, también apristas y comunistas se han juntado aquí.

—Yo he estado en muchas manifestaciones —dijo Trifulcio—. El año cincuenta, en Ica, acompañando al senador Arévalo. Pero eran al aire libre. Ésta es la primera que veo en un teatro.

—Ahí está Hipólito, al fondo —dijo Ludovico—. Es mi compañero. Hace como diez años que trabajamos juntos.

—Suerte que no le haya dado soroche, es la enfermedad más rara —dijo Trifulcio—. Oiga ¿y por qué está gritando usted también Libertad?

—Grita tú también —dijo Ludovico—. ¿Quieres que se den cuenta quién eres?

—Me han ordenado que suba al escenario y les desconecte el micro, no que grite —dijo Trifulcio—. Ese que va a dar la señal es mi jefe y nos estará viendo. Es un calentón, de todo nos multa.

—No seas tonto, negro —dijo Ludovico—. Grita, hombre, aplaude.

No puedo creer que me sienta tan bien, pensó Trifulcio. Un tipo bajito, con corbata michi y anteojos, hacía gritar Libertad al público y anunciaba a los oradores. Decía sus nombres, los señalaba y la gente, cada vez más excitada y ruidosa, aplaudía. Había una competencia entre los de Libertad y los de Legalidad a ver quién gritaba más. Trifulcio se volvía a mirar a las otras parejas, pero con tanta gente parada, muchos ni se veían ya. El que daba las órdenes, en cambio, estaba ahí, los codos apoyados en la baranda de la galería, rodeado de cuatro más, escuchando y mirando a todos lados.

—Sólo cuidando el escenario hay quince —dijo Ludovico—. Y mira cuántos tipos más con brazaletes repartidos por el teatro. Sin contar que cuando se arme van a salir algunos espontáneos. Creo que no se va a poder.

—¿Y por qué no se va a poder? —dijo Trifulcio—. ¿El Molina ese no lo explicó clarito?

—Tendríamos que ser unos cincuenta, y bien entrenados —dijo Ludovico—. Esos arequipeños son unos maletas, yo me he dado cuenta. No se va a poder.

—Se tiene que poder —Trifulcio señaló hacia la galería—. Si no, quién aguanta a ése.

—La contramanifestación ya debería estar llegando aquí —dijo Ludovico—. ¿Oyes algo, en la calle?

Trifulcio no le contestó, escuchaba al señor de azul erguido frente al micrófono: Odría era un dictador, la Ley de Seguridad Interior anticonstitucional, el hombre común y corriente quería libertad. Y los adulaba a los arequipeños: la ciudad rebelde, la ciudad mártir, la tiranía de Odría habría ensangrentado a Arequipa el año cincuenta pero no había podido matar su amor a la libertad.

—¿Habla bien, no cree? —dijo Trifulcio—. El senador Arévalo lo mismo, hasta mejor que este fulano. Hace llorar a la gente. ¿No lo ha oído nunca?

—No cabe ni una mosca y siguen entrando —dijo Ludovico—. Espero que al cojudo de tu jefe no se le ocurra dar la señal.

—Pero éste se lo ganó al doctor Lama —dijo Trifulcio—. Igual de elegante, pero no tan en difícil. Se le entiende todo.

—¿Qué? —dijo Cayo Bermúdez—. ¿La contramanifestación un fracaso total, Molina?

—No más de doscientas personas, don Cayo —dijo Molina—. Les repartirían mucho trago. Yo se lo advertí al doctor Lama, pero usted lo conoce. Se emborracharían, se quedarían en el Mercado. Unas doscientas, a lo más. ¿Qué hacemos, don Cayo?

—Me está volviendo —dijo Trifulcio—. Por esos hijos de puta que fuman. Otra vez, maldita sea.

—Tendría que estar loco para dar la señal —dijo Ludovico—. ¿Dónde está Hipólito? ¿Tú ves dónde anda mi compañero?

La estrechez, los gritos, los cigarrillos habían caldeado el local y se veía brillo de sudor en las caras; algunos se habían quitado los sacos, aflojado las corbatas, y todo el teatro daba alaridos: Li-ber-tad, Le-ga-li-dad. Angustiado, Trifulcio pensó: otra vez. Cerró los ojos, agachó la cabeza, respiró hondo. Se tocó el pecho: fuerte, de nuevo muy fuerte. El señor de azul había terminado de hablar, se oía una maquinita, el de la corbatita michi movía las manos como un director de orquesta.

—Está bien, ganaron ellos —dijo Cayo Bermúdez—. En esas condiciones, mejor anule la cosa, Molina.

—Voy a tratar, pero no sé si será posible, don Cayo —dijo Molina—. La gente está adentro, dudo que les llegue la contraorden a tiempo. Corto y lo llamo después, don Cayo.

Ahora estaba hablando un gordo alto, vestido de gris, y debía ser arequipeño porque todos coreaban su nombre y lo saludaban con las manos. Rápido, pronto, pensó Trifulcio, no iba a aguantar, ¿por qué no la daba de una vez? Encogido en el asiento, los ojos entrecerrados, contaba su pulso, uno-dos, uno-dos. El gordo alzaba los brazos, manoteaba, y se le había enronquecido la voz.

—Me siento mal, ahora sí —dijo Trifulcio—. Necesito más aire, señor.

—Espero que no sea tan bruto, que no la dé —susurró Ludovico—. Y si la da tú y yo no nos movemos. Nosotros quietos, ¿oyes negro?

—¡Calla, millonario! —irrumpió, allá arriba, la voz del que daba las órdenes—. ¡No engañes al pueblo! ¡Viva Odría!

—Menos mal, me estaba ahogando. Y ahí está el silbato —dijo Trifulcio, poniéndose de pie—. ¡Viva el general Odría!

—Todo el mundo se quedó alelado, hasta el que discurseaba —dijo Ludovico—. Todos miraban a la galería.

Estallaron otros Viva Odría en diferentes puntos del local, y ahora el gordo chillaba provocadores, provocadores, la cara morada de furia, mientras exclamaciones, empujones y protestas sumergían su voz y una tormenta de desorden revolucionaba el teatro. Todos se habían puesto de pie, al fondo de la platea había movimientos y jalones, se oían insultos, y ya había gente peleando. Parado, su pecho subiendo y bajando, Trifulcio volvió a gritar ¡Viva Odría! Alguien de la fila de atrás lo agarró del hombro: ¡provocador! Él se desprendió de un codazo y miró al limeño: ya, vamos. Pero Ludovico Pantoja estaba acurrucado como una momia, mirándolo con los ojos saltados. Trifulcio lo cogió de las solapas, lo hizo levantarse: muévase, hombre.

—Qué me quedaba, ya todos se estaban mechando —dijo Ludovico—. El negro sacó su cadena y se lanzó al escenario dando empujones. Saqué la pistola y me fui detrás de él. Con otros dos tipos pudimos llegar hasta la primera fila. Ahí nos esperaban los de los brazaletes.

Algunos del escenario corrían hacia las salidas, otros miraban a los tipos del servicio de orden que habían formado una muralla y esperaban, con los palos en alto, al negrazo y a los otros dos que avanzaban remeciendo las cadenas sobre sus cabezas. Éntrales, Urondo, gritó Trifulcio, éntrales, Téllez. Hizo chicotear la cadena como un domador su látigo, y el de los brazaletes que estaba más cerca soltó el palo y cayó al suelo agarrándose la cara. Sube negro, gritó Urondo, y Téllez ¡nosotros los aguantamos, negro! Trifulcio los vio aventándose contra el grupito que defendía la escalerilla al escenario, y, remolineando su cadena, se aventó él también.

—Me quedé separado de mi pareja y de los otros —dijo Ludovico—. Se formó una pared de matones entre ellos y yo. Se estaban fajando como con diez y había lo menos cinco rodeándome. Los tenía quietos con la pistola, y gritaba Hipólito, Hipólito. Y en eso el fin del mundo, hermano.

Las granadas cayeron desde la galería como un puñado de piedras pardas, rebotaron con golpes secos sobre las sillas de la platea y las tablas del escenario, y al instante comenzaron a elevarse espirales de humo. En pocos segundos la atmósfera se emblanqueció, endureció, y un vapor espeso y ardiente fue mezclando y borrando los cuerpos. El griterío creció, ruido de cuerpos que rodaban, de sillas que se rompían, toses, y Trifulcio dejó de pelear. Sentía que los brazos se le escurrían, la cadena se desprendió de sus manos, las piernas se le doblaron y sus ojos, entre las nubes quemantes, alcanzaron a divisar las siluetas del escenario que huían con pañuelos contra las bocas, y a los tipos de los brazaletes que se habían juntado y, tapándose la nariz, se le acercaban como nadando. No se pudo incorporar, se golpeaba el pecho con el puño, abría la boca todo lo que podía. No sentía los palazos que habían empezado a descargar sobre él. Aire, como un pescado, Tomasa, atinó todavía a pensar.

—Me quedé ciego —dijo Ludovico—. Y lo peor el ahogo, hermano. Empecé a disparar a la loca. No me daba cuenta que eran granadas, creí que me habían quemado por atrás.

—Gases lacrimógenos en un local cerrado, varios muertos, decenas de heridos —dijo el senador Landa—. No se puede pedir más ¿no, Fermín? Aunque tenga siete vidas, Bermúdez no sobrevive a esto.

—Se me acabaron las balas en un dos por tres —dijo Ludovico—. No podía abrir los ojos. Sentí que me partían la cabeza y caí soñado. Cuántos me caerían encima, Ambrosio.

—Algunos incidentes, don Cayo —dijo el prefecto—. Parece que les destrozaron el mitin, eso sí. La gente está saliendo despavorida del Municipal.

—La guardia de asalto ha comenzado a entrar al teatro —dijo Molina—. Ha habido tiros adentro. No, no sé todavía si hay muertos, don Cayo.

—No sé cuánto rato pasó, pero abrí los ojos y el humo seguía —dijo Ludovico—. Me sentía peor que muerto. Sangrando por todas partes, Ambrosio. Y en eso vi al perro de Hipólito.

—¿Pateando a tu pareja él también? —se rió Ambrosio—. O sea que los engatusó. No había resultado tan cojudo como creíamos.

—Ayúdame, ayúdame —gritó Ludovico—. Nada, como si no me conociera. Siguió pateando al negro, y, de repente, los otros que estaban con él me vieron y me cayeron encima. Otra vez las patadas, los palazos. Ahí me desmayé de nuevo, Ambrosio.

—Que la policía despeje todas las calles, prefecto —dijo Cayo Bermúdez—. No permita ninguna manifestación, detenga a todos los líderes de la Coalición ¿Ya tiene lista de víctimas? ¿Hay muertos?

—Como despertar y seguir viendo la pesadilla —dijo Ludovico—. El teatro ya estaba casi vacío. Todo roto, sangre salpicada, mi pareja en medio de un charco. Ni recuerdo de cara le dejaron al viejo. Y había tipos tirados, tosiendo.

—Sí, una gran manifestación en la plaza de Armas, don Cayo —dijo Molina—. El prefecto está con el comandante ahora. No creo que convenga, don Cayo. Son miles de personas.

—Que la disuelvan inmediatamente, idiota —dijo Cayo Bermúdez—. ¿No se da cuenta que la cosa va a crecer con lo ocurrido? Póngame en contacto con el comandante. Que despejen las calles ahora mismo, Molina.

—Después entraron los guardias y uno todavía me pateó, viéndome así —dijo Ludovico—. Soy investigador, soy del cuerpo. Por fin vi la cara del Chino Molina. Me sacaron por una puerta falsa. Después me volví a desmayar y sólo desperté en el hospital. Toda la ciudad estaba en huelga ya.

—Las cosas están empeorando, don Cayo —dijo Molina—. Han desempedrado las calles, hay barricadas por todo el centro. La guardia de asalto no puede disolver una manifestación así.

—Tiene que intervenir el Ejército, don Cayo —dijo el prefecto—. Pero el general Alvarado dice que sólo sacará la tropa si se lo ordena el ministro de Guerra.

—Mi compañero de cuarto era uno de los tipos del senador —dijo Ludovico—. Una pierna rota. Me daba noticias de lo que iba pasando en Arequipa y me malograba los nervios. Tenía un miedo, hermano.

—Está bien —dijo Cayo Bermúdez—. Voy a hacer que el general Llerena dé la orden.

—Me escaparé, la calle es más segura que el hospital —dijo Téllez—. No quiero que me pase lo que a Martínez, lo que al negro. Conozco a uno que se llama Urquiza. Le pediré que me esconda en su casa.

—No va a pasar nada, aquí no van a entrar —dijo Ludovico—. Qué tanto que haya huelga general. El Ejército les meterá bala.

—¿Y dónde está el Ejército que no se ve? —dijo Téllez—. Si se antojan de lincharnos, pueden entrar aquí como a su casa. Ni siquiera hay un guardia en el hospital.

—Nadie sabe que estamos acá —dijo Ludovico—. Y aunque supieran. Creerán que somos de la Coalición, que somos víctimas.

—No, porque aquí no nos conocen —dijo Téllez—. Se darán cuenta que vinimos de afuera. Esta noche me voy donde Urquiza. Puedo caminar, a pesar del yeso.

—Estaba medio tronado de susto, por lo que habían matado a sus dos compañeros en el teatro —dijo Ludovico—. Piden la renuncia del ministro de Gobierno, decía, entrarán y nos colgarán de los faroles. ¿Pero qué es lo que está pasando, carajo?

—Está pasando casi una revolución —dijo Molina—. El pueblo se adueñó de la calle, don Cayo. Hemos tenido que retirar hasta los guardias de tránsito para que no los apedreen. ¿Por qué no llega la orden para que actúe el Ejército, don Cayo?

—¿Y ellos, señor? —dijo Téllez—. ¿Qué han hecho con Martínez, con el viejo?

—No te preocupes, ya los enterramos —dijo Molina—. ¿Tú eres Téllez, no? Tu jefe te ha dejado plata en la Prefectura para que regreses a Ica en ómnibus, apenas puedas caminar.

—¿Y por qué los han enterrado aquí, señor? —dijo Téllez—. Martínez tiene mujer e hijos en Ica, Trifulcio tiene parientes en Chincha. Por qué no los mandaron allá para que los enterraran las familias. Por qué aquí, como perros. Nadie va a venir a visitarlos nunca, señor.

—¿Hipólito? —dijo Molina—. Tomó su colectivo a Lima a pesar de mis órdenes. Le pedí que se quedara a ayudarnos y se largó. Sí, ya sé que se portó mal en el teatro, Ludovico. Pero voy a pasar un parte a Lozano y lo voy a joder.

—Cálmese, Molina —dijo Cayo Bermúdez—. Con calma, con detalles, vaya por partes. Cuál es la situación, exactamente.

—La situación es que la policía ya no está en condiciones de restablecer el orden, don Cayo —dijo el prefecto—. Se lo repito una vez más. Si no interviene el Ejército aquí va a pasar cualquier cosa.

—¿La situación? —dijo el general Llerena—. Muy simple, Paredes. La imbecilidad de Bermúdez nos ha puesto entre la espada y la pared. La embarró y ahora quiere que el Ejército arregle las cosas con una demostración de fuerza.

—¿Demostración de fuerza? —dijo el general Alvarado—. No, mi general. Si saco la tropa, habrá más muertos que el año cincuenta. Hay barricadas, gente armada, y los huelguistas son toda la ciudad. Le advierto que correría mucha sangre.

—Cayo asegura que no, mi general —dijo el comandante Paredes—. La huelga es seguida sólo en un veinte por ciento. El lío lo ha desatado un pequeño grupo de agitadores contratados por la Coalición.

—La huelga es seguida cien por ciento, mi general —dijo el general Alvarado—. El pueblo es amo y señor de la calle. Han formado un comité donde hay abogados, obreros, médicos, estudiantes. El prefecto insiste en que saque la tropa desde anoche, pero yo quiero que la decisión la tome usted.

—Dígame su opinión, Alvarado —dijo el general Llerena—. Francamente.

—Apenas vean los tanques, los revoltosos se irán a sus casas, general Llerena —dijo Cayo Bermúdez—. Es una locura seguir perdiendo tiempo. Cada minuto que pasa da más fuerza a los agitadores y el gobierno se desprestigia. Dé la orden de una vez.

—Sinceramente, creo que el Ejército no tiene por qué ensuciarse las manos por el señor Bermúdez, mi general —dijo el general Alvarado—. Aquí no está en veremos ni el Presidente, ni el Ejército ni el régimen. Los señores de la Coalición vinieron a verme y me lo han asegurado. Se comprometen a tranquilizar a la gente si Bermúdez renuncia.

—Usted conoce de sobra a los dirigentes de la Coalición, general Llerena —dijo el senador Arévalo—. Bacacorzo, Zavala, López Landa. Usted no va a suponer que esos caballeros andan aliados con apristas o comunistas ¿no es verdad?

—Tienen el mayor respeto por el Ejército, y sobre todo por usted, general Llerena —insistió el senador Landa—. Sólo piden que renuncie Bermúdez. No es la primera vez que

Bermúdez mete la pata, general, usted lo sabe. Es una buena ocasión para librar al régimen de un individuo que nos está perjudicando a todos, general.

—Arequipa está indignada con lo del Municipal —dijo el general Alvarado—. Fue un error de cálculo del señor Bermúdez, mi general. Los líderes de la Coalición han orientado muy bien la indignación. Le echan toda la culpa a Bermúdez, no al régimen. Si usted me lo ordena, yo saco la tropa. Pero piénselo, mi general. Si Bermúdez sale del Ministerio, esto se resuelve pacíficamente.

—Estamos perdiendo en horas lo que nos ha costado años, Paredes —dijo Cayo Bermúdez—. Llerena me responde con evasivas, los otros ministros no me dan cara. Se trata de una emboscada contra mí en regla. ¿Has hablado con Llerena tú?

—Está bien, mantenga la tropa acuartelada, Alvarado —dijo el general Llerena—. Que el Ejército no se mezcle en esto, a menos que sea atacado.

—Me parece la medida más inteligente —dijo el general Alvarado—. Bacocorzo y López Landa, de la Coalición, han vuelto a verme, mi general. Sugieren un gabinete militar. Saldría Bermúdez y el gobierno no daría la impresión de ceder. Podría ser una solución ¿no, mi general?

—El general Alvarado se ha portado muy bien, Fermín —dijo el senador Landa.

—El país está cansado de los abusos de Bermúdez, general Llerena —dijo el senador Arévalo—. Lo de Arequipa es sólo una muestra de lo que podría ocurrir en todo el Perú si no nos libramos de ese sujeto. Ésta es la oportunidad de que el Ejército se gane la simpatía de la nación, general.

—Lo de Arequipa no me asusta en absoluto, doctor Lora —dijo el doctor Arbeláez—. Al contrario, nos sacamos la lotería. Bermúdez ya huele a cadáver.

—¿Sacarlo del Ministerio? —dijo el doctor Lora—. El Presidente no lo hará jamás, Arbeláez, Bermúdez es su niño mimado. Preferirá que el Ejército entre a sangre y fuego en Arequipa.

—El Presidente no es muy vivo pero tampoco muy tonto —dijo el doctor Arbeláez—. Se lo explicaremos y entenderá. El odio al régimen se ha concentrado en Bermúdez. Les tira ese hueso y los perros se aplacarán.

—Si el Ejército no interviene, no puedo continuar en la ciudad, don Cayo —dijo el prefecto—. La Prefectura está protegida apenas por una veintena de guardias.

—Si usted se mueve de Arequipa, queda destituido —dijo Bermúdez—. Controle sus nervios. El general Llerena dará la orden de un momento a otro.

—Estoy acorralado aquí, don Cayo —dijo Molina—. Estamos oyendo la manifestación de la plaza de Armas. Pueden atacar el puesto. ¿Por qué no sale la tropa, don Cayo?

—Mire, Paredes, el Ejército no va a enlodarse para salvarle el Ministerio a Bermúdez —dijo el general Llerena—. No, de ninguna manera. Eso sí, hay que poner fin a esta situación. Los jefes militares y un grupo de senadores del régimen vamos a proponerle al Presidente la formación de un gabinete militar.

—Es la manera más sencilla de liquidar a Bermúdez sin que el gobierno parezca derrotado por los arequipeños —dijo el doctor Arbeláez—. Renuncia de los ministros civiles, gabinete militar y asunto resuelto, general.

—¿Qué es lo que pasa? —dijo Cayo Bermúdez—. He esperado cuatro horas y el Presidente no me recibe. ¿Qué significa esto, Paredes?

—El Ejército sale inmaculado con esta solución, general Llerena —dijo el senador Arévalo—. Y usted gana un enorme capital político. Los que lo apreciamos nos sentimos muy contentos, general.

—Tú puedes entrar a Palacio sin que te paren los edecanes —dijo Cayo Bermúdez—. Anda, corre Paredes. Explícale al Presidente que hay una conspiración de alto nivel, que a estas alturas todo depende de él. Que haga entender las cosas a Llerena. No confío en nadie ya. Hasta Lozano y Alcibíades se han vendido.

—Nada de detenciones ni de locuras, Molina —dijo Lozano—. Usted se mantiene ahí en el puesto con la gente, y no mete bala si no es de vida o muerte.

—No entiendo, señor Lozano —dijo Molina—. Usted me ordena una cosa y el ministro de Gobierno otra.

—Olvídese de las órdenes de don Cayo —dijo Lozano—. Está en cuarentena y no creo que dure mucho de ministro. ¿Qué hay de los heridos?

—En el hospital los más graves, señor Lozano —dijo Molina—. Unos veinte, más o menos.

—¿Enterraron a los dos tipos de Arévalo? —dijo Lozano.

—Con la mayor discreción, como ordenó don Cayo —dijo Molina—. Otros dos se regesaron a Ica. Sólo queda uno en el hospital. Un tal Téllez.

—Sáquelo cuanto antes de Arequipa —dijo Lozano—. Y lo mismo al par que yo le mandé. Esa gente no debe continuar ahí.

—Hipólito ya se fue, a pesar de mis órdenes —dijo Molina—. Pero Pantoja está en la clínica, grave. No podrá moverse durante algún tiempo, señor.

—Ah, ya entiendo —dijo Cayo Bermúdez—. Bueno, en las circunstancias actuales lo comprendo muy bien. Es una solución, sí, de acuerdo. ¿Dónde firmo?

—No pareces muy triste, Cayo —dijo el comandante Paredes—. Lo siento mucho pero no te pude apoyar. En cuestiones políticas, la amistad a veces hay que ponerla de lado.

—No me des explicaciones, yo entiendo de sobra —dijo Cayo Bermúdez—. Además, hace tiempo que quería largarme, tú lo sabes. Sí, salgo mañana temprano, en avión.

—No sé cómo voy a sentirme de ministro de Gobierno —dijo el comandante Paredes—. Lástima que no te quedes aquí para darme consejos, con la experiencia que tienes.

—Te voy a dar un buen consejo —sonrió Cayo Bermúdez—. No te fíes ni de tu madre.

—Los errores se pagan muy caros en política —dijo el comandante Paredes—. Es como en la guerra, Cayo.

—Es verdad —dijo Cayo Bermúdez—. No quiero que se sepa que viajo mañana. Guárdame el secreto, por favor.

—Te tenemos un taxi que te llevará hasta Camaná, allá puedes descansar un par de días antes de continuar a Ica, si quieres —dijo Molina—. Y mejor ni abras la boca sobre lo que te pasó en Arequipa.

—Está bien —dijo Téllez—. Yo feliz de salir de acá cuanto antes.

—¿Y qué pasa conmigo? —dijo Ludovico—. ¿Cuándo me despachan a mí?

—Apenas puedas pararte —dijo Molina—. No te asustes, ya no hay de qué. Don Cayo ya salió del gobierno, y la huelga va a terminar.

—No me guarde usted rencor, don Cayo —dijo el doctor Alcibíades—. Las presiones eran muy fuertes. No me dieron chance para actuar de otro modo.

—Claro que sí, doctorcito —dijo Cayo Bermúdez—. No le guardo rencor. Al contrario, estoy admirado de lo hábil que ha sido. Llévese bien con mi sucesor, el comandante Paredes. Lo va a nombrar a usted director de gobierno. Me preguntó mi opinión y le dije tiene pasta para el cargo.

—Aquí estaré siempre para servirlo, don Cayo —dijo el doctor Alcibíades—. Aquí tiene sus pasajes, su pasaporte. Todo en orden. Y, por si no lo veo, que tenga buen viaje, don Cayo.

—Entra hermano, te tengo grandes noticias —dijo Ludovico—. Adivina, Ambrosio.

—No fue para robarle, Ludovico —dijo Ambrosio—. No, tampoco por eso. No me preguntes por qué lo hice, hermano, no te lo voy a decir. ¿Me vas a ayudar?

—¡Me metieron al escalafón! —dijo Ludovico—. Anda volando a comprar una botella de algo y tráetela a escondidas, Ambrosio.

—No, él no me mandó, él ni sabía —dijo Ambrosio—. Conténtate con eso, yo la maté. Se me ocurrió a mí solito, sí. Él le iba a dar la plata para que se largara a México, él se iba a dejar sangrar toda la vida por esa mujer. ¿Me vas a ayudar?

—Oficial de tercera, Ambrosio, División de Homicidios —dijo Ludovico—. ¿Y sabes quién vino a darme el notición, hermano?

—Sí, por hacerle un bien a él, para salvarlo a él —dijo Ambrosio—. Para demostrarle mi agradecimiento, sí. Ahora quiere que me vaya. No, no es ingratitud, no es maldad. Es por su familia, no quiere que esto lo manche. Él es buena gente. Que tu amigo Ludovico te aconseje y yo le doy una gratificación, dice, ¿ves? ¿Me vas a ayudar?

—El señor Lozano en persona, imagínate —dijo Ludovico—. De repente se me apareció en el cuarto y yo pasmado, Ambrosio, ya te figuras.

—Él te regala diez mil, y yo diez mil, de mis ahorros —dijo Ambrosio—. Sí, está bien, me iré de Lima y nunca más te daré cara, Ludovico. Está bien, me llevo a Amalia también. No volveremos a pisar esta ciudad, hermano, de acuerdo.

—El sueldo es dos mil ochocientos, pero el señor Lozano va a hacer que reconozcan mi antigüedad en el cuerpo —dijo Ludovico—. Hasta tendré mis bonificaciones, Ambrosio.

—¿A Pucallpa? —dijo Ambrosio—. ¿Pero qué voy a hacer allá, Ludovico?

—Ya sé que Hipólito se portó muy mal —dijo el señor Lozano—. Vamos a darle un puestecito para que se pudra en vida.

—¿Y sabes dónde lo van a mandar? —se rió Ludovico—. ¡A Celendín!

—Pero quiere decir que también a Hipólito lo van a meter al escalafón —dijo Ambrosio.

—Y qué importa, si tiene que vivir en Celendín —dijo Ludovico—. Ah, hermano, estoy tan contento. Y te lo debo a ti también, Ambrosio. Si no hubiera pasado a trabajar con don Cayo, seguiría de cachuelero. Es algo que te estoy debiendo, hermano.

—Con la alegría te has curado, hasta te mueves —dijo Ambrosio—. ¿Cuándo te dan de alta?

—No hay apuro, Ludovico —dijo el señor Lozano—. Cúrate con calma, tómate esta temporadita en el hospital como unas vacaciones. No puedes quejarte. Duermes todo el día, te traen la comida a la cama.

—La cosa no es tan color de rosa, señor —dijo Ludovico—. ¿No ve que mientras estoy aquí no gano nada?

—Vas a recibir tu sueldo íntegro todo el tiempo que estés aquí —dijo el señor Lozano—. Te lo has ganado, Ludovico.

—Los asimilados sólo cobramos por trabajito, señor Lozano —dijo Ludovico—. Yo no estoy en el escalafón, no se olvide.

—Ya estás —dijo el señor Lozano—. Ludovico Pantoja, oficial de tercera, División de Homicidios. ¿Cómo te suena eso?

—Casi salto a besarle las manos, Ambrosio —dijo Ludovico—. ¿De veras, de veras me metieron al escalafón, señor Lozano?

—Hablé de ti con el nuevo ministro, y el comandante sabe reconocer los servicios —dijo el señor Lozano—. Sacamos tu nombramiento en veinticuatro horas. Vine a felicitarte.

—Perdóneme, señor —dijo Ludovico—. Qué vergüenza, señor Lozano. Pero es que la noticia me ha emocionado tanto, señor.

—Llora nomás, no te avergüences —dijo el señor Lozano—. Ya veo que le tienes cariño al cuerpo y eso está muy bien, Ludovico.

—Tienes razón, hay que celebrarlo, hermano —dijo Ambrosio—. Voy a traer una botella. Ojalá no me chapen las enfermeras.

—Qué caliente debe estar el senador Arévalo ¿no, señor? —dijo Ludovico—. Su gente es la que sufrió más. Le mataron a dos y a otro lo golpearon duro.

—Tú mejor olvídate de todo eso, Ludovico —dijo el señor Lozano.

—Qué me voy a olvidar, señor —dijo Ludovico—. ¿No ve cómo me dejaron? Una paliza así se recuerda toda la vida.

—Pues si no te olvidas, no sé para qué me he dado tanto trabajo por ti —dijo el señor Lozano—. No has comprendido nada, Ludovico.

—Me está usted asustando, señor —dijo Ludovico—. ¿Qué es lo que tengo que comprender?

—Que eres todo un oficial de Investigaciones, uno igual a los que salen de la Escuela —dijo el señor Lozano—. Y un oficial no puede haber hecho trabajos de matón contratado, Ludovico.

—¿Volver al trabajo? —dijo don Emilio Arévalo—. Tú lo que vas a hacer ahora es recuperarte, Téllez. Unas semanitas con tu familia, ganando jornal completo. Sólo cuando estés enterito volverás a trabajar.

—Esos trabajos los hacen los asimilados, los pobres diablos sin preparación —dijo el señor Lozano—. Tú nunca has sido matón, tú has hecho siempre operaciones de categoría. Eso es lo que dice tu foja de servicios. ¿O quieres que borre todo eso y ponga fue cachuelero?

—No tienes nada que agradecerme, hijo —dijo don Emilio Arévalo—. Se portan bien conmigo y yo me porto bien, Téllez.

—Ahora sí comprendo, señor Lozano —dijo Ludovico—. Perdóneme, no me daba cuenta. Nunca fui asimilado, nunca fui a Arequipa.

—Porque alguien podría protestar, decir no tiene derecho a estar en el escalafón —dijo el señor Lozano—. O sea que olvídate de eso, Ludovico.

—Ya me olvidé, don Emilio —dijo Téllez—. Nunca salí de Ica, me rompí la pierna montando una mula. No sabe qué bien me cae esa gratificación, don Emilio.

—Pucallpa por dos razones, Ambrosio —dijo Ludovico—. Ahí está el peor puesto de policía del Perú. Y, segundo, porque ahí tengo un pariente que puede darte trabajo. Tiene una compañía de ómnibus. Ya ves que te la pongo en bandeja, hermano.

CUATRO

I

—¿Las Bim Bam Bum? —dice Ambrosio—. Nunca las vi. ¿Por qué me lo pregunta, niño?

Piensa: Ana, la Polla, las Bim Bam Bum, los amores de tigre de Carlitos y la China, la muerte del viejo, la primera cana: dos, tres, diez años, Zavalita. ¿Habían sido los cabrones de *Última Hora* los primeros en explotar la Polla como noticia? No, habían sido los de *La Prensa*. Era una apuesta nueva y al principio los aficionados a las carreras seguían fieles a las dupletas. Pero un tipógrafo acertó un domingo nueve de los diez caballos ganadores y obtuvo los cien mil soles de la Polla. *La Prensa* lo entrevistó: sonreía entre sus familiares, brindaba en torno a una mesa crispada de botellas, se arrodillaba ante la imagen del Señor de los Milagros. A la semana siguiente el juego de la Polla duplicó y *Última Hora* fotografió en primera plana a dos comerciantes iqueños enarbolando eufóricos la cartilla premiada, y a la siguiente, los cuatrocientos mil soles del premio los ganó, solo, un pescador del Callao que había perdido un ojo de joven en una riña de bar. La apuesta siguió creciendo y en los periódicos comenzó la cacería de los triunfadores. Arispe destacó a Carlitos para cubrir la información de la Polla y al cabo de tres semanas *La Crónica* había perdido todas las primicias: Zavalita, tendrá que encargarse usted, Carlitos no da pie con bola. Piensa: si no hubiera sido por la Polla no habría habido ningún accidente y a lo mejor seguirías soltero, Zavalita. Pero estaba contento con esa comisión; no había mucho que hacer, y, gracias a lo invertebrado del trabajo, podía robarle muchas horas al diario. Los sábados en la noche debía montar guardia en la oficina central del Jockey Club para averiguar a cuánto ascendían las apuestas, y en la madrugada del lunes ya se sabía si el ganador de la Polla era uno o varios y en qué oficina se había vendido la cartilla premiada. Se iniciaba entonces la búsqueda del afortunado. Los lunes y los martes llovían las llamadas a la redacción de dateros oficiosos y había que estar yendo de un lado a otro en la camioneta, con Periquito, verificando los rumores.

—Por la pintarrajeada esa que está ahí —dice Santiago—. Se parece a una de las Bim Bam Bum que se llamaba Ada Rosa.

Con el pretexto de rastrear la pista a presuntos ganadores de la Polla, podías ausentarte del periódico, Zavalita, meterte a algún cine, ir al Patio y al Bransa a tomar un café con gente de otros diarios, o acompañar a Carlitos a los ensayos de la compañía de mamberas que estaba formando el empresario Pedrito Aguirre y en la que bailaba la China. Piensa: las Bim Bam Bum. Hasta entonces sólo había estado enamorado, piensa, pero desde entonces infectado, intoxicado de la China. Por ella hacía publicidad a las Bim Bam Bum escribiendo espontáneas crónicas artístico-patrióticas que deslizaba en la página de espectáculos: ¿por qué teníamos que contentarnos con esas mamberas cubanas y chilenas que eran artistas de segunda, habiendo en el Perú muchachas tan capaces de convertirse en estrellas? Por ella se zambullía resueltamente en el ridículo: sólo les faltaba la oportunidad y el apoyo del público, era una cuestión de prestigio nacional, todos al estreno de las Bim Bam Bum. Con Norwin, con Solórzano, con Periquito iban al Teatro Monumental a ver los ensayos y ahí estaba la China, Zavalita, su cuerpo cimarrón de fieras nalgas, su llamativa cara pícara, sus ojos malvados, su voz ronca. Desde la desierta platea polvorienta y con pulgas, la veían discutir con Tabarín, el coreógrafo marica, y la perseguían en el remolino de siluetas del escenario, aturdidos de mambo, de rumba, de huaracha y de subi: es la mejor de todas Carlitos, bravo Carlitos. Cuando las Bim Bam Bum comenzaron a presentarse en teatros y cabarets, la foto de la China aparecía cuando menos una vez por semana en la columna de espectáculos, con leyendas que la ponían por las nubes. A veces, después de las funciones, Santiago acompañaba a Carlitos y a la China a comer al Parral, a tomar una copa en algún bar de aire luctuoso. Durante esa época, la pareja se había llevado muy bien, y una noche en el Negro-Negro Carlitos puso la mano en el brazo de Santiago: ya pasamos la prueba difícil, Zavalita, tres meses sin tormentas, cualquier día me caso con ella. Y otra noche, borracho: estos meses he sido feliz, Zavalita. Pero los líos recomenzaron cuando la Compañía de las Bim Bam Bum se disolvió y la China empezó a bailar en El Pingüino, una boite que abrió Pedrito Aguirre en el centro. En las noches, al salir de *La Crónica*, Carlitos arrastraba a Santiago por los portales de la plaza San Martín, por Ocoña, hasta el viscoso recinto tétricamente decorado de El Pingüino. Pedrito Aguirre no les cobraba consumo mínimo, les rebajaba las cervezas y les aceptaba vales. Desde el bar, observaban a los experimentados piratas de la noche limeña tomar al abordaje a las mamberas. Les mandaban papelitos con los mozos, las sentaban en sus mesas. Algunas veces, cuando llegaban, la China ya había partido y Pedrito Aguirre daba una palmada fraternal a Carlitos: se había sentido mal, se fue acompañando a Ada Rosa, le avisaron que su madre está en el hospital. Otras, la encontraban en una velada mesa del fondo, escuchando las risotadas de algún príncipe de la bohemia, ovillada en las sombras junto a algún elegante maduro de patillas canosas, bailando apretada en los brazos de un joven apolíneo. Y ahí estaba la cara demudada de Carlitos: su contrato la obliga a atender a los clientes Zavalita, o en vista de las circunstancias vámonos al bulín Zavalita, o sólo sigo con ella por masoquismo Zavalita. Desde entonces, los amores de Carlitos y la China habían vuelto al carnicero ritmo anterior de reconciliaciones y rupturas, de escándalos y pugilatos públicos. En los entreactos de su romance con Carlitos, la China se exhibía con abogados millonarios, adolescentes de buen apellido y semblante rufianesco y comerciantes cirrosos. Acepta lo que venga con tal que sean padres de familia, decía venenosamente Becerrita, no tiene vocación de puta sino de adúltera. Pero esas aventuras sólo duraban pocos días, la China acababa siempre por llamar a *La Crónica*. Ahí las sonrisas irónicas de la redacción, los guiños pérfidos sobre las máquinas de escribir, mientras Carlitos, la cara ojerosa besando el teléfono, movía los labios con humildad y esperanza. La China lo tenía en la bancarrota total, se andaba prestando dinero de medio mundo y hasta la redacción llegaban cobradores con vales suyos. En el Negro-Negro le cancelaron el crédito, piensa, a ti te estaría debiendo lo menos mil soles, Zavalita. Piensa: veintitrés, veinticuatro, veinticinco años. Recuerdos que reventaban como esos globos de chicle que hacía la Teté, efímeros como los reportajes de la Polla cuya tinta habría borrado el tiempo, Zavalita, inútiles como las carillas aventadas cada noche a los basureros de mimbre.

—Qué va a ser una artista ésa —dice Ambrosio—. Se llama Margot y es una polilla más conocida que la ruda. Todos los días cae por La Catedral.

Queta estaba haciendo tomar al gringo de lo lindo: whisky tras whisky para él y para ella copitas de vermouth (que eran té aguado). Te conseguiste una mina de oro, le había dicho Robertito, ya llevas doce fichas. Queta sólo entendía pedazos confusos de la historia que el gringo le venía contando con risotadas y mímica. Un asalto a un banco o a una tienda o a un tren que él había visto en la vida real o en el cine o leído en una revista y que, ella no comprendía por qué, le provocaba una sedienta hilaridad. La sonrisa en la cara, una de sus manos rodeando el cuello pecoso, Queta pensaba mientras bailaban ¿doce fichas, nada más? Y en eso asomó Ivonne tras la cortina del bar, hirviendo de rímel y de colorete. Le guiñó un ojo y su mano de garras plateadas la llamó. Queta acercó la boca al oído de vellos rubios: ya vuelvo, amor, espérame, no te vayas con nadie. What, qué, did you say?, dijo él risueño, y Queta apretó su brazo con afecto: ahorita, volvía ahorita. Ivonne la esperaba en el pasadizo, con la cara de las grandes ocasiones: uno importantísimo, Quetita.

—Está ahí en el saloncito, con Malvina —le examinaba el peinado, el maquillaje, el vestido, los zapatos—. Quiere que vayas tú también.

—Pero yo estoy ocupada —dijo Queta, señalando hacia el bar—. Ése...

—Te vio desde el saloncito, le gustaste —reverberaron los ojos de Ivonne—. No sabes la suerte que tienes.

—¿Y ése, señora? —insistió Queta—. Está consumiendo mucho y...

—Con guante de oro, como a un rey —susurró ávidamente Ivonne—. Que se vaya contento de aquí, contento de ti. Espera, déjame arreglarte, te has despeinado.

Lástima, pensó Queta, mientras los dedos de Ivonne revoloteaban en su cabeza. Y después, mientras avanzaba por el pasillo ¿un político, un militar, un diplomático? La puerta del saloncito estaba abierta y al entrar vio a Malvina arrojando su fustán sobre la alfombra. Cerró la puerta pero al instante ésta volvió a abrirse y entró Robertito con una bandeja; se deslizó por la alfombra doblado en dos, el rostro lampiño desplegado en una mueca servil, buenas noches. Colocó la bandeja en la mesita, salió sin enderezarse, y entonces Queta lo oyó:

—Tú también, buena moza, tú también. ¿No tienes calor?

Una voz sin emoción, reseca, ligeramente déspota y borracha.

—Qué apuro, amorcito —dijo, buscándole los ojos, pero no se los vio. Estaba sentado en el sillón sin brazos, bajo los tres cuadritos, parcialmente oculto por la sombra de esa esquina de la habitación donde no llegaba la luz de la lámpara en forma de colmillo de elefante.

—No le basta una, le gustan de a dos —se rió Malvina—. Eres un hambriento ¿no, amorcito? Un caprichosito.

—De una vez —ordenó él, vehemente y sin embargo siempre glacial—. Tú también, de una vez. ¿No te mueres de calor?

No, pensó Queta, y recordó con nostalgia al gringo del bar. Mientras se desabotonaba la falda, veía a Malvina, desnuda ya: un rombo tostado y carnoso desperezándose en una pose que quería ser provocativa bajo el cono de luz de la lámpara y hablando sola. Parecía tomadita y Queta pensó: ha engordado. No le sentaba, se le caían los senos, ahorita la vieja la mandaría a tomar baños turcos al Virrey.

—Apúrate, Quetita —palmoteaba Malvina, riéndose—. El caprichosito no aguanta más.

—El malcriadito, dirás —murmuró Queta, enrollando despacio sus medias—. Ni siquiera sabe dar las buenas noches tu amigo.

Pero él no quería bromear ni hablar. Permaneció callado, balanceándose en el sillón con un mismo movimiento obsesivo e idéntico, hasta que Queta terminó de desnudarse. Como Malvina, se había quitado la falda, la blusa y el sostén, pero no el calzón. Dobló su ropa sin prisa y la acomodó sobre una silla.

—Así están mejor, más frescas —dijo él, con su desagradable tonito de frío aburrimiento impaciente—. Vengan, se les están calentando los tragos.

Fueron juntas hacia el sillón, y mientras Malvina se dejaba caer con una risita forzada en las rodillas del hombre, Queta pudo observar su cara flaca y huesuda, su boca hastiada, sus minuciosos ojos helados. Cincuenta años, pensó. Acurrucada contra él, Malvina ronroneaba cómicamente: tenía frío, caliéntame, unos cariñitos. Un impotente lleno de odio, pensó Queta, un pajero lleno de odio. Él había pasado un brazo por los hombros de Malvina, pero sus ojos, con su inconmovible desgano, la recorrían a ella, que aguardaba de pie junto a la mesita. Por fin se inclinó, cogió dos vasos y se los alcanzó al hombre y a Malvina. Luego recogió el suyo y bebió, pensando un diputado, quizás un prefecto.

—También hay sitio para ti —ordenó él, mientras bebía—. Una rodilla cada una, para que no se peleen.

Sintió que la jalaba del brazo, y, al dejarse ir contra ellos, oyó a Malvina chillar ay, me diste en el hueso, Quetita. Ahora estaban muy apretados, el sillón se mecía como un péndulo, y Queta sintió asco: la mano de él sudaba. Era esquelética, minúscula, y mientras Malvina, muy cómoda ya o disimulando muy bien, reía, hacía chistes y trataba de besar al hombre en la boca, Queta sentía los deditos rápidos, mojados, pegajosos, cosquilleándole los senos, la espalda, el vientre y las piernas. Se echó a reír y empezó a odiarlo. Él las acariciaba con método y obstinación, una mano en el cuerpo de cada una, pero ni siquiera sonreía, y las miraba alternativamente, mudo, con una expresión desinteresada y pensativa.

—Qué poco alegre está el señor malcriadito —dijo Queta.

—Vámonos a la cama de una vez —chilló Malvina, riéndose—. Aquí nos va a dar una pulmonía, amorcito.

—No me atrevo con las dos, son mucho gallo para mí —murmuró él, apartándolas suavemente del sillón. Y ordenó—: Primero hay que alegrarse un poco. Báilense algo.

Nos va a tener toda la noche así, pensó Queta, mandarlo a la mierda, volver donde el gringo. Malvina se había alejado y, arrodillada contra la pared, enchufaba el tocadiscos. Queta sintió que la fría manita huesuda la atraía de nuevo hacia él y se inclinó, adelantó la cabeza y separó los labios: pastosa, incisiva, una forma que hedía a tabaco picante y alcohol, paseó por sus dientes, encías, aplastó su lengua y se retiró dejando una masa de saliva amarga en su boca. Luego, la manita la alejó del sillón sin delicadeza: a ver si bailas mejor que besas. Queta sentía que la cólera la iba dominando, pero su sonrisa, en vez de disminuir, aumentó. Malvina vino hacia ellos, cogió a Queta de la mano, la arrastró a la alfombra. Bailaron una huaracha, haciendo figuras y cantando, tocándose apenas con la yema de los dedos. Después, un bolero, soldadas una contra otra. ¿Quién es?, murmuró Queta en el oído de Malvina. Quién sería, Quetita, un conchesumadre de ésos.

—Un poquito más cariñosas —susurró él, lentísimo, y su voz era otra; se había entibiado y como humanizado—. Un poquito más de corazón.

Malvina lanzó su risita aguda y artificial y comenzó a decir en voz alta ricura, mamacita, y a frotarse empeñosamente contra Queta que la había tomado de la cintura y la hamacaba. El movimiento del sillón se reanudó, ahora más rápido que antes, desigual y con un sigiloso rumor de resortes, y

Queta pensó ya está, ya se va. Buscó la boca de Malvina y mientras se besaban cerró los ojos para que no le viniera la risa. Y en eso el chirrido trepidante de las ruedas de un automóvil que frenaba apagó la música. Se soltaron, Malvina se tapaba los oídos, dijo borrachos escandalosos. Pero no hubo choque, sólo un portazo después de la frenada seca y silbante, y por fin el timbre de la casa. Sonaba como si se hubiera pegado.

—No es nada, qué les pasa —dijo él, con furia sorda—. Sigan bailando.

Pero el disco había terminado y Malvina fue a cambiarlo. Volvieron a abrazarse, a bailar, y de pronto la puerta se estrelló contra la pared como si la hubieran abierto de un patadón. Queta lo vio: zambo, grande, musculoso, brillante como el terno azul que llevaba, una piel a medio camino del betún y del chocolate, unos pelos furiosamente alisados. Clavado en el umbral, una manaza adherida al picaporte, sus ojos blancos y enormes, deslumbrados, la miraban. Ni siquiera cuando el hombre saltó del sillón y cruzó la alfombra de dos trancos, dejaron de mirarla.

—¿Qué mierda haces aquí? —dijo el hombre, plantado ante el zambo, los puñitos cerrados como si fuera a golpearlo—. ¿No se pide permiso para entrar?

—El general Espina está en la puerta, don Cayo —parecía encogerse, había soltado el picaporte, miraba al hombre acobardado, las palabras se le atropellaban—. En su carro. Que baje, que es muy urgente.

Malvina se ponía apresuradamente la falda, la blusa, los zapatos, y Queta, mientras se vestía, miró otra vez a la puerta. Por sobre el hombrecillo de espaldas, encontró un segundo los ojos del zambo: atemorizados, deslumbrados.

—Dile que bajo en seguida —murmuró el hombre—. No vuelvas a entrar así a ninguna parte, si no quieres que un día te reciban con un balazo.

—Perdóneme, don Cayo —asintió el zambo, retrocediendo—. No pensé, me dijeron está allá. Discúlpeme.

Desapareció en el pasillo y el hombre cerró la puerta. Se volvió hacia ellas y la luz de la lámpara lo iluminó de pies a cabeza. Su cara estaba cuarteada, en sus ojillos había un brillo rancio y frustrado. Sacó unos billetes de su cartera y los puso sobre un sillón. Se les acercó, acomodándose la corbata.

—Para que se consuelen de mi partida —murmuró de mal modo, apuntando con un dedo los billetes. Y ordenó a Queta—: Te mandaré a buscar mañana. A eso de las nueve.

—A esa hora no puedo salir —dijo Queta, rápidamente, echando una mirada a Malvina.

—Ya verás que sí —dijo él, secamente—. A eso de las nueve, ya sabes.

—¿Así que a mí me basureas, amorcito? —se rió Malvina, empinándose para observar los billetes del sillón—. Así que te llamas Cayo. ¿Cayo qué?

—Cayo Mierda —dijo él, camino a la puerta, sin volverse. Salió y cerró con fuerza.

—Acaban de llamarte de tu casa, Zavalita —dijo Solórzano, al verlo entrar en la redacción—. Algo urgente. Sí, tu papá, creo.

Corrió al primer escritorio, marcó el número, largas llamadas hirientes, una desconocida voz serrana: el señor no estaba, nadie estaba. Habían cambiado de mayordomo otra vez y ése ni sabía quién eras, Zavalita.

—Soy Santiago, el hijo del señor —repitió, alzando la voz—. ¿Qué le pasa a mi papá? ¿Dónde está?

—Enfermo —dijo el mayordomo—. En la clínica está. No sabe en cuál, señor.

Pidió una libra a Solórzano y tomó un taxi. Al entrar a la Clínica Americana vio a la Teté, llamando por teléfono desde la Administración; un muchacho que no era el Chispas la tenía del hombro y sólo cuando estuvo muy cerca reconoció a Popeye. Lo vieron, la Teté colgó.

—Ya está mejor, ya está mejor —tenía los ojos llorosos, la voz quebrada—. Pero creímos que se moría, Santiago.

—Hace una hora que te llamamos, flaco —dijo Popeye—. A tu pensión, a *La Crónica.* Ya me iba a buscarte en el auto.

—Pero no fue esa vez —dice Santiago—. Murió al segundo ataque, Ambrosio. Un año y medio después.

Había sido a la hora del té. Don Fermín había regresado a la casa más temprano que de costumbre; no se sentía bien, temía una gripe. Había tomado un té caliente, un trago de coñac, y estaba leyendo *Selecciones,* bien arropado en su sillón del escritorio, cuando la Teté y Popeye, que oían discos en la sala, sintieron el golpe. Santiago cierra los ojos: el macizo cuerpo de bruces en la alfombra, el rostro inmovilizado en una mueca de dolor o de espanto, la manta y la revista caídas. Los gritos que daría la mamá, la confusión que habría. Lo habían abrigado con frazadas, subido al automóvil de Popeye, traído a la clínica. A pesar de la barbaridad que hicieron ustedes moviéndolo ha resistido muy bien el infarto, había dicho el médico. Necesitaba guardar reposo absoluto, pero ya no había nada que temer. En el pasillo, junto al cuarto, estaba la señora Zoila y el tío Clodomiro y el Chispas la calmaban. Su madre le alcanzó la mejilla para que la besara, pero no dijo palabra y miró a Santiago como reprochándole algo.

—Ya ha recuperado el conocimiento —dijo el tío Clodomiro—. Cuando salga la enfermera podrás verlo.

—Sólo un ratito —dijo el Chispas—. El doctor no quiere que hable.

Ahí estaba el amplio cuarto de paredes color verde limón, la antesala de cortinas floreadas, y él, Zavalita, con un piyama de seda granate. La lamparilla del velador iluminaba la cama con una escasa luz de iglesia. Ahí, la palidez de su cara, sus cabellos grises alborotados en las sienes, el relente de terror animal en sus ojos. Pero cuando Santiago se inclinó a besarlo, sonrió: por fin te habían encontrado, flaco, creía que ya no te iba a ver.

—Me dejaron entrar con la condición de que no te haga hablar, papá.

—Ya pasó el susto, felizmente —susurró don Fermín; su mano se había deslizado fuera de las sábanas, había atrapado el brazo de Santiago—. ¿Todo va bien, flaco? ¿La pensión, el trabajo?

—Todo muy bien, papá —dijo él—. Pero no hables, por favor.

—Siento un nudo aquí, niño —dice Ambrosio—. Un hombre como él no se debía morir.

Permaneció en el cuarto un largo rato, sentado a la orilla de la cama, observando la mano gruesa, de vellos lacios, que reposaba en su rodilla. Don Fermín había cerrado los ojos, respiraba profundamente. No tenía almohada, su cabeza estaba ladeada sobre el colchón y él podía ver su cuello con estrías y los puntitos grises de la barba. Poco después entró una enfermera de zapatos blancos y le indicó con un gesto que saliera. La señora Zoila, el tío Clodomiro y el Chispas se habían sentado en la antesala; la Teté y Popeye cuchicheaban de pie junto a la puerta.

—Antes era la política, ahora el laboratorio y la oficina —dijo el tío Clodomiro—. Trabajaba demasiado, no podía ser.

—Quiere estar en todo, no me hace caso —dijo el Chispas—. Le he pedido hasta el cansancio que me deje a mí ocuparme de las cosas, pero no hay forma. Ahora tendrá que descansar a la fuerza.

—Está mal de los nervios —la señora Zoila miró a Santiago con rencor—. No es sólo la oficina, también es este mocoso. Le quita la vida no tener noticias tuyas y tú cada vez te haces rogar más para venir a la casa.

—No des esos gritos de loca, mamá —dijo la Teté—. Te está oyendo.

—No lo dejas vivir tranquilo con los colerones que le das —sollozó la señora Zoila—. Le has amargado la vida a tu padre, mocoso.

La enfermera salió del dormitorio y susurró al pasar no hablen tan fuerte. La señora Zoila se limpió los ojos con el pañuelo y el tío Clodomiro se inclinó hacia ella, compungido y solícito. Estuvieron callados, mirándose. Luego la Teté y Popeye comenzaron de nuevo a cuchichear. Cómo habían cambiado todos, Zavalita, cómo había envejecido el tío Clodomiro. Le sonrió y su tío le devolvió una apenada sonrisa de circunstancias. Se había encogido, arrugado, casi no tenía pelo, sólo motitas blancas salpicadas por el cráneo. El Chispas era un hombre ya; en sus movimientos, en su manera de sentarse, en su voz había una seguridad adulta, una desenvoltura que parecía corporal y espiritual a la vez, y su mirada era tranquilamente resuelta. Ahí estaba, Zavalita: fuerte, bronceado, terno gris, zapatos y medias negras, los puños albos de su camisa, la corbata verde oscura con un discreto prendedor, el rectángulo del pañuelito blanco asomando en el bolsillo del saco. Y ahí la Teté, hablando en voz baja con Popeye. Tenían unidas las manos, se miraban a los ojos. Su vestido rosado, piensa, el ancho lazo que envolvía su cuello y bajaba hasta la cintura. Se notaban sus senos, la curva de la cadera comenzaba a apuntar, sus piernas eran largas y esbeltas, sus tobillos finos, sus manos blancas. Ya no eras como ellos, Zavalita, ya eras un cholo. Piensa: ya sé por qué te venía esa furia apenas me veías, mamá. No se sentía victorioso ni contento, sólo impaciente por partir. Sigilosamente la enfermera vino a decir que había terminado la hora de visitas. La señora Zoila se quedaría a dormir en la clínica, el Chispas llevó a la Teté. Popeye ofreció su auto al tío Clodomiro pero él tomaría el colectivo, lo dejaba en la puerta de su casa, no valía la pena, mil gracias.

—Tu tío siempre es así —dijo Popeye; avanzaban despacio, en la noche recién caída, hacia el centro—. Nunca quiere que lo lleve ni que lo recoja.

—No le gusta molestar ni pedir favores —dijo Santiago—. Es un tipo muy sencillo.

—Sí, buenísima gente —dijo Popeye—. Se conoce todo el Perú ¿no?

Ahí Popeye, Zavalita: pecoso, colorado, los pelos rubios erizados, la misma mirada amistosa y sana de antes. Pero más grueso, más alto, más dueño de su cuerpo y del mundo. Su camisa a cuadros, piensa, su casaca de franela con solapas y codos de cuero, su pantalón de corderoy, sus mocasines.

—Nos pegamos un susto terrible con lo de tu viejo —manejaba con una mano, con la otra sintonizaba la radio—. Fue una suerte que no le viniera en la calle.

—Hablas ya como miembro de la familia —lo interrumpió Santiago, sonriéndole—. Ni sabía que estabas con la Teté, pecoso.

—¿No te había dicho nada? —exclamó Popeye—. Hace por lo menos dos meses, flaco. Estás en la luna tú.

—Hace tiempo que no iba a la casa —dijo Santiago—. En fin, me alegro mucho por los dos.

—Me las ha hecho pasar negras tu hermana —se rió Popeye—. Desde el colegio ¿te acuerdas? El que la sigue la consigue, ya ves.

Pararon en el Tambo de la avenida Arequipa, pidieron dos cafés, conversaron sin bajar del automóvil. Escarbaban los recuerdos comunes, se resumieron sus vidas. Acababa de recibirse de arquitecto, piensa, había comenzado a trabajar en una empresa grande, aspiraba a formar con otros compañeros su propia compañía. ¿Y a ti, flaco, cómo te iba, qué proyectos?

—Me va bastante bien —dijo Santiago—. No tengo ningún proyecto. Sólo seguir en *La Crónica.*

—¿Cuándo te vas a recibir de leguleyo? —dijo Popeye, con una risita cautelosa—. Tú eres pintado para eso.

—Creo que nunca —dijo Santiago—. No me gusta la abogacía.

—En confianza, eso lo amarga mucho a tu viejo —dijo Popeye—. Siempre anda diciéndonos a la Teté y a mí anímenlo a que termine su carrera. Sí, me cuenta todo. Me llevo muy bien con tu viejo, flaco. Nos hemos hecho patas. Es buenísima gente.

—No tengo ganas de ser doctor —bromeó Santiago—. Todo el mundo es doctor en este país.

—Y tú siempre has querido ser diferente de todo el mundo —se rió Popeye—. Igualito que de chico, flaco. No has cambiado.

Partieron del Tambo, pero todavía charlaron un momento en la avenida Tacna, frente al edificio lechoso de *La Crónica*, antes de que Santiago bajara. Tenían que verse un poco más, flaco, sobre todo ahora que somos medio cuñados. Popeye había querido buscarlo un montón de veces pero tú eras invisible, hermano. Les pasaría la voz a algunos del barrio que siempre preguntan por ti, flaco, y podían almorzar juntos un día de éstos. ¿No habías vuelto a ver a nadie de la promoción, flaco? Piensa: la promoción. Los cachorros que ya eran tigres y leones, Zavalita. Los ingenieros, los abogados, los gerentes. Algunos se habrían casado ya, piensa, tendrían queridas ya.

—No veo a mucha gente porque llevo vida de búho, pecoso, por el diario. Me acuesto al amanecer y me levanto para ir al trabajo.

—Una vida de lo más bohemia, flaco —dijo Popeye—. Debe ser bestial ¿no? Sobre todo para un intelectual como tú.

—De qué se ríe —dice Ambrosio—. Lo que le dije de su papá lo pienso de verdad, niño.

—No es de eso —dice Santiago—. Me río de mi cara de intelectual.

Al día siguiente, encontró a don Fermín sentado en la cama, leyendo los periódicos. Estaba animado, respiraba sin dificultad, le habían vuelto los colores. Estuvo una semana en la clínica y lo había visto todos los días, pero siempre con gente. Parientes que no veía hacía años y que lo examinaban con una especie de desconfianza. ¿La oveja negra, el que se fue de la casa, el que amargaba a Zoilita, el que tenía un puestecito en un periódico? Imposible recordar los nombres de esos tíos y tías, Zavalita, las caras de esos primos y primas; te habrías cruzado muchas veces con ellos sin reconocerlos. Era noviembre y comenzaba a hacer un poco de calor cuando la señora Zoila y el Chispas llevaron a don Fermín a Nueva York a que le hicieran un examen. Regresaron a los diez días y la familia se fue a pasar el verano a Ancón. Casi no los habías visto tres meses, Zavalita, pero hablabas con el viejo por teléfono todas las semanas. A fines de marzo volvieron a Miraflores y don Fermín se había repuesto y tenía un rostro tostado y saludable. El primer domingo que almorzó de nuevo en la casa, vio que Popeye besaba a la señora Zoila y a don

Fermín. La Teté tenía permiso para ir a bailar con él, los sábados, al Grill del Bolívar. En tu cumpleaños, la Teté y el Chispas y Popeye habían ido a despertarte a la pensión, y en la casa toda la familia te esperaba con paquetes. Dos ternos, Zavalita, camisas, zapatos, unos gemelos, en un sobrecito un cheque de mil soles que gastaste con Carlitos en el bulín. ¿Qué más que valiera la pena, Zavalita, qué más que sobreviviera?

—Al principio vagando —dice Ambrosio—. Después fui chofer, y, ríase niño, hasta medio dueño de una funeraria.

Las primeras semanas en Pucallpa las había pasado mal. No tanto por la desconsolada tristeza de Ambrosio, como por las pesadillas. El cuerpo blanco, joven y bello de los tiempos de San Miguel se acercaba desde oscuridades remotas, destellando, y ella, de rodillas en su estrecho cuartito de Jesús María, comenzaba a temblar. Flotaba, crecía, se detenía en el aire rodeado de un halo dorado y ella podía ver la gran herida púrpura en el cuello de la señora y sus ojos acusadores: tú me mataste. Despertaba aterrada, se apretaba al cuerpo dormido de Ambrosio, permanecía desvelada hasta el amanecer. Otras veces la perseguían policías de uniformes verdes y oía sus silbatos, el ruido de sus zapatones: tú la mataste. No la agarraban, toda la noche estiraban sus manos hacia ella que se encogía y sudaba.

—No me hables nunca más de la señora —le había dicho Ambrosio, con cara de perro apaleado, el día que llegaron—. Te prohíbo.

Además, había sentido desconfianza desde el principio contra esta ciudad calurosa y decepcionante. Habían vivido primero en un lugar invadido por arañas y cucarachas —el Hotel Pucallpa—, en las cercanías de la plaza a medio hacer, desde cuyas ventanas se divisaba el embarcadero con sus canoas, lanchas y barcazas balanceándose en las aguas sucias del río. Qué feo era todo, qué pobre era todo. Ambrosio había mirado Pucallpa con indiferencia, como si estuvieran ahí de paso, y sólo un día que ella se quejaba del ardor sofocante, había hecho un comentario vago: el calorcito se parecía al de Chincha, Amalia. Habían estado una semana en el hotel. Luego habían alquilado una cabaña con techo de paja, cerca del hospital. Alrededor había muchas funerarias, incluso una especializada en cajoncitos blancos de niño que se llamaba Ataúdes Limbo.

—Pobres los enfermos del hospital —había dicho Amalia—. Viendo tantas funerarias cerca, pensarán todo el tiempo que se van a morir.

—Es lo que más hay allá —dice Ambrosio—. Iglesias y funerarias. Uno se marea entre tantas religiones como hay en Pucallpa, niño.

También la morgue estaba frente al hospital, a pocos pasos de la cabaña. Amalia había sentido un estremecimiento el primer día, al ver la lóbrega construcción de cemento con su cresta de gallinazos en el techo. La cabaña era grande y tenía atrás un terrenito cubierto de maleza. Pueden sembrar algo, les había dicho Alandro Pozo, el dueño, el día que se mudaron, hacerse una huertita. El piso de los cuatro cuartos era de tierra y las paredes estaban descoloridas. No tenían ni un colchón, ¿dónde iban a dormir? Sobre todo Amalita Hortensia, la picarían los animales. Ambrosio se había tocado el fundillo: comprarían lo que hiciera falta. Esa misma tarde habían ido al centro y comprado un catre, un colchón, una cunita, ollas, platos, un primus, unas cortinitas, y Amalia, al ver que Ambrosio seguía escogiendo cosas, se había alarmado: ya no más, se te va a acabar la plata. Pero él, sin contestarle, había seguido ordenando al encantado vendedor de los Almacenes Wong: eso más, esto otro, el hule.

—¿De dónde sacaste tanta plata? —le había preguntado Amalia esa noche.

—Todos esos años había estado ahorrando —dice Ambrosio—. Para instalarme y trabajar por mi cuenta, niño.

—Entonces deberías estar contento —había dicho Amalia—. Pero no estás. Te pesa haberte venido de Lima.

—Ya no tendré jefe, ahora yo mismo seré mi jefe —había dicho Ambrosio—. Claro que estoy contento, tonta.

Mentira, sólo había empezado a estar contento después. Esas primeras semanas en Pucallpa se las había pasado muy serio, casi sin hablar, la cara apenadísima. Pero, a pesar de eso, se había portado bien con ella y Amalita Hortensia desde el primer momento. Al día siguiente de llegar, había salido solo del hotel y vuelto con un paquete. ¿Qué era? Ropa para las dos Amalias. El vestido de ella era enorme, pero Ambrosio ni había sonreído al verla perdida dentro de esa túnica floreada que se le chorreaba en los hombros y le besaba los tobillos. Había ido a la Empresa de Transportes Morales, S. A. recién llegado a Pucallpa, pero don Hilario estaba en Tingo María y sólo regresaría diez días después. ¿Qué harían mientras tanto, Ambrosio? Buscarían casa, y, hasta que llegara la hora de ponerse a sudar, se divertirían un poco, Amalia. No se habían divertido mucho, ella por las pesadillas y él porque extrañaría Lima, aunque habían tratado, gastando un montón de plata. Habían ido a ver a los indios shipibos, se habían dado atracones de arroz chaufa, camarones arrebozados y wantán frito en los chifas de la calle Comercio, habían paseado en bote por el Ucayali, hecho una excursión a Yarinacocha, y varias noches se habían metido al Cine Pucallpa. Las películas se caían de viejas, y a veces Amalita Hortensia soltaba el llanto en la oscuridad y la gente gritaba sáquenla. Pásamela, decía Ambrosio, y la hacía callar dándole a chupar su dedo.

Poco a poco se había ido Amalia acostumbrando, poco a poco la cara de Ambrosio alegrando. Habían trabajado duro en la cabaña. Ambrosio había comprado pintura y blanqueado la fachada y las paredes, y ella raspado las inmundicias del suelo. En las mañanas habían ido al Mercadito, juntos, a hacer las compras de la comida, y aprendido a diferenciar los locales de las iglesias que cruzaban: Bautista, Adventistas del Séptimo Día, Católica, Evangelista, Pentecostal. Habían empezado a conversar de nuevo: estabas tan raro, a veces se me ocurre que otro Ambrosio se metió en tu cuerpo, que el verdadero se quedó en Lima. ¿Pero por qué, Amalia? Por su tristeza, su cara reconcentrada y sus miradas que de repente se apagaban y desviaban como las de un animal. Estabas loca, Amalia, el que se había quedado en Lima era, más bien, el falso Ambrosio. Aquí se sentía bien, contento con este sol, Amalia, el cielo nublado de allá le bajaba la moral. Ojalá fuera verdad, Ambrosio. En las noches, como habían visto hacer a la gente del lugar, ellos también habían salido a sentarse a la calle, a tomar el fresco que subía del río, y a conversar, arrullados por los sapos y los grillos agazapados en la hierba. Una mañana, Ambrosio había entrado con un paraguas: ahí estaba, para que Amalia no requintara más contra el sol. Así sólo le faltaría salir a la calle con ruleros para que parezcas una montañesa, Amalia. Las pesadillas se habían ido espaciando, desapareciendo, y también el miedo que sentía cada vez que veía un policía. El remedio había sido estar todo el tiempo ocupada, cocinando, lavándole la ropa a Ambrosio, atendiendo a Amalita Hortensia, mientras él trataba de convertir el descampado en huerta. Sin zapatos, desde muy temprano, Ambrosio se había pasado las horas deshierbando, pero la hierba reaparecía veloz y más robusta que antes. Frente a la suya, había una cabaña pintada de blanco y azul, con una huerta repleta de frutales. Una mañana Amalia había ido a pedirle consejo a la vecina y la señora Lupe, compañera de uno que tenía una chacrita aguas arriba y que aparecía rara vez, la había recibido con cariño. Claro que la ayudaría en lo que fuera. Había sido la primera y la mejor amiga que tuvieron en Pucallpa, niño. Doña Lupe le había enseñado a Ambrosio a desbrozar y a ir sembrando al mismo tiempo, aquí camotes, aquí yucas, aquí papas. Les había regalado semillas y a Amalia le había enseñado a hacer el revuelto de plátanos fritos con arroz, yuca y pescado que comía todo el mundo en Pucallpa.

II

—¿Cómo que se casó por accidente, niño? —se ríe Ambrosio—. ¿Quiere decir que lo obligaron?

Había comenzado en una de esas noches blancas y estúpidas, que, por una especie de milagro, se transformó en fiesta. Norwin había llamado a *La Crónica* diciendo que los esperaba en El Patio y, al terminar el trabajo, Santiago y Carlitos se habían ido a reunir con él. Norwin quería ir al bulín, Carlitos al Pingüino, tiraron cara o sello y Carlitos ganó. ¿Era alguna fiesta de guardar? La boite estaba tristona y sin clientes. Pedrito Aguirre se sentó con ellos y convidó cervezas. Al terminar el segundo show partieron los últimos clientes, y entonces, súbita, inesperadamente, las muchachas del show y los muchachos de la orquesta y los empleados del bar acabaron reunidos en una ronda de mesas risueñas. Habían empezado con chistes, brindis, anécdotas y rajes, y, de repente, la vida parecía contenta, achispada, espontánea y simpática. Bebían, cantaban, empezaron a bailar, y al lado de Santiago, la China y Carlitos, mudos y apretados, se miraban a los ojos como si acabaran de descubrir el amor. A las tres de la mañana seguían allí, bebidos y queriéndose, generosos y locuaces, y Santiago se sentía enamorado de Ada Rosa. Ahí estaba, Zavalita: bajita, culoncita, morenita. Sus piernas chuecas, piensa, su diente de oro, su mal aliento, sus lisuras.

—Un accidente de verdad —dice Santiago—. Un accidente de auto.

Norwin fue el primero en desaparecer, con una mambera cuarentona de peinado flamígero. La China y Carlitos convencieron a Ada Rosa que partiera con ellos. Fueron en taxi al departamento de la China en Santa Beatriz. Sentado junto al chofer, Santiago tenía una mano distraída en las rodillas de Ada Rosa que iba atrás, adormecida junto a la China y Carlitos, que se besaban con furia. En el departamento bebieron todas las cervezas del frigidaire y oyeron discos y bailaron. Cuando apareció la luz del día en la ventana, la China y Carlitos se encerraron en el dormitorio y Santiago y Ada Rosa quedaron solos en la sala. En El Pingüino se habían besado, y aquí acariciado y ella se había sentado en sus rodillas, pero ahora, cuando él trató de desnudarla, Ada Rosa se encabritó y comenzó a vociferar y a insultarlo. Estaba bien, Ada Rosa, nada de peleas, vamos a dormir. Puso los cojines del sillón sobre la alfombra, se tumbó y quedó dormido. Al despertar, vio entre nieblas azuladas a Ada Rosa, encogida como un feto en el sofá, durmiendo vestida. Fue dando tumbos hasta el baño, aturdido por la biliosa pesadez y el resentimiento de los huesos, y metió la cabeza al agua fría. Salió de la casa: el sol le hirió los ojos y lo hizo lagrimear. Bebió un café puro en una chingana de Petit Thouars, y luego, con unas vagas náuseas itinerantes, tomó un colectivo hasta Miraflores y otro hasta Barranco. Era mediodía en el reloj de la municipalidad. La señora Lucía le había dejado un papel sobre la cama: que llame a *La Crónica*, muy urgente. Arispe estaba loco si creía que ibas a llamarlo, Zavalita. Pero en el momento de entrar a la cama pensó que la curiosidad lo desvelaría y bajó en piyama a telefonear.

—¿No está contento con su matrimonio? —dice Ambrosio.

—Carambolas —dijo Arispe—. Qué voz de ultratumba, mi señor.

—Tuve una fiesta y estoy con todos los muñecos —dijo Santiago—. No he dormido nada.

—Dormirás en el viaje —dijo Arispe—. Vente volando en un taxi. Te vas a Trujillo con Periquito y Darío, Zavalita.

—¿A Trujillo? —viajar, piensa, por fin viajar, aunque fuera a Trujillo—. ¿No puedo partir dentro de...?

—En realidad, ya partiste —dijo Arispe—. Un dato fijo, el ganador del millón y medio de la Polla, Zavalita.

—Está bien, me pego un duchazo y voy para allá —dijo Santiago.

—Puedes telefonearme el reportaje esta noche —dijo Arispe—. No te duches y ven de una vez, el agua es para los cochinos como Becerrita.

—Sí, estoy —dice Santiago—. Lo que pasa es que ni eso lo decidí realmente yo. Se me impuso solo, como el trabajo, como todas las cosas que me han pasado. No las he hecho por mí. Ellas me hicieron a mí, más bien.

Se vistió de prisa, volvió a mojarse la cabeza, bajó a trancos la escalera. El chofer del taxi tuvo que despertarlo al llegar a *La Crónica*. Era una mañana soleada, había un calorcito que deliciosamente entraba por los poros y adormecía los músculos y la voluntad. Arispe había dejado las instrucciones y dinero para gasolina, comida y hotel. A pesar del malestar y del sueño, te sentías contento con la idea del viaje, Zavalita. Periquito se sentó junto a Darío y Santiago se tendió en el asiento de atrás y se durmió casi en seguida. Despertó cuando entraban a Pasamayo. A la derecha dunas y amarillos cerros empinados, a la izquierda el mar azul resplandeciente y el precipicio que crecía, adelante la carretera trepando penosamente el flanco pelado del monte. Se incorporó y encendió un cigarrillo; Periquito miraba alarmado el abismo.

—Las curvas de Pasamayo les quitaron la tranca, maricones —se rió Darío.

—Anda más despacio —dijo Periquito—. Y como no tienes ojos en el cráneo, mejor no te voltees a conversar.

Darío conducía rápido, pero era seguro. Casi no encontraron autos en Pasamayo, en Chancay hicieron un alto para almorzar en una fonda de camioneros a orillas de la carretera. Reanudaron el viaje y Santiago, tratando de dormir a pesar del zangoloteo, los oía conversar.

—A lo mejor lo de Trujillo es mentira —dijo Periquito—. Hay mierdas que se pasan la vida dando datos falsos a los periódicos.

—Un millón y medio de soles para uno solito —dijo Darío—. No creía en la Polla, pero voy a empezar a jugarle.

—Convierte un millón y medio en hembras y cuéntame —dijo Periquito.

Pueblos agonizantes, perros agresivos que salían al encuentro de la camioneta con los colmillos al aire, camiones estacionados junto a la pista, cañaverales esporádicos. Entraban al kilómetro 83 cuando Santiago se incorporó y fumó de nuevo. Era una recta, con arenales a ambos lados. El camión no los sorprendió; lo vieron destellar a lo lejos, en la cumbre de una colina, y lo vieron acercarse, lento, pesado, corpulento, con su cargamento de latas sujetas con sogas en la tolva. Un dinosaurio, dijo Periquito, en el instante que Darío frenaba en seco y ladeaba el volante porque en el mismo punto en que iban a cruzar al camión un hueco devoraba la mitad de la pista. Las ruedas de la camioneta cayeron en la arena, algo crujió bajo el vehículo, ¡endereza! gritó Periquito y Darío trató y ahí nos jodimos, piensa. Las ruedas se hundieron, en vez de escalar el borde patinaron y la camioneta avanzó todavía, monstruosamente inclinada, hasta que la venció su propio peso y rodó como una bola. Un accidente en cámara lenta, Zavalita. Oyó o dio un grito, un mundo torcido y sesgado, una fuerza que lo arrojaba violentamente adelante, una oscuridad con estrellitas. Por un tiempo indefinido todo fue quieto, en tinieblas, doloroso y caliente. Sintió primero un gusto acre, y, aunque había abierto los ojos, tardó en descubrir que había sido despedido del vehículo y estaba tendido en la tierra y que el áspero sabor era la arena que se le metía a la boca. Trató de pararse, el mareo lo cegó y cayó de nuevo. Luego se sintió cogido de los pies y de las manos, levantado, y ahí estaban, al fondo de un largo sueño borroso, esos rostros extraños y remotos, esa sensación de infinita y lúcida paz. ¿Sería así, Zavalita? ¿Sería ese silencio sin preguntas, esa serenidad sin dudas ni remordimientos? Todo era flojo, vago y ajeno, y se sintió instalado en algo blando que se movía. Estaba en un auto, tendido en el asiento de atrás, y reconoció las voces de Periquito y de Darío y vio un hombre vestido de marrón.

—¿Cómo estás, Zavalita? —dijo la voz de Periquito.

—Borracho —dijo Santiago—. Me duele la cabeza.

—Tuviste suerte —dijo Periquito—. La arena aguantó la camioneta. Si da otra vuelta de campana te aplasta.

—Es una de las pocas cosas importantes que me han pasado, Ambrosio —dice Santiago—. Además, fue así que conocí a la que ahora es mi mujer.

Tenía frío, no le dolía nada pero seguía atontado. Oía diálogos y murmullos, el ruido del motor, de otros motores, y cuando abrió los ojos lo estaban colocando en una camilla. Vio la calle, el cielo que empezaba a oscurecer, leyó «La Maison de Santé» en la fachada del edificio donde entraban. Lo subieron a un cuarto del segundo piso, Periquito y Darío ayudaron a desnudarlo. Cuando estuvo cubierto con sábanas y frazadas hasta el mentón pensó voy a dormir mil horas. Respondía entre sueños a las preguntas de un hombre con anteojos y mandil blanco.

—Dile a Arispe que no publique nada, Periquito —se reconoció apenas la voz—. Que mi papá no sepa que pasó esto.

—Un encuentro romántico —dice Ambrosio—. ¿Se ganó su cariño curándolo?

—Dándome de fumar a escondidas, más bien —dice Santiago.

—Estás en tu noche, Quetita —dijo Malvina—. Estás regia.

—Te mandan buscar con chofer —pestañeó Robertito—. Como a una reina, Quetita.

—Es verdad, te has sacado la lotería —dijo Malvina.

—Y yo también, y todas nosotras —dijo Ivonne, despidiéndola con una sonrisa maliciosa—. Ya sabes, con guante de oro, Quetita.

Antes, cuando Queta se arreglaba, Ivonne había venido a ayudarla en el peinado y a vigilar personalmente su vestuario; hasta le había prestado un collar que hacía juego con su pulsera. ¿Me he sacado la lotería?, pensaba Queta, sorprendida de no estar excitada ni contenta ni siquiera curiosa. Salió y en la puerta de la casa tuvo un pequeño sobresalto: los mismos ojos atrevidos y asustados de ayer. Pero el zambo la miró de frente sólo unos segundos; bajó la cabeza, murmuró buenas noches, se apresuró a abrirle la puerta del automóvil que era negro, grande y severo como una carroza funeraria. Entró sin devolverle sus buenas noches y vio otro tipo ahí adelante, junto al asiento del chofer. También alto, también fuerte, también vestido de azul.

—Si tiene frío y quiere que cierre la ventanilla —murmuró el zambo, ya sentado ante el volante, y ella vio un instante el blanco de sus ojazos.

El auto arrancó hacia la plaza Dos de Mayo, torció por Alfonso Ugarte hacia Bolognesi, enfiló por la avenida Brasil, y cuando pasaban bajo los postes de luz, Queta descubría siempre los codiciosos animalitos en el espejo retrovisor, buscándola. El otro tipo se había puesto a fumar, después de preguntarle si no le molestaba el humo, y no se volvió a mirarla ni la espió por el espejo durante todo el trayecto. Ya cerca del Malecón entraron a Magdalena Nueva por una transversal, siguieron la línea del tranvía hacia San Miguel, y vez que miraba al espejo retrovisor, Queta los veía: ardiendo, huyendo.

—¿Tengo monos en la cara? —dijo, pensando este imbécil va a chocar—. ¿Qué me miras tanto tú?

Las cabezas de adelante se ladearon y volvieron a su sitio, la voz del zambo surgió insoportablemente confusa, ¿él? ¿con perdón? ¿a él le hablaba? y Queta pensó qué miedo le tienes a Cayo Mierda. El auto iba y volvía por las oscuras callecitas silenciosas de San Miguel y por fin se detuvo. Vio un jardín, una casita de dos pisos, una ventana con cortinas que dejaban filtrar la luz. El zambo se había bajado a abrirle la puerta. Estaba ahí, la mano ceniza en la manija, cabizbajo y acobardado, tratando de abrir la boca. ¿Es aquí?, murmuró Queta. Las casitas se sucedían idénticas en la mezquina luz, detrás de los alineados arbolitos sombríos de las veredas. Dos policías miraban el auto desde la esquina y el tipo de adentro les hizo una seña como diciendo somos nosotros. No era una gran casa, no sería su casa, pensó Queta: será la de sus porquerías.

—Yo no quise molestar —balbuceó el zambo, con voz oblicua y humillada—. No la estaba mirando. Pero si cree que, mil disculpas.

—No tengas miedo, no le voy a decir nada a Cayo Mierda —se rió Queta—. Sólo que los frescos no me gustan.

Atravesó el oloroso jardín de flores húmedas y al tocar el timbre oyó al otro lado de la puerta voces, música. La luz del interior la hizo pestañear. Reconoció la angosta silueta menuda del hombre, su cara devastada, el desgano de su boca y sus ojos sin vida: adelante, bienvenida. Gracias por mandarme el, dijo ella, y se calló: había una mujer ahí, mirándola con una sonrisa curiosa, delante de un bar cuajado de botellas. Quedó inmóvil, las manos colgando a lo largo de su cuerpo, bruscamente desconcertada.

—Ésta es la famosa Queta —Cayo Mierda había cerrado la puerta, se había sentado y ahora él y la mujer la observaban—. Adelante, famosa Queta. Ésta es Hortensia, la dueña de casa.

—Yo creía que todas eran viejas, feas y cholas —chilló líquidamente la mujer y Queta atinó a pensar, aturdida, qué borracha está—. O sea que me mentiste, Cayo.

Se volvió a reír, exagerada y sin gracia, y el hombre, con media sonrisa abúlica, señaló el sillón: asiento, se iba a cansar de estar parada. Avanzó como sobre hielo o cera, temiendo resbalar, caer y hundirse en una confusión todavía peor y se sentó en la orilla del asiento, rígida. Volvió a oír la música que había olvidado o cesado; era un tango de Gardel y el tocadiscos estaba ahí, empotrado en un mueble caoba. Vio a la mujer levantarse oscilando y vio sus torpes dedos indecisos manipulando una botella y vasos, en una esquina del bar. Observó su apretado vestido de seda opalina, la blancura de sus hombros y brazos, sus cabellos de carbón, la mano que destellaba, su perfil, y siempre perpleja pensó cómo se le parece, cuánto se parecían. La mujer venía hacia ella con dos vasos en las manos, caminando como si no tuviera huesos, y Queta apartó la vista.

—Cayo me dijo es guapísima y yo creía que era cuento —la veía de pie y vacilando, contemplándola desde arriba con unos ojos vidriosamente risueños de gata engreída, y cuando se inclinó para alcanzarle el vaso, olió su perfume beligerante, incisivo—. Pero es cierto, la famosa Queta es guapísima.

—Salud, famosa Queta —ordenó Cayo Mierda, sin afecto—. A ver si un trago te levanta el espíritu.

Maquinalmente, se llevó el vaso a la boca, cerró los ojos y bebió. Una espiral de calor, cosquillas en las pupilas y pensó whisky puro. Pero bebió otro largo trago y sacó un cigarrillo de la cajetilla que el hombre le ofrecía. Él se lo encendió y Queta descubrió a la mujer, sentada ahora a su lado, sonriéndole con familiaridad. Haciendo un esfuerzo, le sonrió también.

—Es usted igualita a —se atrevió a decir y la invadió un escozor de falsedad, una viscosa sensación de ridículo—. Igualita a una artista.

—¿A qué artista? —la animó la mujer, sonriendo, mirando a Cayo Mierda de reojo, volviendo a mirarla a ella—. ¿A la?

—Sí —dijo Queta; bebió otro trago y repiró hondo—. A la Musa, la que cantaba en el Embassy. Yo la vi varias veces y...

Se calló, porque la mujer se reía. Los ojos le brillaban, vidriosos y encantados.

—Una pésima cantante la Musa esa —ordenó Cayo Mierda, asintiendo—. ¿No?

—No me parece —dijo Queta—. Canta bonito, sobre todo los boleros.

—¿Ves? ¡Ja já! —prorrumpió la mujer, señalando a Queta, haciendo una morisqueta a Cayo Mierda—. ¿Ves que pierdo mi tiempo contigo? ¿Ves que estoy arruinando mi carrera?

No puede ser, pensó Queta, y la sensación de ridículo se apoderó de ella nuevamente. Le quemaba la cara, sentía ganas de salir corriendo, de romper cosas. Acabó su copa de un trago y sintió llamas en la garganta y un atisbo de ebullición en el vientre. Luego, una hospitalaria tibieza visceral que le devolvió un poco de control sobre sí misma.

—Ya sabía que era usted, la reconocí —dijo, tratando de sonreír—. Sólo que.

—Sólo que ya se te acabó el trago —dijo la mujer, amistosamente. Se levantó como una ola, tambaleante y despacio, y la miró dichosa, eufórica, con gratitud—. Te adoro por lo que has dicho. Dame tu vaso. ¿Ves, ves, Cayo?

Mientras la mujer iba al bar resbalando, Queta se volvió hacia Cayo Mierda. Bebía serio, ojeaba el comedor, parecía absorbido por meditaciones íntimas y graves, lejísimos de allí, y ella pensó es absurdo, pensó te odio. Cuando la mujer le alcanzó el vaso de whisky, se inclinó y le habló en voz baja: ¿podía decirle dónde estaba el? Sí, claro, ven, le enseñaría dónde. Él no las miró. Queta subía la escalera detrás de la mujer, que se agarraba del pasamanos y tanteaba los peldaños con desconfianza antes de pisar, y se le ocurrió me va a insultar, ahora que estuvieran solas la iba a botar. Y pensó: te va a ofrecer plata para que te vayas. La Musa abrió una puerta, le señaló el interior sin reír ya y Queta murmuró rápidamente gracias. Pero no era el baño, sino el dormitorio, uno de película o de sueño: espejos, una mullida alfombra, espejos, un biombo, un cubrecamas negro con un animal amarillo bordado que escupía fuego, más espejos.

—Ahí, al fondo —dijo tras ella, sin hostilidad, la insegura voz alcohólica de la mujer—. Esa puerta.

Entró al baño, cerró con llave, respiró con ansiedad. ¿Qué era esto, qué juego era éste, qué se creían éstos? Se miraba en el espejo del lavador; su cara, muy maquillada, tenía impresa aún la perplejidad, la turbación, el susto. Hizo correr el agua para disimular, se sentó en el borde de la bañera. ¿Era la Musa su, la había hecho venir para, la Musa sabía que? Se le ocurrió que la espiaban por el ojo de la cerradura y fue hasta la puerta, se arrodilló y miró por el pequeño orificio: un círculo de alfombra, sombras. Cayo Mierda, tenía que irse, quería irse, Musa Mierda. Sentía cólera, confusión, humillación, risa. Estuvo encerrada un rato más, caminando de puntillas por las losetas blancas, envuelta en la luz azulina del tubo fluorescente, tratando de poner en orden el hervidero de su cabeza, pero sólo se confundió más. Jaló la cadena del excusado, se arregló el cabello frente al espejo, tomó aliento y abrió la puerta. La mujer se había tendido de través en la cama, y Queta sintió un instante que se distraía, viendo la reclinada figurilla inmóvil de piel tan blanca contrastando con el cubrecamas negro retinto reluciente. Pero ya la mujer había levantado los ojos hacia ella. La miraba demorándose, la inspeccionaba con una lenta, despaciosa flojera, sin sonreír, sin enojo. Una mirada interesada y al mismo tiempo cerebral, debajo del azogue borracho de las pupilas.

—¿Se puede saber qué estoy haciendo yo aquí? —dijo, con ímpetu, dando unos pasos resueltos hacia la cama.

—Vaya, sólo falta que ahora te pongas furiosa —la Musa perdió su seriedad, sus titilantes ojos la miraban divertidos.

—No furiosa, sino que no entiendo —Queta se sentía reflejada, proyectada a los costados, lanzada arriba, devuelta, atacada por todos esos espejos—. Dígame para qué me han hecho venir aquí.

—Déjate de tonterías y trátame de tú —susurró la mujer; se corrió un poco en la cama, contrayendo y estirando el cuerpo como una lombriz y Queta vio que se había quitado los zapatos, y un segundo, debajo de las medias, vio las uñas pintadas de sus pies—. Ya sabes mi nombre, Hortensia. Anda, siéntate aquí, déjate de tonterías.

Le hablaba sin odio ni amistad, con la voz un poco evasiva y calmada del alcohol, y seguía mirándola, ahora fijamente.

Como tasándome, pensó Queta, mareada, como si. Dudó un momento y se sentó en la orilla de la cama, todos los poros de su cuerpo alertas. Hortensia tenía la cabeza apoyada en una mano, su postura era abandonada y blanda.

—Tú sabes de sobra para qué —dijo, sin cólera, sin amargura, con un lascivo dejo de burla en la lenta cadencia de la voz, con un intempestivo brillo nuevo en los ojos que trataba de ocultar y Queta pensó ¿qué? Tenía unos ojos grandes, verdes, unas pestañas que no parecían postizas y que sombreaban sus párpados, gruesos labios húmedos, su garganta era lisa y tirante y las venas se presentían, delgadas y azules. No sabía qué pensar, qué decir, ¿qué? Hortensia se echó para atrás, se rió como a pesar de sí misma, se tapó la cara con el brazo, se desperezó con una especie de avidez y, de pronto, estiró una mano y cogió a Queta de la muñeca: sabes de sobra para qué. Como un cliente, pensó, asombrada y sin moverse, como si, viendo los blancos dedos de uñas sangrientas sobre su piel mate y ahora Hortensia la miraba intensamente, sin disimulo ya, desafiante ya.

—Mejor me voy —se oyó decir, tartamudeando, quieta y pasmada—. Usted querrá que me vaya ¿no?

—Te voy a decir una cosa —la tenía siempre sujeta, se había acercado un poco a ella, su voz se había espesado y Queta sentía su aliento—. Estaba aterrada de que fueras vieja, fea, de que fueras sucia.

—¿Quiere que me vaya? —balbuceó Queta, estúpidamente, respirando con fuerza, acordándose de los espejos—. ¿Me ha hecho venir para?

—Pero no eres —susurró Hortensia y acercó todavía más su cara y Queta vio la exasperada alegría de sus ojos, el movimiento de su boca que parecía humear—. Eres bonita y joven. Eres limpiecita.

Algó la otra mano y cogió el otro brazo de Queta. La miraba con descaro, con burla, retorcía un poco el cuerpo para incorporarse, murmuraba vas a tener que enseñarme, se dejaba caer de espaldas y desde abajo la miraba, los ojos abiertos, exultantes, se sonreía y desvariaba trátame de tú de una vez, si iban a acostarse juntas no la iba a tratar de usted ¿no?, sin soltarla, obligándola con suave presión a inclinarse, a dejarse ir contra ella. ¿Enseñarte?, pensó Queta, ¿enseñarte yo a ti?, cediendo, sintiendo que desaparecía su confusión, riéndose.

—Vaya —ordenó a su espalda una voz que comenzaba a salir del desgano—. Ya se hicieron amigas.

Despertó con un hambre atroz; ya no le dolía la cabeza, pero sentía punzadas en la espalda y calambres. El cuarto era pequeño, frío y desnudo, con ventanas sobre un corredor de columnas por el que pasaban monjas y enfermeras. Le trajeron el desayuno y comió vorazmente.

—El plato le puede hacer mal —dijo la enfermera—. Si quiere, le traigo otro pancito.

—Y también otro café con leche, si puede —dijo Santiago—. No pruebo bocado desde ayer a mediodía.

La enfermera le trajo otro desayuno completo y se quedó en la habitación, observándolo mientras comía. Ahí estaba, Zavalita: tan morena, tan aseada y tan joven en su albo uniforme sin arrugas, con sus medias blancas, sus cortos cabellos de muchacho y su toca almidonada, parada al pie de la cama con sus piernas esbeltas y su cuerpo filiforme de maniquí, sonriendo con sus dientecillos voraces.

—¿Así que es periodista? —tenía ojos vivos e impertinentes y una burlona vocecita superficial—. ¿Cómo fue que se volcaron?

—Ana —dice Santiago—. Sí, muy joven. Cinco años menor que yo.

—Esos golpazos, aunque no le hayan roto nada, a veces lo dejan a uno tonto —se rió la enfermera—. Por eso lo han puesto en observación.

—No me baje así la moral —dijo Santiago—. Deme ánimos, más bien.

—¿Y por qué le friega la idea de ser papá? —dice Ambrosio—. Si todos pensaran así, el Perú se quedaría sin gente, niño.

—¿Así que trabaja en *La Crónica*? —repitió ella; tenía una mano en la puerta, como si fuera a salir, pero hacía cinco minutos que no se movía de allí—. El periodismo debe ser algo de lo más interesante ¿no?

—Aunque le voy a confesar que, cuando supe que iba a ser papá, yo también me aterré —dice Ambrosio—. Sólo que después uno se acostumbra, niño.

—Así es, pero tiene sus inconvenientes, uno se puede romper la crisma en cualquier momento —dijo Santiago—. Hágame un gran favor. ¿No podría mandar a alguien a comprar cigarrillos?

—Los enfermos no pueden fumar, está prohibido —dijo ella—. Tendrá que aguantarse mientras esté aquí. Mejor, así se desintoxica.

—Me muero de las ganas de fumar —dijo Santiago—. No sea mala. Consígame aunque sea unito.

—¿Y su señora qué piensa? —dice Ambrosio—. Porque ella querrá tener hijos, seguro. A las mujeres les gusta ser mamás.

—¿Qué me da en cambio? —dijo ella—. ¿Publica mi foto en su periódico?

—Supongo que sí —dice Santiago—. Pero Ana es buena gente y me da gusto.

—Si el doctor sabe me mata —dijo la enfermera, con un ademán cómplice—. Fúmeselo a escondidas y bote el puchito en la bacinica.

—Qué horror, es un Country —dijo Santiago, tosiendo—. ¿Usted fuma esta porquería?

—Caramba, qué engreído —dijo ella, riéndose—. Yo no fumo. Fui a robármelo para mantenerle el vicio.

—La próxima vez róbese un Nacional Presidente y palabra que publico su foto en Sociales —dijo Santiago.

—Se lo robé al doctor Franco —dijo ella, haciendo una mueca—. Dios lo libre de caer en sus manos. Es el más antipático de aquí, y además brutísimo. Sólo receta supositorios.

—Qué le ha hecho ese pobre doctor Franco —dijo Santiago—. ¿La ha estado enamorando?

—Qué ocurrencia, el viejito ya no sopla —se le marcaban dos hoyuelos en las mejillas y su risa era rápida y aguda, sin complicaciones—. Tiene como cien años.

Toda la mañana lo tuvieron de una sala a otra, tomándole radiografías y haciéndole análisis; el nebuloso doctor de la noche pasada lo sometió a un interrogatorio casi policial. No había nada roto, aparentemente, pero no le gustaban esas punzadas, joven, a ver qué decían las radiografías. Al mediodía vino Arispe y le hizo bromas: se había tapado las orejas y hecho contra al enterarse del accidente, Zavalita, ya se imaginaba las mentadas de madre que habría recibido. Saludos del director, que se estuviera en la clínica todo el tiempo que hiciera falta, el diario correría también con los gastos extras, con tal que no encargaras banquetes al Hotel Bolívar. ¿De veras no querías que avisaran a tu familia, Zavalita? No, el viejo se asustaría y no valía la pena, no tenía nada. En la tarde vinieron Periquito y Darío; sólo tenían moretones y estaban contentos. Les habían dado dos días de descanso y esa noche se iban juntos a una fiesta. Poco después llegaron Solórzano,

Milton y Norwin, y, cuando todos ellos partieron, aparecieron, como recién rescatados de un naufragio, cadavéricos y acaramelados, la China y Carlitos.

—Qué caras —dijo Santiago—. Ni que hubieran seguido hasta ahora la farra de la otra noche.

—La seguimos —dijo la China, bostezando aparatosamente; se derrumbó a los pies de la cama y se quitó los zapatos—. Ya ni sé en qué fecha estamos ni qué hora es.

—Hace dos días que no piso *La Crónica* —dijo Carlitos, amarillo, la nariz encarnada, los ojos gelatinosos y felices—. Llamé a Arispe para inventarle un ataque de úlcera y me contó lo del accidente. No vine antes, para no encontrarme con alguien de la redacción.

—Saludos de Ada Rosa —se carcajeó la China—. ¿No ha venido a verte?

—No me hables de Ada Rosa —dijo Santiago—. La otra noche se convirtió en una pantera.

Pero la China lo interrumpió con su torrentosa carcajada fluvial: ya sabían, ella misma les había contado lo que pasó. Ada Rosa era así, provocaba y a última hora se chupaba, una calentadora, una loca. La China se reía con contorsiones, palmoteando como una foca. Tenía los labios pintados en forma de corazón, un altísimo peinado barroco que daba a su cara una soberbia agresividad, y todo en ella parecía esta noche más excesivo que nunca: sus gestos, sus curvas, sus lunares. Y Carlitos sufría y gozaba por eso, piensa, de eso dependían sus angustias, su serenidad.

—Me mandó a dormir a la alfombra —dijo Santiago—. El cuerpo no me duele del accidente sino de lo duro que es el piso de tu casa.

Carlitos y la China se quedaron conversando cerca de una hora, y, apenas se fueron, entró la enfermera. Traía una sonrisa maliciosa flotando en los labios y una mirada diabólica.

—Vaya, vaya, qué amiguitas —dijo, mientras arreglaba las almohadas—. ¿Esa María Antonieta Pons que vino no era una de las Bim Bam Bum?

—No me diga que usted también fue a ver a las Bim Bam Bum —dijo Santiago.

—Las he visto en fotos —dijo ella; y lanzó una risita serpentina—. ¿Esa Ada Rosa es otra de las Bim Bam Bum?

—Ah, nos ha estado espiando —se rió Santiago—. ¿No dijimos muchas lisuras?

—Montones, sobre todo la María Antonieta Pons, me tuve que tapar los oídos —dijo la enfermera—. ¿Y su amiguita, esa que lo dejó durmiendo en el suelo, tiene la misma boca de basurero?

—Todavía peor que ésta —dijo Santiago—. No es nada mío, no me dio bola.

—Con esa cara de santito, nadie lo hubiera creído un bandido —dijo ella, muerta de risa.

—¿Me darán de alta mañana? —dijo Santiago—. No tengo ganas de pasarme sábado y domingo aquí.

—¿No le gusta mi compañía? —dijo ella—. Lo voy a acompañar, qué más quiere. Estoy de guardia este fin de semana. Pero ahora que sé que se junta con mamberas, ya no le tengo confianza.

—Y qué tiene contra las mamberas —dijo Santiago—. ¿No son mujeres como cualquier otra?

—¿Son? —dijo ella, con los ojos chispeando—. Cómo son, qué hacen las mamberas. Cuénteme, usted que las conoce tanto.

Había empezado así, seguido así, Zavalita: bromitas, jueguecitos. Pensabas qué coqueta es, una suerte que estuviera aquí, ayudaba a matar el tiempo, pensabas lástima que no sea más bonita. ¿Por qué con ella, Zavalita? Aparecía a cada momento en el cuarto, traía las comidas y se quedaba charlando hasta que entraba la enfermera jefe o la monja y entonces se ponía a acomodar las sábanas o te zambullía el termómetro en la boca y adoptaba una cómica expresión profesional. Se reía, no se cansaba de tomarte el pelo, Zavalita. Era imposible saber si su terrible, universal curiosidad —cómo se hacía uno periodista, qué era ser periodista, cómo se escribían artículos— era sincera o estratégica, si su coquetería era desinteresada y deportiva o si realmente se había fijado en ti o si tú, como ella a ti, sólo la ayudabas a matar el tiempo. Había nacido en Ica, vivía cerca de la plaza Bolognesi, había terminado la Escuela de Enfermeras hacía unos meses, estaba haciendo su año de práctica en La Maison de Santé. Era locuaz y servicial, le traía cigarrillos a escondidas y le prestaba los periódicos. El viernes, el doctor dijo que los exámenes no eran satisfactorios y que iba a verlo el especialista. El especialista se llamaba Mascaró, y, luego de echar una apática ojeada a las radiografías, dijo no sirven, que le tomen otras. El sábado al anochecer se apareció Carlitos, con un paquete bajo el brazo, sobrio y tristísimo: sí, se habían peleado, esta vez para siempre. Había traído comida china, Zavalita, ¿no lo botarían, no? La enfermera les consiguió platos y cubiertos, conversó con ellos y hasta probó un poquito de arroz chaufa. Cuando pasó la hora de visitas, permitió que Carlitos se quedara un rato más y ofreció sacarlo a ocultas. Carlitos había traído también licor, en una botellita sin etiqueta, y al segundo trago comenzó a maldecir a *La Crónica*, a la China, a Lima y al mundo y Ana lo miraba escandalizada. A las diez de la noche lo obligó a irse. Pero volvió para llevarse los cubiertos y, al salir, desde la puerta, le guiñó un ojo: que te sueñes conmigo. Se fue y Santiago la oyó reírse en el pasillo. El lunes, el especialista examinó las nuevas radiografías y dijo desilusionado usted está más sano que yo. Ana estaba en su día libre. Le habías dejado un papelito en la entrada, Zavalita. Mil gracias por todo, piensa, te llamaré un día de éstos.

—¿Pero quién era ese don Hilario? —dice Santiago—. Además de ladrón, quiero decir.

Ambrosio había vuelto un poco achispado de su primera conversación con don Hilario Morales. De entrada el tipo se dio muchos aires, le había contado a Amalia, me vio moreno y creyó que no tenía un cobre. No se le había ocurrido que Ambrosio iba a proponerle un negocio de igual a igual, sino que iba a mendigarle un puestecito. Pero a lo mejor el señor había venido cansado de Tingo María, Ambrosio, a lo mejor por eso no te recibió bien. Podía ser, Amalia: lo primero que había hecho al ver a Ambrosio había sido contarle, jadeando como un sapo y echando carajos, que el camión que traía de Tingo María se había quedado plantado ocho veces por derrumbes provocados por el aguacero, y que el viaje, qué vaina, había durado treinta y cinco horas. Cualquier otro hubiera tomado la iniciativa y dicho venga, le invito una cerveciola, pero don Hilario no, Amalia; aunque en eso Ambrosio lo había fregado. A lo mejor al señor no le gustaba tomar, lo había consolado Amalia.

—Un cincuentón, niño —dice Ambrosio—. Se andaba sacando cosas de los dientes todo el tiempo.

Don Hilario lo había recibido en su vetusta oficinita mosqueada de la plaza de Armas, sin decirle siquiera tome asiento. Lo había dejado esperando de pie mientras leía la carta de Ludovico que Ambrosio le había alcanzado, y sólo al terminar de leer le había señalado una silla, sin simpatía, con resignación. Lo había observado de arriba abajo y por fin se había dignado abrir la boca: ¿cómo iba ese desdichado de Ludovico?

—Ahora muy bien, don —había dicho Ambrosio—. Después de soñar tantos años con que lo asimilaran, al fin lo metieron al escalafón. Ha ido ascendiendo y ahora está de subjefe de la división de Homicidios.

Pero a don Hilario no había parecido entusiasmarle lo más mínimo la buena noticia, Amalia. Había encogido los hombros, se había escarbado un diente negro con la uña del dedo meñique, que tenía larguísima, escupido y murmurado quién lo entiende. Porque Ludovico, aunque fuera su sobrino, había nacido bruto y fracasado.

—Y un padrillo, niño —dice Ambrosio—. Tres casas en Pucallpa, con mujer propia y una nube de hijos en las tres.

—Bueno, dígame qué se le ofrece —había murmurado por fin don Hilario—. ¿Qué ha venido a hacer por Pucallpa?

—A trabajar, como se lo cuenta Ludovico en la carta —había dicho Ambrosio.

Don Hilario se había reído con unos cocorocós de papagayo, estremeciéndose todito.

—¿Se ha vuelto loco? —había dicho, escarbándose el diente con furia—. Éste es el peor sitio del mundo para venirse a trabajar. ¿No ha visto esos tipos yendo y viniendo con las manos en los bolsillos por las calles? Aquí el ochenta por ciento de la gente vaga, no hay trabajo. A menos que quiera irse a tirar lampa a alguna chacra o a emplearse como peón de los militares que construyen la carretera. Pero ni eso es fácil y ésos son trabajos de hambre. Aquí no hay porvenir. Regrese a Lima volando.

Ambrosio había tenido ganas de mandarlo al carajo, Amalia, pero se había aguantado, sonreído amablemente y ahí fue que lo había fregado: ¿le aceptaba una cervecita en cualquier sitio, don? Hacía calor, por qué no conversaban refrescándose, don. Lo había dejado asombrado con esa invitación, Amalia, se había dado cuenta que Ambrosio no era lo que él pensaba. Habían ido a la calle Comercio, ocupado una mesita de El Gallo de Oro, pedido dos cervezas bien heladas.

—No vengo a pedirle trabajo, don —había dicho Ambrosio, después del primer trago—. Sino a proponerle un negocito.

Don Hilario había bebido despacio, mirándolo con atención. Había puesto el vaso en la mesa, se había rascado el pescuezo de surcos grasosos, escupido a la calle, observado cómo la tierra sedienta se tragaba la saliva.

—Ajá —había dicho despacio, asintiendo, y como hablando a la aureola de moscas zumbantes—. Pero para hacer negocitos se necesita capital, mi amigo.

—Ya lo sé, don —había dicho Ambrosio—. Tengo unos solcitos ahorrados. Yo quería ver si usted me ayudaba a invertirlos bien. Ludovico me dijo mi tío Hilario es un zorro para los negocios.

—Ahí lo fregaste otra vez —había dicho Amalia riéndose.

—Se volvió otra persona —había dicho Ambrosio—. Empezó a tratarme como ser humano.

—Ah, ese Ludovico —había carraspeado don Hilario, con un aire de pronto bonachón—. Le dijo la pura verdad. Unos nacen dotados para aviadores, otros para cantantes. Yo nací para los negocios.

Había sonreído a Ambrosio con picardía: bien hecho que viniera a verlo, él lo pilotearía. Ya encontrarían algo que les hiciera ganar unos solcitos. E intempestivamente: vámonos a un chifita, ya comenzaba a hacer hambre ¿no? De repente hecho una seda, ¿ves cómo era la gente, Amalia?

—Vivía en las tres al mismo tiempo y había que estar correteando de una casa a otra —dice Ambrosio—. Y después descubrí que también en Tingo María tenía mujer e hijos, figúrese, niño.

—Pero hasta ahora no me has dicho cuánto tienes ahorrado —se había atrevido a preguntar Amalia.

—Veinte mil soles —había dicho don Fermín—. Sí, tuyos, para ti. Te ayudarán a empezar de nuevo, a desaparecer, pobre infeliz. Nada de llantos, Ambrosio. Anda vete. Que Dios te bendiga, Ambrosio.

—Me dio una comilona y nos tomamos media docena de cervezas —había dicho Ambrosio—. Él pagó todo, Amalia.

—Para los negocios, lo primero es saber con qué se cuenta— había dicho don Hilario—. Como en la guerra. Hay que saber cuáles son las fuerzas que se van a lanzar al ataque.

—Mis fuerzas por ahora son quince mil soles —había dicho Ambrosio—. En Lima tengo algo más, y si el negocio me conviene, puedo traer esa plata más tarde.

—No es gran cosa —había reflexionado don Hilario, dos dedos afanosos dentro de la boca—. Pero algo se hará.

—Con tanta familia no me extraña que fuese ladrón —dice Santiago.

A Ambrosio le hubiera gustado algo relacionado con la Empresa de Transportes Morales, don, porque él había sido chofer, ése era su ramo. Don Hilario había sonreído, Amalia, alentándolo. Le había explicado que la empresa había nacido hacía cinco años, con dos camionetas, y que ahora tenía dos camioncitos y tres camionetitas, los primeros para carga y las segundas de pasajeros, que hacían el servicio Tingo María-Pucallpa. Trabajito duro, Ambrosio: la carretera, una mugre, destrozaba llantas y motores. Pero, ya veía, él había sacado la empresa adelante.

—Yo pensaba en un camioncito viejo —había dicho Ambrosio—. Tengo para la cuota inicial. Lo demás se iría pagando con el trabajo.

—Eso descartado, porque sería hacerme la competencia —se había reído don Hilario, con unos cocorocós cariñosos.

—No quedamos en nada todavía —había dicho Ambrosio—. Dijo que habíamos hecho los contactos. Conversaremos mañana de nuevo.

Se habían visto al día siguiente, al subsiguiente y al otro, y cada vez había vuelto Ambrosio a la cabaña achispado y con tufo de cerveza asegurando ¡este don Hilario resultó un jarro temible! A la semana habían llegado a un acuerdo, Amalia: Ambrosio manejaría una de las camionetitas de Transportes Morales, con un sueldo base de quinientos más el diez por ciento de los pasajes, y entraría como socio de don Hilario en un negocito que era una fija. Y Amalia, al verlo que vacilaba ¿cuál negocito?

—Ataúdes Limbo —había dicho Ambrosio, un poco chupado—. La compramos por treinta mil, don Hilario dice que ese traspaso es un regalo. No voy a tener ni siquiera que ver a los muertos, él va a administrar la funeraria y me dará mi ganancia cada seis meses. ¿Por qué pones esa cara, qué tiene de malo?

—No tendrá nada de malo, pero me da no sé qué —había dicho Amalia—. Sobre todo porque son muertos niñitos.

—También haremos cajones para viejos —había dicho Ambrosio—. Don Hilario dice que es lo más seguro porque la gente se muere siempre. Vamos a medias en las ganancias. Él se encarga de la administración y no va cobrar nada por eso. Qué más quiero ¿no es cierto?

—O sea que ahora vas a estar viajando a Tingo María todo el tiempo —había dicho Amalia.

—Sí, y no podré controlar el negocio —había respondido Ambrosio—. Tienes que estar con los ojos bien abiertos, contar todos los cajones que salgan. Para eso la tienes ahí, tan cerca. Puedes vigilar sin salir de la casa.

—Está bien —había repetido Amalia—. Pero me da no sé qué.

—Total, que durante meses me las pasé arrancando, frenando y acelerando —dice Ambrosio—. Manejaba la carcocha más vieja del mundo, niño. Se llamaba El Rayo de la Montaña.

III

—O sea que usted fue el primero en casarse, niño —dice Ambrosio—. Les dio el ejemplo a sus hermanos.

De La Maison de Santé fue a la pensión de Barranco a afeitarse y cambiarse de ropa y luego a Miraflores. Eran sólo las tres de la tarde, pero vio el auto de don Fermín cuadrado en la puerta de calle. El mayordomo lo recibió con cara seria: los señores habían estado preocupados por lo que no vino a almorzar el domingo, niño. No estaban la Teté ni el Chispas. Encontró a la señora Zoila viendo televisión en el cuartito que había hecho acondicionar debajo de la escalera para la canasta de los jueves.

—Ya era hora —murmuró, estirándole la cara fruncida—. ¿Vienes a ver si estamos vivos?

Trató de desenojarla con bromas —estabas de buen humor, Zavalita, libre del encierro de la clínica—, pero ella, mientras echaba continuas ojeadas involuntarias a su teleteatro, siguió riñéndolo: el domingo habían puesto tu asiento, la Teté y Popeye y el Chispas y Cary se habían quedado hasta las tres esperándote, deberías ser más considerado con tu padre que está enfermo. Sabiendo que cuenta los días para verte, piensa, sabiendo cómo lo resiente que no vengas. Piensa: había hecho caso a los médicos, no iba a la oficina, descansaba, creías que estaba restablecido del todo. Y, sin embargo, esa tarde viste que no, Zavalita. Estaba en el escritorio, solo, con una manta en las rodillas, sentado en el sillón de costumbre.

Hojeaba una revista y cuando vio entrar a Santiago le sonrió con afectuoso rencor. La piel todavía bruñida del verano se había avejentado, aparecido en su cara un extraño rictus y era como si en pocos días hubiera perdido diez kilos. Estaba sin corbata, con una casaca de pana abierta y unas puntas de vello canoso asomaban por el cuello de la camisa. Santiago se sentó a su lado.

—Tienes muy buena cara, papá —dijo, besándolo—. ¿Cómo te sientes?

—Mejor, pero tu madre y el Chispas me hacen sentirme un inútil —se quejó don Fermín—. Sólo me dejan ir un ratito a la oficina y me obligan a dormir siestas y a pasar las horas aquí, como un inválido.

—Sólo hasta que te repongas completamente —dijo Santiago—. Después te podrás desquitar, papá.

—Ya les advertí que sólo aguanto este régimen de fósil hasta fin de mes —dijo don Fermín—. Desde el primero, vuelvo a mi vida normal. Ahora ni me entero cómo andan las cosas.

—Deja que se ocupe el Chispas, papá —dijo Santiago—. ¿Acaso no lo está haciendo tan bien?

—Sí, lo hace bien —sonrió don Fermín, asintiendo—. Él dirige ahora todo, prácticamente. Es serio, tiene buen tino. Lo que pasa es que no me resigno a ser una momia.

—Quién iba a decir que el Chispas resultaría todo un hombre de negocios —se rió Santiago—. Después de todo, fue una suerte que lo botaran de la Naval.

—El que no lo está haciendo muy bien eres tú, flaco —dijo don Fermín, con el mismo tono cariñoso y un dejo de cansancio—. Ayer fui a tu pensión y la señora Lucía me dijo que no habías ido a dormir varios días.

—Estuve en Trujillo, papá —había bajado la voz, piensa, hecho un ademán como diciendo entre tú y yo, tu madre no sabe nada—. Me mandaron hacer un reportaje. Me sacaron volando y no tuve tiempo de avisarles.

—Ya estás grande para reñirte o darte consejos —dijo don Fermín, con suavidad siempre afectuosa y algo apenada—. Además, ya sé que no serviría de nada.

—No creerás que me he dedicado a la mala vida, papá —sonrió Santiago.

—Hace tiempo que me andan dando algunas noticias alarmantes —dijo don Fermín, sin cambiar de expresión—. Que te ven en bares, en boites. Y no en los mejores sitios de Lima. Pero como eres tan susceptible, ya ni me atrevo a preguntarte nada, flaco.

—Voy alguna que otra vez, como todo el mundo —dijo Santiago—. Tú sabes que no soy jaranista, papá. ¿No te acuerdas cómo tenía que insistir la mamá para que fuera a fiestas de chico?

—De chico —se rió don Fermín—. ¿Te sientes viejísimo ya?

—No vas a hacer caso de los chismes de la gente —dijo Santiago—. Soy muchas cosas pero no eso, papá.

—Es lo que yo creía, flaco —dijo don Fermín, después de una larga pausa—. Al principio pensé que se divierta un poco, incluso le hará bien. Pero ya son muchas veces que me vienen a decir lo vimos aquí, allá, con copas, con gente de lo peor.

—No tengo ni tiempo ni plata para dedicarme a jaranista —dijo Santiago—. Es absurdo, papá.

—No sé qué pensar, flaco —se había puesto serio, Zavalita, había agravado la voz—. Pasas de un extremo a otro, es difícil entenderte. Mira, creo que preferiría que terminaras de comunista antes que de borrachín y de badulaque.

—Ninguna de las dos cosas, papá, puedes estar tranquilo —dijo Santiago—. Hace años que no sé lo que es política.

Leo todo el diario menos las noticias políticas. No sé ni quién es ministro, ni quién es senador. Yo mismo pedí que no me mandaran a hacer informaciones políticas.

—Dices eso con un resentimiento terrible —murmuró don Fermín—. ¿Te pesa tanto no haberte dedicado a tirar bombas? No me lo reproches a mí. Yo te di un consejo, nada más, y acuérdate que te has pasado la vida dándome la contra. Si no te has hecho comunista, será porque en el fondo no estabas tan seguro de eso.

—Tienes razón, papá —dijo Santiago—. No me pesa nada, no pienso nunca en eso. Sólo te estaba tranquilizando. Ni comunista ni badulaque, no te preocupes.

Conversaron de otras cosas, en la cálida atmósfera de libros y maderas del escritorio, viendo caer el sol enrarecido por las primeras neblinas del invierno, oyendo a lo lejos las voces del teleteatro, y poco a poco don Fermín había ido tomando ánimos para abordar el tema eterno y repetir la ceremonia celebrada tantas veces, Zavalita: vuelve a casa, recíbete de abogado, trabaja conmigo.

—Ya sé que no te gusta que te hable de eso —fue la última vez que trató, Zavalita—. Ya sé que me arriesgo a espantarte de la casa de nuevo si te hablo de eso.

—No digas adefesios, papá —dijo Santiago.

—¿Cuatro años no es bastante, flaco? —¿se había resignado desde entonces, Zavalita?—. ¿Ya no te has hecho bastante daño, ya no nos has hecho bastante daño?

—Pero si me he matriculado, papá —dijo Santiago—. Este año...

—Este año me vas a meter el dedo a la boca como los pasados —¿o había seguido rumiando hasta el final, secretamente, la esperanza de que volvieras, Zavalita?—. Ya no te creo, flaco. Te matriculas, pero no pisas la universidad ni das exámenes.

—Los años pasados tuve mucho trabajo —insistió Santiago—. Pero ahora voy a asistir a clases. He arreglado mi horario para acostarme temprano y...

—Te has acostumbrado a trasnochar, a tu sueldito, a tus amigos jaranistas del periódico y ésa es tu vida —sin cólera, sin amargura, Zavalita, con una tierna pesadumbre—. ¿Cómo voy a dejar de repetirte que no puede ser, flaco? Tú no eres eso que quieres demostrarte que eres. No puedes seguir siendo un mediocre, hijo.

—Tienes que creerme, papá —dijo Santiago—. Te juro que esta vez es cierto. Iré a clases, daré exámenes.

—Ahora no te lo pido por ti, sino por mí —don Fermín se inclinó, le puso la mano en el brazo—. Arreglaremos un horario que te permita estudiar y ganarás más que en *La Crónica.* Ya es hora de que te pongas al corriente de todo. En cualquier momento yo me muero y entonces tú y el Chispas tendrán que sacar adelante la oficina. Tu padre te necesita, Santiago.

No estaba enfurecido, ni esperanzado ni ansioso como otras veces, Zavalita. Estaba deprimido, piensa, repetía las frases de siempre por rutina o terquedad, como quien juega las últimas reservas en una sola mano sabiendo que también ahora va a perder. Tenía un brillo descorazonado en los ojos y las manos unidas sobre la manta.

—Sólo te serviría de estorbo en la oficina, papá —dijo Santiago—. Sería un verdadero problema para ti y para el Chispas. Sentiría que me están pagando un sueldo de favor. Además, no hables de morirte. Tú mismo acabas de decirme que te sientes mucho mejor.

Don Fermín estuvo cabizbajo unos segundos, luego alzó la cara y sonrió, empeñosamente: estaba bien, no quería fregarte más la paciencia con lo mismo, flaco. Piensa: sólo decirte que me darías la alegría más grande de la vida si un día entras por esa puerta y me dices renuncié al periódico, papá. Pero se calló, porque había llegado la señora Zoila, jalando un carrito con tostadas y tacitas de té. Vaya, por fin se había acabado el teleteatro, y comenzó a hablar de Popeye y la Teté. Estaba preocupada, piensa, Popeye quería casarse el próximo año pero la Teté era una criatura, ella les aconsejaba esperen un tiempito más. La vieja de tu madre no quiere ser abuela todavía, bromeaba don Fermín. ¿Y el Chispas y su enamorada, mamá? Ah, Cary estaba muy bien, encantadora, vivía en La Punta, hablaba inglés. Y tan seriecita, tan formalita. Hablaban de casarse el próximo año, también.

—Menos mal que a pesar de tus locuras todavía no te ha dado por ahí —dijo cautelosamente la señora Zoila—. Supongo que tú no estarás pensando en casarte ¿no?

—Pero tendrás enamorada —dijo don Fermín—. Quién es, cuéntanos. No se lo diremos a la Teté, para que no te vuelva loco.

—No tengo, papá —dijo Santiago—. Palabra que no.

—Pues deberías, qué esperas —dijo don Fermín—. No querrás quedarte solterón, como el pobre Clodomiro.

—La Teté se casó unos meses después que yo —dice Santiago—. El Chispas, un año y pico después.

Ya sabía que vendría, pensó Queta. Pero le pareció increíble que se hubiera atrevido. Era medianoche pasada, no se podía dar un paso, Malvina estaba borracha y Robertito sudaba. Borrosas en la medialuz envenenada de humo y chachachá, las parejas oscilaban en el sitio. De rato en rato, Queta distinguía en distintos puntos del bar o en el saloncito o en los cuartos de arriba los disforzados chillidos de Malvina. Él seguía en la puerta, grande y asustado, con su flamante terno marrón a rayas y su corbata roja, los ojos yendo y viniendo. Buscándote, pensó Queta, divertida.

—La señora no permite negros —dijo Martha, a su lado—. Sácalo, Robertito.

—Es el matón de Bermúdez —dijo Robertito—. Voy a ver. La señora dirá.

—Sácalo sea quien sea —dijo Martha—. Esto se va a desprestigiar. Sácalo.

El muchachito con una sombra de bigote y chaleco de fantasía que la había sacado a bailar tres veces seguidas sin dirigirle la palabra, volvió a acercarse a Queta y articuló con angustia ¿subimos? Sí, dame para el cuarto y anda subiendo, era el doce, ella iría a pedir la llave. Se abrió paso entre la gente que bailaba, llegó frente al zambo y vio sus ojos: ígneos, asustados. ¿Qué quería, quién lo había mandado aquí? Apartó la vista, volvió a mirarla y oyó apenas buenas noches.

—La señora Hortensia —susurró él, con voz avergonzada, desviando los ojos—. Que ha estado esperando que la llamara.

—He estado ocupada —no te mandó, no sabía mentir, viniste por mí—. Dile que la llamaré mañana.

Dio media vuelta, subió, y, mientras le pedía la llave del doce a Ivonne, pensaba se irá pero va a volver. La esperaría en la calle, un día la seguiría, por fin se atrevería y se le acercaría temblando. Bajó media hora después y lo vio sentado en el bar, de espaldas a las parejas del salón. Bebía mirando las siluetas de senos protuberantes que Robertito había dibujado con tizas de colores en las paredes; sus ojos blancos revoloteaban en la penumbra, brillantes e intimidados y las uñas de la mano que aferraba el vaso de cerveza parecían fosforescentes. Se atrevió, pensó Queta. No se sintió sorprendida, no le importó. Pero sí a Martha, que estaba bailando y gruñó ¿viste?

al pasar Queta a su lado, ahora se permitían negros aquí. Despidió en la entrada al muchachito del chaleco, volvió al bar y Robertito le servía al zambo otra cerveza. Quedaban muchos hombres sin pareja, arrinconados y de pie, mirando, y ya no se oía a Malvina. Cruzó la pista, una mano la pellizcó en la cadera y ella sonrió sin detenerse, pero antes de llegar al mostrador se le interpuso una cara hinchada de ojos añejos y cejas hirsutas: ven a bailar.

—La señorita está conmigo, don —musitó la voz ahogada del zambo; estaba junto a la lámpara y la pantalla de luceros verdes le daba en el hombro.

—Me acerqué primero —vaciló el otro, considerando el largo cuerpo inmóvil—. Pero está bien, no peleemos.

—No estoy con éste sino contigo —dijo Queta, tomando de la mano al hombre—. Ven, vamos a bailar.

Lo jaló a la pista, riéndose por adentro, pensando ¿cuántas cervezas para atreverse?, pensando te voy a enseñar, ya vas a ver, ya verás. Bailaba y sentía a su pareja tropezando, incapaz de seguir la música, y veía los ojos añejos espiando descontrolados al zambo que, siempre de pie, miraba ahora parsimoniosamente las figuras de la pared y la gente de los rincones. Terminó la pieza y el hombre quiso retirarse. ¿No le tendría miedo al morenito, no?, podían bailar otra. Suelta, se había hecho tarde, tenía que irse. Queta se rió, lo soltó, fue a sentarse a una de las banquetas del bar y un instante después el zambo estaba a su lado. Sin mirarlo, adivinó su cara descompuesta por la confusión, sus gruesos labios abriéndose.

—¿Ya me llegó mi turno? —dijo, espesamente—. ¿Ya se podría bailar?

Lo miró a los ojos, seria, y lo vio bajar la cabeza en el acto.

—¿Y qué pasa si se lo cuento a Cayo Mierda? —dijo Queta.

—No está —balbuceó él, sin alzar la frente, sin moverse—. Se ha ido de gira al sur.

—¿Y qué pasa si cuando vuelva le digo que viniste y quisiste meterte conmigo? —insistió Queta, con paciencia.

—No sé —dijo el zambo, suavemente—. A lo mejor nada. O me botará. O me hará meter preso o peores cosas.

Levantó un segundo la vista, como rogándome si quiere escúpame pero no le cuente, pensó Queta, y la desvió. ¿Era mentira entonces que la loca lo hubiera mandado con ese encargo?

—Era verdad —dijo el zambo; dudó un momento y añadió, todavía cabizbajo—: Pero no me mandó que me quedara.

Queta se echó a reír y el zambo alzó la vista: ígneos, blancos, esperanzados, asustados. Robertito se había acercado e interrogó mudamente a Queta frunciendo los labios; ella le indicó con un gesto que estaba bien.

—Si quieres conversar conmigo tienes que pedir algo —dijo, y ordenó—: Para mí vermouth.

—Tráigale un vermouth a la señorita —repitió el zambo—. Para mí, lo mismo de antes.

Queta vio la media sonrisa irónica de Robertito al alejarse, y descubrió a Martha, al fondo de la pista, mirándola indignada por sobre el hombro de su pareja, y vio las pupilas excitadas y censoras de los solitarios de los rincones, clavadas en ella y el zambo. Robertito trajo la cerveza y la copita de té ralo y al irse le guiñó un ojo como diciéndole te compadezco o no es culpa mía.

—Yo me doy cuenta —murmuró el zambo—. Usted no me tiene ninguna simpatía.

—No porque seas negro, a mí me importa un pito —dijo Queta—. Porque eres sirviente del asqueroso de Cayo Mierda.

—No soy sirviente de nadie —dijo el zambo, tranquilo—. Sólo soy su chofer.

—Su matón —dijo Queta—. ¿El otro que anda contigo en el auto es de la policía? ¿Tú también eres de la policía?

—Hinostroza sí es de la policía —dijo el zambo—. Yo sólo soy su chofer.

—Si quieres, puedes ir a decirle a Cayo Mierda que yo digo que es un asqueroso —sonrió Queta.

—No le gustaría —dijo él, lentamente, con respetuoso humor—. Don Cayo es muy orgulloso. No se lo diré, usted tampoco le dice que vine y así quedamos empatados.

Queta lanzó una carcajada: ígneos, blancos, codiciosos, alentados pero todavía inseguros y miedosos. ¿Cómo se llamaba? Ambrosio Pardo y sabía que ella se llamaba Queta.

—¿Cierto que Cayo Mierda y la vieja Ivonne son ahora socios? —dijo Queta—. ¿Que tu patrón es ahora también el dueño de esto?

—Qué voy a saber yo —murmuró él; e insistió, con suave firmeza—. No es mi patrón, es mi jefe.

Queta bebió un trago de té frío, hizo una mueca de disgusto, rápidamente vació la copa al suelo, cogió el vaso de cerveza, y, mientras los ojos de Ambrosio giraban hacia ella sorprendidos, bebió un corto trago.

—Te voy a decir una cosa —dijo Queta—. Me cago en tu patrón. No le tengo miedo. Me cago en Cayo Mierda.

—Ni que estuviera con diarrea —se atrevió a susurrar él—. Mejor no hablemos de don Cayo, la conversación se está poniendo peligrosa.

—¿Te has acostado con la loca de Hortensia? —dijo Queta y vio el terror aflorando violentamente a los ojos del zambo.

—Cómo se le ocurre —balbuceó, estupefacto—. No repita eso ni en broma.

—¿Y cómo te atreves a querer acostarte conmigo, entonces? —dijo Queta, buscándole los ojos.

—Porque usted —balbuceó Ambrosio, y la voz se le cortó; bajó la cabeza, confuso—. ¿Quiere otro vermouth?

—¿Cuántas cervezas te has tomado para atreverte? —dijo Queta, divertida.

—Muchas, ya perdí la cuenta —Queta lo oyó sonreír, hablar con voz más íntima—. No sólo cervezas, hasta capitanes. Vine anoche también, pero no entré. Hoy sí porque la señora me dio ese encargo.

—Está bien —dijo Queta—. Pídeme otro vermouth y te vas. Mejor no vuelvas.

Ambrosio revolvió los ojos hacia Robertito: otro vermouth, don. Queta vio a Robertito conteniendo la risa, y, a lo lejos, las caras de Ivonne y Malvina mirándola intrigadas.

—Los negros son buenos bailarines, espero que tú también —dijo Queta—. Por una vez en tu vida date el gusto de bailar conmigo.

Él la ayudó a bajar de la banqueta. La miraba ahora a los ojos con una gratitud canina y casi llorona. La enlazó apenas y no trató de pegarse. No, no sabía bailar, o no podía, se movía apenas y sin ritmo. Queta sentía las educadas puntas de sus dedos en la espalda, su brazo que la sujetaba con temeroso cuidado.

—No te me pegues tanto —bromeó, divertida—. Baila como la gente.

Pero él no entendió y en vez de acercársele se separó todavía unos milímetros, murmurando algo. Qué cobarde es, pensó Queta, casi conmovida. Mientras ella giraba, canturreaba, movía las manos en el aire y cambiaba de paso, él, meciéndose sin gracia en el sitio, tenía una expresión tan chistosa como las de las caretas de carnaval que Robertito había colgado en el techo. Volvieron al bar y ella pidió otro vermouth.

—Has hecho una estupidez viniendo —dijo Queta, amablemente—. Ivonne o Robertito o alguien se lo contará a Cayo Mierda y a lo mejor te metes en un lío.

—¿Cree que? —susurró él, mirando alrededor, con una mueca estúpida. El idiota hizo todos los cálculos menos ése, pensó Queta, le malograste la noche.

—Seguro que sí —dijo—. ¿No ves que todos le tiemblan igual que tú? ¿No ves que parece que ahora es el socio de Ivonne? ¿Eres tan tonto que no se te ocurrió?

—Quisiera subir con usted —tartamudeó él: ígneos, rutilando en la cara plomiza, sobre la ancha nariz de ventanillas muy abiertas, los labios separados, los dientes blanquísimos brillando, la voz traspasada de susto—. ¿Se podría? —y, asustándose aún más—: ¿Cuánto costaría?

—Tendrías que trabajar meses para acostarte conmigo —sonrió Queta y lo miró con compasión.

—Aunque tuviera —insistió él—. Aunque fuera una vez. ¿Se podría?

—Se podría por quinientos soles —dijo Queta, examinándolo, haciéndole bajar los ojos, sonriendo—. Más el cuarto que es cincuenta. Ya ves, no está al alcance de tu bolsillo.

Las bolas blancas de los ojos giraron un segundo, los labios se soldaron, abrumados. Pero la manaza se elevó y señaló lastimeramente a Robertito, que estaba al otro extremo del mostrador: ése había dicho que la tarifa era doscientos.

—La de las otras, yo tengo mi propia tarifa —dijo Queta—. Pero si tienes doscientos puedes subir con cualquiera de ésas. Menos Martha, la de amarillo. No le gustan los negros. Bueno, paga la cuenta y anda vete.

Lo vio sacar unos billetes de la cartera, pagarle a Robertito y guardarse el vuelto con una cara compungida y meditabunda.

—Dile a la loca que la voy a llamar —dijo Queta, amistosamente—. Anda, acuéstate con una de ésas, cobran doscientos. No tengas miedo, hablaré con Ivonne y no le dirá nada a Cayo Mierda.

—No quiero acostarme con ninguna de ésas —murmuró él—. Prefiero irme.

Lo acompañó hasta el jardincito de la entrada y allí él se paró de golpe, giró y, a la luz rojiza del farol, Queta lo vio vacilar, alzar y bajar y alzar los ojos, luchar con su lengua hasta que alcanzó a balbucear: le quedaban doscientos soles todavía.

—Si te pones terco me voy a enojar —dijo Queta—. Anda vete de una vez.

—¿Por un beso? —se atragantó él, desorbitado—. ¿Se podría?

Balanceó sus largos brazos como si fuera a colgarse del árbol, metió una mano al bolsillo, trazó una circunferencia veloz y Queta vio los billetes. Los vio bajar hasta su mano y sin saber cómo ya estaban allí, arrugados y apretados entre sus propios dedos. Él echó una ojeada hacia el interior y lo vio inclinar la pesada cabeza y sintió en el cuello una adhesiva ventosa. La abrazó con furia pero no trató de besarla en la boca y, apenas la sintió resistir, se apartó.

—Está bien, valía la pena —lo oyó decir, risueño y reconocido, los dos carbones blancos danzando en las cuencas—. Alguna vez le traeré esos quinientos.

Abrió la puerta y salió y Queta quedó un momento mirando atontada los dos billetes azules que bailoteaban entre sus dedos.

Carillas borroneadas y tiradas al canasto, piensa, semanas y meses borroneados y tirados al. Ahí estaban, Zavalita: la estática redacción con sus chistes y chismes recurrentes, las conversaciones giratorias con Carlitos en el Negro-Negro, las visitas de ladrón al mostrador de las boites. ¿Cuántas veces se habían amistado, peleado y reconciliado Carlitos y la China? ¿Cuándo las borracheras de Carlitos se habían convertido en una sola borrachera crónica? En esa gelatina de días, en esos meses malaguas, en esos años líquidos que se escurrían de la memoria, sólo un hilo delgadísimo al que asirse. Piensa: Ana. Habían salido juntos una semana después que Santiago dejó La Maison de Santé y vieron en el Cine San Martín una película con Columba Domínguez y Pedro Armendáriz y comieron embutidos en un restaurante alemán de la Colmena; el jueves siguiente, chile con carne en el Cream Rica del jirón de la Unión y una de toreros en el Excélsior. Luego todo se atomizaba y confundía, Zavalita, tés en las vecindades del Palacio de Justicia, caminatas por el parque de la Exposición, hasta que, de pronto, en el invierno de menuda garúa y neblina pertinaz, esa anodina relación hecha de menús baratos y melodramas mexicanos y juegos de palabras había adquirido una vaga estabilidad. Ahí estaba el Neptuno, Zavalita: el oscuro local de ritmos sonámbulos, sus parejas ominosas bailando en las tinieblas, las estrellitas fosforescentes de las paredes, su olor a trago y adulterio. Estabas preocupado por la cuenta, hacías durar el vaso avaramente, calculabas. Ahí se besaron por primera vez, empujados por la poca luz, piensa, la música y las siluetas que se manoseaban en la sombra: estoy enamorado de ti, Anita. Ahí tu sorpresa al sentir su cuerpo que se abandonaba contra el tuyo, yo también de ti Santiago, ahí la avidez juvenil de su boca y el deseo que te anegó. Se besaron largamente mientras bailaban, siguieron besándose en la mesa, y, en el taxi en que la llevaba a su casa,

Ana se dejó acariciar los senos sin protestar. No hizo una broma en toda la noche, piensa. Había sido un romance desganado y semiclandestino, Zavalita. Ana se empeñaba en que fueras a almorzar a su casa y tú nunca podías, tenías un reportaje, un compromiso, la semana próxima, otro día. Una tarde los encontró Carlitos en el Haití de la plaza de Armas y puso cara de asombro al verlos de la mano y a Ana recostada en el hombro de Santiago. Había sido la primera pelea, Zavalita. ¿Por qué no le habías presentado a tu familia, por qué no quieres conocer a la mía, por qué ni siquiera a tu amigo íntimo le habías contado, te avergüenza estar conmigo? Estaban en la puerta de La Maison de Santé y hacía frío y tú te sentías aburrido: ya sé por qué te gustan tanto los melodramas mexicanos, Anita. Ella dio media vuelta y se entró a la clínica, sin despedirse.

Los primeros días depués de esa pelea había sentido un delicado malestar, una quieta nostalgia. ¿El amor, Zavalita? Entonces nunca habías estado enamorado de Aída, piensa. ¿O era el amor ese gusano en las tripas que sentías años atrás? Piensa: entonces nunca de Ana, Zavalita. Volvió a salir con Carlitos y Milton y Solórzano y Norwin; una noche les contó bromeando sus amoríos con Ana y les inventó que se acostaban. Luego, un día, antes de ir al diario se bajó en el paradero del Palacio de Justicia y se presentó en la clínica. Sin premeditarlo, piensa, como de casualidad. Se reconciliaron en el zaguán de la entrada, entre gente que llegaba y salía, sin tocarse ni las manos, hablando en secreto, mirándose a los ojos. Me porté mal Anita, yo me porté mal Santiago, no sabes lo mal que me he Anita, y yo he llorado todas las Santiago. Se reunieron de nuevo al anochecer, en un cafetín de chinos con borrachitos y losetas cubiertas de aserrín, y hablaron horas, sin soltarse las manos, ante dos tazas de café con leche intactas. Pero tú habías debido contarle antes, Santiago, cómo se le iba a ocurrir que te llevabas mal con tu familia, y él le contaba de nuevo, la universidad, la Fracción, *La Crónica*, la tirante cordialidad con sus padres y hermanos. Todo menos lo de Aída, Zavalita, menos lo de Ambrosio, lo de la Musa. ¿Por qué le habías contado tu vida? Desde entonces se veían casi a diario y habían hecho el amor una semana o mes después, una noche, en una casa de citas de la urbanización Las Margaritas. Ahí estaba su cuerpo tan delgado que se contaban sus huesos de la espalda, sus ojos asustados, su vergüenza y tu confusión al saber que era virgen. Nunca más te traería aquí Anita, te quería Anita. Desde entonces habían hecho el amor en la pensión de Barranco, una vez por semana, la tarde que doña Lucía hacía visitas. Ahí esos ansiosos amores sobresaltados de los miércoles, los remordimientos de Ana cada vez y su llanto cuando limpiaba la cama, Zavalita.

Don Fermín iba de nuevo a la oficina mañana y tarde y Santiago almorzaba con ellos los domingos. La señora Zoila había consentido que Popeye y la Teté anunciaran su compromiso y Santiago prometió asistir a la fiesta. Era sábado, tenía su día libre en *La Crónica*, Ana estaba de guardia. Se hizo planchar el terno más presentable, se lustró él mismo los zapatos, se puso camisa limpia y a las ocho y media un taxi lo llevó a Miraflores. Ruido de voces y música sobrevolaba el muro del jardín y venía hasta la calle, sirvientas con guardapolvos espiaban desde los balcones vecinos el interior de la casa. Había autos estacionados a ambos lados de la pista, algunos montados en las veredas, y avanzabas pegado al muro, alejándote de la puerta, bruscamente indeciso, sin animarte a tocar el timbre ni a partir. A través de la verja del garaje vio sesgado el jardín: una mesita con un mantel blanco, un mayordomo haciendo guardia, parejas conversando alrededor del estanque. Pero el grueso de los invitados estaban en la sala y en el comedor y en los visillos de las ventanas se dibujaban sus siluetas. De adentro salían la música y las voces. Reconoció la cara de esa tía, el perfil de ese primo, y rostros que parecían fantasmales. De pronto apareció el tío Clodomiro y se fue a sentar en la mecedora del jardín, solo. Ahí estaba, las manos y las rodillas juntas, mirando a las muchachas de tacones altos, a los muchachos de corbata que comenzaban a cercar la mesa de mantel blanco. Pasaban delante de él y afanosamente les sonreía. ¿Qué hacías ahí, tío Clodomiro, por qué venías donde nadie te conocía, donde los que te conocían no te querían? ¿Aparentar, a pesar de los desaires que te hacían, que eras de la familia, que tenías familia?, piensa. Piensa: ¿a pesar de todo te importaba la familia, querías a la familia que no te quería? ¿O es que la soledad era todavía peor que la humillación, tío? Estaba ya decidido a no entrar pero no se marchaba. Paró un auto en la puerta y vio bajar a dos muchachas que, sujetándose el peinado, esperaron que el que manejaba estacionara y viniera. A él sí lo conocías, piensa: Tony, el mismo jopo danzarín sobre la frente, la misma risa de lorito. Los tres entraron a la casa riéndose y ahí la absurda impresión que se reían de ti, Zavalita. Ahí esos súbitos salvajes deseos de ver a Ana. Desde la bodega de la esquina explicó a la Teté por teléfono que no podía salir de *La Crónica*: pasaría un ratito mañana y abrázalo a mi cuñado, Teté. Ay, qué aguado eras, supersabio, cómo les hacías esta perrada. Llamó a Ana por teléfono, fue a verla y conversaron un rato en la puerta de La Maison de Santé.

Unos días después ella lo había llamado a *La Crónica* con voz vacilante: tenía que darte una mala noticia, Santiago. La esperó en el cafetín de los chinos y la vio llegar toda sofocada, con el abrigo sobre el uniforme, la cara larga: se iban a Ica, amor. Su padre había sido nombrado director de una Unidad Escolar, ella trabajaría quizás en el Hospital Obrero de allá. No te había parecido tan grave, Zavalita, y la habías consolado: irías a verla cada semana, ella también podría venir, Ica estaba tan cerca.

El primer día que trabajó de chofer en Transportes Morales, antes de partir a Tingo María, Ambrosio había llevado a Amalia y Amalita Hortensia a sacudirse un rato por las desniveladas calles de Pucallpa en la abollada camioneta azul llena de remiendos, cuyos guardafangos y parachoques estaban sujetos con sogas para no salir despedidos en los baches.

—Comparándola con los carros que había manejado aquí, era para llorar —dice Ambrosio—. Y, sin embargo, le digo que los meses que tuve El Rayo de la Montaña fueron felices, niño.

El Rayo de la Montaña había sido acondicionada con bancas de madera y en ella podían entrar, bien apretados, doce pasajeros. La perezosa vida de las primeras semanas se había vuelto desde entonces una activa rutina: Amalia le preparaba de comer, acomodaba el fiambre en la guantera de la carcocha y Ambrosio, en camiseta, una gorrita con visera, un pantalón en harapos y zapatillas de jebe, partía a Tingo María a las ocho de la mañana. Desde que él había comenzado a viajar, Amalia, después de tantos años, se había vuelto a acordar de la religión, empujada un poco por doña Lupe que le había regalado estampitas para la pared y la había arrastrado a la misa del domingo. Si no había inundaciones ni se malograba la carcocha, Ambrosio llegaba a Tingo María a las seis de la tarde; dormía en un colchón bajo el mostrador de Transportes Morales y al día siguiente regresaba a Pucallpa a las ocho. Pero ese horario se había cumplido rara vez, siempre se quedaba plantado por el camino y había viajes que duraban un día. El motor estaba cansado, Amalia, todo el tiempo se paraba a tomar fuerzas. Llegaba a la casa con tierra de los pies a los pelos y mortalmente extenuado. Se derrumbaba en la cama, y mientras ella le preparaba de comer, él, fumando, un brazo como almohada, tranquilo, exhausto, le contaba sus mañas para reparar las averías, los pasajeros que había tenido, las cuentas que le haría a don Hilario. Y, lo que más lo divertía, Amalia, las apuestas con Pantaleón. Gracias a esas apuestas los viajes se hacían menos pesados, aunque los pasajeros se meaban de miedo. Pantaleón manejaba El Supermán de las Pistas, una carcocha que pertenecía a Transportes Pucallpa, la empresa rival de Transportes Morales. Partían a la misma hora e iban haciendo carreras, no sólo para ganarse la media libra que apostaban, sino, sobre todo, para adelantarse a recoger a los pasajeros que iban de un caserío a otro, de una chacra a otra en el camino.

—Esos pasajeros que no compran boleto —le había dicho a Amalia—, esos que no son pasajeros de Transportes Morales sino de Transportes Ambrosio Pardo.

—¿Y si un día te descubre don Hilario? —le había dicho Amalia.

—Los patrones saben cómo son las cosas —le había explicado Pantaleón, Amalia—. Y se hacen los tontos porque se desquitan pagándonos sueldos de hambre. Ladrón que roba a ladrón, hermano, ya sabes qué.

En Tingo María, Pantaleón se había conseguido una viuda que no sabía que él tenía su mujer y tres hijos en Pucallpa, pero a veces no iba a casa de la viuda, sino a comer con Ambrosio a un restaurancito barato, La Luz del Día, y a veces, después, a un bulín de esqueletos que cobraban tres soles. Ambrosio lo acompañaba por amistad, no podía entender que a Pantaleón le gustaran esas mujeres, él no se hubiera metido con ellas ni pagado. ¿De verás, Ambrosio? De veras,

Amalia: retacas, panzonas, feísimas. Y, además, llegaba tan cansado que, aunque quisiera engañarte, el cuerpo no me respondería, Amalia.

Los primeros días, Amalia había tomado muy en serio el espionaje de Ataúdes Limbo. Nada era diferente desde que la funeraria había cambiado de dueño. Don Hilario no venía nunca al local; seguía el empleado de antes, un muchacho de cara enfermiza que se pasaba el día sentado en la baranda mirando estúpidamente los gallinazos que se asoleaban en los techos del hospital y la morgue. El único cuartito de la funeraria estaba repleto de ataúdes, la mayoría chiquitos y blancos. Eran toscos, rústicos, sólo uno que otro cepillado y encerado. La primera semana se había vendido un ataúd. Un hombre descalzo y sin saco pero con corbata negra y rostro compungido, entró a Ataúdes Limbo y salió al poco rato cargando un cajoncito al hombro. Pasó frente a Amalia y ella se había persignado. La segunda semana no había habido ninguna compra; la tercera un par: uno de niño y otro de adulto. No parecía un gran negocio, Amalia, había comenzado a inquietarse Ambrosio.

Al mes, Amalia había empezado a descuidar la vigilancia. No se iba a pasar la vida en la puerta de la cabaña, con Amalita Hortensia en los brazos, sobre todo contando que se llevaban ataúdes tan rara vez. Se había hecho amiga de doña Lupe, pasaban horas conversando, comían y almorzaban juntas, daban vueltas por la plaza, por la calle Comercio, por el embarcadero. Los días más calurosos bajaban al río a bañarse en camisón y luego tomaban raspadillas en la Heladería Wong. Ambrosio descansaba los domingos; dormía toda la mañana y después de almorzar salía con Pantaleón a ver los partidos de fútbol en el Estadio de la salida a Yarinacocha. En la tarde, dejaban a Amalita Hortensia con la señora Lupe y se iban al cine. Ya los conocían en la calle, la gente los saludaba.

Doña Lupe entraba a la cabaña como si fuera suya; una vez había pescado a Ambrosio desnudo, bañándose a baldazos en la huerta, y Amalia se había muerto de risa. Ellos también entraban donde doña Lupe cuando querían, se prestaban cosas. Cuando venía a Pucallpa, el marido de doña Lupe salía a sentarse con ellos a la calle, en las noches, a tomar fresco. Era un viejo que sólo abría la boca para hablar de su chacrita y sus deudas con el Banco Agropecuario.

—Creo que ya estoy contenta —le había dicho un día Amalia a Ambrosio—. Ya me acostumbré aquí. Y a ti ya no se te ve tan antipático como al principio.

—Se nota que te has acostumbrado —había respondido Ambrosio—. Andas sin zapatos y con tu paraguas, ya eres una montañesa. Sí, yo estoy contento también.

—Contenta porque ya pienso poco en Lima —había dicho Amalia—. Ya casi no me sueño con la señora, ya casi nunca pienso en la policía.

—Cuando recién llegaste pensé cómo puede vivir con él —había dicho doña Lupe, un día—. Ahora te digo que tuviste suerte de conseguírtelo. Todas las vecinas se lo quisieran de marido, negro y todo.

Amalia se había reído: era cierto, se estaba portando muy bien con ella, muchísimo mejor que en Lima y hasta a Amalita Hortensia le hacía sus cariños. Se le había alegrado tanto el espíritu últimamente y hasta ahora nunca se había peleado con él en Pucallpa.

—Felices pero hasta por ahí nomás —dice Ambrosio—. Lo que fallaba era la cuestión plata, niño.

Ambrosio había creído que gracias a los extras que sacaba sin que supiera don Hilario redondearían el mes. Pero no, en primer lugar había pocos pasajeros, y en segundo a don Hilario se le había ocurrido que las reparaciones las pagaran a medias la empresa y el chofer. Don Hilario se había vuelto loco, Amalia, si le aceptaba esto se quedaría sin sueldo. Habían discutido y quedado en que Ambrosio pagaría el diez por ciento de las reparaciones. Pero el segundo mes don Hilario le había descontado el quince, y cuando se robaron la llanta de repuesto había querido que Ambrosio pagara la nueva. Pero qué barbaridad, don Hilario, cómo se le ocurre. Don Hilario lo había mirado fijo: mejor no protestes, se le podían sacar muchos trapitos, ¿no se estaba ganando unos soles a sus espaldas? Ambrosio se había quedado sin saber qué decir, pero don Hilario le había tendido la mano: amigos de nuevo. Habían comenzado a redondear el mes con préstamos y adelantos que le hacía a regañadientes el propio don Hilario. Pantaleón, viéndolos en apuros, les había aconsejado déjense de pagar alquiler y vénganse a la barriada y háganse una cabañita junto a la mía.

—No, Amalia —había dicho Ambrosio—. No quiero que te quedes sola cuando esté de viaje, con tanto vago que hay en la barriada. Además, allá no podrías vigilar Ataúdes Limbo.

IV

—La sabiduría de las mujeres —dijo Carlitos—. Si Ana lo hubiera pensado no le habría salido tan bien. Pero no lo pensó, las mujeres nunca premeditan estas cosas. Se dejan guiar por el instinto y nunca les falla, Zavalita.

¿Era ese benigno, intermitente malestar que reapareció cuando Ana se fue a vivir a Ica, Zavalita, ese blando desasosiego que te sorprendía en los colectivos calculando cuánto falta para el domingo? Tuvo que cambiar al día sábado el almuerzo en casa de sus padres. Los domingos partía muy temprano en un colectivo que venía a recogerlo a la pensión. Dormía todo el viaje, estaba con Ana hasta el anochecer y regresaba. Andabas en bancarrota con esos viajes semanales, piensa, las cervezas del Negro-Negro ahora las pagaba siempre Carlitos. ¿Eso el amor, Zavalita?

—Allá tú, allá tú —dijo Carlitos—. Allá ustedes dos, Zavalita.

Había conocido por fin a los padres de Ana. Él era un huancaíno gordo y locuaz que se había pasado la vida dando clases de historia y castellano en los colegios nacionales, y la madre una mulata agresivamente amable. Tenían una casa vecina a los desportillados patios de la Unidad Escolar y lo recibían con una hospitalidad ruidosa y relamida. Ahí estaban los abundantes almuerzos que te infligían los domingos, ahí las angustiosas miradas que cambiaban con Ana pensando a qué hora acaba el desfile de platos. Cuando acababan, él y

Ana salían a pasear por las calles rectas y siempre soleadas, entraban a algún cine a acariciarse, tomaban refrescos en la plaza, volvían a la casa a charlar y besarse de prisa en un saloncito atestado de huacos. A veces Ana venía a pasar el fin de semana donde unos parientes y podían acostarse juntos unas horas en algún hotelito del centro.

—Ya sé que no me estás pidiendo consejo —dijo Carlitos—. Por eso no te lo doy.

Había sido en una de esas rápidas venidas de Ana a Lima, un atardecer, al encontrarse en la puerta del Cine Roxy. Se mordía los labios, piensa, su nariz palpitaba, había susto en sus ojos, balbuceaba: ya sé que te has cuidado amor, yo también siempre amor, no sabía qué había pasado amor. Santiago la tomó del brazo y, en vez del cine, fueron a un café. Habían conversado con calma y Ana aceptado que no podía nacer. Pero se le saltaron las lágrimas y habló mucho del miedo que tenía a sus padres y se despidió adolorida y con rencor.

—No te lo pido porque ya sé cuál sería —dijo Santiago—. No te cases.

A los dos días Carlitos había averiguado la dirección de una mujer y Santiago fue a verla, a una ruinosa casita de ladrillos de los Barrios Altos. Era fornida, sucia y desconfiada y lo despidió de mal modo: estaba muy equivocado, joven, ella no cometía crímenes. Había sido una semana de exasperantes idas y venidas, de mal gusto en la boca y sobresalto continuo, de charlas afanosas con Carlitos y amaneceres desvelados en la pensión: era enfermera, conocía tantas parteras, tantos médicos, no quería, era una trampa que te tendía. Por fin Norwin había encontrado un médico de pocos clientes que, luego de tortuosas evasivas, aceptó. Pedía mil quinientos soles y entre Santiago, Carlitos y Norwin habían tardado tres días en juntarlos. Llamó a Ana por teléfono: ya está, todo arreglado, que viniera a Lima cuanto antes. Haciéndole notar por el tono de la voz que le echabas la culpa, piensa, y que no la perdonabas.

—Sí, sería ése, pero por puro egoísmo —dijo Carlitos—. No tanto por ti como por mí. Ya no voy a tener quien me cuente sus penas, con quien amanecerme en el antro. Allá tú, Zavalita.

El jueves, alguien que venía de Ica dejó la carta de Ana en la pensión de Barranco: ya podías dormir tranquilo amor. Una profunda tristeza asfixiada de huachafería, piensa, había convencido a un doctor y ya todo pasó, las películas mexicanas, todo muy doloroso y muy triste y ahora estaba en cama y había tenido que inventar mil mentiras para que mis papás no se den cuenta, pero hasta las faltas de ortografía te habían conmovido tanto, Zavalita. Piensa: lo que la alegraba en medio de su pena era haberte quitado esa preocupación tan grande, amor. Había descubierto que no la querías, era un entretenimiento para ti, no podía soportar la idea porque ella sí te quería, no te vería más, el tiempo la ayudaría a olvidarte. Ese viernes y ese sábado te habías sentido aliviado pero no contento, Zavalita, y en las noches venía el malestar acompañado de remordimientos tranquilos. No el gusanito, piensa, no los cuchillos. El domingo, en el colectivo a Ica, no había pegado los ojos.

—Lo decidiste al recibir la carta, masoquista —dijo Carlitos.

De la plaza fue andando tan rápido que llegó sin aliento. Abrió su madre y tenía los ojos parpadeantes y sentidos: Anita estaba enferma, unos cólicos terribles, les había dado un susto. Lo hizo pasar a la sala y tuvo que esperar un buen rato antes que la madre volviera y le dijera suba. Ese vértigo de ternura al verla con su piyama amarillo, piensa, pálida y peinándose apresuradamente al entrar él. Soltó el peine, el espejo; se echó a llorar.

—No cuando la carta sino en ese momento —dijo Santiago—. Llamamos a su madre, se lo anunciamos y celebramos el compromiso entre los tres tomando café con leche con piononos.

Se casarían en Ica, sin invitados ni ceremonia, se vendrían a Lima y hasta encontrar un departamento barato vivirían en la pensión. Tal vez Ana encontraría trabajo en un hospital, el sueldo de los dos les alcanzaría ajustándose: ¿ahí, Zavalita?

—Vamos a organizarte una despedida que hará época en el periodismo limeño —dijo Norwin.

Subió a maquillarse al cuartito de Malvina, bajó, y al pasar junto al saloncito encontró a Martha furiosa: ahora entraba cualquiera aquí, esto se había vuelto un muladar. Aquí entraba el que podía pagar, decía Flora, pregúntaselo a la vieja Ivonne y vería, Martha. Desde la puerta del bar, Queta lo vio, de espaldas como la primera vez, alto en la banqueta, enfundado en un terno oscuro, los crespos pelos brillantes, acodado en el mostrador. Robertito le servía una cerveza. Era el primero que llegaba a pesar de ser las nueve pasadas y había cuatro mujeres conversando junto al tocadiscos, haciéndose las desentendidas de él. Se acercó al mostrador sin saber todavía si le molestaba verlo allí.

—El señor estaba preguntando por ti —dijo Robertito, con una sonrisita sarcástica—. Le dije que te encontraba de milagro, Quetita.

Robertito se deslizó felinamente al otro extremo del mostrador y Queta se volvió a mirarlo. No ígneos, ni atemorizados ni caninos; más bien impacientes. Tenía la boca cerrada y moviéndose como tascando un freno; su expresión no era servil ni respetuosa ni siquiera cordial, sólo vehemente.

—Así que resucitaste —dijo Queta—. Creí que no se te vería más por acá.

—Los tengo en la cartera —murmuró él, rápidamente—. ¿Subimos?

—¿En la cartera? —Queta comenzó a sonreír, pero él seguía muy grave, las apretadas mandíbulas latiendo—. ¿Qué te pica a ti?

—¿Ha subido la tarifa en estos meses? —preguntó él, sin ironía, con un tono impersonal, siempre de prisa—. ¿Cuánto subió?

—Estás de mal humor —dijo Queta, asombrada de él y de no enojarse por los cambios que veía en él. Tenía una corbata roja, camisa blanca, una chompa de botones; las mejillas y el mentón eran más claros que sus manos quietas sobre el mostrador—. Qué maneras son ésas. Qué te ha pasado en todo este tiempo.

—Quiero saber si va a subir conmigo —dijo él, ahora con una calma mortal en la voz. Pero en sus ojos había siempre esa premura salvaje—. Sí y subimos. No y entonces me voy.

¿Qué había cambiado tanto en tan poco tiempo? No que estuviera más gordo ni más flaco, no que se hubiera vuelto insolente. Está como furioso, pensó Queta, pero no conmigo ni con nadie, sino con él.

—¿O estás asustado? —dijo, burlándose—. Ya no eres el sirviente de Cayo Mierda, ahora puedes venir aquí cuando te dé la gana. ¿O Bola de Oro te ha prohibido que salgas de noche?

No se encolerizó, no se turbó. Pestañeó una sola vez, y estuvo unos segundos sin responder, rumiando despacio, buscando las palabras.

—Si he venido por gusto, mejor me voy —dijo al fin, mirándola a los ojos sin temor—. Dígamelo de una vez.

—Convídame un trago —Queta se encaramó en una de las banquetas y se apoyó en la pared, irritada ya—. Puedo pedir un whisky, supongo.

—Puede pedir lo que quiera, pero arriba —dijo él, suavemente, muy serio—. ¿Vamos a subir o quiere que me vaya?

—Has aprendido malos modales con Bola de Oro —dijo Queta, secamente.

—Quiere decir que es no —murmuró él, levantándose de la banqueta—. Entonces, buenas noches.

Pero la mano de Queta lo contuvo cuando ya daba media vuelta. Lo vio inmovilizarse, volverse y mirarla callado con sus ojos urgentes. ¿Por qué?, pensó, asombrada y furiosa, ¿era por curiosidad, era por? Él esperaba como una estatua. Quinientos, más sesenta del cuarto y por única vez, y se oía y apenas se reconocía la voz, ¿era por?, ¿entendía? Y él, moviendo ligeramente la cabeza: entendía. Le pidió el dinero del cuarto, le ordenó que subiera y la esperara en el doce y cuando él desapareció en la escalera ahí estaba Robertito, una maléfica sonrisa agridulce en su cara lampiña, haciendo tintinear la llavecita contra el mostrador. Queta le arrojó el dinero a las manos.

—Vaya, Quetita, no me lo creo —silabeó él, con exquisito placer, achinando los ojos—. Te vas a ocupar con el morenito.

—Dame la llave —dijo Queta—. Y no me hables, maricón, ya sabes que no te puedo sentir.

—Qué sobrada te has vuelto desde que te juntas con la familia Bermúdez —dijo Robertito, riéndose—. Vienes poco y cuando vienes nos tratas como al perro, Quetita.

Ella le arranchó la llave. A media escalera se dio con Malvina que bajaba muerta de risa: pero si ahí estaba el zambito del año pasado, Queta. Señalaba hacia arriba y de pronto se le encendieron los ojos, ah, había venido por ti, y dio una palmada. Pero qué te pasaba, Quetita.

—El mierda ese de Robertito —dijo Queta—. No le aguanto más sus insolencias.

—Estará envidioso, no le hagas caso —se rió Malvina—. Todo el mundo te tiene ahora envidia, Quetita. Mejor para ti, tonta.

Él la estaba esperando en la puerta del doce. Queta abrió y él entró y se sentó en la esquina de la cama. Echó llave a la puerta, pasó al cuartito del lavatorio, corrió la cortina, encendió la luz, y metió entonces la cabeza en la habitación. Lo vio, quieto, serio, bajo el foco de luz con pantalla abombada, oscuro sobre la colcha rosada.

—¿Esperas que yo te desvista? —dijo, de mal modo—. Ven que te lave.

Lo vio levantarse y acercarse sin quitarle la mirada, que había perdido el aplomo y la prisa y recobrado la docilidad de la primera vez. Cuando estuvo delante de ella, se llevó la mano al bolsillo en un movimiento rápido y casi atolondrado, como si recordara algo esencial. Le alcanzó los billetes estirando una mano lenta y un poco avergonzada, ¿se pagaba por adelantado, no?, como si estuviera entregándole una carta con malas noticias: ahí estaban, podía contarlos.

—Ya ves, este capricho te cuesta caro —dijo Queta, alzando los hombros—. Bueno, tú sabes lo que haces. Sácate el pantalón, déjame lavarte de una vez.

Él pareció indeciso unos segundos. Avanzó hacia una silla con una prudencia que delataba su embarazo, y Queta, desde el lavatorio, lo vio sentarse, quitarse los zapatos, el saco, la chompa, el pantalón, y doblarlo con extremada lentitud. Se quitó la corbata. Vino hacia ella, caminando con la misma cautela de antes, las largas piernas tirantes moviéndose a compás bajo la camisa blanca. Cuando estuvo a su lado se bajó el calzoncillo y, luego de tenerlo en las manos un instante, lo arrojó a la silla, sin acertar. Mientras le apretaba el sexo con fuerza y lo jabonaba y enjuagaba, no trató de tocarla. Lo sentía rígido a su lado, su cadera rozándola, respirando amplia y regularmente. Le alcanzó el papel higiénico para que se secara y él lo hizo de una manera meticulosa y como queriendo ganar tiempo.

—Ahora me toca a mí —dijo Queta—. Anda y espérame.

Él asintió y ella vio en sus ojos una reticente serenidad, una huidiza vergüenza. Cerró la cortina y, mientras llenaba el lavatorio de agua caliente, oyó sus largos pasos pausados sobre las maderas del piso y el crujido de la cama al recibirlo. El mierda me contagió su tristeza, pensó. Se lavó, se secó, entró al cuarto y al pasar junto a la cama y verlo estirado boca arriba, los brazos cruzados sobre los ojos, siempre con camisa, medio cuerpo desnudo bajo el cono de luz, pensó en una sala de operaciones, en un cuerpo que aguarda el bisturí. Se quitó la falda y la blusa y se acercó a la cama con zapatos; él siguió inmóvil. Miró su vientre: bajo la mata de vellos cuya negrura se destacaba poco de la piel, con el brillo del agua reciente, yacía el sexo escurrido y fláccido entre las piernas. Fue a apagar la luz. Volvió y se tendió junto a él.

—Tanto apuro para subir, para pagarme lo que no tienes —dijo, al ver que él no hacía ningún movimiento—. ¿Para esto?

—Es que usted me trata mal —dijo su voz, espesa y acobardada—. Ni siquiera disimula. Yo no soy un animal, tengo mi orgullo.

—Quítate la camisa y déjate de cojudeces —dijo Queta—. ¿Crees que te tengo asco? Contigo o con el rey de Roma me da lo mismo, negrito.

Lo sintió incorporarse, adivinó en la oscuridad sus movimientos obedientes, vio en el aire la mancha blanca de la camisa que él arrojaba hacia la silla visible en los hilos de luz de la ventana. El cuerpo desnudo se tumbó otra vez a su lado. Escuchó su respiración más agitada, olió su deseo, sintió que la tocaba. Se echó de espaldas, abrió los brazos y un instante después recibía sobre su cuerpo la carne aplastante y sudorosa de él. Respiraba con ansiedad junto a su oído, sus manos repasaban húmedamente su piel, y sintió que su sexo entraba en ella suavemente. Trataba de sacarle el sostén y ella lo ayudó, ladeándose. Sintió su boca mojada en el cuello y los hombros y lo oía jadear y moverse; lo enlazó con las piernas y le sobó la espalda, las nalgas que transpiraban. Permitió que la besara en la boca pero mantuvo los dientes apretados. Lo sintió terminar con unos cortos quejidos jadeantes. Lo hizo a un lado y lo sintió rodar sobre sí mismo como un muerto. Se calzó a oscuras, fue al lavatorio y al volver a la habitación y encender la luz lo vio otra vez boca arriba, otra vez con los brazos cruzados sobre la cara.

—Hace tiempo que andaba soñándome con esto —lo oyó decir, mientras se ponía el sostén.

—Ahora te estarán pesando tus quinientos soles —dijo Queta.

—Qué me van a pesar —lo oyó reír, siempre oculto detrás de sus brazos—. Nunca se vio plata mejor gastada.

Mientras se ponía la falda, lo oyó reír de nuevo, y la sorprendió la sinceridad de su risa.

—¿De verás te traté mal? —dijo Queta—. No era por ti, sino por Robertito. Me crispa los nervios todo el tiempo.

—¿Puedo fumarme un cigarro así como estoy? —dijo él—. ¿O ya tengo que irme?

—Puedes fumarte tres, si quieres —dijo Queta—. Pero anda a lavarte primero.

Una despedida que haría época: comenzaría al mediodía en el Rinconcito Cajamarquino, con un almuerzo criollo al que asistirían sólo Carlitos, Norwin, Solórzano, Periquito, Milton y Darío; se arrastraría en la tarde por bares diversos, y a las siete habría un coctelito con mariposas nocturnas y periodistas de otros diarios en el departamento de la China (estaban reconciliados ella y Carlitos, por entonces); rematarían el día Carlitos, Norwin y Santiago, solos, en el bulín. Pero la víspera del día fijado para la despedida, al anochecer, cuando Carlitos y Santiago volvían a la redacción después de comer en la cantina de *La Crónica*, vieron a Becerrita desplomarse sobre su escritorio articulando un desesperado carajo. Ahí estaba su cuadrado cuerpecillo carnoso desmoronándose, ahí los redactores corriendo. Lo levantaron: tenía la cara arrugada en una mueca de infinito disgusto y la piel amoratada. Le echaron alcohol, le aflojaban la corbata, le hacían aire. Él yacía congestionado e inánime y exhalaba un ronquido intermitente. Arispe y dos redactores de la página policial lo llevaron en la camioneta al hospital; un par de horas después llamaron para avisar que había muerto de un ataque cerebral. Arispe escribió la nota necrológica, que apareció en un recuadro de luto: «Con las botas puestas», piensa. Los redactores policiales habían hecho semblanzas y apologías: su espíritu inquieto, su contribución al desarrollo del diarismo nacional, pionero de la crónica y el reportaje policial, un cuarto de siglo en las trincheras del periodismo.

En vez de la despedida de soltero tuviste un velorio, piensa. Pasaron la noche del día siguiente en casa de Becerrita, en un vericueto de los Barrios Altos, velándolo. Ahí estaba esa noche tragicómica, Zavalita, esa barata farsa. Los reporteros de la página policial estaban apenados y había mujeres que suspiraban junto al cajón, en esa salita de muebles miserables y viejas fotografías ovaladas que habían oscurecido de crespones. Pasada la medianoche, una señora enlutada y un muchacho entraron a la casa como un escalofrío, entre alarmados susurros: ah caracho, la otra mujer de Becerrita; ah caracho, el otro hijo de Becerrita. Había habido un conato de discusión, improperios mezclados de llanto, entre la familia de la casa y los recién llegados. Los asistentes habían tenido que intervenir, negociar, aplacar a las familias rivales. Las dos mujeres parecían de la misma edad, piensa, tenían la misma cara, y el muchacho era idéntico a los varones de la casa. Ambas familias habían permanecido montando guardia a ambos lados del féretro, cruzando miradas de odio sobre el cadáver. Toda la noche circularon por la casa melenudos periodistas de otras épocas, extraños individuos de ternos gastados y chalinas, y al día siguiente, en el entierro, hubo una disparatada concentración de familiares conmovidos y caras rufianescas y noctámbulas, de policías y soplones y viejas putas jubiladas de ojos pintarrajeados y llorosos. Arispe leyó un discurso y luego un funcionario de Investigaciones y ahí se descubrió que Becerrita había estado asimilado a la policía desde hacía veinte años. Al salir del cementerio, bostezando y con los huesos resentidos, Carlitos, Norwin y Santiago almorzaron en una cantina de Santo Cristo, cerca de la Escuela de Policía, unos tamales ensombrecidos por el fantasma de Becerrita, que reaparecía a cada momento en la conversación.

—Arispe me ha prometido que no publicará nada, pero no me fío —dijo Santiago—. Ocúpate tú, Carlitos. Que ningún bromista pase un suelto.

—En tu casa se van a enterar tarde o temprano que te has casado —dijo Carlitos—. Pero está bien, me ocuparé.

—Prefiero que se enteren por mí, no por el periódico —dijo Santiago—. Hablaré con los viejos cuando vuelva de Ica. No quiero tener líos antes de la luna de miel.

Esa noche, la víspera del matrimonio, Carlitos y Santiago habían charlado un rato en el Negro-Negro, después del trabajo. Hacían bromas, recordaban las veces que habían venido a este sitio, a esas mismas horas, a esta misma mesa, y él estaba un poco tristón, Zavalita, como si te fueras de viaje para siempre. Piensa: esa noche no se emborrachó, no jaló. En la pensión pasaste las horas que faltaban para el amanecer, Zavalita, fumando, recordando la cara de estupor de la señora Lucía cuando le habías dado la noticia, tratando de imaginar cómo sería la vida en el cuartito con otra persona, si no resultaría demasiado promiscuo y asfixiante, la reacción que tendrían los viejos. Cuando salió el sol, preparó con cuidado la maleta. Examinó pensativo el cuartito, la cama, la pequeña repisa con libros. El colectivo vino a buscarlo a las ocho. La señora Lucía salió a despedirlo en bata, atontada de sorpresa todavía, sí, le juraba que no le diría nada a su papá, y le había dado un abrazo y un beso en la frente. Llegó a Ica a las once de la mañana, y antes de ir a casa de Ana, llamó al Hotel de Huacachina para confirmar la reserva. El terno oscuro que sacó de la lavandería el día anterior se había arrugado en la maleta y la madre de Ana se lo planchó. A regañadientes, los padres de Ana habían cumplido lo que él pidió; ningún invitado. Sólo con esa condición aceptabas casarte por la Iglesia les había advertido Ana, piensa. Fueron los cuatro a la municipalidad, luego a la iglesia, y una hora después estaban almorzando en el Hotel de Turistas. La madre se secreteaba con Ana, el padre desensartaba anécdotas y bebía, apenadísimo. Y ahí estaba Ana, Zavalita: su traje blanco, su cara de felicidad. Cuando iban a subir al taxi que los llevaría a Huacachina, la madre rompió en llanto. Ahí, los tres días de luna de miel alrededor de las aguas verdosas pestilentes de la laguna, Zavalita. Caminatas entre los médanos, piensa, conversaciones tontas con las otras parejas de novios, largas siestas, las partidas de ping-pong que Ana ganaba siempre.

—Yo andaba contando los días para que se cumplieran los seis meses —dice Ambrosio—. Así que a los seis meses justos le caí tempranito.

Un día en el río, Amalia se había dado cuenta que estaba más acostumbrada todavía a Pucallpa de lo que creía. Se habían bañado con doña Lupe y, mientras Amalita Hortensia dormía bajo el paraguas clavado en la arena, se les habían acercado dos hombres. Uno era sobrino del marido de doña Lupe, el otro un agente viajero que había llegado el día anterior de Huánuco. Se llamaba Leoncio Paniagua y se había sentado junto a Amalia. Había estado contándole lo mucho que viajaba por el Perú debido a su trabajo y le decía en qué se parecían y diferenciaban Huancayo, Cerro de Pasco, Ayacucho. Quiere impresionarme con sus viajes, había pensado Amalia, riéndose en sus adentros. Lo había dejado darse aires de conocedor de mundos un buen rato y al fin le había dicho: yo soy de Lima. ¿De Lima? Leoncio Paniagua no se lo había querido creer: pero si hablaba igualito a la gente de aquí, si tenía el cantito y los dichos y todo.

—¿No te habrás vuelto loco, no? —lo había mirado atónito don Hilario—. El negocio va bien, pero, como es lógico, hasta ahora es pura pérdida. ¿Se te ocurre que a los seis meses va a dejar ganancias?

Al regresar a la casa, Amalia le había preguntado a doña Lupe si era verdad lo que le había dicho Leoncio Paniagua:

sí, claro que sí, ya hablaba igualito que una montañesa, ponte orgullosa. Amalia había pensado en lo asombradas que se quedarían sus conocidas de Lima si la oyeran: su tía, la señora Rosario, Carlota y Símula. Pero ella no notaba que había cambiado su manera de hablar, doña Lupe, y doña Lupe, sonriendo con malicia: el huanuqueño te había estado haciendo fiestas, Amalia. Sí, doña Lupe, y figúrese que hasta había querido invitarla al cine, pero claro que Amalia no le había aceptado. En vez de escandalizarse, doña Lupe la había reñido: bah, tonta. Hubiera debido aceptarle, Amalia era joven, tienes derecho a divertirte, ¿acaso creía que Ambrosio no se aprovechaba a su gusto las noches que pasaba en Tingo María? Amalia había sido la que se escandalizó más bien.

—Me hizo las cuentas con papeles en la mano —dice Ambrosio—. Me dejó tonto con tanto número.

—Impuestos, timbres, comisión para el tinterillo que hizo el traspaso —don Hilario olía los recibos y me los iba pasando, Amalia—. Todo clarísimo. ¿Estás satisfecho?

—La verdad que no mucho, don Hilario —había dicho Ambrosio—. Ando muy ajustado y esperaba recibir algo, don.

—Y aquí, los recibitos del idiota —había concluido don Hilario—. Yo no cobro por administrar el negocio, pero no querrás que yo mismo venda ataúdes ¿no? Y supongo que no dirás que le pago mucho. Cien al mes es una mugre hasta para un idiota.

—Entonces el negocio no está resultando tan bueno como usted creyó, don —había dicho Ambrosio.

—Está resultando mejor —don Hilario había movido la cabeza como diciendo esfuérzate, trata de entender—. Al comienzo, un negocio es pérdida. Después se va levantando y viene el desquite.

No mucho tiempo después, una noche que Ambrosio acababa de llegar a Tingo María y se estaba lavando la cara en el cuarto del fondo, donde tenían un lavatorio sobre un caballete, Amalia había visto aparecer en la esquina de la cabaña a Leoncio Paniagua, peinado y encorbatado: se venía derechito aquí. Había estado a punto de soltar a Amalita Hortensia. Atolondrada, había corrido a la huerta y se había acurrucado en la hierba, la niña bien apretada contra su pecho. Iba a entrar, se iba a encontrar con Ambrosio, Ambrosio lo iba a matar. Pero no había oído nada alarmante: sólo el silbido de Ambrosio, el chapaleo del agua, los grillos cantando en la oscuridad. Por fin había oído a Ambrosio que le pedía la comida. Había ido a cocinar, temblando, y todavía mucho rato después todo se le había estado cayendo de las manos.

—Y cuando se cumplieron otros seis, es decir el año, le caí tempranito —dice Ambrosio—. ¿Y, don Hilario? No me diga que tampoco ahora hay ganancias.

—Qué va a haber, el negocio está color de hormiga —había dicho don Hilario—. De eso quería hablarte, precisamente.

Al día siguiente, Amalia había ido furiosa donde doña Lupe, a contarle: figúrese qué atrevimiento, figúrese lo que hubiera pasado si Ambrosio. Doña Lupe le había tapado la boca diciéndole sé todo. El huanuqueño se había metido a su casa y le había abierto su corazón, señora Lupe: desde que la conocí a Amalia soy otro, su amiga es única. No pensaba entrar a tu casa, Amalia, no era tan tonto, sólo quería verla de lejos. Habías hecho una conquista, Amalia, lo tenías loco por ti al huanuqueño Amalia. Se había sentido rarísima: furiosa siempre, pero ahora también halagada. Esa tarde había ido a la playita pensando si me dice cualquier cosa lo insulto. Pero Leoncio Paniagua no le había hecho la menor insinuación; educadísimo, limpiaba la arena para que se sentara, le había convidado un barquillo de helados y cuando ella lo miraba a los ojos, bajaba los suyos, avergonzado y suspirando.

—Sí, como lo oyes, lo tengo muy bien estudiado —había dicho don Hilario—. La plata está tirada ahí, esperando que la recojamos. Sólo hace falta una pequeña inyección de capital.

Leoncio Paniagua venía a Pucallpa cada mes, sólo por un par de días, y Amalia le había llegado a tomar simpatía por la forma como la trataba, por su terrible timidez. Se había acostumbrado a encontrarlo en la playita cada cuatro semanas, con su camisa de cuello, sus zapatones, ceremonioso y sofocado, limpiándose la cara empapada con un pañuelo de colores. Él no se bañaba nunca, se sentaba entre doña Lupe y ella y conversaban y, cuando ellas se metían al agua, él cuidaba a Amalita Hortensia. Nunca había pasado nada, nunca le había dicho nada; la miraba, suspiraba, y lo más que se atrevía era a decir qué pena irme mañana de Pucallpa o cuánto he pensado este mes en Pucallpa o por qué será que me gusta tanto venir a Pucallpa. Qué vergonzoso era ¿no, doña Lupe? Y doña Lupe: no, más bien era un romántico.

—El gran negocio que se le ocurrió es comprar otra funeraria, Amalia —había dicho Ambrosio—. La Modelo.

—La más acreditada, la que nos quita toda la clientela —había dicho don Hilario—. Ni una palabra más. Trae esa platita que tienes en Lima y hacemos un monopolio, Ambrosio.

A lo más que había llegado había sido, al cabo de los meses y más por darle gusto a doña Lupe que a él, a ir una vez a comer al chifa y luego al cine con Leoncio Paniagua. Habían ido de noche, por calles desiertas, al chifa menos concurrido, y entrado a la función comenzada y se habían salido antes del final. Leoncio Paniagua había sido más considerado que nunca, no sólo no había tratado de aprovecharse al estar solo con ella, sino que casi ni había hablado en toda la noche. Dice que porque estaba tan emocionado, Amalia, dice que se le fue el habla de felicidad. ¿Pero de veras que ella le gustaba tanto, doña Lupe? De veras, Amalia: las noches que estaba en Pucallpa se venía a la cabaña de doña Lupe y le hablaba horas de ti y hasta lloraba. ¿Pero entonces cómo a ella nunca le decía nada, doña Lupe? Porque era romántico, Amalia.

—Apenas tengo para comer y usted me pide otros quince mil soles —don Hilario se había creído la mentira que le conté, Amalia—. Ni que estuviera loco para meterme en otro negocio de funerarias, don.

—No es otro, es el mismo pero en grande y remachado —había insistido don Hilario—. Piénsalo y vas a ver que tengo razón.

Y una vez habían pasado dos meses sin que se apareciera por Pucallpa el huanuqueño. Amalia casi se había olvidado de él, la tarde que lo encontró, sentado en la playita del río, con su saco y su corbata cuidadosamente doblados sobre un periódico y un juguetito para Amalita Hortensia en la mano. ¿Qué había sido de su vida? Y él, temblando como si tuviera terciana: no iba a volver a Pucallpa, ¿podía hablarle un momentito a solas? Doña Lupe se había apartado con Amalita Hortensia y ellos habían conversado cerca de dos horas. Ya no era agente viajero, había heredado una tiendecita de un tío, de eso iba a hablarle. Lo había visto tan asustado, dar tantos rodeos y tartamudear tanto para pedirle que se fuera con él, que se casara con él, que hasta le había dado un poquito de pena decirle que si estaba loco, doña Lupe. Ya ves que te quería de verdad y no como una aventurita de paso, Amalia. Leoncio Paniagua no había insistido, se había quedado mudo y como idiotizado y cuando Amalia le había aconsejado que se olvidara de ella y se buscara otra mujer allá en Huánuco, él movía la cabeza apenado y susurraba nunca. Este tonto hasta la había hecho sentirse mala, doña Lupe. Lo había visto por última vez esa tarde, cruzando la plaza hacia su hotelito y haciendo eses como borracho.

—Y cuando más apuros de plata teníamos, Amalia descubre que estaba encinta —dice Ambrosio—. Los dos males juntos, niño.

Pero la noticia lo había puesto contento: un compañerito para Amalita Hortensia, un hijito montañés. Pantaleón y doña Lupe habían venido a la cabaña esa noche y habían estado tomando cerveza hasta tarde: Amalia estaba encinta, qué les parecía. Se habían divertido bastante, y Amalia se había mareado y hecho locuras: bailado sola, cantado, dicho palabrotas. Al día siguiente había amanecido débil y con vómitos y Ambrosio la había hecho avergonzar: la criatura nacería borracha con el baño que le diste anoche, Amalia.

—Si el médico hubiera dicho se puede morir, yo la habría hecho abortar —dice Ambrosio—. Allá es fácil, un montón de viejas saben preparar yerbas para eso. Pero no, se sentía muy bien y por eso no nos preocupamos de nada.

Un sábado, el primer mes de embarazo, Amalia había ido con doña Lupe a pasar el día a Yarinacocha. Toda la mañana habían estado sentadas bajo una enramada, mirando la laguna donde se bañaba la gente, el ojo redondo del sol que ardía en el cielo limpísimo. Al mediodía habían desanudado sus atados y comido bajo un árbol, y entonces habían oído a dos mujeres que tomaban refrescos hablando pestes de Hilario Morales: era así, asá, había estafado, robado, si hubiera justicia ya estaría preso o muerto. Serán puras habladurías, había dicho doña Lupe, pero esa noche Amalia le había contado a Ambrosio.

—Peores cosas he oído yo de él, y no sólo aquí, también en Tingo María —le había dicho Ambrosio—. Lo que no entiendo es por qué no hace alguna viveza de ésas para que nuestro negocio dé ganancia.

—Porque te estará haciendo a ti las vivezas, tonto —había dicho Amalia.

—Ella me metió adentro la duda —dice Ambrosio—. La pobrecita tenía un olfato de perro, niño.

Desde entonces, cada noche, al volver a Pucallpa, aun antes de sacudirse el polvo rojizo del camino, le había preguntado a Amalia, ansioso: ¿cuántos grandes, cuántos chicos? Había apuntado todo lo que se vendía en una libretita y vuelto cada día con nuevas vivezas que había averiguado de don Hilario en Tingo María y Pucallpa.

—Si tanta desconfianza le tienes, se me ocurre una cosa —le había dicho Pantaleón—. Dile que te devuelva tu plata y vamos a hacer algo juntos.

Desde ese sábado en Yarinacocha, ella había vuelto a vigilar a los clientes de Ataúdes Limbo escrupulosamente. Este embarazo no había sido ni sombra del anterior, ni siquiera del primero, doña Lupe: ni mareos ni vómitos, casi ni sed. No había perdido las fuerzas, podría hacer el trabajo de la casa de lo más bien. Una mañana había ido con Ambrosio al hospital y tenido que hacer una cola larguísima. Se habían pasado la espera jugando a contar los gallinazos que veían asoleándose en los techos vecinos y, cuando les llegó el turno, Amalia estaba medio dormida. El médico la había examinado rapidito y dicho vístete, estás bien, que volviera dentro de un par de meses. Amalia se había vestido y sólo al momento de salir se había acordado:

—En la Maternidad de Lima me dijeron que con otro hijo me podía morir, doctor.

—Entonces has debido hacer caso y cuidarte —había refunfuñado el doctor; pero luego, como la había visto asustada, le había sonreído de mala gana—. No te asustes, cuídate y no te pasará nada.

Poco después se habían cumplido otros seis meses y Ambrosio, antes de ir a la oficina de don Hilario, la había llamado de una manera maliciosa: ven, un secreto. ¿Cuál? Iba a decirle que no quería seguir siendo su socio, ni tampoco su chofer, Amalia, que se metiera El Rayo de la Montaña y Ataúdes Limbo donde quisiera. Amalia lo había mirado asombrada y él: era una sorpresa que te tenía guardada, Amalia. Con Pantaleón se habían pasado este tiempo haciendo planes, habían decidido uno genial. Se llenarían los bolsillos a costa de don Hilario, Amalia, eso era lo más chistoso del caso. Estaban vendiendo una camionetita usada y él y Pantaleón la habían desarmado y expulgado hasta el alma: servía. La dejaban por ochenta mil y les aceptaban treinta mil de cuota inicial y lo demás en letras. Pantaleón pediría sus indemnizaciones y movería cielo y tierra para conseguir sus quince mil y la comprarían a medias y la manejarían a medias y cobrarían más barato y les quitarían la clientela a la Morales y a la Pucallpa.

—Imaginaciones —dice Ambrosio—. Quise terminar por donde debí comenzar al llegar a Pucallpa.

V

Regresaron de Huacachina a Lima directamente, en el auto de una pareja de recién casados. La señora Lucía los recibió con suspiros en la puerta de la pensión, y después de abrazar a Ana se llevó a los ojos el ruedo del mandil. Había puesto flores en el cuartito, lavado las cortinas y cambiado las sábanas, y comprado una botellita de oporto para brindar por su felicidad. Cuando Ana empezaba a vaciar las maletas, llamó aparte a Santiago y le entregó un sobre con una sonrisita misteriosa: la había traído anteayer su hermanita. La letra miraflorina de la Teté, Zavalita, ¡bandido nos enteramos que te casaste!, su sintaxis gótica, ¡y qué tal raza por el periódico! Todos estaban furiosos contigo (no te lo creas supersabio) y locos por conocer a mi cuñada. Que vinieran a la casa volando, iban a buscarte mañana y tarde porque se morían por conocerla. Qué loco eras, supersabio, y mil besos de la Teté.

—No te pongas tan pálido —se rió Ana—. Qué tiene que se hayan enterado, ¿acaso íbamos a estar casados en secreto?

—No es eso —dijo Santiago—. Es que, bueno, tienes razón, soy un tonto.

—Claro que eres —volvió a reírse Ana—. Llámalos de una vez, o si quieres vamos a verlos de frente. Ni que fueran ogros, amor.

—Sí, mejor de una vez —dijo Santiago—. Les diré que iremos esta noche.

Con un cosquilleo de lombrices en el cuerpo bajó a llamar por teléfono y apenas dijo ¿aló? oyó el grito victorioso de la Teté: ¡ahí estaba el supersabio, papá! Ahí estaba su voz que se rebalsaba, ¡pero cómo habías hecho eso, loco!, su euforia, ¿de veras te habías casado?, su curiosidad, ¿con quién, loco?, su impaciencia, cuándo y cómo y dónde, su risita, pero por qué ni les dijiste que tenías enamorada, sus preguntas, ¿te habías robado a mi cuñada, se habían casado escapándose, era ella menor de edad? Cuenta, cuenta, hombre.

—Primero déjame hablar —dijo Santiago—. No puedo contestarte todo eso a la vez.

—¿Se llama Ana? —estalló de nuevo la Teté—. ¿Cómo es, de dónde es, cómo se apellida, yo la conozco, qué edad tiene?

—Mira, mejor le preguntas todo eso a ella —dijo Santiago—. ¿Van a estar a la noche en la casa?

—Por qué esta noche, idiota —gritó la Teté—. Vengan ahorita. ¿No ves que nos morimos de curiosidad?

—Iremos a eso de las siete —dijo Santiago—. A comer, okey. Chau, Teté.

Se había arreglado para esa visita más que para el matrimonio, Zavalita. Había ido a peinarse a una peluquería, pedido a doña Lucía que la ayudara a planchar una blusa, se había probado todos sus vestidos y zapatos y mirado y remirado en el espejo y demorado una hora en pintarse la boca y las uñas. Piensa: pobre flaquita. Había estado muy segura toda la tarde, mientras cotejaba y decidía su vestuario, muy risueña haciéndote preguntas sobre don Fermín y la señora Zoila y el Chispas y la Teté, pero al atardecer, cuando paseaba delante de Santiago, ¿cómo le quedaba esto amor, le caía esto otro amor?, ya su locuacidad era excesiva, su desenvoltura demasiado artificial y había esas chispitas de angustia en sus ojos. En el taxi, camino a Miraflores, había estado muda y seria, con la inquietud estampada en la boca.

—¿Me van a mirar como a un marciano, no? —dijo de pronto.

—Como a una marciana, más bien —dijo Santiago—. Qué te importa.

Sí le importó, Zavalita. Al tocar el timbre de la casa, la sintió buscar su brazo, la vio protegerse el peinado con la mano libre. Era absurdo, qué hacían aquí, por qué tenían que pasar ese examen: habías sentido furia, Zavalita. Ahí estaba la Teté, vestida de fiesta en el umbral, saltando. Besó a Santiago, abrazó y besó a Ana, decía cosas, daba grititos, y ahí estaban los ojitos de la Teté, como un minuto después los ojitos del Chispas y los ojos de los papás, buscándola, trepanándola, autopsiándola. Entre las risas, chillidos y abrazos de la Teté, ahí estaban ese par de ojos. La Teté cogió del brazo a cada uno, cruzó con ellos el jardín sin dejar un segundo de hablar, arrastrándolos en su remolino de exclamaciones y preguntas y felicidades, y lanzando siempre las inevitables, veloces miradas de soslayo hacia Ana que se tropezaba. Toda la familia esperaba reunida en la sala. El Tribunal, Zavalita. Ahí estaba: incluso Popeye, incluso Cary, la novia de Chispas, todos de fiesta. Cinco pares de fusiles, piensa, apuntando y disparando al mismo tiempo contra Ana. Piensa: la cara de la mamá. No la conocías bien a la mamá, Zavalita, creías que tenía más dominio de sí misma, más mundo, que se gobernaba mejor. Pero no disimuló ni su contrariedad ni su estupor ni su desilusión; sólo su cólera, al principio y a medias. Fue la última en acercarse a ellos, como un penitente que arrastra cadenas, lívida. Besó a Santiago murmurando algo que no entendiste —le temblaba el labio, piensa, le habían crecido los ojos— y después y con esfuerzo se volvió hacia Ana que estaba abriendo los brazos. Pero ella no la abrazó ni le sonrió; se inclinó apenas, rozó con su mejilla la de Ana y se apartó al instante: hola, Ana. Endureció todavía más la cara, se volvió hacia Santiago y Santiago miró a Ana: había enrojecido de golpe y ahora don Fermín trataba de arreglar las cosas. Se había precipitado hacia Ana, así que ésta era su nuera, la había abrazado de nuevo, éste el secreto que les tenía escondido el flaco. El Chispas abrazó a Ana con una sonrisa de hipopótamo y a Santiago le dio un palmazo en la espalda exclamando cortado qué guardadito te lo tenías. También en él aparecía a ratos la misma expresión embarazada y funeral que ponía don Fermín cuando descuidaba su cara un segundo y olvidaba sonreír. Sólo Popeye parecía divertido y a sus anchas. Menudita, rubiecita, con su voz de pito y su vestido negro de crepé, Cary había comenzado a hacer preguntas antes de que se sentaran, con una risita inocente que escarapelaba. Pero la Teté se había portado bien, Zavalita, hecho lo imposible por rellenar los vacíos con púas de la conversación, por endulzar el trago amargo que la mamá, queriendo o sin querer, le hizo pasar a Ana esas dos horas. No le había dirigido la palabra ni una vez y cuando don Fermín, angustiosamente jocoso, abrió una botella de champagne y trajeron bocaditos, olvidó pasarle a Ana la fuente de palitos de queso. Y había permanecido tiesa y desinteresada —el labio siempre temblándole, las pupilas dilatadas y fijas—, cuando Ana, acosada por Cary y la Teté, explicó, equivocándose y contradiciéndose, cómo y dónde se habían casado. En privado, sin partes, sin fiesta, qué locos, decía la Teté, y Cary qué sencillo, qué bonito, y miraba al Chispas. A ratos, como recordando que debía hacerlo, don Fermín salía de su mutismo con un pequeño sobresalto, se adelantaba en el asiento y decía algo cariñoso a Ana. Qué incómodo se lo notaba, Zavalita, qué trabajo le costaba esa naturalidad, esa familiaridad. Habían traído más bocaditos, don Fermín sirvió una segunda copa de champagne, y en los segundos que bebían había un fugaz alivio en la tensión. De reojo, Santiago veía el empeño de Ana por tragar los bocaditos que le pasaba la Teté, y respondía como podía a las bromas —cada vez más tímidas, más falsas— que le hacía Popeye. Parecía que el aire se fuera a encender, piensa, que una fogata fuera a aparecer en medio del grupo. Imperturbable, con tenacidad, con salud, Cary metía la pata a cada instante. Abría la boca, ¿en qué colegio estudiaste, Ana?, y condensaba la atmósfera, ¿el María Parado de Bellido era un colegio nacional, no?, y añadía tics y temblores, ¡ah, había estudiado enfermería!, a la cara de la mamá, ¿pero no para voluntaria de la Cruz Roja sino como profesión? Así que sabías poner inyecciones Ana, así que habías trabajado en La Maison de Santé y en el Hospital Obrero de Ica. Ahí la mamá, Zavalita, pestañeando, mordiéndose el labio, revolviéndose en el asiento como si fuera un hormiguero. Ahí el papá, la mirada en la punta del zapato, escuchando, alzando la cabeza y porfiando por sonreír contigo y con Ana. Encogida en el asiento, una tostada con anchoas bailando entre sus dedos, Ana miraba a Cary como un atemorizado alumno al examinador. Un momento después se levantó, fue hacia la Teté y le habló al oído en medio de un silencio eléctrico. Claro, dijo la Teté, ven conmigo. Se alejaron, desaparecieron en la escalera, y Santiago miró a la señora Zoila. No decía nada todavía, Zavalita. Tenía el ceño fruncido, su labio temblaba, te miraba. Pensabas no le va a importar que estén aquí Popeye y Cary, piensa, es más fuerte que ella, no se va a aguantar.

—¿No te da vergüenza? —su voz era dura y profunda, los ojos se le enrojecían, hablaba y se retorcía las manos—. ¿Casarte así, a escondidas, así? ¿Hacerles pasar esta vergüenza a tus padres, a tus hermanos?

Don Fermín seguía cabizbajo, absorto en sus zapatos, y a Popeye se le había cristalizado la sonrisa y parecía idiota. Cary miraba a uno y a otro, descubriendo que ocurría algo, preguntando con los ojos qué pasa, y el Chispas había cruzado los brazos y observaba a Santiago con severidad.

—Éste no es el momento, mamá —dijo Santiago—. Si hubiera sabido que te ibas a poner así, no venía.

—Hubiera preferido mil veces que no vinieras —dijo la señora Zoila, alzando la voz—. ¿Me oyes, me oyes? Mil veces no verte más que casado así, pedazo de loco.

—Cállate, Zoila —don Fermín la había cogido del brazo, Popeye y el Chispas miraban asustados hacia la escalera, Cary había abierto la boca—. Hija, por favor.

—¿No ves con quién se ha casado? —sollozó la señora Zoila—. ¿No te das cuenta, no ves? ¿Cómo voy a aceptar, cómo voy a ver a mi hijo casado con una que puede ser su sirvienta?

—Zoila, no seas idiota —pálido también él, Zavalita, aterrorizado también él—. Qué estupideces dices, hija. La chica te va a oír. Es la mujer de Santiago, Zoila.

La voz enronquecida y atolondrada del papá, Zavalita, los esfuerzos de él y del Chispas por calmar, callar a la mamá que sollozaba a gritos. La cara de Popeye estaba pecosa y granate, Cary se había acurrucado en el asiento como si hiciera un frío polar.

—No la vas a ver nunca más pero ahora cállate, mamá —dijo Santiago, por fin—. No te permito que la insultes. Ella no te ha hecho nada y...

—¿No me ha hecho nada, nada? —rugió la señora Zoila, tratando de zafarse del Chispas y de don Fermín—. Te engatusó, te volteó la cabeza ¿y esa huachafita no me ha hecho nada?

Uno mexicano, piensa, uno de esos que te gustan. Piensa: sólo faltaron mariachis y charros, amor. El Chispas y don Fermín se habían llevado por fin a la señora Zoila casi a rastras hacia el escritorio y Santiago estaba de pie. Mirabas la escalera, Zavalita, ubicabas el baño, calculabas la distancia: sí, había oído. Ahí estaba esa indignación que no sentías hacía años, ese odio santo de los tiempos de Cahuide y la revolución, Zavalita. Adentro se oían los gemidos de la mamá, la desolada voz recriminatoria del papá. El Chispas había regresado a la sala un momento después, congestionado, increíblemente furioso:

—Le has hecho dar un vahído a la mamá —él furioso, piensa, el Chispas furioso, el pobre Chispas furioso—. No se puede vivir en paz aquí por tus locuras, parece que no tuvieras otra cosa que hacer que darles colerones a los viejos.

—Chispas, por favor —pió Cary, levantándose—. Por favor, por favor, Chispas.

—No pasa nada, amor —dijo el Chispas—. Sino que este loco siempre hace las cosas mal. El papá tan delicado y éste...

—A la mamá le puedo aguantar ciertas cosas pero no a ti —dijo Santiago—. No a ti, Chispas, te advierto.

—¿Me adviertes a mí? —dijo el Chispas, pero ya Cary y Popeye lo habían sujetado y lo hacían retroceder: ¿de qué se ríe, niño?, dice Ambrosio. No te reías, Zavalita, mirabas la escalera y oías a tu espalda la estrangulada voz de Popeye: no se calienten hombre, ya pasó hombre. ¿Estaba llorando y por eso no bajaba, subías a buscarla o esperabas? Aparecieron por fin en lo alto de la escalera y la Teté miraba como si hubiera fantasmas o demonios en la sala, pero tú te habías portado soberbiamente corazón, piensa, mejor que María Félix en ésa, que Libertad Lamarque en esa otra. Bajó la escalera despacio, agarrada al pasamano, mirando sólo a Santiago, y al llegar dijo con voz firme:

—¿Ya es tarde, no? ¿Ya tenemos que irnos, no amor?

—Sí —dijo Santiago—. Aquí en el óvalo conseguiremos un taxi.

—Nosotros los llevamos —dijo Popeye, casi gritando—. ¿Los llevamos, no Teté?

—Claro —balbuceó la Teté—. Como paseando.

Ana dijo hasta luego, pasó junto al Chispas y Cary sin darles la mano, y caminó rápidamente hacia el jardín, seguida por Santiago, que no se despidió. Popeye se adelantó a ellos a saltos para abrir la puerta de calle y dejar pasar a Ana; luego corrió como si lo persiguieran y trajo su carro y se bajó de un brinco a abrirle la puerta a Ana: pobre pecoso. Al principio no hablaron. Santiago se puso a fumar, Popeye a fumar, muy derecha en el asiento Ana miraba por la ventanilla.

—Ya sabes, Ana, llámame por teléfono —dijo la Teté, con la voz todavía estropeada, cuando se despidieron en la puerta de la pensión—. Para que te ayude a buscar departamento, para cualquier cosa.

—Claro —dijo Ana—. Para que me ayudes a buscar departamento, listo.

—Tenemos que salir los cuatro juntos, flaco —dijo Popeye, sonriendo con toda la boca y pestañeando con furia—. A comer, al cine. Cuando ustedes quieran, hermano.

—Claro, por supuesto —dijo Santiago—. Te llamo un día de éstos, pecoso.

En el cuarto, Ana se puso a llorar tan fuerte que doña Lucía vino a preguntar qué pasaba. Santiago la calmaba, le hacía cariños, le explicaba y Ana por fin se había secado los ojos. Entonces comenzó a protestar y a insultarlos: no iba a verlos nunca más, los detestaba, los odiaba. Santiago le daba la razón: sí corazón, claro amor. No sabía por qué no había bajado y la había cacheteado a la vieja esa, a la vieja estúpida esa: sí corazón. Aunque fuera tu madre, aunque fuera mayor, para que aprendiera a decirle huachafa, para que viera: claro amor.

—Está bien —dijo Ambrosio—. Ya me lavé, ya estoy limpio.

—Está bien —dijo Queta—. ¿Qué fue lo que pasó? ¿No estaba yo en esa fiestecita?

—No —dijo Ambrosio—. Iba a ser una fiestecita y no fue. Pasó algo y muchos invitados no se presentaron. Sólo tres o cuatro, y entre ellos, él. La señora estaba furiosa, me han hecho un desaire decía.

—La loca se cree que Cayo Mierda da esas fiestecitas para que ella se divierta —dijo Queta—. Las da para tener contentos a sus compinches.

Estaba echada en la cama, boca arriba como él, los dos ya vestidos, los dos fumando. Arrojaban la ceniza en una cajita de fósforos vacía que él tenía sobre el pecho; el cono de luz caía sobre sus pies, sus caras estaban en la sombra. No se oía música ni conversaciones; sólo, de rato en rato, el remoto quejido de una cerradura o el paso rugiente de un vehículo por la calle.

—Ya me había dado cuenta que esas fiestecitas son interesadas —dijo Ambrosio—. ¿Usted cree que a la señora la tiene sólo por eso? ¿Para que agasaje a sus amigos?

—No sólo por eso —se rió Queta, con una risita pausada e irónica, mirando el humo que arrojaba—. También porque la loca es guapa y le aguanta sus vicios. ¿Qué fue lo que pasó?

—También se los aguanta usted —dijo él, respetuosamente, sin ladearse a mirarla.

—¿Yo se los aguanto? —dijo Queta, despacio; esperó unos segundos, mientras apagaba la colilla, y se volvió a reír, con la misma lenta risa burlona—. También los tuyos ¿no? Te cuesta caro venir a pasar un par de horas aquí ¿no?

—Más me costaba en el bulín —dijo Ambrosio; y añadió, como en secreto—. Usted no me cobra el cuarto.

—Pues a él le cuesta muchísimo más que a ti ¿ves? —dijo Queta—. Yo no soy lo mismo que ella. La loca no lo hace por plata, no es interesada. Tampoco porque lo quiera, claro. Lo hace porque es inocente. Yo soy como la segunda dama del Perú, Quetita. Aquí vienen embajadores, ministros. La pobre loca. Parece que no se diera cuenta que van a San Miguel como al burdel. Cree que son sus amigos, que van por ella.

—Don Cayo sí se da cuenta —murmuró Ambrosio—. No me consideran su igual estos hijos de puta, dice. Me lo dijo un montón de veces cuando trabajaba con él. Y que lo adulan porque lo necesitan.

—El que los adula es él —dijo Queta, y sin transición—: ¿Qué fue, cómo pasó? Esa noche, en esa fiestecita.

—Yo lo había visto ahí varias veces —dijo Ambrosio, y hubo un cambio ligerísimo en su voz: una especie de fugitivo movimiento retráctil—. Sabía que se tuteaba con la señora, por ejemplo. Desde que comencé con don Cayo su cara me era conocida. Lo había visto veinte veces, quizás. Pero creo que él nunca me había visto a mí. Hasta esa fiestecita, esa vez.

—¿Y por qué te hicieron entrar? —se distrajo Queta—. ¿Te habían hecho entrar a alguna fiestecita otra vez?

—Sólo una vez, esa vez —dijo Ambrosio—. Ludovico estaba enfermo y don Cayo lo había mandado a dormir. Yo estaba en el auto, sabiendo que me daría un sentanazo de toda la noche, y en eso salió la señora y me dijo ven a ayudar.

—¿La loca? —dijo Queta, riéndose—. ¿A ayudar?

—A ayudar de verdad, la habían botado a la muchacha, o se había ido o algo —dijo Ambrosio—. Ayudar a pasar platos, a abrir botellas, a sacar más hielo. Yo nunca había hecho eso, imagínese —se calló, se rió—. Ayudé pero mal. Rompí dos vasos.

—¿Quiénes estaban? —dijo Queta—. ¿La China, Lucy, Carmincha? ¿Cómo ninguna se dio cuenta?

—No conozco sus nombres —dijo Ambrosio—. No, no había mujeres. Sólo tres o cuatro hombres. Y a él yo lo había estado viendo, en esas entradas con el hielo o los platos. Se tomaba sus tragos pero no perdía los estribos, como los otros. No se emborrachó. O no parecía.

—Es elegante, las canas le sientan —dijo Queta—. Debe haber sido buen mozo de joven. Pero tiene algo que fastidia. Se cree un emperador.

—No —insistió Ambrosio, con firmeza—. No hacía ninguna locura, no se disforzaba. Se tomaba sus copas y nada más. Yo lo estaba viendo. No, no se cree nada. Yo lo conozco, yo sé.

—Pero qué te llamó la atención —dijo Queta—. Qué tenía de raro que te mirara.

—Nada de raro —murmuró Ambrosio, como excusándose. Su voz se había apagado y era íntima y densa. Explicó despacio—: Me habría mirado antes cien veces, pero de repente me pareció que se dio cuenta que me estaba mirando. Ya no más como a una pared. ¿Ve?

—La loca estaría cayéndose, no se dio cuenta —se distrajo Queta—. Se quedó asombrada cuando supo que te ibas a trabajar con él. ¿Estaba cayéndose?

—Yo entraba a la sala y sabía que ahí mismo se ponía a mirarme —susurró Ambrosio—. Tenía los ojos medio riendo, medio brillando. Como si estuviera diciéndome algo. ¿Ve?

—¿Y todavía no te diste cuenta? —dijo Queta—. Te apuesto que Cayo Mierda sí.

—Me di cuenta que era rara esa manera de mirar —murmuró Ambrosio—. Por lo disimulada. Levantaba el vaso, para que don Cayo creyera que iba a tomar un trago, y yo me daba cuenta que no era para eso. Me ponía los ojos encima y no me los quitaba hasta que salía del cuarto.

Queta se echó a reír y él se calló al instante. Esperó, inmóvil, que ella dejara de reír. Ahora fumaban de nuevo los dos, tumbados de espalda, y él había posado su mano sobre la rodilla de ella. No la acariciaba, la dejaba descansar ahí, tranquila. No hacía calor, pero en el segmento de piel desnuda en que se tocaban sus brazos, había brotado el sudor. Se oyó una voz en el pasillo, alejándose. Luego un auto de motor quejumbroso. Queta miró el reloj del velador: eran las dos.

—En una de ésas le pregunté si le servía más hielo —murmuró Ambrosio—. Ya se habían ido los otros invitados, la fiesta se estaba acabando, sólo quedaba él. No me contestó nada. Cerró y abrió los ojos de una manerita difícil de explicar. Medio desafiadora, medio burlona. ¿Ve?

—¿Y no te habías dado cuenta? —insistió Queta—. Eres tonto.

—Soy —dijo Ambrosio—. Pensé se está haciendo el borracho, pensé a lo mejor está y quiere divertirse a mi costa. Yo me había tomado mis tragos en la cocina y pensé a lo mejor estoy borracho y me parece. Pero la próxima vez que entraba decía no, qué le pica. Serían las dos, las tres, qué sé yo. Entré a cambiar un cenicero, creo. Ahí me habló.

—Siéntate aquí un rato —dijo don Fermín—. Tómate un trago con nosotros.

—No era una invitación sino casi una orden —murmuró Ambrosio—. No sabía mi nombre. A pesar de que se lo habría oído a don Cayo cien veces, no lo sabía. Después me contó.

Queta se echó a reír, él se calló y esperó. Un aura de luz llegaba a la silla y alumbraba las ropas mezcladas de él. El humo planeaba sobre ellos, dilatándose, deshaciéndose en sigilosos ritmos curvos. Pasaron dos autos seguidos y veloces como haciendo carreras.

—¿Y ella? —dijo Queta, riéndose ya apenas—. ¿Y Hortensia?

Los ojos de Ambrosio revolotearon en un mar de confusión: don Cayo no parecía disgustado ni asombrado. Lo miró un instante serio y luego le hizo con la cabeza que sí, hazle caso, siéntate. El cenicero danzaba tontamente en la mano alzada de Ambrosio.

—Se había quedado dormida —dijo Ambrosio—. Echada en el sillón. Habría tomado muchísimo. Me sentí mal ahí, sentado en la puntita de la silla. Raro, avergonzado, mal.

Se frotó las manos, y por fin, con una solemnidad ceremoniosa, dijo salud sin mirar a nadie y bebió. Queta se había vuelto para verle la cara: tenía los ojos cerrados, los labios juntos y transpiraba.

—A este paso te nos vas a marear —se echó a reír don Fermín—. Anda, sírvete otro trago.

—Jugando contigo como el gato con el ratón —murmuró Queta, con asco—. A ti te gusta eso, ya me he dado cuenta. Ser el ratón. Que te pisen, que te traten mal. Si yo no te hubiera tratado mal no te pasarías la vida juntando plata para subir aquí a contarme tus penas. ¿Tus penas? Las primeras veces creía que sí, ahora ya no. A ti todo lo que te pasa te gusta.

—Sentado ahí, como a un igual, dándome trago —dijo él, con el mismo opaco, enrarecido, ido tono de voz—. Parecía que a don Cayo no le importaba o se hacía el que no. Y él no dejaba que me fuera. ¿Ve?

—Dónde vas tú, quieto ahí —bromeó, ordenó por décima vez don Fermín—. Quieto ahí, dónde vas tú.

—Estaba diferente de todas las veces que lo había visto —dijo Ambrosio—. Esas que él no me había visto a mí. Por su manera de mirar y también de hablar. Hablaba sin parar, de cualquier cosa, y, de repente, decía una lisura. Él que se lo veía tan educado y con ese aspecto de…

Dudó y Queta ladeó un poco la cabeza para observarlo: ¿aspecto de?

—De un gran señor —dijo Ambrosio muy rápido—. De presidente, qué sé yo.

Queta lanzó una risita curiosa e impertinente, regocijada, se desperezó y, al hacerlo, su cadera rozó la de él: sintió que instantáneamente la mano de Ambrosio se animaba sobre su rodilla, que avanzaba bajo la falda y tentaba con ansiedad su muslo, que lo pesaba de arriba abajo, de abajo arriba, a todo lo que daba su brazo. No lo riñó, no lo paró y escuchó su propia risita regocijada otra vez.

—Te estaba ablandando con trago —dijo—. ¿Y la loca, y ella?

Ella levantaba la cabeza de rato en rato igual que si saliera del agua, miraba la sala con extraviados ojos húmedos sonámbulos, cogía su vaso y se lo llevaba a la boca y bebía, murmuraba algo incomprensible y se sumergía otra vez. ¿Y Cayo Mierda, y él? Él bebía con regularidad, participaba con monosílabos en la conversación y se portaba como si fuera la cosa más natural que Ambrosio estuviera sentado ahí bebiendo con ellos.

—Así se pasaba el rato —dijo Ambrosio: su mano se sosegó, volvió a la rodilla—. Los tragos me quitaron la vergüenza y ya le soportaba su miradita y le contestaba sus bromas. Sí me gusta el whisky, don, claro que no es la primera vez que tomo whisky, don.

Pero ahora don Fermín no lo escuchaba o parecía que no: lo tenía retratado en los ojos, Ambrosio los miraba y se veía ¿veía? Queta asintió, y, de repente, don Fermín tomó apurado el conchito de su vaso y se paró: estaba cansado, don Cayo, era hora de irse. Cayo Bermúdez también se levantó:

—Que lo lleve Ambrosio, don Fermín —dijo, recogiendo un bostezo en su puño cerrado—. No necesito el auto hasta mañana.

—Quiere decir que no sólo sabía —dijo Queta, moviéndose—. Por supuesto, por supuesto. Quiere decir que Cayo Mierda preparó todo eso.

—No sé —la cortó Ambrosio, volteándose, la voz de repente agitada, mirándola. Hizo una pausa, volvió a tumbarse de espaldas—. No sé si sabía, si lo preparó. Quisiera saber. Él dice que tampoco sabe. ¿A usted no le ha?

—Sabe ahora, eso es lo único que yo sé —se rió Queta—. Pero ni yo ni la loca le hemos podido sonsacar si lo preparó. Cuando quiere, es una tumba.

—No sé —repitió Ambrosio. Su voz se hundió en un pozo y renació debilitada y turbia—. Él tampoco sabe. A veces dice sí, tiene que saber; otras no, puede que no sepa. Yo lo he visto ya bastantes veces a don Cayo y nunca me ha hecho notar que sepa.

—Estás completamente loco —dijo Queta—. Claro que ahora sabe. Ahora quién no.

Los acompañó hasta la calle, ordenó a Ambrosio mañana a las diez, dio la mano a don Fermín y regresó a la casa cruzando el jardín. Ya estaba por amanecer, había unas rayitas azules atisbando en el cielo y los policías de la esquina murmuraron buenas noches con unas voces estropeadas por el desvelo y los cigarrillos.

—Y ahí otra cosa más rara —susurró Ambrosio—. No se sentó atrás, como le correspondía, sino junto a mí. Ahí sospeché ya, pero no podía creer que fuera cierto. No podía ser, tratándose de él.

—Tratándose de él —deletreó Queta, con asco. Se ladeó—: ¿Por qué eres tú tan servil, tan?

—Pensé es para demostrarme un poco de amistad —susurró Ambrosio—. Adentro te traté como a un igual, ahora te sigo tratando lo mismo. Pensé algunos días le dará por el criollismo, por tutearse con el pueblo. No, no sé qué pensé.

—Sí —dijo don Fermín, cerrando la puerta con cuidado y sin mirarlo—. Vamos a Ancón.

—Le vi su cara y parecía el de siempre, tan elegante, tan decente —dijo quejumbrosamente Ambrosio—. Me puse muy nervioso ¿ve? ¿A Ancón dijo, don?

—Sí, a Ancón —asintió don Fermín, mirando por la ventanilla el poquito de luz del cielo—. ¿Tienes bastante gasolina?

—Yo sabía donde vivía, lo había llevado una vez desde la oficina de don Cayo —se quejó Ambrosio—. Arranqué y en la avenida Brasil me atreví a preguntarle. ¿No va a su casa de Miraflores, don?

—No, voy a Ancón —dijo don Fermín, mirando ahora adelante; pero un momento después se volvió a mirarlo y era otra persona ¿ve?—. ¿Tienes miedo de ir solo conmigo hasta Ancón? ¿Tienes miedo de que te pase algo en la carretera?

—Y se echó a reír —susurró Ambrosio—. Y yo también, pero no me salía. No podía. Estaba muy nervioso, ya sabía.

Queta no se rió: se había ladeado, apoyado en su brazo y lo miraba. Él seguía de espaldas, inmóvil, había dejado de fumar y su mano yacía muerta sobre su rodilla desnuda. Pasó un auto, un perro ladró. Ambrosio había cerrado los ojos y respiraba con las narices muy abiertas. Su pecho subía y bajaba lentamente.

—¿Era la primera vez? —dijo Queta—. ¿Antes nunca nadie te había?

—Sí, sentía miedo —se quejó él—. Subí por Brasil, por Alfonso Ugarte, crucé el Puente del Ejército y los dos callados. Sí, la primera vez. No había ni un alma en las calles. En la carretera tuve que poner las luces altas porque había neblina.

Estaba tan nervioso que empecé a acelerar. De repente vi la aguja en noventa, en cien ¿ve? Fue ahí. Pero no choqué.

—Ya apagaron las luces de la calle —se distrajo un instante Queta, y volvió—: ¿Sentiste qué?

—Pero no choqué, no choqué —repitió él con furia, estrujando la rodilla—. Sentí que me desperté, sentí que, pero pude frenar.

De golpe, como si en la mojada carretera hubiera surgido un intempestivo camión, un burro, un árbol, un hombre, el auto patinó chirriando salvajemente y chicoteó a derecha e izquierda y zigzagueó, pero sin salirse de la carretera. Brincando, crujiendo, recuperó el equilibrio cuando pareció que se volcaba y ahora Ambrosio disminuyó la velocidad, temblando.

—¿Usted cree que con el frenazo, con la patinada me soltó? —se quejó Ambrosio, vacilando—. La mano seguía aquí, así.

—Quién te ordenó parar —dijo la voz de don Fermín—. He dicho a Ancón.

—Y la mano ahí, aquí —susurró Ambrosio—. Yo no podía pensar y arranqué de nuevo y no sé. No sé ¿ve? De repente otra vez noventa, cien en la aguja. No me había soltado. La mano seguía así.

—Te caló apenas te vio —murmuró Queta, echándose de espaldas—. Una ojeada y vio que te haces humo si te tratan mal. Te vio y se dio cuenta que si te ganan la moral te vuelves un trapo.

—Pensaba voy a chocar y aumentaba la velocidad —se quejó Ambrosio, jadeando—. La aumentaba ¿ve?

—Se dio cuenta que te morirías de miedo —dijo Queta con sequedad, sin compasión—. Que no harías nada, que contigo podía hacer lo que quería.

—Voy a chocar, voy a chocar —jadeó Ambrosio—. Y hundía el pie. Sí, tenía miedo ¿ve?

—Tenías miedo porque eres un servil —dijo Queta con asco—. Porque él es blanco y tú no, porque él es rico y tú no. Porque estás acostumbrado a que hagan contigo lo que quieran.

—La cabeza me daba sólo para eso —susurró Ambrosio, más agitado—. Si no me suelta voy a chocar. Y su mano aquí, así. ¿Ve? Así hasta Ancón.

Ambrosio había vuelto de Transportes Morales con una cara que Amalia inmediatamente había pensado le fue mal. No le había preguntado nada. Lo había visto cruzar a su lado silencioso y sin mirarla, salir a la huerta, sentarse en la silleta desfondada, sacarse los zapatos, prender un cigarrillo rascando el fósforo con ira y ponerse a mirar la hierba con ojos asesinos.

—Esa vez no hubo chifita ni cerveciolas —dice Ambrosio—. Entré a su oficina y ahí nomás me aguantó con un gesto que quería decir estás salmuera, negro.

Además se había llevado el índice de la mano derecha al cogote y serruchado, y luego a la sien y disparado: pum, Ambrosio. Pero sin dejar de sonreír con su cara ancha y sus saltones ojos experimentados. Se abanicaba con un periódico: mal negro, pura pérdida. Casi no se habían vendido ataúdes y estos dos últimos meses él había tenido que pagar de su bolsillo el alquiler del local, el sueldito del idiota y lo que se debía a los carpinteros: ahí estaban los recibitos. Ambrosio los había manoseado sin verlos, Amalia, y se había sentado frente al escritorio: qué malas noticias le daba, don Hilario.

—Malísimas —había reconocido él—. El momento está tan malo para los negocios que la gente no tiene plata ni para morirse.

—Voy a decirle una cosa, don Hilario —había dicho Ambrosio, después de un momento, con todo respeto—. Fíjese, seguro usted tiene razón. Seguro que dentro de poco el negocio dará ganancias.

—Segurísimo —había dicho don Hilario—. El mundo es de los pacientes.

—Pero yo ando mal de plata y mi mujer espera otro hijo —había continuado Ambrosio—. Así que aunque quisiera tener paciencia, no puedo.

Una sonrisita intrigada y sorprendida había redondeado la cara de don Hilario, que seguía abanicándose con una mano y había empezado a hurgarse el diente con la otra: dos hijos no era nada, lo bravo era llegar a la docena como él, Ambrosio.

—Así que voy a dejarle Ataúdes Limbo para usted solito —había explicado Ambrosio—. Prefiero que me devuelva mi parte. Para trabajarla por mi cuenta, don. A ver si tengo más suerte.

Entonces había empezado con sus cocorocós, Amalia, y Ambrosio se había callado, como para concentrarse mejor en la matanza de todo lo que estaba cerca: la hierba, los árboles, Amalita Hortensia, el cielo. No se había reído. Había observado a don Hilario que se estremecía en su silla, abanicándose de prisa, y esperado con parsimoniosa seriedad que dejara de reírse.

—¿Así que creías que era una cuenta de ahorro? —había tronado al fin, secándose la transpiración de la frente, y la risa lo había vencido de nuevo—. ¿Que uno ponía y sacaba la plata cuando quería?

—Cocorocó, quiquiriquí —dice Ambrosio—. Lloró de risa, se puso colorado de risa, se cansó de reírse. Y yo esperando, tranquilo.

—No es tontería ni viveza pero no sé qué es —había golpeado la mesa don Hilario, congestionado y húmedo—.

Dime qué es lo que crees que soy. ¿Cojudo, imbécil, qué soy yo?

—Primero se ríe, después se enoja —había dicho Ambrosio—. No sé qué le pasa a usted, don.

—Si te digo que el negocio se hunde ¿qué cosa es lo que se está hundiendo? —se había hasta puesto a hacer adivinanzas, Amalia, y había mirado a Ambrosio con lástima—. Si tú y yo ponemos en un bote quince mil soles cada uno y el bote se hunde en el río ¿qué cosa es lo que se hunde con el bote?

—Ataúdes Limbo no se ha hundido —había afirmado Ambrosio—. Ahí sigue enterita frente a mi casa.

—¿Quieres venderla, traspasarla? —había preguntado don Hilario—. Yo encantado, ahora mismo. Sólo tienes que encontrar un manso que quiera cargar con el muerto. No alguien que te dé los treinta mil que metimos, eso ni un loco. Alguien que la acepte regalada y quiera hacerse cargo del idiota y lo que se debe a los carpinteros.

—¿Quiere decir que nunca más voy a ver ni un sol de los quince mil que le di? —había dicho Ambrosio.

—Alguien que al menos me devuelva la plata extra que te he adelantado —había dicho don Hilario—. Mil doscientos ya, aquí están los recibitos. ¿O ya ni te acordabas?

—Quéjate a la policía, denúncialo —había dicho Amalia—. Que lo obliguen a devolverte tu plata.

Esa tarde, mientras Ambrosio fumaba un cigarrillo tras otro, instalado en la silla desfondada, Amalia había sentido ese inubicable escozor, esos vacíos ácidos en la boca del estómago de sus peores momentos con Trinidad: ¿iban a comenzar otra vez las desgracias aquí? Habían comido mudos y luego se había presentado doña Lupe a conversar, pero al verlos tan serios se había despedido al ratito. En la noche, acostados, Amalia le había preguntado qué vas a hacer. No sabía todavía, Amalia, estaba pensando. Al día siguiente, Ambrosio había partido tempranito, sin llevarse el fiambre para el viaje. Amalia había sentido náuseas y cuando entró doña Lupe, a eso de las diez, la había encontrado vomitando. Estaba contándole lo que pasaba cuando había llegado Ambrosio: pero cómo, ¿no se había ido a Tingo? No, El Rayo de la Montaña estaba en reparación en el garaje. Había ido a sentarse a la huerta, pasado toda la mañana allí, pensando. Al mediodía Amalia lo había llamado a almorzar y estaban comiendo cuando había entrado el hombre casi corriendo. Se había cuadrado delante de Ambrosio que no había atinado ni a pararse: don Hilario.

—Esta mañana has estado desparramando insolencias por el pueblo —morado de cólera, doña Lupe, alzando tanto la voz que Amalita Hortensia se había despertado llorando—. Diciendo en la plaza que Hilario Morales te robó tu plata.

Amalia había sentido que le volvían las náuseas del desayuno. Ambrosio no se había movido: ¿por qué no se paraba, por qué no le contestaba? Nada, había seguido sentado, mirando al hombre gordito que rugía.

—Además de tonto, eres desconfiado y deslenguado —gritando, gritando—. ¿Así que le has dicho a la gente que me vas a ajustar las clavijas con la policía? Está bien, las cosas claras. Levántate, vamos de una vez.

—Estoy comiendo —había murmurado Ambrosio, apenas—. Adónde quiere que vaya, don.

—A la policía —había bramado don Hilario—. A hacer las cuentas delante del mayor. A ver quién le debe plata a quién, malagradecido.

—No se ponga así, don Hilario —le había rogado Ambrosio—. Le han ido a contar mentiras. Cómo va a creerles a los chismosos. Siéntese, don, permítame ofrecerle una cervecita.

Amalia había mirado a Ambrosio, asombrada: le sonreía, le ofrecía la silla. Se había parado de un salto, corrido a la huerta y vomitado sobre las yucas. Desde ahí, había oído a don Hilario: no estaba para cervecitas, había venido a poner los puntos sobre la íes, que se levantara, vamos a ver al mayor. Y la voz de Ambrosio, rebajándose y adulándolo cada vez más: cómo iba a desconfiar de él, don, sólo se había lamentado de la mala suerte, don.

—Entonces, en el futuro nada de amenazas ni de habladurías —había dicho don Hilario, calmándose un poco—. Cuidadito con ir por ahí ensuciando mi apellido.

Amalia lo había visto dar media vuelta, ir hasta la puerta, volverse y dar un grito más: no quería verlo más por la empresa, no quería tener de chofer a un malagradecido como tú, podía pasar el lunes a cobrar. Sí, ya habían comenzado de nuevo. Pero había sentido más cólera contra Ambrosio que contra don Hilario y entrado al cuarto corriendo:

—Por qué te dejaste tratar así, por qué te achicaste así. Por qué no fuiste a la policía y lo acusaste.

—Por ti —había dicho Ambrosio, mirándola con pena—. Pensando en ti. ¿Ya te olvidaste? ¿Ya ni te acuerdas por qué estamos en Pucallpa? No fui a la policía por ti, me achiqué por ti.

Ella se había puesto a llorar, le había pedido perdón y en la noche había vomitado de nuevo.

—Me dio seiscientos soles de indemnización —dice Ambrosio—. Con eso duramos no sé cómo un mes. Me las pasé buscando trabajo. En Pucallpa es más fácil encontrar oro que trabajo. Por fin conseguí un trabajito de hambre, como colectivero a Yarinacocha. Y al tiempo vino el puntillazo, niño.

VI

¿Esos primeros meses de matrimonio sin ver a los viejos ni a tus hermanos, casi sin saber de ellos, habías sido feliz, Zavalita? Meses de privaciones y de deudas, pero se te han olvidado y los malos periodos nunca se olvidan, piensa. Piensa: a lo mejor habías sido, Zavalita. A lo mejor esa monotonía con estrecheces era la felicidad, esa discreta falta de convicción y de exaltación y de ambición, a lo mejor era esa suave mediocridad en todo. Hasta en la cama, piensa. Desde el principio la pensión les resultó incómoda. Doña Lucía había aceptado que Ana utilizara la cocina a condición que no interfiriera en sus horarios, de modo que Ana y Santiago tenían que almorzar y comer muy temprano o tardísimo. Luego Ana y doña Lucía comenzaron a discutir por el cuarto de baño y la mesa de planchar, el uso de plumeros y escobas y el desgaste de las cortinas y sábanas. Ana había intentado volver a La Maison de Santé, pero no había vacante y debieron pasar dos o tres meses antes de que encontrara un empleo de medio turno en la Clínica Delgado. Entonces empezaron a buscar departamento. Al regresar de *La Crónica*, Santiago encontraba a Ana despierta, revisando los avisos clasificados, y mientras él se desvestía ella le contaba sus gestiones y andanzas. Era su felicidad, Zavalita: marcar los avisos, llamar por teléfono, preguntar y regatear, visitar cinco o seis al salir de la clínica. Y, sin embargo, había sido Santiago el que encontró casualmente la quinta de los duendes de Porta. Había ido a entrevistar a alguien que vivía en Benavides, y, al subir hacia la Diagonal, la descubrió. Ahí estaba: la fachada rojiza, las casitas pigmeas alineadas en torno al pequeño rectángulo de grava, sus ventanitas con rejas y sus voladizos y sus matas de geranios. Había un aviso: se alquilan departamentos. Habían vacilado, ochocientos era mucho. Pero ya estaban hartos de la incomodidad de la pensión y las disputas con doña Lucía y lo tomaron. Habían ido poblando poco a poco los dos cuartitos vacíos, con muebles baratos que pagaban a plazos.

Si Ana tenía su turno en la Clínica Delgado en la mañana, Santiago al despertar a mediodía encontraba el desayuno listo para calentarlo. Se quedaba leyendo hasta que fuera hora de ir al diario o salía a hacer alguna comisión y Ana regresaba a eso de las tres. Almorzaban, él partía a trabajar a las cinco y volvía a las dos de la mañana. Ana estaba hojeando una revista, oyendo radio o jugando naipes con la vecina, la alemana de quehaceres mitómanos (un día era agente de la Interpol, otro exilada política, otro representante de consorcios europeos destacada al Perú en misteriosas misiones) que vivía sola y los días de sol salía a calentarse en el rectángulo en traje de baño. Y ahí estaba el rito de los sábados, Zavalita, tu día libre. Se levantaban tarde, almorzaban en casa, iban a la matiné a un cine de barrio, daban una caminata por el Malecón o el parque Necochea o la avenida Pardo (¿de qué hablábamos?, piensa, ¿de qué hablamos?), siempre por sitios previsiblemente solitarios para no toparse con el Chispas o los viejos o la Teté, al anochecer comían en algún restaurante barato (el Colinita, piensa, los fines de mes en el Gambrinus), en las noches volvían a zambullirse en un cine, uno de estreno si alcanzaba. Al principio, elegían las películas con equidad: una mexicana en la tarde, una policial o un western en la noche. Ahora casi únicamente mexicanas, piensa. ¿Habías comenzado a ceder por llevar la fiesta en paz con Ana o porque ya tampoco te importaba eso, Zavalita? Algún sábado viajaban a Ica a pasar el día con los padres de Ana. No hacían ni recibían visitas, no tenían amigos.

No habías vuelto al Negro-Negro con Carlitos, Zavalita, no habías vuelto con ellos a ver de gorra los shows de las boites ni a los bulines. No se lo pedían, no insistían, y un día empezaron a hacerle bromas: te volvías serio Zavalita, te aburguesabas Zavalita. ¿Había sido Ana feliz, era, eres Anita? Ahí su voz en la oscuridad, una de esas noches en que hacían el amor: no tomas, no eres mujeriego, claro que soy, amor. Una vez Carlitos había llegado a la redacción más borracho que de costumbre; vino a sentarse en el escritorio de Santiago y estuvo mirándolo en silencio, con expresión rencorosa: ya sólo se veían y hablaban en esta tumba, Zavalita. Unos días después, Santiago lo invitó a almorzar a la quinta de los duendes. Trae también a la China, Carlitos, pensando qué dirá, qué hará Ana: no, la China y él estaban peleados. Fue solo y había sido un almuerzo tirante y áspero, arrebozado de mentiras. Carlitos se sentía incómodo, Ana lo miraba con desconfianza y los temas de conversación morían apenas nacían. Desde entonces Carlitos no había vuelto a la casa. Piensa: juro que iré a verte.

El mundo era chico, pero Lima grande y Miraflores infinito, Zavalita: seis, ocho meses viviendo en el mismo barrio sin encontrarse con los viejos ni el Chispas ni la Teté. Una noche en la redacción, Santiago terminaba una crónica cuando le tocaron el hombro: hola, pecoso. Salieron a tomar un café a la Colmena.

—La Teté y yo nos casamos el sábado, flaco —dijo Popeye—. He venido a verte por eso.

—Ya sabía, lo leí en el periódico —dijo Santiago—. Felicidades, pecoso.

—La Teté quiere que seas su testigo en el civil —dijo Popeye—. ¿Le vas a decir que sí, no es cierto? Y Ana y tú tienen que venir al matrimonio.

—Tú te acuerdas de esa escenita en la casa —dijo Santiago—. Supongo que sabes que no he visto a la familia desde entonces.

—Ya está todo arreglado, ya convencimos a tu vieja —la cara rojiza de Popeye se encendió en una sonrisa optimista y fraternal—. También ella quiere que vengan. Y tu viejo, ni se diga. Todos quieren verlos y amistarse de una vez. La van a tratar a Ana con el mayor cariño, verás.

Ya la habían perdonado, Zavalita. El viejo se habría lamentado cada día de esos meses por lo que no venía el flaco, por lo enojado y resentido que estarías, y habría reñido y responsabilizado cien veces a la mamá, y algunas noches habría venido a apostarse en el auto en la avenida Tacna para verte salir de *La Crónica*. Habrían hablado, discutido y la mamá llorado hasta que se acostumbraron a la idea de que estabas casado y con quién. Piensa: hasta que nos, te perdonaron, Anita. Le perdonamos que engatusara y se robara al flaco, le perdonamos que sea cholita: que viniera.

—Hazlo por la Teté y, sobre todo, por tu viejo —insistía Popeye—. Tú sabes cómo te quiere, flaco. Y hasta el Chispas, hombre. Esta misma tarde me dijo que el supersabio se deje de mariconadas y venga.

—Encantado de ser testigo de la Teté, pecoso —también te había perdonado el Chispas, Anita: gracias, Chispas—. Tienes que avisarme qué debo firmar, dónde.

—Y espero que a nuestra casa vendrán siempre ¿no? —dijo Popeye—. Con nosotros no tienes por qué enojarte, ni la Teté ni yo te hicimos nada ¿no? A nosotros Ana nos parece simpatiquísima.

—Pero al matrimonio no vamos a ir, pecoso —dijo Santiago—. No estoy enojado con los viejos ni con el Chispas. Simplemente no quiero otra escenita como ésa.

—No seas terco, hombre —dijo Popeye—. Tu vieja tiene sus prejuicios como todo el mundo, pero en el fondo es buenísima gente. Dale ese gusto a la Teté, flaco, vengan al matrimonio.

Popeye había dejado ya la empresa en la que trabajó al recibirse, la compañía que habían formado con tres compañeros andaba más o menos, flaco, tenían algunos clientes ya. Pero estaba muy ocupado no tanto por la arquitectura, ni siquiera por la novia —te había dado un codazo jovial, Zavalita—, sino por la política: ¿qué manera de quitar tiempo, no flaco?

—¿La política? —dijo Santiago, pestañeando—. ¿Estás metido en política, pecoso?

—Belaunde para todo el mundo —se rió Popeye, mostrando una insignia en el ojal de su saco—. ¿No sabías? Hasta estoy en el comité departamental de Acción Popular. Ni que no leyeras los periódicos.

—No leo nunca las noticias políticas —dijo Santiago—. No sabía nada.

—Belaunde fue mi profesor en la facultad —dijo Popeye—. En las próximas elecciones barreremos. Es un tipo formidable, hermano.

—¿Y qué dice tu padre? —sonrió Santiago—. ¿Él sigue siendo senador odriísta, no?

—Somos una familia democrática —se rió Popeye—. A veces discutimos con el viejo, pero como amigos. ¿Tú no simpatizas con Belaunde? Ya has visto que nos acusan de izquierdistas, aunque sea por eso deberías estar con el arquitecto. ¿O sigues siendo comunista?

—Ya no —dijo Santiago—. No soy nada ni quiero saber nada de política. Me aburre.

—Mal hecho, flaco —lo riñó Popeye, cordialmente—. Si todos pensaran así, este país no cambiaría nunca.

Esa noche, en la quinta de los duendes, mientras Santiago le contaba, Ana había escuchado muy atentamente, los ojos chispeando de curiosidad: por supuesto que no irían al matrimonio, Anita. Ella por supuesto que no, pero él debería ir, amor, era tu hermana. Además dirían Ana no lo dejó ir, la odiarían más, tenía que ir. A la mañana siguiente, cuando Santiago estaba aún en cama, se presentó la Teté en la quinta de los duendes: la cabeza con ruleros que asomaban bajo el pañuelo de seda blanca, espigada y en pantalones y contenta. Parecía que te hubiera estado viendo cada día, Zavalita: se moría de risa viéndote encender la hornilla para calentar el desayuno, examinaba con lupa los dos cuartitos, hurgaba los libros, hasta jaló la cadena del excusado para ver cómo funcionaba. Todo le gustaba: la quinta parecía de muñecas, las casas coloraditas tan igualitas, todo tan chiquitito, tan bonito.

—Deja de revolver las cosas que tu cuñada se va a enojar conmigo —dijo Santiago—. Siéntate y conversa un poco.

La Teté se sentó en el pequeño estante de libros, pero siguió observando el contorno con voracidad. ¿Si estaba enamorada de Popeye? Claro, idiota, ¿se te ocurría que si no se casaría con él? Vivirían con los papás de Popeye un tiempito, hasta que terminaran el edificio en el que los papás del pecoso les habían regalado un departamento. ¿La luna de miel? Irían primero a México y después a Estados Unidos.

—Espero que me mandes postales —dijo Santiago—. Me paso la vida soñando con viajar y hasta ahora sólo he llegado a Ica.

—Ni siquiera la llamaste a la mamá en su cumpleaños, la hiciste llorar a mares —dijo la Teté—. Pero supongo que el domingo vas a venir a la casa con Ana.

—Conténtate con que sea tu testigo —dijo Santiago—. No vamos a ir ni a la iglesia ni a la casa.

—Déjate de idioteces, supersabio —dijo la Teté, riéndose—. Yo la voy a convencer a Ana y te voy a fregar, jajá. Y voy a hacer que Ana vaya a mis showers y todo, vas a ver.

Y efectivamente la Teté volvió esa tarde y Santiago las dejó a ella y Ana, al irse a *La Crónica*, charlando como dos amigas de toda la vida. En la noche Ana lo recibió muy risueña: habían estado juntas toda la tarde, la Teté era simpatiquísima, hasta la había convencido. ¿No era mejor que se amistaran de una vez con tu familia, amor?

—No —dijo Santiago—. Es mejor que no. No hablemos más de eso.

Pero todo el resto de la semana habían discutido mañana y noche sobre el mismo asunto, ¿ya te animaste, amor, iban a ir?, Ana le había prometido a la Teté que irían, amor, y el sábado en la noche se habían acostado peleados. El domingo, tempranito, Santiago fue a telefonear a la botica de Porta y San Martín.

—¿Qué esperan? —dijo la Teté—. Ana quedó en venir a las ocho para ayudarme. ¿Quieres que el Chispas los vaya a recoger?

—No vamos a ir —dijo Santiago—. Te llamo para darte el abrazo y recordarte lo de las postales, Teté.

—¿Crees que te voy a estar rogando, idiota? —dijo la Teté—. Lo que pasa es que eres un acomplejado. Déjate de tonterías y ven ahorita o no te hablo más, supersabio.

—Si te enojas te vas a poner fea y tienes que estar bonita para las fotos —dijo Santiago—. Mil besos y vengan a vernos a la vuelta del viaje, Teté.

—No te hagas la niña bonita que se resiente de todo —alcanzó a decir todavía la Teté—. Ven, tráela a Ana. Te han hecho chupe de camarones, idiota.

Antes de regresar a la quinta de los duendes, fue a una florería de Larco y mandó un ramo de rosas a la Teté. Miles de felicidades para los dos de sus hermanos Ana y Santiago, piensa. Ana estaba resentida y no le dirigió la palabra hasta la noche.

—¿No es por interés? —dijo Queta—. ¿Por qué, entonces? ¿Por miedo?

—A ratos —dijo Ambrosio—. A ratos más bien por pena. Por agradecimiento, por respeto. Hasta amistad, guardando las distancias. Ya sé que no me cree, pero es cierto. Palabra.

—¿No sientes nunca vergüenza? —dijo Queta—. De la gente, de tus amigos. ¿O a ellos les cuentas como a mí?

Lo vio sonreír con cierta amargura en la semioscuridad; la ventana de la calle estaba abierta pero no había brisa y en la atmósfera inmóvil y cargada de vaho de la habitación el cuerpo desnudo de él comenzaba a sudar. Queta se apartó unos milímetros para que no la rozara.

—Amigos como los que tuve en mi pueblo, aquí ni uno —dijo Ambrosio—. Sólo conocidos, como ese que está ahora de chofer de don Cayo, o Hipólito, el otro que lo cuida. No saben. Y aunque supieran no me daría. No les parecería mal ¿ve? Le conté lo que le pasaba a Hipólito con los presos ¿no se acuerda? ¿Por qué me iba a dar vergüenza con ellos?

—¿Y nunca tienes vergüenza de mí? —dijo Queta.

—De usted no —dijo Ambrosio—. Usted no va a ir a regar estas cosas por ahí.

—Y por qué no —dijo Queta—. No me pagas para que te guarde los secretos.

—Porque usted no quiere que sepan que yo vengo aquí —dijo Ambrosio—. Por eso no las va a regar por ahí.

—¿Y si yo le contara a la loca lo que me cuentas? —dijo Queta—. ¿Qué harías si se lo contara a todo el mundo?

Él se rió bajito y cortésmente en la semioscuridad. Estaba de espaldas, fumando, y Queta veía cómo se mezclaban en el aire quieto las nubecillas de humo. No se oía ninguna voz, no pasaba ningún auto, a ratos el tictac del reloj del velador se hacía presente y luego se perdía y reaparecía un momento después.

—No volvería nunca más —dijo Ambrosio—. Y usted se perdería un buen cliente.

—Ya casi me lo he perdido —se rió Queta—. Antes venías cada mes, cada dos. ¿Y ahora hace cuánto? ¿Cinco meses? Más. ¿Qué ha pasado? ¿Es por Bola de Oro?

—Estar un rato con usted es para mí dos semanas de trabajo —explicó Ambrosio—. No puedo darme esos gustos siempre. Y, además, a usted no se la ve mucho tampoco. Vine tres veces este mes y ninguna la encontré.

—¿Qué te haría si supiera que vienes acá? —dijo Queta—. Bola de Oro.

—No es lo que usted cree —dijo Ambrosio muy rápido, con voz grave—. No es un desgraciado, no es un déspota. Es un verdadero señor, ya le he dicho.

—¿Qué te haría? —insistió Queta—. Si un día me lo encuentro en San Miguel y le digo Ambrosio se gasta tu plata conmigo.

—Usted sólo le conoce una cara, por eso está tan equivocada con él —dijo Ambrosio—. Tiene otra. No es un déspota. Es bueno, un señor. Hace que uno sienta respeto por él.

Queta se rió más fuerte y miró a Ambrosio: encendía otro cigarrillo y la llamita instantánea del fósforo le mostró sus ojos saciados y su expresión seria, tranquila, y el brillo de transpiración de su frente.

—Te ha vuelto a ti también —dijo, suavemente—. No es porque te paga bien ni por miedo. Te gusta estar con él.

—Me gusta ser su chofer —dijo Ambrosio—. Tengo mi cuarto, gano más que antes, y todos me tratan con consideración.

—¿Y cuando se baja los pantalones y te dice cumple tus obligaciones? —se rió Queta—. ¿Te gusta también?

—No es lo que usted cree —repitió Ambrosio, despacio—. Yo sé lo que usted se imagina. Falso, no es así.

—¿Y cuando te da asco? —dijo Queta—. A veces a mí me da, pero qué importa, abro las piernas y es igual. ¿Pero tú?

—Es algo de dar pena —susurró Ambrosio—. A mí me da, a él también. Usted se cree que eso pasa cada día. No, ni siquiera cada mes. Es cuando algo le ha salido mal. Yo ya sé, lo veo subir al carro y pienso algo le ha salido mal. Se pone pálido, se le hunden los ojos, la voz le sale rara. Llévame a Ancón, dice. O vamos a Ancón, o a Ancón. Yo ya sé. Todo el viaje mudo. Si le viera la cara diría se le murió alguien o le han dicho que se va a morir esta noche.

—¿Y qué te pasa a ti, qué sientes? —dijo Queta—. Cuando él te ordena llévame a Ancón.

—¿Usted siente asco cuando don Cayo le dice esta noche ven a San Miguel? —preguntó Ambrosio, en voz muy baja—. Cuando la señora la manda llamar.

—Ya no —se rió Queta—. La loca es mi amiga, somos amigas. Nos reímos de él, más bien. ¿Piensas ya comienza el martirio, sientes que lo odias?

—Pienso en lo que va a pasar cuando lleguemos a Ancón y me siento mal —se quejó Ambrosio y Queta lo vio tocarse el estómago—. Mal aquí, me comienza a dar vueltas. Me da miedo, me da pena, me da cólera. Pienso ojalá que hoy sólo conversemos.

—¿Conversemos? —se rió Queta—. ¿A veces te lleva sólo a conversar?

—Entra con su cara de entierro, cierra las cortinas y se sirve su trago —dijo Ambrosio, con voz densa—. Yo sé que por dentro algo le está mordiendo, que se lo está comiendo. Él me ha contado ¿ve? Yo lo he visto hasta llorar ¿ve?

—¿Apúrate, báñate, ponte esto? —recitó Queta, mirándolo—. ¿Qué hace, qué te hace hacer?

—Su cara se le sigue poniendo más pálida y se le atraca la voz —murmuró Ambrosio—. Se sienta, dice siéntate. Me pregunta cosas, me conversa. Hace que conversemos.

—¿Te habla de mujeres, te cuenta porquerías, te muestra fotos, revistas? —insistió Queta—. Yo sólo abro las piernas. ¿Pero tú?

—Le cuento cosas de mí —se quejó Ambrosio—. De Chincha, de cuando era chico, de mi madre. De don Cayo, me hace que le cuente, me pregunta por todo. Me hace sentirme su amigo ¿ve?

—Te quita el miedo, te hace sentir cómodo —dijo Queta—. El gato con el ratón. ¿Pero tú?

—Se pone a hablar de sus cosas, de las preocupaciones que tiene —murmuró Ambrosio—. Tomando, tomando. Yo también. Y todo el tiempo veo en su cara que algo se lo está comiendo, que le está mordiendo.

—¿Ahí lo tuteas? —dijo Queta—. ¿En esos momentos te atreves?

—A usted no la tuteo a pesar de que vengo a esta cama hace como dos años ¿no? —se quejó Ambrosio—. Le sale todo lo que le preocupa, sus negocios, la política, sus hijos. Habla, habla y yo sé lo que le está pasando por adentro. Dice que le da vergüenza, él me ha contado ¿ve?

—¿De qué se pone a llorar? —dijo Queta—. ¿De lo que tú?

—A veces horas de horas así —se quejó Ambrosio—. Él hablando y yo oyendo, yo hablando y él oyendo. Y tomando hasta que siento que ya no me cabe una gota más.

—¿De lo que no te excitas? —dijo Queta—. ¿Te excita sólo con trago?

—Con lo que le echa al trago —susurró Ambrosio; su voz se adelgazó hasta casi perderse y Queta lo miró: se había puesto el brazo sobre la cara, como un hombre que se asolea en la playa boca arriba—. La primera vez que lo pesqué se dio cuenta que lo había pescado. Se dio cuenta que me asusté. ¿Qué es eso que le echó?

—Nada, se llama yobimbina —dijo don Fermín—. Mira, yo me echo también. Nada, salud, tómatelo.

—A veces ni el trago, ni la yobimbina, ni nada —se quejó Ambrosio—. Él se da cuenta, yo veo que se da. Pone unos ojos que dan pena, una voz. Tomando, tomando. Lo he visto echarse a llorar ¿ve? Dice anda vete y se encierra en su cuarto. Lo oigo hablando solo, gritándose. Se pone como loco de vergüenza ¿ve?

—¿Se enoja contigo, te hace escenas de celos? —dijo Queta—. ¿Cree que?

—No es tu culpa, no es tu culpa —gimió don Fermín—. Tampoco es mi culpa. Un hombre no puede excitarse con un hombre, yo sé.

—Se pone de rodillas ¿ve? —gimió Ambrosio—. Quejándose, a veces medio llorando. Déjame ser lo que soy, dice, déjame ser una puta, Ambrosio. ¿Ve, ve? Se humilla, sufre. Que te toque, que te lo bese, de rodillas, él a mí ¿ve? Peor que una puta ¿ve?

Queta se rió, despacito, volvió a tumbarse de espaldas, y suspiró.

—A ti te da pena él por eso —murmuró con una furia sorda—. A mí me da pena por ti más bien.

—A veces ni con ésas, ni por ésas —gimió Ambrosio, bajito—. Yo pienso se va a enfurecer, se va a enloquecer, va a. Pero no, no. Anda vete, dice, tienes razón, déjame solo, vuelve dentro de dos horas, dentro de una.

—¿Y cuando puedes hacerle el favor? —dijo Queta—. ¿Se pone feliz, saca su cartera y?

—Le da vergüenza, también —gimió Ambrosio—. Se va al baño, se encierra y no sale nunca. Yo voy al otro bañito, me ducho, me jabono. Hay agua caliente y todo. Vuelvo y él no ha salido. Se está horas lavándose, se echa colonias. Sale pálido, no habla. Anda al auto, dice, ya bajo. Déjame en el centro, dice, no quiere que lleguemos juntos a su casa. Tiene vergüenza ¿ve?

—¿Y los celos? —dice Queta—. ¿Cree que tú nunca andas con mujeres?

—Nunca me pregunta nada de eso —dijo Ambrosio, apartando el brazo de su cara—. Ni qué hago en mi día libre ni nada, sólo lo que yo le cuento. Pero yo sé lo que sentiría si supiera que ando con mujeres. No por celos ¿no se da cuenta? Por vergüenza, miedo de que vayan a saber. No me haría nada, no se enojaría. Diría anda vete, nada más. Yo sé cómo es. No es de los que insultan, no sabe tratar mal a la gente. Diría no importa, tienes razón pero anda vete. Sufriría y sólo haría eso ¿ve? Es un señor, no lo que usted cree.

—Bola de Oro me da más asco que Cayo Mierda —dijo Queta.

Esa noche, entrando al octavo mes, había sentido dolores en la espalda y Ambrosio, semidormido y de mala gana, le había hecho unos masajes. Había despertado ardiendo y con una flojera tan grande que cuando Amalita Hortensia comenzó a quejarse, ella se había puesto a llorar, angustiada por la idea de tener que levantarse. Cuando se había sentado en la cama había visto unas manchas color chocolate en el colchón.

—Creyó que la criatura se le había muerto en la barriga —dice Ambrosio—. Se olió algo, porque se puso a llorar y me obligó a llevarla al hospital. No te asustes, de qué te asustas.

Habían hecho la cola de costumbre, mirando los gallinazos del techo de la morgue, y el doctor le había dicho a Amalia te internas ahora mismo. ¿Por qué le había salido eso, doctor? Iban a tener que inducirte el parto, mujer, había explicado el doctor. ¿Cómo inducirte, doctor?, y él nada, mujer, nada grave.

—Ahí se quedó —dice Ambrosio—. Le traje sus cosas, dejé a Amalita Hortensia con doña Lupe, me fui a manejar la carcochita. En la tarde regresé a verla. Le habían dejado el brazo y la nalga morados de tanta inyección.

La habían puesto en la sala común: hamacas y catres tan pegados que las visitas tenían que estar paradas al pie de la cama porque no había espacio para acercarse al paciente. Amalia se había pasado la mañana viendo por una larga ventana alambrada las chozas de la nueva barriada que estaba creciendo detrás de la morgue. Doña Lupe había venido a verla con Amalita Hortensia pero una enfermera le había dicho no traiga más a la niña. Ella le había pedido a doña Lupe que cuando pudiera fuera a la cabaña a ver qué necesita Ambrosio, y doña Lupe por supuesto, también le haré la comida.

—Una enfermera me anunció parece que van a tener que operarla —dice Ambrosio—. ¿Y eso es grave? No, no es. Me engañaron ¿ve, niño?

Con las inyecciones los dolores habían desaparecido y la fiebre bajado, pero había seguido ensuciando la cama todo el día con minúsculas manchitas color chocolate y la enfermera le había cambiado tres veces los paños. Parece que te van a operar, le había dicho Ambrosio. Ella se había asustado: no, no quería. Era por su bien, sonsa. Ella se había puesto a llorar y todos los enfermos los habían mirado.

—La vi tan muñequeada que comencé a inventarle mentiras —dice Ambrosio—. Vamos a comprarnos esa camioneta con Panta, hoy lo decidimos. Ni me oía. Tenía sus ojos así de hinchados.

Había pasado la noche despierta por los accesos de tos de uno de los enfermos, y asustada con otro que, moviéndose en la hamaca a su lado, decía palabrotas en sueños contra una mujer. Le rogaría, le lloraría y el doctor le haría caso: más inyecciones, más remedios, lo que fuera pero no me opere, había sufrido tanto la vez pasada, doctor. En la mañana les habían traído unas latas de café a todos los enfermos de la sala, menos a ella. Había venido la enfermera y sin decir palabra le había puesto una inyección. Ella había comenzado a rogarle llame al doctor, tenía que hablarle, lo iba a convencer, pero la enfermera no le había hecho caso: ¿creía que la iban a operar por gusto, sonsa? Después, con otra enfermera había jalado su catre hasta la entrada de la sala y la habían pasado a una camilla, y, cuando habían comenzado a arrastrarla, ella se había sentado llamando a gritos a su marido. Las enfermeras se habían ido, había venido el doctor enojado: qué era ese escándalo, qué pasa. Ella le había rogado, contado de la Maternidad, lo que había sufrido y el doctor había movido su cabeza: bueno, bien, calma. Así hasta que había entrado la enfermera de la mañana: ahí estaba ya tu marido, basta de llanto.

—Se me prendió —dice Ambrosio—. Que no me opere, no quiero. Hasta que el doctor perdió la paciencia. O autorizas o te la llevas de aquí. ¿Qué iba a hacer yo, niño?

La habían estado convenciendo entre Ambrosio y una enfermera más vieja y más buena que la primera, una que le había hablado con cariño y le decía es por tu bien y el de la criatura. Al fin ella había dicho bueno y que se iba a portar bien. Entonces la habían arrastrado en la camilla. Ambrosio la había seguido hasta la puerta de otra sala, diciéndole algo que ella apenas había oído.

—Se la olía, niño —dice Ambrosio—. Si no por qué tan desesperada, tan asustada.

La cara de Ambrosio había desaparecido y habían cerrado una puerta. Había visto al doctor poniéndose un mandil y conversando con otro hombre vestido de blanco y con un gorrito y un antifaz. Las dos enfermeras la habían sacado de la camilla y acostado en una mesa. Ella les había rogado levántenme la cabeza, así se ahogaba, pero en vez de hacerle caso le habían dicho sí, ya, calladita, está bien. Los dos hombres de blanco habían seguido hablando y las enfermeras dando vueltas a su alrededor. Habían prendido un foco de luz sobre su cara, tan fuerte que había tenido que cerrar los ojos, y un momento después había sentido que le ponían otra inyección. Luego había visto muy cerca de la suya la cara del doctor y oído que le decía cuenta uno, dos, tres. Mientras iba contando había sentido que se le moría la voz.

—Yo tenía que trabajar, encima eso —dice Ambrosio—. La metieron a la sala y me fui del hospital, pero entré donde doña Lupe y me dijo pobrecita, cómo no te has quedado hasta que termine la operación. Así que volví al hospital, niño.

Le había parecido que todo se movía suavecito y ella también, como si estuviera flotando en el agua, y apenas había reconocido a su lado las caras largas de Ambrosio y doña Lupe. Había querido preguntarles ¿la operación se acabó?, contarles no me duele nada, pero no había tenido fuerzas para hablar.

—Ni donde sentarse —dice Ambrosio—. Ahí parado, fumándome todos los cigarros que tenía. Después llegó doña Lupe y también se puso a esperar, y no la sacaban nunca de la sala.

No se había movido, se le había ocurrido que al menor movimiento muchas agujas empezarían a punzarla. No había sentido dolor sino una pesada, sudorosa amenaza de dolor y a la vez mucha flojera y había podido oír, como si hablaran secreteándose o estuvieran lejísimos, las voces de Ambrosio, de doña Lupe, y hasta la voz de la señora Hortensia: ¿había nacido, era hombre o mujer?

—Por fin salió una enfermera empujando, quítense —dice Ambrosio—. Se fue y volvió trayendo algo. ¿Qué pasa? Me dio otro empujón y al poco rato salió la otra. La criatura se perdió, dijo, pero que la madre podía salvarse.

Parecía que Ambrosio lloraba, que doña Lupe rezaba, que había gente dando vueltas a su alrededor y diciéndole cosas. Alguien se había agachado sobre ella y había sentido su aliento contra su boca y sus labios en su cara. Creen que te vas a morir, había pensado, creen que te has muerto. Había sentido una gran admiración y mucha pena de todos.

—Que podía salvarse quería decir que también podía morirse —dice Ambrosio—. Doña Lupe se puso a rezar de rodillas. Yo me fui a apoyar en la pared, niño.

No había podido darse cuenta cuánto rato pasaba entre una cosa y otra y había seguido oyendo que hablaban pero ahora también largos silencios que se oían, que sonaban. Había sentido siempre que flotaba, que se hundía un poquito en el agua y que salía y que se hundía y había visto repentinamente la cara de Amalita Hortensia. Había oído: límpiate bien los pies antes de entrar a la casa.

—Después salió el doctor y me puso una mano aquí —dice Ambrosio—. Hicimos todo por salvar a tu mujer, que Dios no lo había querido y no sé cuántas cosas más, niño.

Se le había ocurrido que la iban a jalar, que se iba a ahogar y había pensado no voy a mirar, no voy a hablar, no se iba a mover y así iba a flotar. Había pensado ¿cómo vas a estar oyendo cosas que ya pasaron, bruta? y se había asustado y había sentido otra vez mucha lástima.

—La velamos en el hospital —dice Ambrosio—. Vinieron todos los choferes de la Morales y de la Pucallpa, y hasta el desgraciado de don Hilario vino a dar el pésame.

Le había dado cada vez más lástima mientras se hundía y sentía que descendía y vertiginosamente caía y sabía que las cosas que oía se iban quedando allá y que sólo podía, mientras se hundía, mientras caía, llevarse esa terrible lástima.

—La enterramos en uno de los cajones de la Limbo —dice Ambrosio—. Hubo que pagar no sé cuánto en el cementerio. Yo no tenía. Los choferes hicieron una colecta y hasta el desgraciado de don Hilario dio algo. Y el mismo día que la enterré, el hospital mandó a cobrar la cuenta. Muerta o no muerta había que pagar la cuenta. ¿Con qué, niño?

VII

—¿Cómo fue, niño? —dice Ambrosio—. ¿Sufrió mucho antes de?

Había sido algún tiempo después de la primera crisis de diablos azules de Carlitos, Zavalita. Una noche había anunciado en la redacción, con aire resuelto: no voy a chupar un mes. Nadie le había creído, pero Carlitos cumplió escrupulosamente la voluntaria cura de desintoxicación y estuvo cuatro semanas sin probar gota de alcohol. Cada día tachaba un número en el almanaque de su escritorio y lo enarbolaba desafiante: y ya iban diez, y ya van dieciséis. Al terminar el mes anunció: ahora el desquite. Había comenzado a beber esa noche al salir del trabajo, primero con Norwin y con Solórzano en chinganas del centro, luego con unos redactores de deportes que encontraron en una cantina festejando un cumpleaños, y había amanecido bebiendo en la Parada, contó él mismo después, con desconocidos que le robaron la cartera y el reloj. Esa mañana lo vieron en las redacciones de *Última Hora* y de *La Prensa* pidiendo plata prestada, y al atardecer lo encontró Arispe, sentado en el Portal, en una mesita del Bar Zela, la nariz como un tomate y los ojos disueltos, bebiendo solo. Se sentó a su lado pero no pudo hablarle. No estaba borracho, contó Arispe, sino macerado en alcohol. Esa noche se presentó en la redacción, caminando con infinita cautela y mirando a través de las cosas. Olía a desvelo, a mezclas indecibles, y había en su cara un desasosiego vibrante, una efervescencia de la piel en los pómulos, las sienes, la frente y el mentón: todo latía. Sin responder a las bromas, flotó hasta su escritorio y permaneció de pie, mirando su máquina de escribir con ansiedad. De pronto, la alzó con gran esfuerzo sobre su cabeza y sin decir palabra la soltó: ahí el estruendo, Zavalita, la lluvia de teclas y tuercas. Cuando fueron a sujetarlo, se echó a correr, dando gruñidos: manoteaba las carillas, hacía volar a puntapiés las papeleras, se estrellaba contra las sillas. Al día siguiente se había internado en la clínica por primera vez. ¿Cuántas desde entonces, Zavalita? Piensa: tres.

—Parece que no —dice Santiago—. Parece que murió dormido.

Había sido un mes después del matrimonio de Chispas y Cary, Zavalita. Ana y Santiago recibieron parte e invitación pero no fueron ni llamaron ni mandaron flores. Popeye y la Teté no habían tratado siquiera de convencerlos. Se habían presentado en la quinta de los duendes, unas semanas después de regresar de la luna de miel y no estaban resentidos. Les contaron con lujo de detalles su viaje por México y Estados Unidos y luego fueron a dar una vuelta en el auto de Popeye y se tomaron unos *milk shakes* en La Herradura. Habían seguido viéndose ese año cada cierto tiempo, en la quinta y alguna vez en San Isidro, cuando Popeye y la Teté estrenaron su departamento. Por ellos te enterabas de las novedades, Zavalita: el compromiso del Chispas, los preparativos de matrimonio, el futuro viaje de los papás a Europa. Popeye estaba absorbido por la política, acompañaba a Belaunde en sus giras por provincias y la Teté esperaba bebe.

—El Chispas se casó en febrero y el viejo murió en marzo —dice Santiago—. Él y la mamá estaban por irse a Europa, cuando ocurrió.

—¿Murió en Ancón, entonces? —dice Ambrosio.

—En Miraflores —dice Santiago—. Ese verano no habían ido a Ancón por el matrimonio del Chispas. Habían estado yendo a Ancón sólo los fines de semana, creo.

Había sido poco después de la adopción del Batuque, Zavalita. Una tarde, Ana volvió de la Clínica Delgado con una cajita de zapatos que se movía; la abrió y Santiago vio saltar una cosita blanca: el jardinero se lo había regalado con tanto cariño que no había podido decirle que no, amor. Al principio, fue un fastidio, motivo de discusiones. Se orinaba en la salita, en las camas, en el cuarto de baño, y cuando Ana, para enseñarle a hacer sus cosas afuera, le daba un manazo en el trasero y le hundía el hocico en el charco de caquita y de pis, Santiago salía en su defensa y se peleaban, y cuando comenzaba a mordisquear algún libro y Santiago le pegaba, Ana salía en su defensa y se peleaban. Al poco tiempo aprendió: rascaba la puerta de calle cuando quería orinar y miraba el estante como si estuviera electrizado. Los primeros días durmió en la cocina, sobre un crudo, pero en las noches aullaba y venía a ulular ante la puerta del dormitorio, así que acabaron por instalarlo en un rincón, junto a los zapatos. Poco a poco fue conquistando el derecho de subir a la cama. Esa mañana se había metido al cajón de la ropa sucia y estaba tratando de salir, Zavalita, y tú lo estabas mirando. Se había encaramado, apoyado las patas en el borde, estaba descargando todo su peso hacia ese lado y el cajón comenzó a oscilar y por fin se volcó. Luego de unos segundos de inmovilidad, agitó la colita, avanzó hacia la libertad y en eso los golpes en la ventana y la cara de Popeye.

—Tu papá, flaco —estaba sofocado, Zavalita, congestionado, habría venido a toda carrera desde su auto—. Acaba de llamarme el Chispas.

Estabas en piyama, no encontrabas el calzoncillo, se te enredaba el pantalón y cuando le escribías un papelito a Ana te comenzó a temblar la mano, Zavalita.

—Apura —decía Popeye, parado en la puerta—. Apura, flaco.

Llegaron a la Clínica Americana al mismo tiempo que la Teté. No estaba en la casa cuando Popeye recibió la llamada del Chispas, sino en la iglesia, y tenía en una mano el mensaje de Popeye y en la otra un velo y un libro de misa. Perdieron varios minutos yendo y viniendo por los corredores hasta que, al torcer por un pasillo, vieron al Chispas. Disfrazado, piensa: la chaqueta rojiblanca del piyama, un pantalón sin abrochar, un saco de otro color y no se había puesto medias. Abrazaba a su mujer, Cary lloraba y había un médico que movía la boca con una mirada lúgubre. Te estiró la mano, Zavalita, y la Teté comenzó a llorar a gritos. Había fallecido antes que lo trajeran a la clínica, dijeron los médicos, probablemente ya estaba muerto esa mañana cuando la mamá, al despertar, lo encontró inmóvil y rígido, con la boca abierta. Lo sorprendió en el sueño, decían, no sufrió. Pero el Chispas aseguraba que cuando él, Cary y el mayordomo lo subieron al auto vivía aún, que le había sentido el pulso. La mamá estaba en la sala de emergencia y, cuando entraste, le ponían una inyección para los nervios: desvariaba y, cuando la abrazaste, aulló. Se quedó dormida poco después y los gritos más fuertes eran los de la Teté. Luego habían comenzado a llegar familiares, luego Ana, y tú, Popeye y el Chispas se habían pasado toda la tarde haciendo trámites, Zavalita. La carroza, piensa, las gestiones del cementerio, los avisos del periódico. Ahí te reconciliaste con la familia de nuevo, Zavalita, desde entonces no te habías vuelto a pelear. Entre trámite y trámite al Chispas le venía un sollozo, piensa, tenía unos calmantes en el bolsillo y los chupaba como caramelos. Llegaron a la casa al atardecer y el jardín, los salones y el escritorio ya estaban llenos de gente. La mamá se había levantado y vigilaba la preparación de la capilla ardiente. No lloraba, estaba sin pintar y se la veía viejísima, y la rodeaban la Teté y Cary y la tía Eliana y la tía Rosa y también Ana, Zavalita. Piensa: también Ana. Seguía llegando gente, toda la noche hubo gente que entraba y salía, murmullos, humo, y las primeras coronas. El tío Clodomiro se había pasado la noche sentado junto al cajón, mudo, tieso, con una cara de cera, y cuando te habías acercado por fin a mirarlo ya amanecía. El vidrio estaba empañado y no se veía su cara, piensa: sí sus manos sobre el pecho, su terno más elegante y lo habían peinado.

—No lo había visto desde hacía cerca de dos años —dice Santiago—. Desde que me casé. Lo que más me apenó no fue que se muriera. Todos tenemos que morirnos ¿no, Ambrosio? Sino que se muriera creyendo que estaba peleado con él.

El entierro fue al día siguiente, a las tres de la tarde. Toda la mañana habían seguido llegando telegramas, tarjetas, recibos de misas, ofrendas, coronas, y en los diarios habían publicado la noticia en recuadros. Había ido muchísima gente, sí Ambrosio, hasta un edecán de la Presidencia, y al entrar al cementerio habían llevado la cinta un momento un ministro pradista, un senador odriísta, un dirigente aprista y otro belaundista. El tío Clodomiro, el Chispas y tú habían estado parados en la puerta del cementerio, recibiendo el pésame, más de una hora, Zavalita. Al día siguiente, Ana y Santiago pasaron todo el día en la casa. La mamá permanecía en su cuarto, rodeada de parientes, y al verlos entrar había abrazado y besado a Ana y Ana la había abrazado y besado y las dos habían llorado. Piensa: así estaba hecho el mundo, Zavalita. Piensa: ¿así estaba hecho? Al atardecer vino el tío Clodomiro y estuvo sentado en la sala con Popeye y Santiago: parecía distraído, ensimismado, y respondía con monosílabos casi inaudibles cuando le preguntaban algo. Al día siguiente, la tía Eliana se había llevado a la mamá a su casa de Chosica para evitarle el desfile de visitas.

—Desde que él se murió no he vuelto a pelearme con la familia —dice Santiago—. Los veo muy rara vez, pero así, aunque de lejos, nos llevamos bien.

—No —repitió Ambrosio—. No he venido a pelear.

—Menos mal, porque si no llamo a Robertito, él es el que sabe pelear aquí —dijo Queta—. Dime a qué mierda has venido de una vez o anda vete.

No estaban desnudos, no estaban tumbados en la cama, la luz del cuarto no estaba apagada. De abajo subía siempre el mismo confuso rumor de música y voces del bar y las risas del saloncito. Ambrosio se había sentado en la cama y Queta lo veía envuelto por el cono de luz, quieto y macizo en su terno azul y sus zapatos negros puntiagudos y el cuello albo de su camisa almidonada. Veía su desesperada inmovilidad, la enloquecida cólera empozada en sus ojos.

—Usted sabe muy bien que por ella —Ambrosio la miraba de frente, sin pestañear—. Usted ha podido hacer algo y no ha hecho nada. Usted es su amiga.

—Mira, ya tengo bastantes preocupaciones —dijo Queta—. No quiero hablar de eso, yo vengo aquí a ganar dinero. Anda vete y, sobre todo, no vuelvas. Ni aquí ni a mi departamento.

—Usted ha debido hacer algo —repitió la voz empecinada, dura y distinta de Ambrosio—. Por su propio bien.

—¿Por mi propio bien? —dijo Queta; estaba apoyada de espaldas en la puerta, el cuerpo ligeramente arqueado, las manos en las caderas.

—Por el propio bien de ella, quiero decir —murmuró Ambrosio—. ¿No me dijo que era su amiga, que a pesar de sus locuras le tenía cariño?

Queta dio unos pasos, se sentó en la única silla del cuarto frente a él. Cruzó las piernas, lo observó con detenimiento y él resistió su mirada sin bajar los ojos, por primera vez.

—Te ha mandado Bola de Oro —dijo Queta, despacio—. ¿Por qué no te mandó donde la loca? Yo no tengo nada que ver con esto. Dile a Bola de Oro que a mí no me meta en sus líos. La loca es la loca y yo soy yo.

—No me ha mandado nadie, él ni siquiera sabe que a usted la conozco —dijo Ambrosio, con suma lentitud, mirándola—. He venido para que hablemos. Como amigos.

—¿Como amigos? —dijo Queta—. ¿Quién te ha hecho creer que eres mi amigo?

—Háblele, hágala entrar en razón —murmuró Ambrosio—. Hágale ver que se ha portado muy mal. Dígale que él no tiene plata, que sus negocios andan mal. Aconséjele que se olvide para siempre de él.

—¿Bola de Oro la va a hacer meter presa otra vez? —dijo Queta—. ¿Qué otra cosa le va a hacer el desgraciado ese?

—Él no la hizo meter, él fue a sacarla de la Prefectura —dijo Ambrosio, sin subir la voz, sin moverse—. Él la ha ayudado, le pagó el hospital, le ha dado plata. Sin tener ninguna obligación, por pura compasión. No le va a dar más. Dígale que se ha portado muy mal. Que no lo amenace más.

—Anda vete —dijo Queta—. Que Bola de Oro y la loca arreglen sus líos solos. No es asunto mío. Y tampoco tuyo, tú no te metas.

—Aconséjela —repitió la voz terca, tirante de Ambrosio—. Si lo sigue amenazando le va a ir mal.

Queta se rió y sintió su risita forzada y nerviosa. Él la miraba con tranquila determinación, con ese sosegado hervor frenético en los ojos. Estuvieron callados, observándose, las caras a medio metro de distancia.

—¿Estás seguro que no te ha mandado él? —dijo Queta, por fin—. ¿Está asustado Bola de Oro de la pobre loca? ¿Es tan imbécil de asustarse de la pobre? Él la ha visto, él sabe en qué estado está. Tú también sabes cómo está. Tú también tienes tu espía ahí ¿no?

—Eso también —roncó Ambrosio. Queta lo vio juntar las rodillas y encogerse, lo vio incrustarse los dedos en las piernas. La voz se le había cuarteado—. Yo no le había hecho nada, conmigo no era la cosa. Y Amalia ha estado ayudándola, acompañándola en todo lo que le ha pasado. Ella no tenía por qué ir a contar eso.

—Qué ha pasado —dijo Queta; se inclinó un poco hacia él—. ¿Le ha contado a Bola de Oro lo de ti y Amalia?

—Que es mi mujer, que nos vemos cada domingo desde hace años, que está encinta de mí —se desgarró la voz de Ambrosio y Queta pensó va a llorar. Pero no: sólo lloraba su voz, tenía los ojos secos y opacos muy abiertos—. Se ha portado muy mal.

—Bueno —dijo Queta, enderezándose—. Es por eso que estás así, es por eso tu furia. Ahora ya sé por qué has venido.

—Pero ¿por qué? —siguió atormentándose la voz de Ambrosio—. ¿Pensando que con eso lo iba a convencer? ¿Pensando que con eso le iba a sacar más plata? ¿Por qué ha hecho una maldad así?

—Porque la pobre loca está ya medio loca de verdad —susurró Queta—. ¿Acaso no sabes? Porque quiere irse de aquí, porque necesita irse. No ha sido por maldad. Ya ni sabe lo que hace.

—Pensando si le cuento eso va a sufrir —dijo Ambrosio. Asintió, cerró los ojos un instante. Los abrió—: Le va a hacer daño, lo va a destrozar. Pensando eso.

—Por ese hijo de puta de Lucas, ése del que se enamoró, uno que está en México —dijo Queta—. Tú no sabes. Le escribe diciéndole ven, trae plata, nos vamos a casar. Ella le cree, está loca. Ya ni sabe lo que hace. No ha sido por maldad.

—Sí —dijo Ambrosio; alzó las manos unos milímetros y las volvió a hundir en sus piernas con ferocidad, su pantalón se arrugó—. Le ha hecho daño, lo ha hecho sufrir.

—Bola de Oro tiene que entenderla —dijo Queta—. Todos se han portado con ella como unos hijos de puta. Cayo Mierda, Lucas, todos los que recibió en su casa, todos los que atendió y…

—¿Él, él? —roncó Ambrosio y Queta se calló; tenía las piernas listas para levantarse y correr, pero él no se movió—. ¿Él se portó mal? ¿Se puede saber qué culpa tiene él? ¿Le debe algo él a ella? ¿Tenía obligación de ayudarla? ¿No le ha estado dando bastante plata? ¿Y al único que fue bueno con ella le hace una maldad así? Pero ya no más, ya se acabó. Quiero que usted se lo diga.

—Ya se lo he dicho —murmuró Queta—. No te metas, la que va a salir perdiendo eres tú. Cuando supe que Amalia le había contado que estaba esperando un hijo tuyo, se lo advertí. Cuidado con decirle a la chica que Ambrosio, cuidado con ir a contarle a Bola de Oro que Amalia. No armes líos, no te metas. Es por gusto, no lo hace por maldad, quiere llevarle plata a ese Lucas. Está loca.

—Sin que él le haya hecho nada, sólo porque él fue bueno y la ayudó —murmuró Ambrosio—. A mí no me hubiera importado tanto que le contara a Amalia lo de mí. Pero no hacerle eso a él. Eso era pura maldad, pura maldad.

—No te hubiera importado que le cuente a tu mujer —dijo Queta, mirándolo—. Sólo te importa Bola de Oro, sólo te importa el maricón. Eres peor que él. Sal de aquí de una vez.

—Le ha mandado una carta a la esposa de él —roncó Ambrosio y Queta lo vio bajar la cabeza, avergonzarse—. A la señora de él. Tu marido es así, tu marido y su chofer, pregúntale qué siente cuando el negro y dos páginas así. A la esposa de él. Dígame por qué ha hecho eso.

—Porque está medio loca —dijo Queta—. Porque quiere irse a México y no sabe lo que hace para…

—Lo ha llamado por teléfono a su casa —roncó Ambrosio y alzó la cabeza y miró a Queta y ella vio la demencia embalsada en sus ojos, la silenciosa ebullición—. Van a recibir la misma carta tus parientes, tus amigos, tus hijos. La misma que tu mujer. Tus empleados. A la única persona que se ha portado bien, al único que la ayudó sin tener por qué.

—Porque está desesperada —repitió Queta, alzando la voz—. Quiere ese pasaje para irse y. Que se lo dé, que…

—Se lo dio ayer —roncó Ambrosio—. Serás el hazmerreír, te hundo, te friego. Se lo llevó él mismo. No es sólo el pasaje. Está loca, quiere también cien mil soles. ¿Ve? Háblele usted. Que no lo moleste más. Dígale que es la última vez.

—No voy a decirle una palabra más —murmuró Queta—. No me importa, no quiero saber nada más. Que ella y Bola de Oro se maten, si quieren. No quiero meterme en líos. ¿Te has puesto así porque Bola de Oro te despidió? ¿Estas amenazas son para que el maricón te perdone lo de Amalia?

—No se haga la que no entiende —dijo Ambrosio—. No he venido a pelear, sino a que hablemos. Él no me ha despedido, él no me ha mandado aquí.

—Debiste decírmelo desde el principio —dijo don Fermín—. Tengo una mujer, vamos a tener un hijo, quiero casarme con ella. Debiste contarme todo, Ambrosio.

—Mejor para ti, entonces —dijo Queta—. ¿No la has estado viendo a escondidas tanto tiempo por miedo a Bola de Oro? Bueno, ya está. Ya sabe y no te despidió. La loca no lo hizo por maldad. No te metas más en este asunto, que se las arreglen ellos.

—No me botó, no le dio cólera, no me resondró —roncó Ambrosio—. Se compadeció de mí, me perdonó. ¿No ve que a una persona como él ella no puede hacerle maldades así? ¿No ve?

—Qué malos ratos habrás pasado, Ambrosio, cómo me habrás odiado —dijo don Fermín—. Teniendo que disimular así lo de tu mujer, tantos años. ¿Cuántos, Ambrosio?

—Haciéndome sentir una basura, haciéndome sentir no sé qué —gimió Ambrosio, golpeando la cama con fuerza y Queta se puso de pie de un salto.

—¿Creías que iba a resentirme contigo, pobre infeliz? —dijo don Fermín—. No, Ambrosio. Saca a tu mujer de esa casa, ten tus hijos. Puedes trabajar aquí todo el tiempo que quieras. Y olvídate de Ancón y de todo eso, Ambrosio.

—Él sabe manejarte —murmuró Queta, yendo de prisa hacia la puerta—. Él sabe lo que eres tú. No voy a decirle nada a Hortensia. Díselo tú. Y ay de ti si vuelves a poner los pies aquí o en mi casa.

—Está bien, ya me voy y no se preocupe, no pienso volver —murmuró Ambrosio, incorporándose; Queta había abierto la puerta y el ruido del bar entraba muy fuerte—. Pero se lo pido por última vez. Aconséjela, hágala entrar en razón. Que lo deje en paz para siempre ¿ve?

Había seguido de colectivero sólo tres semanas más, lo que duró la carcocha. Ésta se paró del todo una mañana, a la entrada de Yarinacocha, luego de humear y estremecerse en una brevísima y chirriante agonía de latas y eructos mecánicos.

Alzaron la capota, se le había fundido el motor. Hasta aquí llegó la pobre, dijo don Calixto, el dueño. Y a Ambrosio: apenas me falte un chofer te llamaré. Dos días después se había presentado en la cabaña don Alandro Pozo, el propietario, en son de paz: sí, ya sabía, perdiste el trabajo, se te murió la mujer, andabas de malas. Lo sentía muchísimo, Ambrosio, pero él no era la Beneficencia, tienes que irte. Don Alandro aceptó quedarse con la cama, la cunita, la mesa y el primus en pago de los alquileres atrasados, y Ambrosio metió el resto de las cosas en unas cajas y las llevó donde doña Lupe. Al verlo tan abatido, ella le preparó un café: al menos no te preocupes por Amalita Hortensia, seguiría con ella mientras tanto. Ambrosio se fue a la barriada de Pantaleón y éste no había vuelto de Tingo. Llegó al anochecer y encontró a Ambrosio, sentado a la puerta de su casa, los pies hundidos en el suelo fangoso. Trató de levantarle el ánimo: claro que podía vivir con él hasta que le dieran algún trabajo. ¿Le darían, Panta? Bueno, la verdad que aquí estaba difícil, Ambrosio ¿por qué no probaba en otro sitio? Le aconsejó que se fuera a Tingo o a Huánuco. Pero a Ambrosio le había dado no sé qué irse estando todavía tan cerquita la muerte de Amalia, niño, y, además, cómo iba a cargar solo por el mundo con Amalita Hortensia. Así que había intentado quedarse en Pucallpa. Un día ayudaba a descargar las lanchas, otro limpiaba las telarañas y mataba los ratones de los Almacenes Wong y hasta había baldeado la morgue con desinfectante, pero todo eso alcanzaba apenas para los cigarros. Si no hubiera sido por Panta y doña Lupe, no comía. Así que, haciendo de tripas corazón, un día se había presentado donde don Hilario: no a pelear, niño, a rogarle. Estaba jodido, don, que hiciera cualquier cosa por él.

—Tengo mis choferes completitos —dijo don Hilario, con una sonrisa afligida—. No puedo botar a uno para contratarte.

—Bótelo al idiota de la Limbo, entonces, don —le pidió Ambrosio—. Aunque sea póngame a mí de guardián.

—Al idiota no le pago, sólo lo dejo que duerma ahí —le explicó don Hilario—. Ni que fuera loco para botarlo. El día de mañana encuentras trabajo y de dónde saco otro idiota que no me cueste un centavo.

—Cayó solito ¿ve? —dice Ambrosio—. ¿Y esos recibitos de cien al mes que me mostraba, dónde iba a parar esa plata?

Pero no le dijo nada: escuchó, asintió, murmuró qué lástima. Don Hilario lo consoló con unas palmaditas y, al despedirlo, le regaló media libra para un trago, Ambrosio. Se fue a comer a una chingana de la calle Comercio y le compró un chupete a Amalita Hortensia. Donde doña Lupe, lo recibió otra mala noticia: habían venido otra vez del hospital, Ambrosio. Si no iba por lo menos a hablar, lo citarían con la policía. Fue al hospital y la señora de la administración lo resondró por haberse estado ocultando. Le sacó los recibos y le fue explicando de qué eran.

—Parecía una burla —dice Ambrosio—. Como dos mil soles, imagínese. ¿Dos mil por el asesinato que cometieron?

Pero tampoco dijo nada: escuchó con la cara muy seria, asintiendo. ¿Y?, abrió las manos la señora. Entonces él le contó los apuros que pasaba, aumentándoselos para conmoverla. La señora le preguntó ¿tienes la seguridad social? Ambrosio no sabía. ¿De qué había trabajado antes? Un tiempito de colectivero, y antes de chofer de Transportes Morales.

—Entonces, tienes —dijo la señora—. Pregúntale a don Hilario tu número de seguro social. Con eso vas a la oficina del Ministerio a que te den tu carnet y con eso vuelves aquí. Sólo tendrás que pagar una parte.

Él ya sabía lo que iba a pasar, pero había ido para comprobarle otra viveza a don Hilario: le había soltado unos cocorocós, lo había mirado como pensando eres más tonto de lo que pareces.

—Cuál seguro social —dijo don Hilario—. Eso es para los empleados fijos.

—¿No fui chofer fijo? —preguntó Ambrosio—. ¿Qué fui entonces, don?

—Cómo ibas a ser chofer fijo si no tienes brevete profesional —le explicó don Hilario.

—Claro que tengo —dijo Ambrosio—. Qué es esto, si no.

—Ah, pero no me lo dijiste y no es mi culpa —repuso don Hilario—. Además, no te declaré para hacerte un favor. Cobrando por recibo y no por planilla te librabas de los descuentos.

—Pero si cada mes usted me descontaba algo —dijo Ambrosio—. ¿No era para el seguro social?

—Era para la jubilación —dijo don Hilario—. Pero como dejaste la empresa, ya perdiste los derechos. La ley es así, complicadísima.

—Lo que más me ardió no eran las mentiras, sino que me contara cuentos tan imbéciles como el del brevete —dice Ambrosio—. ¿Qué es lo que le podía doler más? La plata, por supuesto. Ahí es donde había que vengarse de él.

Era martes y, para que el asunto saliera bien, tenía que esperar hasta el domingo. Pasaba las tardes donde doña Lupe y las noches con Pantaleón. ¿Qué sería de Amalita Hortensia si a él un día le pasaba algo, doña Lupe, por ejemplo si se moría? Nada, Ambrosio, seguiría viviendo con ella, ya era como su hijita, ésa con la que siempre soñó. En las mañanas iba a la playita del embarcadero o daba vueltas por la plaza, charlando con los vagabundos. El sábado por la tarde vio entrar a Pucallpa a El Rayo de la Montaña; rugiente, polvoriento, bamboleando sus cajas y maletones sujetos con sogas, la camioneta atravesó la calle Comercio alzando un terral y se estacionó frente a la oficinita de Transportes Morales. Bajó el chofer, bajaron los pasajeros, descargaron el equipaje, y, pateando piedrecitas en la esquina, Ambrosio esperó que el chofer volviera a subir a El Rayo de la Montaña y arrancara: la llevaba al garaje de López, sí. Se fue donde doña Lupe y estuvo hasta el anochecer jugando con Amalita Hortensia, que se había desacostumbrado tanto a él que iba a cargarla y soltaba el llanto. Se presentó en el garaje antes de las ocho y sólo estaba la mujer de López: venía a llevarse la camioneta, señora, don Hilario la necesitaba. A ella ni se le ocurrió preguntarle ¿cuándo volviste a la Morales? Le señaló un rincón del descampado: ahí estaba. Y con gasolina y aceite y todo lo que hacía falta, sí.

—Yo había pensado desbarrancársela en alguna parte —dice Ambrosio—. Pero me di cuenta que era una estupidez y me fui con ella hasta Tingo. Conseguí un par de pasajeros por el camino y eso me alcanzó para gasolina.

Al entrar a Tingo María, a la mañana siguiente, dudó un momento y luego se dirigió al garaje de Itipaya: ¿cómo, volviste con don Hilario, negro?

—Me la he robado —dijo Ambrosio—. En pago de lo que él me robó a mí. Vengo a vendértela.

Itipaya se había quedado primero asombrado y luego se echó a reír: te volviste loco, hermano.

—Sí —dijo Ambrosio—. ¿Me la compras?

—¿Una camioneta robada? —se rió Itipaya—. Qué voy a hacer con ella. Todo el mundo conoce El Rayo de la Montaña, don Hilario ya habrá sentado la denuncia.

—Bueno —dijo Ambrosio—. Entonces la voy a desbarrancar. Al menos, me vengaré.

Itipaya se rascó la cabeza: qué locuras. Habían discutido cerca de media hora. Si la iba a desbarrancar era preferible que sirviera para algo mejor, negro. Pero no le podía dar mucho: tenía que desarmarla todita, venderla a poquitos, pintar la carrocería y mil cosas más. ¿Cuánto, Itipaya, de una vez? Y además el riesgo, negro. ¿Cuánto, de una vez?

—Cuatrocientos soles —dice Ambrosio—. Menos que lo que dan por una bicicleta usada. Lo justo para llegar a Lima, niño.

VIII

—No es por fastidiar ni por nada —dice Ambrosio—. Pero ya es tardísimo, niño.

¿Qué más, Zavalita, qué más? La conversación con el Chispas, piensa, nada más. Después de la muerte de don Fermín, Ana y Santiago comenzaron a ir los domingos a almorzar donde la señora Zoila y allí veían también al Chispas y Cary, a Popeye y la Teté, pero luego, cuando la señora Zoila se animó a viajar a Europa con la tía Eliana, que iba a internar a su hija mayor en un colegio de Suiza y a hacer una gira de dos meses por España, Italia y Francia, los almuerzos familiares cesaron, y más tarde no se reanudaron ni se reanudarán más, piensa: qué importaba la hora Ambrosio, salud Ambrosio. La señora Zoila regresó menos abatida, tostada por el verano de Europa, rejuvenecida, con las manos llenas de regalos y la boca de anécdotas. Antes de un año se había recobrado del todo, Zavalita, retomado su agitada vida social, sus canastas, sus visitas, sus tele-teatros y sus tés. Ana y Santiago venían a verla al menos una vez al mes y ella los atajaba a comer y su relación era desde entonces distante pero cortés, amistosa más que familiar, y ahora la señora Zoila trataba a Ana con una simpatía discreta, con un afecto resignado y liviano. No se había olvidado de ella en el reparto de recuerdos europeos, Zavalita, también a ella le había tocado: una mantilla española, piensa, una blusa de seda italiana. En los cumpleaños y aniversarios, Ana y Santiago pasaban temprano y rápido a dar el abrazo, antes de que llegaran las visitas, y algunas noches Popeye y la Teté se aparecían en la quinta de los duendes a charlar o a sacarlos a dar una vuelta en auto. El Chispas y Cary nunca, Zavalita, pero cuando el Campeonato Sudamericano de Fútbol te había mandado de regalo un abono a primera. Andabas en apuros de plata y lo revendiste en la mitad de precio, piensa. Piensa: al fin encontramos la fórmula para llevarnos bien. De lejitos, Zavalita, con sonrisitas, con bromitas: a él sí le importaba, niño, con perdón. Ya era tardísimo.

La conversación había sido bastante tiempo después de la muerte de don Fermín, una semana después de haber pasado de la sección locales a la página editorial de *La Crónica*, Zavalita, unos días antes que Ana perdiera su puesto en la clínica. Te habían subido el sueldo quinientos soles, cambiado el horario de la noche a la mañana, ahora sí que no verías ya casi nunca a Carlitos, Zavalita, cuando encontró al Chispas saliendo de la casa de la señora Zoila. Habían hablado un momento de pie, en la vereda: ¿podían almorzar mañana juntos, supersabio? Claro, Chispas. Esa tarde habías pensado, sin curiosidad, de cuándo acá, qué querría. Y al día siguiente el Chispas vino a buscar a Santiago a la quinta de los duendes poco después del mediodía. Era la primera vez que venía y ahí estaba entrando, Zavalita, y ahí lo veías desde la ventana, dudando, tocando la puerta de la alemana, vestido de beige y con chaleco y esa camisa color canario de cuello muy alto. Y ahí estaba la mirada voraz de la alemana recorriendo al Chispas de pies a cabeza mientras le señalaba tu puerta: ésa, la letra C. Y ahí estaba el Chispas pisando por primera y última vez la casita de duendes, Zavalita. Le dio una palmada, hola supersabio, y tomó posesión con risueña desenvoltura de los dos cuartitos.

—Te has buscado la cuevita ideal, flaco —miraba la mesita, el estante de libros, el crudo donde dormía Batuque—.

El departamentito clavado para unos bohemios como tú y Ana.

Fueron a almorzar al Restaurant Suizo de La Herradura. Los mozos y el maître conocían al Chispas por su nombre, le hicieron algunas bromas y revoloteaban a su alrededor efusivos y diligentes, y el Chispas te había exigido probar ese coctel de fresa, la especialidad de la casa flaco, almibarado y explosivo. Se sentaron en una mesa que daba al Malecón: veían el mar bravo, el cielo con nubes del invierno, y el Chispas te sugería el chupe a la limeña para comenzar y de segundo el picante de gallina o el arroz con pato.

—El postre lo escojo yo —dijo el Chispas, cuando el mozo se alejaba con el pedido—. Panqueques con manjar blanco. Cae regio después de hablar de negocios.

—¿Vamos a hablar de negocios? —dijo Santiago—. Supongo que no vas a proponerme que trabaje contigo. No me amargues el almuerzo.

—Ya sé que oyes la palabra negocios y te salen ronchas, bohemio —se rió el Chispas—. Pero esta vez no te puedes librar, aunque sea un ratito. Te he traído aquí a ver si con platos picantes y cerveza helada te tragas mejor la píldora.

Se volvió a reír, algo artificialmente ahora, y, mientras reía, había brotado ese fulgor de incomodidad en sus ojos, Zavalita, esos puntitos brillantes e inquietos: ah flaco bohemio, había dicho dos veces, ah flaco bohemio. Ya no alocado, descastado, acomplejado y comunista, piensa. Piensa: algo más cariñoso, más vago, algo que podía ser todo. Flaco, bohemio, Zavalita.

—Pásame la píldora de una vez, entonces —dijo Santiago—. Antes del chupe.

—A ti te importa todo un pito, bohemio —dijo el Chispas, dejando de reír, conservando un halo de sonrisa en la cara rasurada: pero en el fondo de sus ojos continuaba, aumentaba la desazón y aparecía la alarma, Zavalita—. Tantos meses que murió el viejo y ni se te ha ocurrido preguntar por los negocios que dejó.

—Tengo confianza en ti —dijo Santiago—. Sé que harás quedar bien el nombre comercial de la familia.

—Bueno, vamos a hablar en serio —el Chispas apoyó los codos en la mesa, la quijada en su puño y ahí estaba el brillo azogado, su continuo parpadeo, Zavalita.

—Apúrate —dijo Santiago—. Te advierto que llega el chupe y se terminan los negocios.

—Han quedado muchos asuntos pendientes, como es lógico —dijo el Chispas, bajando un poco la voz. Miró las mesas vacías del contorno, tosió y habló con pausas, eligiendo las palabras con una especie de recelo—. El testamento, por ejemplo. Ha sido muy complicado, hubo que seguir un trámite largo para hacerlo efectivo. Tendrás que ir donde el notario a firmar un montón de papeles. En este país todo son enredos burocráticos, papeleos, ya sabes.

El pobre no sólo estaba confuso, incómodo, piensa, estaba asustado. ¿Había preparado con mucho cuidado esa conversación, adivinado las preguntas que le harías, imaginado lo que le pedirías y exigirías, previsto que lo amenazarías? ¿Tenía un arsenal de respuestas y explicaciones y demostraciones? Piensa: estabas tan avergonzado, Chispas. A ratos se callaba y se ponía a mirar por la ventana. Era noviembre y todavía no habían alzado las carpas ni venían bañistas a la playa; algunos automóviles circulaban por el Malecón, y grupos ralos de personas caminaban frente al mar gris verdoso y agitado. Olas altas y ruidosas reventaban a lo lejos y barrían toda la playa y había patillos blancos planeando silenciosamente sobre la espuma.

—Bueno, la cosa es así —dijo el Chispas—. El viejo quería arreglar bien las cosas, tenía miedo de que se repitiera el ataque de la vez pasada. Habíamos empezado, cuando murió. Sólo empezado. La idea era evitar los impuestos a la sucesión, los malditos papeleos. Fuimos dando un aspecto legal al asunto, poniendo las firmas a mi nombre, con contratos simulados de traspaso, etcétera. Tú eres lo bastante inteligente para darte cuenta. La idea del viejo no era dejarme a mí todos los negocios ni mucho menos. Sólo evitar las complicaciones. Íbamos a hacer todos los traspasos y al mismo tiempo a dejar bien arreglado lo de tus derechos y los de la Teté. Y los de la mamá, por supuesto.

El Chispas sonrió y Santiago también sonrió. Acababan de traer el chupe, Zavalita, los platos humeaban y el vaho se mezclaba con esa súbita, invisible tirantez, esa atmósfera puntillosa y recargada que se había instalado en la mesa.

—El viejo tuvo una buena idea —dijo Santiago—. Era lo más lógico poner todo a tu nombre para evitar complicaciones.

—Todo no —dijo el Chispas, muy rápido, sonriendo, alzando un poco las manos—. Sólo el laboratorio, la compañía. Sólo los negocios. No la casa ni el departamento de Ancón. Además, comprenderás que el traspaso es más bien una ficción. Que las firmas estén a mi nombre no quiere decir que yo me voy a quedar con todo eso. Ya está arreglado lo de la mamá, lo de la Teté.

—Entonces todo está perfecto —dijo Santiago—. Se acabaron los negocios y ahora empieza el chupe. Mira qué buena cara tiene, Chispas.

Ahí su cara, Zavalita, su pestañeo, su parpadeo, su reticente incredulidad, su incómodo alivio y la viveza de sus manos alcanzándote el pan, la mantequilla, y llenándote el vaso de cerveza.

—Ya sé que te estoy aburriendo con esto —dijo el Chispas—. Pero no se puede dejar que pase más tiempo. También hay que arreglar tu situación.

—Qué pasa con mi situación —dijo Santiago—. Pásame también el ají.

—La casa y el departamento se iban a quedar a nombre de la mamá, como es natural —dijo el Chispas—. Pero ella no quiere saber nada con el departamento, dice que no volverá a poner los pies en Ancón. Le ha dado por ahí. Hemos llegado a un acuerdo con la Teté. Yo le he comprado las acciones que le hubieran correspondido en el laboratorio, en las otras firmas. Es como si hubiera recibido la herencia ¿ves?

—Veo —dijo Santiago—. Pero esto sí que me aburre espantosamente, Chispas.

—Sólo faltas tú —se rió el Chispas, sin oírlo, y pestañeó—. También tienes vela en este entierro, aunque te aburra. De eso tenemos que hablar. Yo he pensado que podemos llegar a un acuerdo como el que hicimos con la Teté. Calculamos lo que te corresponde y, ya que detestas los negocios, te compro tu parte.

—Métete al culo mi parte y déjame tomar el chupe —dijo Santiago, riéndose, pero el Chispas te miraba muy serio, Zavalita, y tuviste que ponerte serio también—. Yo le hice saber al viejo que jamás metería la mano en sus negocios, así que olvídate de mi situación y de mi parte. Yo me desheredé solito cuando me mandé mudar, Chispas. Así que ni acciones, ni compra y se acabó el tema para siempre ¿okey?

Ahí su pestañeo feroz, Zavalita, su agresiva, bestial confusión: tenía la cuchara en el aire y un hilillo de caldo rojizo volvía al plato y unas gotas salpicaban el mantel. Te miraba entre asustado y desconsolado, Zavalita.

—Déjate de cojudeces —dijo al fin—. Te fuiste de la casa pero sigues siendo el hijo del viejo ¿no? Voy a creer que estás loco.

—Estoy loco —dijo Santiago—. No me corresponde ninguna parte, y si me corresponde no me da la gana de recibir un centavo del viejo. ¿Okey, Chispas?

—¿No quieres acciones? —dijo el Chispas—. Okey. Hay otra posibilidad. Lo he discutido con la Teté y con la mamá y están de acuerdo. Vamos a poner a tu nombre el departamento de Ancón.

Santiago se echó a reír y dio una palmada en la mesa. Un mozo vino a preguntar qué querían, ah disculpe. El Chispas estaba serio y parecía otra vez dueño de sí mismo, el malestar de sus ojos se había desvanecido y te miraba ahora con afecto y superioridad, Zavalita.

—Puesto que no quieres acciones, es lo más sensato —dijo el Chispas—. Ellas están de acuerdo. La mamá no va a poner los pies ahí, se le ha metido que odia Ancón. La Teté y Popeye se están haciendo una casita en Santa María. A Popeye le van muy bien los negocios ahora con Belaunde en la presidencia, ya sabes. Yo estoy tan cargado de trabajo que no puedo darme el lujo de veranear. Así que el departamento...

—Regálaselo a los pobres —dijo Santiago—. Punto final, Chispas.

—No necesitas usarlo, si te jode Ancón —dijo el Chispas—. Lo vendes y te compras uno en Lima y así vivirás mejor.

—No quiero vivir mejor —dijo Santiago—. Si no terminas, nos vamos a pelear, Chispas.

—Déjate de actuar como un niño —insistió el Chispas, con sinceridad, piensa—. Ya eres un hombre, estás casado, tienes obligaciones. Deja de ponerte en ese plan tan ridículo.

Ya se sentía tranquilo y seguro, Zavalita, ya había pasado el mal rato, el susto, ya podía aconsejarte y ayudarte y dormir en paz. Santiago le sonrió y le dio una palmadita en el brazo: punto final, Chispas. El maître vino afanoso y desalentado a preguntar qué tenía de malo el chupe: nada, estaba riquísimo, y habían tomado unas cucharadas para convencerlo que era verdad.

—No discutamos más —dijo Santiago—. Nos hemos pasado la vida peleando y ahora nos llevamos bien ¿no es cierto, Chispas? Bueno, sigamos así. Pero no me toques nunca más este tema ¿okey?

Su cara fastidiada, desconcertada, arrepentida, había sonreído lastimosamente, Zavalita, y había encogido los hombros, hecho una mueca de estupor o conmiseración final y se había quedado un rato callado. Sólo probaron el arroz con pato y el Chispas se olvidó de los panqueques con manjar blanco. Trajeron la cuenta, el Chispas pagó, antes de subir al auto se llenaron los pulmones de aire húmedo y salado cambiando frases banales sobre las olas y unas muchachas que pasaban y un auto de carrera que atravesó la calle roncando. En el camino a Miraflores no cruzaron ni una palabra. Al llegar a la quinta de los duendes, cuando Santiago había sacado ya una pierna del carro, el Chispas lo cogió del brazo:

—Nunca te voy a entender, supersabio —y por primera vez ese día su voz era tan sincera, piensa, tan emocionada—. ¿Qué diablos quieres ser en la vida tú? ¿Por qué haces todo lo posible por fregarte solito?

—Porque soy un masoquista —le sonrió Santiago—. Chau, Chispas, saludos a la vieja y a Cary.

—Allá tú con tus locuras —dijo el Chispas, sonriéndole también—. Sólo quiero que sepas que si alguna vez necesitas...

—Ya sé, ya sé —dijo Santiago—. Ahora mándate mudar de una vez que yo voy a dormir una siesta. Chau, Chispas.

Si no se lo hubieras contado a Ana te habrías ahorrado muchas peleas, piensa. Cien, Zavalita, doscientas. ¿Te había jodido la vanidad?, piensa. Piensa: mira qué orgulloso es tu marido amor, les rechazó todo amor, los mandó al carajo con sus acciones y sus casas amor. ¿Creías que te iba a admirar, Zavalita, querías que? Te lo iba a sacar en cara, piensa, te lo iba a reprochar cada vez que se acabara el sueldo antes de fin de mes, cada vez que hubiera que fiarse del chino o prestarse plata de la alemana. Pobre Anita, piensa. Piensa: pobre Zavalita.

—Ya se ha hecho tardísimo, niño —insiste una vez más Ambrosio.

—Un poquito más adelante, ya vamos a llegar —dijo Queta, y pensó: tantos obreros. ¿Era la salida de las fábricas? Sí, se había escogido la peor hora. Estaban sonando las sirenas y una tumultuosa marea humana cubría la avenida. El taxi avanzaba despacio, sorteando siluetas, muchas caras se pegaban a las ventanillas y la miraban. La silbaban, decían rica, mamacita, hacían muecas obscenas. Las fábricas sucedían a callejones, los callejones a fábricas, y, por encima de las cabezas, Queta veía las fachadas de piedra, los techos de calamina, las columnas de humo de las chimeneas. A ratos y a lo lejos, los árboles de las chacras que la avenida escindía: es aquí. El taxi paró y ella bajó. El chofer la miraba a los ojos, con una sonrisa irónica en los labios.

—De qué tanta risa —dijo Queta—. ¿Tengo dos narices, cuatro bocas?

—No te me hagas la ofendida —dijo el chofer—. Son diez soles, por ser tú.

Queta le entregó el dinero y le dio la espalda. Cuando empujaba la pequeña puerta empotrada en el descolorido muro rosado, escuchó el motor del taxi alejándose. No había nadie en el jardín. En el sillón de cuero del pasillo encontró a Robertito, limpiándose las uñas. La miró con sus ojos negrísimos:

—Hola, Quetita —dijo, con un tonito burlón—. Ya sabía que venías hoy. La señora te está esperando.

Ni siquiera cómo te sientes o ya estás bien, pensó Queta, ni siquiera la mano. Entró al bar y antes que la cara vio los dedos de afiladas uñas plateadas de la señora Ivonne, el anillo que exhalaba brillos y el lapicero con el que estaba poniendo la dirección en un sobre.

—Buenas tardes —dijo Queta—. Qué gusto volver a verla.

La señora Ivonne le sonrió sin afecto, mientras la examinaba en silencio de pies a cabeza.

—Vaya, ya estás aquí de nuevo —dijo, al fin—. Ya me figuro qué malos ratos habrás pasado.

—Más o menos —dijo Queta y calló y sintió las picaduras de las inyecciones en los brazos, el frío de la sonda entre las piernas, oyó la sórdida discusión de las vecinas y vio al enfermero de cerdas tiesas agachándose a recoger la bacinica.

—¿Fuiste a ver al doctor Zegarra? —dijo la señora Ivonne—. ¿Te dio el certificado?

Queta asintió. Sacó un papel doblado de la cartera y se lo alcanzó. En un mes te has vuelto una ruina, pensó, te maquillas el triple y ya ni ves. La señora Ivonne leía el papel con atención y mucho esfuerzo, manteniéndolo casi pegado a sus ojitos fruncidos.

—Bueno, ya estás sana —la señora Ivonne volvió a examinarla de arriba abajo e hizo un ademán desalentado—. Pero más flaca que una escoba. Tienes que reponerte, tienen que volverte los colores a la cara. Por lo pronto, quítate la ropa que llevas puesta. Déjala remojando. ¿No trajiste nada para cambiarte? Que Malvina te preste algo. Ahora mismo, no vayas a estar llena de microbios. Los hospitales están llenos de microbios.

—¿Tendré el mismo cuarto que antes, señora? —preguntó Queta y pensó no me voy a enojar, no te voy a dar ese gusto.

—No, el del fondo —dijo la señora Ivonne—. Y date un baño de agua caliente. Jabónate bien, por si acaso.

Queta asintió. Subió al segundo piso con los dientes apretados, mirando sin ver la misma alfombra granate con las mismas manchas y las mismas quemaduras de fósforos y cigarrillos. En el descanso vio a Malvina, que abría los brazos: ¡Quetita! Se abrazaron, se besaron en la mejilla.

—Qué bien que ya estás sana, Quetita —dijo Malvina—. Yo quise ir a visitarte pero la vieja me asustó. Es peligroso, es contagioso, te traerás alguna enfermedad, me asustó. Te llamé un montón de veces pero me decían sólo tienen teléfono las pagantes. ¿Recibiste los paquetitos?

—Mil gracias, Malvina —dijo Queta—. Lo que más te agradezco son las cosas de comer. La comida allá era un asco.

—Qué contenta estoy de que hayas vuelto —repitió Malvina, sonriéndole—. La cólera que me dio cuando te pegaron esa porquería, Quetita. El mundo está lleno de desgraciados. Tanto tiempo sin vernos, Quetita.

—Un mes —suspiró Queta—. Para mí vale como diez, Malvina.

Se desnudó en la habitación de Malvina, fue al cuarto de baño, llenó la tina y se sumergió. Estaba jabonándose cuando vio que la puerta se abría y asomaba el perfil, la silueta de Robertito: ¿se podía entrar, Quetita?

—No puedes —dijo Queta, de mal modo—. Anda vete, sal.

—¿Te fastidia que te vea desnuda? —se rió Robertito—. ¿Te fastidia?

—Sí —dijo Queta—. No te he dado permiso. Cierra.

Él se echó a reír, entró y cerró la puerta: entonces se quedaba, Quetita, él siempre iba contra la corriente. Queta se hundió en la tina hasta el pescuezo. El agua estaba oscura y espumosa.

—Qué sucia estabas, dejaste el agua negra —dijo Robertito—. ¿Cuánto que no te bañabas?

Queta se rió: desde que entró al hospital, ¡un mes! Robertito se tapó la nariz e hizo una mueca de asco: puf, cochina. Luego le sonrió con amabilidad y dio unos pasos hacia la tina: ¿estaba contenta de volver? Queta movió la cabeza: claro que sí. El agua se agitó y emergieron sus hombros huesudos.

—¿Quieres que te cuente un secreto? —dijo, señalando hacia la puerta.

—Cuéntame, cuéntame —dijo Robertito—. Me encantan los chismes.

—Tenía miedo que la vieja me largara —dijo Queta—. Por su manía con los microbios.

—Hubieras tenido que irte a una casa de segunda, hubieras bajado de categoría —dijo Robertito—. ¿Qué hubieras hecho si te largaba?

—Hubiera estado frita —dijo Queta—. Una de segunda o de tercera o sabe Dios qué.

—La señora es buena gente —dijo Robertito—. Cuida su negocio contra viento y marea y tiene razón. Contigo se ha portado bien, tú ya sabes que a las que las queman tan feo como a ti no las recibe más.

—Porque yo le he hecho ganar buena plata —dijo Queta—. Porque ella me debe mucho a mí también.

Se había sentado y se jabonaba los senos. Robertito los apuntó con el dedo: uy, cómo se habían caído, Quetita, qué flaca estabas. Ella asintió: había perdido quince kilos en el hospital, Robertito. Entonces tenías que engordar, Quetita, si no ya no harías ninguna buena conquista.

—La vieja me ha dicho que parezco una escoba —dijo Queta—. En el hospital no comía casi nada, sólo cuando me llegaban los paquetitos de Malvina.

—Ahora puedes desquitarte —se rió Robertito—. Comiendo como una chanchita.

—Se me debe haber reducido el estómago —dijo Queta, cerrando los ojos y hundiéndose en la tina—. Ah, qué rica el agua caliente.

Robertito se aproximó, secó el canto de la tina con la toalla y se sentó. Se puso a mirar a Queta con una picardía maliciosa y risueña.

—¿Quieres que te cuente un secreto yo también? —dijo, bajando la voz y abriendo los ojos escandalizados de su propio atrevimiento—. ¿Quieres?

—Sí, cuéntame los chismes de la casa —dijo Queta—. Cuál es el último.

—La semana pasada fuimos con la señora a visitar a tu ex —Robertito se había llevado un dedo a los labios, sus pestañas aleteaban—. Al ex de tu ex, quiero decir. Te digo que se portó como un perrito, como lo que es.

Queta abrió los ojos y se enderezó en la tina: Robertito se limpiaba unas gotas que habían salpicado su pantalón.

—¿Cayo Mierda? —dijo Queta—. No te creo. ¿Está aquí en Lima?

—Ha vuelto al Perú —dijo Robertito—. Resulta que tiene una casa en Chaclacayo con piscina y todo. Y unos perrazos que parecen tigres.

—Mentira —dijo Queta, pero bajó la voz porque Robertito le hacía señas de que no hablara tan alto—. ¿De veras ha vuelto?

—Una casa lindísima, en medio de un jardín enorme —dijo Robertito—. Yo no quería ir. Le dije a la señora es por gusto, se va a llevar un chasco y no me hizo caso. Pensando siempre en su negocio ella. Él tiene capital, él sabe que yo cumplo con mis socios, fuimos amigos. Pero nos trató como a dos pordioseros y nos botó. Tu ex, Quetita, el ex de tu ex. Qué perrito había sido.

—¿Se va a quedar en el Perú? —dijo Queta—. ¿Ha vuelto para meterse de nuevo en política?

—Dijo que había venido de paseo —encogió los hombros Robertito—. Figúrate cómo estará de forrado. Una casa así para venir de paseo. Vive en Estados Unidos. Está igualito, te digo. Viejo, feo y antipático.

—¿No les preguntó nada de? —dijo Queta—. Les diría algo ¿no?

—¿De la Musa? —dijo Robertito—. Un perrito te digo, Quetita. La señora le habló de ella, nos dio mucha pena lo que le pasó a la pobre, ya se habrá enterado. Y él ni se inmutó. A mí no tanta, dijo, yo sabía que la loca terminaría mal. Y entonces nos preguntó por ti, Quetita. Sí, sí. La pobre está en el hospital, figúrese. ¿Y qué crees que dijo?

—Si dijo eso de Hortensia, ya me imagino lo que diría de mí —dijo Queta—. Anda, no me dejes con la curiosidad.

—Díganle por si acaso que no voy a darle un medio, que ya le di bastante —se rió Robertito—. Que si ibas a sablearlo, para eso tenía los daneses. Con esas palabras, Quetita, pregúntale a la señora y verás. Pero no, ni le hables de él. Se vino tan descompuesta con lo mal que la trató, que no quiere ni oír su nombre.

—Algún día las pagará —dijo Queta—. No se puede ser tan mierda y vivir tan feliz.

—Él sí puede, para eso tiene plata —dijo Robertito; se echó a reír de nuevo y se inclinó un poco hacia Queta. Bajó la voz—: ¿Sabes lo que le dijo cuando la señora le propuso un negocito? Se le rió en la cara. ¿Usted cree que me pueden interesar negocios de putas, Ivonne? Que ahora sólo le interesan los negocios decentes. Y ahí mismo nos dijo ya conocen la salida, no quiero verles más las caras por acá. Con esas palabras, te juro. ¿Estás loca, de qué te ríes?

—De nada —dijo Queta—. Pásame la toalla, ya se enfrió y me estoy helando.

—Si quieres te seco, también —dijo Robertito—. Yo siempre a tus órdenes, Quetita. Sobre todo ahora, que estás más simpática. Ya no tienes los humos de antes.

Queta se levantó, salió de la tina y avanzó en puntas de pie, regando gotas sobre las losetas desportilladas. Se colocó una toalla en la cintura y otra sobre los hombros.

—Nada de barriga y siempre lindas piernas —se rió Robertito—. ¿Vas a ir a buscar al ex de tu ex?

—No, pero si alguna vez me lo encuentro le va a pesar —dijo Queta—. Lo que les comentó de Hortensia.

—Qué lo vas a encontrar nunca —se rió Robertito—. Está muy alto ya para ti.

—¿Para qué me has venido a contar eso? —dijo Queta, de pronto, dejando de secarse—. Anda vete, sal de aquí.

—Para ver cómo te ponías —se rió Robertito—. No te enojes, para que veas que soy tu amigo te voy a contar otro secreto. ¿Sabes por qué entré? Porque la señora me dijo anda a ver si se baña de verdad.

Había venido desde Tingo María a tramos cortos, por si acaso: en camión hasta Huánuco, donde pasó una noche encerrado en un cuartito de hotel, luego en ómnibus hasta Huancayo, de ahí a Lima en tren. Al cruzar la cordillera la altura le había dado mareos y palpitaciones, niño.

—Hacía apenas dos añitos y pico que había salido de Lima cuando volví —dice Ambrosio—. Pero qué diferencia. A la última persona a la que le podía pedir ayuda era a Ludovico. Él me había mandado a Pucallpa, él me había recomendado a su pariente don Hilario ¿ve? Y si no se la pedía a él, a quién entonces.

—A mi papá —dice Santiago—. ¿Por qué no fuiste donde él, cómo no se te ocurrió?

—Es decir, no es que no se me ocurriera —dice Ambrosio—. Usted tendría que darse cuenta, niño.

—No me doy —dice Santiago—. ¿No dices que lo admirabas tanto, no dices que él te estimaba tanto? Te hubiera ayudado. ¿No se te ocurrió?

—Yo no iba a meterlo a su papá en un apuro, precisamente porque lo respetaba tanto —dice Ambrosio—. Fíjese quién era él y quién era yo, niño. ¿Le iba a contar ando corrido, soy ladrón, la policía me busca porque vendí un camión que no era mío?

—Con él tenías más confianza que conmigo ¿no es cierto? —dice Santiago.

—Un hombre, por jodido que esté, tiene su orgullo —dice Ambrosio—. Don Fermín tenía un buen concepto de mí. Yo andaba arruinado, hecho una mugre ¿ve?

—Y por qué a mí sí —dice Santiago—. Por qué no te ha dado vergüenza contarme a mí lo del camión.

—Será porque ya ni orgullo me queda —dice Ambrosio—. Pero entonces, me quedaba. Además, usted no es su papá, niño.

Los cuatrocientos soles de Itipaya se habían esfumado en el viaje y los tres primeros días en Lima no probó bocado. Había vagabundeado sin cesar, lejos de las calles del centro, sintiendo que se le helaban los huesos cada vez que divisaba un policía y repasando nombres y eliminándolos: Ludovico ni pensar, Hipólito seguiría en provincias o si había vuelto trabajaría con Ludovico, Hipólito ni pensar, él ni pensar. No había pensado en Amalia, ni en Amalita Hortensia ni en Pucallpa: sólo en la policía, sólo en comer, sólo en fumar.

—Fíjese que nunca me habría atrevido a pedir limosna para comer —dice Ambrosio—. Pero para fumar sí.

Cuando no podía más, paraba a cualquier tipo en la calle y le pedía un cigarro. Había hecho de todo, con tal que no fuera un trabajo fijo y no pidieran papeles: descargar camiones en El Porvenir, quemar basuras, conseguir gatos y perros vagabundos para las fieras del Circo Cairoli, destapar cañerías y hasta sido ayudante de un afilador. A veces, en los muelles del Callao, reemplazaba por horas a algún estibador contratado, y, aunque la comisión era alta, quedaba para comer dos o tres días. Un día le habían pasado el dato: los odriístas necesitaban tipos para pegar carteles. Había ido al local, se había pasado una noche entera embadurnando las calles del centro, pero les habían pagado sólo con comida y trago. En esos meses de vagabundeo, hambrunas, caminatas y cachuelos que duraban un día o dos había conocido al Pancras. Al principio había estado durmiendo en la Parada, debajo de los camiones, en zanjones, sobre los costales de los depósitos, sintiéndose protegido, escondido entre tanto mendigo y vago que dormía ahí, pero una noche había oído que de cuando en cuando caían rondas de la policía a pedir papeles. Así había empezado a internarse en el mundo de las barriadas. Las había conocido todas, dormido una vez en una, otra en otra, hasta que en ésa de La Perla había encontrado al Pancras y ahí se quedó. El Pancras vivía solo y le hizo sitio en su casucha.

—La primera persona que se portó bien conmigo en un montón de tiempo —dice Ambrosio—. Sin conocerme ni tener por qué. Un corazón de oro el de ese zambo, le digo.

El Pancras trabajaba en la perrera hacía años y cuando se hicieron amigos lo había llevado un día donde el administrador: no, no había vacante. Pero un tiempo después lo mandó llamar. Sólo que le había pedido papeles: ¿Libreta electoral, militar, partida de nacimiento? Había tenido que inventarle una mentira: se me perdieron. Ah, entonces nones, sin papeles no hay trabajo. Bah, no seas tonto, le había dicho el Pancras, quién se va a estar acordando de ese camión, llévale tus papeles nomás. Él había tenido miedo, mejor no Pancras, y había seguido con esos trabajitos de a ocultas. Por esa época había vuelto a su pueblo, Chincha niño, la última vez. ¿Para qué? Pensando conseguirse otros papeles, bautizarse de nuevo con algún curita y con otro nombre, y también por curiosidad, por ver qué era ahora el pueblo. Se había arrepentido de haber ido más bien. Había salido temprano de La Perla con el Pancras y se habían despedido en Dos de Mayo. Ambrosio había caminado por la Colmena hasta el parque Universitario. Fue a averiguar los precios del ómnibus, compró un pasaje en uno que salía a las diez, así que tuvo tiempo de tomar un café con leche y dar una vueltecita. Estuvo mirando las vitrinas de la avenida Iquitos, calculando si se compraba una camisa para volver a Chincha más presentable de lo que salió, quince años atrás. Pero sólo le quedaban cien soles y no se animó. Compró un tubo de pastillas de menta y todo el viaje sintió esa frescura perfumada en las encías, la nariz y el paladar. Pero en el estómago sentía cosquillas: qué dirían los que lo reconocieran al verlo así. Todos debían haber cambiado mucho, algunos se morirían, otros se habrían mandado mudar del pueblo, a lo mejor la ciudad había cambiado tanto que ni la reconocía. Pero apenas se detuvo el ómnibus en la plaza de Armas, aunque todo se había achicado y achatado, reconoció todo: el olor del aire, el color de las bancas y de los tejados, las losetas en triángulo de la vereda de la iglesia. Se había sentido apenado, mareado, avergonzado. No había pasado el tiempo, no había salido de Chincha, ahí doblando la esquina estaría la oficinita de Transportes Chincha donde comenzó su carrera de chofer. Sentado en una banca había fumado, mirado. Sí, algo había cambiado: las caras. Observaba ansiosamente a hombres y mujeres y había sentido que el pecho le latía fuerte al ver acercarse a una figura cansada y descalza, con un sombrero de paja y un bastón que tanteaba: ¡el ciego Rojas! Pero no era él, sino un ciego albino y todavía joven que fue a acuclillarse bajo una palmera. Se levantó, echó a andar, y cuando llegó a la barriada vio que habían pavimentado algunas calles y construido casitas con pequeños jardines que tenían el pasto marchito. Al fondo, donde comenzaban las chacras del camino a Grocio Prado, ahora había un mar de chozas. Había estado yendo y viniendo por los polvorientos pasadizos de la barriada sin reconocer ninguna cara. Después, había ido al cementerio, pensando la tumba de la negra estará junto a la del Perpetuo. Pero no estaba y no se había atrevido a preguntarle al guardián dónde la habían enterrado. Había vuelto al centro de la ciudad al atardecer, desilusionado, olvidado del nuevo bautizo y los papeles y con hambre. En el café-restaurante Mi Patria, que ahora se llamaba Victoria y atendían dos mujeres en vez de don Rómulo, había comido un churrasco encebollado, sentado cerca de la puerta, mirando todo el tiempo la calle, tratando de reconocer alguna cara: todas distintas. Se había acordado de algo que le dijo Trifulcio esa noche, la víspera de su partida a Lima, cuando caminaban a oscuras: estoy en Chincha y siento que no estoy, reconozco todo y no reconozco nada. Ahora entendía lo que había querido decirle. Había merodeado todavía por otros barrios: el colegio José Pardo, el Hospital San José, el Teatro Municipal, habían modernizado un poquito el Mercado. Todo igualito pero más chiquito, todo igualito pero más chato, sólo la gente distinta: se había arrepentido de haber ido, niño, se había regresado esa noche jurando no volveré. Ya se sentía bastante jodido aquí, niño, allá ese día además de jodido se había sentido viejísimo. ¿Y cuando se acabara la rabia se acabaría tu trabajo en la perrera, Ambrosio? Sí, niño. ¿Y qué haría? Lo que había estado haciendo antes de que el administrador lo hiciera llamar con el Pancras y le dijera okey, échanos una mano por unos días aunque sea sin papeles. Trabajaría aquí, allá, a lo mejor dentro de un tiempo había otra epidemia de rabia y lo llamarían de nuevo, y después aquí, allá, y después, bueno, después ya se moriría ¿no, niño?

Esta obra se terminó de imprimir en octubre de 2010
en los talleres de Litográfica Ingramex, S.A. de C.V.
Centeno 162-1, Col. Granjas Esmeralda,
C.P. 09810 México, D.F.